世界传世藏书 图文珍藏版

世界十大名著

马松源◎主编

线装书局

世界十大名著

简　爱

（英）勃朗特⊙著　　王茵⊙译

线装书局

图书在版编目（CIP）数据

简爱／（英）勃朗特（Bronte，C.）著；马松源主编
.—北京：线装书局，2012.11
（世界十大名著）
ISBN 978-7-5120-0671-3

Ⅰ.①简…　Ⅱ.①勃…　②马…　Ⅲ.①长篇小说-英
国-近代　Ⅳ.①I561.44

中国版本图书馆 CIP 数据核字（2012）第 235450 号

简　爱

原　　著：（英）勃朗特
主　　编：马松源
责任编辑：高晓彬
封面设计：博雅圣轩藏书馆
出版发行：线装书局
地　　址：北京市西城区鼓楼西大街 41 号（100009）
　　　　　电话：010-64045283
　　　　　网址：www.xzhbc.com
印　　刷：北京彩虹伟业印刷有限公司
字　　数：3160 千字
开　　本：710×1040 毫米　1/16
印　　张：280
版　　次：2012 年 11 月第 1 版第 1 次印刷
印　　数：1—3000 套
书　　号：ISBN 978-7-5120-0671-3

定　　价：1980.00 元（全十卷）

ISBN 978-7-5120-0671-3

目　录

世界传世藏书

世界十大名著

·目录·

图文珍藏版

导　读

  《简·爱》是夏洛蒂(1816~1855)以自身经历为题材创作的小说,自传成分很浓。虽然书中的故事是虚构的,但是女主人公以及其他许多人物的生活、环境,甚至许多生活细节,都是取自作者及其周围人的真实体验。《简·爱》的独特之处不仅在于小说的真实性和强烈的感染力,还在于小说塑造了一个不屈于世俗压力、独立自主、积极进取的女性形象。小说中简·爱是一个心地纯洁、善于思考的女性。她生活在社会底层,受尽磨难,她苦难的生活遭遇令人同情。她蔑视权贵的骄横,嘲笑他们的愚蠢,显示出自强自立的人格。她勇敢地与罗契斯特先生相爱,然而当她发现罗契斯特还有妻子的时候,又毅然地离开了他。在寻找新的生活出路的途中,简·爱风餐露宿,沿途乞讨,历尽磨难,最后被牧师圣约翰收留,并在当地一所小学校任教。不久,简得知叔父去世并给她留下一笔遗产,同时发现圣约翰是她的表兄,商决定将财产平分。因为简对罗契斯特的爱始终如一,她拒绝了表兄的求婚,回到了桑菲尔德。这时的罗契斯特因为遭遇火灾已经双目失明,失去了一只手。但简对他不离不弃,毅然地和他结了婚,得到了自己理想的幸福生活。她那倔强的性格和勇于追求平等幸福的精神为人们所赞赏。小说所表达出的女性在工作上以及婚姻上追求独立平等的思想,在当时不同凡响,对英国文坛也是一大震动。

  同时,《简·爱》也是一部具有浓重浪漫主义色彩的现实主义小说,作者在叙述中自然地使用了梦境、幻觉、预感和象征、隐喻等手法,使小说中的"自然"境界扑朔迷离,情节扣人心弦。这种叙事手法体现了欧洲浪漫主义文学传统的特点,显示出作者丰富的想象力和诗人的气质。小说文笔简洁而传神,质朴而生动,以第一人称的叙述方式使小说贴近现实,贴近读者。普遍认为《简·爱》是夏洛蒂·勃朗特"诗意的生平"的写照。一个多世纪过去了,《简·爱》仍旧以强大的魅力吸引着我们。

序

《简·爱》的第一版没有写序的必要，因此我没有写。这第二版却需要少些几句致谢的话和几点说明。

我需要对以下三方致谢。

感谢读者宽容地倾听了一个朴实的故事。

感谢报界以诚挚的褒扬为一个毫不引人注目的进取者开辟了公平竞争的园地。

感谢我的出版商以他们的眼光、他们的魄力、他们的务实精神、他们大方的坦诚为一个无人提携的无名小卒伸出了援手。

对我来说，报界和读者过于模糊笼统，因此只能大致向他们表达我的谢意，可我的出版商却是触手可及的，还有那些包容的评论家也并非遥不可及的，他们激励我，只有那些心胸宽阔道德高尚的人才会如此鼓舞一个斗志昂扬的陌生人。对他们，也就是我的出版商和杰出的评论家们，我要坦诚地说，先生们，我真诚地向你们致谢。

在感谢了那些帮助我、支持我的人以后，我要谈及另一类人，据我所知，他们人数很少，可也不能因此就忽略对他们的存在。我是指少数几个大惊小怪、吹毛求疵的人，他们质疑《简·爱》这类书的倾向。在他们看来，凡是不平凡的东西都是不对的；在他们听来，任何对偏执——这一罪恶之母——的抗议，好像都是对虔诚——上帝在人间的摄政王——的亵渎。我要向此类怀疑者指出一些显而易见的差异，我愿提醒他们一些简单的真理。

习俗并不等同于道德，伪善也并不等于宗教。非难前者并不等于谴责后者。掀去法利赛人脸上的假面具不等于冒犯了荆冠。

这些事情与行为正是截然相反的，它们间的差异大得好比善恶间的差异。人们时常分不清两者，而它们实在应该被弄明白。表象并非代表着真理；那些只知取悦和推崇少数人的狭隘的世俗说教，决不能取代基督救世的教义。我再重复一遍，它们之间绝非一模一样，清晰醒目地在二者间划出一条分界线是一件好事而非相反。

世人可能排斥看到区分开这些概念，原因是他们早已习惯了混淆它们，觉得把表象视为真实价值、刷白墙壁以证实神殿的神圣是信手拈来的事。世人也许会憎恶那个敢于探究与暴露、敢于剥去镀金而呈现出下面的黄铜、敢于深入墓穴揭示其中尸骸的人。但憎恨归憎恨，世人还是受惠于他。

亚哈讨厌米该雅，因为米该雅在为他作预言时从不说吉语，只报凶言。他或许更喜欢基拿拿的那个善阿谀的儿子。可是，亚哈当初不听信谄言而听以忠告，他倒有可能逃过一场血光之灾。

当代就有一个人，他的话不是说来迎合那些只爱听奉承话的耳朵的。在我看来，他来到社会上的大人物面前也正像音拉的儿子来到犹大和以色列诸王驾前一样，他说出的真理同样深刻，说出的话也同样如预言般有力，他的神态也同样毫无畏惧、大胆坦率。写《名利场》的这位讽刺家得到了上层人物的褒奖吗？我说不上来。但我想，被他投掷了讽刺的火药、照射了他谴责的闪电的人中，如果有些人能及时听从了他的警告，他们和他们的子孙或许还能自基列的拉末的厄运中逃脱。

为何我说起这个人？读者啊，我之所以提到他，是因为在他身上我看到了一位比起他的同时代人所能见识到的更为深刻和无与伦比的智者。因此我把他看作是当今的首屈一指的社会改革家，是能扭转当今颠倒的时世的工作团的当然领袖，是由于我觉得还没有一位评论者找到了与他相称的比拟，找到了能恰如其分形容他才华的语言。他们说他像菲尔丁，他们谈论他的机智、幽默和他那诙谐的力量。说他像菲尔丁就像说雄鹰像秃鹫一样，菲尔丁会扑向腐尸，而萨克雷却不会这样做。他机智敏捷，幽默风趣，然而这与他严肃的才智之间的关系却正像于夏云边缘上嬉闹的片状闪电与隐匿于乌云深处致命的电火花之间的关系一样。最后，我之所以提到萨克雷先生，是由于我要把这第二版的《简·爱》献给他——设若他乐意接受一个素昧平生的人的奉献的话。

柯勒·贝尔

1847 年 12 月 21 日

第三版附记

利用《简·爱》第三版提供的机会,我重申下我的观点,假使我能称得上小说家,只是靠唯一的这部作品。为此,假使把其他小说的创作也归功于我,那显然犯了张冠李戴的错误了,而让原本该获得此荣誉的地方得不到它。

此申明将用来纠正那些可能已造成的错误,并将预防今后再犯同样的错误。

柯勒·贝尔
1848 年 4 月 13 日

1

那一天是没机会出去散步了。是的，那天上午我们还在稀疏的灌木林间闲庭信步般逛了一个钟头，可到午餐时分（没客人来时，里德太太的午饭一般吃得不晚），如同刮起了只有冬天才有的凛冽的寒风。冷风夹带着阴雨，寒气透骨，这就没办法再去外面活动了。

我倒乐得其所，我平日不爱出门散步，特别是在阴冷的午后。我最怕直到阴冷的黄昏才能回到家里，手脚冰冷不算什么，还得忍受保姆白茜的斥责，弄得心慌意乱。再者我体格不如里德家的伊丽莎、约翰和乔治安娜，难免有些自卑。

我刚才提到的伊丽莎、约翰和乔治安娜这时都在客厅里，团团围坐在他们的妈妈身边。而她斜靠在炉边的沙发上，让几个宝贝儿簇拥着，他们这会儿呆得很安静，这使得她显露一副怡然自得的样子。我呢，她早就不让我跟她们待在一块儿了，她说，只有她听到白茜的报告而且自己亲眼看见，发现我的确在努力培养一种童真随和气质和可爱的更活泼举止。就是说，一种更灵动、更坦诚、更随性的品行。不然，她无法叫我也享受到只有知足快乐的孩子才配享受到的待遇。

"白茜说我做了什么啦？"

"简，我可不喜欢鸡蛋里挑骨头，喜欢刨根问底儿的人，再说，一个小孩子如此打断大人的话，是不应该的。找个地方待着去，不会说讨人喜欢的话，就别再吱声。"

客厅旁边是间狭窄的早餐室，我摸手摸脚地溜了进去。那儿有个书架，我非常快地就找到一本书，我刻意找了一本插图多的。我爬上窗台，缩起脚，盘腿坐下，如同一个土耳其人一般。接着把云纹呢的红色窗帘拉得严丝合缝，这样我就完全隐蔽地安下身来。

猩红窗幔的重重褶裥遮住了我向右的视线，左边则是明亮的玻璃窗。它让我得以免遭十一月里阴冷天气的侵袭而又不把我与外界景物隔开。在翻书的间歇，我不时远眺一下这冬日午后的景观。远方是一片白茫茫的雾霭，近处是湿乎乎的草坪和饱经风雨摧残的灌木丛。一阵不间断的凄厉的寒风，把温柔的冬雨吹得四下横流。

我再次俯首看书，那是比维克的《英国禽鸟史》。总而言之，我对书的正文没什么兴趣,不过即便我还是个孩子,书中有部分文字说明我也还不能当它是空白而视而不见,里面有描述海鸟栖息处的,还有只有海鸟居住的那些"孤寂的岩石、海岬",还有挪威的海岸,从它最南端的林内斯或者纳兹到北角之间,许多岛屿星罗棋布——

> 那里,北冰洋翻滚着滔天巨浪,
> 环着北方极地阴郁的岛屿呼啸,
> 大西洋的波涛汹涌,
> 注入风狂雨暴的赫布里狄群岛。

还有一些我不能轻易翻过的地方,包括书中提到的拉普兰、西伯利亚、斯匹次卑尔根、新地岛、冰岛和格陵兰那寂寥的海岸,还有那"辽阔的北极地带,那大片萧索荒凉、杳无人烟的地区,那里常年冰封雪冻,数不清寒冬积聚形成的坚硬冰原,光滑晶莹,如同阿尔卑斯山一样层峦叠嶂、高耸入云,它们环绕极地,凝聚着不尽严寒的威势"。对这些颜色惨白的地区,我有自己的看法,就如同一切那些朦胧浮现在孩子脑海中的不明不白的概念一般,即便模模糊糊,但又栩栩如生。这些旁白都与后面的插图有联系,这让那伫立在波涛翻滚,浪花飞卷的大海中的礁岩,搁浅在荒寂海岸上的木船,和那从云隙中窥视沉舟的幽灵般的冷月,都变得更加意蕴悠长。

那孤寂凄楚的墓地上到底笼罩着如何的情调,我说不明白。那里墓碑镌刻着铭文,一扇门,两棵树,视野被断壁颓垣围住,显得很狭仄,初升的新月,表明那是暮色沉沉的时分。

在沉寂的海上,两艘船停泊着。我想那一定是海上的幽灵。

魔鬼自身后按住窃贼的背包,我赶紧翻过这页,这场面让我害怕了。

这里又是一副恐怖的景象:头上长角的玄色怪物高踞在岩巅上,远远地望着一群围着绞架的人。

每幅画都描述着一个故事。即便我的理解力欠佳,鉴赏力也匮乏,总觉得它们神秘得没法理解,可仍感到它们有非常强的吸引力,就如同白茜偶尔在冬天的夜晚讲的故事那样。当然那得她心情好。她会把熨衣板搬到育儿室的壁炉旁边,让我们在她身旁围坐。她一面熨着里德太太的挑花褶边,把里德太太的睡帽边缘烫出褶裥,一面讲些爱情和冒险的故事,让我们这些热心的孩子们饱听一顿。这些故事大都取材古老的神话或更古老的歌谣，要不就是后来我发现的来自《帕米拉》和《莫兰伯爵亨利》。

我把比维克的书摊开放在膝上，那一刻我真快乐，至少是自得其乐。我就怕别人来打搅我，可它偏偏来得非常快。早餐室的门突然被打开了。

"嘿！忧郁小姐！"是约翰·里德的声音在叫嚷，他突然停下了，发现屋子显然是没有人。

"见鬼，她去哪儿了！"他接下去喊，"丽茜！乔琪！简不在这里，告诉妈妈她出去淋雨了，——坏东西！"

"幸好拉上了窗帘。"我想，同时急切地希望他别发现我藏身的地方。其实约翰·里德是发现不了的，他这人眼神和头脑都不灵光。可惜伊丽莎只在门口探了一下头，就立即说道：

"她在窗台上呢，准没跑，杰克。"

我赶紧跑出来，一想到会被这个杰克拖出来，我就吓得要命。

"你有什么事吗？"我战战兢兢地问。

"你该说'你有什么事吗，里德少爷？'"他这么回答我，"我要你到这儿来。"他说着，在一张扶手椅上坐了下来，打了个手势，要我过去站在他跟前。

约翰·里德是个十四岁的学生，比我大四岁，我才十岁。按他的年龄说，他长得过高过胖。他肤色灰白，显得很不健康。他大脸庞，五官粗糙，四肢粗壮，手脚很大。因为吃起饭来总是狼吞虎咽，他肝火旺盛，目光无神，脸颊松弛。这时候他本该住在学校里，可他妈妈却把他接回家来住两个月，理由是他"身体欠佳"。他的老师迈尔斯先生断言只要家里少给他捎去些糕点甜食，他肯定会过得更好。可当妈妈的却听不进这样的苦口良言，宁可接受另一种较高尚的看法，即约翰的脸色不好全因为用功过度，要不然就是想家。

约翰对他的母亲和姐妹没多少感情，对我则是反感。他欺负我和虐待我远不止每星期两三次，也不止每天一两回，而是接连不断。以至于他一走近，我身上的每根神经都害怕，骨头上的每块肌肉都会抽紧痉挛。有好多次，我被他吓得魂灵出窍，因为无论他对我恫吓还是虐待，我都无处喊冤。仆人不肯因为帮我而得罪了他们的少爷，里德太太对此则干脆装作一无所知，她从来看不见他打我，也从来不见他骂我，虽然他经常在她的眼皮底下干这些，当然，背着她时就更多了。

习惯了对约翰顺从，于是我乖乖走到他的椅子跟前。有两三分钟之久，他朝我伸着舌头,差不多要抻断了他的舌根。我明白他接着就要动手打我了,我一边紧张,一边又不禁仔细打量这个马上要动手的人的可厌的面孔。我不清楚他是不是从我脸上看出了我的念头,因为他一言不发地狠狠给了我一拳。我踉跄一下,从他椅子前倒退了一两步才稳住了身形。

"这是惩戒你刚才竟敢无礼地顶撞我妈妈,"他说,"还有你刚才鬼鬼祟祟躲在窗帘后的举动,还有,两分钟以前你眼里阴阳怪气的神情,你这只耗子!"

我听惯了约翰的斥骂,所以根本没想到回嘴。我全身心地思量着她何躲过谩骂后那顿殴打。

"你躲在窗帘后干什么?"他问。

"我在看书。"

"把书拿来。"

我去窗前把书拿了回来。

"你不配拿我们家的书。妈妈说过你是个靠别人养活的人。你没钱,你爸爸一分钱也没留给你。你该去要饭,而不是在这儿跟我们这样体面人家的孩子一起生活,跟我们吃一样的饭,穿着妈妈买来的衣服。今天我要教训教训你,让你再不敢乱翻我的书架,那全是我的,这整幢房子也是我的,不过是再等上几年就是了。滚,站到门口去,别挨着镜子和窗子。"

我按吩咐做了,开始我还不明白他到底想干什么。但随即我就看到他举起那本书来,掂了掂,起身拉起架势要把它扔过来,我本能地惊叫着往旁一闪,但已经来不及了。书扔了过来,打到我身上,我跌下去,头撞在门上,皮磕破了,血流了出来,痛得要命。此刻我的恐惧已经超过了极限,代之而起的是另外的心情。

"你是个残忍的坏孩子!"我说,"你简直像个杀人犯,像个监工头……你像个罗马暴君!"

我读过哥尔斯密的《罗马史》,对尼禄、克利古勒这些暴君已经有我自己的看法。我还在心里暗暗把他们和约翰做过对比,不想这会儿大声嚷了出来。

"什么!什么!"他叫喊起来,"她胆敢对我说这样的话?伊丽莎、乔治安娜,你们听见没有?我能不去告诉妈妈吗?可我先要……"

他向我猛冲过来,我觉出他揪住了我的头发,攥住了我肩头,气急败坏。他在我看来活脱脱就是一个暴君、一个杀人犯。我觉着有几滴血从我头上淌到脖子里,剧痛难忍。这种感觉一时压倒了恐惧,我发狂似的与他扭打在一处。不知道自己的双手到底干了些什么,只听见他的叫骂声"耗子! 耗子!"。帮手就在他身边,伊丽莎和乔治安娜早已跑上楼去找来了里德太太。她转眼就来到现场,保姆白茜和使女阿葆特在身后跟着。我们给分开了,只听见她们说:

"哎哟哟,这么撒泼,竟敢打约翰少爷!"

"这么发脾气,真没见过!"

末了,里德太太又添了一句:

"把她拖到红屋子里关起来!"立刻就有四只手抓住了我,把我拖上楼去。

一路上我都在反抗挣扎，这在我可是从来没有过的，可这大大加剧了白茜和阿葆特对我的厌恶。我实际上是有点不能自制，就像法国人常说的那样忘乎所以了。我心里清楚一时的反抗早已给自己招致难以想象的惩罚，因此像一切造反的奴隶一样，我在绝望中横下心来，反抗到底。

"抓住她胳膊，阿葆特小姐，她简直像只疯猫。"

"不害臊！不害臊！"使女喊着，"多吓人的举动哪，爱小姐，居然打了少爷，你恩人的儿子，打起你的小主人来了！"

"主人！他是什么主人？难道我是用人吗？"

"不，你连个用人也比不上，因为你白吃白住，却什么活儿也不干。行啦，坐下吧，好好反省一下你那臭脾气。"

此时她们已经把我拖进了里德太太所说的那间屋子，把我按在一张凳子上，我不由得弹跳起来，她们的两双手立刻抓住了我。

"你要是不肯乖乖坐着，就把你捆起来。"白茜说，"阿葆特小姐，把你的吊袜带借我用用，她准会一下子就挣断我那副的。"

阿葆特开始把要用的带子从她那粗腿上解下来了,这种捆绑前的准备,和它所包含的加倍难堪的耻辱,倒使我激愤的情绪微微冷静了些。

"别解啦,"我喊道,"我不动行了吧。"

为了证明这一点,我双手紧紧抓住了凳子。

"你最好记着别乱动。"白茜说。当她确信我真的屈服了,才放开了手。然后,她和阿葆特小姐抱着胳膊站在那儿,脸色阴沉,不放心地打量着我,好像还拿不准我是否清醒了。

"她以前可从来没有这样过。"末了,白茜终于回过脸去对使女说:

"可她其实一直就是这副脾性。"对方这么回答,"我常跟太太说起对这孩子的看法,太太也同意我的看法。她是个诡计多端的小家伙,我从没见过像她这么大点儿的小姑娘那么会装腔作势。"

白茜没搭腔,但过了不一会儿,她就冲我说:

"你得清楚,小姐,你受着里德太太的恩惠,她养活你。她要是把你撵出去,你只能在贫民院待着。"

对此,我无话可说。这些对我来说是老生常谈。我对生活最早的回忆就包含着人们诸如此类的暗示,这种指责我靠别人养活的话,在我听来已成为含意模糊的陈词滥调了,让人又难受又沮丧,可又似懂非懂。阿葆特小姐也附和道:

"你不要因为太太心眼儿好,把你和里德小姐和少爷们一起抚养大,就自以为和他们是平等的了。他们将来会有很多钱,你可连一分钱也不会有。你得低声下气、讨他们欢心,这才符合你的身份。"

"我们跟你说这些全是为了你好。"白茜接着说,语气放缓和了。"你尽可能学得有点儿用、讨人喜欢一点儿,说不定那样你还能在这儿待下去。你要是再这样爱发脾气、粗鲁无礼,我敢说太太准会把你撵走的。"

"再说,"阿葆特小姐说,"上帝也会降罚的,让她在大使性子时突然死掉。况且谁知道她死后会上哪儿去?行啦,白茜,咱们随她去吧,反正她说什么也不会喜欢咱们。留下你一个人后,爱小姐,你好好做做祷告吧,你要是不忏悔,说不准有什么恶魔会从烟囱里下来把你抓走呢。"

她们离开了,关上门,还上了锁。

红屋子是个空荡荡的房间,很少有人住,可以说从来没人住过。除非盖茨海德府偶尔涌来大批客人,以致不得不动用所有的房间。不过,这间屋是整幢房子里最宽敞最豪华的一间卧室。一张架着粗大红木架的床，上面挂着绛红色锦帐，像座神龛似的摆放在房间正中央。两扇大窗子，百叶窗永远是放下的，半掩在一色帷幔做成的褶皱和垂帘后面。地毯是红色的，床脚边的桌子铺着深红色的桌布。墙漆成淡淡的黄褐色，带点儿微红。衣橱、梳妆台、椅子都是乌油油的红木做的。床上高高堆放着垫褥和枕头，上面盖着雪白的马赛布床罩，在周围深色陈设中显得格外醒目。几乎同样引人注意的是床边那张铺着坐垫的大安乐椅，也是纯白色的，旁边还放着脚凳，我觉得，它看上去就像一个苍白的宝座。

因为很少生火，屋子很阴冷。它离育儿室和厨房都很远，因此很静；谁都知道这儿很少有人进来，所以它又显得很庄严。只有女佣人每星期六进来擦拭一下家具和镜子，除掉一星期的积尘。里德太太隔很久才会来一次，查看一下橱子里的一只秘密抽屉，各种羊皮纸文契在那里面放着，她的首饰盒，还有她那已故丈夫的一帧小像，而红屋子的神秘正在于此，它尽管富丽堂皇，却因此显得如此寂寥。

里德先生过世已经九年了，他就是在这间屋子里咽气的，在这里停灵，也是在这里他的棺材被殡仪馆的人抬出去。从那往后，一种悲哀、神圣的气氛就笼罩着这屋子，使得不常有人闯进这儿来。

白茜和那个尖刻的阿葆特让我一动不动坐在上面的，是放在大理石壁炉架旁边的一张软垫矮凳。那张床就耸立在我面前，左首是黑沉沉的大衣橱，斑驳柔和的反光使橱壁上显出陆离变幻的光泽。左首是遮得严严实实的窗户，窗与窗中间安着一面大镜子，显现出大床和屋子里空寂肃穆的景象。我弄不清她们是不是真把门锁上了，因此，在我稍敢动弹后，我就站起来走过去瞧。哎哎，真锁上了！比牢门还严。我转回原处时得经过那面大镜，我的眼光被吸引着不由自主地向镜中深处探寻。在幻象的虚境中，一切都显得比现实更阴暗、更冷漠。里面那个直瞪着我的古怪的小家伙，在朦胧昏暗中显出苍白的面庞和胳膊。一片死寂中，只有那双惶恐的亮晶晶的眼睛在转动，那样子看去真像个幽灵。我觉得它就像白茜晚上讲故事说过的那种半神半妖的小精灵的其中一个，它们常在沼泽地上荒草丛芜的幽谷中钻出来，出现在夜行人的面前。我又返回我的矮凳上。

那会儿我很迷信，不过此时迷信还没能压倒我。我的火气还很旺，反叛的奴隶身上那种激愤情绪还激励着我。往事像潮水一般翻涌，要我向可怕的现实低头，我得先拼命克制自己的心绪才行。

约翰·里德的蛮横，他姐妹的傲慢，他母亲对我的憎厌，佣人们的偏心，这一切在我不平静的心里，就像一口污井里的沉渣一样翻腾了起来。为什么我老受折磨、老被呵斥、老受责怪，总也摆脱不了厄运呢？为什么我总不讨人喜欢？为什么我竭力讨人喜欢可总是白费力气呢？伊丽莎任性又自私，却受人尊敬。乔治安娜脾气娇宠、尖刻狠毒，老爱寻事找茬，盛气凌人，可大家都还纵容她。她的可爱的外表，她的红红的双颊和金黄色的鬈发，似乎让她人见人爱，不管犯什么错都会得到原谅。而约翰呢，从来没人敢违拗他，更不用说去责罚他了。虽然他拧断鸽子的脖子，弄死小孔雀，让狗去咬羊，摘掉温室里葡萄藤上的果子，掰掉花房里珍贵花木的幼芽，还叫他妈妈"老姑娘"，还有时候为了她那跟他自己完全一式的黑皮肤而辱骂她，蛮横地违拗她的话，经常扯破、弄坏她的绸衣裳，可他仍然是她的"心肝宝贝"。而我呢，总是不敢犯一点儿错，拼命把所有事做好，却依然被指斥为淘气、讨厌，阴沉和鬼头鬼脑，而且是从早上到中午，从中午到晚上，时时被人这么责骂。

因为挨了打和跌倒，我的头一直还在疼痛和流血，可谁也不去责备约翰乱打我，我只不过是为了不再受无理的虐待才反抗了他，却饱受众人的责难。

"不公平！——太不公平！"我的理智这样告诉我。在痛苦的刺激下，它一下子变得早熟了，那么强有力。而同样被激起来的决心也鼓舞我采取某种非同寻常的办法来反抗这种令人忍无可忍的迫害——比如说出走，或者不成的话，就不吃不喝，干脆死了算了。

在那个凄凉悲惨的下午，我的心灵是多么惶惑和不平静啊！我的脑子乱成一团，愤懑充塞于胸臆！而这场内心的争斗又是多么盲目，多么无知！我回答不了我内心深处不断提出的问题——为什么我总是受尽折磨？如今，隔了多年以后，我才看明白了其中究竟。

在盖茨海德府，我是个不和谐的人，我跟那儿的任何人都不一样。无论是跟里德太太，还是她的孩子们，还是她宠幸的佣人们，我都格格不入。如果说他们不喜欢我，那么说老实话，我同样不喜欢他们。对他们来说，我是一个异类，无论在脾性、能力或爱好上都与他们相反；我是个毫无用处的家伙，不会迎合他们，也不能给他们增添一点儿乐趣；我是个令人讨厌的东西，身上长有不满他们的行为，鄙视他们的毒菌。我知道如果我是个快乐无忧、聪明伶俐、漂亮顽皮的小女孩，哪怕还是寄人篱下，举目无亲，里德太太见了我也会高兴一些，她的孩子们也会待我友善一些，佣人们也不会动辄叫我去育儿室代人受过了。

红屋里的光线越来越暗。已经是四点多了，阴沉的下午正逐渐为凄凉的黄昏所取代。我听见雨还在不停地抽打楼梯上的窗户，风仍在府后的树林里呼啸。我的身体被冻得像石头一样僵硬，随后勇气也跟着消失了。我平素的自卑、自我猜疑、沮丧灰心的心情像冰水那样浇熄了我那渐趋微弱的怒火。人人都说我坏，也许我真是这样。刚才我在想什么念头呀，竟想饿死自己？那当然是个罪孽的念头。我可以死吗？盖茨海德教堂圣坛下的墓穴真是那么诱惑人的去处吗？听说里德先生就葬在那样的墓穴里。这念头又使我想起他来，我越想越害怕。我已记不清他的模样了，但我知道他是我的亲舅舅，我母亲的兄弟，在我父母双亡后收留了我，还在临终前要求里德太太答应他，将我像亲生儿女那样抚养成人。里德太太大概觉得自己已经遵守了这一诺言，在她天性许可的范围里，也许她确实尽力而为了吧。只是，我对她来说毕竟是家族外的人，在丈夫死后更与她毫不相干，最多只是个碍手碍脚的外人罢了，她又怎么会真心喜欢我呢？像这样被一个不得已许下的诺言所束缚，去做一个自己无法喜爱的孩子的母亲，眼看着一个与家人合不来的陌生人妨碍自己的家庭生活，那准是一桩令人深感厌恶的事吧。

我突然生出一个奇怪的想法，我毫不怀疑——也从来没有怀疑过——要是里德先生还在世，他一定会很好地待我。如今，我坐在这儿，望着白色的床铺和昏暗的墙壁，时不时忍不住转眼望一眼那幽幽发亮的镜子，慢慢回想起我所听过的种种传说。据说死人看到活人违背了他们的遗嘱，在坟墓里也不会安宁，会重返世间，惩罚背信弃义的人，为被虐待的人报仇。我想里德先生的灵魂一定会因他外甥女受到冷遇而急恼，兴许会离开他的住处——不管是在教堂的墓穴里，还是在死人居住的地府中——而在这间屋子里出现在我面前。我拭去眼泪、忍住啜泣，以免哪一种极度悲痛的表现招来某个超自然的声音来抚慰我，或在昏暗中引来一张光环围绕的脸，现出怪异的怜悯神情俯视着我。按理这种念头能安慰人，可是真的实现了，那就太可怕了。因此我拼命打消这个念头，竭力让自己镇定下来。我甩开挡住眼帘的头发，抬起头，大着胆子打量这间黑洞洞的屋子。就在这时，墙上闪过一线光亮，我疑惑这会是月光透过百叶窗缝射了进来？不像，月光不会动，而这线光亮却在闪动。我正瞧它的时候，它忽然闪到了天花板上，晃动在我头顶上。要是现在，我一下子就会猜到那多半是有人提着灯穿过草坪时发出的光亮，然而当时，我只想到那些可怕的事，激动得神经紧张，还以为这道快速移动的亮光一定是从另一个世界来临的鬼魂。我的心怦怦乱跳，头皮发烫，耳中嗡嗡作响，我以为那是翅膀搧动的声音，仿佛有什么东西正靠近我，我感到压抑，透不过气来，我再也忍受不住了,扑到门边不顾一切地拼命摇锁。外面走廊上传来脚步声,钥匙转动了一下,白茜和阿葆特走了进来。

"爱小姐,你不舒服了吗?"白茜问。

"折腾出那么大的动静来!差点儿把我震聋了!"阿葆特嚷道。

"带我出去!让我到育儿室去!"我喊着。

"干吗?有什么伤着你了吗?你看见什么了吗?"白茜又追问。

"哦,我见到一道亮光,我觉得鬼就要来了。"说着我抓住了白茜的手,她也并没有缩回去。

"她是故意这么大叫大嚷的,"阿葆特厌恶地断言,"嚷得那么凶!要是她真有多么大的痛苦倒也可以原谅,可她不过是成心要让我们都过来,我知道她那些鬼伎俩。"

"这都是怎么回事?"另外一个声音专横地发问。跟着里德太太赶到了,她头上的帽带飘动着,衣服发出沙沙的声响,"阿葆特、白茜,我记得我吩咐过,叫你们让简·爱一直待在红屋子里,直到我自己来找她。"

"可简小姐叫得很响,太太。"白茜辩解说。

"随她去。"这是唯一的回答,"别抓着白茜的手,小家伙,放心吧,靠这样想逃出屋子是办不到的。我最讨厌别人弄鬼,尤其是小孩子。我得提醒你,闹鬼花样是没有用的,你还得在这儿多待上一个钟头,只有老老实实,一声不响的,我才放你出来。"

"哦,舅妈,求求你,饶了我吧!我受不了啦……用其他办法惩罚我吧!我会死掉的,要是……"

"闭嘴,你这么胡闹真让人恶心。"毫无疑问,她真是这么感觉的。在她眼里,我是一个早熟的演员。她把我真的视为一个阴险可怕、心地卑鄙、口是心非的人了。

我那时伤心到了极点,哭得厉害。里德太太极不耐烦,等白茜和阿葆特退出后,她不再跟我多费口舌,将我往屋里一推,锁上了门。我听见她大步走开了。她走后不久,我想我大概昏厥了过去。这场闹剧就在我的人事不省中落幕了。

在我的记忆中,随后发生的事是,我感到自己仿佛从一场噩梦中醒了过来,眼前是一片刺目的红光,红光中还夹杂有一道道横七竖八交叉的黑色光线。我还听见有人在说话,那声音闷闷的,仿佛夹在疾风或激流中似的。激动、惶惑,还有强烈的恐惧感使我神智迷离。过了一会儿,我发现有人在照料我,扶我起来,让我靠着他坐着,以前没有什么人温存体贴地搂过我。我的头枕在枕头上,或者那是条臂膀,我感到很舒服。

又过了五分钟,迷雾散开了。我意识到我是躺在自己的床上,那片红光来自育儿室的炉火。已经入夜了,一支蜡烛在桌上燃着,白茜端着脸盆站在床脚边。我枕边的椅子上一位先生坐在那里,正俯身望着我。

我感到一种无法形容的宽慰,深信自己受到了保护,洋溢着安全感。因为我知道屋里来了位外人,他不属于盖茨海德府,又跟里德太太并不沾亲带故。我把眼光从白茜身上移开,虽然相比起来,她远不像阿葆特那样让我讨厌,我细细打量那位先生的面庞。我认识他,他是劳埃德先生,一位药剂师。逢到用人有病,里德太太总是请他来。她自己和孩子们有病时,总是另请医生的。

“好吧,我是谁?”他问。

我叫出了他的名字,并把手伸过去。他握住了,笑着说:“咱们会慢慢好起来的。”接着,他扶我躺下,交代白茜,要她小心点,夜里别让我再受到惊扰。他又交代嘱咐了几句,表示说他明天再来看我,然后就走了。这让我很难过,因为有他坐在我身边的椅子上,我就觉得很踏实,有了依靠。他随手把门带上了,这使屋子顿时变得黯淡起来。一种莫名的哀伤沉甸甸地压在我心头,使它又一次沉了下去。

“你想睡吗,小姐?”白茜问。她的口气相当柔和。

我简直不大敢回答她的话,生怕她下一句话又粗鲁起来。“我试试看。”

“你想喝点或吃点什么吗?”

“不想,谢谢你,白茜。”

“那么我该去睡了,现在已经过了十二点了。如果你夜里需要什么,就叫我一声。”

这真是令人惊讶的客气!这让我壮着胆子提出一个问题。

"白茜,我怎么啦？是不是病了？"

"依我看，你是在红屋子里哭坏了身子。你不久就会好起来了，没问题。"

白茜回到了不远处的女仆房里，我听见她在说：

"塞拉，你来育儿室陪我一块睡吧，我今晚无论如何也不敢一个人陪着那个可怜的孩子，她兴许会死掉的。真够怪的，她竟然会昏了过去，我担心她是不是看到了什么，太太也真够狠心的。"

塞拉和她一块儿回来，俩人上床后，又悄声低语了半个钟头才睡着。我断断续续听见了几句，只靠这些也已足够猜到她们谈话的中心内容。

"有什么东西在她身边过去，一身雪白的衣服，然后就不见了……"，"有条大黑狗紧跟在他身后……"，"房门上重重敲了三响……"，"墓地上有道亮光，正好照在他的坟墓上"如此等等。

最后俩人都睡熟了，炉火跟蜡烛也都熄灭了。而我却在可怕的清醒中度过了一个漫漫长夜。一种恐惧——只有孩子才能体会到的恐惧——使我的耳目和心灵一直处于紧张不安的状况中。

这次红屋子事件并没造成我严重的或长期的生理疾病，它只是使我的心灵受到一次震撼，直到现在我还感觉到它的波澜。是啊，里德太太，正是你给我的心灵造成重重创痛。不过我还是应当原谅你，因为你并不清楚你做了什么，当你伤透了我的心时，还确信是在铲除我的劣根性。

第二天的中午时分，我起来穿好衣服，披着披巾坐在育儿室的壁炉边。我身体虚弱、难以支持，但最使我难过的并不是身上的病痛，而是一种难以言表的心灵创伤。我不停地无声地流泪，苦涩的泪滴不断滚下面颊，拭去一滴，就有另外一滴滴落。然而我觉得我应当快活起来，因为里德太太一家人都不在，他们都跟着他们的妈妈坐着马车出去了。阿葆特也正在别的屋子里做女红。而白茜呢，一边在四处走动，收拾起玩具，整理抽屉，一边不时跟我说上几句平常难得听到的亲切的话。对我这样一个过惯了饱受训斥、费尽心思也讨不得欢心的日子的人来说，眼下这番情景应当算得上是个安宁的乐园了，然而我的心灵已受尽摧残，以至于没有任何宁静能抚慰它，也没有任何赏心悦目的东西能使它愉快起来。

白茜去了楼下厨房里，端来一个水果馅饼，盛在一个色彩鲜艳的瓷盘里。盘子上绘着一只极乐鸟，栖息在以旋花和玫瑰花蕾编成的花环里。这图案曾令我赞美不已，我曾多次恳求让我拿着这个盘子仔细端详一番，却始终被认为不配享有这样的权利。现在,这件珍贵的瓷器就搁在我的膝头,白茜还殷勤地劝我尝尝盘里精美的圆形糕点。可惜这好意只是白费! 就像那些朝思暮想却又一再落空的期望一样,它来得太迟了! 我吃不下馅饼,那鸟儿的羽毛,花儿的光泽也意外地失去了光彩。我把那放馅饼的盘子推向一边。白茜问我想不想看书,书,这个字眼就像一支速效兴奋剂一样产生了奇效,我请她到图书室里去把《格列佛游记》拿来。这本书我曾津津有味地读了一遍又一遍。我当时认为书里讲的全是真事,还认为它比神话更有趣。就说那些小矮人吧,我曾在指顶花叶和风铃草丛中,在蘑菇下面,在爬满连钱草的古老墙根下到处寻找过它们。最后我只好承认这样一个令人丧气的现实,这些小矮人都已逃离英国,到某个林木更加茂密的原始森林,或人口更为稀少的国度里去了。而小人国和大人国呢,在我的信念中,它们也是这个地球上实实在在的地方。早晚有一天,我会做一次长途旅行,会亲眼看看其中一个国度的小小的田野、房舍、林木、小人、小牛、小羊和小鸟;也会亲眼看见另一个国度里森林一般的麦田、强壮的猛犬、吓人的巨猫和高塔般的男男女女。可是,当我拿到这本心爱的书,翻着书页,在那些奇妙的插图中寻找它往昔从未消失过的魅力时,一切看上去却都那么的怪诞而乏味。那些巨人成了瘦骨嶙峋的妖魔,小人都是些刻毒可怕的小鬼,而格列佛则成了在世上最险恶可怖地方游荡的一个无比孤独的流浪者。我合上书不敢再看,把它搁在桌上那个我没动过的馅饼旁边。

白茜这会儿已收拾好屋子,洗过手,打开了一个小抽屉,里面装满着零碎的美丽绸缎。她动手给乔治安娜的布娃娃做一顶新帽子。她边做边唱,歌词是这样的:

> 当初我们一块儿浪迹天涯,
> 时光已逝去了那么久。

我以前曾无数次听到过这首歌,每次听都感到欢快宜人,因为白茜的嗓音很甜美——至少,我是这么觉得的。可是现在,尽管她的嗓音依旧很甜,但我却从那曲调中体味到了一种无法形容的哀伤。有时候她做活儿出了神,把歌唱得非常低沉缠绵,"时光已逝去了那么久",这一句唱得就像挽歌中最忧伤的调子一样。她接下去又唱起另一首民谣来,这次更是一首凄凉的歌谣了。

> 我走得双脚疼痛,四肢酸麻,

路远迢迢，山岭荒芜，
　　天边没有月光，唯有苍凉暮色，
　　笼罩可怜的孤儿的旅途。

为什么我孤身一人，远离故乡，
　　来到荒野茫茫，巉岩磊磊的地方？
人心险恶，只有天使善良，
　　关注着可怜孤儿的跋涉。

微微夜风吹送，
　　长空无云，繁星晶莹闪亮，
上帝慈悲，赐福与人，
　　让孤儿获得安慰和希望。

哪怕我自断桥失足跌落，
　　被迷雾所惑，陷入泥沼，
天父仍将祝福和允诺，
　　把可怜的孤儿紧紧拥抱。

这个信念赋予我力量，
　　纵然我无处栖身，举目无亲，
天堂会是我归宿，可以容我安息，
　　上帝啊，你是可怜的孤儿的朋友。

　　"好啦，简小姐，别哭了。"白茜唱完后说道。其实她倒不如对火说声"你不要烧了"。不过，她又怎能理解我受到的那种难忍的折磨呢？午饭前，劳埃德先生又来了。

　　"怎么，已经起来了！"他一进育儿室就说，"唉，保姆，她怎么样啊？"
　　白茜回答说我很好。
　　"那她应当显得高兴点儿。到这儿来，简小姐，你叫简，是不是？"

"是的,先生,我叫简·爱。"

"哦,你在哭,简·爱小姐,能告诉我原因吗? 你哪儿疼吗?"

"哪儿也不疼、先生。"

"嗯,我猜她准是为了没能跟太太一起坐马车出去才哭的。"白茜插话说。

"决不会! 她这么大了,不会再为这种小事闹别扭了。"

我也是这样认为的,这样的错怪伤害了我的自尊心,我赶紧反驳说:"我什么时候也没有为这种事哭过,我最讨厌坐马车出去。我哭是因为我太不幸了。"

"哎哟,小姐。"白茜说。

好心的药剂师有点儿摸不着头脑。我站在他面前,他用眼睛直直地瞧着我。他一双灰色眼睛,并不大,也不十分明亮,不过现在回忆起来,它们倒是相当锐利。他的相貌丑陋,但十分和蔼可亲。他慢条斯理地把我打量了一番后说:

"你昨天是怎么病的?"

"她摔倒了。"白茜又插话说。

"摔倒! 这可又像个小娃娃了! 她这么大了,连路都不会走吗? 她总该有八九岁了吧。"

"我是被打倒的。"自尊心再次受伤引起的不快使我冲动地解释说。"可我生病的原因并不是这个。"我补充说。这时候劳埃德先生撮了一点鼻烟吸起来。

他把鼻烟壶放回背心口袋里去时,一阵响亮的铃声响起来,召唤佣人们去吃饭,他知道是怎么回事。"保姆,这是在叫你呢,"他说,"你下楼去吧,在你回来之前,我可以劝劝简小姐。"

白茜本想留下来,可她不得不去,因为准时用餐是盖茨海德府一向遵守的严格的规矩。

"你生病不是因为跌倒,那是因为什么呢?"白茜走了以后,劳埃德先生继续问。

"我在一间有鬼的屋子里,一直被关到天黑。"

我看到劳埃德先生笑了笑,又皱了皱眉。

"有鬼! 咳,你毕竟还是个孩子! 你怕鬼吗?"

"我害怕里德先生的鬼魂,他就是在那间屋子里去世的,还在那里停灵来着。白茜也好,其他人也好,晚上只要能不去,就决不会去那儿的。把我一个人关在那儿,连支蜡烛都没有,真是残忍——太残忍啦,我想我一辈子都忘不了。"

"胡说! 是不是就为了这个,你才觉得那么不幸? 现在是大白天,你怕不怕?"

"不怕。可是马上又要到黑夜,再说,……我不快活,……很不快活,还有其他的事。"

"其他的什么事? 能说给我听听吗?"

我多么渴望详详尽尽地回答他的问题啊! 可要回答又是那么不容易! 孩子们的感觉很敏锐,但却很难归纳他们的感觉,即使脑子里多少能进行一点分析,也不知该如何把结果表达出来。不过,我生怕错过这第一次也是仅有的一次宣泄的机会,因此在犹豫地沉默了片刻后,我竭力做出了一个尽管贫乏但却十分真实的回答:

"首先,我没有父亲母亲,也没有兄弟姐妹。"

"你有一位和善的舅妈,还有表兄表姐呀。"

我又沉默了一下,然后冒冒失失地说出一句:

"可约翰·里德把我打倒在地,我舅妈却反而把我关进了红屋子。"

劳埃德先生又一次掏出他的鼻烟盒来。

"你不觉得盖茨海德府是座漂亮的宅子吗?"他问,"你能住在这么好的地方,还不觉得非常幸运吗?"

"这又不是我的家,先生。阿葆特就说过我还不比用人有资格住在这里。"

"噢! 可你总不会傻到想离开这里吧?"

"要是有别的地方可去,我会很乐意离开这儿的。可是我还没有长大成人,绝不可能离开盖茨海德府。"

"或许可能——谁知道呢？除了里德太太外，你还有别有亲戚吗？"

"我想是没有了，先生。"

"你父亲那方面的也没有吗？"

"我不知道，有一次我问过里德舅妈，她说我可能是有些姓爱的穷亲戚，不过，她对他们的情况也一无所知。"

"如果你真有这样的亲戚，你愿意跟他们住在一起吗？"

我想了一下。贫穷在成年人看来是可怕的，在孩子的心目中则更甚。他们不太知道什么叫勤勉工作，有尊严的贫穷，在他们的脑海中，贫穷这词总是跟衣衫褴褛、食物匮乏、没生火的炉子、粗暴的举止和卑劣的品行联系在一起的。在我心目中，贫穷和堕落是一回事。

"不，我不愿意做穷人。"我这样回答。

"哪怕他们待你很好，你也不愿意吗？"

我摇摇头。我不明白穷人怎么能够对别人好，何况还得学得像他们那样说话，跟他们一样地行事，变得没教养，长大就像一个我有时见过的那种穷苦女人，她们常在盖茨海德村的篷屋门前洗衣服、奶孩子。不，我可还没有那样的豪迈，宁肯拿身份去换取自由。

"不过，你的亲戚真的有那么穷吗？他们都是做体力活的吗？"

"我不知道。里德舅妈说，就算我有亲戚，也准是些穷叫花子，我可不愿去要饭。"

"你愿意去上学吗？"

我又想了想，我几乎不知道学校到底是怎么回事。听白茜有时说起过，好像那儿的年轻小姐们都得穿着足枷、系着脊椎矫正板坐着，而且举止必须非常斯文、规矩。约翰·里德痛恨他的学校，常谩骂他的老师。不过约翰的好恶不一定就代表我的好恶。而且尽管白茜关于校规的说法（她在来盖茨海德府前曾在一家人家待过，从那家人家的年轻小姐那儿听来了这番话）有点可怕，但她说起那几位小姐学会的技艺，我觉得挺令人向往的。她大大夸赞她们画的那些漂亮的风景和花卉，她们唱的歌和弹奏的曲子，她们编织的钱包及她们翻译的法文书，听得我极为神往，巴不得像她们一样。再说，进了学校，环境会发生彻底的变化，这也意味着要做一次长途旅行，彻底离开盖茨海德府，过上一种新生活。

"我当然愿意去上学。"我思索一番后，得出了这样的结论。

"好吧,好吧,谁知道会发生什么事呢?"劳埃德先生说着站起来。"这孩子该换一换空气和环境,"他自言自语地又添了一句,"神经有点儿脆弱啊。"

这时白茜回来了,同时正好传来一辆马车沿着石子路驶来的声音。

"是你的太太吧,保姆?"劳埃德先生问,"我想在离开之前跟她谈一谈。"

白茜请他到早餐间去,并给他带路。从后来发生的情况看,我猜这位药剂师在他随后与里德太太的谈话中准是大胆地建议送我去上学,这个建议无疑是被立刻采纳了。因为有一天晚上,阿葆特和白茜一起在育儿室做活时谈起了这件事。那时候我已上了床,她们以为我睡着了。阿葆特说:"我敢说太太正急着甩开这么一个坏脾气的孩子,这孩子好像老是在盯着每个人,总像在暗地策划什么似的。"我想,阿葆特准是把我看成幼年福克斯式的人物了。

就在这次阿葆特与白茜的谈话中,我第一次听说我的父亲是个穷牧师,我母亲不顾亲友们的反对,仍然下嫁了他。我的外祖父对她的忤逆勃然大怒,和她断绝了关系,一分钱也没留给她。我父母结婚一年时,我父亲任副牧师的那个大工业城市流行斑疹伤寒,他在访问穷人时受到了传染,我母亲又从他那儿被感染,不到一个月,俩人先后去世了。

白茜听了这番话,叹了口气,说:"苦命的简小姐也真让人同情呢,阿葆特。"

"是啊,"阿葆特回答说,"要是她是个漂亮、可爱的孩子,她那孤苦无依倒也叫人同情,可像她这么个小东西,实在没法让人喜欢。"

"确实不太讨人喜欢。"白茜表示同意,"最少,像乔治安娜这样的美人若处在同样的境况下,会招人喜欢多了。"

"是啊,我真太爱乔治安娜小姐了!"阿葆特热情地喊起来"小宝贝儿! ——长长的鬈发、蔚蓝的眼睛,脸色红润可爱,简直就像画出来的! ……白茜,我真想晚饭吃它一盘威尔士兔子。"

"我也想——再配上点儿烤洋葱。来,咱们下楼去吧。"她们走了。

4

从我和劳埃德先生的对话，上文提到的白茜和阿葆特的谈话中，我已获得足够的信心确认我的生活将出现转机。一切变化看来近在眼前，——我暗自期待着、盼望着。然而，它却姗姗来迟。几天过去了，几个星期过去了，我的身体已经康复，但我日夜盼望的那件事却没有人提起。里德太太有时会以严厉的目光打量我，但却极少开口与我讲话。从我生病以后，她在我与她的孩子们之间划下了一道愈加分明的界线。她让我一个人睡在另外一间小屋里，一个人进餐，让我整天待在育儿室里，而我的表兄表姐却经常在客厅里活动。她没有提过半点儿关于我去上学的事，但我仍本能地相信她不会再容我在这座宅子中长住下去了。因为一旦她看到我，她的眼神就显露出一种深恶痛绝的神情。

伊丽莎和乔治安娜显然是得到了特别的嘱咐，她们尽量不与我说话。约翰每次看到我仍然做出一副伸长舌头的怪相。有一次他又想对我动手，前一次我曾爆发出来的狂暴情绪和誓死反抗的决心仍在激励着我，使我马上怒目相向。这一来让他觉得不如罢手为妙，便一边咒骂着一边逃开了，还赌咒说是我打破了他的鼻子。我倒确实想对准他那隆起的部位狠狠揍上一拳。看到他被我的举动或神情吓破了胆的神气，我真想乘胜追击，可惜他已经逃到他妈妈的羽翼下了。我听见他抽抽泣泣地告状说"那个不要脸的简·爱"如何像只疯猫那样向他扑过去，但他的话被严厉地喝止了：

"不要在我面前提她，约翰，我对你说过别挨近她，她这人不配搭理，我不希望你和你的姐妹们和她来往。"

听到这里，我从楼梯栏杆上探出身子，毫无顾忌地大声喊道：

"他们才不配和我来往哩。"

里德太太是个体态丰腴的女人，可她一听到这个反了天的奇特宣言，马上快步跑上楼来，一阵风似的把我拖进了育儿室，将我按倒在我的小床上，厉声恫吓我，看我还敢不敢在后半天里从床上爬起来，或者再多说一个字。

"要是里德舅舅还活着，他会说什么呢？"我几乎是不经意地问道。我说几乎不经意是因为我的舌头似乎未经意志的同意便吐出了这句话，它是不由自主地脱口而出的。

"什么?"里德太太低声说,平日里冷漠平静的灰眼睛流露出近乎恐惧的惶惑神情,她松开我的臂膊,两眼直瞪着我,好像她真的弄不清我到底是个孩子呢,还是个魔鬼。现在我只好一不做、二不休了。

"我的里德舅舅就在天上,你的所做所想他都看得一清二楚。还有我爸爸妈妈,他们也看得见。他们都知道你是怎样把我关上一整天的,还巴不得我快死掉。"

里德太太很快又镇定下来,她抓住我拼命摇晃,左右开弓地搧我的耳光,然后她一言不发地走了。白茜补上了这个空缺,她足足训了我一个小时,证实我确实是受人家抚养的孩子中最坏最任性的一个。我听了半信半疑,因为确实,在我胸中翻腾的只有仇恨。

十一月、十二月过去了,正月也过了一半。盖茨海德府像往常一样在节日的欢乐气氛中度过了圣诞节和新年。人们相互赠送礼物,举办各种宴会晚会。我当然被摒弃在各种欢乐之外。我仅有的乐趣是看着伊丽莎和乔治安娜每天盛装打扮,看她们身着薄纱长衣,系上红色腰带,鬈发精心梳理过,到楼下的客厅去。然后就是倾听楼下传来的钢琴和竖琴的演奏声,听管事和用人来来回回的走动声,人们用茶点时杯盏交错的叮当撞击声,以及客厅大门一开一合中断断续续传来的嗡嗡谈话声。听厌了,我就从开楼梯口走开,回到清冷寂静的育儿室去。虽然在那儿有些令人伤感,但并不痛苦。说实话,我一点儿也不想加入到人群中去,因为那里没几个人会注意我。只要白茜肯友善一点,让我跟她安安静静待上一晚,不必挤到满是先生太太的房间里去,忍受里德太太的白眼,我就心满意足了。可惜的是,白茜在替两位小姐打扮停当后,总又赶到厨房和管事房等热闹地方去了,还经常把蜡烛也带走。我只好坐在那里,把玩具娃娃抱在怀里,一直坐到炉火逐渐熄灭。我不时四下张望,生怕除我之外还有什么可怕的东西在屋里出没。等到炉中余烬转成暗红色,我便赶紧脱掉衣服,使劲解开那些结子带子,钻到床上去躲开寒冷黑暗。我总是抱着我的玩具娃娃,人总需要爱些东西,既然没有什么更值得我爱,我就只好去珍爱这个破烂得像个小乞丐似的旧玩偶了。我现在回想起来仍然难以理解,我那时是怀着多么可笑的感情疼爱着这个小玩偶啊,我几乎把它当成有生命有感觉的东西。若不把它揽在我的睡衣里,我就简直难以入睡。只有它温暖、安心地躺着,我才开始快活,相信它也会同样快活。

在我等待客人散去、倾听着白茜上楼的声音时,时间总是过得很慢。这中间,白茜偶尔会上来找她的顶针或剪子,或者给我带点儿吃的做晚餐——一个小甜面包或一块干酪饼——我吃的时候,她会坐在床边看着。直到我吃完了,并替我把被子披紧,连着亲了我两次,说:"晚安,简小姐。"每当白茜这么温柔的时候,我就会觉得她是世界上最好最漂亮最善良的人。我真希望她永远这样和颜悦色,别像她平常那样,把我推来操去,或者责骂我,派我干太多的活儿。现在我回想起来,白茜·李一定是个很有天赋的人,无论做什么事都干脆利落,她还有着出色的讲故事的才华。根据她在育儿室讲的那些故事给我留下的印象看,我认为至少是这样的。至于她的容貌和模样,在我的记忆中,还是相当标致的。我记得,她有苗条的身段、头发乌黑,眼睛明亮,五官非常端正、皮肤健康。但她脾气暴躁,对正义、道理没什么是非观念。尽管如此,比起盖茨海德府别的人来,我还是比较喜欢她。

一月十五日那天,大约上午九点左右,白茜已经下楼去吃早饭,我那几位表兄表姐还没有被叫到他们的妈妈那里去。伊丽莎戴上帽子,穿上去花园穿才的暖外套,准备去喂她的鸡。这是她爱干的一件事,她也同样爱把鸡蛋卖给管家,把得来的钱攒起来。她天生有做生意的头脑,也有攒钱的癖好。这不仅表现在卖鸡蛋和小鸡上,也还表现在跟花匠谈花根、花种和花枝生意时的讨价还价上。园丁从里德太太那儿得到过指示,小姐花坛上开的花儿,她想卖多少,他都得买下来。而只要有利可图,伊丽莎是连头发也肯卖掉的。至于攒下的那些钱,她起初是用破布和旧卷发纸包起来,放在偏僻的角落里,但是有几次被女佣人发现了,伊丽莎生怕有一天会失掉这宗珍贵的财富,只好同意交给母亲保管,但要收取很高的利息——百分之五十到六十。这利息她每季度索取一次,把账丝毫不差地记在一个小本子上。

乔治安娜则坐在一张高凳上照着镜子正在梳理头发,并往鬈发里插着假花和旧羽毛,那玩意儿是她在阁楼的一个抽屉里找到的。我在整理我的床,白茜严厉地吩咐我一定要在她回来之前收拾好(白茜现在经常把我当作下手支使,让我收拾房间、擦抹椅子等等)。我铺好被子,叠起睡衣,走到窗台旁边,准备把散放在那儿的图画书和玩具家具收拾好。乔治安娜突然大喝一声,让我别碰她的那些玩意儿(因为那些小椅子、小镜子、精致可爱的小杯子、小碟子都是她的财产),我马上住了手。由于没有其他事可干,于是我就去对着窗上凝着的霜花哈气、哈出一块干净玻璃来,透过那儿观察在严寒笼罩下凝然不动的一切。

从这窗口还可以看到门房和马车道,我刚把凝在窗上的银白色霜花哈化了一块,能够看见外面,就见大门打开了,一辆马车驶了进来。我看着它顺车道驶来,并没在意。因为常有马车驶进盖茨海德府,但从来没有哪一辆送来过我感兴趣的客人。马车在屋子前面停下了，门铃大作，客人被请进了门。这一切与我毫无关联，我那游移的注意力此刻已被更有趣的景象所吸引，那是一只饥肠辘辘的小知更鸟，它飞过来停在窗外靠墙的一颗叶子落尽了的樱桃树枝上啾啾叫着。我早饭剩下的面包和牛奶还搁在桌子上，我弄碎面包，推开窗子把面包屑放在外面窗台上。这时白茜跑上楼，来到了育儿室。

"简小姐，快脱下围裙。你在那儿干什么呢？你今天早上洗脸洗手了吗？"我在回答她之前又推了一次窗子，因为我想让鸟儿能吃到面包。我在窗台上又撒了些面包屑，又往樱桃树枝上撒了一些，才关上窗子，回答说：

"还没呢，白茜，我刚打扫完房间。"

"你这讨厌的粗心的孩子！那你现在又在干吗？你脸这么红，像正干什么淘气的坏事。你开窗子干吗？"

我其实用不着回答，白茜匆匆忙忙的，看来也顾不上听我解释。她把我拖到了洗脸架前，用水、肥皂和粗毛巾把我的手脸狠狠揉搓了一番，幸好很快。然后又用毛刷给我梳了梳头发，解下我的围裙，然后就催着我到楼梯口，让我马上下去，有人正在早餐室里等我。

我本来想问一声是谁在等我，还想问里德太太在不在那儿，但白茜已经走了，还当着我的面关上了育儿室的门。我只好慢悠悠地走下楼去。差不多有三个月我没被叫到里德太太跟前过了，在育儿室关久了，早餐室、客厅对我来说已成了可怕的地方，我差点不敢走进去。

这会儿我站在空荡荡的大厅里，面对着早餐室的门，我站住了，吓得直发抖。在那时候，不公正的惩罚导致的恐惧，已经把我变成了多么可悲的胆小鬼啊！我不敢回育儿室，也不敢向前继续走入客厅。我站在那儿，心绪烦乱，犹豫了十分钟之久，早餐室的铃猛响起来，我才下定了决心，我不能不进去。

"谁会找我呢？"我一边心里暗想，一边去旋转那很紧的门把手，转了半天还是转不开。"除了里德舅妈以外，我还会见到谁呢？——一个男人呢，还是个女人？"门把转动了，门开了，我走了进去，毕恭毕敬地行了个屈膝礼，抬头看去，只见——一根黑柱子！至少，猛一看，那个直挺挺地站在地毯上，一身黑衣服的笔直细长个子的，的确给我这种的印象。而顶部那张冷若冰霜的面孔，就像雕刻出来的面具，就像柱头放在柱身上。

里德太太坐在炉旁她常坐的位置上，她招手让我过去，我照办了。她用了一句

话把我介绍给那个石头般的陌生人："这就是我向你提出申请的那个小姑娘。"

他（因为这是个男人）慢慢向我站的方向转过脸来，他那闪烁在浓眉下，满是探究神色的灰眼睛盯着我打量了一番，用一种低沉的嗓音严肃地说："她个子太小，几岁了？"

"十岁。"

"有这么大了吗？"他怀疑地答道，他又凝视了我一会儿，然后问我：

"你叫什么名字，小姑娘？"

"简·爱，先生。"

说着，我抬起头来。在我眼里，他是个很高的先生，不过那时我自己实在太矮小。他五官粗大，五官和整个身架都那么古板、严厉。

"哦，简·爱，你是个好孩子吗？"

对这个问题我没法作肯定的答复，我生活的圈子里的人对此都持相反的看法，因此我没有吭声。里德太太意味深长地摇了摇头，算是替我回答，跟着又补了一句："关于这个问题，我们或许还是少说为妙，布洛克尔赫斯特先生。"

"听你这么说我可真遗憾！我想跟她好好谈谈。"说着他的挺直的身子弯了下来，在里德太太对面的一张扶手椅上坐了下来。"过来，"他说。

我踏着地毯向他走过去，他让我直直地站在他面前。这时他的脸差不多正好对着我的脸，他长着一张什么样的脸啊！好大的鼻子！好大的嘴巴！还有一口多大的突出的龅牙啊!

"再没有比看到一个淘气孩子更让人难受的,"他开口说道,"特别是淘气的小女孩。你知道坏人死后去哪儿吗?"

"他们都下地狱。"我马上做出最正统的回答。

"那地狱又是什么样子的? 你能告诉我吗?"

"是个火坑。"

"那你愿意掉进火坑,永远被火烧吗?"

"不愿意,先生。"

"你该怎么做才能避免下火坑呢?"

我仔细想了一会儿,可最后的回答却很不像样:"我要保持健康,不要死掉。"

"你怎么能让身体老是健康呢? 每天都有比你还小的孩子死掉。前两天,我还埋葬过一个五岁的孩子——一个很好的孩子,他的灵魂现在已经升入天堂。可如果是你离开人世,恐怕我就不能得出这样的结论了。"

因为没法消除他的怀疑,我只好垂下目光,盯着他踩在地毯上的两只大脚,叹了口气,恨不得自己离他远远的。

"我希望这声叹息是发自内心的,但愿你能后悔你给你这位大恩人带来这么多烦恼。"

"恩人! 恩人!"我心里说,"他们都说里德太太是我的恩人。要真是这样,那恩人一定是个讨厌的东西。"

"你早晚都做祷告吗?"我这位审问者继续盘问。

"做的,先生。"

"你念《圣经》吗?"

"有时候念。"

"喜欢念吗? 你喜欢它吗?"

"我喜欢《启示录》《但以理书》《创世记》和《撒母耳记》,《出埃及记》的一小部分,《列王纪》和《历代志》里的几个段落,还有《约伯记》和《约拿书》。"

"《诗篇》呢? 我想你总喜欢的吧?"

"不,先生。"

"不? 唉,真没想到! 有个小男孩,比你还小,已经能背诵六首赞美诗了。你要是问他是喜欢吃一块姜汁饼干呢,还是学一首赞美诗,他总说:'学赞美诗,天使们都唱赞美诗,'他说,'我要做一个人间的小天使。'因为他年纪这么小就这样虔诚,因此他得到了两块姜汁饼干作为奖励。"

"赞美诗没什么意思。"我说。

"这说明你的心地不好,你该祈求上帝给你换一个——换个新的纯洁的心——拿掉你那个石头心,换上一颗有血有肉的心。"

我刚想开口问问,给我换心的手术是怎么个做法,可是里德太太插了进来,她叫我坐下,然后谈起她的话题来。

"布洛克尔赫斯特先生,我相信我在三个星期前给您的信中已经说过,这个小姑娘的性情脾气与我所希望的相去甚远,因此如果你同意她进入劳渥德学校,还得请学监和教师严厉管教她,特别是要提防她爱骗人这个最可恶的缺点,那我就放心了。简,我有意当着你的面说这些话,就是不让你再有机会欺瞒布洛克尔赫斯特先生。"

真难怪我要害怕、憎恶里德太太,因为她残酷地伤害我已经成了她的本性。我在她面前从来没有快活过。无论我怎样小心听话,怎样竭力想讨她欢心,我的一切努力却还是不起作用,反而得到了上面这番评论。如今,当着一个陌生人的面,她的这些责难的话真是令我伤透了心。我模模糊糊地觉得,她正在扼杀我在她为我安排的新生活中的所有希望。尽管我还没法把自己的感受表达得很清楚,但我知道,她正在我未来的道路上播下厌恶和冷遇的种子。眼看着我在布洛克尔赫斯特先生的心目中成了一个狡猾而邪恶的孩子,我能有什么法子挽回这个伤害呢?

"真的没有办法。"我一边想着,一边努力忍住哭泣,并赶紧擦干几滴泪水,眼泪正是我痛苦的流露。

"就小孩而言,欺骗确实是个可悲的坏习惯。"布洛克尔赫斯特先生说,"它跟说谎紧密相连,而凡是撒谎的人最终总会落到燃烧着硫黄烈火的地狱里去受罪。不过,里德太太,她会受到严格管教的,我会告知谭波尔小姐和别的教师。"

"我希望能以一种与她的未来相适应的方式去教育她,"我这位恩人接着说,"让她变成一个有用而且谦卑的人。至于假期嘛,只要你同意,就都让她在劳渥德过。"

"这是明智的决定,太太。"布洛克尔赫斯特回答说,"谦卑是基督徒的美德,而劳渥德的学生尤其如此,所以我才三令五申,要特别注重培养学生这方面的品德。我做过专门研究,知道怎样才能最好地克服学生身上的傲慢,就在前两天,我刚得到一个可以证明我的成功的有力证据。我的二女儿奥古斯塔跟她母亲一起参观学校,回来后直嚷着:'哦,好爸爸,劳渥德的姑娘们看上去是多么文静、多么朴素啊!

梳在耳后的头发,长围裙,衣服外面还钉着麻布的小口袋——她们看上去就像是穷人家的孩子! 还有,她们盯着我和妈妈的衣服,就好像她们从来没有见过绸衣服似的。'"

"这种做法我非常赞成,"里德太太接口说,"我想就是我走遍整个英国,也找不出比这更适合简·爱这种孩子的地方了。坚持下去,我亲爱的布洛克尔赫斯特先生,我主张在任何事情上坚持不懈。"

"太太,坚持不懈是基督教徒最重要的本分,我们管理劳渥德的每项措施,都是遵守这个本分的。简单的伙食,质朴的衣着,不太讲究的设备,勤劳艰苦的习惯,这就是学校和全校人员日常的生活准则。"

"这很好,先生。这么说来,我可以放心地把这孩子送进劳渥德当学生,让她在那儿接受适合她地位和前途的教育喽?"

"是的,太太,她会被安置在精选的花木苗圃里——我确信,她会因为享有这种中选的特权而无上感激的。"

"那好,布洛克尔赫斯特先生,我会尽早送她上学去,说句实话,我正巴不得早点摆脱这副越来越不堪忍受的重担呢。"

"当然,当然,太太,现在我得告辞了。我得再过一两个星期才回布洛克尔赫斯特府,我那个好朋友副主教肯定不会放我早些走的。我会告知谭波尔小姐,告诉她又有个姑娘要去,这样收她入学就不会有什么问题了。再见!"

"再会,布洛克尔赫斯特先生,代我问候布洛克尔赫斯特太太和两位小姐,奥古斯塔和西奥多尔好,还问布洛顿·布洛克尔赫斯特少爷好。"

"一定,太太。小姑娘,这有本叫《儿童指南》的书,你每次祈祷时念一念,特别是写玛莎·奇这一段——一个老爱撒谎骗人的淘气孩子暴死的经过。"

布洛克尔赫斯特先生说着,往我手里塞了一本钉着封皮的小册子,然后他按铃叫了马车来,离开了。

只剩下里德太太和我了,有好几分钟的沉默。她做她的针线活,我望着她。里德太太当时三十六七岁,她体格强健,宽肩膀,四肢结实,个子不高,身体尽管壮实,却不是过分肥胖。她的脸盘很大,下颚发达有力。她的额头很低,下巴宽大突出,嘴和鼻子相当端正,严厉的眼神在一双淡淡的眉毛下闪烁着。她皮肤黝黑而没有光泽,发色近于亚麻色。她身体结实,从不生病。她管家精明而苛刻,全家大小和全体佃户都完全受她掌握,只有她的儿女敢有时冒犯和讥讽她的权威。她衣饰考究,而且风度仪态也足以衬托她漂亮的衣着。

我坐在一张矮凳上,离开她的扶手椅几码远,我打量着她身材,端详着她的面容。我手里拿着那本写有撒谎者的暴死的小册子,这是那位先生提出来要我特别注意的。刚才发生的一切,里德太太对布洛克尔赫斯特先生评论我的那些话,他们谈话的整个主旨,我记忆犹新,它们都刺痛着我的心,其中的每一个字都尖刻地刺进我的心灵,就像它们清清楚楚地进入我的耳朵一样。此时此刻,我的心头涌上一股激愤之情。

里德太太的眼光离开了手里的活计,抬起头来,碰到了我的目光,她手指的灵活运动顿时不动了。

"出去,回你的育儿室去!"她命令道。一定是我的眼神或别的什么触怒了她,她说话的时候,虽然竭力克制着,但仍然显得极为恼怒。我站起身来走到门口,但又返了回来,穿过房间,向窗口旁坐着的她面前走去。

我一定要说,我一直受到残酷的践踏,我一定要反击!但我怎么反击呢?我凭借什么去报复我的仇敌呢?我绞尽脑汁想出了这样几句斩钉截铁的话来:

"我不会骗人。我要是会骗人的话,就会说我爱你了。可是我要说,我不爱你。除了约翰·里德,我在世界上最恨的就是你。这本写说谎者的书,你该给你的女儿乔治安娜,因为爱撒谎的是她不是我。"

里德太太的手还纹丝不动地搁在她的活计上,她那冰冷的目光继续冷冰冰地盯着我。

"你还有什么可说的吗?"她问道,那口气与其说是在和一个孩子说话,倒不如是在面对一个敌对的成年人。

她那种眼神、那种声音,更激起我无限的厌恶。我激动得不能自制,全身战抖着。我继续往下说:

"我很庆幸你幸好不是我的亲人,我这辈子决不会再叫你舅妈,长大以后我也永远不来看你。要是谁问我喜不喜欢你,问你怎样对待我,我就说,我一想起你来就恶心,你对我残酷到了可耻的程度。"

"你怎么敢说出这样的话,简·爱?"

"我怎么敢,里德太太?我怎么敢?因为这是事实。你以为我没有感情,以为我没有爱,没有一丝亲切也能活。可是,我不能这样活下去。还有,你没有一点儿怜悯的心肠。我到死都不会忘记你是怎样推我的,那么粗暴、凶恶,把我推进红屋子里去，把我锁在里面。不管我怎么痛苦得快死了，怎么哭喊：'可怜可怜我！可怜可怜我，里德舅妈！'你这么惩罚我，只是因为你那个坏儿子无缘无故地打了我，把我打倒在地。谁要是问起我，我都要把这个千真万确的故事告诉他。别人以为你是好女人，其实你坏，你狠心。你才会骗人呢！"

还没把话说完，我的心就开始舒展、欣喜，一种从未有过的自由感和胜利感笼罩了我。就好似一种无形羁绊已被打碎，终于解脱，来到了一个从未梦想过的自由天地。这种感觉不是毫无根据，里德太太仿佛吓坏了，她的活计从膝上滑落在地。她双手举起，身体晃着，脸上的表情也扭曲了，仿佛就要哭出来似的。

"简，你全想错啦，你究竟怎么了？你为什么抖得这么厉害，要喝点儿水吗？"

"不要，里德太太。"

"那你想要点儿别的什么吗，简？我向你保证，我是想做你的朋友的。"

"你根本不是。你告诉布洛克尔赫斯特先生，说我脾气不好，爱骗人，我要让劳渥德所有的人都知道你是什么样的人，你都干了些什么。"

"简，这些事情你不明白，小孩子有错就该改。"

"我并没有爱骗人的缺点。"我尖声大叫。

"可你性子不好，简，这你总得承认。好了，现在回育儿室去吧，乖孩子，去躺一会儿。"

"我不是你的乖孩子，我也不躺着。马上送我去上学吧，里德太太，我讨厌住在这儿。"

"我是得快点儿把她送进学校去。"里德太太低声咕哝着，收起活计，径直走出屋去。

只留下我一个人——一个战场上的赢家。这是我所经历过的最艰巨的一场恶战，也是我赢得的首次胜利。我在布洛克尔赫斯特先生站过的地毯上站了一会儿，享受着那种胜利者的孤独感。起先，我暗自微笑着，洋洋自得。可是，就像我那快速跳动的脉搏恢复了常态一样，这种狂喜心情很快平静下来。一个孩子像我那样跟长辈吵了架，毫无顾忌地宣泄了愤怒情绪，在事后是决不会不感到后悔和沮丧的。在我诅咒和威胁里德太太时，我心中的义愤就像是一片燃烧着的荒野，火焰四射，气势汹汹，疯狂地吞噬一切。而烈火熄灭后所剩下来的那片颓败的焦土，恰好又是我事后心境的准确写照。我默默反省了半个小时，觉察到了自己行为的疯狂性，感到这种憎恨别人，又为人所憎恨的处境的可悲。

　　我头一回尝到报复的滋味，就仿佛醇厚的美酒，刚喝下去芬芳温暖，过后却觉得又苦又涩，让我感觉像是喝了毒药。现在我倒很愿意跑去请求里德太太的原谅，可是一半出于经验一半出于直觉，我知道，这样做只会使她更轻蔑我、唾弃我，从而会又次激起我天性中那种暴烈的冲动。

　　我但愿自己能施展一些更为高明的手段，而不是只会说些冲动的话；但愿能找到某种药物来平复我的心绪，而不再那么忧郁暴躁。我拿起一本书——里面有几篇阿拉伯的故事，坐下来，竭力让自己看下去，可我看不出书里讲了些什么。我的思绪只是在我和我往常入迷的书页间飘荡。我打开早餐室的玻璃门，灌木林静悄悄的，严霜遍布大地，没有一丝阳光和微风。我翻起裙裾蒙住头和胳膊，走到门外，到一处僻静的林间散步。然而那静静的树木，坠下的枞果，还有那秋天遗留下的团团落叶——被风卷成了堆，如今又被冻结在一起，这一切，都引不起我的快乐。我倚在一扇门上，眺望着空旷的田野，那儿没有羊儿在吃草，短短的草叶被严寒摧折。那是个阴沉的天气，快下大雪了，铅云笼罩着一切。偶尔飘下几片雪花，落在坚硬的小径和霜打的草地上，并不融化。我，一个孤苦伶仃的孩子，站在那里，一遍遍地喃喃自问："我该怎么办？我该怎么办呀？"

　　突然间，我听见一个清脆的喊声："简小姐！你在哪儿？回来吃饭！"

　　这是白茜，我明白，可我无动于衷，她那轻捷的脚步沿着小径走了过来。

　　"你这淘气的小东西！"她说，"喊你干吗不动？"

　　与我刚才一直在思索的那些想法相比，白茜的到来似乎更让人愉快一些，虽说她跟往常一样的急性子。事实上，经过跟里德太太的一场冲突并且获胜之后，我才不会把保姆一时的恼火放在心上，我倒真想分享一点她那富于青春活力的愉快心情。我用胳膊搂住她，说："好啦，白茜，别骂了。"

　　这个举动比我以往做的任何举动都大胆坦率，但不知怎的，这使她很高兴。

　　"你真是个古怪的孩子，简小姐，"她低头看着我说，"一个喜怒无常，性格乖僻的小东西！我想，你快要上学了吧？"

　　我点了点头。

　　"你舍得离开可怜的白茜吗？"

　　"白茜哪会把我放在心上呢，她老是骂我。"

　　"那是因为你又怪僻、又胆小，还缩头缩脑的。你勇敢些才好。"

　　"什么，你要我还多挨几次打吗？"

"瞎扯！不过你也受了不少委屈，这倒是千真万确的。我妈妈上星期来看我时就说过，她可不愿看到自己的孩子处在你这样的境地。……好啦，进来吧，我有些好消息要告诉你。"

"我看不见得会有，白茜。"

"孩子！你这是什么意思？你那双盯着我的眼睛多忧郁啊！好了，太太、小姐和约翰少爷今天下午都要出去吃茶点，你可以跟我在一块儿吃饭。我要让厨子给你烤个小蛋糕，然后你得帮我一起检查一下你的抽屉，因为我马上就要替你收拾行李了。太太打算让你过一两天就离开盖茨海德，你可以挑一下，看你想带走哪些玩具。"

"白茜，你答应我，在我走前别再骂我了。"

"好，我答应。不过你得记住，你是个好姑娘，用不着害怕我。有时我话说得凶了一点，你也不要吓得哆哆嗦嗦的，那模样可真叫人生气。"

"我想我不会再害怕你了，白茜，我和你已经相处惯了。倒是很快又会有另外的一些人叫我害怕了。"

"你要是害怕他们，他们就会讨厌你的。"

"就像你讨厌我那样吗，白茜？"

"我不讨厌你，小姐。我想，和其他人比起来，我还是喜欢你的。"

"不过从你脸上可看不出来。"

"你这个小东西可真厉害！你说话的口气跟以前不一样了。到底是什么让你变得这么大胆了？"

"怎么，我马上就要离开你们了呀，而且——"我本想说说我跟里德太太之间发生的事，但转念一想，还是不说的好。

"这么说你挺高兴离开我喽？"

"不是的，白茜。说实话，我这会儿还有点儿难受呢。"

"这会儿！有点儿！我的小姐这话说得有多冷淡啊！要是我要你亲我一下，你怕是不会乐意吧。"

"我会亲你，而且很乐意。你把头低下来。"白茜弯下身来，我们互相拥抱，我很愉快地跟她回到屋里。那个下午在宁静和谐的气氛中过去了。那天晚上，白茜给我讲了她的几个最迷人的故事，还唱了几支她最动听的歌儿。即使像我这样的人，生活中也毕竟会有阳光明媚的瞬间。

一月十九日早上，钟刚敲了五下，白茜就拿着蜡烛走进我的小房间，发现我已经起床，衣服也差不多穿好了。她进来之前半个钟头，我就起来了，还洗了脸。这时月亮已降下半边，月光从我的小床边窄小窗口射了进来，我借着月光穿好了衣服。就在那一天，我要乘马车离开盖茨海德府了，马车将在早上六点钟经过院门口。只有白茜一个人起来了，她在育儿室生好了火，正在给我准备早餐。孩子们常被出门旅行的念头搅得兴奋不安而吃不下饭，我也是这样。白茜劝我吃几口她为我做的煮牛奶和面包，但白费力气。她只好用纸包了几块饼干放在我的袋子里。接着她帮我穿好大衣，戴上帽子，她自己也裹上披巾，和我一起离开了育儿室。经过里德太太的卧室时，她说："你要进去跟太太告别吗？"

"不了，白茜。昨晚你下楼吃晚饭的时候，她到我床边来过，跟我说早上不必去吵醒她和我的表兄表姐们了，她还要我记住，她始终是我最好的朋友，她要我对别人也这样说，要我感激她的好处。"

"那你是怎么说的呢，小姐？"

"我什么也没说，我用被子蒙住脸，转过身去冲着墙，不理她。"

"这可不对，简小姐。"

"我做得很对，白茜，你那位太太从来不是我的朋友，她是我的仇敌。"

"哎呀，简小姐！可别这么说。"

"再见了，盖茨海德！"当我们穿过大厅，从前门走出去时，我大声说道。

月亮已经落山，天很黑。白茜提着一盏灯。灯光闪烁在这几天刚刚解冻的还湿漉漉的台阶和石子路上。冬日的清晨又冷又潮，我匆匆走上车道，牙齿直打战。门房里有灯光，我们走到那里时，看见看门人的妻子正在生火。我的箱子在前一天晚上已经送到这儿了，此刻已用绳子绑好放在门口。现在离六点只差几分钟了。六点刚刚敲过，就隐约传来了车轮声，宣告马车已经到来。我走到门口，黑暗中，只见马车的灯愈来愈近。

"她自己走吗？"看门人的妻子问。

"是啊。"

"有多远？"

"五十英里。"

"多远的路啊！我真奇怪里德太太怎么放心让她自己走那么远的路。"

马车到了，就停在大门口。这辆车套着四匹马，车上坐满了旅客。车夫和管车大声催促着，我的箱子运上了车，我搂着白茜的脖子亲个没完，被人拉开了。

"千万要好生照顾她啊。"管车人把我抱上车时，白茜大声喊着。

"好，好！"对方答应着。车门砰地关上了，有一个声音大声吆喝一声"好啦"，我们就出发了。就这样，我离开了白茜，离开了盖茨海德，驶向了一个陌生的，当时看来是那么遥远而神秘的地方。

一路上的情形，我已记不大清了，只记得那一天在我眼中长得出奇，我们好像赶了好几百里的路。我们穿过了好几个市镇，在其中一个相当大的市镇上，马车停了下来，卸了马匹，旅客都下车去用餐。管车的把我带进一家客栈，并要我在那儿吃点儿东西。但我食不下咽，他就把我留在一间大屋子里，屋子的两头都有壁炉，顶上挂着枝形吊灯，墙上还钉了一个红色橱窗，上面摆满了乐器。我在那儿来回踱了很长时间，觉得很不自在。心里很别扭，老是担心有谁会进来把我拐走，我相信有拐子，他们常常出现在白茜在炉边讲的那些故事中。管车人终于回来了，我又一次被放进车厢，我的保护人坐进了他的座位，吹响了他的号角，我们便在这个镇的石子路上辚辚驶走。

下午天气很潮湿，雾濛濛的。傍晚时，我开始觉得我们真的离盖茨海德很遥远了。我们不再穿过市镇，田野的景致也变了，一座座灰蒙蒙的高山在地平线上起伏。暮色苍茫中，我们来到了一座山谷，四周是黑压压的树林，夜幕降临时，我听到狂风一直在林间呼啸。

这声音像是催眠曲，我终于睡着了。没睡多久，车子突然停住，我惊醒了，车门打开，一个用人模样的女人站在车门边，我借着灯光看出了她的脸和衣服。

"有个叫简·爱的小姑娘，在这车里吗？"她问，我应了一声"有"，就被抱下了车，我的箱子也给卸了下来，马车马上又接着赶路了。

我坐得太久，四肢发僵，还被车子发出的声音和颠簸弄得晕晕沉沉。我恢复过来后，四下张望了一下，周围是风、雨和茫茫黑暗。但是，我还是模模糊糊地看出前面有道墙，墙上嵌着一扇门。我随着我的向导穿过这扇门。她进去就带上了门，上了锁。现在可以看见这儿的一所房子，或者说几所房子——因为那建筑物一直延伸出去——有许多窗子，还有些亮着灯。我们溅着水，沿着一条宽宽的石子路向前走，从一个门里走了进去。随后，女佣带我穿过一条走廊，来到一间生着火的房间，把我一个人留在那里。

我站在那儿，在火上烤着我冻僵的手指，然后朝四周看了看。屋里没有蜡烛，只有壁炉中摇曳不定的火光不时照亮糊了壁纸的墙、地毯、窗幔和发亮的红木家具。这是一间客厅，没有盖茨海德府的客厅那么宽敞，也没有那么华丽，不过也够舒适的了。我正在为想猜出墙上一幅画的含义而大伤脑筋时，门开了，一个人拿着蜡烛走了进来，另一个人紧跟在后面。

一位高高的女士走在前头，黑头发，黑眼睛，额头白皙宽阔。她的半个身子裹在一条披肩里，表情严肃，举止端庄。

"这孩子太小了，真不该让她自己到这里来。"她说着，把蜡烛放在桌上。她仔细打量了我一两分钟后，又接着说：

"最好还是让她马上上床睡觉，她看上去很累。你累吗？"她把手按在我肩上，问。

"有点儿累，小姐。"

"也饿了吧。米勒小姐，让她先吃点儿东西再睡。你是第一次离开父母来上学的吗，我的小姑娘？"

我向她解释我没有父母。她问我她们去世多久了。又问我多大了，叫什么名字，是不是识字，会不会写，能不能缝点儿什么。然后，她用食指轻轻摸摸我的脸，说她希望我是个好孩子，就叫我跟着米勒小姐一起离开了。

我刚从她身边离开的那位小姐约莫二十九岁的样子，和我一起走出去的这位要小上几岁。第一位小姐的声音，神情和风度都给我留下了极深的印象。米勒小姐就平凡一些，虽然显出过度操劳的神色，面色倒还红润，步履和动作都显得匆匆忙忙，好像手头总有很多事要做。她看起来像一个助理教师，后来我发现她的确就是。我由她领着，在这所不很规则的建筑里，穿过一间间房子，走过一条条过道，这些地方都很安静，让人感到凄清。可刚走出这些地方，我就听到一片嗡嗡的嘈杂的人声，接着来到一间又阔又长的屋子，房间两头各放有两张很大的木桌，每张桌上都燃烧着一对蜡烛。一群不同年龄的姑娘，从九岁、十岁到二十岁间不等，围坐在桌边的凳子上。在昏暗的烛光下，我觉得她们的人数似乎多得数不清，虽然实际上不超过八十个。她们一律穿着褐色的式样古怪的粗呢衣服，罩着长长的麻布围裙。这时正是学习时间，她们正在读第二天要检查的功课，我刚刚听到的嗡嗡声，就是她们一齐低声读书时发出来的。

米勒小姐指点我坐在靠门边的一张凳子上，随后她走到这间长屋子的前边，叫道：

"各位班长，把课本收起来放好。"

四个高个儿姑娘从各张桌边站起来，绕了一圈，把书本收集起来放好。米勒小姐跟着命令说：

"班长们，去把晚饭托盘端来。"

大姑娘们走了出去，很快又返回来，每人端着一个托盘，里面放着一份份分好的食物，我认不出是什么。每个盘子中间还放着一壶水和一个杯子。饭食按次序传递下去，杯子是公用的。轮到我的时候，我喝了些水，因为我口渴，但我没动那份食物，由于兴奋和疲乏，我什么都吃不下。不过，现在我看清了，那托盘里放着的是一张薄薄的燕麦饼，被分成好多小块。

吃完饭，米勒小姐念了祈祷文，各班便两人一排地列队走上楼去了。这时候我已经疲惫到了极点，连卧室是什么样都没留意，只觉得是跟教室差不多，屋子很长。这一夜，我和米勒小姐一块儿睡，她帮我解下了衣服。躺下后，我看了一眼那长长的一排排床铺，每张床上都很快睡下了两个人。十分钟后，唯一的一盏灯熄灭了，我在一片沉寂和漆黑中睡着了。

一夜很快过去了，我累得连梦都没做，只醒过来一次，听见狂风怒号着，大雨滂沱而下，还感觉到米勒小姐已经在我身旁睡下了。等我再一次睁开眼睛时，已是钟声大作，姑娘们早在起床穿衣了。天还没破晓，屋子里燃着一两支灯芯草蜡烛。我只好别别扭扭地起了床。天气冷得刺骨，我哆嗦着，勉强穿好衣服，等脸盆空出来时洗了脸。这不是件容易事，因为每六个姑娘才有一个脸盆，搁在屋子当中的脸盆架上。钟又响了，大家两人一排排好，列队走下了楼，来到阴冷而烛光暗淡的教室里。进去后，米勒小姐念了祈祷文，接着，她大声喊道：

"分班！"

接下来的几分钟一阵大乱，米勒小姐在混乱中重复喊着："安静！"和"保持秩序！"闹哄哄的场面过去后，我看到她们所有的人围坐成四个半圈，各自面对着放在四张桌子后的四把椅子，手里都捧着书。桌上则各有一部像是《圣经》似的厚书，放在空着的座位面前。接下来的是一阵沉默，混杂着众人发出的低沉难辨的嗡嗡声。米勒小姐在各班之间走来走去，压住了这种隐约的嗡嗡声。

远处传来当当钟声，三个女士应声走进屋来，各自走到一张桌前落座。米勒小姐在第四张空椅子上坐了下来，这里离门最近，周围聚着最小的孩子们，我也被叫到这个班里，排在最后的一个位置上。

功课就这样开始了。先是背诵这一天的短小的祷文，接下来读了几段经文，然后是大声吟诵《圣经》中的若干章节，这整整用了一个钟头。做完这些功课，天已大亮，那不知休止的钟已在敲第四遍了。各班又列队走入另一间屋子。想到即将可以吃东西，我真乐坏了！前一天我几乎没吃东西，到现在已经饿极了。

饭厅天花板很低，光线也极黯淡，两张长桌子上放了几盆冒着热气的东西，可令人沮丧的是，那东西发出的气味丝毫不诱人。其他被叫来吃这种食物的人，闻到这气息时，也都流露出不满的神情。排在队伍最前面的高班的那些大姑娘中间有了些微骚动，她们小声嘀咕着：

"真恶心！粥又煮糊了！"

"安静！"突然有人厉声训斥了一句，不是米勒小姐，而是那几个高级教师中的一个，她是个皮肤暗黑的矮个儿，穿着漂亮，但脸色阴沉。她坐在一张桌子的上首，在她旁边的桌子上首坐着一位较她健壮些的女士。我努力想找到昨晚见到的第一位小姐，但没找到，她没有在场。米勒小姐坐在我坐的那桌的下首，一位长得像外国人的古怪的老太太，后来我才知道她是法语教师，背了一首赞美诗，这之前，她还念了一长段感恩祷告。然后，一个用人端来了教师用的茶点，早饭终于开始了。

我饿极了，简直饿得头晕眼花，因此顾不上味道怎么样，就已经狼吞虎咽地把自己的那份粥咽下了几勺。可是，当饥饿感刚刚有点儿缓解时，我就发现自己手里端着的简直是一盆让人作呕的泥汤，煳得跟烂土豆似的。就是饥饿看到这盆东西也会大倒胃口的。大家都没怎么动勺子，虽然每个姑娘都尝试着想吞下去几口，但很快就都作罢了。早饭结束了，谁也没吃成。这以后，我们为自己实际并没有得到的东西表示感恩，重又唱了一遍赞美诗之后，大家起身离开饭厅，向教室进发。我是最后离开的一个，从桌边经过时，我瞄见一个教师端起一盆粥尝了尝，望了望其他几个教师，她们脸上的神色都很不快，其中一个，就是身体比较强壮的那个，嘟哝了一句：

"这么难吃的玩意儿！真是可耻！"

离上课还有一刻钟的时间，教室里正乱成一团。看起来这段时间似乎是准许大家自由地高声谈论的，大家也就大肆利用这一许可。所有的谈话的焦点都是早餐,大家都在异口同声地痛骂。可怜的人们！这是她们仅有的安慰了。现在屋里只有米勒小姐一个是教师,一大群姑娘围住她,一边申诉,一边做着手势,显得严肃而义愤。好几个人的口里提到了布洛克尔赫斯特这个名字。米勒小姐听着,不以为然地摇着头,但也并没有费力地去抑制这种广泛的怒气,显然,她本人也有同感。

教室里一座钟打了九下,米勒小姐穿出围住她的那圈人,站在屋子中央喊道:

"安静！各人回到自己的位子上！"

纪律终于压制住了哄闹,五分钟后,闹哄哄的人群又变得井井有条,宁静的气氛让一场巴比塔式的杂语喧哗平息了下来。这时,几位高级教师也已准时就座,但似乎还需稍稍等候一会儿。八十个姑娘纹丝不动地笔直坐在凳子上,整整齐齐分坐在屋子的两侧,看起来真像是一群怪异人物:个个头发直直向后梳着,看不到一绺垂下的鬈发,一色儿的褐色衣服,领口高高的,脖子上还箍着一个紧紧的领圈,围裙的前胸都系着粗麻布口袋,有几分像是苏格兰高地人的褶裥,这是用来装活计的袋子。每个人还都穿着羊毛长袜和紧扣着铜扣的土制鞋子。有若干个已发育成熟的大姑娘,准确说已是年轻的女人,也做这般打扮,这对她们很不适合,使她们中最漂亮的也未免显得古里古怪的。

我仍在打量她们,间或看看那几位教师——其中没有一个是我打心眼儿里喜欢的,身体健壮的那一个太粗俗,皮肤稍黑的那个是一脸凶相,那个像外国人的则粗声大气,模样与怪样,而米勒小姐呢,真可怜,看上去面色发紫,饱受风霜,而且操劳过度。我还在把目光在一张张脸上转来转去的时候,全校的人仿佛由同一根发条带动似的,忽然同时立了起来。

为什么,我并没听见任何口令呀,我觉得摸不着头脑。还没等我弄明白,各班人马又都坐好了。不过,现在所有的目光都齐刷刷地射向同一目标,我也跟着望去,出乎意料地看到了昨晚接待我的那位女士。她站在长屋子下首那一头的壁炉旁,屋子的两头各有一个壁炉。她庄严地静静检阅了这两排姑娘们。米勒小姐走了过去,像是在向她请示某个问题,得到答复后,她回到自己的位置上,大声说:

"一班班长,去把地球仪拿来！"

在一班班长去执行命令时,这位被请示的女士慢慢朝房间的这一头走来。我认为我身上支配崇敬的组织一定很了不起,因为直到今天,我还依旧持有当时我的目光追随着她行动时的那种仰慕之情。那会儿正是白天,她看上去身材颀长、美丽,体格匀称。一对褐色的明眸,流露出温和的神情,眼睛周边交覆着仿佛是描画出来的纤细的长睫毛。两鬓的淡褐色头发梳理成密密的发髻,正是当时最流行的式样。她身着时髦的紫色上衣,上边饰有黑色金丝绒的西班牙式饰边,一只在当时还很稀罕的金表在她的腰带上闪闪发亮。读者可以自己去最后完成这副肖像,只要再添加上她那秀丽的容颜,白皙明净的肤色,还有端庄优雅的仪态风度,这样就足以对谭波尔小姐的外貌形成一个正确的概念了。她的全名是玛丽亚·谭波尔,这是后来我替她拿着去教堂的祈祷书时,发现了她的签名,才知道的。

这位女士所任的职务是劳渥德的学监,她已在安放有两个地球仪的桌前就座,她把一班的学生叫到身边,开始教授她们地理课,其他的低班学生则分别被别的几位教师召走,背诵历史、文法等等,课上了一个钟头。接下来是习字和算术,而谭波尔小姐则给几个年龄大些的姑娘辅导音乐。每节课的时间都按钟点计算。最后,钟终于敲响十二下,学监站了起来。

"我还有句话想跟同学们说一说。"她说。

下课之际的喧闹声本来已经扬起,但听到她的声音,大家又静了下来。她接着说道:

"今天的早饭你们都没吃下去,大家一定都饿了,我已经吩咐给大家准备一顿面包和干酪作点心。"

教师们用诧异的眼光看着她。

"这件事由我负责。"她冲她们解释似的补充了一句,随即离开了教室。

大家很快得到了分发的面包和干酪,全校上下都兴高采烈,神采焕发。随后,又有指令了，"到花园去"，每个人都戴上粗草帽，上面缀有彩色的帽带，穿上一件灰色的呢绒斗篷。我也是同样的打扮，随着人流向外跑去。

花园是一大片周围竖着高墙的场地，看不到一丝外面的景物。一道有檐遮盖的游廊伸向园子一侧，几条宽阔的便道环绕着中央那被分割成几个小花坛的地带。这些花坛都分给学生，作为栽种园地，在它们主人的调理下，鲜花盛开的时节那些花坛无疑是很美丽的，可眼下正是一月将尽的时候，望来只见一片凋零枯败的景象。我站在那里，四处张望，直打着冷战。这样的天气，做户外活动实在太冷。尽管没有下雨，可昏黄的濛濛细雾却遮得天色阴暗，昨天下的那场大雨让脚下的土地仍是一片泥泞。身体强健的姑娘们四处跑动，做着剧烈的活动，而身体单薄的女孩子们却瑟缩地挤在一块，在游廊里寻找暖和点儿的庇身之处。浓雾渗进她们颤抖的身躯，我不断听到她们中间发出的闷哑的干咳声。

我还没跟别人搭过话，别人似乎也都没有注意到我。现在我一个人孤零零地站在那里。不过我早就习惯了这样的感觉，也不觉得难受。我倚在游廊的一根柱子上，把灰色斗篷拉紧裹住自己，尽力想忘掉外面刺骨的寒气，忘掉仍在折磨我的饥饿，而指望以沉思和观察打发掉时间。我的思绪支离凌乱，不值一提。因为我还把握不准自己身在何处，盖茨海德和我以往的生活似乎已飘然逝去了，而眼前的一切还那么陌生新奇，让我难以把握。未来又会如何呢，我更是无从揣测。我环顾这片修道院似的花园，又抬眼望望房子，这是一所大建筑，一半已灰败破旧，另一半却很新，那新的一半里有教室和宿舍，装有竖柜的格子窗，显得很气派，看起来有点儿像座教堂。门上嵌着一块石牌，镌着这样的字：

　　劳渥德义塾——这一部分重建于××××年，由本郡布洛克尔赫斯特府纳奥米·布洛克尔赫斯特重建。"你们的光也当这样照在人前，叫他们看见你们的好行为，便将荣誉归给你们在天上的父。"——《马太福音》第五章第十六节。

这些字我读了一遍又一遍，我觉得一定有什么深意在里面，但却没法彻底弄懂。我还在咀嚼"义塾"这词的含义，还想弄明白前面那段话和接下去所引的经文之间的关系，这时，脑后不远处传来一声咳嗽，我转过身去，发现有个姑娘坐在旁边的一张石凳上，正在埋头看书，聚精会神的。从我这里可以看得见书名——《拉塞拉斯》，这书名让我觉得很稀奇，因此也就很吸引我。她翻过一页书，偶尔抬头望了

望,我便突兀地问她:

"你这本书有意思吗?"我心里已开始盘算应该让她把书借我看看。

"我很喜欢它。"她迟疑了一下,端详了我几秒钟后才回答。

"它是讲什么的?"我接着又问。我本没想到我会有勇气去与一个陌生人搭话,这不是我的天性和习惯,我想也许是她那种全神贯注的神情引起了我内心的共鸣,我也同样热爱读书,尽管还都是些浅显稚嫩的书,那些真正严肃和有分量的东西我还消化不了。

"你可以翻翻。"说着,她把书递了过来。

我看了看,只翻了一下我就确信书的内容并不像书名那样诱人。就我那还不大高明的口味来说,《拉塞拉斯》显得很乏味。我既没找到仙女,也没看到妖怪,书页上满是字,可没有任何色彩缤纷的东西。我把书还给她,她无声地接过书,一言不发,又像方才那样专注地读她的书。我又很唐突地打扰了她:

"你能不能告诉我门上那块石头的字是什么意思? 什么叫劳渥德义塾?"

"就是你来住的这所房子。"

"那它为什么叫作义塾呢? 它跟别的学校有任何区别吗?"

"这是所带有慈善性质的学校,你,我,还有其他所有人,都是慈善学校的学生。我猜你大概是个孤儿吧。不是你爸就是你妈已经去世了,对吗?"

"我还没记事的时候,他们就都死了。"

"是啊,这里的所有女孩子都不是死了双亲之一,就是双亲都不在了,因为这个,这里才被称为养育孤儿的义塾。"

"那么我们什么钱都不付吗? 他们是白白养活我们吗?"

"要付的,也或者是亲友替我们付,每人一年十五镑。"

"那为什么还说我们是慈善学校的学生呢?"

"因为十五镑不够付膳宿和学费,不足的部分要靠捐款来补上。"

"谁捐款呢?"

"附近一带和伦敦的种种的心地慈善的太太先生们。"

"纳奥米·布洛克尔赫斯特是谁?"

"就像牌子上写着的,她是造这部分新屋子的那位太太,她的儿子监管这里。"

"为什么?"

"因为他是这个机构的司库兼总管。"

"这么说这房子不是那位戴着表，说要给我们准备点心的高个子女士的？"

"谭波尔小姐的？噢，不是！我倒希望是她的。她做的一切都得向布洛克尔赫斯特先生汇报。我们的食物和衣服都由布洛克尔赫斯特先生采购。"

"他住在这儿吗？"

"不，他住在两英里外的一座大宅子里。"

"他是个好人吗？"

"他是个牧师，听说他做过不少善事。"

"你说那位高个子女士叫谭波尔小姐吗？"

"是啊。"

"另外那几个教师叫什么呢？"

"脸红红的那位叫史密斯小姐，她负责劳作，还有裁剪，——因为我们的衣服都是自己做的，不管是罩衣还是外套。黑头发，矮个子的那位叫斯凯切尔小姐，她教历史和文法，还负责听二班的回讲。围着披巾，腰里用黄丝带系着块手绢的那位是比埃洛夫人，她从法国来，教法语。"

"你喜欢这些老师吗？"

"我喜欢。"

"你喜欢不喜欢那个黑黑的小个子，还有那个什么夫人，我学不出那个名字的发音。"

"斯凯切尔小姐脾气很急，你得留心别去惹她，比埃洛夫人倒不是坏人。"

"不过还是谭波尔小姐最好，对不对？"

"谭波尔小姐是很好，她比谁都强，因为她懂的比她们多得多。"

"你在这儿住了很久了吗？"

"有两年了。"

"你是孤儿吗？"

"我母亲去世了。"

"你在这儿呆得快活吗？"

"你的问题真够多的，我回答了你不少问题啦，我可要看书了。"

可这时候，召唤我们去吃饭的钟声已经响起来了，大家又回到屋子里。现在，饭厅里充盈的气息同早饭时的一样，不可能激发人的食欲。饭菜盛在两个大白铁桶里，翻腾起一股臭肥肉味的热气。我看出来那团乱糟糟的东西是一锅搅和着烂土豆和臭肉块的杂烩。每个学生倒是分到了挺大的一盘。我一边尽量地吃一些，一边纳闷，不知道今后的饭菜是否天天如此。

吃过饭，我们马上去了教室，重又开始上课，一直上到五点钟。

下午唯一值得注意的一件事，是我看见在游廊上与我谈过话的那个女孩被罚站，那是在历史课上，她被斯凯切尔小姐罚去站在大教室的中央。这种惩罚在我看来是太丢脸了，尤其是对她这样大的姑娘来说——她看上去怎么也有十三岁了。我料定她会流露出痛苦和羞辱的神情，可让我吃惊的是，她既没有哭也没有脸红，只是绷着脸儿，镇定自若地站在大庭广众之间。"她怎么能这么平静，这么坚强地忍受住这种羞辱呢？"我暗暗想道，"要是我像她这样，我真会恨不得地上有个洞让我藏进去。可她看上去有点儿心不在焉，好像正在想着什么与她所受的处罚。她的处境无关的事情，想着既不在她身边、也不在她眼前的事物。我听过白日梦这个词，——她现在是不是在做白日梦呢？她两眼盯着地面，但我敢肯定她视而不见，——她的目光似乎是内向的，深深地投向自己的内心。她是在看记忆中的，而非眼前真实存在的事物。我搞不明白她究竟是哪一种姑娘，是好姑娘呢，还是淘气的姑娘。"

下午五点过后，我们又吃了一餐，包括一小杯咖啡和半片黑面包。我风扫残云地吞下这些东西，觉得津津有味。可我还是想再来上一份，——我仍然觉得饿。饭后休息了半个小时，接下来又是学习，再接下来就是那一杯水和燕麦饼，祈祷和上床睡觉。这就是我在劳渥德度过的第一天。

6

第二天，就像第一天一样开始，我们借着灯芯草蜡烛的微光起床、穿衣。可这一天早上，我们得将就一下，免去洗脸这道程序，因为壶里的水给冻住了。前一天傍晚的时候，天气就变了，凛冽的东北风呼号了一整夜。它从寝室的窗缝中呼呼地灌进来，冷得我们在床上直哆嗦，水壶里的水也被冻成了冰。

长长的，一个半小时的祈祷和读《圣经》的功课还没有结束，我就觉得快要冷死了。早餐的时间终于到来了，这天早晨的粥没有糊，味道还过得去，可分量却极少，我的那一份看上去少得可怜，我真希望能再来一份。

在这一天，我被分到了第四个班，给我指定了正式的功课和作业。在此之前，我一直是个看着劳渥德的一切的旁观者，现在，我可是要成为其中的一员了。开始时，我对背诵很不习惯，只觉得课文又长又难，课目不断换来换去，弄得我头昏脑涨。下午三点左右，史密斯小姐把两码长的布带、针、顶针什么的一股脑儿塞进我手里，让我坐在教室里一个安静的角落里给细布上边，这让我高兴起来。在那一个钟头里，别人也大都跟我一样做着缝纫，只有一个班站成一圈，围着斯凯切尔小姐的椅子读书。周围很安静，我听得到她们上课的内容，听得到她们的念诵声和斯凯切尔小姐对她们的责骂和夸奖。她们上的课程是英国史，我在游廊认识的那个姑娘也在上这门课，她本来在这一班的排头站着，可由于发音错误或该停顿的时候没停顿，她突然被降到这一班的末尾去了，而且即使是待在这么一个不引人注意的位置上，斯凯切尔小姐仍然注意着她，时不时地点她的名字，使她成为众人关注的人物。

"彭斯！"（这大概是她的姓，这里的姑娘们都是用姓来称呼，就跟称呼男孩子一样），"彭斯，你的站相真难看，把鞋帮都蹭在地上了，快把脚伸直。""彭斯，你突着下巴，丑死了，快缩进去。""彭斯……"

这一章书从头到尾念了两遍后，姑娘们都被要求合上书本，开始回答提问。这一章讲的是查理一世统治的阶段，有关于船舶港税和造舰税方面的内容。问题提了出来，看起来多数人都答不上来，但任何难题到了彭斯那里就立刻解决了，她似乎早已把整章的内容都记在了脑子里,她对每个细节的问题都对答如流,我一直在期望听到斯凯切尔小姐称赞她读书用心,可与此相反,她突然高声指斥说:

"你这个又脏又让人讨厌的姑娘,你今天早上肯定连手指甲都没洗!"

彭斯一声不吭,对她的沉默我感到很是诧异。

"她干吗不解释一下呢?"我暗想,"早上水都结冰了,她才没能洗指甲、洗脸的。"

刚这么想着,史密斯小姐过来把我的注意力转移了。她要我帮她撑着一团线,她一边绕着线团,一边时不时问我一两句,像我以前有没有上过学,会不会划样、缝纫、编织,诸如此类的问题。直到她放我离开,我一直没法接着关注斯凯切尔小姐的举动。在我回到座位上去的时候,斯凯切尔小姐发出了一个命令,我没弄懂她到底说了些什么。只看见彭斯马上走出了教室,去了隔壁那间放书的小屋里,片刻后她回来了,手里拿了一束一头捆在一起的小树枝。恭恭敬敬地行了个屈膝礼后,她把这个不祥的刑具交给了斯凯切尔小姐。随后她静静地解下围裙,没有等让她这样做的命令。那位教师马上就用手里的枝条朝她背上狠命地抽打了十几下,彭斯一滴泪也没掉。我目睹了这场面,气愤而又无可奈何,手指直打战,不得不停下手中的活计,而彭斯仍然是一副沉思的神情,看不出任何改变的痕迹。

"这姑娘脾气真犟!"斯凯切尔小姐嚷道,"怎么都改不了你那邋遢的习惯。把荆条拿走吧!"

彭斯照办了。她从小屋里出来的时候,我仔细地盯着她,她刚刚把手帕放回口袋里,瘦削的脸上还有隐隐闪现着一丝泪痕。

傍晚游戏的时候,是劳渥德一天里最快活的时刻,我这么认为。五点钟吃下的那点儿面包和咖啡虽不够充饥,好歹也能使人恢复一点生气,在漫长的白天里受到的压抑,此时也可以松弛一下,教室里也比早上暖和多了——为了多少能够代替点蜡烛,火炉要烧得稍微旺一些,红彤彤的黄昏,和得到许可的人们大胆的喧哗,都让人有一种自由自在的感觉。

在斯凯切尔小姐鞭打了她的学生彭斯的那天傍晚,我像平日一样,在长凳、桌子和群群笑闹着的人们中间徘徊,没有同同伴,但也不感到孤独。我游经窗口时,会偶尔掀起窗帘向外张望。此时正大雪纷飞,下面的窗格上已堆起了雪。我把耳朵贴在窗子上,试图在屋里的笑语喧哗中分辨出窗外呼呼而过的风雪的哀号。

如果我是不久前才离开可爱的家园和慈祥的双亲,也许眼前的情景会引起我的离情别绪,因为那风声会使我心情忧郁,这纷乱的人声会让我心绪浮动。可实际上,这两者却搅起了我的一种异常的激动,让我兴奋不安,我一心盼望风更猛烈地怒号,暮色浓郁到发黑,而嘈杂声也再高些,汇成喧嚣的声浪。

我跳过长凳,钻过桌子,来到一个壁炉跟前,彭斯正在那儿跪在高高的铁丝炉档旁,凑着炉火余烬的微光专注地读书,她全神贯注地沉浸在书中,忘掉了周围的一切。

"还是那本《拉塞拉斯》吗?"我走到她身后,问她。

"是的,"她说,"我刚好要看完了。"

又过了五分钟,她就把书合上了。我为此感到很高兴。

"这么着,"我心想,"我也许能引她开口说话了。"我坐在她身边的地板上。

"你姓彭斯,可名字是什么呢?"

"海伦。"

"你来自遥远的地方吗?"

"我是从一个很靠北的地方来,差不多快到苏格兰的边界了。"

"你还回去吗?"

"我希望能回去,但是,将来的事谁也难以预料。"

"你一定很想离开劳渥德吧?"

"不,我干吗想离开呢?我来劳渥德是来受教育的,不完成这个目标,离开就毫无意义。"

"可那个老师,斯凯切尔小姐,她对你那么凶狠?"

"凶狠!不是的!她只是很严厉,讨厌我的缺点。"

"可我要是你,我就会讨厌她,我会冲撞她。要是她用荆条抽我,我就要从她手里把它夺下来,当着她的面把它折断。"

"兴许你不会那么做的,可要是你真的那么做了,布洛克尔赫斯特先生一定会开除你,这对你的亲戚们来说,将是件不愉快的事。宁可耐下性子忍受一次除了你,别人都不会感受到的痛苦,也比做出冒冒失失的事,让关心你的人都受牵累好。——再说,《圣经》也告诉我们要以德报怨啊。"

"可是挨打,在满是人的屋子中央罚站,那太丢脸了,况且你都这么大了,我比你小得多,我还受不了呢。"

"可是如果是不可避免的,那就非得忍受不可。命里该你忍受的事,如果说你无法忍受,那是软弱的,愚蠢的。"

我为她的话感到很惊异。我没法理解这种坚忍的信条,没法理解、更没法赞同她对惩罚她的人所表现的原谅。但尽管如此,我还是认为,海伦·彭斯是依靠一种我看不见的光芒来考察事物的。我怀疑,兴许她是对的,是我错了,但是我不想把这问题深究下去,就像《圣经》里那个遇事拖拉的法官费力克斯一样,我先把它搁下,将来有空儿再想。

"海伦,你说你有不足之处,什么不足之处呢? 我觉得你挺好的呀。"

"那我得告诉你,看人不能只看外表。我正像斯凯切尔小姐所说的,邋邋遢遢。我很少把东西归置整齐,也从来不保持整洁,我粗心大意,我老是忘掉规矩。该做功课的时候,我看书。我没有条理。而且有时候我也正像你说的那样,无法忍受有严格秩序的安排。这些都叫斯凯切尔小姐恼火,她生性爱干净守时、认真。"

"还暴躁。"我又补了一句,但海伦·彭斯不赞同我的补充,她一声不吭。

"谭波尔小姐是不是也对你很严厉,就像斯凯切尔小姐那样?"

一听到谭波尔小姐的名字,她那严肃的面容上掠过了一丝温情的笑意。

"谭波尔小姐十分善良,她不忍心严厉地对待任何人,即便是学校里最差的学生。她看到我的差错,就会温和地提醒我,而我做了一点值得称赞的事,她就大加褒奖。有一个很有说服力的明证,可以说明我的天性是如何卑劣,那就是尽管她的规劝那么温和,那么合情合理,还是不能让我改掉坏毛病。她的赞扬,尽管我非常珍视,也没能激励我去时刻注意小心谨慎、三思而后行。"

"这可真奇怪,"我说,"要小心点还不好办?"

"我一点也不怀疑对你来说是件容易的事。今早你上课时我注意过你,看见你精神很专注。米勒小姐讲课和向你提问时,你一点也没走神。可我就老是心不在焉、想入非非。在我本该听斯凯切尔小姐讲课,把她所讲的一切都认真记下的时候,我却常常连她的声音都听不见,好像魂游梦中似的。有时候我会以为我是在诺森伯兰,而我周围的嗡嗡声,是流过我家附近那条幽谷的小溪的涓涓声。——所以,当该我回答问题的时候,就得先把我唤醒,我听到的是幻想中的溪水声,根本没听到教师讲的东西,所以张口结舌。"

"可是今天下午你就回答得很好。"

"那是碰巧,我对我们读的那段内容发生了兴趣。今天下午我没有梦见深谷,只是一心在琢磨,一个一心想做好事的人,怎么会像查理一世有时候那样,做出些很不公正的蠢事来。我觉得真是遗憾，像他那样一个秉性正直、光明磊落的人，却目光短浅到不能超越皇位一步。要是他能把目光放长远些，洞察到人们所说的时代精神的趋向，那该有多好啊！不过，我还是喜欢查理，——我敬重他，同情他，这个可怜的被弑害的皇帝！——一点不错，他那些仇敌是最坏的人，他们让他们没权利伤害的人死于非命。他们竟敢杀害他！"

海伦现在是自言自语了，她忘了我不大听得懂她说的话，——她在谈论的事我一窍不通，或者说近乎一窍不通。我把她重又拉回我的水平上来。

"那谭波尔小姐上课时，你也会神思不属吗？"

"当然不会，不经常会。谭波尔小姐总会有比我的想法更新鲜的内容在传授。她的措辞用语我也很喜欢，她讲的知识常常正是我想要得到的。"

"这么说，你在谭波尔小姐面前表现得很出色喽？"

"是的，不过那是被动的，我并没有勉强去做，只是凭着爱好就达到了，这样的出色可没什么了不起的。"

"这当然了不起。滴水之恩，涌泉相报，这正是我想要做到的。如果大家都对那些残酷的、不公正的人唯唯诺诺、百依百顺的，那些坏家伙就更要由着性子胡作非为了。他们就会肆无忌惮，也就永远不会改变，只会越变越坏。当我们毫无原因地挨了打，我们一定得狠狠还击。我觉得我们一定得这样做——好教训得那打我们的人永远不敢再打。"

"我想等你年纪再大些，就会改变想法的，现在你只是个没被教化的小丫头。"

"可是，海伦，我总觉得我一定得讨厌那些无论我怎么想讨他们欢心却仍旧厌弃我的人；我不得不反抗那些不公正地责罚我的人。这就像以恩报恩，或者我自己做错了事，就该乖乖受罚一样，是天经地义的事。"

"只有异教徒和蛮夷民族才尊奉这样的道理，基督徒和文明民族不承认这一套。"

"为什么？我不懂。"

"最能克服仇恨的并非暴力，最能治疗伤痕的也不是报复。"

"那么是什么呢？"

"去读读《新约》吧，看看基督的语言和行为吧。——以他的话为你的准则，以他的行为为你的榜样。"

"那他怎么说的？"

"你们的仇敌,要爱他;诅咒你们的,要为他祝福;恨你们、凌辱你们的,要善待他。"

"那么我就该爱里德太太,可这我办不到。我也该为她的儿子约翰祝福,而这绝不可能。"

这回轮到海伦·彭斯要我说说到府发生了什么事了。我立刻按自己的想法尽情倾诉了我的苦难和我胸中的怨愤。我心里一激动,言语也变得尖酸刻薄起来,想的什么就说什么,既不含蓄也不稍加克制。

海伦耐心地听我说完。我想她该会发表一两句意见,可她未置一词。

"怎么样,"我耐不住性子,问,"难道里德太太还算不上一个狠心肠的坏女人吗?"

"当然了,她对你不好。因为,你看,她讨厌你这样的性格,正如同斯凯切尔小姐讨厌我的性格一样。可是你对她所说所做的一切记得是多么清楚啊!看来她的不公正行为在你心中留下了如此深刻的烙印!从来没有任何虐待这样深地打动了我的感情。可是如果你肯尽量忘掉她的苛刻,和因此引起来的激愤,你不是会过得更快些吗?我觉得生命苦短,不值得浪费在怀恨和记仇上。我们活着,人人都有满身罪孽,而且也不可能不是这样。但是不久总会有那么一天,我相信我们会摆脱那朽败的躯壳,也同时摆脱了这些罪孽。到那时,堕落和罪孽会随着这个累赘的血肉之躯一起卸下,只留下精神的种子——生命和思想那无形的源泉,纯洁得就像它当初离开造物主赋予万物生命时那样。从哪儿来,它还会回到哪儿去。也说不定又会被授给一种比人类更高级的生物,说不定会一步步登上荣耀的阶梯,由众生的苍白心灵升华成为大天使的心灵!它会不会正好相反,从人类堕落成为魔鬼呢?不,我坚信不会。我相信另一种信念,这种信念从没有人教过我,我也很少提起,但我喜欢它,信仰它,因为它把希望赐给所有的人,它使永生成为一种安息——是一个大家庭,而不是恐惧和地狱。而且,有了这种信念,我就能把罪人和他所犯的罪孽清楚地分别开来,我就能在痛恨罪孽的同时真诚地宽恕犯下罪孽的人;有了这种信念,我就永远不会为要报复而操心,不会为堕落深恶痛绝,不公平也永远不会让我觉得过分灰心。我平平静静地活着,等待着末日的来临。"

海伦一直低垂着头,说完最后一句话,垂得更低了些。从她的神情上推断,她已经不想再跟我多说,而宁愿去跟她自己的心灵交谈。她没能沉思多久,不一会,一位班长——一个粗鲁的大姑娘,走过来,用浓重的昆布兰口音喊道:

"海伦·彭斯,要是你不马上去收拾你的抽屉,叠好你的针线活计,我就叫斯凯切尔小姐过来看看!"

海伦的冥想飞走了,她叹了口气,站起身来,没有回答,也没有延误,就照班长吩咐的去做了。

7

　　我在劳渥德度过的第一个季度长得像是整整一个时代,而且绝非黄金时代。我挣扎着克服了种种困难,让自己适应各种新的规矩和陌生的工作。这种生怕在上述方面受挫的心情比我命定要承受的身体上的折磨来,更让我感到苦恼,尽管身体上的折磨也并非是件轻松的小事。

　　在整个一月、二月和三月的大部分时间里,雪积得很厚,雪融化后弄得道路几乎无法通行,这使我们除了上教堂之外,根本无法越出花园的围墙半步。可就是在这种限制下,我们还是得天天去户外活动一个小时。我们的衣服不足以抵御严寒,我们没有长筒的靴子,雪钻进我们的鞋子,在里面融化。我们没戴手套的双手冻木了,冻疮斑斑,就跟我们的脚一样。我至今还清楚地记得当时的那种痛痒难耐的苦楚,因为每天晚上我的脚都疼得火辣辣的。每到早上,要把已经肿痛僵硬的脚塞进鞋子里,更是让人苦痛难当。食物的供应不足也让人苦恼,我们还都是些发育身体的食欲旺盛的孩子,可我们吃的东西还不够一个虚弱的病人活命。食物不足造成了一种恶劣风气,使年龄较小的孩子们大受其苦。那些大一点的姑娘们饿坏了,总是伺机哄骗恫吓,分占那些小女孩子们的口粮。有好几次,我把我的午后茶点,那一小块珍贵的黑面包分给两个勒索者,把我的半杯咖啡让给另一个,然后,我才和着因饿急了而流下的泪水,咽下所剩的那一半。

　　在那个严酷的冬天里,礼拜天是最难熬的一天。我们得跋涉两英里的路到布洛克尔桥教堂去,我们的保护人在那儿做礼拜。早在我们出发时就已经很冷了,等我们到达教堂时就更冷。做早祷时,我们差不多都要失去知觉了。路太远,不能回去吃午饭,在上下午的礼拜之间,我们只能吃点冷肉和面包,其分量之少也不亚于平时的伙食。

　　下午的礼拜结束后,我们就经过一条光秃秃的崎岖山路往回走,冬天刺骨的寒风正从那一座山峰往北刮过来,都快要把我们脸上的皮刮掉了。

　　我还能记得谭波尔小姐迈着轻盈的步伐地走在我们这灰心丧气的队伍旁边的样子,她的格纹花呢斗篷被寒风吹得紧打在她身上。她一边说着鼓舞我们的话,一面以身作则,鼓励我们像她那样打起精神前进,要像她那样,"像一个坚强的士兵"。可其他的教师,那些可怜的家伙,大都情绪低落、没精打采,更谈不上要去激励别人了。

我们回到学校后是多么渴望能享有熊熊的炉火的光热啊！可惜，至少那些小姑娘们是享受不到的。教室里的两个壁炉马上都被大姑娘们里三层、外三层地紧紧围住，那些小点儿的姑娘们只好三五成群地蹲在她们后面，紧紧用围裙裹住冻僵的胳膊。

吃点心总算是一个小小的安慰，有双份面包，——是一整片，而不是半片——还额外涂有一层薄薄的喷香的黄油。这就是我们从每一个安息日盼到下一个安息日，所得到的每周一次的难得的盛宴。我总是费尽心机地把这份丰美的点心给自己保住一半，另一半只好给了别人。

每个礼拜天的晚上都要背诵英国国教的教义问答，《马太福音》的第五、六、七章，还要听米勒小姐那冗长的讲道，她自己也很困倦，因为她忍不住连连打着呵欠。在此期间常会上演这样的场面，就是总会有五六个小姑娘疲倦不堪，扮演起犹推古的角色来，她们虽不是自三层楼，可也从第四排凳子上掉下来。被扶起来时还是一副气息奄奄的模样。治这个的唯一办法是把她们拖到教室的中央，罚她们一直站到讲道结束为止，有时候她们的两脚支撑不住，倒在地上挤做一团，这时只好由班长用高脚凳把她们支撑起来。

我一直都没有写到布洛克尔赫斯特先生到学校来，事实上这位先生在我入学后的头一个月里有大半时间没在家，兴许是在他那位副主教好友那里多耽搁了一阵儿。他不在倒让我轻松些，不言而喻，我有我害怕他来的道理，可他到底还是来了。

一天下午，那时我已在劳渥德待了三周了，我正拿了块石板坐在那里，苦苦琢磨着一道长除法题，偶尔心不在焉地望了望窗外，不料正瞥见一个身影。我几乎是本能地认出那个瘦长的体形。所以当两分钟后，全校师生全体起立时，我简直没有必要抬眼去看，就知道了他们如此隆重究竟是为了欢迎谁。一个人阔步走过教室，片刻后，曾经在盖茨海德的炉边地毯上狠狠朝我皱眉的那根黑柱子，就已经矗立在也同样站起身来的谭波尔小姐的身边了。这时我偷眼看了一下那根建筑构件，没错，来者正是布洛克尔赫斯特先生，他身穿紧身长大衣、纽扣扣得结实严密，看上去显得比以往更高、更瘦，也更生硬了。

我很有理由为他的出现感到沮丧。里德太太关于我的品质的那些造谣中伤的暗示，还有布洛克尔赫斯特先生表示一定要将我的恶劣脾气告诉给谭波尔小姐和别的教师的承诺,我都还记得清清楚楚。我天天都在担心这个诺言的实现,——我一直提防着这个"随时会出现的坏人",他关于我以往生活和言行的公布,会让我永远承担坏孩子的恶名。现在,他来了,就站在谭波尔小姐身边。他在向她悄悄地说什么,我毫不怀疑他正在揭露我的恶劣行径。我提心吊胆地注视她的眼睛,随时准备着看到她的眸子向我投来嫌恶和轻蔑的一瞥。我侧耳聆听,我刚巧坐在靠近屋子上首的位子上,因此听见了大部分他说的话,这些话的内容打消了我此时的忧虑。

"谭波尔小姐,我看我在洛顿买的线还合用吧。我认为这种线很适合用来缝布衬衣,还特地挑选了一些和它配着用的针。你告诉史密斯小姐一声,我忘了开一张买织补针的单子,不过,下星期就可以给她送来。跟她说无论如何每次至多只能给每个学生发一根针,多了,她们就会不在乎,容易把针弄丢了。还有,小姐! 我看那些羊毛袜子还得保管得好些! ——我上次来时,到菜园去查看了一下晾晒的衣服,那里有许多袜子都没有补好,从那些破洞看起来,我敢说它们都没有能随时精心地缝补。"

他顿了一下。

"你的吩咐一定照办,先生。"谭波尔小姐说。

"还有,小姐,"他接着说,"洗衣妇跟我说,有些姑娘一个星期换了两次清洁的领饰,这太多了,按照规章只能换一次。"

"这件事我想我可以解释一下,先生。上礼拜四艾格尼丝和凯瑟琳·约翰斯顿被请到洛顿喝茶,所以我特意批准她们换个干净领饰。"

布洛克尔赫斯特先生点了点头。

"好吧,偶一为之还行,不过可别让这种事发生得太频繁。另外还有件事让我吃惊,我跟总管对账目的时候,发现过去两周里,有两次给姑娘们发了面包、干酪这样的点心,这是怎么回事? 我查阅了一下规章,上面可没提到过这样的饭食。是谁采取了这种新花样? 又是谁准许的?"

"这责任得由我承担,先生。"谭波尔小姐回答,"早饭做得太糟,学生们吃不下去,我没敢让她们饿着肚子、直到吃午饭。"

"小姐,请等一下。——你应该了解我培养这些姑娘的想法,不是想让她们养成奢侈娇纵的习惯,而是要教她们吃苦、忍耐、克己。即便偶尔有点不如意的小事,比如烧坏了一顿饭,菜烧得味道太重或太淡之类的,化解的办法不应该是用更精美的食物作为对失去的那点享受的补偿,而娇纵了肉体,背离了本校的宗旨。应该利用这种时机来使学生受到精神上的陶冶,鼓励她们坚忍不拔地忍受一时的艰苦。趁此机会,做一次短短的训话不会是不合时宜的,一个英明的导师会不失时机地谈一谈基督教的苦行;殉道者的痛苦;以及我们神圣的主的训诫,他召唤他的门徒背起十字架追随着他;谈一谈他的忠告:人不能只靠面包活着,还要依靠上帝说的每一句话;谈一谈他神圣的安慰:'你们若为我忍饥受渴,便有福了。'啊,小姐,你在把面包干酪作为烧焦的粥的补偿、送进那些孩子的嘴时,你是喂饱了她们卑微的躯体,但你却不曾考虑过,你这样做让她们不朽的灵魂挨了饿!"

布洛克尔赫斯特先生又一次顿住了,——大概是过分激动所致。他才开始说话的时候,谭波尔小姐一直埋头看着地面。可现在,她的目光直视前方,她那本来大理石般白皙的面庞此刻显出大理石样的冷漠与坚定,她的双唇紧闭,仿佛只有雕刻家手中的凿子才能开启,她的眉宇间也渐渐现出一种十分刚毅的严厉神色。

这时候的布洛克尔赫斯特先生正背着手立在壁炉跟前,居高临下地审视着全校学生,突然间他的眼皮跳了一下,仿佛什么东西刺痛了他的眼睛,他转过头来,用比先前更急促的语调说:

"谭波尔小姐,谭波尔小姐,那个……那个鬈头发的姑娘是谁?红头发的,小姐……满头头发全鬈着的那个?"他用手杖指着那个可怖的事物,手都颤抖起来了。

"那是朱莉娅·赛弗恩。"谭波尔小姐淡淡地答道。

"朱莉亚·赛弗恩,小姐! 可为什么她,或者别管什么人,还居然留着鬈发? 为什么在咱们这种福音机构里,--居然有人敢公开背离这里的规章戒律,这样肆无忌惮地追赶世俗的时髦,竟然留起一头鬈发来?"

"朱莉娅的头发是自来鬈。"谭波尔小姐的口气更平淡了。

"自来鬈? 嗯,可我们却不能一味顺服自然。我希望这些姑娘都成为上帝眷顾的孩子。再说,头发为什么要留得这么长? 我一再说过,头发短些好,要简单朴素。谭波尔小姐,那姑娘的头发得全剪掉,明天我就找理发师来,我看有些姑娘的头发太长了,过于累赘——那个高个儿姑娘,叫她转过身去。一班的学生都站起来,脸都冲着墙。"

谭波尔小姐用手帕掩了一下双唇,像要把情不自禁地现出的一丝微笑抹平似的,但她还是照样发了命令,我在我的凳子上稍稍后仰一些,就可以看见那些照做的姑娘们正在互相传递眼神,显出各种各样的表情来,表示她们对这种摆布的不满。可惜这场景布洛克尔赫斯特先生却看不见，否则他兴许会认识到，无论他怎么支配杯盘器皿的外表，可永远不可能随心所欲地摆布里面的东西。

他在这些"活动奖杯"的后面来回察看了大约五分钟，才最后说出了他的意见，这意见就像敲响了丧钟那样，在教室中回响：

"头上的那些顶髻全部都给我剪掉。"

谭波尔小姐似乎想要反驳。

"小姐，"他继续说，"我所侍奉的主人的王国可不是这个世俗的世界。我的使命就是要克制这些姑娘们世俗的欲望，我得教导她们穿得质朴，既不留发辫，也不穿华丽的衣裳。可我面前的这些个年轻人呐，个个头上都梳着辫子，这都是虚荣心在作祟。这些东西，我再重申一遍，一定得统统剪掉。想一想为它们浪费掉的时间，想一想……"

他刚说到这儿，就被打断了，三位女客来到了这里，正走进教室。她们真该早些到来，好听听他那有关服饰的长篇大论，因为她们恰好是满身的丝绒、绸缎和皮毛，穿戴得非常华丽摩登，那两位年轻小姐都是十六七岁的漂亮女孩，头戴当时最入时的灰色獭皮帽，上面饰有鸵毛，在那艳丽的帽檐下露出了精心梳理的轻盈的亚麻色鬈发，那位上了年纪的夫人则披着一条贵重的滚有貂皮边的丝绒披巾，额前垂着几绺法国假鬈发。

这几位访客是布洛克尔赫斯特太太和两位布洛克尔赫斯特小姐，谭波尔小姐非常恭敬地接待了她们，请她们到教室的上首落座。似乎她们是随她们那位担任神职的亲人乘马车一同来的，就在他跟总管查账、盘问洗衣妇、训斥学监的时候，她们正在一处不落地查看着楼上的各个房间。现在她们就要发话了，对负责照管被服和监督宿舍的史密斯小姐提出种种意见和苛责。我可顾不上听她们都说了些什么，有别的事转移并且牢牢地吸引住了把我的注意力。

到现在为止，我在留心听布洛克尔赫斯特先生和谭波尔小姐对话时，始终没忘记注意保证自己的安全。我想只要避免让他看见我，就行了。为此我坐在长凳上尽量向后靠着身体，而且装作一心算算术的样子，高高举着石板遮住自己的脸。本来我是很可能不被他发现的，可不知怎么，那块石板突然捣起乱来，从我的手里滑了出来，"砰"的一声砸在地板上，马上引来了所有人的目光。这下子，我明白自己全完了，我一边弯腰下去拾起那块碎成两半的石板，一边硬着头皮准备最坏的后果，它终于来了。

世界传世藏书

世界十大名著

·简爱·

图文珍藏版

"真是个马虎的姑娘!"布洛克尔赫斯特先生说,紧接着他说道,"我认出来了,是那个新来的学生。"没等我透出一口气来,他又说,"我可不能忘了,关于她我还有话要说。"他大声说,那声音在我耳边轰鸣!"让那个打碎了石板的孩子过来吧!"

我自己一动也没动,我已经吓得瘫软了。可是坐在我两边的两个大姑娘已经把我拉起来,推着我朝那可怖的法官走了过去,接着,谭波尔小姐扶着我,一直来到他的身前,我听见她悄声宽解我:

"别怕,简,我知道你不是故意的,你不会为此受罚的。"

这好心的耳语却像刀子般刺痛了我的心。

"一分钟后,她就会把我看作一个虚伪的家伙而鄙视我了。"我想着,一阵针对着里德太太和她的同伙布洛克尔赫斯特的怒火就在我身上剧烈地翻腾起来,我可不是海伦·彭斯。

"把那张凳子拿来,"布洛克尔赫斯特指着一张高高的凳子说,坐在那凳子上的是一位班长,她让开了,凳子搬了过来。

"把这孩子放上去。"

我被抱了上去,是谁抱的,我不知道。我已经感觉不到这些琐碎的细节,我只知道我被举到布洛克尔赫斯特的鼻子那么高的地方,他距我仅有一码远,大片橘黄色、绛紫色的绸缎斗篷和雪白色的羽毛像云雾一般在我眼前舒展、飘动。

布洛克尔赫斯特先生清了清喉咙。

"太太小姐们,谭波尔小姐,教师们、孩子们,你们都看见这个小姑娘了吧?"

她们当然都看到了,我已经感觉到了她们的眼神正像火焰般烘烤着我早已灼痛的皮肤。

"你们看到她年纪小小,你们看到她有普通孩子的外表。上帝大度地赐给了她和我们大家一样的形貌,没有哪一点残疾标明她的特殊。可是谁能想到,魔鬼早已攫住她作为自己的替身和代理人?然而,我要痛心疾首地告诉大家,这正是事实。"

一阵停顿,——这时,我开始让自己受惊吓的神经稳定了下来,觉得只能坚强地面对一切,反正鲁比孔河已经渡过了,审判已无法逃避。

"我亲爱的孩子们,"这位黑色大理石柱般的牧师沉重地说,"这真是件悲哀的事情,我有义务警告你们,这个本该成为上帝的羔羊的姑娘实际是个被上帝抛弃了的孩子,她不是真正的羔羊中的一个,而是个明显的外来者,闯入者。你们得谨慎提防,千万别学她的样。必要的话,不要跟她待在一块儿,不让她一起游戏,不让她参与你们的谈话。教师们,你们得注意监督她,注意她的一言一行,仔细思量她说的话,惩罚她的肉体以救赎她的灵魂——要是她的灵魂还有救的话,因为,说这话时,我的舌头都在颤抖,这个姑娘,出生在一个基督教的国度中,却比许多匍匐在梵天神像前,膜拜基里什那神祇的异教徒还要堕落,——这个姑娘是个——说谎者!"

这次的停顿足有十分钟。这会儿我已经完全清醒了,我看得清清楚楚,布洛克尔赫斯特家的女眷都拿出手帕来揉眼睛,年长的那位夫人摇晃着身体,两个年轻的低声说:"多么恐怖呀!"

布洛克尔赫斯特先生接着往下说:

"这些都是我从她的恩人,那位虔诚慈悲的太太那儿听来的。她可怜她父母双亡而收养了她,把她看作自己的亲生女儿来抚养,可这个坏孩子是那么忘恩负义,用最恶劣的背弃恩义来报答她的仁德大度,最终使那位伟大的保护人不得不把她跟自己的孩子隔绝开,以免她的坏榜样会污秽了他们的纯洁。她把她送到这儿来治疗,就像古代的犹太人把病人送到毕士大池中搅动的水里去一样。所以,教师们,我请求你们要不断搅动她周围的水。"

说出了这样精辟的警句作为结语,布洛克尔赫斯特先生整好他长大衣最上面的一颗纽扣,对他的亲人低声说了句什么。她们站起来,向谭波尔小姐躬了躬身,这些大人物们就这样神气活现地走出了教室。我的法官走到门口时,回过头说:

"让她在凳子上再站半个小时,今天剩下的时间里,谁也不理睬她。"

于是,我就高高地树在那里。我曾说过要是让我站在教室的中央受罚,我是无法忍受这种耻辱的。如今我却在大庭广众中站在耻辱台上示众,我的心情难以言表。大家站起了身,我呼吸艰难、喉咙哽咽,但是有个姑娘朝我走来,经过我面前,她抬眼看了看我,她眼睛里闪烁着多么奇异的光芒啊!那眼光又给我身体注入了一种多么难以言表的感觉啊!这种新奇的感觉又给了我多大的支撑下去的力量啊!就仿佛是一位殉道者,一位英雄,在经过一个奴隶或牺牲者身边时赋予了他力量一样。我克制住了将要爆发的歇斯底里,昂起头,在凳子上稳稳地站着。海伦·彭斯带着一个活计方面的小问题去向史密斯小姐请教,因为问题太琐细而受了几句训斥,她回到座位上去,再一次从我身旁经过的时候,朝我微笑了一下。这是怎样的微笑啊!我今天还回忆得起那笑容中流露出的大智大勇。它就像天使脸上辉映的光芒一样,映亮了她那非凡的面容,她瘦削的脸,和她深陷的灰眼睛。而那时

候,海伦·彭斯的胳膊上正罚戴着"不整洁"的标志,不到一个钟头以前,我还听见斯凯切尔小姐罚她第二天中午只许吃面包和清水,因为她抄习题时弄脏了练习簿。人的天性就是这样不能完美无憾!哪怕是最明亮的星星上也会有黑色的斑点。可是斯凯切尔小姐这类人的双眼却只盯住那些小小的瑕疵,对星星的万丈光芒无动于衷!

8

半个钟头还不到,钟敲响了五声,学校下课了,大家都去饭厅里用茶点。天色这时已十分昏暗,我大胆下了凳子,在一个屋角的地板上悄悄坐了下来。一直鼓舞着我的那股魔力开始消退,这时产生了反作用,不一会儿,我再也抵挡不住悲哀的袭来,颓然扑倒在地上。现在我哭了。海伦·彭斯不在,没有任何力量可以支撑我了。只剩我一个,我再也没法克制自己,泪水洒满在地板上。我本来是多么梦想在劳渥德做个好孩子,想做那么多好事,交那么多朋友,赢得尊重和好感。我已经取得了明显的进步,就在那天早上,我已经升到全班第一名的位置上。米勒小姐热情洋溢地夸赞了我,谭波尔小姐微笑着对我表示嘉许,她还答应教我绘画,准许我学习法文,只要我能在接下来的两个月里还有同样的进步。同学们待我也都不错,和我年龄相近的都平等对待我,没有谁来作弄我。可现在,我又被打倒,被践踏,匍匐在这儿。我还有再站起身来的一天吗?

"再也不会了。"我想着,一心只想着死掉算了。我正抽噎着吐露这个愿望时,有一个人走近了我。我惊跳起来,——是海伦·彭斯又来到了我身边,炉火的余光刚能照见她穿过这间空荡荡的长屋子向我走来,她给我端来了咖啡和面包。

"来,吃点东西。"她说。可是我把它们都推了开去,觉得在眼下这种情形里,一滴咖啡、一小块面包都会梗住我的喉咙。海伦凝视着我,或许有些诧异。我尽了最大努力来平息我的激动,可无济于事,我继续大声哭泣。她在我身边的地板上坐下,胳膊抱住膝头,把头枕在膝盖上。她一声不响地保持着这个姿势,像个印度人一样。还是我先开了口:

"海伦,你为什么还跟一个人人都说她是撒谎者的姑娘待在一块儿呢?"

"人人? 简,只有八十个人听到别人这么称呼你,世界上有几万万人呢。"

"可那几万万人跟我有什么关系? 我认识的八十个人都看不起我。"

"简,你错了。可能全校没有一个人看不起你,或者不喜欢你,我敢说还会有许多人同情你呢。"

"听了布洛克尔赫斯特先生那么说之后,难道她们还会同情我吗?"

"布洛克尔赫斯特先生又不是上帝,他甚至称不上是受人尊重的大人物。这儿的人不喜欢他,他也从来没干过什么事来让别人喜欢他。要是他把你当作出众的宠儿，你倒会在身边发现许多明里暗里的仇视者的。实际上，要是有胆量，这里的大多数人都会向你表示同情。教师和学生们也许会在一两天内冷冷地看你，但心底却对你抱着友好的情感。而且只要你接着好好努力，用不了多久，这种暂时被压制的情感便会明白地显示出来。再说，简，……"说到这里，她顿住了。

"怎么啦，海伦？"我把手放到她手里问着。她轻轻摩擦着手指取暖，又接着说下去：

"即使全世界的人都恨你，认为你坏，只要你问心无愧，相信自己是无辜的，你就不会没有朋友。"

"不，我明白应当看重自己，可这是不够的。要是别人不爱我，我会觉得生不如死，——我受不了孤独和别人的憎恨。海伦，你瞧，为了赢得你或者谭波尔小姐，或者任何一个我真正爱戴的人的爱，我会心甘情愿地看着自己的手臂骨折掉，或者让牛角把我挑起来，或者站在尥蹶子的马的后面，让它的蹄子踢我的胸膛……"

"嘘，简！你把别人的爱看得太重要。你性子过于冲动，过于激烈。那只给了你躯壳、又给了你生命的至高无上的手，除了赐给你卑微的自我，或其他跟你一样卑微的作品以外，还为你准备了其他的东西。除了这尘世，除了人类，还有一个隐现的世界，一个神灵的国度。这个王国就在我们的周围，它是无所不在的。那些神灵保护着我们，因为它们的任务就是来守护我们的。要是我们被痛苦和耻辱折磨得痛不欲生，要是鄙视从四面八方向我们袭来，憎恨把我们压成齑粉，那么天使们也会看到我们的苦难，承认我们是无辜的，只要我们确实是无辜的，就像我知道你是无辜的，没有犯下布洛克尔赫斯特在里德太太那里听到的道听途说，又牵强附会地夸张的那些过失，因为我从你热情的双眸和开朗的前额上看出了你天性的真诚。而上帝是待灵魂与肉体分离时，才最后赐予我们丰厚的报偿。那么，既然生命转瞬就会消逝，死亡定能引导我们通向幸福与光荣之门，我们又何必被凡俗的苦恼压得颓废沮丧呢？"

我不再作声，海伦使我平静下来了。但在她传达给我的这种平静中，却掺杂着一种难以言表的哀愁。在她的话中，我总能听到一种隐约的伤感，但又说不清这种感觉究竟从何而来。她说完这番话后略略有些气喘，短短地咳嗽了一阵，我顿时忘了自己的悲伤，转而为她担心起来。

我把头枕在海伦的肩上，胳膊搂着她的腰，她把我拉近一些，两人无声地偎依着。我们这样坐了一小会儿，又进来了一个人。风刮起来了，吹走了阴云，皎洁的月光洒下来,透过附近的窗口,照亮了我们的身影,也照亮了向我们走过来的那个人,我们一眼就认出来的是谭波尔小姐。

"我是专门来找你的,简·爱,"她说,"我来叫你去我的房间,既然海伦·彭斯也在这里,那也让她一起来吧。"

我们去了。我们在学监带领下,穿过一条条错综复杂的走廊,登上一道楼梯才到了她的房间。屋子里炉火很旺,让人觉得很舒适。谭波尔小姐让海伦·彭斯坐在壁炉旁一张矮扶手椅上,自己在另一张椅子上坐下,把我叫到她身边。

"都过去了吗?"她低下头看着我的脸问,"是不是已经把伤心的事都哭出来了。"

"我怕永远也哭不完。"

"为什么呢?"

"因为我被冤枉了,现在,你,小姐,还有其他的人,都要把我看作一个坏孩子了。"

"你自己证明自己是个怎样的孩子,我们就把你看作什么样的孩子。我的孩子,继续做个好姑娘吧,你会让我们满意的。"

"我会吗,谭波尔小姐?"

"你会的,"她用胳膊搂着我说,"现在告诉我,布洛克尔赫斯特先生提到的那位女恩人到底是谁?"

"里德太太,我的舅妈。我舅舅去世了,托她来照管我。"

"那么,她不是自愿收养你的?"

"不是的,小姐,她很苦恼她不得不收养我。可是我听说,我舅舅临死前要她承诺永远抚养我。"

"好吧,简,你知道,至少我要你知道,一个罪犯受到指控时,也是允许他为自己辩护的。现在有人说你不诚实,那你就在我这儿尽量为自己辩护吧。把你记得起的真实情况都告诉我,不要无中生有,也别夸张事实。"

我在心里下定决心,一定要说得尽可能正确,尽量有分寸,所以我先考虑了几分钟来理清头绪,然后就对她诉说了我凄惨的童年生活的全部经历。我激动得精疲力竭,在谈论这个伤心话题时,比平常谈起它,口气温和了许多。同时我还记得海伦关于不要过分憎恨的警告,因此在叙述中渗入的愤懑和火气也比通常少得多。因为这样的克制和简化,听起来反而更显得真实可信。我一边讲,一边感觉到谭波尔小姐完全信任我的讲述。

在叙述中我提到劳埃德先生在我昏倒后曾来探视过我,因为我无论如何也忘不了我认为可怕之至的被关在红屋子里的一幕。在详细描述细节的时候,我的激动肯定在某种程度上越过了常规,因为我怎么也无法淡忘那剧烈的痛楚,我拼命求饶,而里德太太却再一次把我锁进那闹鬼的屋子。

我说完了。谭波尔小姐默默看了我几分钟,然后说:

"劳埃德先生我认识一点,我会给他写封信,要是他回信所说的与你的叙述符合,那我一定公开替你洗刷冤名。在我看来,简,你现在就已经是清白的了。"

她吻了我,让我仍旧留在她的身边。我满怀喜悦地站在那里,因为我怀有一种孩子特有的喜悦看着她的脸,她的衣服,她的一两件饰物,她那白皙的额头和浓密的发髻、明亮的眼睛。她开始跟海伦·彭斯谈话。

"你今天晚上怎么样,海伦?今天咳嗽得厉害吗?"

"我想不算厉害,小姐。"

"胸口的疼痛呢?"

"稍微有好转。"

谭波尔小姐站起来,拿起她的手,给她把了把脉,跟着,她回到自己的座位上。在她坐下来时,我听见她轻轻叹了口气。她闷闷地坐了好几分钟,然后打起精神,高高兴兴地说:

"今天晚上你们两个是我的客人呀,我得按待客之道款待你们才对。"她打了一下铃。

"芭芭拉,"她对应声而来的女佣说,"我没喝茶,把茶盘端来,给这两位小姐添上两个杯子。"

茶盘立刻端来了。那些细瓷杯和亮闪闪的茶壶搁在小圆桌上,在我眼里是那么好看!茶的热气,烤面包的香味又是那么诱人!可是让我失望的是(因为我已经很饿了),我看到面包只有很小的一份。这一点,谭波尔小姐也看出来了。

"芭芭拉,"她说,"你能不能再拿点面包和黄油来?这一点儿不够三个人吃。"

芭芭拉出去了,不一会儿又回来了。

"小姐,哈顿太太说,她是按照平日的分量配给的。"

得解释一下,哈顿太太是总管,她的心肠跟布洛克尔赫斯特先生一样,他们是用同样的鲸鱼骨和生铁铸成的一路人。

"哦,好吧!"谭波尔小姐答道,"那么看来我们只好对付着吃了,芭芭拉。"等那个姑娘走了以后,她微笑着又说道:"好在这一次我还有办法来弥补缺憾。"

她请海伦和我坐到桌子前,在我们面前各放上一杯茶,一片可口但是薄薄的面包,然后起身打开锁,从抽屉里取出一个纸包,我们马上看出里面包的是一个挺大的香草甜饼。

"我本来打算让你们每人带点回去吃的,"她说,"可既然面包不够,只好现在就吃了。"她动手毫不吝啬地把饼切成厚片。

那天晚上,我们说得上是享受了一顿神仙的盛宴。而在这样的款待中,同样令人高兴的是女主人看着我们吞嚼她提供的美食时,脸上露出的那种满意的微笑。吃完茶点,撤走茶盘,她再次招呼我们坐到炉火前,我们在她两边坐下,这时她开始了和海伦的谈话,能有幸听到这样的谈话真是一种无上的享受。

谭波尔小姐总是神态端庄、举止安详,谈吐优雅,这使她永远不会陷入疯狂、激动和燥热的状态中。同时这也使看到她或聆听她说话的人生出一种敬畏的自我约束。我当时正是感觉到了这些。而彭斯呢,她却叫我大吃一惊了。

令人振奋精神的美餐,红通通的炉火,她心爱的老师的相伴及亲切相待,也许比这些都重要的是,她自己那不同寻常的心灵中的什么,激起了她内心的力量。它觉醒过来,燃烧起来了。首先,它在她面庞上奕奕闪烁,在此之前,我在她脸上只看到苍白和毫无血色。其次,它闪耀在她双眸润润的光泽中,这使它们忽然显出了一种比谭波尔小姐的眼睛更奇异的美,——这种美不在于眼睛的颜色,也不在于长长的睫毛,如画的眉峰,而在于一种内在的美,在于眼波的流动和奕奕的光彩。还有,她现在仿佛心灵与语言已经融通,话就像流水般滔滔不绝,我分辨不清它究竟从哪个源头喷泻而下。难道一个十四岁的姑娘竟有那么宽广、那么生机盎然的胸怀,容得下如此澎湃而来的纯净、丰富而热烈的雄辩之泉吗?在这个就我而言值得怀念的晚上,海伦的言谈是这样独特。她的心灵似乎急于要在短促的片刻中度过别人在漫长一生中走过的历程。

她们谈论着我从前闻所未闻的事情:古老的民族和时代,遥远的国度,已被揭示或尚在探索中的自然的奥秘。她们谈论各种书籍,她们阅读过的书真多啊!她们的知识又是多么广博啊!她们还非常熟悉法国的人名和法国作家。但使我惊异到无以复加的程度的是,谭波尔小姐问起海伦,她是否偶尔还能挤出一点空来,复习一下她父亲曾教给她的拉丁文,并从书架上抽出一本书来,叫她读着一页"维吉尔",并逐字翻译。海伦照着吩咐做了,这使我的崇拜随着每行声调悦耳的诗句诵出而越来越增强。她读完后,就寝的铃声就响起来了,这是不容耽搁延误的,谭波尔小姐拥抱了我们两个人,在把我们搂在怀里时,说:

"上帝保佑你们,我的孩子!"

她拥抱海伦的时间稍长一点儿,她更不情愿放开海伦。她一直目送着到门口的是海伦,她为海伦又一次深深叹了一口气,她擦去了海伦脸上淌下的一滴泪水。

我们刚回到寝室,就听到斯凯切尔小姐的声音。她正在检查抽屉,刚刚拉开了海伦·彭斯的抽屉。我们刚进去,海伦就挨了一顿狠狠的责骂,还被要求第二天把那些折得乱七八糟的东西别在她肩上。

"我的东西确实乱得一塌糊涂。"海伦喃喃地低声对我说,"我打算整理一下的,可是给忘了。"

第二天早上,斯凯切尔小姐在一张硬纸板上写了两个显眼的大字"邋遢",把它像经匣一样挂在海伦那宽广、温顺、聪慧而厚道的额头上。她戴着它一直到傍晚,忍耐着,毫无怨悔地视它为自己应得的惩罚。下午课结束后,斯凯切尔小姐刚离开,我就跑到海伦面前,把那东西一把扯下来,扔进火里。这一整天,她没能感受到的怒火一直在我的胸中燃烧着,热泪大滴大滴地流下我的脸颊,看着她那副悲哀的逆来顺受的样子,我痛苦得快要爆炸了。

在上面所述的那件事发生后一礼拜,给劳埃德先生写了信的谭波尔小姐收到了答复,看起来他的话证实了我的叙述。谭波尔小姐召集了全校师生,宣告她已对关于简·爱的指控做了调查,现在可以很高兴地宣布彻底洗刷掉简·爱所背负的全部罪名。于是,教师们纷纷过来握我的手,吻我,同学们的队伍中也到处传来了欢快的嗡嗡议论声。

我于是摆脱了令人心伤的沉重负担。重新振作起来后,我从头干起,下决心要战胜一切困难闯出一条坦途来。我勤奋努力,而成功也随之而来。我生来记忆力并不算强,但是实践使它有了进步,不断的练习使我的智力变得敏锐。几个星期后,我升了一班,又过了不到两个月,我就获准学习法语和绘画。我学会了动词"être"的头两种时态,同一天里,我画出了我的第一所茅屋,顺便提一句,那茅屋的墙倾斜得比比萨斜塔还厉害。那天晚上,在入睡前,我居然忘记了在想象中准备一顿有热土豆或者白面包和新鲜牛奶的巴梅赛德盛宴。而往常我总是以它来权且自慰的。这一晚,我却在黑暗中看见了许多理想的图画,都出自我的双手,有熟练的描画出来的房子和树丛，奇特的怪石和废墟，魁普式的畜群，还有描摹了蝴蝶在含苞欲放的玫瑰花丛翩翩飞舞，鸟儿啄食着熟了的樱桃，围着珍珠般的鹡鸰蛋的鸟巢，四周还围有常春藤之类嫩叶的迷人的图画。我还在脑中盘算是否能把比埃洛太太拿给我的法国故事书顺达地翻译出来。还没有把这个问题妥善地解决，我就甜蜜地进入了梦乡。

正如所罗门所说的："吃素菜，彼此相爱，强如吃肥牛，彼此相恨。"

现在就是让我用劳渥德和它的，去换盖茨海德和它素日的荣华富贵，我也决不愿意。

图文珍藏版

9

但是,劳渥德的匮乏,或者不如说是艰苦,已经渐渐缓解了。春天临近,实际上已经来临,冬日的严寒开始消减,积雪融化,寒风渐渐没那么冰冷刺骨了。我的双脚,原来被严冬的寒冷冻得掉了皮,肿胀不堪,走起路来一瘸一拐的,现在它正在四月的暖风中愈合退肿。黑夜和清晨不再用它们加拿大式的寒冷冻得我们连血液都快凝住。在花园中度过的那段活动时间也变得能够忍受了。有时阳光灿烂,在花园里的时间甚至可以说是令人愉悦的。枯黄的花坛上现出的新绿,一天比一天更充满生机,让人想到也许希望之神曾在夜里打这儿经过,而在清晨留下了清晰的足印。花儿从叶簇中伸出头来,有雪莲花,藏红花和紫色的报春花,以及长有像眼睛似的金色斑点的三色堇。每逢星期四下午的那半天假里,我们出去散步,还会在小路边、树篱下发现一些可爱的小花正在开放。

我还发现,在花园的插满铁刺的高围墙之外,有着莫大的乐趣,它广阔无边,直达天际。这种乐趣体现在崇山峻岭环抱住翁郁苍翠的深谷的景观,体现在遍布黑色鹅卵石和闪亮涡流的清澈的山间涧溪。这景象跟我当初看到的相差是多么的悬殊啊,那时这里冰封雪飘,严冬的铅灰色天灰覆盖着这里。死亡般冰冷的寒雾在东风的驱赶下在紫褐色的峰峦间驰骤,滚滚直下,弥漫在低洼、草甸和河滩上,最后跟山溪上凝结的水汽融会在一起!那时候,山溪还是一股混浊的激流,滚滚向前,冲开林木,发出震响山谷的轰鸣声,时常因为跟暴雨或旋转回翔的冻雨掺杂在一起而听起来更加沉闷。而溪涧两岸的树林看上去简直就像是一排排死人的枯骨。

四月过去,五月来了,那是个静美、明媚的五月,整个月的每一天里都是天空蔚蓝明净,阳光温暖和煦,西风或南风徐徐吹拂。莺飞草长的日子,劳渥德披散了她的秀发,到处洒遍浓绿,装点着各色鲜花。高大的榆树、桦树和橡木的躯干都已恢复了生机,英挺地矗立着。林间的植物茂密地生长着。数不清的各类苔藓覆满了山谷和洼地。还有许许多多的野樱草花,看上去就像是地面上撒满了斑斑驳驳的太阳光,我曾经在浓荫深处看见那些淡淡的金色光芒,仿佛是散落在地上的最可爱的光斑。我常常是尽情地欣赏这一切,自由自在,不受督管,而且总是独来独往。所有这些不平常的自由和乐趣,自有它的原因,现在我就该来谈谈这个原因了。

在我谈到这个偎依在山林、坐落在溪水边的地方时,不是把它描绘得很令人喜爱吗？是的，它的确够可爱的。但它是否有利于健康，却又是另外一回事了。

劳渥德坐落的那个密布森林的山谷，是浓雾和瘴疠的发源地。时疫随着春天的脚步也溜进了孤儿院，把斑疹伤寒送进了拥挤的教室和宿舍，还没到五月，学校就变成了一所医院。

半饥半饱的状态，和得不到及时治疗的感冒使大多数学生极容易受到传染。八十个姑娘中，一下子病倒了四十五个。课上不下去了，纪律也松懈了。少数一些没有病倒的几乎完全放任自流了，因为医护人员坚持她们必须经常锻炼以保持健康。而且即使不如此，也没人顾得上再去看管她们。谭波尔小姐被病人占去了全部精力，她整天待在病房里，寸步不离，只在夜里稍微休息几个钟头。别的教师则整日忙于打点行李，或作其他一些必需的准备，来送走那些亲戚朋友愿意接她们搬离的姑娘，她们还算幸运。但许多人已经传染上了，回家去也只有等死。有些姑娘在学校死去，马上被悄悄埋葬了，疾病的性质不容延误。

疾病就这样在劳渥德长住了下来，而死亡则常常拜访这里。校园里笼罩着阴郁和恐惧，房间和走廊里散布着医院的气息，药物和熏香徒劳地想遮盖死亡的臭气。而在户外，五月的明媚阳光却毫无遮蔽地撒满峻峭的山岗和美丽的林地。花园里团花簇锦，蜀葵长得像树一样高，百合花正在绽放，郁金香和玫瑰开得正盛，小花坛的边缘点缀着粉红色的海石竹和深红的重瓣雏菊，开得十分热闹。一早一晚，多花蔷薇散发出香料和苹果般的香气。可这些芬芳馥郁的珍宝对劳渥德大部分人来说，除了时不时能提供一捧花草供在棺木上外，毫无用处。

我和其他的尚未病倒的人，尽情地享用这景物和季节的优美。我们从早到晚在林中游荡，像吉卜赛人一样。我们想干什么就干什么，爱上哪儿就上哪儿。我们的生活也比以前好过多了。如今，布洛克尔赫斯特先生和他一家再也不来劳渥德了，没人来查问这里的日常事务，凶狠的总管也被传染病吓走了。接替她的人原来是洛顿药房的总管，还没弄清楚这个新地方的规矩，生活上的供应宽松了一点。吃饭的人也没以前多，病人吃得又少，我们早餐盘里的东西也就多了一些。还常会有来不及准备正经午餐的时候，这时候，总管就会给我们一大块冷的馅饼，或是一片厚厚的面包和干酪。我们会把它带到林子里，选个最喜欢的地方，大吃一顿。

我心爱的座位是一块光滑的大石头，矗立在溪涧中央，洁白而且干燥，要蹚着水才走得过去，我常光着脚表演这一绝技。这块石头正好大得够我和另一个姑娘两个人舒舒服服地待着。我的好朋友是个叫玛丽·安·威尔逊的姑娘。她是个精灵古怪的姑娘，我喜欢和她待在一块儿，一半是为了她聪明，主意多，一半是因为她的行为让我觉得无拘无束。她比我大上几岁，比我多经了些世事，能给我讲许多我爱听的事情，让我的好奇心得到满足。对我的缺点，她宽厚地不予计较，不管我说什么，她都不管束和阻止我。她善于叙述，我擅长分析；她爱讲，我爱问，因此我们相处得其乐融融，即使从彼此的交往中没有得到进步，至少也得到了不少乐趣。

这时候，海伦·彭斯在哪儿呢？为什么我没有跟她一起度过这自由自在的快乐时光呢？是我把她忘了？还是我浅陋得竟厌倦了和她的纯洁友谊？的确，我刚才提到的玛丽·安·威尔逊是比不上我第一个朋友的。她只会给我讲一些有趣的故事，回应我兴之所至挑起的生动尖刻的闲聊，至于海伦，如果我对她的形容大致不错的话，她是能够让有幸与她来往的人品味到高尚得多的内容的。

是的，读者，我明白并感觉到了这一点。尽管我是个很普通的人，有许多缺点，而值得夸赞的长处却极少，但我不会厌倦海伦·彭斯，也决不会停止对她怀有眷恋之情，这种感情曾那么强烈地鼓舞了我的心灵，它是那么温柔且充满了崇敬。在任何场合、任何时候，海伦都一如既往地对我默默表示着一种忠诚和友谊，任何恶劣的情绪都不曾损害到它，既然如此，我又怎么会不珍视这份情谊呢？但是，当时海伦已经病倒，被搬到楼上不知哪个房间里去了。我好几个星期没见过她了。听说，她并没有被安置在为伤寒病人专辟的那部分屋子里，因为她得的不是斑疹伤寒，而是肺病。而我由于无知，还以为肺病只是一种小病，好好护理一段时间，就一定会好起来。

我的这种想法更坚定了，因为有一两个阳光明媚的下午，她下楼来，由谭波尔小姐陪着到花园里去。但这时候是不允许我过去跟她讲话的，我只是从教室的窗户里看到她，看得不大清楚，因为她身上裹着厚厚的衣服，远远地坐在游廊的檐宇下。

六月初的一个傍晚，我和玛丽·安在树林里待到很晚。我们像往常一样远远离开别人，逛到很远的地方，远到迷了路，不得不到一间孤单的小茅屋里去问路。茅屋里住着一男一女，喂养了一群靠吃林间野果长大的半野的猪。我们回来的时候，月亮已经升起来了，花园门口拴着一匹矮马，我们认得那是医生的马。玛丽·安说，她猜一定有人病得很重，才会在这么晚的时候还去请贝茨先生来，她进了屋，我又待了几分钟，把我从林子里挖来的一把树根栽进我那片花园里，怕它搁到早晨就会枯死。做好这件事后，我又在外面逗留了一阵，露水濡湿了花朵，花香分外的浓郁。那个夜晚是如此可爱、宁静而又温暖。夕阳的一线余晖在西方闪耀,昭示着明天又是个好天气。月亮在暗黑的东方正肃穆地升起。我注视着这一切,尽一个孩子的所能欣赏着它们,脑子里浮现出一个前所未有的想法:

"现在躺在病床上,随时面对死亡的威胁,这是多么可怜啊!世界如此可爱,不得不离开它,到谁也不知道的地方去,该多么可怕!"

这时,我的头脑才第一次努力去理解以往灌输给它的有关天堂和地狱的说法。它第一次瑟缩起来,无所适从了。它第一次瞻前顾后,东瞧西望,看见周围是一片深不可测的深渊,它只能感到它身处的这一点实地——眼前,其余一切都是混沌的迷雾和不测的深渊,一想到会沉入这片混沌,它就恐惧战栗。正当我转着这个念头时,前门打开了,贝茨先生走了出来,还有个护士跟他走在一起。她目送他骑上马离开后,正要关门,我向她跑了过去。

"海伦·彭斯怎么样了?"

"很不好。"她回答道。

"贝茨先生是来看她的吗?"

"是的。"

"他说她怎么样?"

"他说她不会在这儿待很久了。"

要是昨天听见这句话,我只会理解为她就要回到诺森伯兰的老家去,而决不会疑心她就要死了。可是我现在立刻就明白了,清清楚楚地意识到,海伦·彭斯在世的日子寥寥无多了,她既将被送到天国,如果它真的存在的话。我感到一阵强烈的恐惧,随之而来的是钻心的疼痛。然后涌上一个强烈的愿望———一种需要,我要去看看她。我问,她睡在哪个房间里。

"她在谭波尔小姐的房间里。"护士说。

"我能上去和她说说话吗?"

"噢,不,孩子!那可不行。这会儿是你回房间的时候了,下露水时你还待在外面,会发烧的。"

护士关了前门,我从通往教室的侧门进去。我来得正巧,已经九点了,米勒小姐正在招呼学生们就寝。

大约在两小时之后,大约十一点钟光景,我还一直睡不着觉。寝室里一片静寂,我判定同学们都已睡熟,我便蹑手蹑脚地爬起来,在睡衣外套了件外套,没穿鞋子就偷偷溜出了房间,去找谭波尔小姐的房间。它差不多在屋子的尽那头,我知道该怎么走。夏夜的月光没被云彩遮挡,在走廊的各处窗口倾泻进来,使我很容易找到那儿。我先是经过伤寒病房门口,一股樟脑味和烧热的醋的味道警告了我,我赶快走了过去,生怕被值夜的护士听到我的动静。我怕被人发觉送回房间,因为我一定要见到海伦,——我一定要在她死之前拥抱她,我一定要最后吻一下她,跟她说永别的话语。

我走下一道楼梯,穿过楼下的一些房子,悄无声息地打开又关上了两扇门,来到了另一道楼梯前。我走上楼梯,对面就是谭波尔小姐的房间。门上的锁孔和门下的缝隙中都透出光亮,四下一片寂静。走近了些,我看出门开着一条缝,大概是为了让令人窒息的病房透进些新鲜空气。我不喜欢犹豫,又迫不及待地期待着,——心灵和感官都由于焦急和痛苦而颤抖着——我推开门,把头探进去,我的目光一边在搜寻着海伦,一边唯恐看见的是死亡。

紧靠着谭波尔小姐的床有一张小床铺,半掩在白色的帷幔中。我看得见被下身子的轮廓,可是脸被帐子遮住了。在花园里跟我说话的那个护士坐在一张安乐椅上睡了。一支没修过烛花的蜡烛在桌上昏暗地燃着。谭波尔小姐不在,后来我才知道,她是在伤寒病房护理一个昏迷的病人。我走上前去,停在小床边。我的手已经抚在床账上,想还是先开口说话再拉开它好些。我还有点畏缩,怕看到的会是一具尸体。

"海伦!"我轻轻地呼唤她,"你醒着吗?"

她动了一下,拉开床帐,我看见了她的面庞,苍白而憔悴,表情十分平静。她看上去没大变化,我的恐惧立刻消散了。

"是你吗,简?"她用她独有的温柔语调问道。

"啊!"我想,"她不会死的,他们弄错了。要是她真的会死的话,她不可能说话,神情也不会是这么镇静。"

我爬上她的小床,吻了她,她的额头冰冷,脸颊也又冷又瘦,手和腕子也是一样,可是她的微笑一如以往。

"你来这儿干什么,简?都过了十一点了,我几分钟前听到钟敲响了。"

"我是来看你的,海伦。我听说你病得很重,一定要跟你说句话我才睡得着。"

"那么说,你是来跟我道别的了,兴许你来得正是时候。"

"你要到哪儿去?海伦,你是要回家去了吗?"

"是的，回我永恒的家——我最终的家。"

"不，不，海伦!"我悲痛难抑，说不下去了。我正竭力咽回泪水，海伦剧烈地大咳起来，但并没有吵醒护士。咳嗽过后，她精力耗尽似地静躺了几分钟，然后又低声说：

"简，你光着小脚呢。快躺着，盖上我的被子。"

我这样做了。我用胳膊搂着她，我紧紧依偎着她。沉默了很长时间以后，她才又开始说话，声音还是那么轻。

"简，我是很快活的。当你听到我死了的时候，可千万别难过，没有什么可难过的。我们却总有一天会死去，而正拿走我的生命的这个病并不太痛苦，它是缓缓来临的。我的心很平静，我死后也不会有人太挂念我。我只有一个父亲，他新近又结了婚，不会思念我的。在年纪还小的时候死去，我会免受许多巨大的痛苦。我没有什么过人的品质或才能在这世上闯出一条坦途来，我会不断犯错的。"

"但你要上哪儿去啊，海伦？你看得见吗？你知道吗？"

"我相信。我秉持着信仰，我是要到上帝那儿去。"

"上帝在哪儿呢？上帝又是什么？"

"是你我的创造者，他永远不会毁弃他所创造的东西。我完全信赖他的伟力，绝对相信他的仁慈。我正算着最后那重大时刻的来临，它会把我交还给上帝，把他显示给我看。"

"那么说，海伦，你相信有天堂这么个地方，我们死后，灵魂会飞升上去？"

"我确信有一个未来的王国，我相信上帝是仁慈的，我将毫无怀疑地把我不朽的灵魂托付给他，上帝是我的父，上帝是我的朋友。我爱他，我相信他也爱我。"

"那么我死了以后还能再次见着你吗，海伦？"

"你一定也会去到那个幸福的国度的，——同一个无所不在的天父迎接你，这毋庸置疑，亲爱的简。"

我还在发出疑问，不过这回只是在心里问着："那个国度，它在哪儿？它真的存在吗？"我用胳膊把海伦搂得更紧了，在我看来，她比以往更让人珍惜了，我觉得我简直不能放她离开我。我把脸埋在她的颈窝上，就这么躺着。不一会，她用最甜美的语调说：

"我多舒服呀!刚才那阵咳嗽让我有点儿累着了，我觉得我能睡着了。可是你别离开我，简，我喜欢你在我身边。"

"我会留在这儿的,亲爱的海伦,没人能让我离开你。"

"你暖和吗,亲爱的?"

"暖和。"

"晚安,简。"

"晚安,海伦。"

她吻了我,我回吻了她,我们很快都进入了梦乡。

我醒来时,天已大亮,一个不平常的动作惊醒了我。我抬头想弄明白我在什么人的怀抱里,护士正抱着我穿过走廊回寝室去。我没有为了擅自离开我的床而受到斥责,人们忙着考虑别的事,没有人回答我的大量问题。过了一两天我才听说,谭波尔小姐在凌晨回到自己的房间,看见我躺在小床上,我的脸靠着海伦·彭斯的肩膀,我的双臂环着她的脖子。我睡着了,而海伦——她死了。

她葬在布罗克尔桥墓地里。她死后的十五年中,她的坟只是一个荒草丛生的土墩。而如今,一块灰色大理石石碑标示着这个地点,石碑上刻着她的名字和"Re-surgam"这个字。

10

到目前为止,对于我自已渺小的生活中发生的一些事情,我已经做了详细的叙述。对于我生命中的最初十年的日子,我几乎花了差不多十章的篇幅来描写它。但是,这本书毕竟不是人们所说的正规的自传,我只是想要回忆一些能够引起大家某种程度的兴趣的旧事而已。所以,现在我准备要一字不提地略过长达八年的时光,只是在必要的地方略微地交代几句,以保持全书的前后连贯。

在劳渥德,当斑疹伤寒完成了它的具有毁灭性的破坏任务之后,它就慢慢地销声匿迹了。但是,它的余波未平,它所造成的毒害之深以及受害人数之多已经引起了公众对这所学校的关注。人们对这场灾难的起因进行了调查,使得各种丑恶的事实真相逐渐曝光,引起了公众极大的愤慨。学校环境本身对健康不利;学生们的伙食质量差而且少;做饭用带咸味的臭水;孩子们粗劣的衣服和生活设备;所有这一切统统被暴露于光天化日之下。这些事情被发现的结果,虽然使布洛克尔赫斯特先生感到大失颜面,但却给学校带来了很大的好处。

郡里几位家产富有的慈善家们捐出了一大笔款项,以便选一个更适宜的地方,建造一幢适合学生住的大楼;新的规章制度也建立起来了;伙食和服装都得到了改善;学校的基金委托给了一个委员会来管理。布洛克尔赫斯特先生则由于他的不容忽视的财富和家庭关系,仍旧保有他的司库的职位,但当他履行职责时,要由几位心胸较宽大,更富有同情心的先生们来协助。他的督学的职务也要和其他几位先生分担,这几位先生懂得如何把通情达理和严格管教,讲求舒适和勤俭节约,同情和正直有机地结合起来。经过这样的一番革新,学校终于成了一所真真正正有用而又高贵的机构了。在这次转变之后,我又在这所学校生活了八年,其中六年做学生,两年当老师。在这两种不同的地位上,我都可以证明这所学校的价值和重要性。

这八年中,我的生活保持着一成不变,但也不可谓不幸福,因为生活并非死气沉沉。我努力接受了良好的教育;对于某些课程的偏爱,以及想在各方面出类拔萃的愿望,还有想要博得老师们,特别是自己喜爱的老师的欢心,这一切事情都激励我,促使我上进。我充分地利用了能给予我的有利条件,终于升上了第一班第一名的位置。然后,我被聘为本校的教师,我满腔热忱地工作了两年,然而,在将满两年的时候,我却有了改变。

谭波儿小姐经过种种的变迁之后,仍旧一直担任着这个学校的学监。我所获得的绝大部分学识都是受惠于她。她的友谊以及与她的交往,始终是安慰我的一剂良药。她担当我心目中的母亲,我的保护人的角色,后来又是我的朋友。可是就在这时候,她结婚了。她的丈夫是一个牧师,人才出众,可以说差不多配得上这样一位妻子,然后他们一起搬迁到了一个很远的郡里去了。所以,我也就失去了她。

从她离开的那天开始,我就不再是原来的自己了。原来拥有的一切安定的情绪,一切使我觉得劳渥德多少有些像自己的家的感觉,也都随着她的离去而消失了。从她身上,我学到了许多良好的品性和习惯,比如较为和谐的思想,控制得比较好的情感,都早已占据了我的心灵。我立志要尽忠于职守,遵守纪律和制度,我安静随和,相信自己是知足常乐的,在别人眼里,甚至自己常常也认为,我仿佛是一个经过训练的、严于律己的人。

然而,命运却以讷斯密斯牧师的形象出现,来到了我和谭波尔小姐中间。他们举行婚礼之后不久,我眼睁睁地看着她穿着旅行装跨进驿站马车,我目送着那辆马车爬上了小山顶,消失在山的那一边。然后我回到了自己的房间。为了这次婚礼我被特准放了半天假,余下的大部分时光我就在孤寂中渡过了。

多半时间我都在房间里踱来踱去。开始我以为我自己只不过是在为失去的一切而惋惜,在思索怎样才能弥补损失;但是,当我结束了思考时,抬头一看,发现下午已经过去,夜幕已经降临。这时候,我心里突然有了一个新发现,那就是,在此期间,我已经经历了一个变化的过程;我的心灵已经抛弃了一切从谭波尔小姐那儿借鉴来的东西。或者更确切地说,她已经随身把我在她身边曾经感受到的宁静气氛全都带走了。如今我又恢复了我自己固有的、与生俱来的本性了,我又开始感觉到我从前的情绪又躁动起来了。这看起来不像是一根支柱被抽掉了,而像是丧失了动力;不像是我没有能力保持平静,而是我要保持平静的理由已不存在了。许多年来,我的世界一直只是劳渥德,我的经验也仅仅局限于这里的规章制度;直到现在,我才发现,真正的世界是何其广阔,有一个充满希望和忧虑,而且充满激情和兴奋的变化万千的天地,正等待着那些勇于闯进去,并有勇气冒着各种风险探索人生真谛的人们。

我走到窗子跟前,推开窗户,向外面望去。我能看到这座建筑的两个耳房,看到花园,看到劳渥德周围的景色,还有远处层峦叠嶂的地平线。我的目光越过所有的其他景物,停在了最远处的、那蓝色的山峰上。那正是我渴望着要越过的。在它那由山岩和灌木围成的边界内的一切,仿佛整个儿一片都是囚禁犯人的场所和流放的地域。我的目光顺着那条白色的道路延伸,追随着它在山脚盘绕,然后消失在两山之间的峡谷中。我多么希望能追随它到更远的地方。我回想起我乘坐马车经过那条路的情景,我在暮色苍茫中从那座山上下来。从我最初被带到劳渥德至今,仿佛已经过了一个时代,而我却一步也没有离开过它。我的假期全部都在学校里度过的。里德太太也从来不叫人把我接到盖茨海德府;她和她的家人也从没来看过我。我和外界断绝了音讯,没有任何书信往来。学校的规章制度,学校的习惯和见解,以及学校里的各种声音、面孔、用语、服饰、偏爱和憎恶等等,是我所知道的生活的一切。而如今,在这个下午里,我突然厌倦了八年来一成不变的生活常规。我向往自由,我热切地渴望着拥有自由,我为了自由而做了祷告。但祷告似乎毫无用处,它随风飘散了。于是我放弃祷告,提出更为卑微的恳求。我恳求给我的生活一点改变,一点刺激。但这个恳求似乎也被吹散到苍茫的空间去了。"那末",我半绝望地叫道:"最低限度也要给我一份新的工作吧!"

正在这时,一阵宣告吃晚饭的铃声响起,把我叫下了楼。

一直到就寝以前,我都无法自如地回复到我那被打断的思路上去,甚至到了就寝时间,和我同房间的一位老师还一直喋喋不休地跟我闲聊,使我无法回到我渴望继续思索下去的事情上来。我多么希望睡眠能使她闭上嘴巴。好像我只要再重新思考一下我刚才站在窗前突然想到的那个念头,就会有某些有创造性的启示让我得到解脱。

最后格莱斯小姐终于发出了鼾声。她是一个壮实的威尔士女人,过去,我总把她那惯常的鼻腔音乐视为一种讨厌的声音,但是今晚,我对她那最初几个深沉的音符表示由衷地欢迎和满意。我终于摆脱了干扰,我那已被泯灭了一半的思想立即又活跃了起来。

"一份新的工作!这听起来有些道理,"我自言自语道(当然,我只是在心里默念,并没有大声说出来),"我知道这里面有些道理,因为它并非很动听,不像'自由'啦,'兴奋'啦,'享受'啦等等的词汇,听起来那么诱人,但这些字眼听起来固然令人愉快,对我来说,却只是一种字眼而已,它们如此空洞而又易逝,去倾听它们简直是在浪费时间。可是一件工作!那却是实实在在的事情。任何人都可以做工作。我已经在这里工作了八年了,现在我所想要的,只不过是到别的地方去工作。

难道我连自己的这点愿望都不能实现吗？这件事情真的无法做到吗？是的，是可能的，要达到这个目的并不算很难。要是我的头脑能够活跃起来，能够想出达到这一目的的办法，那就好了！"

我从床上坐了起来，为了让自己的头脑清醒一下。那天夜晚很凉，我用一块披肩裹住肩膀，然后又重新聚精会神地思索起来。

"我到底想得到什么？新房子、新面孔、新环境中的一个新位置。我只想要这些，因想得到别的更好的东西是徒劳无益的。别人要谋求新的职位是如何去做的呢？想必是托朋友帮忙的吧。我没有朋友，另外也有很多其他的人也没有朋友，他们也不得不求助于自己，那么他们的办法是什么呢？"

我回答不出来，我找不到现成的答案。于是我命令我的脑子去找答案，而且要快。我苦思冥想，头脑越转越快。我感觉到头上和太阳穴上的血管在怦怦地跳动。可是想了将近一个小时，脑子里仍旧乱糟糟的，毫无结果。徒然的苦思冥想使我处于亢奋状态，我从床上爬起来，绕着房间走了一圈，拉开窗帘，看到了一两颗闪烁的星星。我冻得直打哆嗦，又重新爬上了床。

大约乘我不在的时候，有一位好心的仙女把我需要的建议放在我的枕头上了，因为我刚一躺下，就有个主意自然而然地悄悄来到了我的脑子里："那些谋求职业的人是要登广告的，你必须在《某某郡先驱报》上登上广告。"

"怎样登呢？我对登广告这种事情一窍不通。"

这回答案很快就顺利地出现了。

"你必须得把广告词和应该要付的广告费装入信封，在信封上写清《先驱报》编辑部收。等到一有机会，你就把它送到洛顿邮局。回信应写给洛顿邮局的 J·E 收。信发出一个星期左右，你就应该可以去查问一下是否有回信来，然后再根据情况办事。"

我反复地将这个计划思考了两三遍，在心里仔细地琢磨，得到了一个切实可行的轮廓，直到我自己感到满意了，然后我才进入了梦乡。

天一亮，我就起床了，在起床的钟声响起之前，我就已经把广告词写好了，并且装进了信封，写上地址。广告是这么写的：

"兹有一位年轻女士，教学经验丰富，（我不是已经当过两年教师了吗？）欲谋求一家庭教师职位，儿童年龄须在十四岁以下（我想到这一点是由于我刚满十八岁，去教导年龄与自己相近的学生是不适宜的。）该女士擅长教授英国良好教育所需的各项普通课程,精通法语、绘画和音乐。(读者们,这几门知识看来似嫌狭隘,但在当时已经被看作是相当广博的了。)回信请寄某某郡,洛顿邮局,J·E 收。"

假,说要去洛顿办点私事,同时还给别的一两位同事办点小事。她满口答应,我便去了。大约要走两英里的路,傍晚时分又有些雨雾濛濛的,不过这种日子里白昼仍然很长。我逛了一两家店铺,又悄悄地把信送进邮局,然后冒着大雨回家,衣服被淋得湿漉漉的,但心里却很舒畅。

接踵而来的一个星期显得特别漫长,然而,如同尘世中的一切事物一样,它终于还是过去了。在一个令人愉快的秋日的傍晚,我又一次走在了去洛顿的路上。顺便地提一下,这是一条风景如画的小路,它蜿蜒在山溪的岸边,穿过极为秀美的弯弯曲曲的溪谷。但是那一天,我想得更多的是信,而不是那草地和溪水的美,因为那封回信说不定已经(或许也没有)在我要去的小镇上等着我了呢。

这一回,我表面上的任务是要去量量尺寸,定做一双鞋。于是,我首先去办这件事情,事情办妥之后,我离开鞋店,穿过一条整洁、安静的小街,走到对面的邮局去。邮局里是一位老太太在管事,她鼻梁上架着一副角质框架的眼镜,手上还戴着黑色连指手套。

"有 J·E 的信吗?"我问道。

她从眼镜上方盯了我一眼,然后打开一只抽屉,在里面翻来翻去,摸索了半天,时间长得我所有的希望都快要消失殆尽了。最后,她才拿起一封信凑到眼前,看了又看,过了足有五分钟,这才把它隔着柜台递过来,同时还向我投来探究和不信任的目光。信是写给 J·E 的。

"只有一封吗?"我问道。

"再没别的了。"她说。我把信放进衣袋里,转身回家。我当时没法立即拆开来看,因为按照学校的校规,我必须在八点钟赶回去,而现在已经是七点半了。

回去之后还有好几件工作等着我来处理。孩子们学习的时间里,我得陪伴着她们,接着该轮到我念祈祷文,看着孩子们上床,然后再和其他老师共进晚餐。甚至到了最后回屋就寝的时候,我仍然得和那个避不开的格莱斯小姐在一起。我们的烛台上已经只剩下短短一截蜡烛头了,我生怕她一直闲扯到那蜡烛头燃尽的时候。不过,幸好她吃的那一顿丰盛的晚餐对她产生了催眠作用,我还没有脱完衣服,她已经响起了鼻鼾声。还剩下一英寸的蜡烛头了,这时,我才掏出信来,封印上的戳记是一个姓氏缩写字母 F,我把信拆开,内容不长。

"如果上星期四在《某某郡先驱报》上刊登的 J·E 确是具有广告上所述的学识,并能提供令人满意的有关其品性及能力的证明的话,她将能获得一个职位,学生只有一名不满十岁的小女孩,年薪三十镑。请 J·E 将证明、姓名、地址和全部详细情况寄交:

某某郡米尔考特附近,桑菲尔德,菲尔费克斯太太。"

我反复地、长时间地审视着这封信。字体是老式的,而且有点不太稳定,像是一位老太太写的。这个情况还是很令人满意的。本来,我心里一直惴惴不安,唯恐自己这么自行其是,擅作主张,会有自投罗网的危险,造成自食其果的结局,最重要的一点是,我希望我自己努力奋斗的结果是可敬的、体面的、中规中矩的。现在我觉得,我即将从事的这项事业里,出现了一位老太太倒也不是件坏事。菲尔费克斯太太!我仿佛已经看见她身穿黑色长衣,头上戴着寡妇帽,也许有点冷淡,但又不失礼,是一位典型的受人尊敬的英国老妇人。桑菲尔德!毫无疑问,那是她的住宅的名称。虽然我想象不出这房子的准确的样式,但我敢肯定,那一定是一个整洁有序的地方。某某郡米尔考特,我在脑海中重温了一下英国地图,是的,我找到了,郡和城市都看见了。那里比我现在所住的这个偏僻的郡离伦敦要近七十英里,这对我来说是个可取之处。我本来就渴望去一个有生命活力的地方;米尔考特是 A 河边上的一个工业大城镇,可以肯定,那里将是一个十分繁华热闹的地方,这样更好,这至少对我来说是个彻底的改变。当然,并不是因为想象中出现的那些高大的烟囱和烟雾腾腾的景象吸引了我,"但是",我辩解道:"也许桑菲尔德离城还很远呢。"

正在这时,烛台上的蜡烛倒了下来,烛心灭了。

第二天必须得采取些进一步的行动了,不能再把我的计划继续深藏在心底了。为了使它能顺利地获得成功,我必须将它公开地说出来。在中午休息的时候,我设法找到了和学监谈话的机会,我告诉她,我将有希望获得一个新的职位,薪水要比我现在的高出一倍(当时我在劳渥德的年薪只有十五镑)。我请求她将这件事情透露给布洛克尔赫斯特先生或者是委员会的其他人,并问一问他们是否愿意我把他们提出作证人。她很热心地答应替我从中促成这件事。第二天她便向布洛克尔赫斯特先生提起了这件事情。她说必须得先给里德太太写封信,因为她是我的当然监护人。于是我便给那位太太写了一封信，她答复说，我可以按自己的意愿"想做什么就做什么"，并且说，她在我的事情上早已"放弃一切干预"了。这封信在委员会里传阅了一遍，最后，经过一番令人极其厌烦的拖延之后，委员会终于正式批准我可以尽可能地改善自己的境况，同时还附加了一个保证说，鉴于我在劳渥德期间，不论是当学生还是当老师，都一直表现出色，所以将立即为我出具一份能证明我的品格和能力的文书，算是给我的美言，并由学校的几位督学签了字。

这样，大约一个星期之后，我拿到了这份证明。我给菲尔费克斯太太寄去一份，并且收到了她的回信。她说她感到很满意，并且约我在两个星期之后，就可以去她家做家庭教师了。

于是我开始忙着做各项准备工作了。两个星期迅速地就过去了。我的衣物数量并不多，但也足够我穿用的了，我只需要用最后一天的时间来收拾衣箱就足够了。我的箱子还是我八年前从盖茨海德随身带来的那个。

箱子用绳子捆好了，姓名卡片也钉了上去。再过半小时，搬运夫将奉召前来把它运到洛顿；而我自己明天一大早也将要到那儿去等马车。我已经刷净了我的黑呢旅行装，把帽子、手套和皮手筒也一并准备好了。我检查遍了我所有的抽屉，看看有没有落下什么东西。现在是没有什么事情可干了，我便坐了下来，试着休息一下。可是我却还一刻也不能休息，虽然我已经脚不点地地忙了整整一天，我显然太兴奋了。我的生活在今晚就要告一段落了，明天一个新的阶段将要开始；在这段时间里根本不可能睡觉，我要热切地注视这个变化完成的全部过程。

我正心神不宁地在接待室里徘徊时，一个仆人走进来，对我说道："小姐，下面有人想见你。"

"那肯定是搬运夫。"我心里想着，问都没问就跑下了楼梯。我刚经过半开着门的后厅，也就是教师休息室，打算到厨房去，突然跑出来一个人。

"是她，肯定是她！在哪儿我都能认出她来！"这个人拦住我，抓住我的手喊道。

我抬头看了看，那是一个穿着讲究的像仆人般的女人，像已结过婚，但仍是很年轻，长得很好看，黑头发，黑眼睛，脸色很红润。

"啊，是谁呀？"她问道，用一种我依稀记得的声音笑貌，"我想，你还没有完全把我忘掉吧，简小姐？"

只一秒钟之后，我就欣喜若狂地拥抱着她，并亲吻着她了。"白茜！白茜！白茜！"我能说的就只有这些，除此之外，我什么也说不出来了。见到我这样，她也被

弄得又哭又笑起来。我们一起走进客厅。炉火边还站着一个三岁左右的小家伙，穿着花格呢外衣和长裤。

"这是我的小男孩。"白茜马上说。

"这么说来，你已结婚了，白茜？"

"是啊，都快五年了，嫁给了马车夫罗伯特·利文，除了在这儿的伯比外，我还生了个小女孩，我给她取的教名叫简。"

"你不住在盖茨海德府了吗？"

"我住在门房里，原先那守门的老头已经走了。"

"噢，他们都过得怎么样了？把他们的事给我说说，白茜。但是你先坐下来。伯比，过来，坐在我的膝盖上，好吗？"可是伯比更愿意偷偷地溜到了他妈妈身边。

"你长得可不高，简小姐，也不太结实。"利文太太接着说，"我敢说，肯定是学校待你不好，里德小姐比你高出一大截，乔治安娜比你胖一倍。"

"我想，乔治安娜一定很漂亮吧，白茜？"

"很漂亮。去年冬天的时候，她和她妈妈去了一趟伦敦，那儿的人都夸赞她，有位年轻的贵族爱上了她，可是他的亲戚们都反对这桩亲事，结果——你猜怎么着了？——他和乔治安娜小姐打算私奔，可是他们被发现了，并且被拦了下来。是里德小姐发现的，我想她肯定是妒忌了。现在她和她妹妹就像猫和狗在一起过日子似的，成天吵架，鸡犬不宁的。"

"哦,约翰·里德怎么样了?"

"啊,他可没有他妈妈期望的那么好。他上了大学;但学习却不及格,我想他们是这么说的。他的几个舅舅想让他学法律,当律师,可是这个小伙子又是个浪荡子,我想在他身上,他们绝不可能培养出什么了不起的人才了。"

"他长得什么样?"

"他的个子很高。有人说他是个英俊的小伙子,可是他的嘴唇却那么厚。"

"里德太太呢?"

"从表面看,太太还不错,挺胖挺好的。但我想,她心里并不舒坦。约翰先生的行为使她很不痛快——他花钱如流水。"

"是她叫你来的吗,白茜?"

"不,真的。我早就想来看看你了,一听说你来了封信,说你准备要去另外的一个地方了,我想我最好还是马上来看看你,见你一面,要不你走了以后,我恐怕就没机会再见到你了。"

"我想你恐怕对我失望了吧?白茜?"我笑着说。我看得出来,白茜的眼神里流露出关切的神情,但却没有一丝赞美。

"没有,简小姐,不完全是这样。你温文尔雅,看上去像个大家闺秀。和我原来期望的差不多,——你小时候也不是个美人啊。"

听了白茜这坦率的回答,我笑了。我觉得这话说对了,但是我必须得承认,我对这话的含义倒也并非毫不介怀。十八岁的时候,大多数人都希望能讨人喜欢。想到自己的外貌不能有助于实现这一心愿,那决不会令人欢欣的。

"不过,我觉得你一定很聪明,"白茜又说,想用这个来安慰安慰我,"你会什么?你会弹钢琴吗?"

"会一点儿。"

屋子里就有一架钢琴,白茜走过去打开它,请我坐下来给她弹一曲,我弹了一两首华尔兹舞曲,她听得入了迷。

"里德小姐可弹不了这么好!"她满心欢喜地说,"我早就说过,你在学问方面肯定会超过她们的。你会画画吗?"

"壁炉架上的那幅画就是我画的。"那是一幅水彩风景画,我把它作为礼物送给学监,以感谢她好意替我向委员会疏通。她还给画配上了玻璃镜柜。

"啊,画得实在太美了,简小姐,这幅画比得上里德小姐的图画老师画的任何一幅画,更不说那几位年轻小姐本人画的了,她们差得太远了,你还学法语了吗?"

"学了,白茜,我既能读又能说。"

"粗细针线活儿你也都会做吧?"

"是的,我会。"

"啊,你可真成了个大家闺秀了,简小姐! 我早就知道你准会变成个淑女的。不管有没有亲人照应你,你都会上进的。我有件事情要问问你,你有没有听到过关于你父亲爱家方面的亲戚的任何消息?"

"从来没有。"

"嗯,你知道,太太总是说他们穷,看不起他们。也许他们是穷,可是我却相信,他们和里德家的人一样是上等人。因为大概在七年前,有一天,一位爱先生到盖茨海德府来,想来探望你。太太说你在五十英里以外的学校里上学,他看上去很失望,因为他不能耽搁太久,他要坐船渡海到国外去,船一两天以后就要从伦敦开出。他看上去完全像个绅士,我想他准是你父亲的兄弟。"

"他要到哪个国家去,白茜?"

"到好几千英里以外的一个岛屿上去,那儿产酒,管家确实跟我说过……"

"马德拉群岛?"我提示道。

"对,就是它——就是这个名字。"

"那么他就走了?"

"是的,他在屋里没待上几分钟。太太对他很傲慢,事后还把他称作'鬼头鬼脑的商贩'。我的罗伯特认为他是个酒商。"

"很有可能,"我答道,"或者也许就是酒店的职员或代理人。"

白茜又和我谈了一个小时的往事,然后她就不得不离开我了。第二天清早,我在洛顿等候马车时,我们又见了面,在一起待了几分钟,然后我们就在有着布洛克尔赫斯特徽章的门口分了手,各走各的路。她要到劳渥德山冈顶上等马车送她回盖茨海德,我则爬上马车,它将把我送到米尔考特,我将在那个陌生的、未知的环境里,去担任新的职务,新的生活正在等待着我。

11

一部小说中的新的一章,就像戏剧中新的一幕拉开。当我这次拉开幕布的时候,读者啊,你可以想象你看见了米尔考特乔治旅馆中的一个房间。这里的摆设和一般的旅馆一模一样,它的墙上贴着大花纹纸,屋内还铺着地毯,那种家具,那些壁炉上的装饰物,印制的图画,其中还有一幅是乔治三世的肖像,一幅是威尔士亲王的肖像,另一幅画的是沃尔夫之死。从天花板上悬挂下来一盏油灯,炉火也烧得很旺盛,通过这些,眼前的一切都展现在你面前。我把皮手筒和伞放在桌上,然后自己披着斗篷、戴着帽子坐在炉火旁边,暖一暖身子。连续十六小时暴露在十月份寒冷的空气里,我整个人都要被冻僵了。我离开洛顿时是凌晨四点,现在米尔考特城里的钟正好敲过八点。

读者啊,尽管看上去我住得很舒服,可是我心里却无法平静。我本来以为马车一到这儿后,总会有人来接我,我一边走下旅馆为了方便而放置的木楼梯时,一边焦急地四下张望,希望能听到有人喊我的名字,或者看到有某辆马车在等着送我去桑菲尔德。可是我根本看不到有任何迹象。我向一位侍者打听消息,问他是否曾有人询问过一位爱小姐,回答说没有。于是我毫无办法,只好请他们把我领到一间僻静的房间去。我就在那儿等着,满腹心事、恐惧和猜疑搅得我心神不宁。

想到自己在世上孤苦无依,断绝了一切联系,能否到达目的地亦无法确定,而要返回原来的地方又有重重的障碍,这一切对于一个毫无人生经验的年轻人来说,是一种奇特的感觉。历险的魔力使她感到美滋滋的,自尊的火光使之变得温暖,但接着,一阵阵的恐惧又会将这种心情破坏殆尽。半个小时过去了,我仍是孤零零地一个人待着,这时,恐惧占据了我的心灵。我想起我可以打铃召人前来。

"这儿附近有个叫桑菲尔德的地方吗?"我问应召而来的侍者。

"桑菲尔德?我不知道,小姐,我可以到柜台上去问问。"他离开了,但很快又回来了。

"你是姓爱吗?小姐?"

"是的。"

"这里有人在等你。"

我一跃而起,拿了我的皮手筒和伞,匆匆走到旅馆过道上。一个男人站在敞开的门边,在点着灯的街上,我隐约能看到一辆单马拉的马车。

"我想,这就是你的行李吧?"这个男人一看见我,就指着放在过道上的行李,有点突兀地问我。

"是的。"他把行李举起来放到马车上。这是一辆普通的四轮马车。接着,我也上了车,还没等他关门,我就问他这儿离桑菲尔德有多远。

"大约六英里。"

"我们到达那里需要多长时间?"

"大约一个半小时吧。"

他关好车门,爬到外面自己的车座上,于是,我们便出发了。车子走得很慢,这样就给了我充分的时间去思考。令我很高兴的是,我的这次旅行终于快结束了,我背靠后坐在这辆马车上,它虽然不奢华但很舒适,使我能从从容容地想了很多。

"我觉得,"我思忖道,"从仆人和马车的朴素无华这一点来看,菲尔费克斯太太不是个讲排场的人,这样更好。我只和讲排场的人生活过那么一段时间,跟他们生活真是受罪。我想知道的是,除了这个小女孩外,这位太太是不是一个人生活。如果是这样的话,只要她在某种程度上还算和蔼可亲,我就一定能和她相处得很好。我将会尽最大的努力。可惜的是,即便有时自己尽了最大的努力也往往难以奏效。在劳渥德我的确下了这样的决心,并且也这么做的,最后终于取得了别人的好感。但同里德太太相处时,我记得我所有的努力总是遭到轻蔑的拒绝。我祈求上帝,千万不要让菲尔费克斯太太成为第二个里德太太,不过假如她真的是那样的话,我也并不是非要待在那儿不可。万不得已的时候,我还可以再登广告。现在,不知道我们走到哪儿了?"

我把车窗拉开,朝外面望去,米尔考特已经被我们远远地抛在后面了。从那如繁星般闪烁的灯火来看,它似乎还是个相当大的地方,比起洛顿来可大得多了。照我看来,我们现在是走在一块公用土地上,但到处都有疏疏落落地布满全区的房屋。我感觉到我们正处在一个和劳渥德很不一样的地方,人口更稠密,风景却不如那边那么秀丽,它比劳渥德热闹繁杂,但却少了许多浪漫气息。

道路似乎很崎岖,夜雾茫茫。我的带路人让马儿一路缓步徐行,我确信,一个半小时已经被延长到了两个小时了。最后,他终于在座位上回过头来说:

"你现在离桑菲尔德不远了。"

我又朝外张望起来。我们正要经过一座教堂,我看到天空衬托着它那低矮宽阔的钟楼,钟刚好敲响一刻。我还看到山坡上有一排窄窄的灯光,说明那是一座小村庄或小村落。大约过了十分钟之后,赶车人从车座上下来,打开了两扇大门,我们驶进去后,门就在我们身后"砰"的一声关上了。我们现在是在缓慢地驶上车道,来到了一幢房子的宽阔的正面。从一扇挂有窗帘的弧形落地窗里透出烛光,其余的窗口则一片漆黑。马车在门前停了下来,一个女仆把车门打开,我下了车,走进屋里。

"小姐,请往这边走,好吗?"那位姑娘说。我跟在她后面穿过一间四周全都有高门的方形大厅,她把我引进一间屋子,那里既生着炉火又点着蜡烛,交相辉映,起初看得我眼花缭乱,这亮光和我在两个小时中已经熟悉的黑暗形成了鲜明对照。不过,等我的眼睛适应了并能看到东西的时候,呈现在我面前的却是一幅相当舒适愉快的图景。

一间舒适整洁的小屋,欢快的炉火旁放置着一张圆桌,一张老式的高背扶手椅上,坐着一位非常整洁的小个子老太太,她戴着寡妇帽,穿着黑色绸长衣,围着雪白的细布围裙。她跟我想象中的菲尔费克斯太太简直一模一样,只是看上去没有那么威严,而是比较的和气。她正忙着手头的编织活儿,一只大猫安安静静地趴在她的脚边。总之,凡是一个舒适美好的家庭所拥有的一切,这里是样样俱全,对于一个新来的家庭教师来说,几乎再也想不出什么来比这更令人放心的初次见面了,没有令人精神压抑的富丽堂皇,没有让人窘迫的威严显赫。而且,在我一进门时,老太太就站起身来,亲切地热情地过来迎接我。

"你好吗,我亲爱的? 我想你坐车一定坐烦了吧,约翰总是把车赶得很慢,你一定给冻坏了,快到火边来吧。"

"我想你是菲尔费克斯太太吧?"

"是的,你说对了。请坐下吧。"

她让我坐到她的椅子上,然后替我拿掉披肩,解开帽带。我请她不要太麻烦了。

"哦,不麻烦。我想你的手可能都快冻僵了吧。丽娅,去拿一点热的尼格斯酒,再拿一两块三明治来,给你贮藏室的钥匙。"

她从口袋中拿出一大串典型的管家用的钥匙,把它递给女仆。

"来吧,再往火炉这边儿靠近一点儿,"她继续说道,"你把行李也带来了吧,对不? 亲爱的?"

"是的,太太。"

"我去招呼一声,让他们把行李送到你的房间去。"她说着,急急忙忙地就出去了。

"她待我就像对客人一样客气,"我想,"我真没料到会受到这样的待遇,我原来以为只有冷漠和僵硬,现在看来情况并不像我听说过的家庭教师的待遇。不过,我可不能高兴得太早。"

她回来了,自己动手将她的编织用具和一两本书从桌上挪开,腾出地方来放丽娅刚端来的盘子,然后还亲自把食物递给我。我以前从未受过这种款待,况且这种款待又是来自我的雇主和上司,这使我简直是受宠若惊。但是,在她看来她并没有认为自己做了什么不恰当的事,因此我也就默默接受了她这番盛情款待。

"我在今天晚上能有幸见到菲尔费克斯小姐吗?"我略略吃了一点她递过来的东西之后,问道。

"你说什么?亲爱的,我耳朵有点儿聋。"这位好心的太太一边说,一边把她的耳朵凑到我的嘴边。

我把问题用更清晰的声音重复了一遍。

"菲尔费克斯小姐?哦,你说的是瓦朗小姐吧,你准备要教的学生姓瓦朗。"

"真的!这么说来,她并非你的女儿了?"

"不是,我没有亲人。"

我本来想接着问她瓦朗小姐跟她是什么关系,可是我又觉得,问得太多了显得很没礼貌,再说,以后我总能打听到的。

"我真高兴,"她在我对面坐下,一边把猫抱到膝头上,一边接着对我说,"你能来这儿我真的很高兴。现在能有个伴儿在这里共同生活,这真是令人愉快的事情。说实话,在这里的任何时刻都是愉快的,因为桑菲尔德是一座美丽的古老院宅,虽说这几年没怎么收拾,但它仍是一个体面的地方。但是你知道,在冬天的时候,即便是在最好的房子里,一个人孤零零地住着也会感到寂寞。我所说的孤单——因为虽然丽娅确实是个好姑娘,约翰和他的妻子也都是正派人。但是,你知道,他们只是仆人,不能用平等的身份跟他们说话,怕因此失去了自己的威严,必须得跟他们保持一定的距离。我想起去年冬天,你大概应该也还记得,那是个十分寒冷的冬天,不是下雪,就是刮风下雨的,从十一月到二月,除了卖肉的和送信的,没有什么别的人上我们这儿来。我夜复一夜地孤零零地坐在这里,心里可真是感到忧郁寂寞,有的时候,我把丽娅叫来给我读点儿东西,但我觉得这个可怜的姑娘不太喜欢这个差事,她觉得干这活儿受限制。春天和夏天就会比较好过了,阳光充足,白昼又长,一切都会变得不一样了。再说,今年初秋,小阿黛尔·瓦朗和她的保姆来了。孩子会让一所房子立刻变得生气勃勃。现在你又来了,我心里真是高兴极了。"听着她这一番话,我心里对这位老太太产生了好感,我把椅子移得靠近她一点儿,并且表示了我由衷地希望:和我做伴,她能像她预料的那样快乐的。

"不过,我今晚不打算让你在这儿坐很久,"她说,"现在钟已经敲了十二点了,你赶了一天的路,一定觉得累极了。要是你已经把脚烤暖和了的话,我现在就带你到卧室里去。我已经把隔壁的那间房收拾好了,准备给你住的,那虽然只是一个小房间,不过比起前面那些大房间来,我想你会更喜欢这一间。前面的那些大房间要考究些,但太凄清寂寞了,我自己就从来不在那里睡。"

我很感激她替我考虑得那么周到。由于经过长途跋涉,我真的感到累极了,于是便表示我准备去休息了。她端起蜡烛,我跟着她走出房间。她先是去看看大厅的门有没有锁好,然后把钥匙从锁孔里拔下来,领着我上楼。楼梯和栏杆都是橡木的,楼梯窗子很高,镶着木格子。这种楼梯以及通向卧室的长长的过道,看起来倒象是教堂里的,而不是一般住宅的设施。楼梯和过道里都笼罩着一种阴森森的、地下墓穴一般的气氛,使人产生一种不愉快的空阔和孤寂的感觉。最后我被领进了我自己的卧室。我看到那是一间小屋子,布置着普通的时式家具,这使我心里很高兴。

菲尔费克斯太太很慈祥地向我道了晚安。我锁好门,从容地环顾四周,刚才那宽阔的大厅,又黑又疏阔的楼梯以及那漫长、寒冷的过道给予我的凄惨印象,多少被我这间小房间里的活跃气氛冲淡了几分。在经过一整天的身体劳顿和精神上的焦虑之后,我想我现在终于到达安全的避难所了。想到这些,感恩之情不由得涌上心头,于是我在床边跪了下来,向着应该感谢的地方呈献上了我的感谢,在我站起身来之前,我没有忘记祈求上苍,祈求在未来的道路上给我帮助和力量,使我能不辜负我所受到的恩惠,在我还不配接受这种赐予的恩惠时,命运就似乎已经慷慨地赐予了我。那一夜,我的床上没有荆棘,我孤独的房间里没有恐惧。我既疲倦不堪,然而又心满意足,很快便酣然睡去。等我醒来时,天已大亮了。

阳光从亮丽的蓝色印花窗帘的缝隙中透射进来,照亮了贴着墙纸的四壁以及铺着地毯的地板,这和劳渥德那光秃秃的地板和脏乎乎的灰泥墙是不可同日而语的，一看到这种景象，这个如此光明的小天地，我立刻情绪高涨。环境对于年轻人具有巨大的影响。我觉得，对于我来说，生活中一个更为美好的时期开始了，它既有艰辛和劳累，也会有鲜花和欢乐。由于环境有了变化，新天地给予了新的希冀，我全身的官能都被唤醒，它们似乎都跃跃欲试起来，我无法描绘出它们在期待什么，但那肯定是一件愉快的事情，它也许不一定会在哪一天或哪个月出现，但却总会在一个无法预期的未来的一段时间内出现。

我起了床，仔细地穿好衣服，我虽费了一番心思却不得不穿着朴素——因为我的衣服没有一种不是做得极其俭朴的——但出于天性，我力求整洁。我一向不喜欢不修边幅，或者忽视自己给别人留下的印象。相反，尽管自己长得不漂亮，但我一直尽可能使自己显得好看些，尽可能取得别人的好感。我有时也很遗憾自己不能长得再漂亮些，有时也希望自己有红润的脸蛋，挺直的鼻子和樱桃小口，我希望自己身体修长、端庄，发育得丰满，可是自己却偏偏长得如此矮小，脸色如此苍白，五官又如此地不端正，而且特征显著，这真是一种不幸。而我为什么会有这样的追求和遗憾呢？这很难说清楚，那时候，我无法对自己解释清楚这件事。不管怎样，我总有个合乎逻辑、自然而然的理由。无论如何，我总是把头发梳得很平整，穿上黑衣服——这看起来颇像一位贵格派教徒，但至少它有非常合身这一好处——并且整理好我干净的白领饰，我想我现在总该可以比较体面地出现在菲尔费克斯太太面前了，我的新学生至少不会厌恶躲开我吧。我打开卧室的窗户，细心地把梳妆台上所有的东西摆放得井井有条，然后便鼓足勇气走了出去。

我穿过那铺着地毯的长长的过道，走下光滑的橡木楼梯，来到了大厅上。在那儿我待了一会，端详了墙上的几幅画（我记得其中有一幅画的是一位身披胸甲、脸色严峻的男子，还有一幅是一位敷着发粉，佩戴着珍珠项链的夫人），又看了看从天花板上悬挂下来的一盏青铜灯，还有一座摆在那儿的大钟，钟壳是由经过精雕细刻的橡木以及由于年久和长年累月的摩擦而发亮的黑檀木做成的。这一切对我而言，都显得那么雄伟和庄严。而我恰好对于这种富丽堂皇并不熟悉，大厅里的那扇镶着玻璃的门正向我敞开着，我跨过门槛。那是一个秋高气爽的清晨，朝阳静静地照耀着秋叶开始泛黄的树林和仍旧是一片绿色的田野上，我走到草坪上，抬起头来，开始仔细端详这栋宅子的正面。它有三层楼，规模尚属可观，但不算太宏伟，显然是一座绅士的住宅而并非是贵族的府第；屋顶上的一圈雉堞墙，给它平添了几分画意，宅子的正面是灰色的，它的背后，正好是一个白嘴鸦栖息居住的树林子，林中鸦巢里呱呱鼓噪的居民们这时正在飞翔。它们穿过草坪和庭院，纷纷停落在一个大牧场上，一道已经坍塌的篱笆把牧场和这边隔开。那边有一排高大的老荆棘，粗壮多节，像橡树一般大，立刻就说明了这座宅子命名的来由。再远处是一些小山冈，没有劳渥德周围的山那么高，那么巍峨挺拔，更不像屏障似地将人世隔绝，但这些小山也很荒凉僻静，它们似乎用一种隐逸的气氛来拥抱着桑菲尔德，我没料想到离米尔考特这个热闹的地区那么近的地方居然也会有这么一个僻静的所在。一个小村落的屋顶混杂在树林中，零零星星地散落在一座小山的山坡上，这教堂就伫立在桑菲尔德附近，从房子和大门之间的一个土山上方，能看得到它那古香古色的塔楼。

我还在享受着这宁静的景致和这怡人的新鲜空气，仍在愉快地听着白嘴鸦的叫声，还在观赏着这座宏大的灰色的正面，想到让一位像菲尔费克斯太太这样的小妇人孤零零地住在这里，这地方显得实在太大了。就在这时，这位太太在门口出现了。

"天哪！你已经出来了？"她说，"我看你是一个爱早起的人。"我走到她跟前，她亲切地吻了吻我，又跟我握握手。

"你觉得桑菲尔德怎么样？"她问道。我告诉她我很喜欢这儿。

"是啊，"她说，"这儿是个美丽的地方，但我担心它会慢慢衰败下去，除非罗切斯特先生想到这儿来长住，或者，至少常来看一看，大房子和好庭院都需要主人在此。"

"罗切斯特先生！"我惊叫起来，"他是谁？"

"桑菲尔德的主人，"她平静地回答，"你不知道他叫罗切斯特吗？"

我当然不会知道，以前也从未听说过他，但是这位老太太却似乎以为他的存在是众所周知的事情，对此，每个人凭直觉都能够了解似的。

"我还以为，"我继续说，"桑菲尔德是您的呢。"

"是我的？天哪，孩子，多么古怪的想法！我的？我不过是一个管家——管理人。的确，我跟罗切斯特的母亲算起来是个远亲，或者，至少我丈夫跟他是远亲。我丈夫在世时是位牧师，是那边小山上的小村干草村的牧师，靠近大门的那座教堂就是他的。现在的这位罗切斯特先生的母亲姓菲尔费克斯。她父亲和我丈夫的父亲是堂兄弟，不过我从来不敢指望这种亲戚关系——事实上，我也从来没把它当作一回事，我完全把自己看作一个普通管家，我的主人对我总是客客气气，而我也就不再奢求什么了。

"那么那个小姑娘——我的学生呢?"

"她是受罗切斯特监护的孩子,他吩咐我给找一个家庭教师。我相信,他是打算要在某郡把她抚养成人。她和她的保姆于是就上这儿来了,她管她的护士叫'保姆'。"这个谜底终于解开了,这个和蔼可亲的矮小的寡妇并不是什么贵妇人,原来和我一样,是受雇用的人。我并未因此减少对她的喜爱之情,相反,我感到更高兴了。她和我之间的平等是真正的平等,并不是她纡尊降贵的结果。这样更好——我的处境更加自由了。

我正在为这个新发现陷入沉思之中,一个小姑娘从草坪上跑了过来。我打量了一下我的学生,她一开始似乎没有注意到我,她还完全是个孩子,大约有七八岁的样子,身材纤细,小脸苍白,浓密的头发卷成鬈发垂至腰间。

"早安,阿黛尔小姐,"菲尔费克斯太太说,"过来和这位小姐说说话,她将要教你读书,使你以后成为一个聪明的女人。"孩子走了过来。

"这是我的家庭教师吗?"她指着我问她的保姆。

保姆回答道:

"是的,当然是啦。"

"她们是外国人吗?"我听到她们说法语,我觉得很惊讶,便问道。

"保姆是个外国人,阿黛尔生在大陆。而且我相信,六个月前她才第一次离开了那里。她刚到这儿的时候,还不会说英语,现在,她总算勉强能说一点儿,我听不懂她说的话,她把英语和法语掺杂在一块儿,但是我想,也许你完全能听懂她的意思。"

幸亏我跟一位法国女士学过法语,这成了我的有利条件,我总是注意尽可能地同比埃洛太太交谈,此外,在过去的七年中,我每天都背诵法语——特别在语调上下了一番功夫,尽可能模仿老师的语音,因此,对于法语,我已经能说得相当流利,而且发音正确,这样,在阿黛尔小姐面前也不至于张口结舌。她一听说我是她的家庭教师,就过来和我握手,我把她领进去吃早餐,用她自己的语言和她说了几句话。开始,她回答得都很简短,可是,等我们在桌边坐下后,她用她那双淡褐色的大眼睛细细地打量了我约十分钟之后,她开始流利地说起来。

"啊!"她用法语叫道,"你用我的语言说话,说得和罗切斯特先生一般好,我能像跟他讲话一样和你说话,索菲也可以这样了,她一定会高兴极了,这儿的人谁也听不懂她的话，菲尔费克斯太太只会说英语。索菲是我的保姆，我们一起乘坐着一艘大船从海上过来的。船上有个冒烟的烟囱——冒的烟真多！——我生病了，索菲也病了，连罗切斯特先生也病倒了。罗切斯特先生躺在叫作头等舱的一间漂亮房间的沙发上，索菲和我在另外一处的小床上。我差点儿从床上掉下来，床就像是一个架子。哦，对了——小姐，你叫什么名字？"

"爱——简·爱。"

"爱尔？咳！我说不上来。我们的船在早上停了下来，那时天才蒙蒙亮呢，它停在一座大城市——一个巨大的城市那儿，那儿的房屋黑黑的，到处都是煤烟，根本不像我离开的那座城市那么干净、漂亮。罗切斯特先生抱着我走过跳板到了岸边，索菲跟在我们后面，我们一起坐上马车。马车把我们送到一所漂亮的大房子，说是叫旅馆，那所房子比这儿还要大得多，好得多。我们在那儿待了大约有一个星期。我和索菲每天都到公园散步，那儿有一大片绿地，长满了树木。除了我之外，还有许多孩子。还有一个池塘，里面有很多美丽的鸟儿，我用面包屑喂他们。"

"她说得那么快，你能听懂吗？"菲尔费克斯太太问道。

我完全能听明白，因为我已经习惯了听比埃洛太太流利的法语。

"我希望，"这位善良的太太继续说，"你可以问她一两个关于她父母的问题，不知道她是否还记得？"

"阿黛尔，"我问道，"你跟谁住在你说的那个干净漂亮的城里呀？"

"很久以前我跟妈妈住在那儿，可是，她到圣母玛利亚那儿去了。妈妈经常教我跳舞、唱歌、朗诵诗。有很多很多的绅士和太太来看望妈妈，我经常给他们跳舞，或者坐在他们的膝盖上给他们表演唱歌，我喜欢这么做。现在我来唱给你听，好吗？"

她已经吃完了早餐，所以我允许她展示一下她的才能。她从椅子上爬下来，过来坐在我的膝盖上，然后将小手一本正经地合在胸前，把鬈发甩到脑后，抬起眼来看着天花板，她开始唱起歌剧里的某一支歌曲。这是一个遭人遗弃的女子唱的歌，她悲泣情人的不忠之后，又开始求助于骄傲，要她的仆人用她最光彩夺目的珠宝和最华贵的衣服把她装扮起来，决定在那天晚上的舞会上和那个虚伪的人会面，用她欢快的行为向他表明，她并不在乎他的遗弃。

对于一个小歌手来说，选这样的题材似乎有些奇怪，不过我想，这种表演的目的，只不过是他们想要听听稚嫩的童声唱出的爱情和嫉妒的曲调，这种目的的本身简直是低级趣味，至少我这么认为。

阿黛尔把这首歌唱得很哀婉动听，而且还带有她那种年龄所特有的纯真无邪，唱完以后，她跳下我的膝头，对我说："小姐，现在我来给你背几首诗。"

她摆正了姿势后，开始说："拉封丹的寓言《老鼠同盟》"然后她就开始抑扬顿挫地朗诵起这首小诗来，声音宛转自如，动作也恰如其分，这在她那种年龄确不多见，证明她是受过认真的训练的。

"这些都是你妈妈教给你的吗？"我问。

"是的，她常常这么念：'你怎么啦？'一只老鼠问，'说吧！'她让我举起手来——就像现在这样——来提醒我问话时要提高声音。现在，我来跳个舞，好不好？"

"不了，这就够了。但是，像你所说的那样，你妈妈到圣母玛利亚那儿去了以后，你又和谁住在一起了呢？"

"跟弗蕾德里克太太和她丈夫在一起，她照料我，可是她跟我没有什么亲戚关系。我觉得她比较穷，因为她的房子没有我妈妈的那么好。我在那儿没住多久，罗切斯特先生问我愿不愿意到英国来和他一起住，我说愿意。因为在认识弗蕾德里克太太之前就认识罗切斯特先生了。他对我一向很好，还送给我漂亮的衣服和玩具。可是你看，他没有遵守他的诺言，他把我带到英国，可是他自己现在却又回去了，我一直没有再见着他。"

吃过早餐后，阿黛尔和我到书房去。看来罗切斯特先生曾经盼咐过要把这间房子收拾做教室。大多数书籍都被锁在玻璃橱里，只有一个书橱是开着的，里面放着各种初级阅读所需的一切。还有几本轻松的文学作品、诗歌、传记、游记和几本传奇等等。我想他大概认为家庭教师个人阅读所需的也就是这些书了。的确，目前它们已经让我很满足了。跟我以前在劳渥德期间难得搜寻到的几本零散书相比，这些书似乎使我在娱乐和求知方面获得了一次大丰收。在这间房子里，还有一架精巧的竖式钢琴，音色极好，还有一个画架和一对地球仪。

我现在发现我的学生虽说不大肯用功，但非常听话，她对一切定期的活动都不习惯。我觉得一开始就对她约束太多是不明智的。所以，我给她讲了许多，让她学习一点东西之后，时间已近中午，我就让她回到她的保姆那儿去了。然后，我计划了一下，打算利用吃午饭前的时间，画几张小速写给她用。

我正要上楼去拿画夹和铅笔，菲尔费克斯太太把我叫住了，说："我想，你上午的课结束了吧。"她在一个有折叠门的房间里,门打开着,在她说这句话的当儿,我就走了进去。这是一间富丽堂皇的大房间,有紫色的椅子和窗幔,铺着土耳其地毯,墙壁四周镶着胡桃木嵌板,一扇装着许多彩色玻璃的大窗子,还有装饰着华丽的凸凹花边的高高的天花板。菲尔费克斯太太正在给餐具柜上的几个紫晶石花瓶掸灰。

"这房间真漂亮!"我一边打量着四周,一边惊叹了一声,因为哪怕只有这房间一半华丽的屋子,我也从来没见过。

"是啊,这是餐厅。我刚把窗子打开,让它透透气,见见阳光。因为人不常住的房间里任何东西都会变得如此潮湿的。那边的客厅简直就像地窖似的。"

她指着一个和窗子式样相同的大拱门,上面也同样挂着用泰尔紫染的帷幔,现在帷幔用绳环系住了。我走上两道宽阔的梯级,来到拱门前朝里面望去,那一瞥之下,我真以为我见到了仙境。在我这双未曾见过世面的眼睛看来,里面的一切都那么金碧辉煌。其实,这不过是一间很漂亮的休息室而已,里面还有一间小客厅。两个房间都铺着白地毯,上面似乎放着色泽鲜艳的花环。天花板上都镶有白葡萄和葡萄叶蔓图案的雪白条纹,与下面摆放的深红色的卧榻、软椅,形成了强烈对比,巴黎式的白色壁炉架上摆放的饰物,是用波希米亚的玻璃制成的,像是晶莹剔透的红宝石,窗与窗之间是一面面硕大的镜子,再现出屋子里红白两色交相辉映的景象。

"你把这屋子收拾得井井有条的,菲尔费克斯太太!"我说,"没有灰尘,也不用帆布罩子,要不是觉得空气有点冷的话,人们准会以为这儿每天都有人住呢。"

"哦,爱小姐,罗切斯特先生虽说不常来这儿,可他一来总是很突然,很出人意料,我看得出来,他最讨厌拿布把每样东西都罩上,等他一回来才急急忙忙收拾,我想还不如随时把屋子收拾得干干净净的呢。"

"罗切斯特先生是一个很苛刻、喜欢挑剔的人吗?"

"那倒也不是,不过他有上等人所有的习惯和爱好,他期望一切都能安排得符合他的心意。"

"你喜欢他吗? 大家都喜欢他吗?"

"噢,喜欢的。在这儿,主人一向受人尊重的。不记得从什么年代开始,这儿周围几乎所有的土地,只要你目力所及,就都属于他们家所有。"

"但是,撇开他的土地不谈,你喜欢他吗? 大家喜欢他这个人吗?"

"我没有理由不喜欢他,我相信,他的佃户们都认为他是个正派、仁厚的地主,但是他从不跟他们一起生活。"

"可是，难道他就没有什么与众不同的地方吗。总之，他的性格如何？"

"哦，我想，他的性格是无可指责的。也许他有点儿怪脾气，他阅历很广，见过不少大世面。我肯定他很聪明，不过我从来没和他谈过许多话。"

"他在哪方面怪呢？"

"我不知道——这很难说得清楚——那不是很显眼，他跟你说话时，你能感觉到，你永远弄不清他到底在开玩笑呢还是认真的，到底是高兴呢还是不高兴。总之，你没法彻底了解他——至少，我没有办法了解他。不过，这毫无影响，他仍是个很好的主人。"

这些就是我能从菲尔费克斯太太那里听到的关于她和我的主人的全部情况。有些人似乎不太擅长概括别人的性格，也不会观察和描述人和事物的显著特征。这位善良的太太显然就属于这个类型。我的问题使她迷惑不解，但却回答不出个所以然来。在她眼中，罗切斯特先生就是罗切斯特先生，是一位绅士，又是一位地主——仅此而已，再没别的了，她也不打算再去做进一步的探索或追问，而且对于我想要对他的为人有一个更明确的认识，她显然感到很吃惊。

我们走出餐厅后，她提出带我去看看这栋房子的其他地方，我跟着她上楼下楼，一边走一边赞不绝口，因为一切布置得那么整齐漂亮。我觉得前面几个大房子特别富丽堂皇，三楼的几间屋子，尽管又暗又低，但那古香古色的气氛却很有魅力。由于时尚的变化，曾经一度放置在下层房间的家具不断地被挪到上层来。从狭窄的窗子里透进来的昏暗的几束光亮的照射下，能看得见已有几百年历史的床架，还有橡木或胡桃木做的柜子，上面雕着棕榈枝和天使头像等奇怪图案，看起来像是希伯来约柜的模样，还能看得见一排排古老的高背窄椅和显然更古老的矮凳，凳垫上还残存着磨损殆尽的刺绣的痕迹，那绣花的手指化为烟尘已经有整整两代了。所有这些遗物，使得桑菲尔德府的第三层看起像个容纳往事及记忆的所在。我喜欢这里白天的寂静、幽暗和古怪，可是到了晚上，我是无论如何也不愿意躺到这样一张宽大而且笨重的床上去，躺在上面就像被关在了里面，因为有些床还装有橡木门，有的还挂着古老的英国绣花帐子，上面也密密麻麻地布满了刺绣，绣着各式各样的奇怪的鸟和稀奇古怪的人物，——在苍白的月光下，这一切看起来的确很怪。

"仆人们睡在这些屋子里面吗？"我问道。

"不，他们住在后面的一排小屋子里，谁也没在这儿住过，几乎可以这么说，桑菲尔德要是有鬼的话,这儿将是它经常出没的地方。"

"我也这么想,那么,这儿没有鬼喽?"

"我从来没有听说过,"菲尔费克斯太太笑着说。

"也没有什么鬼的传说,像传奇或者鬼故事什么吗?"

"我想是没有的,但是听说罗切斯特家族是比较暴躁而且不安静的家族。也许正因为这样,现在他们才会安安静静地在坟墓里安息。"

"是啊,经过了一场人生的热病,他们现在都睡得好好的了。"我喃喃地自言自语道。"这会儿你又要上哪儿,菲尔费克斯太太?"因为她迈步正要走开。

"到铅皮屋顶上去,你愿意一起去那儿,眺望一下风景吗?"我仍跟着她,再走上了一道狭窄的楼梯顶楼,从那儿又爬上一架梯子,穿过一扇活门,来到了房顶上。现在我和一群乌鸦在同一个水平面上了,我可以看见乌鸦的巢穴里。我把上身探出雉堞,远远地向下眺望,俯瞰着像地图般铺展开来的地面,明亮的天鹅绒般的草地紧紧地环绕着灰色的宅基,点缀着古树的牧场,宽阔得像公园一样。树林子已经开始凋零了,变得有些枯萎,显出暗褐的颜色,一条小径从中穿过,将之一分为二,小径上布满青苔,比长满树叶的树木要绿。大门外的教堂、大路、静静的群山,全都安静地在秋日的阳光下憩息,碧空中夹着一片珍珠般洁白的云,地平线清晰可见。这景色并非有什么不同寻常之处,但所有的一切都令人赏心悦目。当我转身离开,再次经过天窗时,我几乎看不见走下梯子的路,因为刚才我一直高兴地仰望着蔚蓝色的天穹,俯视着宅子周围沐浴在阳光下的树丛、牧场和青山,相比之下,顶楼里黑得像地窖一样。

菲尔费克斯太太在后面停了一会,为了把天窗的活门关上,我摸索着找到了顶楼的出口,开始走下了顶楼的窄楼梯。我在楼梯下的长长的过道里徘徊。这个过道把三楼的房间隔成前后两个部分,它又窄又低又暗,只是在远远的尽头有一扇小窗。两排的小黑门都紧关着,看上去像是蓝胡子城堡里的走廊。

我轻轻地朝前走去,突然,我耳边传来一阵笑声,我绝没料想到在这么安静的地方会听到这种笑声。那是一种奇怪的笑——清晰、生硬、凄凉。我停下脚步,那笑声也停下了。不过只那么一会儿,它又响起来了,比刚才的声音更大。因为起初虽然声音清晰,但却很低沉。这会儿它变成了一阵震耳的喧闹,仿佛要在每一个冷寂的房间里激起回声似的,不过,它是从一个房间里发出来的,而且我还听得出是从哪一个房间里传出的。

"菲尔费克斯太太！"我叫起来，因为这时我听到她正从楼梯上下来，"你听见那大笑声了吗？那是谁啊？"

"可能是仆人吧，"她回答说，"可能是格蕾斯·普尔。"

"你听见了？"我又问。

"听见了，清清楚楚地，我常常能听见她笑，她在这儿的一间房子里做针线活儿。有时丽娅和她在一起，她们经常在一起打闹。"

笑声以它特有的低沉、有节奏的调子重复着，最后以一种古怪的嘟哝声结束了。

"格蕾斯！"菲尔费克斯太太叫道。

我实在不指望会听到有什么格蕾斯的回答，这是我所听到的最凄惨的、最怪异的笑声。可时值正午，那古怪的笑声并没有伴随着有幽灵出现的气氛，而且那时的场合和季节也不大会引起恐惧，否则的话，我一定会因为迷信而害怕起来。不过，事实证明，尽管我只是感到惊讶，也够得上称为傻瓜了。

离我最近的那扇门打开了，一个用人走了出来。她是个三四十岁的女人，长得结结实实，四四方方，满头红发，有一张严厉而且难看的脸，看上去她似乎比幽灵还神秘，更像一个鬼魂。

"格蕾斯，声音太大了。"菲尔费克斯太太说，"记住吩咐！"格蕾斯默默地行了个屈膝礼，走回去了。

"她是我们雇来做针钱活的，帮丽娅做一些女仆的工作，"这位寡妇继续说，"虽说有些方面不尽如人意，但她干得够好的了。顺便问一句，今天早上你和你的学生课上得怎么样了？"

于是话题转到了阿黛尔身上，一直聊到我们走到了下面充满明亮和欢乐的地方。阿黛尔从大厅里跑出来迎接我们，一边叫喊道：

"女士们，午饭已经摆好了！"接着又补充说，"我早就饿了！"

我们发现午餐已经在菲尔费克斯太太的房间里准备好了，正在等着我们呢。

12

　　我初来桑菲尔德府，一切都那么平静，似乎预示着我的前程会一帆风顺。在我对这里以及这里的居民做了进一步的了解之后，这个期望没有落空。菲尔费克斯太太就像我初见的第一印象那样，是个性情温和，心地善良的女人，受过相当的教育，具有普通人的智慧。我的学生阿黛尔是个活泼的孩子，由于一向娇生惯养，有时不免任性。可是，由于她现在完全由我来照管，而且我的教育计划也没有受到来自任何方面的干涉和阻挠，因此，她很快忘掉了她的那些小胡闹，变得驯服可教了。她没有很高的天分，没有突出的个性特点，在感情和爱好方面也没有高于一般孩子水准的特殊才能，但她也没有什么缺陷和恶习使她落后于这个水平之下。她有了一定的进步，而且对我也产生了一种虽然不是很深厚但还算热烈的爱。她的单纯而且快活的闲聊和一心想讨人欢心的努力，足以使我在心里也激起一定程度的依恋，这种感情使得我们俩能和睦相处。

　　顺便说一下，我所说的这些话可能有些人会认为过于冷漠，他们认为儿童有天使般的天性，负责教育儿童的人应有敬业献身的精神。可是，我这么说并非是要迎合父母的自私心理，也不是为了赶时髦，或者支持骗人的空话来取悦大众，我只是实话实说罢了。对于阿黛尔的健康成长和进步，我由衷地关切着，对于她那小小的自我，我也暗中喜欢着，正和对于菲尔费克斯太太的善良，我也抱有一种感激之情一样。她默默地尊重我，心地善良美好、性格温和，我当然乐于与她相处。

　　谁要责备我就责备吧，我可还要继续说下去。我有时候一个人在庭院中散步，有时走到大门跟前，顺着大路向外望去，或者在阿黛尔和保姆玩耍，菲尔费克斯太太又在贮藏室做果冻的时候，我就爬上三层楼梯，打开顶楼活门，来到铅板屋顶上，远远眺望着寂静的田野、山丘和朦胧的天际。那时候，我渴望有一种能超出那个极限的眼力，使我能看见我耳闻但未曾亲见的充满活力的繁华世界、城镇以及地区。那时候，我就希望自己拥有比现在更多的实际经验，有更多的机会来与我的同类人结交并且结识各种性格的人们。我珍视菲尔费克斯太太的仁慈和阿黛尔的善良，我认为这是美好的品性，但我相信世上还有其他更生动、个性更鲜明的善良的人们，我希望能亲眼见到他们。

　　谁会来责备我呢？无疑地，会有许多人说我不知足。我没办法，我的天性就是不安静。有时,这使我很烦恼。这时,我唯一的自慰的办法就是在三楼的过道中来回踱步,这里的安静和孤寂使我感到安全,这种环境里,任凭我心灵的眼睛注视着面前升起的任何一种清晰明亮的幻影——那幻想中的景物当然有很多,都是光彩夺目,亮丽无比;任凭我的心随着那狂喜的浪涛起伏跳动,这种快乐的运动在受到阻碍时激昂不已,充满活力时又随生命伸展;而最最美好的时刻,是凭借我的耳朵,我内心的耳朵来倾听一个永远也讲不完的故事——一个由我的想象不断创造,不断叙述出来的故事,我所期盼的,而在我的实际生活却并不存在的插曲。生命、激情和感受都被编进故事里,使它扣人心弦。

着重指出人们应该对平静感到满意,这是毫无用处的。人们总是要行动,即使没有机会,也要去创造它。千百万人注定要处于比我所处的环境更阴森的困境中,千百万人默默地反抗着这种命运。谁也不知道芸芸众生中,除了政治反叛之外,还有什么类型的反叛。通常,女人一般被认为是十分安静的。但是女人和男人一样有自己独特的感受,像她们的亲兄弟一样,她们也需要施展才能的地方。她们受着太严厉的束缚,太彻底的停滞,如一潭死水,这使她们痛苦,正像男人所感到的一样。她们那些具有较多特权却又心地狭隘的同类们宣称:她们应该只局限于做做布丁、织织袜子、弹弹钢琴、绣绣袋子。如果她们要抛开传统习俗的桎梏,超出习俗认为女性必须遵守的范围,去做更多的事,去学更多的东西,人们就会因此而谴责她们、嘲笑她们,那么,人们未免也太没头脑了。

我这样一个人待着的时候,不止一次地会听到格蕾斯·普尔的笑声,同样的一阵笑声,同样低沉而且缓慢的“哈、哈”几声。我第一次听到时,曾使我不寒而栗。而且还能听到她怪异的嘟哝声,比她的笑声更怪些。有些日子她很沉默,可是有些时候,我却无法解释她发出的声音。有时我看见她走出她的房间,手里端着脸盆、盘子或者托盘,到楼下厨房里去,而且很快就返回来,经常是(啊,浪漫的读者,请原谅我说出实话。)拿着一壶黑啤酒,她的外表总起着一种抵消作用,就是把人们对于她那古怪的好奇心压了下去。她面目冷峻,神态严肃,没有什么地方可以引起人们的兴趣,我有几次试图和她攀谈,但她似乎是个少言寡语的人,通常是一个单音节的回答就把我的努力打消了。

这家的其他成员,即:约翰夫妇、女仆丽娅、法国保姆索菲,也都是些正派人,并无特殊之处。我常和索菲用法语交谈,有时我会问她关于她的祖国的一些问题,但她不是个善于描绘或叙述的人,往往回答得索然寡味而又杂乱无章,好像是阻止而不是鼓励别人问她似的。

十月、十一月、十二月都过去了。一月份的某一天下午,菲尔费克斯太太为阿黛尔请了个假,因为她得感冒了。阿黛尔在一边热烈地支持这个请求,这使我想起我的童年时代,偶尔的假日对我而言是多么宝贵。于是我就准了她的假,我觉得在这件事上通融一些没什么不好。那天天气晴朗无风,但很冷。整整一个长长的上午我都一动不动地坐在图书室里,使我觉得很疲惫,正好菲尔费克斯太太刚写完了一封信想要发出去,于是我戴上帽子,披上斗篷,自告奋勇地替她把信送到干草村去。两英里的路程,将会是一次愉快的冬日午后的散步。看到阿黛尔在菲尔费克斯太太客厅壁炉旁,舒舒服服地坐在她的小椅子上,我把她最心爱的蜡娃娃拿给她玩(平常我都用银纸把它包好放在抽屉里的),为了让她可以换换口味,我还给她一本故事书,她对我说:"早点儿回来,我的好朋友,我的亲爱的简妮特小姐。"我吻了吻她作为回答,然后就开始出发了。

地面很坚硬,空气清新宁静,我一个人寂寞地走着。我走得很快,直到我觉得暖和为止。然后我放慢脚步,悠然自得地欣赏、品味着此时此景所带给我的快乐。三点钟的时候,我正从钟楼下经过,听到教堂的钟响了。这个时刻的迷人之处,就在于那临近黄昏的苍茫,在于那徐徐西落、光彩渐淡的太阳,我此时离桑菲尔德还有一英里的路程,正走在一条小径上,这条小径夏天以野蔷薇闻名,秋天以坚果和黑莓著称,即使是现在,小径上也还长着一些珊瑚珍宝般的野蔷薇果和山楂。但是,这儿在冬日里最迷人之处则在于它完全的寂静和树叶落尽后的安宁。哪怕有一阵微风拂来,这里也决不会发出任何声响,因为没有一棵冬青、没有一株常青树可以发出沙沙的声音,光秃秃的山楂树和榛木丛静得就像是铺在小路中间的光溜溜的细碎的白石头。顺着小径极目望去,路两旁只有田野,现在没有牛在吃草,几只褐色的小鸟,偶尔在树篱间跳跃,看上去仿佛是几片忘记掉落的零星枯叶。

这条小径顺着山坡往上一直通到干草村。我走到一半的时候,就在一个通向田野的阶梯上坐了下来。我把斗篷裹紧,把手藏进皮手筒里,我倒不是觉得太冷,尽管天气冷得刺骨,这一点可以由覆盖在路面上的那层薄冰来证实。那是现在又已经结冰的一条小溪,前些日子突然解冻时,溪水浸到路上造成的。从我所坐的地方,我能俯瞰桑菲尔德。这所有雉堞的灰色屋宅是下面山谷中的主要景物。它的树林子和黝黑的鸦巢屹立在西侧。我在那儿一直坐到太阳落入树丛,又红灿灿地从树丛后沉落。然后我转身面向东方。

在我上方的山顶上，初升的月亮正升了上来，虽然像云一样苍白，但无时无刻不在变得更加明亮。它俯瞰着半掩在树林中的干草村，村里寥寥无几的烟囱里正冒出一丝丝青烟。距那还有一英里的路程，可是在这万籁俱寂之中，我已经能清晰地听到那里生活中细微的呢喃了。我能听得到那隐隐约约的潺潺的流水声，说不上是来自哪个溪谷，究竟有多深，但是，干草村那边有很多小山，可以肯定，有许多山溪正在那些山隘中欢快地穿行。黄昏的寂静同样泄露了最近处溪水的潺潺声以及远处流水那微弱的犹如窃窃私语的声音。

一种粗重有力的声音突然从远处清晰地传来，打断了这委婉的汩汩声和低语般的呢喃声。那是一种铿锵有力的脚步声，一种刺耳的得得声，掩盖了轻柔的水波流转的声音。这就犹如在一幅图画中，把大块的巉岩或者大橡树壮硕的树干用暗色画出来，强烈地突出在前景上，像是要把由青翠的山峦、明丽的天际和混杂的云彩组合而成的苍茫的远景压倒一样。

响声是从小路上传过来的，有一匹马跑过来了，弯弯曲曲的小径遮住了它，但能听出来它在渐渐地走近。我正要离开阶梯，但是小径很窄，我只好先坐着不动，让它过去。在那时候，我还很年轻，脑子里装着各种各样或光明或黑暗的幻想，记忆中还留有童年的故事和其他杂七杂八的东西，每当它们重现于脑海时，给正在成熟的青春又添上了童年所无法给予的活力和生机。马跑近了，我等着它穿过暮色出现在面前，这时我想起了白茜讲过的一个故事，说的是英国北部的一个叫"盖特拉希"的精灵，它会变成马、骡子或者大狗的模样，在寂静的荒路上出没，有时会袭击走夜路的人，就像这匹马现在向我袭来一样。

马已经很近了，但仍然看不见。这时候，除了得得的马蹄声之外，我还听到树篱下有匆匆奔行的声音。一条大狗紧贴着榛树干溜了过来，它那黑白相间的毛色在树丛的衬映下显得很醒目。这完全是白茜故事中的盖特拉希的一个化身——一个鬣毛很长，头很大的狮子模样的动物。然而，它从我身边经过，却是安安静静的，没有像我预先料想的那样，它会停下来以不像犬类的奇特目光打量我。接着，马到了，那是一匹高高的骏马，马背上还坐着一个人。这确确实实是个人，那么真实，一下子就驱散了那神秘恐怖的气氛。从来没有什么东西骑过盖特拉希，它总是独来独往，而在我看来，妖怪虽然可以附在缄默的动物尸骸上，但很少想到借用人形。这并非盖特拉希，只不过是一个抄近路去米考尔特的旅客罢了。他骑过去了，我继续前行，才走了几步，就听到滑倒的声音，一声"见鬼，现在怎么办？"的惊呼，还有一声"咕咚"摔倒的声音,这些声响吸引了我的注意力。我回头看时,只见人和马都倒在地上,原来他们是在覆盖着路面的薄冰上滑倒的。狗蹦跳着跑回来,看见它的主人处于困境中,听到马儿呻吟,便狂吠起来,夜色笼罩的群山传来阵阵回响。狗的身躯庞大,吠声也很深沉。它围着躺在地上的人和马嗅了嗅,然后跑到我面前。它只能这么做,因为附近没有别的人可以去求救,我依从了它,向下走到旅人身边。这时,他正努力要从马的身上挣脱出来。他使了很大的劲儿,我想可能伤得不算厉害。但是我还是问他:

"你伤着了吗,先生?"

我想他是在咒骂什么,我不能确定,可是他正说些客套话,这使他没能即刻回答我。

"我能帮您什么忙吗?"我又问道。

"你只需站在一边。"他一边说一边站起身来,先是跪在地上,然后站直身子。我照他说的那样站到一边去。这时候马便开始大声喘息,跺脚,马蹄踏得嗒嗒作

响,狗时不时也狂吠一声,这些举动把我吓得退出几码之外。不过,我在没有看到事情了结之前,我是不会彻底被赶走的。结果还算幸运,马重新站了起来,随着一声"下去,派洛特!",狗也被喝住,它静下来。现在那人弯下腰,摸了摸他的脚和

腿,好像是要试试它们是否还听使唤。显然有某些地方很疼痛,因为他一瘸一拐地走到我刚才坐着的那个阶梯,坐了下来。

我一心想要帮他点儿什么忙,或者至少是想表示一下好意,因为我这时又走到他的跟前了。

"要是你受了伤,需要帮忙的话,先生,我可以到桑菲尔德府或者干草村叫个人来。"

"谢谢你,我还行。我的骨头没断,只是扭了筋了。"他又站了起来,试了试他的脚,可是却疼得他不由自主地叫了声"哎哟!"

天色渐渐暗下来,月光逐渐明亮了,我可以清楚地看到他。他身上裹着一件皮领钢扣的骑马大氅,具体模样看不清,但我还是能揣测出他的大致特征:他中等身材,胸膛宽阔,脸色黝黑,五官严厉,皱着眉毛。此时,他的眼睛和紧蹙的双眉显出又恼火又沮丧的神色。他已经不算年轻了,但还没到中年,可能有三十五岁左右吧,我不怕他,但觉得有些羞怯。如果他是个英姿勃勃的青年绅士,我就不敢像现在这样站着违背他的意愿问他问题,而且没等别人的请求就主动提供帮助。我几乎从未见过一个漂亮的年轻人,我这一生之中也从未与那样的人说过话。在理论上,我对于英俊、文雅、殷勤和魅力抱有一种崇敬,但是,如果遇到这些在男人身上具体化了的品质时,我就会本能地懂得,它们和我身上的一切都没有也不可能有共同之处。我会躲避他们,就像人们避开火、闪电或其他任何光彩夺目却叫人退避三舍的东西一样。

甚至这位陌生男人倘若在我跟他说话时对我微笑一下或者态度温和一点,倘若他对我提出帮助的建议笑着谢绝了,那我也准会继续赶我的路,而不觉得自己有什么责任再问他任何问题了。然而这位旅人的一脸愁容和粗暴却让我感到毫无拘束。他挥手叫我走开时,我却仍站着不动,并且对他说:

"天色已晚,先生,在看到你确能顺利地骑上马之前,我是不会把你一个人留在这条荒僻的小路上的。"

我说这句话的时候,他朝我这方向看了看,在此之前,他几乎没往我这边看过。

"如果你的家就在这附近的话,"他对我说,"我想你自己倒应该回去了。你从哪儿来?"

"就从下边来。只要有月光,我再呆晚一点也可以的。如果你乐意的话,我很高兴为你跑一趟干草村。说真的,我正要去那儿寄封信呢。"

"你就住在下面——你是说住在那所有雉堞的房子里吗?"他指了指桑菲尔德府。银白色的月辉正洒在房子上面,使得它在林子的映衬下,房子显得清晰而且苍白,而树林子这时已经变成黑魆魆的一片阴影了。

"是的,先生。"

"那是谁的房子?"

"罗切斯特先生的。"

"你认识罗切斯特先生?"

"不认得,我从未见过他。"

"那么,他不住在这儿吗?"

"不住这儿。"

"你能告诉我他在哪儿吗?"

"我不知道。"

"当然,你不是府中的仆人。你是……"他停住了,用目光打量着我的衣服,和平常一样,我穿着很朴素:一件黑色的梅里诺呢斗篷,一顶黑色獭皮帽,这两件衣服都没有太太的使女所穿戴的一半漂亮。他似乎猜不出我是什么人,于是我主动地告诉他:

"我是家庭教师。"

"哦,家庭教师!"他重复道,"见鬼,我竟然忘掉了! 家庭教师!"他说完,又仔细观察我的穿着。两分钟后,他从阶梯上站起来,刚一移动,他脸上就露出了痛苦的神情。

"我不能叫你去找人帮忙,"他说,"不过,如果你愿意的话,你自己倒可以帮我一点忙。"

"好的,先生。"

"你没有伞可以让我当手杖用一下吗?"

"没有,"

"那么你想办法去牵那匹马的缰绳,把它拉到我这儿来。你不怕吧?"

如果只是我个人,我是会害怕去碰那匹马的,但是,他吩咐我这么去做,我倒乐于服从。我把皮手筒放在台阶上,走到那匹高大的骏马面前,我几次试图抓住马的缰绳,但那是一匹烈马,不让我挨近他的头。我一次次的努力都是枉费心机,同时,我还非常害怕它那乱踢乱踏的沉重的前蹄。那陌生人耐心地等着看了一会儿,终于大笑起来。

"我知道了,"他说,"山永远不会被带到穆罕默德那儿去,所以呀,你所能做的只能是帮着穆罕默德到山那儿去。"

我走过去。"请原谅,"他继续说,"没办法,只好倚仗你了。"他把一只沉重的手放在我的肩上,用力地斜靠着我,一瘸一拐地走到马跟前。他一把抓住缰绳,立刻把马给制服了,于是他跨上马鞍。上去的时候他使劲地皱着眉头,大概是他扭伤的地方又疼起来了。

"现在,"他松开紧咬着的下唇,说道,"把我的马鞭递给我吧,它在那边的树篱下面。"

我过去稍微找了找,发现了它。

"谢谢你,现在你赶紧去干草村寄信吧,尽可能快点儿回来。"

他用带马刺的靴跟刺了一下马,马先是一惊,用后脚站起来,然后奔腾而去,狗紧跟其后,人、马、狗转眼即无影无踪了。

> 像荒野中的石楠
> 被一阵狂风席卷而去

我捡起我的皮手筒,继续赶我的路。对我而言,这件事发生了但又转瞬即逝。从某种意义上讲,这只是一件无足轻重、既不奇特浪漫、又毫无趣味可言的事情。然而,它却标志着我整个单调乏味的生活中有了一小时的变化。有人需要而且还要求我给予帮助,我帮助了他。我很高兴我做了这件事,事情虽然很小而且转瞬即逝,但毕竟是件我主动去做的事情,我已经对于那种完全被动的生活感到厌倦了。这张新鲜的面孔,仿佛是刚刚摆放于记忆画廊里的一幅新画,而且它和已经挂在那儿的所有其他画都迥然不同,首先,因为它是男性;其次,是因为它的阴郁、强壮而且严峻。当我走进干草村,把信投进邮局的时候,我还看得见它。我从山上快步走下来,一路急急忙忙地往家赶的时候,我还看见它。我走到那个阶梯跟前,停了下来,环顾四周,并仔细地侧耳倾听,心里还想着,也许小路上还会再次响起马蹄声,还会再次出现一个身披大氅的骑马人和一条像盖特拉希的纽芬兰狗。但是我只看到面前的树篱和被剪去树梢的柳树,静静地、笔直地挺立着,沐浴在月光下。我耳边听到的,只是一英里外的桑菲尔德庄园四周的树丛间掠过的微弱的风声。我低头向发出风声的地方望去,月光掠过屋宅的正面,我发现有一扇窗子已经亮起了灯,这提醒我时间已经不早了,于是我急忙快步赶路。

我不愿意再走入桑菲尔德府,跨进它的门槛,就意味着生活又回到了静止呆板的局面。穿过冷冷清清的大厅,走上黑暗的楼梯,摸索着走进我自己那孤独的房间,然后去会见安静的菲尔费克斯太太、和她,而且仅有和她一起度过那漫长的冬天的夜晚,这样就会把我经过散步所唤起的微弱的兴奋打消了。让我再一次被单调刻板、过于僵滞的无形的生命枷锁所束缚。这种生活的最大好处就是舒适安逸,但我已经越来越无法欣赏这种特权生活了。当初我在不稳定的奋斗生涯的疾风暴雨中颠簸,充满艰辛苦难的经历使得我一心渴求平静的生活,而如今我身处平静之中却又牢骚满腹,如果当初就让我过上这种平静的生活,这会对我多大的益处啊。真的,就像叫一个坐腻了安乐椅的人起来走一趟远路一样,在我这情况下想求得一些变化,就像他在那种情况下想活动一下一样的顺理成章。

我在门口徘徊,我在草坪上漫步,我在过道上来回地踱步。玻璃门上的护窗板关着。我看不到里面,我的眼睛和灵魂似乎都被诱使着离开那所阴沉沉的房子,离开那到处都见不着阳光的牢狱,从那灰暗的洞穴,转向眼前伸展的天空,——一片没有一丝云翳的蔚蓝,此时,月亮正以庄严的步伐缓缓登上天空,它升起于遥远的苍穹,经由隐隐的山峦背后,似乎是翘首仰望,渴望到达那深远莫测、遥不可及的午夜般漆黑的天顶,闪闪烁烁的繁星紧随其后,我望着它们,不由得心儿颤抖,心潮澎湃。可是一点小事就足以把我们召回尘世,大厅里的钟敲响了,这就够了,我转身告别了那月亮和星星,打开门走了进去。

大厅里并不黑暗,唯一的那盏高高悬挂着的青铜灯还没点亮。一片温暖的火光照耀着大厅和橡木楼梯的下面的几级,这片红光是从大饭厅里发出来的。饭厅的双扇门敞开着,可以看得到壁炉里熊熊燃烧的火焰,它使大理石炉板和铜制火炉用具熠熠发光,又使紫色帷幔和擦得锃亮的家具闪烁出悦目的光辉。火光中还映出壁炉架附近的一群人,我刚注意到这群人的欢乐的嘈杂声,那里面似乎有阿黛尔的声调,但门已经给关上了。

我快步走到菲尔费克斯太太的房间里。那儿也生着火,但是没点蜡烛,菲尔费克斯太太也不在房间里。我只看到一条像是在路上碰到的盖特拉希那样黑白相间的长毛狗,它独自坐在地毯上,很严肃地盯着火看。它太像那条狗了,我不由地过去叫了声:"派洛特!"于是,这条狗站了起来,走到我跟前,嗅嗅我。我抚摸着它,

图文珍藏版

它冲我摇着大尾巴。可是单独和它待在一起，它看起来还是很可怕，而且我也不知道它是从哪儿来的。我打了铃，因为我想要点一支蜡烛，同时我还想打听一下来访者的情况。丽娅走进来了。

"这是从哪儿来的狗？"

"它是跟主人一起来的。"

"跟谁？"

"跟主人——罗切斯特先生——他刚到这儿。"

"真的！菲尔费克斯太太和他在一起吗？"

"是的，还有阿黛尔小姐，他们都在饭厅里，约翰去请外科医生了，因为主人出了意外，他的马摔倒了，他扭伤了踝骨。"

"马是在干草村的小径上摔倒的吗？"

"是的，下山的时候，马踩在冰上滑倒在地上了。"

"啊！给我点一支蜡烛来，好吗，丽娅？"

丽娅给我拿来了蜡烛。她走进来，后面跟着菲尔费克斯太太。菲尔费克斯太太重新宣布了这一消息，还补充说，外科医生卡特先生现在已经来了，正在罗切斯特先生那儿。接着她又匆匆去吩咐关于茶点的事情，我则上楼去脱帽子和斗篷。

13

当天晚上,罗切斯特先生似乎遵照外科医生的嘱咐,很早就上了床,第二天早上他起得也不早。后来他下楼来,只是为了处理一些事务。他的代理人和一些佃户来了,正等着和他说话。

阿黛尔和我现在不得不腾出书房,因为这儿每天都要用来接待来访者。楼上有间屋子里生了火,我把我们的书搬到了那儿,把它布置成未来的教室。我在上午这段时间,就察觉到桑菲尔德府仿佛变了模样。它已失去往日教堂般的宁静,每隔一两个小时就会响起叩门声和门铃声。不时地还传来脚步穿过大厅的声音,同时下面还有不同的声音用不同的腔调讲话,仿佛来自外部世界的一条小河流过这里。它有了一位主人,对我而言,我更喜欢它了。

那一天,阿黛尔变得不听话了,她没法专心学习。她时不时地就跑到门口,趴在栏杆上张望,看是否能瞧见罗切斯特先生。然后又想出许多借口到楼下去,正像我能敏感地猜到的,她是要到图书室去,我知道那儿并不需要她。后来,我有些生气了,让她安静地坐着,她还是念念不忘地用法语大谈她的"朋友爱德华·菲尔费克斯·德·罗切斯特先生。"她就是这么称呼他的(我以前从未听过他的教名),还不停地猜测他会给她带来什么礼物;因为前一天晚上,他似乎向她暗示说,等他的行李从米尔考特运来后,其中有一个小盒子,她会对之很感兴趣的。

"那就是说,"她用法语说道,"里面有一样给我的礼物,大概也有你的,小姐。先生还谈起过你,问我家庭教师的名字,说她是不是一个身材较矮,很瘦而且脸色苍白的小姐,我说是的。因为这是事实,对不对,小姐?"

我和我的学生与往常一样,到菲尔费克斯太太的客厅里吃饭。那天下午,风雪交加,我们一直在教室里待着。天黑的时候,我允许阿黛尔收起书本和作业,跑到楼下去,因为楼底下已经相当安静了,门铃也不再响了,我由此猜测罗切斯特先生现在该有空了。现在教室里只剩下我一个人了,我走到窗前,可是从那儿什么也看不见。暮霭和雪花一起使得一切都灰濛濛的,把草坪上的灌木都给遮住了,我把帘子放下来,回到炉火旁。

在明亮的余烬中,我正在脑海中描绘一幅风景画,有点像我记忆中的那幅莱茵河畔的海德尔城堡的风景画。这时,菲尔费克斯太太走了进来,打乱了我正在酝酿

中的图画构思,也驱散了由于孤独而涌上心头的那种沉重的、不受欢迎的忧思。

"今天晚上,罗切斯特先生将很高兴地请你和你的学生到客厅去和他一起用茶点,"她说,"他整天都很忙,没来得及早点见你。"

"他几点用茶点呢?"我问。

"哦,六点。他在乡下时,一直早睡早起。你现在最好去换件外衣,我和你一起去,帮你扣好衣服,拿上蜡烛。"

"非得要换外衣吗?"

"是的,最好换一件,罗切斯特先生在这儿的时候,我晚上总要换件好衣服。"

这个附加礼节显得有些过于隆重。然而我还是回到我的房间,在菲尔费克斯太太的帮助下,脱下黑呢衣服,换成一件黑绸衣。除了一件浅灰色的之外,这是我最好的、也是我唯一一件额外的衣服了。按照我在劳渥德对衣着的看法,除了在头等重大的场合穿上它,其他时候穿上就未免太过于讲究了。

"你需要别上一个胸针,"菲尔费克斯太太建议。我只有一个小小的珍珠饰物,是潭波尔小姐临行前送我做纪念的。我把它别上,然后我们一起下了楼。我一向不习惯会见陌生人,如此一本正经地被叫到罗切斯特先生面前,简直和受罪差不多。进饭厅时,我让菲尔费克斯太太先走了进去,我跟在她的背影中穿过那间屋子,经过那帷幔已经放下来的拱门,进入了那幽雅的套间。

桌子上点燃了两支蜡烛,壁炉架上也摆放着两支。派洛特躺在壁炉边,正在熊熊炉火的光热中取暖,阿黛尔跪在它身旁。罗切斯特先生半倚在卧榻上,一只脚搁在靠垫上,他正看着阿黛尔和狗。火光照亮了他的脸。那两道粗粗的眉毛,方阔的额头,乌黑的头发朝一侧梳过去,使额头显得更方正了。我一眼就认出这就是我碰到的那个旅人。我认得出他那坚毅的鼻子,说明他性格刚直,引人注目,但又不是漂亮,我认出他那大大的鼻孔,我想那表明他易于发怒,我认出他那冷酷的嘴、下巴和下颚。——是的,这三者都显得很冷酷,一点儿也没错。他现在已经脱下披风,显出方方正正的体形,和他面孔很相称。我猜这就是运动术语中所谓的好身材吧——宽胸细腰,即使不高大也不优美。

我和菲尔费克斯太太走进去时,罗切斯特一定有所察觉,可是他似乎不想注意到我们,因为即使我们走近了,他头也没有抬一下。

"先生,爱小姐来了。"菲尔费克斯太太用她一贯文静的方式说。他点点头,目光却仍然没有离开狗和孩子。

"叫爱小姐坐下吧。"他说。那勉强、僵硬地点头示意以及勉强又不耐烦的语调,似乎还进一步表达了另外一层意思:"见鬼,爱小姐来不来与我有什么关系? 这时我才不想搭理她呢。"

我毫不困窘地坐了下来。谦恭有礼的招待也许会叫我手足无措,因为我无法以相应的温文尔雅来答谢或还礼。可是粗鲁和任性却让我感到毫无拘束,相反,在对方失礼的情况下保持缄默,反而对我很有利。另外,这古怪的行为也很有趣,我倒很有兴趣看看他下面想干什么。

他仍然像座雕像一样,也就是说,既不说话也不动一动。菲尔费克斯太太似乎认为,总得有人表现得和蔼一些,于是她开始说话,跟往常一样充满善意但也有些庸俗地向他表示慰问,说他一整天都在辛苦忙碌,说他伤筋动骨肯定很难受,内心一定很烦闷,接着又夸赞他在此表现出来的耐心和毅力。

"太太,我想喝点茶。"这是她得到的唯一的回答。她急忙去打铃。茶盘端来时,她尽可能迅速地把茶杯、茶匙等摆好。我和阿黛尔都走到桌边,可是主人没有离开卧榻。

"你能把罗切斯特先生的杯子送过去吗?"菲尔费克斯太太说,"阿黛尔也许会把茶弄洒的。"

我照她说的做了。

他从我手里接过杯子,阿黛尔认为可以利用这个时机替我提出要求,她叫道:

"先生,你的小箱子里不是有件礼物要送给简小姐吗?"

"谁说有什么礼物?"他粗暴地说,"你指望过有礼物吗,爱小姐? 你喜欢礼物吗?"他用阴沉、愠怒而且尖刻的目光打量我。

"我不太了解,先生。我对礼物几乎毫无经验,人们通常认为礼物是可爱的东西。"

"通常认为? 那你认为呢?"

"我得花点儿时间想一想,先生,然后才能给你一个你能接受的回答。礼物有多个方面,对吧? 总应该把各方面考虑清楚,才能对它的性质发表看法。"

"爱小姐,你不如阿黛尔那么坦率,她一见到我就开始喊着要'礼物',而你却要拐弯抹角的。"

"因为我不像阿黛尔那样自信自己能配得上一件礼物,作为彼此熟悉的老相识,她有权提出这个要求,从习惯上讲,她也有权要求,因为她说你常常送各种礼物给她。可是,如果我不得不表明我的立场的话,我就很难讲了,因为我是个陌生人,又没有做过任何值得酬谢的事。"

"哦,不要太过于谦虚了! 我已经考过阿黛尔,我发现你为她费了很大的功夫。她既不聪明,也没有什么天赋,可是短短的一段时间,她取得了那么大的进步。"

"先生,你现在已经送给我一件'礼物'了,我得感谢你。称赞学生的进步,是老师们最最想得到的报酬了。"

"唔!"罗切斯特先生说,然后他一言不发地喝起茶来。

"到炉火这边来。"主人说道。这时茶盘已经被端走,菲尔费克斯太太在一旁的一个角落里坐下来编织,阿黛尔正拉着我的手绕着房间走了一圈,让我看那些漂亮的书,看蜗形脚的桌子和柜子上摆放的装饰品。听到他的话,我们都服从了,好像不得不这样做似的。阿黛尔想坐在我的膝上,可是他却吩咐她去和派洛特玩去。

"你在我家住了三个月了?"

"是的,先生。"

"你是从——"

"从某某郡劳渥德学校来的。"

"哦,一个慈善机构。你在那儿待了多长时间?"

"有八年。"

"八年! 你的生命力一定很顽强。我觉得任何体质的人,在那样的环境下待上一段时间都会垮掉,怪不得你的模样就像从另一个世界来的,我原来还觉得纳闷,你怎么会有这样一张脸。昨天晚上我在干草村的小径上碰到你时,我不知怎么会想到一些神话故事，我还几乎想要问问你，是不是你对我的马施了巫术，直到现在我仍然不能确定。你的父母是谁？"

"我父母已经不在人世了。"

"我想你从来也没见过你的父母吧？你还记得他们吗？"

"不记得了。"

"我猜你也不会记得。那么，那天你坐在那阶梯上是在等待你的同伴啰？"

"等谁，先生？"

"等绿衣仙子呗。那样的月色，对他们来说正好合适。是不是因为我冲破了你们跳舞的圈了，你就在路上铺上了那该死的冰？"

我摇了摇头，说："绿衣仙子在一百年前早就离开英国了，"我也像他那样一本正经地说，"甚至无论在干草村小径上还是在田野里，你也不会找到他们的踪迹。我认为无论在夏天还是在秋天，或是在冬天，月亮也不会再照见他们的狂欢了。"

菲尔费克斯太太放下手中的编织活儿，抬起双眉，望了望我们，似乎想弄清楚这是一场什么对话。

"好吧，"罗切斯特先生再接着问，"要是你没有父母，那你总有些亲戚吧，像叔叔和婶婶什么的？"

"没有，一个也没有见过。"

"你的家呢？"

"我没有家。"

"那你的兄弟姐妹都住在哪里？"

"我也没有兄弟姐妹。"

"是谁介绍你到这儿来的？"

"我登了广告，菲尔费克斯太太给我回了封信。"

"是的，"这位善良的太太说，她现在总算明白我们在谈论什么了，"上帝帮助我做了这样的抉择，我每天都在谢恩。对我来说，爱小姐一直是个非常可爱又可贵的伴侣，对阿黛尔来说，她是个又和善又细心的老师。"

"对于她的品行，你不必费心做鉴定了，"罗切斯特先生回答道，"一照面她就叫我的马摔了一跤。"

"是吗？"菲尔费克斯太太说。

"我这次扭伤了筋，还得感谢她呢。"

寡妇似乎被他弄得莫名其妙了。

"爱小姐,你在城里住过吗?"

"没有,先生。"

"参加过很多社交活动吗?"

"没有,除了劳渥德的学生和教师们之外,现在又只跟住在桑菲尔德的人接触来往。"

"读过很多书吗?"

"有限的几本,有什么书我就看什么,内容也不算艰深。"

"你过的完全是修女般的生活,毫无疑问,你在宗教仪式方面也肯定受过严格而又良好的训练。我知道,布洛克尔赫斯特先生是那儿的负责人,他是一位牧师,对吗?"

"是的,先生。"

"你们这些姑娘也许很崇拜他,就像修道院里的姑娘都崇拜她们的院长一样。"

"哦,不是那样的。"

"你真冷静!不,什么话,一个见习修女不崇拜她的牧师,听起来有些大逆不道。"

"我不喜欢布洛克尔赫斯特先生,而且众人皆有同感。他是一个冷酷寡情的人,既傲慢自大,又好管闲事。他剪掉了我们的头发;为了省钱,只给我们买低劣的针线,我们简直无法用它来缝补任何东西。"

"这样省钱很不合适。"菲尔费克斯太太说,这次她又抓到了我们谈话的主题了。

"他的最大罪状就是这些吗?"罗切斯特先生问道。

"在委员会任命成立之前,他一个人独自掌管着伙食部门,那时他总让我们忍饥挨饿。每星期他还要给我们做一次冗长乏味的演讲,每天晚上还让我们阅读他自己编写的书,我们全都厌烦透了。他编的书里讲的尽是暴死、遭报应等等的事情,吓得我们都不敢上床睡觉。"

"你到劳渥德的时候多大了。"

"十岁左右。"

"你在那儿待了八年,那你现在十八岁。"

我承认是。

"你看，算术还是很有用的，不借助于它，我几乎无法肯定你的年龄。像你这样容貌和神态不相般配的人，判断起来还很难。那么，在劳渥德你学了些什么？会弹琴吗？"

"会一点儿。"

"当然，这是一般的回答。到书房去——我意思是说，如果你乐意的话——请原谅我用这种命令的口气，我一向习惯于说'你做这件事'，别人就照做了。我不能为了一个新来的人改掉我的习惯。那么，到书房去吧，拿上一支蜡烛，把门打开，坐到钢琴跟前，弹奏一支曲子吧。"

我听从他的吩咐走过去了。

"够了！"几分钟以后，他喊道，"我已经了解了，你是会弹一点儿，和其他英国女学生一样，也许比其中一些人要强些，但还算是好的。"

我把钢琴盖合上，走回来。罗切斯特先生又说：

"阿黛尔今天早上给我看了几张速写，说是你画的。我不知道它们是否完全出自你手，还是有个老师帮你画呢？"

"没有！的确没有！"我打断他的话叫道。

"啊！这伤害了你的自尊了，是吧。好吧，把你的画夹拿来，只要你能保证那些画都是你自己画的就可以了。不过，要是没有完全的把握就别做保证，那东拼西凑抄袭的东西我可是能鉴别出来的。"

"那我就闭上嘴巴，一切让您自己去判断吧，先生。"

我到书房把画夹拿来。

"把桌子挪过来。"他说。我把桌子推进他的卧榻，阿黛尔和菲尔费克斯太太也围过来看画。

"别挤，"罗切斯特先生说，"等我看完了，你们再接着看，别把脸凑得离我这么近。"

每一张速写和油画，他都仔细地鉴赏。有三张被他挑出来放到一边，其余的他看完后就推开了。

"把它们拿到另外一张桌子上去，菲尔费克斯太太，"他说，"和阿黛尔一起看，——你，"他看了看我，"回到你的位子上去，继续回答我的问题。我看得出这些画皆出于一人之手，那是你的手吗？"

"是的。"

"你什么时候能腾出时间来画呢？这很需要时间,而且还要构思。"

"我是在劳渥德的最后两个假期中画的,那时候我没有什么事情可做。"

"你从哪儿找来的摹本呢？"

"从我自己的脑袋里。"

"就是我现在所看到的,长在你肩上的那个脑袋吗？"

"是的,先生。"

"里面还有其他类似的东西吗？"

"我想可能是有的,而且我希望——还有更好的。"

他把那几幅画摊在面前,又开始一张张地细看起来。

趁他正这么忙着的时候,读者啊,我要告诉你们这些都是什么样的画。首先,我得声明,这些并非很高明的画。那题材倒的的确确是从我的脑海中生动地浮现出来的。在我用心灵的眼睛看着它们,还没有试图用画笔把它们描绘出来之前,它们是如此鲜明生动。可是我的手却无法再现我心里想象的美景,每次画出来,只不过是我所想象的图景的一个黯淡苍白的写照。

这几张都是水彩画。第一幅画表现的是乌云在波涛汹涌的大海上空低低地、生动地翻卷,远方的景色淹没在一片昏黑中。前景也一样,或者确切地说,最前面的巨浪也很暗,因为没有陆地。一束光亮醒目地衬托着半沉于水中的桅杆。桅杆上停着一只又大又黑的鸬鹚,羽翼上溅着点点浪花。它的嘴里还叼着一只镶了宝石的金手镯。这是我用调色板尽可能调出的最鲜明亮丽的颜色来画的,而且还尽我的画笔所能将之画得熠熠发光而又清晰。鸟儿和桅杆下面,在那碧波之中,隐约能看见一具尸体正在下沉。唯一能看清楚一条美丽的胳膊,金手镯就是从那儿被水冲走或者被鸟儿叼了下来。

第二幅画的前景只是一座昏暗朦胧的山峰,草和树叶仿佛正被微风吹拂并向一边倾斜着。山后面和上面都是辽阔天空,呈现出一片黄昏时才有的幽蓝色。一个女子的上半身正要升上天空,我画的时候尽可能地采用了幽暗、柔和的色调。她昏暗的前额上像王冠一样缀着一颗星星,下面的面容似乎隔着迷漫的水汽,只是隐约可见,她的眸子黯淡却又发出狂野的光彩,头发像一片阴影似的飘飞着,好像被风景或闪电撕下的一片毫无光泽的云彩。她的脖子上有一圈淡淡的月光似的反光,一朵朵薄云也闪烁着同样淡淡的光泽。薄云中,低头耸立着金星的幻影。

第三幅画描绘的是一座冰山之巅,正耸立在北极冬日的天空上。一束束的北极光沿着地平线密密麻麻地向上照射,像无数朦胧的长矛。这些背景都映衬着前面升起的一个人头。这个巨大的头像,朝冰山低垂并靠在上面休息。那两只瘦骨嶙峋的手合在一起支撑着额头,拉起遮着下半张脸的黑面纱,露着像骨头一样苍白,又毫无血色的额头,还有一双一动不动的凹陷的眼睛。除了绝望的呆滞的表情外,没有其他任何神情。在他两边鬓角的上方,在缠头的黑布头巾的褶子里,环绕着一圈云雾般无法捉摸而又闪烁的白色火焰,上面点缀着更加明亮夺目的点点火花。这轮淡淡的新月是戴在"无形之形"头上的王冠。

"你画它们时感觉快乐吗?"罗切斯特先生问道。

"我那时候简直是全神贯注,先生。是的,我很快乐。简而言之,画这些画是我今生最大的乐趣。"

"这么说倒很合理。照你的说法,你的乐趣不多,但是我敢肯定,你在调配、安排这些奇妙的颜色时,也许你的确沉迷于一种艺术家的梦幻之国里。每天你要坐下来画多久?"

"我无事可做,因为是在假期里,于是我就坐在那里,从早上画到中午,再从中午画到晚上。仲夏的白昼很长,这使我能专心地画很长时间。"

"你对你自己辛苦劳作的成果很满意吧?"

"并非如此。我感到很苦恼,我所能画出来的和我所能想象的总是相去甚远。每次我都会在脑海里想出某种东西,可是却无法将它实现。"

"不完全是这样的,你已经能画出了你思想中的构架,不过,恐怕只是到达这个地步而已,你还缺乏足够的艺术家的技巧和知识。但是对于一位女学生而言,这些画已经很不错了。至于这个主题构思,却有些邪魔之气。金星的那对眼睛,你一定只在梦里见过。你为什么要把它画得那么清澈而又一点儿也不闪烁呢?是因为额头上那星星使它黯然失色了吗?这双眸子的凝重深邃又暗示了些什么?谁教给你这种画风的?在那天空和那座山上却在刮着大风。你在哪见过拉特莫斯山?那是拉特莫斯山。好了,把画拿走吧。"

我刚刚把画夹的带子重新系好,他就看了看表,突然说:

"已经九点了,爱小姐,你让阿黛尔坐得太久了,究竟想干什么?快带她回去睡觉。"

阿黛尔在离开之前,过去与他吻别。他忍受了这种亲昵的行为,似乎不比派洛特更喜欢这个动作。

"大家晚安。"他说道，一边用手朝门边一挥，表示他对我们已经厌烦，希望我们快些离开。菲尔费克斯太太收拾起她的编织活儿，我拎起画夹，我们向他行了礼，他冷冷地点了一下头，我们便退了出来。

"你跟我说过罗切斯特先生的性格并不古怪，菲尔费克斯太太。"把阿黛尔打发上床之后，我走进菲尔费克斯太太的房间，对他说道。

"哦，你觉得他怪吗？"

"我是这么觉得的，因为他喜怒无常，粗暴无礼。"

"确是如此。对一个陌生人来说，毫无疑问他显得很无礼，不过我对他的态度已经习以为常，我从来不这么觉得，而且即使他脾气怪僻一点，我们也应原谅他。"

"为什么？"

"一方面的原因是出于他的天性，——我们任何人也无法压抑掩饰自己的天性，另一方面，肯定是有些痛苦的心事在困扰着他，使他心烦意乱。"

"有什么心事呢？"

"类似于家庭纠纷等事情吧。"

"可是他又没有成家。"

"现在他没有，但是以前曾经有过——或者说，至少也有亲戚吧。他哥哥在几年前去世的。"

"他哥哥？"

"是的，现在的这位罗切斯特先生拥有这份产业的时间并不久，大概只有九年吧。"

"九年的光景也不算太短了。他确实这么热爱他的哥哥么，以至于直到现在还在为他伤怀？"

"哦，不——也许不是那样。我想他们之间曾发生了一些误会。罗兰·罗切斯特先生对待爱德华先生不很公正，可能还使得他父亲也对爱德华先生产生了成见。这位老绅士很爱财，希望能让家产保持完整。他不愿意由于分家而使家产缩小，但是他又想让爱德华也很富裕，以此来维护家族的声誉。因此在爱德华先生成年后不久，就采取了一些不很公平的措施，造成一大堆麻烦。为了让爱德华先生变成富人，老罗切斯特先生和罗兰先生联手，把爱德华先生推向了一个他认为是痛苦深渊的境地。这究竟是怎样的痛苦深渊，我也不得而知，但是他由此所承受的，并且是逃避不了的痛苦使他在精神上难以忍受。他是个不轻易原谅别人的人，因此他宣布和家庭决裂,这么多年来,他一直过着漂泊不定的流浪生活。后来,他的哥哥没有留下遗嘱就去世了,他自然地成了这份产业的主人,我觉得他在桑菲尔德总共也没有住满过两个星期,再说了,这确实也难怪他要躲避开这座老宅子了。"

"他为什么要躲避?"

"也许他认为这太阴沉了吧。"

这显然是托词,含含糊糊的,我倒想得到更明确的回答。可是,对于罗切斯特先生为之痛苦的原因以及性质、内容,菲尔费克斯太太就是不说,也不知是实在回答不出来呢,还是确实不愿意回答,不愿意向我解释得更加清楚一些。她宣称,这些事情对她自己来说,也是一个不解之谜,她所了解的大部分还是出于猜测。事实上,很显然,她是希望我放弃这个话题,因此,我也不再问下去了。

14

以后的几天里，我很少看见罗切斯特先生。上午他忙着处理各种事务；下午米尔考特和附近一带的绅士们来拜访他，他有时候陪他们吃晚饭。等他的身体恢复到能够骑马的程度，他就常常骑着马出门，去回访那些曾经拜访过他的绅士们，因此他常常到深夜才回来。

在这段日子里，就连阿黛尔都很少被他召见，我则只能偶尔在大厅里、楼梯上或过道中碰见他。即使见了面，他也只是冷淡地点一下头，然后带着高傲而疏远的表情从我身边走过去，顶多再冷冷地看我一眼，表示他知道我的存在；有的时候则带着微笑向我鞠躬，绅士般的温文尔雅。对于发生在罗切斯特先生身上的这种变化我并不在意，因为这种变化并不是因我而造成的，不论他的情绪是退潮还是涨潮，都和我没有关系。

一天，他请人吃饭，事前派人把我的画夹拿走了。毫无疑问，他是想让客人观赏我的绘画。绅士们吃完饭很早就走了，菲尔费克斯太太告诉我，他们去参加在米尔考特召开的公众会议。大概是因为那天晚上的天气又湿又冷的缘故，罗切斯特先生没有和他们一起去。客人刚走不久，他就打铃让我和阿黛尔到楼下去。我替阿黛尔把头发梳好，把她收拾得干干净净，然后又检查了一下我自己，确定自己身上那套贵格会教徒的打扮从头到脚都那么的严谨和朴素，编起来的头发一丝不乱。再也没有什么需要修饰的了，于是我就带着阿黛尔下楼去。阿黛尔一直在猜测罗切斯特先生叫我们去是不是因为"小盒子"终于送到了，由于某种差错，在这以前它一直给耽搁着。阿黛尔猜对了，因为我们一走进饭厅，就看见一个小小的硬纸盒放在桌上，阿黛尔凭着本能立即就认出了它。

"我的盒子！我的盒子！"她一边兴奋地嚷嚷着，一边朝盒子跑去。

"对，你的'盒子'终于来了。把它拿到角落里自己玩去吧，你这个地道的巴黎小姑娘！"罗切斯特先生用略带讽刺的声调说着，声音是从壁炉旁边一张大安乐椅子的深处发出来的。"记住，"他继续说，"不要拿解剖过程中的任何细节和任何关于内脏状况的报告来打扰我，你一个人静悄悄地做你的手术好了。你安静点儿，孩子，你能做得到吗？"

阿黛尔似乎并不需要这一告诫，因为她早已带着她的意见退到沙发那儿去了，而且正忙着解开盒子外面的绳子。打开盒子盖以后，一揭掉盖在上面的银色纱纸，她就快乐地叫了出来："天哪！实在太美了！"接着便全神贯注地钻研起盒子里面的东西来。

"爱小姐来了吗？"这时主人一边问一边从大安乐椅子里欠起身来回头朝门口看。我正站在门口那儿。

"啊，好的，请过来坐在这儿。"他一边将一张椅子拉近他自己的座位，一边说，"我不喜欢听孩子们唠唠叨叨，因为像我这样的老单身汉，对他们口齿不清的谈话丝毫不感兴趣。如果让我和一个小家伙这么面对面地来度过整个晚上，我实在是难以忍受。不要再向远处挪了，爱小姐，就坐在我旁边吧，当然，我的意思是如果你不介意的话。该死的礼貌！我总是记不起来。我也不喜欢头脑简单的老太太。不过，我得对我们家这位老太太好一点，她可丝毫怠慢不得，她姓菲尔费克斯，至少嫁过一人姓这个姓的人，据说，亲人总比外人亲。"于是他打铃叫人去请菲尔费克斯太太。不一会儿，她手里拿着个编织篮进来了。

"晚上好，太太，我请你帮我个忙。我禁止阿黛尔跟我谈论她的礼物，她憋了一肚子话却找不到听众，行行好，去充当她的谈话对象吧，这将是你所做过的最大的好事。"

阿黛尔也立刻就把菲尔费克斯太太当作了谈话对象，把她叫到沙发跟前，在菲尔费克斯太太的裙兜里放满了她的"盒子"里的那些瓷的、象牙的、和蜡的玩意儿，同时用她学会的一点儿可怜的英语结结巴巴地解释着，表达她的喜悦。

"现在，我已经完成了一个好主人的使命"，罗切斯特先生说，"我已经使我的客人们得到了快乐，我也该自由地作乐了。爱小姐，请你把椅子再挪近点，否则我得在这张舒适的椅子上改变一下我的姿势才能看得见你。可是我又不想这样做。"

虽然我宁愿留在带点阴影的地方，但我还是照他的吩咐做了。因为我觉得既然罗切斯特先生用这种直截了当的方式表达他的愿望，我还是立即服从比较好。

我刚才已经说过，我们是在饭厅里。天花板上枝形的挂灯，使得整个屋子像节日般灯火辉煌。温暖的炉火又红又明亮，高大的窗子和拱门前，垂挂着富丽堂皇的大幅的紫色的帷幔，周围的一切都那么安静，只有阿黛尔在低声说话（她不敢大声说），冬夜的雨轻轻地敲打着窗玻璃，柔和的声响填补了谈话的每一间歇。

罗切斯特先生坐在他那锦缎面的椅子上，和以前的他不太一样，没有那么忧郁，也没有平常那么严厉，他嘴唇上浮现出一丝微笑。眼睛闪闪发亮，不知道是因为喝多了酒,还是有别的原因,虽然我不敢肯定,但我认为很可能是这样。总之,他带着晚餐后那种满意的心情,显得比较热情、和蔼,态度也比较随便。不过,他看上去还是很严肃,头靠在鼓起来的椅背上,火光照耀着他那又大又黑的眼睛和采用花岗岩雕出来似的五官。他的眼睛很好看,有时眼睛深处也并不是一点变化也没有,这种变化即使不是温柔,我想,至少也会是类似于那种感情的。

他一直盯着火看,已经持续了两分钟了。而在这两分钟里,我一直在看着他。突然,他转过头来,发现我正盯着他看,便说道:"你仔细地看看我,爱小姐,你觉得,我长得还算漂亮吗?"

如果我考虑一下的话,我会按照惯例含糊而又有礼地回答他的问题,可是我当即脱口而出地答道:"不,先生。"

"啊,我敢说,你就是与众不同,"他说,"你的模样像个小修女,坐在那儿,双手放在前面,眼睛老盯着地毯看,顺便说一句,你的眼睛除了有时尖锐地盯着我的脸之外,就像刚才那样,就总是低垂着,看上去又古怪,又安静,而且庄重、单纯。人家向你提一个问题,或者说了句什么让你非要答话不可,你就毫不掩饰地冲口而出,即使不算粗鲁,那也是很冒失的。你这么回答究竟是什么意思?"

"先生,请原谅我回答得太直率了。我本应该说,对于与外貌有关的问题做出即时答复是不容易的,每个人都有自己的审美观。我想说的应该是,美并不重要,或者诸如此类的话语。"

"你本来就用不着那么回答。美并不重要,说得好,你一边在缓和刚才对我的侮辱,抚慰我,叫我平静下来,一边又在这种表面伪装之下,狡猾地在我耳朵背后又捅了一刀。你说吧,请问,你在我的身上找到了什么毛病?我想我的四肢和五官与旁人毫无区别吧?"

"罗切斯特先生,请允许我收回我最初的回答,我不是存心要在话语中带刺,只不过是一时口误。"

"就是这样,我也这么认为,那你就该明白地回答我的问题。批评我吧。我的额头不讨人喜欢吗?"

他撩开额头上本来是横梳着的波浪形黑发,露出那十分出色的智慧的器官,但是在这个本来应该看出仁慈与宽厚的地方,却意外地没有一丝迹象。

"那么,小姐,我像个傻子吗?"

"才不是呢,先生。如果我反过来问你是否是一个慈善家,大概你会认为我是无礼的吧?"

"又来了！你是假装摸摸我的脑袋的时候，又捅了我一刀，就因为我说了我不乐意和孩子及老太太在一起，(小点儿声说!)。不，小姐，我不是一般人心目中的慈善家，但我有良知，"他用手指指那个据说是表示良心的部位，幸亏他那个部位很突出，真的，他的头部的上半部分显得很宽，"另外，我的心中曾有过天真质朴的柔情。我在你这个年纪时，也是个有同情心、多愁善感的人，我尤其怜悯那些弱小的、无人照管而又不幸的人。可是在那以后，命运就无情地打击了我，用它的手像揉面一样地蹂躏我，我现在已经可以自豪地夸耀，我已经坚韧得像个橡皮球。不过，也许还有一两处缺口可以透气，使得这一团东西的中间还有一点感觉。你看，我这样子还有得救的希望吗?"

"什么希望，先生?"

"使我能从橡皮球又变回肉体的希望。"

"他肯定喝了太多的酒。"我心想，不知该如何回答他的这个稀奇古怪的问题。我怎么能说出他是否还会变呢?

"爱小姐，看上去你很迷惑。虽然你并非比我漂亮，但是这种迷惑的神情倒是和你很般配。再说了，这样也有些好处，因为可以让你的眼睛，你那爱探索的眼睛不再盯着我的脸看，而去忙着研究地毯上的绒花。所以，就像这样继续迷惑下去吧。小姐，我今天晚上倒很想找人热闹一下，想聊聊天。"

他一边这样说着，一边从椅子里站起身来，把胳膊靠在大理石壁炉架上，站住了。他的这个姿势使得他的体形和脸庞一样可以令人看得更为清楚。他的胸膛是那么宽阔，简直和他四肢的长度不大相称。我相信许多人都认为他是个丑陋的人，但是，他的举止行为中自然地流露出这样一种不经意的骄傲，又是那么毫不在乎，对自己的容貌显得很从容满不在意，对其他内在或外在品质呢，又显得那样高傲自负，这些都足以弥补纯粹是外表上的魅力的缺乏，以至于你看着他，就会无法避免地感染上他那种毫不在乎的气氛，甚至会盲目地、片面地信任他。

"今天晚上我真想热闹一下，想聊天，"他又说了一遍，"这就是我把你找来的缘故。只有炉火和烛台做伴是不够的，派洛特也不行，因为这些都不会开口讲话。阿黛尔要强些，但也差得远，菲尔费克斯太太也是如此。我相信，如果你乐意的话，你可以令我满意的。我请你到这儿来的头一个晚上，你就让我迷惑难解。从那以后，我几乎要将你忘掉了。各种想法把关于你的念头从我的脑海里挤了出去。可是今晚我决定放松一下,扔掉各种讨厌的烦恼,把令人愉快的东西找回来。现在,我想让你打开话匣子,多说一点,让我更了解你,这会令我很高兴的。那么现在,你说点什么吧。"

我没有说话,只是微笑着,而且并非得意或谦卑的笑。

"说吧,"他催促我。

"说些什么呢,先生?"

"随便,爱说什么就说什么,话题由你选,怎么说也由你决定。"

我还是坐在那儿,一句话也没说,心想:"他如果是指望我为了聊天而滔滔不绝,那么,他是找错人了。"

"你没说话,爱小姐。"

我还是没有吭气。他朝我稍微低了低头,匆匆地看了我一眼,似乎要探究我的眼睛深处。

"发犟脾气?"他说,"还是生气了?哦,这二者都是一样的,我把我的请求用一种荒唐甚至无礼的形式向你提出来。爱小姐,请你原谅。实际上是这样,我不愿意把你当作下人看待,也就是说,(他纠正了他自己),我只是能自恃比你优越的地方,在于年龄上比你大上二十几岁,阅历上比你多一个世纪罢了。这应该是合理的,我要坚持这一点,就像阿黛尔说的那样。从这点优越出发,也仅出于这一点,我现在才希望你行行好,跟我谈一会儿话,让我散散心,别让我的心思总在一个点上,都要磨坏了,就像一颗生锈的钉子一样烂掉了。"

他既然肯降低身份做了解释,几乎等于是在道歉,对于他这种纡尊降贵的做法,我当然不会无动于衷,而且也并不想显得这样。

"如果我可以做到,我很乐意让你愉快,先生,我非常愿意,可是我怎能知道哪些是你感兴趣的呢?你还是来向我发问吧,我回答问话,并且尽力回答。"

"那么,首先,你是否会苟同我的看法,我有权摆一点主人的架子,显得冒失无礼一些。出于我所说的同样的理由,我还可以稍微强人所难?也就是说,我在年龄上足以做你的父亲,而且游历了半个地球,跟许多国家的人打过交道,而你,只是在一栋房子里平平静静地过日子?"

"您愿意怎样就怎样吧,先生。"

"这不能算作回答。确切地说,这是更令人生气地回答,因为它闪烁其词。说得更清楚些。"

"先生，我只是觉得，仅仅是凭着你年纪较大，见的世面较多，你是无权对我发号施令的，因为你自认为是优越，其实要取决于你对你的年龄和阅历的运用。"

"哈！你的反应很敏捷。但是我不同意这种看法，我知道他和我的情况不符，我对于这两个优势，运用得即使不算很糟，至少也是不以为意的。那么抛开这些优势不论，你还是乐意时常听从我的命令，而并不因为这种命令的口气感到生气或者感到受伤害吧，对不对？"

我笑了，心里想罗切斯特先生是有些奇怪，他好像已经忘掉了，他每年付给我三十英镑，就是要让我听他的命令的。

"你这一笑很好，"他抓住了这一闪而过的表情，说道，"可是也得说句话呀。"

"我是在想，先生，很少有做主人的会自寻麻烦，去询问他花钱雇来的下属，是否会因为自己的命令而感到生气和伤害。"

"花钱雇来的下属！什么！你是我雇来的？哦，对了，我忘了薪水这回事了。那么好吧，就凭借这种雇佣关系，你愿意让我略微施点权威吗？"

"不行，先生，不是凭借这个，而是凭着你确实把它忘了这一点，凭你关心下属在他的地位上是否舒坦这一点，我打心底里同意。"

"那你也同意略去那些繁文缛节，而不认为这种抛弃是出于高傲与无礼了？"

"我敢肯定，先生，我从不会把不拘礼节判断作傲慢无礼，前一种我很喜欢，而后者，却是任何一个自由人也难以忍受的，哪怕是为了薪水。"

"胡说！大多数所谓自由的人为了得到薪水什么都可以忍耐，所以，你还是只说你自己吧，不要去概括那些你全然不知道的事物的共性。不过，就为了你这个回答，纵然它是不正确的，我也要在心里表示同意，因为你回答的内容，也因为你回答的态度。你这种坦诚率直的态度是难得的，相反，对于别人的真诚，人们总会报之以装腔作势、冷漠无情，要不就是愚蠢粗心地误解别人的意思。在三千个初出茅庐的女学生式的家庭教师里，能像你那样回答我的不会有三个。但是我不是存心要恭维你，如果说你是从一个完全与众不同的模子铸出来的，那也不能归功于你，是大自然造就的。再说，我的结论也许过早地总结出来了，从我已知的情况来说，你也许并不比其他人优秀，你可能会有一些令人无法容忍的缺点，因而掩盖了你那为数不多的优点。"

"你可能也是如此的，"我在心里想。这个念头在我心里一闪而过，这时，我的目光碰到了他的目光。他似乎明白了这一瞥的含义，好像已经被我脱口而出而不

只是存在我的思维中,他立刻回答道:

"是的,是的,你是正确的,"他说,"我本身也有许多缺点,我知道的,我也不试图去掩饰它们,我向你担保。上帝知道,我没有必要过于严格地要求别人。我过去的生活,那一系列的行为和生活方式,都能让我自己在内心好好地反省,它们完全能把我对别人的嘲笑和责难用到我自身来。我在二十一岁时,就走上了一条歪路,或者确切地说,像其他有过失的人总要把一半的责任推给坏运气和逆境。我也要如此认为,我是被推上了歧路,而且从此再也没法回到正道上去。但是,我本来也有可能成为一个迥然不同的人,也许和你一样好,——或许更聪明些。——差不多是一样的天真无邪。我很艳羡你能有宁静的心境,纯净的良心和毫无污点的记忆。小姑娘,一段没有被污染过的回忆必定是美妙的无价之宝。——是令人永葆青春活力又从不枯竭的清泉,是吗?"

"你在十八岁时,那记忆是如何的呢,先生?"

"那时很美妙,纯净、健康,没有大量污水涌进来把它变为一坑臭潭。十八岁时,我和你不相上下——完全没有区别。这么说,造物主本来也要把我造就成一个善良人的,爱小姐,一个比现在好一些的人。但是就你所见到的,我现在却没有成为那样的人。你也许会否认说你没看出来,但至少我认为我从你的眼睛里读懂了你的意思。顺便提一下,你要留意那个器官要流露出来的语言,我是很善于察言观色的。相信我的话,我不是个什么恶棍,你不能这么想,不能把这一类型的坏名声加在我的身上。但是,我深信,与其说是出于我的天性,还不如说是环境造就的,我成了一个平凡而又普通的罪人,一个终日沉溺于富人和下等人用来点缀生活的种种卑劣无聊的放荡生活之中的人。我把这些都一一向你吐露,你觉得奇怪吗?你知道,在你以后的日子里,你会时常发现自己身不由己地被选为倾听旁人秘密的人。他们也会像我一样,本能地发觉,你的长处并不在于谈论你自己,而是去倾听别人谈论他们自己。他们也会发觉,当你听到他们任何不轨行为时,并没有幸灾乐祸地表示轻蔑,而是自然地带着一种出自天性的同情。它虽然表露得不是那么一览无遗,但这样显然更能安慰人,鼓舞人。"

"你怎么知道的?——你怎么能猜得到呢,先生?"

"我清楚地知道,所以我才能够继续把我的思想流利地说出来,就像我在记日记一样毫无阻碍。你也许会说,我应该去战胜环境,我是应该这么做的——应该这样的,可是,你看我却没有如此这般地去做。当命运亏待我时,我没有运用理智来保持头脑冷静,我变得绝望,不顾一切,然后,我就开始堕落了。虽然现在无论是哪个恶棍说了一句卑鄙的下流话,也会激起我满腔的厌恶,可是我还是无法自认为比他们强,而且还不得不承认自己和他们是一丘之貉。我多么希望当初我能坚定一些。——上帝了解我确实这么想!当一个人受到诱惑要去做坏事时,应该害怕总有一天会产生悔恨,爱小姐,而悔恨是生活中的毒药。"

"据说忏悔可以治愈悔恨的,先生。"

"治不好的。洗心革面也许能治好它,我能改过自新——我还有力量这么做的。——如果——可是,像我这么一个牵挂拖累太多,而又遭到诅咒的人,思考这个有什么用呢?再说了,既然幸福已经无法追回地被剥夺了,那我应该有权利去寻找生活的乐趣,我一定要拥有它,不管付出多大的代价。"

"这样你会更堕落的,先生。"

"也许吧。可是,如果我可以品尝到甜蜜而又新鲜的快乐,我为什么不呢?我可以得到这样的乐趣,就像在沼泽地上,蜜蜂采取野蜜一样,甜蜜而又新鲜。"

"它会刺痛你的舌头——野蜜吃起来很苦,先生。"

"你怎么知道?——你又从来没有尝过。你看上去还很认真——很严肃的样子。但是对这件事情,你就像这座浮雕头像一样毫不知情,(他从壁炉架上拿下来一个)。你没有权利对我进行说教,你这个刚入教的人,你连生活的门槛还没迈过,对生活的奥秘一无所知。"

"我只是想提醒你不要忘了刚才自己所说的话,先生,你说了做错事会带来悔恨,而且还说悔恨是生活的毒药。"

"但是现在没人要谈错误,我从不认为刚才在我脑海中浮现的想法是个错误,我相信它是一种灵感,而不是诱惑,它令人感觉到亲切温暖,有所慰藉——这我了解。看,它又来了,它不是什么魔鬼,我向你保证。或者,即使它是个魔鬼,它也是身披着光明使者的外衣的。"

"不要信任它,先生,它不是真的天使。"

"我又要问你了,你怎么知道呢?你靠什么直觉来肯定你能辨别出深渊的堕落天使和永恒宝座派来的使者,——辨别出哪个是引导者而另一个是诱惑者?"

"我是从你的脸色来判断的,先生,你说的那个想法又出现在你心里时,你的脸色就会显得很苦恼。我认为你要是依从了它,一定还会给你带来更深的痛苦。"

"根本不会,——它带给我的是世上最仁慈的消息。至于别的问题,你又不是守卫我的良心的人，所以完全不必为我操心。来，请进来吧，可爱的漫游者！"

他说这句话的时候，就像对着一个幻影召唤，那个只有他自己、别人都看不见的幻影。接着，他把原来稍微张着的双臂向胸前合拢，仿佛拥抱住那个看不见的东西。

"现在，"他继续对我说，"我已经接纳了这位来客，——正像我所想的，是一个乔装的神。它已经给我带来好运，我的心原本像个停尸房，现在它要变为神龛了。"

"说实在话，先生，我没法理解你，我也无法再继续这场谈话，因为它超出我的能力所能理解的范围。我只听明白了一件事，你说你不如你期望的那么好，并且为你的不完美感到悔恨。还有一件事我理解了：你说拥有一段被污染的回忆就像受到了永久毒害。我认为，如果你刻苦努力，到时候你将会发现，要成为你所赞赏的那种类型的人也不是不可能的。只要你下决心用实际行动来纠正自己的思想和行为，从今天开始做起，那么几年之后，你就能积累起许多崭新的、没有污点的回忆，可以让你愉快地回想。"

"想法不错，说得也正确，爱小姐。现在，我正拼命地给地狱铺路呢。"

"说什么，先生？"

"我在用良好意图铺路，把它们铺在地上，我相信它们能和燧石一样经久耐用。当然，从今往后，我的交往，我的追求，都将有所改变了。"

"比从前好吗？"

"比从前好——就像纯净的矿石总比肮脏的浮渣好一样，要好得多了。你好像在怀疑我，我可不怀疑我自己。我明白我的目标是什么，我的动机是什么。此刻，我通过了一条法律，就像波斯人和米提亚人的法律一样，不可更改，根据这条法律，我宣布我的目的和动机都是正当的。"

"如果它们需要建立新的法律才有依据变得合法的话，先生，那么它们就不可能是正当的。"

"它们是正当的，爱小姐，虽然它们完全需要一项新的法律。闻所未闻的复杂环境，就需要同样闻所未闻的规则。"

"这听起来像一条危险的格言，先生，因为你即刻看得出来，它很容易被滥用。"

"贤明的圣人哪！确实是这样的，但是我要以我的家庭守护神起誓，我决不滥用它。"

"你是人，难免会犯错误的。"

“我是人,你也是人——那又如何?”

“既然都是人,而又不可避免地会犯错误,那就不应该妄称自己有某种权力,那种只有交付给神人和完人才能放心的权力。”

“什么权力?”

“就是对任何怪异的、未经认可的行为说,‘就算它正当吧。’”

“‘就算它正当吧’——就是这句话,你把它说出来了。”

“那么,但愿它是正当的吧。”我一边说,一边站起身来,我觉得再继续这场令我莫名其妙的谈话是毫无必要的了。我还觉得,我完全捉摸不透与我对话的人的性格,至少目前还无法理解,我相信自己是无知的,同时还感到一阵迷茫,一阵隐隐约约的不安全的感觉。

“你要去哪儿?”

“我送阿黛尔睡觉去,她上床的时间已经过了。”

“你是怕我了吧,因为我说话像斯芬克斯。”

“你的话的确像一个个的谜团,先生,可是我虽然觉得迷惑,我却不会害怕。”

“你是害怕了——你太洁身自爱,因而害怕犯错。”

“从这个意义上来讲,我是感到害怕了,我不愿意胡说。”

“即使你在胡说,你也会用一种严肃、安详的方式说出来,我会误以为你说得很合情合理。你从来也不笑么,爱小姐? 你不用费心回答了——我能看得出来,你很少笑,可是你是能很快乐地笑的。相信我,你并非天生就这么严肃,就像我并非天生邪恶一样。劳渥德的束缚仍然对你的五官产生作用,压低你的声音,控制你的手脚。在一个男人、一个兄弟,或者父亲、主人,或者任何一个男人面前,你都生怕笑得过于开怀,谈话过于随便,动作过于迅速。不过,我认为,你终有一天会学会和我很自然地相处,因为我发现没办法和你讲究俗礼。那时候,你的神情和举止将比现在所流露的更加富有朝气和变化。我经常透过鸟笼子密密的栅栏,偶尔看到鸟儿奇特的眼神,那是一个精力充沛、躁动不安而又意志刚强的囚徒,它一旦重获自由,就会直飞云霄,欢快地翱翔。你还要走吗?”

“钟已经敲九点了,先生。”

“不要紧——再呆一会儿,阿黛尔还不打算去睡觉呢。爱小姐,我背对着火炉,面朝着房间,这个姿势便于我进行观察。我一边和你说话,一边时不时看一眼阿黛尔(我完全有理由认定她是一个奇特的研究对象,这些理由改天再谈,不,总有一天我会全都告诉你的）。在十分钟以前，她才从小盒子里拉出一件小小的粉红色绸外衣，她打开这件衣服时，喜悦的光芒就照亮了她的脸，风骚在她的血液里窜动，混入她的脑子，渗入她的骨髓之中。'我要试试！'她喊道，'现在就去试！'说着她就跑出房间。现在她肯定正和索菲在一起试穿新衣呢，几分钟后就会回来的。我可以预料我会见到什么——那是赛丽娜·瓦朗的缩影，就像从前她出现在舞台上，在升起——不过，不要去管这些了，不管怎么说，我的情感中最脆弱的部分将要承受一次震动。这是我的预感，现在呆着吧，等着看它是否成为现实。"

不久，阿黛尔轻快的脚步声就传来了，她跑过大厅，走了进来，正像她的监护人所预言的那样，她变了模样。一件很短的玫瑰色的缎子衣服取代了原先穿着的褐色外衣，裙摆上打着许多皱褶，由于衣服很短，裙幅大得几乎束不起来。她头上戴着玫瑰花蕾扎成的花环，脚上穿着长丝袜和白缎子做的小凉鞋。

"我这件衣裳合身吗？"她一边叫喊，一边蹦跳着过来了，"我的鞋子呢？我的袜子呢？看，我想要跳舞了。"

她拉开裙摆，跳着快步滑过房间，一直来到罗切斯特先生面前，踮着脚尖在他面前转了一圈，然后单腿跪下，大声叫道：

"先生，谢谢你的好意，"接着站起来，又补了一句，"这就像妈妈做的那样，对吗，先生？"

"真的很像！"他回答道，"完全一样，她那时就是这样从我的英国口袋里骗走了我的英国钱。我也曾天真过，爱小姐，——唉，太年轻了，现在让你焕发朝气的青春色彩，也一度令我朝气勃发，而且并不比你的逊色。然而，我的春天无可挽回地逝去了，可是，却把这朵法国小花留在我手里。心情不佳时，我真想把它摆脱掉。自从我发现它出生的根只能用金土来培植，我就不再珍爱它了，所以对这朵小花也就不喜爱了，特别是像刚才那个样子，是那么的矫揉造作。我把它留下，抚养它，只不过是遵照罗马天主教的原则，做一件好事，以此来赎那许多大大小小的罪孽罢了。这一切，我改天再给你解释。晚安。"

15

以后有一回,罗切斯特先生真的向我解释了这件事情。

有一天下午,他恰巧在庭院里遇见了我和阿黛尔,趁阿黛尔和派洛特玩耍并且在打板羽球时,他约请我到一条长长的山毛榉林荫道上来回散步,从那儿还可以看得见阿黛尔。

于是他开始说了,阿黛尔是法国歌剧舞蹈演员赛丽娜·瓦朗的女儿,他对她一度怀有所谓"炽烈的激情",对此,赛丽娜也宣布,要以更热烈的热情回报他。他以为自己是她心目中的偶像,虽然长得很丑,可是他相信,比起贝尔维德尔的阿波罗的优美来,她更喜欢他的"体育家的身材"。

"爱小姐,就这样,我相信这位法国美女看中我这个英国矮子,我因此受宠若惊。我把她安置在一家旅馆里,并为她雇用了一整套的仆人、马车,买开司米、钻石、花边衣服等等,总而言之,我那时候就像任何一个痴心汉子一样,开始用这种俗而又俗的方式来毁掉我自己。这么看来,我还并没自创出一条通向毁灭和耻辱的新路子,而是愚蠢地亦步亦趋地重蹈别人的覆辙,不差毫厘。我最后遭受的命运——这也是必然的——像天下所有的痴心人一样。有一天晚上,我没有事先告知她,就去看望她。她没想到我会突然来到,因而出去了。那是一个温暖的夜晚,我漫步在巴黎街头,感到累了,所以就在她的房间里坐了下来,呼吸着由于她刚才待过而变得神圣的空气,心情很愉快。不——我美化她了,我从来也不觉得她拥有任何能使东西化为神圣的美德,那是她留在那儿的一种香锭的气味,与其说是神圣的香味,不如说是一种麝香和琥珀混合起来的香气。暖房中的花香和喷洒香水的味儿使我开始感到憋闷,于是我想到要打开落地长窗,到阳台上透透气。窗外月光明亮,还有煤气灯发出的光,四周很安静。阳台上有几把椅子,我坐了下来,拿出一支雪茄——如果你不介意,我现在也想抽一支。"

说到这里,他停了下来,掏出一支雪茄,把它点燃了,放到嘴边,迎着阴冷的空气吐出了一缕浓重的香烟,然后才继续说了下去:

"那时候,我还喜欢吃糖果,爱小姐,我一会儿大嚼——别在意我的粗野——巧克力,一会儿抽烟,同时还望着一辆辆马车沿着繁华的街道向附近的歌剧院驶去。这时,在都市的灯火美景中,我清清楚楚地看见一辆用一对神骏的英国马拉着的精致华丽的轿式马车，我能认出来这是我送给赛丽娜的车子。我的心开始激动得怦怦直跳，撞击着我俯靠着的栏杆。果然，马车在旅馆门前停下来，我的相好，（对于这个演歌剧的情妇，这个词用在她身上正合适）从车里走了下来。她虽然披着披风——顺便说一句，在六月份的温暖的夜晚，那披风是没必要的东西——但是，当她从马车阶梯上跳下来时，我从她衣裙下露出来的小腿，还是能马上认出了她。我从阳台上俯下身去，正要低声呼唤'我的天使！'——而且是用那种只有情人才能听得见的语调——却突然看见另外一个人跟着她也从马车里跳了下来，身上也披着披风，可是走在人行道上发出的声音却是装着马刺的靴跟，接着穿过旅馆拱形大门的，显然是一个戴着礼帽的脑袋。"

"你从来没有感受过嫉妒的滋味，是吗，爱小姐？当然没有，我不用问你，你没有谈过恋爱。这两种感情都有待于你去体会，能将你沉睡的心灵唤醒的震动还没有产生呢。你以为生活中所有的一切都只会如流水般静静流淌消逝，就如你的青春直到如今仍是如流水般平静地溜走。你闭着眼睛，耳朵也如同被堵塞了，你随波浪漂浮着，既看不见河床中不远处悄然耸立的石头，又听不到一块块石头旁边那波涛拍击的轰鸣声。但是我现在告诉你——你应该记着——将会有一天，你也会来到河道中岩石林立的隘口，在那里，你的整个生命之河都将被撞击得四分五裂，泡沫四溅，成为漩涡，变得喧闹咆哮，你或者在那巨岩的尖角上被撞得粉碎，要么就是被一个巨浪卷起来，抛到了一条比较平静的河流中去——就像我现在这样子。"

"我喜欢今天，喜欢这个铅灰色的天空，喜欢这个严寒笼罩着的世界以及它所拥有的严肃和宁静。我喜欢桑菲尔德，它的古老，它的幽静，它那乌鸦栖息着的古树枯藤，以及它那灰色的外观，和那能映照出银白色天空的一排排黑乎乎的窗子。可是，曾经有那么长一段时间，我只要一想到它就感到厌恶，就像要避开瘟疫病房似地躲开它，直到现在我依旧是那么的厌恶……"

他把牙齿咬得格格直响，然后就沉默了。他停下脚步，用靴子跺了跺坚实的地面。好像有某种可怕的念头抓住了他，牢牢地控制住他，使他的思绪无法前行。

他这样停住时，我们正沿着林荫道要往上走，房子就在我前面，他抬起眼睛，向那雉堞投去恶狠狠的一瞥，那种眼神我在此之前以及在此之后都没见过。痛苦、耻辱、愤怒、烦躁、嫌恶、憎恨，仿佛各种感情为一争高下在他那浓眉下瞪大的瞳孔里剧烈地冲突起来，这场战斗极为狂野，但是，另一种感情，它冷峻而愤世嫉俗，执着而坚决，它悄然升起，而且取得了胜利。它使他的满腔怒火平息了，脸上露出茫然的表情。他又接着说：

"我刚才沉默时，爱小姐，我是在跟我的命运为一件事讨价还价。她就站在那儿，那棵山毛榉树干旁边。她是一名女巫，就像福斯荒原上在麦克白面前现形的三个女巫之一，'你喜欢桑菲尔德吗？'他举起一只手指说，然后在空中写了一行字，那一行奇形怪状的文字写在了屋宅的正面，横贯于上下两排窗子之间。'如果你能够，你就喜欢它吧！如果你有勇气，你就喜欢它吧！'"

"'我喜欢它，'我说，'而且也敢喜欢它。'并且——"他脸色阴沉，接着说，"我会信守诺言，我会冲破各种障碍去寻求幸福和善良，——对，善良。我希望做一个比以往和现在都要好的人——就像约伯怪兽那样折断长矛、投枪和铠甲，把别人视为铜墙铁壁般坚固的障碍，只当作是干草和烂木箭。"

这时，阿黛尔拿着板羽球跑过来，到他跟前。"走开！"他粗声地叫道，"离我远点儿，孩子，要么就到屋里找索菲去！"然后他继续沉默地走着，我大着胆子提醒他刚才突然岔开的话题。

"瓦朗小姐回来时，"我问，"你离开那个阳台了吗，先生？"

我觉得问了这么个不合时宜的问题，大概他会拒绝回答。可是，恰好相反，他从心事重重，神思恍惚的状态中清醒过来，把目光移向我，额头上的阴霾也似乎一扫而光了。

"哦，我几乎把赛丽娜给忘了！好吧，我继续讲下去。我一看见我的美人儿由一位献殷勤的小白脸陪着进来，我仿佛就听到嘶的一声，一条嫉妒的青蛇从月光照耀下的阳台上盘旋游动，窜进我的背心，一路咬啮，直到两分钟后钻进我的心里。奇怪！"他忽然又偏离了话题，叫道："奇怪，我竟然选了你来作为这一切的倾听者，更奇怪的是，你竟然安安静静地听着，就好像我这样一个男人，跟你这样一个古怪而又毫无经验体会的姑娘讲述自己和他那演歌剧的情妇之间的故事，是世界上最普通常见的事情一样！不过，后面这件怪事却可以解释前者。正如我以前说过的，你庄重，体贴，小心谨慎，天生就是别人倾诉秘密的对象，再说，我也知道我挑选了怎样的心灵来和自己的心灵交谈。我知道它是不容易遭受传染的心灵，是特殊的心灵，是独特的心灵。幸好我不愿意伤害它，即使我想这么做，它也不会从我这儿受到伤害。你和我所谈的东西越多越好，因为我伤害不了你，你却能让我因此而振作。"说完这些离题的话后，他又接着说了：

"我还待在阳台上，'他们一定会到她的房间来的，'我心里想着，'我就搞一次埋伏吧。'于是我把手伸进刚才打开的窗户,把窗帘拉严实了,只留下一丝缝隙,以便观察屋里的动静,然后关上窗户,留下一条窗缝,以便让这一对情人的呢喃低语能从这儿透露出来。我刚把这些做完,悄悄回到椅子上坐下,这对男女就进来了,我马上把眼睛凑到窄缝那儿。赛丽娜的侍女走进来点了一盏灯,摆放在桌子上后就退了出去。这一来,他俩的情形就在我面前暴露得一清二楚了。俩人脱掉披风,瓦朗一身的绫罗绸缎,显得珠光宝气,光彩照人——当然,那都是我送的礼物——而她的那位同伴却穿着一身军官制服。我认出他来,他是一位有子爵头衔的年轻的花花公子——一个毫无头脑的恶棍,在社交场合我碰见过几次,没把他当回事儿,因而也从没想过要憎恨他。我一认出他来,那嫉妒之蛇的毒牙马上折断了,因为我对赛丽娜燃起的爱的火花在那一瞬间熄灭了。为了这样一个情敌,这个女人就肯出卖我,她是那么令人鄙视,也不值得去争夺——不过,更理应受到鄙视的人是我,竟然受了她的玩弄。

"他们开始聊起来,这场谈话使我完全平心静气了:轻浮浅薄,利欲熏心,词不达意,毫无意义。听着只会叫人厌恶而不是愤怒,桌上放了一张我的名片,他们看见了之后就开始谈论起我来。他们两个人谁也没有任何能耐以及足够的智慧来贬低我,而只是用他们那庸俗的方式来尽可能地粗俗地侮辱我。特别是赛丽娜,她甚至极力夸大相貌上的缺陷,——她称之为残疾,而在此之前她一直热情地赞美我的所谓的'男性美'。在这方面,你跟她截然不同,你在第二次见面时就直率地跟我说,你认为我不漂亮。当时我就体会到了这两者之间的对比,而且……"

这时,阿黛尔又跑来了。

"先生,刚才约翰说,你的经纪人来了,说是想见你。"

"啊!这么一来,我只好简短地叙述了。我于是推开窗子,径直走到他们面前,宣布解除了我对赛丽娜的保护关系,通知她离开旅馆,给了她一笔钱以备应急,也不去理会她的那些大声哭叫,歇斯底里,哀告辩解,抗议惊厥等等,而且还跟那位子爵约定了在布洛尼树林里决斗的时间。次日早晨,我有幸与他会面,在他那小鸡翅膀般瘦弱的胳膊上留下一颗子弹,于是从此后,我和这群人断绝来往。不幸的是,六个月以前,瓦朗把这个小女孩阿黛尔留给了我,硬说是我的女儿。也许她是,但我从她脸上没有看出一丝严厉的父亲这方面的迹象,以证明我们的父女关系,派洛特比起她来,还会更像我一点,我跟她母亲断绝关系之后几年,她抛下孩子,跟一个音乐家或歌唱家私奔,去了意大利。我以前从不承认自己有抚养阿黛尔的义务,现在也不这么认为,因为我并非她的父亲。可是我听说她孤苦无依,于是就把这个可怜的小东西从巴黎的烂泥坑拽出来,移植到这里,让它在英国乡村花园的新鲜土壤中健康成长。菲尔费克斯太太把你找来培养她,不过既然你现在知道了她只是一个法国歌剧女演员的私生女儿,也许你因此会对你的职位和你的学生产生不同的看法,没准哪一天你就会来告诉我,说你另外找了一份新的工作,并且请我另外再找一位新的家庭教师等等——呃?"

"不会的,阿黛尔是无辜的,不论是对她母亲的过错或是对你的过错而言,都是这样的。我一直很关心她,现在我又知道了实情,从某种意义上讲,她是没有父母的——她母亲抛弃了她,而你又不肯承认她,先生——我只会比往常更疼爱她。她像对待知心朋友一般地对待我,喜欢我,我怎么能不爱这个孤苦伶仃的孤儿,而去爱一个讨厌自己的家庭教师的娇宠的富家子呢?"

"哦,原来你是用这样的眼光来看待这件事情的!好吧,我现在该进去了,天黑了,你也该进去了。"

但是,我还是跟阿黛尔和派洛特在外面又多待了一会儿,和阿黛尔赛跑,又一起玩板羽球。进屋以后,我帮她脱下帽子和外衣,把她抱到膝盖上,让她在那坐了一个小时,听她随心所欲地唠叨,对于她那小小的放纵和轻浮,我甚至没有加以贬词。别人一注意到她时,她就会犯这个毛病,表现出性格上轻浮的一面,这大概来自她母亲的遗传,这与英国人的性格是大相径庭的,并被认为是不适宜的。不过,她有她自身的优点,我尽可能地夸奖她身上那好的方面。我还想在她的面貌中设法寻找到与罗切斯特先生相像的地方,可是没有找着,没有任何特征,也没有任何一点表情能够证明他们之间的血缘关系。这真是令人遗憾,只要能证明她长得像他,她就会得到更多的关怀。

直到我回到自己的房间里去睡觉的时候,我才能定下心来,重新回想了一遍罗切斯特先生讲述的这个故事。正如他所说的,故事本身毫无新奇之处。一个富有的英国人狂热地爱恋一个法国舞女,而她背叛了他,这在社交场上无疑是司空见惯的。但他正在表达他现在愉快满足的心情,以及他对老宅子和周围的环境重新感到喜爱时,却迸发出一阵突如其来的激动不安的情绪,这里面必定有某些古怪而又难以理解的东西。我满怀疑惑地思考着这件事情,但慢慢地又把它抛开了,因为我发现我目前对于它的解释是无能为力的,于是我转向考虑起主人对我的态度上来了。他认为我是可以推心置腹的对象,这好像是对我谨小慎微的一种赞赏。我这样看待这件事情,也是这样接受了它。最近几个星期以来,他对我的态度开始稳定下来,不再像起初那样变化无常了。我似乎不再妨碍他,他也没有再突然摆出冷冷的、傲慢的态度。他和我偶然相遇时,好像很为这种偶遇感到高兴:他总要和我说上几句话,有时朝我微笑一下。当接受他的正式邀请到他那儿去时,我很荣幸地总是受到了热诚的款待,这使我觉得自己的确有力量让他感到愉快,并且觉得这种傍晚的交谈,不仅仅是为了他,同时也是让自己得到益处。

我当然说得不多,但是我却很有兴致听他谈话。他天生健谈,乐意向一个没有见过世面的心灵稍微透露一点人情世故(我说的不是那些腐败、邪恶的世事,而是那些因为新奇有趣而广为流传的事)我接受他提供的新思想,想象他描绘的新图像,让思想随着他进入一个个他揭示的新领域,而从来没有任何有害的迹象叫我诧异或困扰,这所有的东西都使我感到欣喜。

他态度自然随便,不再使我感到拘束。他对待我友好坦率,既正直又热情,将我向他拉近。有时候,我觉得他是我的亲人,而不是我的主人。不过,有时候他仍然很专横,但是我不介意,因为我了解他就是这个脾气,生活中增加了新的乐趣,使我感到那么愉快,那么满足,不再去渴望拥有什么亲人。我那原本如新月般瘦弱苍白的命运似乎也逐渐壮大,生活中的空白逐渐得到了充实,我的身体更健康了,人长胖了,精力也更加充沛了。

现在,在我的眼中,罗切斯特先生还丑陋吗?不,读者。感激之情以及亲切、愉快的联想,使他的脸庞成了我最喜欢看的东西。房间如果有他在,就比有了最旺盛的炉火还要令人愉悦。当然,我也并没忘记他的缺点,真的,我无法忘掉,因为他常常在我面前暴露了自己的缺点。在各方面都比不上他的人的面前,他显得很高傲,爱讥讽人,还粗暴无礼。在我内心深处,我知道,他对我的好意却由于他对别人不适当的严厉而被抵消了。他有时候抑郁不乐,甚至到了令人难以理解的地步。我被叫去给他阅读书籍时,不止一次地发现他独自一人坐在书房里,头低着,埋在交叉的双臂里。他抬起头的时候,一种忧郁的,几乎是带着怨恨的愁苦的神情,使他的面容阴沉沉的。但是我了解,他的忧郁,他的粗暴以及他以前道德上的过失(我说以前,是因为现在他似乎已经改邪归正了),都来源于命运的残酷。我相信,和那些环境所造就的,良好的教育所培养的,或者受到命运垂青的人来说,他天生就有着更好的志向,更高的原则和更高尚的趣味。我认为,他身上具有许多杰出的素质,只是目前和其他素质混杂,被糟蹋了。我不能否认,我在为他的悲哀而悲哀,不论那究竟是为了什么，我并且愿意付出代价去减轻它。

虽然这时候我已经熄了蜡烛，并且躺在床上，但一直想着他在林荫道上停下来时那种神色，因而无法入睡。那时他对我说，命运之神正出现在他面前，问他敢不敢在桑菲尔德接受幸福。

"为什么在这里不敢接受幸福？"我在心里思考着，"是什么东西使他要远离这所老宅子呢？他会很快又要离开了吗？菲尔费克斯太太说过，他很少在这儿一次住满两个星期以上，可是现在他已经住了八个星期了。假如他要离开的话，这个变化是多么让人难过，如果他春天、夏天、秋天三个季节都不住在这里，那么即使是风和日丽的好天气，也将会令人感到单调乏味的。"

我这样苦思冥想了一阵子之后，几乎不知道自己是否已经睡着了。总之，我被一种古怪而凄惨的模糊的喃喃声惊醒了。我觉得这声音是从我头上的方向发出的。我真希望我的蜡烛还亮着，夜黑得可怕，我情绪很坏。我起身坐在床上，侧耳倾听，那声音渐渐沉静了。

我努力想使自己再进入梦乡，但我的心怦怦地跳个不停。我内心的安宁已经被打破了。远在楼下大厅里钟敲响了两点。正在这时，我的房门似乎被人碰了一下，好像有人在外面漆黑的过道里摸索着走路，有只手从门上摸了过去。我问："谁？"没有回答。我吓得毛骨悚然。

我忽然想起来，这也许是派洛特。有时候厨房的门偶尔忘了关上，派洛特就会摸索到罗切斯特先生的房门口去。有几天的早上，我曾经亲眼见他躺在那儿。这么一想，我心里镇定多了，我又躺下来，寂静使我的神经得到安抚。现在，整栋房子又重新笼罩在一片沉寂中，我感觉睡意袭来。可是，这一夜注定我无法安眠了。梦境刚要接近我的耳朵，就被一件足以令人心惊胆战的事件驱散了。

这是一阵魔鬼般的笑声——低沉、压抑——仿佛就是从我房门的钥匙孔那儿传来的。我的床离门边不远，起初我以为那大笑的魔鬼就站在我身边——或者更确切地说，就是蹲在我的枕头旁边。但是，我翻身起床，环顾四周，却什么也没有。我还在定睛凝视时，这古怪的声音又响了起来，我这回听出来了，声音是从门后面发出的。我脑海中闪过的第一个念头是要起身去扣紧门闩，然后再大喝一声："谁"

有某种东西咕咕地响着，还低声呻吟。不一会儿，那脚步声就沿着过道往三楼的楼梯方向去了。最近那儿新安装了一扇门，关闭了楼梯，我听见那扇门被打开，又被关上了。接着一切又都沉寂下来。

"那是格蕾斯·普尔吗？难道她中了邪了吗？"我心里想着。现在我独自一人再也无法待在这里了，我一定要到菲尔费克斯太太那儿去。我急急忙忙地穿上外衣，围好披巾，然后哆嗦着用发抖的手拉开门闩，打开门。就在门的外面，有一支点燃的蜡烛，放在了过道的地席上。我被这场景吓了一跳，然而更令人惊异的是，我发现空气迷蒙混浊，好像弥漫着烟雾。我四下环顾，想找出青烟的来源，这时候，我又闻到了一股强烈的糊臭味。

不知是什么东西"咯吱"响了一下，有扇门开了一条缝，那是罗切斯特先生的门，烟雾正是从那里冒出来的。我再也顾不上去想菲尔费克斯太太，也顾不上去想格蕾斯·普尔，或者那怪笑声，只一转眼工夫，我已经冲入他的房间。火舌在床的周围跳跃，帐子已经着火了。罗切斯特先生还躺在那儿，摊开手脚，一动不动地熟睡着。

"醒一醒！快醒醒！"我喊道，并且使劲地摇晃他，但他只咕哝了一声，翻了个儿，浓烟已经把他熏迷糊了。床单已经着了火，一刻也不能耽搁了。我冲到脸盆和水罐跟前，幸亏脸盆很大，水罐也很深，里面都盛满了水。我举起它们，把里面的水奋力泼向床和床上的人。然后再飞奔回自己的房间，把我的水罐拿了来，再次让床接受了洗礼。幸好，上帝保佑，终于把要吞噬着床的火焰浇灭了。

火焰被水弄灭时发出的嘶嘶的声音，我把水倒空后扔在地上的水罐摔裂的声音，尤其是我毫不吝惜地给予的淋浴的溅泼声，总算把罗切斯特先生从睡梦中惊醒了。虽然当时仍是一团漆黑，可我知道他醒了，因为我听见他一发现自己躺在一摊水里，就气冲冲地发出了奇怪的诅咒声。

"发大水了吗？"他喊道。

"没有，先生！"我回答道，"但刚才着火了。快起来吧，你身上的火已经扑灭了。我给你拿支蜡烛来吧。"

"基督世界所有的神灵在上，告诉我，是简·爱吗？"他问道，"你到底要把我怎么样，女巫，巫婆？屋里除了你还有谁？你想要淹死我吗？"

"我去给你拿支蜡烛来，先生，看在上帝的分上，你赶紧起来吧。确实有人想搞阴谋，可是你现在不可能马上查出那人是谁，他想干什么。"

"啊，我现在已经起来了，可是你还得冒着危险去把蜡烛拿来，不过先等一会儿，让我把干衣服穿上，要是还有干衣服的话，——有了，我找到我的晨衣了。好了，快跑吧。"

我真的跑了出去，把那支留在走廊上的蜡烛拿了来。他从我手里把蜡烛接过去，举了起来，察看了一下床，全都被烧得又黑又焦，床单都湿透了，四周围的地毯都泡在了水里。

"这是怎么回事？是谁干的？"他问。

我简单地叙述了一下刚才所发生的事情，我听到过道里的怪笑，上了三楼的脚步声，把我引到他房间里去的烟和火的气味，进屋后我看到的情景，还有我是如何把能弄到的水都泼到他的身上。

他表情平肃地听着，我继续往下叙述的时候，他脸上逐渐表露出的忧虑超过了惊诧。我讲完后，他没有立刻接上话茬，而是沉默了半晌。

"需要我去叫菲尔费克斯太太吗？"我问道。

"菲尔费克斯太太？不用，你为什么要去叫她？她能做些什么？让她睡个安稳觉吧。"

"那么，我去叫丽娅来，或者再去叫醒约翰夫妇俩。"

"根本没必要，你安静些吧。你披了一件披巾，要是不够暖和的话，可以去那边把我的披风拿来，把身子裹住，坐到扶手椅上去。来——我给你披上披风。现在，把你的脚搁到脚凳上去，别让它们弄湿了。我要离开你几分钟，我得带上蜡烛。待在椅子上别动，等我回来。要像只耗子一样安静。我得去三楼看看。别动，记住，也别叫任何人。"

他走了。我看着那烛光逐渐远去。他蹑手蹑脚地穿过过道，尽可能不发出声响地打开了楼梯，随后又把门关上了，这样，最后一点光亮也消失了。我被留在一片完全的黑暗中。我侧耳倾听有何动静，却什么也听不到。这样过了很长一段时间，我感到疲倦了。而且尽管披着披风，也还是冷。再说，既然用不着我去叫醒屋里的其他人，我看不出我还待在这里有什么必要。我刚准备要违背罗切斯特的命令，不去考虑是否会惹他不高兴，那烛光就再次模模糊糊地映照在过道的墙上，我听见他赤脚踩着地席走过来。"但愿就是他，"我想，"可别是什么更可怕的东西。"

他走进屋里，脸色惨白，十分阴沉。"我全都清楚了，"他说着，一边把蜡烛放到洗脸架上，"和我原先想的一样。"

"怎么回事，先生？"

他没有回答，只是抱臂站着，目光低垂着盯着地面。过了几分钟，他才用一种古怪的声调问道：

"我忘了你刚才是否说过你打开房门时看到了什么东西?"

"没有,先生,只看见地上有支蜡烛。"

"但是你听到了古怪的笑声? 我想,你以前听到过这种笑声,或者是类似的声音?"

"是的,先生,楼上有个做针线活儿的女人,叫格蕾斯·普尔,——她就经常这样发出怪笑,是个怪人。"

"没错,格蕾斯·普尔,——你猜得很正确,正像你说的那样,她确实古怪——很怪。嗯,这件事情,我得好好考虑一下。现在,我很高兴,因为除了我之外,你是唯一的一个知道今晚这件事的详细情况的人。你不是个多嘴的傻瓜,以后你就不要再提起这件事情了。这里的情况(他指了指床),我自己会给一个解释的。现在你可以回你自己的房间去了。今晚剩下的时间,我会在图书室的沙发上好好地睡一觉。已经快四点了,——再过两个小时,仆人就要起床了。"

"那么,晚安,先生,"我边说边准备离开。

他似乎吃了一惊,——这真是自相矛盾,因为他刚说完让我走。

"什么!"他叫嚷起来,"你就要走了吗? 就这样离开我了吗?"

"你刚才说了让我回去的,先生。"

"但是你也不能不辞而别呀,不能连一两句表示感谢和友好的话都没说就走掉呀。总之,不能这样简单地、轻轻巧巧地一走了之。嗨! 是你救了我的命! ——把我从可怕而又痛苦的死亡中拯救出来! 可是你这样从我身边走掉,就像我们是素不相识的陌路人一样! 至少,我们应该握握手吧。"

他伸出手来。我把我的手伸给他,他先是用一只手握着,然后是用两只手。

"你救了我的命。我很高兴,我欠了你那么一大笔人情债,我无法再说出太多的东西。要是别人施予我这么大的恩惠,我一定难以忍受。只有你是不同的,我不觉得那是负担,简。"

他停下来,注视着我,我看到话语就在他嘴边滚动,——可是他的声音却哽咽住了。

"我再向你道一声晚安,先生。这件事情谈不上什么负债、欠情、恩惠、负担等等。"

"我老早就明白了。"他接着又说。"你总有一天会帮助我的,用某种方式,——第一次见到你的时候,从你的眼神里我就看出来了,那种神情和微笑并非是(他又停了一下)——并非是(他急迫地接了下去)——无缘无故地能激起我内心的欢乐之情的。人们常谈论起天生的同情心,我也曾经听说过善良的精灵,——如此可知,即使在最荒诞的神话故事里也有着几分真理。我所珍视的救命恩人,晚安!"

他的声音里有着一种奇异的活力,眼神中跳动着奇特的激情。

"我很高兴,因为我正巧醒着。"我说完,想转身离开。

"什么!你要走了吗?"

"我觉得很冷,先生。"

"冷?对,——你还站在水里!那么,回去吧,简,回去吧!"但是他还抓着我的手不放,我又无法抽回来。我想了个主意。

"我好像听到菲尔费克斯太太在走动的声音,先生!"我说。

"好,你回去吧。"他松开了手,于是我就回来了。

我又睡到了床上,但是毫无睡意。我沉浸在那欢乐而又不平静的海洋里,颠簸不已,一直到天亮。在欢乐的波涛下涌动着烦恼不安的潜流。有时候,我仿佛能越过那汹涌澎湃的海水,看到了希望的彼岸,就像碧拉山一样明媚。一阵阵由希望唤起的越来越强的劲风吹拂着,将我的灵魂吹到了目的地,可是即使在想象中,我也无法抵达那里,——从陆地上刮来一阵逆风,不停地要将我驱赶回来。理智在抵抗着痴想,判断力在警告着激情。我兴奋得无法进入梦乡,天一亮,我就起床了。

16

在那个不眠之夜后的第二天，我既盼望能够见到罗切斯特先生，又害怕见到他。我想再听一听他的声音，可是又生怕接触他的眼神。早晨我时刻盼望着他来，虽然他往常很少来教室，但偶尔也会来待上几分钟。我有一种预感，他那天一定会来教室的。

但是，上午和往常一样静静地过去了，没有发生任何打断阿黛尔学习的事情。只是在早饭后不久，我听到罗切斯特先生附近闹哄哄的。可以听出菲尔费克斯太太的声音，丽娅的声音，还有厨子——也就是约翰的妻子——的声音，其中也还有约翰自己粗声粗气的声音。他们七嘴八舌地说："主人没有被烧死在床上可真是幸运啊！""夜里点着蜡烛总是很危险的。""他还能镇定地想到水罐，真是上帝保佑！""我觉得很奇怪，他居然没有惊动别人！""但愿他睡在图书室的沙发上没有着凉！"等等。

一阵乱纷纷的议论之后，就听到擦洗地板和整理房间的声音。等我经过那房间下楼吃午饭时，从开着的门中，我看见里面的东西都已经又被收拾得井井有条了，只是床上的帐子被拿掉了。丽娅正站在窗台上，擦拭着被烟熏黑了的窗玻璃。我刚要和她打个招呼，因为我想听一下这件事情是如何被解释的，但是，我走上前去，发现屋里还有一个人——一个女人，她坐在床边的椅子上，正在给新的帐子钉上挂环。她正是格蕾斯·普尔。

她安详地坐在那儿，一副沉默寡言的样子，她像往常一样，穿着褐色呢料的衣服，系着格子围裙，白手绢，还戴着帽子。她干活的样子很专心致志，仿佛全部心思都被吸引到了那里。她那严肃的额头和平庸普通的面容上，没有一丝苍白或者绝望的神色，就像人们所料想的一个企图谋害人命的女人所应该显露的那样，更何况她蓄意谋杀的对象昨晚还一直追到了她的住处，而且（我相信）还指斥了她的罪行。我不由地感到惊讶了——我被弄得迷惑不解了。她抬起头来看看我，我仍在盯着她。她的脸上没有任何惊慌不定，也没有发红或变色，显得神色异常来泄露了她的心绪。"早上好，小姐，"她照例用那种冷淡而又简短的口吻说着，然后又拿起另外一个环子和一段带子继续缝着。

"我倒想要试探她一下，"我想，"她这样不动声气，真让人觉得高深莫测。"

"早上好,格蕾斯,"我说,"这儿发生什么事了? 我刚才好像听见仆人们议论纷纷的。"

"没什么,不过是主人昨天晚上看书时,点着蜡烛睡着了,结果烧着了帐子,幸好没等烧着被褥和床架他就醒了过来,并且设法用水罐里的水把火弄灭了。"

"真是奇怪!"我压低声音说,并且用眼睛盯住她,"罗切斯特先生没有把别人叫起来吗? 没有人听到这儿的动静吗?"

她又抬起眼睛看了看我,这回,她眼中显露出一种有意探问的神情。她好像在留意审视我的脸色,然后,她才回答道:

"这你知道的,小姐,仆人们睡的地方离得远,他们不可能听得见。菲尔费克斯太太和你的房间离主人最近,但是,菲尔费克斯太太说,她什么也没听到,人上了岁数,总是睡得太死了。"她停顿了一下,然后用一副看上去毫不经意,实际却意味深长的语调补充说:"可是你还年轻,小姐,我想,你大概不会睡得太沉吧,你也没有听到点什么吗?"

"我听到了。"我压低声音说,避免正在擦窗子的丽娅听到我所说的话,"起初我以为是派洛特,可是派洛特不会发出笑声,我确信我自己听到了笑声,而且是一种怪笑。"

她又拿起一根线,仔细地上了蜡,镇定地用手把线穿进针眼里,然后面不改色地说:

"我想,小姐,在那么危急的情况下,主人是不会发笑的,你肯定在做梦。"

"我没有做梦。"我有点恼火了,因为她那种厚颜无耻的镇静自若激怒了我。她又朝我脸上看了看,仍是那种审视的、别有用心的目光。

"你对主人说你听到笑声了吗?"她问。

"今天早上我还没有找到机会跟他说呢。"

"你没有试图打开门,朝过道里张望一下吗?"她进一步问道。

她好像是要盘问我,想趁我不留心探听一些情况。我忽然想到,如果她发现我知道或者怀疑是她干坏事,她就会用她那些恶毒的手段来对付我的,我还是要小心点儿。

"正相反,"我说,"我把门闩上了。"

"这么说,你每天上床睡觉前习惯于不闩门啰?"

"这个恶魔! 她是想了解我的习惯,好根据它来制定诡计。"激愤令我又抛弃了谨慎,我尖刻地回答道:"在这之前,我倒是经常不闩门,我以为是毫无必要把门闩上的,我哪能想到在桑菲尔德府里会有什么令人提心吊胆的危险或者烦扰。但是,从今天起,(我有意加重了这几个字的语气),在我放心地睡下之前,我一定要十分地小心在意,确保一切万无一失。"

"这才是明智的做法,"她答道,"虽然这附近一带和我所知道的任何一个地方同样地安静。自从这所宅子造好之后,我从来没听说遭到强盗抢劫之类的事情发生过,即使大家都知道,单就餐具柜里的餐具就值好几百镑,你看看,如此庞大的房子,用人却又那么少,因为主人不常来住,就算主人来了,也是单身一人,不需要很多人侍候。可是,我一向主张,注意安全总比不注意好,即使注意得过了头也无可厚非。闩一下门毫不费事,闩上之后就能使自己和一切可能发生的灾难隔开,这样多好。小姐,许多人把自己的一切都托付给了上帝,不过,我觉得上帝也不排斥安全措施,人们在慎重地采取措施时,上帝会经常赐福予他们的。"说到这里,她结束了她的长篇大论。这番议论对她而言已经够长了,而且她说话的口气就像贵格会女教徒一样,字里行间充满了装腔作势的味道。

我仍然站着不动,她那种不可思议的冷静和深不可测的伪善,使我瞠目结舌。这时候,厨子走进来。

"普尔太太,"她对格蕾斯说;"仆人们的午饭就快要准备好了,你下来吗?"

"不了,给我一品脱的黑啤酒和一点布丁,放在托盘里,我端上楼去吃。"

"要不要来点儿肉?"

"要一点儿,再来点干酪,就可以了。"

"西米要吗?"

"现在还不要,吃茶点之前我会再下来,我自己来做。"

厨子又转过身来对我说,菲尔费克斯太太在等着我呢,于是我就离开了那里。

吃午饭时,菲尔费克斯太太谈起了帐子失火的事情。我几乎一句也没听进去,因为我正在苦苦思索,思考着格蕾斯·普尔这个有不解之谜的人物,尤其是她在桑菲尔德的地位更为费解。我在纳闷,为什么那天早上没有把她关押起来,至少也应该辞掉她,不许她再为主人干活。昨天夜里主人差不多已经可以断定是她犯了罪。但是,究竟是什么神秘原因制止了他对她的指控呢?为什么他要求我和他一起保守秘密呢?真是奇怪,一个胆大而又爱报复的傲慢的绅士,不知为何,仿佛受制于这个卑微的仆人,他对她如此俯首帖耳,甚至她下手要谋害他时,他也不敢公开指控她谋杀的罪行,更别提要惩罚她了。

　　如果格蕾斯年轻貌美,我或许会猜测,大概有一种比畏惧或者恐惧更温柔的感情存在于罗切斯特先生心理,并且左右着他,使他对她加以袒护。可是她长得很丑陋,一副管家婆的模样,这个猜测就站不住脚了,"不过",我又在心里想,"她以前也有过年轻的时候,那时主人也正年轻。菲尔费克斯太太曾经告诉过我,她在这儿已经待了许多年了。我认为她以前也不会貌美如花的,或者,她那与众不同的性格会具有独特的吸引人的地方,足以弥补她外貌上的缺憾。罗切斯特先生喜欢果断而又古怪的人,格蕾斯至少符合古怪这一条。也许是以前的任性胡为(像他那种喜欢别出心裁而又刚愎自用的个性,是很容易做出非同寻常的事情来的),以至于使自己落入了她的股掌之中,这是他行为轻率造成的后果,现在她仍能对他施加秘密的影响,他既无法摆脱她的控制,又不能对之置之不理。假如真是这样的话,也没什么可奇怪的。"不过,想到这里,普尔太太那扁平宽阔的身材,丑陋、粗糙的面孔便清楚地出现在我眼前。于是我不由地想:"不可能,这个推理不可能成立。"在心中秘密地与我们交谈的那个声音提醒我,"你长得也并不漂亮,而罗切斯特却会赞赏你,无论如何,你是常感觉到他在夸赞你的,而且昨天夜里——想一下他的那些话语,那种神态,那种声音!"

　　这一切,我全都记得清清楚楚,那种话语、眼神、声调,此刻又在我的脑海中栩栩如生地重现。这时,我正在教室里,阿黛尔在画图,我弯下腰去握着她的画笔,教她如何使用,她惊讶地抬起头来看着我:

　　"小姐,你怎么啦?"她用法语说,"你的手指像树叶一样发颤,你的脸庞通红,红得像樱桃!"

　　"阿黛尔,我很热,而且还弯着腰。"她继续画她的画,我还继续想着自己的心事。

　　我急着想把关于格蕾斯·普尔的可恶念头都从脑子里驱逐出去,它使我感到厌恶。我拿自己和她做了个对比,发现我们有众多不同的地方。白茜·利文说过,我很像一位大家闺秀,她说得很正确,我是像位大家闺秀。我现在的模样比白茜见到我时好得多了,脸色更加红润,人也比较丰满了,而且更有勃勃的生气,更加活泼,因为我有了更灿烂的前景和更强烈的兴趣。

　　"天色暗淡了,"我望着窗口说,"我今天在屋子里一直没有听到过罗切斯特先生的说话声和脚步声呢。但是,天黑以前我肯定能见到他的。早上我还有点害怕和他会面,现在我倒希望早点见到他,因为已经盼望了这么久,都已经有点令人不耐烦了。"

夜幕终于降临,阿黛尔离开我,到儿童室找索菲玩耍去了。这时我特别渴望能见到罗切斯特先生。我仔细聆听楼下是否响起铃声。听着丽娅是否要上楼传递口信,有几次我仿佛听到了罗切斯特自己的脚步声,于是我转过身去看着门,指望着门会打开,而他会走进来。但是只有苍茫的夜色从窗口倾泻进来。时间还不是太晚,他经常会在七八点钟时派人来叫我去,而现在还未到六点。我今晚一定不会令他失望,我有这么多事情要对他倾诉!我会重拾起格蕾斯·普尔这个话茬,想听一听他如何作答,我要直截了当地问他,他是否相信昨晚那可怕的阴谋是她干的,如果回答是的,那他为什么要为她的卑劣行为保守秘密。至于我的好奇心会不会将他激怒,这倒无关紧要,我懂得一会儿惹恼他,一会儿安抚他的乐趣,这是我爱做的一件事。而且,我总有一种可靠的本能,它能阻止不要做得太过火,我从未逾越过使他真正愤怒的界线,而喜欢在临界边缘屡试身手。我可以在每个细微之处表示对他的尊重,保持了我的身份,又可以在辩论中与他交锋,毫不畏惧,毫无约束,这对他对我都没有什么不合适的地方。

楼梯上终于响起了吱吱嘎嘎的声音。丽娅来了,不过只是通知我,茶点已经在菲尔费克斯太太房里准备好了。于是,我便下了楼,心里感到很兴奋,至少我是下楼了,因为我以为,这样一来,我就能更接近罗切斯特先生了。

"你肯定是该吃茶点了,"我走进屋里,来到这位善良的妇人跟前,她对我说,"你午饭吃得那么少,我很替你担心,"她接下去又说,"你今天好像不太舒服,看上去脸色发红,像发烧了似的。"

"哦,我很好!我觉得再好不过!"

"那么你就用你的好胃口来证明给我看吧。我想把这根针织完,你能不能把那个水壶灌上水?"她干完手里的活儿,便站起身来拉下窗帘,本来那是一直开着的,我猜那是为了让阳光更充分地照进来。虽然这时候暮色已经从四面合拢,天色早已一片昏暗。

"今晚天气挺好,"她透过窗玻璃向外面望了望,"虽然没有星光,但罗切斯特先生总算是碰着了好天气出门。"

"出门?——罗切斯特先生上哪儿去了?我不知道他出去了。"

"哦,他吃完早饭就走了。他去里斯了,到艾希顿先生那儿去了。他的家在米尔考特的另一端,离这儿有十英里。我敢肯定,那儿准有一个大聚会,英格兰姆勋爵,乔治·利恩爵士,丹特上校他们肯定都在那里。"

"你猜他今晚会回来吗?"

"不会的,明天也不会回来,依我看,他多半要待上一个星期或者更久一些。这些高雅的上流社会的人物聚集在一起,气氛欢快,环境高雅,又有许多可以娱乐的东西,他们不会急于分手的。罗切斯特先生天赋很好,在社交场上很活跃,是那种场合很需要的绅士,我想他一定是大受欢迎。女士们都喜欢他,虽然你认为他的外貌不会获得她们的青睐,可是我认为,他的学识和才华,或许还有他的财富和血统,足以弥补他外貌上的小小缺憾。"

"里斯有贵妇和小姐在那儿吗?"

"有的,艾希顿太太和她的三个女儿,——都是举止温文尔雅的小姐。还有尊敬的布兰奇·英格兰姆和玛丽·英格兰姆小姐。我认为她们是最美丽的女人了。说实在话,我是在六七年前见过布兰奇的,当时她还只有十八岁。她到这儿来参加罗切斯特先生举办的圣诞舞会和宴会,你真应该亲眼看一看那天的餐厅——它装饰多么富丽堂皇,灯火多么灿烂!我猜想,那天至少有五十位先生和女士到场——那全部是郡里头等的大户人家,而英格兰姆小姐是那天晚上大家公认的美人儿。"

"菲尔费克斯太太,你说你见过她,那她到底长得什么模样?"

"是的,我见过她。当时,餐厅的门是敞开着的,因为是圣诞节,仆人们被允许聚集在大厅里,听几位女士唱歌、弹琴。罗切斯特先生叫我进去,于是我就坐在一个安静的角落,注视着她们。我从来没有见过比那更辉煌灿烂的场面,女士们的衣饰都光彩夺目,她们中的大多数人——至少小姐们的大多数人——看上去都很漂亮,而英格兰姆小姐是当中的皇后。"

"那她是什么模样儿?"

"高挑的个子,丰满的胸脯,削肩,优雅修长的脖子,黝黑而明净的橄榄色肌肤,容貌高贵,眼睛有些像罗切斯特先生,又大又黑,像她佩戴的珠宝一样亮晶晶的。她还有那么好的一头秀发,油黑油黑的,梳得那么光滑齐整,后脑上盘着粗粗的辫子,前面留着鬈发,那是我所见过的最长最亮的鬈发。她一身纯白衣装,一条琥珀色的围巾,从双肩交叠到胸前,在一边还挽了一个结,围巾上长长的流苏垂到她的膝盖。她的鬈发上还戴了一朵琥珀色的花,和她那乌黑的鬈发正好般配。"

"那她自然要受到大家的赞美了?"

"对呀，不仅因为她貌美如花，而且她还多才多艺。在几位唱歌的女士中，她唱得最好。一位先生用钢琴给她伴奏。她和罗切斯特先生还一起表演了二重唱。"

"罗切斯特先生？我不知道他还会唱歌。"

"啊！他有一副漂亮出色的低音嗓子，对音乐也有很高的鉴赏力。"

"那么英格兰姆小姐呢，她的嗓子如何？"

"她的嗓子非常圆润有力，唱得也很动听，听着可真是一种享受——然后她又弹了琴，我不太懂音乐，但罗切斯特先生很在行，我听他说，她弹得相当出色。"

"这位才貌双全的小姐还没有结婚吗？"

"好像还不曾结婚。我猜她和她妹妹都没有太多的财产。老英格兰姆勋爵的产业大部分都是限定继承的，而他的长子几乎继承了全部的财产。"

"不过我有点不太明白，难道没有一位有钱的贵族或者绅士看中她吗？比如说，罗切斯特先生，他就很有钱，对不？"

"哦，是的。可是你也知道，这两个人的年龄差距太大了。罗切斯特先生已经快四十岁了，而她还只有二十五岁。"

"那也没什么，比这更不般配的婚姻还不是天天都在发生。"

"这倒也是真的，但我还是认为罗切斯特先生不会产生这种想法。——可是你怎么什么也没有吃，从开始吃茶点到现在，你几乎没吃过任何东西。"

"不，我太渴了，吃不下，让我再喝一杯茶行吗？"

我刚要把话题重新转回到刚才所谈论的罗切斯特先生和漂亮的布兰奇小姐有否结合的可能这个问题上来，阿黛尔恰好进来了，于是谈话的内容又转移到别处去了。

等到我又一次一个人独处时，我把刚听到的情况细细地回想了一遍。我审视了一下自己的内心世界，检查分析了那里面的思想和情感，用一只严厉的手，力图把那些迷失在幻想中的思绪拉回到安全的常识范围内。

我在自己的法庭上受审判，让"记忆"出来作证，证实了我昨夜以来一直珍藏的希望、心愿和感情，证实了近两个星期以来我一直沉迷其中无法自拔的思想状态。"理智"也站出来，用她特有的沉静的口气叙述了一个朴实无华的故事，表明了我是如何拒绝正视现实，而去发疯似的吞噬着幻想。——最后，我宣布了这样一个判决：

"世上从不曾有一个比简·爱更傻的大傻瓜了，也从未有过比她更能异想天开的白痴，曾让自己拼命地吞食甜蜜的谎言，把毒药视作玉液琼浆般地吞下。"

"你，"我对自己说，"是罗切斯特先生所喜爱的人吗？你有天赋的力量讨他欢心吗？你有哪些方面被他看重吗？见鬼去吧！你的愚蠢令人恶心。别人偶尔有一些喜爱的表示，你就心花怒放，可是，那只不过是一个出身名门，老于世故的绅士，对一位下属，一个不通人情的年轻人所做的暧昧的表示而已。你怎么就敢幻想起来，你这个可悯而又愚不及的受骗者呵！连自私的想法也不能让你变得稍微聪明些吗？今天早上你居然还要去回想昨晚那短暂的一幕？——蒙起脸来，害臊去吧！他说了什么赞美你的眼睛的话吗？盲目的自负者！睁开你那烂眼睑，仔细看看你那该死的无知吧！一个女人，受到一个地位高于自己的人的奉承，而他又不可能、不打算娶她，这并非好事。凡是要让爱情之火在心里秘密燃烧的女人，都是在发疯，如果这样的爱情，得不到回报，而又不被对方知晓，那必定会吞掉培育了爱的生命。如果一旦被对方知晓，而又得不到回报，那必定像鬼火一样，引人深入泥沼，而无法自拔。

"那么，简·爱，仔细听着下面对你的判决：明天，放一面镜子在你面前，用蜡笔将你的面容如实地描画下来，一个缺点也不许缩小，也不能省略任何刺眼的纹路，不许掩盖任何讨厌的瑕疵，然后在下方注明：'孤苦无依、相貌平庸的家庭女教师之像。'

"然后,找出一片光滑的象牙,——你的画盒里就有一片。拿出你的调色板,调出最鲜艳、最漂亮、最明洁的色泽,挑几支最精细的驼毛画笔,仔细地描绘出你所能想象到的最美丽的脸庞,用最柔和的色调和最悦目的色彩来着色,就根据菲尔费克斯太太所说的布兰奇·英格兰姆的样子去画。记住画那乌黑乌黑的鬈发,东方人的眼睛,——怎么?你又到罗切斯特先生身上去找原型了!我命令你,不准哭泣!——不准伤感!——不准懊丧!我只能准许理智和决心存在。想想她那尊贵而又匀称的面容,希腊式的颈项和胸脯。要把那令人迷恋的浑圆的胳膊裸露出来,还有那柔荑般的小手,再加上钻石戒指或金手镯。还有丝毫不差地画出服饰,那细细的花边,闪亮的绸缎,雅致的围巾和金色的玫瑰花。这幅肖像题上:'多才多艺的名门闺秀布兰奇。'

"将来,无论何时,只要你偶尔陷入幻想,以为罗切斯特先生对你很有好感时,你就拿出这两幅肖像来做个比较,并对自己说:'罗切斯特先生只要愿意努力,就完全有可能赢得这位贵族小姐的芳心,他难道会把心思花费在这个贫穷而又微不足道的平民女子身上吗?'"

"我会这么干的,"我下定决心。主意打定之后,我的心灵平静下来,很快进入梦乡。

我信守了自己的诺言。我用蜡笔画了一幅自画像,只用一两个小时就完成了,而画那张我想象中的布兰奇·英格兰姆小姐的象牙肖像,却用了将近两个星期的时间才画完了。那副脸庞和那张蜡笔画的真实头像相比较确实可爱得多了,那对比之鲜明足以达到能使自己克制得住那种原先期望达到的极限。我从这件工作中获益匪浅,它使我的头脑和手都不停地忙着,它使我心中的那个新印象更加鲜明,更加不可磨灭。

不久,由于我如此这般地强迫自己的情感,经历了有效的训练,我有理由向自己祝贺。幸亏有了这种训练,才使我能保持着体面的镇静去游刃有余地应付以后所发生的事情,如果事先未做这种准备,或许就连表面上的镇静我都难以具备和保持。

17

一周过去了,罗切斯特先生杳无音讯;十天过去了,他仍然没有回来,菲尔费克斯太太说,如果他直接从里斯去伦敦,然后再从那儿去欧洲大陆,那么,即使他一年不再在桑菲尔德露面,她也毫不觉得意外。他不止一次地这样出人意料地不辞而别,一听到这话,我就莫名其妙地打了个冷噤,心里茫然一片,若有所失,我竟当真听凭自己去体验一种难受的失望心情,不过我竭力恢复了自己的理智,记起了自己的原则,使自己平静了下来,说来也怪,我居然很快地克服了一时的忘乎所以的错误想法,——我那时认为自己应该为罗切斯特先生的行动操心。不过,我不是以奴隶般的自卑自贱的感觉来贬低自己,恰恰相反,我只是这样对自己说:

"你跟桑菲尔德的主人毫无关系,你只是教他所收养的人,他支付给你薪水罢了,如果你尽职尽责,你就有权要求他对你尊敬、仁慈,这是他所认真承认的你和他之间的唯一的联系。所以,不要把你的柔情,你的喜怒哀乐寄托于他,你和他不是一类人,你要牢记你的社会地位。你要自尊自重,可别把发自内心的炽热的爱浪掷在一个根本不需要,甚至瞧不起这份厚礼的人身上。"

我继续平静地做着我的活儿,可是脑海中不停地闪过一些我应该离开桑菲尔德的模糊的想法,我情不自禁地想,我应该再登一次广告,甚至开始猜测我会获得什么样的新工作,我不想拉回我的思绪,如果它们能生根结果,那就顺其自然吧。

罗切斯特先生离家两个多星期后,邮差给菲尔费克斯太太送来一封信。

"主人写来的,现在我们就可以知道是不是要迎接他回来了。"

她拆开信封,仔细地读着来信时,我继续喝我的咖啡,那时我们正在吃早餐,我的脸上突然一阵通红,灼热无比,我想那是因为咖啡太烫,至于为什么我的手不停发抖,为什么我无意识地洒了半杯咖啡,我干脆不去想它。

"确实,我有时觉得我们太冷清了,不过现在我们可以忙碌一番,至少是忙上几天了。"菲尔费克斯太太边说边把信纸举到她的眼前。

在我允许自己请她说说清楚以前,我给阿黛尔系了系松散的围裙带子,给她拿了一块小面包,还重新给她的杯子倒满了牛奶,然后,我才漫不经心地说:

"我想,罗切斯特先生不会马上就回来吧?"

"可实际上,他马上就要回来了——他在信上说,他三天以后,也就是星期四就到，而且他还要带来客人，我不知道，里斯会有多少贵客跟他一起来，他叮嘱说，要把所有的卧室都收拾好，书房和几间客厅也要打扫干净。我还得从米尔考特·乔治旅馆和所有我能找到的地方再找些厨师来。太太小姐们都带着自己的使女，先生们带着听差，因此，我们的房子会挤得满满的。"菲尔费克斯太太狼吞虎咽地吃完早饭，就匆匆离开，开始忙碌起来了。

不出她的所料，这三天可真是忙碌异常。我原来以为桑菲尔德所有的房间都整洁漂亮，可现在看来，并不如我的想象。找了三个女人来帮忙，擦刷、拭亮油漆、给地毯清尘，把画取下来又挂上，擦镜子和灯架，给卧室生火，在壁炉边烘烤被单和羽毛床垫，这阵势是我前所未见，以后也不曾发生的。这几天里阿黛尔简直变野了，为客人们做准备，等待客人到来，这似乎使她欣喜若狂。她硬要索菲检查她所有的"toilettes"——她就是这么称呼她的外衣的，把"Passées"的都改一改，把新的晒晒，整理好。而她自己，却无所事事，只顾在前面的一排屋子里蹦蹦跳跳，一会儿在床架上上跳下窜，一会儿又在轰隆作响的熊熊火炉边，躺在堆得厚厚的床垫和枕头上。她的功课都免了。菲尔费克斯太太非让我帮忙，我只好整天待在贮藏室里，帮她和女厨子的忙——有时简直是帮倒忙，我学着做蛋奶冻、奶酪蛋糕和法国点心，扎紧野味翅膀，装饰盛甜食的碟子。

按照预定时间，客人将会于周四下午抵达桑菲尔德，这刚好赶上六点钟的晚餐，在等客人的这段时间里，我没有时间胡思乱想。我相信自己像所有人——除了阿黛尔以外——一样活跃、快乐。但是，我的愉快的心情有时仍会像被迎头泼了一瓢冷水一样，不由自主地又回到怀疑、警惕、不祥的预感中去。当我碰巧看到三楼楼梯门缓缓地打开（近来它一直锁着），端端正正地戴着帽子，围着白围裙，系着头巾的格蕾斯·普尔的身影从那里闪现出来的时候，当我看见她穿着布条拖鞋，无声无息地静悄悄地从走廊上走过的时候，当我看到她朝忙成一团的卧室里张望一眼，指点一下打杂女工如何把炉条擦亮，把大理石炉架抹净，从糊着墙纸的墙壁上去除污迹，然后继续往前走的时候，我就会有这样的感觉，她就这样每天下午下楼到厨房去一次，在那里吃饭，在炉边适量地抽上一烟斗的烟，然后又回到她楼上的那间幽暗的黑窝里去，提着一壶聊以自慰的黑啤酒，一天二十四个小时，只有一个小时她是在楼下和那些仆人伙伴们待在一起的，别的时间，她都待在三楼的一间低矮的橡木墙壁的房间里，她就坐在那里做针线活儿——没准儿还独自阴郁地笑笑——形影相吊，如同独自关在牢里的囚犯。

令人不解的是,整个宅子里,除了我,没有一个人注意到她的怪习惯,或者对她大惊小怪,也没有一个人谈起她的地位或工作,甚至竟也没有一个人对她的孤独寂寞表示同情。的确,有一次我曾无意间听到丽娅和一个打杂女工在聊天,话题就是格雷斯,我没听清丽娅说了些什么,只听得那个打杂女工说:

"我想她拿的工钱很多吧?"

"是啊",丽娅说,"我也真想挣那么多的工钱,倒不是说我对工钱有什么不满意的,——桑菲尔德并不克扣工钱,不过我拿的工钱还不到普尔太太的五分之一,她正在攒钱呢,每个季度都要到米尔考特的银行去一趟,我一点也不怀疑,要是她想离开,独立生活的话,她的钱早就足够了。不过,我想,她在这儿已经习惯了,而且她才四十岁不到,身强力壮,十分能干,干什么都行,辞掉工作,这对她来说恐怕太早了吧。"

"我敢说,她是一把好手。"打杂女工说:

"可不是!她懂得她该干什么——谁也比不上她。"丽娅意味深长地说,"而且也不是谁都干得了她的差事的,——就是给她同样多的工钱也不行。"

"确实不行!"对方回答说。"不知道主人是不是——"

打杂女工正要接着往下说,可这时丽娅扭头看见了我,她立即用胳膊肘轻轻撞了一下她的同伴。

"她不知道吗?"我听到那女工小声问。

丽娅摇了摇头,谈话就自然终止了。我从这里面所能察觉的仅仅是——桑菲尔德有一个谜,而我却被有意排斥于这个谜之外。

星期四到了。所有的工作都已在头一天晚上完成。地毯铺好了,床幔上挂上了穗子,雪白耀眼的床罩铺在床上,梳妆台收拾妥当,家具擦拭得一尘不染,花瓶里插满了鲜花,所有的卧室、客厅都尽人力所能,收拾得焕然一新,大厅也擦洗了一番,雕花大钟,楼梯的踏阶和扶手都擦得像镜子一样,光可鉴人,餐厅里,餐具柜摆满各色餐具,光彩夺目,客厅和小客室的花瓶里,盛开着各色各样外国种的鲜花。

到了下午,菲尔费克斯太太换上她最好的黑缎衫子,戴上手套和金表;因为她要来接待客人,比如领太太小姐们到她们各自的房间里去等等。阿黛尔也要梳妆打扮好,尽管我认为她至少在当天不大有机会去见客,但为了让她高兴,我让索菲给她换上了一件宽摆的麻纱短罩外衣,至于我自己,毫无必要换上什么衣服。决不会有人来叫我走出我的个人私室的——那间教室现在已成了我的私室,"一个在烦恼时令人愉快的庇护所。"

这是个宁静,温煦的春日——三月底四月初,作为夏季的先驱而降临大地的明朗的日子。白昼即逝,天已向晚,可春末的黄昏也还是相当暖和的,因而我打开窗子,坐在教室里工作。

"时候已经不早了,"菲尔费克斯太太穿着绸缎衣服,窸窸窣窣地走进来。"现在已经六点了,幸好我吩咐比罗切斯特先生交代的晚一个小时开饭,我已经吩咐约翰到园门口去看看大路上有没有动静,从那儿朝米尔考特方向,可以望得很远。"她走到窗子前,"他来啦!"她说。"喂,约翰,有消息吗?"她探出身问道。

"他们来了,太太",约翰回答说,"再有十分钟,他们就到这儿了。"

阿黛尔飞一般地跑到窗子前,我也跟了上去,悄悄地站在窗子一边,这样由于窗帘的遮挡,我可以看见他们,他们却看不见我。

约翰所说的十分钟似乎十分漫长,但最后终于听到了滚滚的车轮声,四个人骑着马沿车道疾奔而来,后面跟着两辆敞篷马车,一眼望去,马车上面纱轻飘,羽毛颤动,骑马的人中,有两位看上去是时髦年轻的绅士,第三位是罗切斯特先生,他骑着他的黑马美士罗,派洛特又蹦又跳地走在前面,一位小姐跟他并排骑马而行,他们两人走在这群人的最前面,她那紫色的骑马装长可曳地,她的长长的面纱在微风中飘逸翻飞,隔着面纱透明的皱褶,她那乌黑浓密的鬈发闪耀着光辉。

"英格兰姆小姐!"菲尔费克斯太太叫了一声,就急忙跑下去执行她的任务了。

这队人马沿着车道的拐弯,迅速转过屋角,消失在我的眼前,阿黛尔这时喊着要到楼下去,我把她抱在膝上,竭力让她明白,不论是现在也好,别的时间也好,如果没有派人来叫她,她无论如何也不应该冒昧地跑到那些太太小姐们跟前去——否则罗切斯特先生一定会十分生气的。听了我的话,"她流下了自然会流下的眼泪";但看见我开始板起脸来,她也终于同意把眼泪擦掉了。

这时可以听到大厅里传来阵阵愉快的喧哗,先生们低沉的嗓音,女士们银铃般的音调,和谐地交织在一起,但盖过这一切的,是桑菲尔德的主人那虽不算高,但很洪亮的声音,他正在欢迎他美丽漂亮的、英俊洒脱的客人到他府上做客,紧接着,传来一阵轻盈的登上楼梯的脚步声,又轻快地穿过走廊,发出柔和的笑声,然后是开门关门,最后,才安静下来。

"Elles changent de toilettes."阿黛尔叹了气。她一直在用心听着,不放过任何一个细节。

"Chez maman，"她说，"quand il y avait du monde，je le suivais partout，au salon et à leurs chambres；souvent je regardais les femmes de chambre coiffer et habiller les dames，c′était si amusant：comme cela on apprend."

"你肚子饿吗，阿黛尔？"

"Mais oui，Mademoiselle；voilà cinq ousix heures que nous n′avons pas mangé."

"好吧，现在趁着太太小姐们都还在她们的房间里，我试着下楼去给你找些东西吃。"

我悄悄地走出我的庇护所，沿着一条楼梯直接走到厨房。厨房里火光通红，忙乱一片，汤和鱼都快要出锅了，厨子在灶上忙活着，整个身心都似乎紧张得要冒火，在仆人的房间里，两个马车夫和三个绅士们的侍从围着火炉，或站或坐；至于侍女们，她们大概都和她们的女主人一起待在楼上，几个从米尔考特雇来的新仆人正在忙忙碌碌。穿过这片混乱，我总算找到了食品，我拿了一只冻鸡，一卷面包，几块馅饼，两个盘子和刀子、叉子，我拿着这些战利品匆匆撤退，走到走廊里，刚要随手把门关上，就听到一阵越来越大的嗡嗡声，我知道这些女士们就要从房间里出来了，我必须经过其中的几个房间才能走回教室里，而这有可能被她们撞见我手里捧着一堆食物的样子。于是，我干脆在这儿站着不动，这边儿没有窗子，黑乎乎的——现在太阳已经落山，暮色渐浓，天色已很暗了。

不一会儿，美丽的女士们接连地走出她们的房间，她们都欢乐轻快，在暮色中，她们华丽的衣裙闪闪发亮，她们围站在走廊的另一端，用甜蜜的语调活泼地交谈着，声音轻悄，接着她们步履轻盈地走下楼去，脚步轻悄，如同一团明媚的雾从小山上飘然而下。在我的印象里，她们无与伦比的高贵、优雅。

这时我发现阿黛尔正透过教室半开的门向外张望，"多漂亮的女士啊！"她用英语叫道，"啊，我真想和她们在一起！你猜罗切斯特先生会在饭后派人来叫我们吗？"

"不会，我看不会，还有一大堆事儿等着罗切斯特先生操心呢，今天晚上就不要老想着那些太太们，小姐们了，没准儿明天你就能见到她们，快来吃你的晚饭吧。"

她真是饿坏了，很快把注意力转移到鸡和馅饼上，多亏我弄到了些食物，要不然，她，我，还有索菲——我也分给了她一份食物——根本就吃不上晚饭了，楼下的人那么忙碌，根本无暇顾及我们。九点以后才上甜食，十点钟了仆人们还端着托盘和咖啡杯跑来跑去。我准许阿黛尔待到比平时晚得多的时候才去睡觉，因为她说，楼下门一会儿开了，一会儿关了，人们跑来跑去的，她难以入眠，另外，她又补充说，如果她脱了衣服，万一罗切斯特先生又派人来叫她，"et alors, quel dommage！"

我给她讲故事，她爱听多久就讲多久，随后为了换换口味，我把她带到走廊里，这时大厅里灯火闪亮，她津津有味地靠在栏杆上注视着楼下的仆人来来去去，夜已深，已经搬进去一架钢琴的客厅里传来一阵音乐声，阿黛尔和我坐在楼梯的最后一级踏阶上静静听着，一会儿，歌声伴随着悠扬的琴声响了起来，唱歌的是一位女士，她的声音非常悦耳动听，独唱完了，接着是二重唱，然后是无伴奏合唱，中间还夹杂着一片欢愉的交谈的声音。我听了很久，忽然，我发现自己是在全神贯注地倾听那嘈杂的声音，想从中辨别出罗切斯特先生的口音，我很快就捕捉到了它，我又得寸进尺地想从那遥远迷离的声音中，猜出他在说什么。

钟敲了十一下。我看看阿黛尔，她把头靠在我的肩膀上，眼皮也越来越沉重了，我就把她抱起来，放回床上，等那些先生和女士们回到房间时，已经快一点了。

第二天，像昨天一样天气晴朗可爱，客人们都去附近一个什么地方游览了，他们一大早就出发了，有几位骑着马，剩下的都坐马车。我望着他们离去和归来，像以前一样，英格兰姆小姐仍是唯一的骑马的女人，而且，也像先前一样，罗切斯特骑着马与她并肩而驰，他们骑着马跑在前边，把别的人都远远地落在后边，这时菲尔费克斯太太刚好和我一起站在窗前，我向她指出这样的情形：

"你曾说他们不大可能会考虑结婚，"我说，"可是你瞧，在那些小姐中间，罗切斯特先生分明更喜欢她。"

"是啊，也许是这么回事，毫无疑问，他对她十分倾心。"

"她也对他十分钟情，"我补充说，你瞧，她那样侧着脸望着他，就像在谈什么知心话儿！我真想看清她的脸，我连一眼都没清楚地瞧过她呢。"

"今天晚上你就可以好好看看她了，"菲尔费克斯太太回答说，"我无意间向罗切斯特先生提到阿黛尔十分渴望去见见太太小姐们，他说，'哦！让她晚饭后到客厅里来，让爱小姐也陪她一起来。'"

"可是，他只不过是出于礼节随口说说罢了，我相信我没有必要去。"

"是啊，我也这么说，你不惯于应酬，我想你不大喜欢在这样一伙闹哄哄的客人面前抛头露面--都是些陌生人，可他还是那么急躁地说：'废话！如果她不愿意的话，就跟她说这是我特别希望的，要是她仍然一意孤行，你就告诉她，如果她不肯来的话，我就去亲自把她拉来。'"

"我不愿去打扰他，"我说，"既然没有别的办法，我还是去吧，可我真不愿意去，菲尔费克斯太太，你也一起去吗？"

"我，我请求不去的，他答应了，我告诉你怎样才能避开一本正经出场时的难为情，那可真让人受不了，你得趁太太小姐们还待在餐厅里，客厅里没人的时候悄悄溜进去，坐在一个偏僻的角落里——随你的便，客人们进来以后，如果你不愿意待在那儿，你不必待多久，只要让罗切斯特先生看见你在那儿，你就可以溜走——谁也不会注意到。

"你看这些人会不会待很久？"

"也许要住两三个星期吧，不会比这更少。乔治·利恩爵士最近当选为米尔考特的议员，一过完复活节假期，他就要到城里去就职，罗切斯特先生很可能也会陪他一起去，我真是奇怪，他这次居然在桑菲尔德待了这么久。

我惴惴不安地等待着那个可怕的时刻，那个时候我就得带着我的学生到客厅去抛头露面，阿黛尔听说晚上要去见那些太太小姐，一整天都兴奋欲狂，直到索菲来给她梳妆打扮，她才稍稍安静下来。梳妆打扮的工程是如此重要，她终于安稳平静下来，她的鬈发梳得光滑整齐，一束一束披散下来，她穿上那件粉红色的绸缎外衣，系上长长的腰带，戴上花边无指手套，那一刻她的神情庄重严肃，简直像一个法官。根本不需要提醒她不要把衣服弄乱，她一梳妆打扮好，就小心翼翼地坐在她的小凳子上，还轻轻地把裙子撩起来，以免坐坏了裙子，她向我保证，决不在我打扮好之前乱动，我很快就打扮穿戴好了，穿上我最好的衣服（那件为谭波儿小姐结婚而买的银灰色衣服，以后一直没再穿过），梳好头发，别上我唯一的首饰——那个珍珠别针，然后我们下了楼。

多亏有一道门直接通向客厅，从那里走不必经过他们正在吃饭的餐厅。我们来到客厅，发现里边空无一人，大理石壁炉里的火烧得很旺，寂静无声。一支支蜡烛在桌上鲜艳的花朵中，在灯光通明的寂寞中，默默地摇曳。我们与隔壁餐厅之间隔着一层薄薄的紫红色帷幔，可他们说话的声音十分轻悄，我们只能隐约听到低低的私话声。

阿黛尔似乎还被那严肃的气氛所左右着，一声不响地坐在我指给她的脚凳上，我退到一个离窗口很近的座位上，顺手拿起一本书，打算看一看，这时阿黛尔把她的凳子放到我的脚边。过了一会儿，她捣捣我的膝头。

"怎么了，阿黛尔？"

"Est-ce que je ne puis pas prendre une seule de ces fleurs magnifiques, Mademoiselle? seulement pour compléter, ma toilette."

"你对你的'foitette'想得太多了,阿黛尔。不过你可以摘一朵。"说着我从花瓶里拿了一朵玫瑰,插在她的腰带上,她发出一声满足的叹息,似乎她那幸福之杯这时总算完全斟满了。我掉过脸去,掩饰自己情不自禁的微笑,这个小巴黎女人对于衣饰方面的天生的,迫切的热衷追求,既有几分可笑,也有几分可悲。

这时我听见人们轻轻地站起来,离开座位,拱门上的帷幔给拉开了,可以望见那边的餐厅,长桌上摆满了盛满精美甜食的银器和玻璃器皿,笼罩在吊灯的光亮中,一群女士站在门口,她们走了进来,帷幔又在他们身后重新垂下了。

总共只有八个人,可不知为什么,她们蜂拥而进时,仿佛让人觉得她们的人数远远不止八个。其中有几位个子很高,很多人一身洁白,每个人都穿着宽大曳地的长裙,这使他们显得臃肿起来,就好像雾中之月也变大了一样,我站起来,向她们屈膝行礼,有一两个点头回礼,其余的人只是望了望我。

她们在房子里四下散开,动作轻盈活泼,这让我想起了长着雪白羽毛的鸟儿,有几位女士半倚在沙发和软榻上,有几个人俯身欣赏桌上的书籍和鲜花,其余的人则在炉火边围成一团,以她们似乎惯有的低微而清脆的声调谈论着什么。我是后来才知道她们的名字的,不过现在提一提也无妨。

首先,应该提到的是埃希敦太太和她的两位千金,埃希敦太太过去显然十分漂亮,即使现在也保养得很好,她的两个女儿,大女儿艾米个子小巧,天真稚气,面孔和举止都带着孩子气,看上去十分调皮。她穿的白纱衣服和蓝色腰带与她十分相配,二女儿路易莎身材比姐姐高,举止优雅,脸蛋俊俏,是法国人所说的那种"Minois chiffonné"。姐妹两个都像百合花一样,洁白娴静。

利恩太太身材高大臃肿,她大约四十岁,看上去十分傲慢。她穿着缎子衣服,闪光而华丽,乌黑的头发上,箍着一圈镶有宝石的发带,在天蓝色羽饰的映衬下,耀耀闪光。

相比之下,丹特上校太太还不太抢眼,但在我看来,她更像一个贵妇人。她身材苗条,脸庞白皙而温和,头发金黄。比起那位有爵位的贵妇人彩虹般夺目的光辉,我更喜欢她的黑色缎衣,她的华丽的进口花边围巾和她的珍珠首饰。

但最显眼的三位女宾是富媚英格兰姆夫人和她的两位女儿,布兰奇和玛丽,也许有一部分原因是她们的身高,她们三个是女宾中最高的,富媚约莫四五十岁,她的体形仍然健美,她的头发在烛光的辉映下仍然乌黑,她的牙齿显然也还完好。大多数人会说,在她那样的年龄中,她算得上美人了,毫无疑问,从身材上说,的确如此。但她的举止和外貌上,却流露出一种让人几乎难以忍受的傲慢神色。她有着罗马人式的五官,双下巴往下,渐渐移至柱子一样挺直的喉部。在我的眼中,这些五官由于傲慢不仅显得膨胀,阴暗,甚至还起了皱纹;而下巴,也由于同样的傲慢,支撑得直直的,显出一副超自然的姿势。她的眼睛凶狠严厉,让我想起了里德太太的眼睛;她说话装腔作势,声音深沉,音调十分夸张,态度极为蛮横,总之,让人十分难以忍受。一件深红的天鹅绒长袍,一项用印度金丝织物做的头巾式软帽使她具有一种(我想她是这么认为)真正的皇室尊严。

布兰奇和玛丽身材差不多——都像白杨树一样又高又直,依她们的身高来看,玛丽稍嫌瘦削,可布兰奇却活像是月亮女神,我竟然饶有兴味地注视着她。首先,我想看看她的外貌是不是符合菲尔费克斯太太的描述,其次,我想看看她是不是如同我心中所想象的画像,而第三——就会揭晓——她是否如我想象的,能适合罗切斯特先生的情趣。

从外貌上说,她与我想象的,与菲尔费克斯太太描述的丝毫不差,高贵的胸脯,瘦削的肩膀,优美的脖颈,漆黑的眼睛和乌黑的鬈发,一样不少,——可她的脸呢?她的脸真像她母亲,不过是年轻一些,没有皱纹罢了,同样的低低的额头,同样的高傲的五官,同样的傲慢不过,她的傲慢不如母亲那么阴郁,她一直在笑着,但她的笑中隐藏着嘲讽,而这正是她高傲的弧形的嘴唇的习惯表情。

据说天才是能自己意识到的,我说不上来英格兰姆小姐是否是个天才,但她却肯定是自我意识的——的确是明显的自我意识,她跟温和的丹特太太谈到植物学,看来丹特太太似乎没学过这门科学,尽管如她自己所说,她很爱花,"尤其是野花"。英格兰姆小姐学过植物学,她洋洋得意地卖弄着这门科学的词汇,我立即发觉她是在(借用一句行话)追猎丹特太太——就是说,在嘲笑戏弄她的无知。她的追猎也许很聪明,但却绝非善意的。她弹琴,演奏出色,她唱歌,嗓音优美,她跟她妈妈用法语交谈,流利标准,发音正确。

与布兰奇相比,玛丽面孔较为温和,坦率,五官也较为柔和,皮肤白皙,(英格兰姆小姐皮肤黝黑,如同西班牙人)。可是玛丽却缺少活力,脸上显得古板,目光有些呆滞;她沉默寡言,一旦坐下,就会像壁龛里的雕像一样一动不动。姐妹俩都穿着雪白的衣裙。

现在我能肯定罗切斯特先生会选中英格兰姆小姐作为她的意中人吗？我说不上来——我不清楚她对于女性的情趣和要求，如果他喜欢高挑漂亮的女孩，那么她正是这方面的典型，她还多才多艺，生机勃勃，我想大多数绅士们都会倾心于她，而且他也的确钟情于她，我似乎已可以证实这点了，要最终确信这一点，还得看他们两人在一起的情境。

亲爱的读者，你不要以为阿黛尔在这当口，会一直一动不动地在我脚边的矮凳上坐着，并非如此，女士们一走进房间，她就站起身来，走上去迎接她们，她一本正经地行了个礼，郑重其事地说：

"Bon jour, mesdames"

英格兰姆小姐低下头来，用嘲弄的神气瞥了她一眼，叫道："啊，好一个小玩偶！"

利恩夫人说，"这是罗切斯特刚刚说起的那个法国小姑娘吧，他监护的孩子。"

丹特太太和蔼地拿起她的手，吻了一下，艾米和路易莎，埃希敦一齐喊了一声："多么可爱的孩子！"

接着她们把她叫到一张沙发旁边，这会儿她就坐在她们中间，一会用法语，一会儿用磕磕巴巴的英语聊起了天，她不仅吸引了年轻小姐们的注意力，连埃希敦太太和利恩夫人也给她迷住了。她在大家的宠爱中，心满意足。

最后咖啡送进来了，绅士们被请进屋，我坐在阴影中——如果在这灯火辉煌的房间里还有阴影的话；窗帘半遮着我。拱门打开，他们进来了。总体上看绅士们和女士们一样庄严，他们身着黑色衣服，许多人身材高大，年纪很轻。

亨利和费兰德里克·利恩确实是十分时髦的花花公子，丹特上校是位美男子，颇具军人气概。地区执法官埃希敦一副绅士派头，头发差不多都白了，只有眉毛和胡子还是黑的，这使他看上去像 Père noble de théàtre。英格兰姆勋爵和他的姐妹一样，身材高大，也十分英俊，不过看上去和玛丽一样漠无生机，无精打采，他四肢的长度似乎超过了精力的旺盛和大脑的活力。

罗切斯特先生在哪儿呢？

他最后一个进来，我并没有向拱门看。但我知道是他走进来了，我努力只注意我手中的织针和正在织的线袋，我希望我只想着手中的针线活儿，只注意我裙子口袋里的银色珠子和丝线，可他的身影却清清楚楚地出现在我眼前，我又不由自主地忆起那次邂逅的情景——我给了他在他看来十分重要的帮助后，他抓住我的手，凝视着我的脸,眼神中表现出一颗热情奔放的心灵,我也和他一样激动。那一刻,我与他是如此之近!后来,发生了什么,我们之间的位置改变了呢?现在,我们是多么冷淡,多么疏远啊!我甚至不敢期望他能走过来,与我说一句话,他没有看我,就在屋子那边的一个座位上坐了下来,开始同女士们闲谈,我对此一点也不奇怪。

我看见他把注意力集中到那些女士们上,我可以看见他却不必担心被他发现,我就不由自主地拿眼睛往那边看;眼皮已经不听使唤了,它们抬起来,眼珠盯住他,我凝视着他,心里漾起一种强烈的快乐——一种珍贵满足但又辛辣的快乐;这快乐,如同有着令人痛苦的锋芒的黄金;这快乐就如同一个快要干渴而死的人,明明知道他身边的那口井已经被投了毒,却仍忍不住弯下身去畅饮那让人快乐的甘泉。

"情人眼里出西施",的确如此。我的主人那橄榄色的缺少血色的脸庞,宽阔方正的额头,又粗又浓的眉毛,深不可测的眼睛,粗犷的五官,坚定而严肃的嘴唇——都是能量、果敢、意志——在一般人看来,它们算不上漂亮,可对我来说,它们不光是美,它们还是一种吸引,一种影响,我被它们俘获了,它们夺走了我的感情,我自己的力量已无法控制。我并没有存心去爱他,读者们知道,我曾竭力拔除我心灵中爱的萌芽;可现在,我又与他相遇,它们又自动苏醒了,既青翠,又茁壮!他连看都没看我一眼,我已爱上了他。

那些男人们与他相比,与他那显示出天生的充沛精力和真正力量的容貌相比,利恩兄弟的倜傥风流,英格兰姆勋爵的儒雅潇洒,甚至丹特上校的英武雄姿又算得了什么呢?我对他们的外貌和表情没什么好感,但我能想象得出,大部分见到他们的人都会称赞他们迷人、英俊、仪表堂堂;而立刻声称罗切斯特先生相貌粗陋,神情阴郁。我看见他们微笑、大笑,——那并不算什么,烛光中也有他们微笑时的热情,铃声里也包含着他们大笑时的意义,我看见罗切斯特先生微笑;他那严峻的脸孔柔和了,他的眼睛明亮而温柔,目光锐利而可爱,他正在同路易莎和艾米·埃希敦交谈,我感到非常诧异,她们怎么能如此不动声色的与他那对我来说具有穿透力的目光对视。我原以为在这目光的注视下,她们会垂下眼帘,双颊绯红呢。但当我发现她们的感情并无波澜时,我又高兴了,"他对于她们和我的意义是不同的",我想,"他和她们不是一类人,但我相信他和我是一类人——这可以肯定;我觉得我跟他很相似,我能理解他的表情和举止。尽管地位和财富在我们之间竖起一道鸿沟,但在我的头脑和心灵中,在我的血液和神经中,我们都息息相通。我前几天还告诫自己说,除了他付给我薪水以外,我和他没有任何关系,我还告诫自己,除了待他当作主人外,不能对他有任何非分之想,这真是在扼杀我的天性!为了他,我才迸发出一切美好、真诚、热烈的情感。我知道我必须隐藏起我的情感,我必须扑灭我热情的火焰,我须告诫自己,不要让他占据我的心房,因为当我说自己和他是同类人时,我不过是指我与他在某些兴趣情感上有着相同之处,而我自己并不具备他那种对别人的神奇的魅力,因而我必经时刻警惕着自己,我们之间永远隔着一条鸿沟——尽管如此,然而,只要我还活着,只要我的大脑还在运转,我就不能不爱他。

咖啡送上来了,自从先生们走进来,女士们便像百灵鸟一样活跃起来,谈话越来越轻松活泼。丹特上校和埃希敦先生在辩论政治问题;他们的妻子在一边听着。两位傲慢的富孀利恩夫人和英格兰姆夫人在一起闲谈,乔治爵士——顺便说一句,我刚才忘了描写他了——是一位身材魁梧,精力充沛旺盛的乡绅,此刻他端着咖啡站在她俩旁边,偶尔也插进去一两句话。费雷德里克·利恩先生坐在玛丽·英格兰姆身边,和她一起翻阅一本装帧精美的书里的插图,她看着,不时地微笑,不怎么说话。高大的英格兰姆勋爵抱着胳臂靠在娇小活泼的艾米·埃希敦小姐的椅背上,冷漠而无精打采,她有时仰头看看他,像只鹪鹩似的叽叽喳喳,说个不停。与罗切斯特先生相比,她似乎更喜欢英格兰姆勋爵。亨利·利恩坐在路易莎那边的一张长凳上,阿黛尔也与他坐在一起,他曾试着与阿黛尔用法语交谈,讲错的地方遭到了路易莎的嘲笑,布兰奇·英格兰姆小姐可能和谁在一起呢?她独自站在桌旁,优雅地俯下身,欣赏一本画册,看样子她似乎在等着别人来找她,但她很快就放弃了久等下去的念头,自己去挑了一个伴儿。

罗切斯特先生刚刚离开两位埃希敦小姐,这会儿一个人站在壁炉边,就像她独自站在桌边那样,她绕到壁炉架的那一边,面对他站着。

"罗切斯特先生,我本以为你不喜欢小孩呢。"

"我的确不喜欢小孩。"

"那你为什么去抚养这个小孩呢?"她指指阿黛尔,"你是从哪儿把她捡回来的?"

"她不是我捡来的,是人家把她硬塞给我的。"

"你应该送她去上学。"

"我负担不起,学校花钱太多了。"

"可是,我看你还为她请了一个家庭教师,我刚才还看到那个人和她在一起呢,——她离开了没有?哦,没有!她还坐在那儿,躲在窗帘后面,你当然得付给她工资,我觉得这也得花钱——甚至花钱更多,因为你还得负担她们两个人的生活费用。"

我害怕——也许应该说是希望——提到我时,罗切斯特先生会朝我这边望上一眼,我不由自主地向阴影里缩了缩身子,可是他不动声色,根本没有转移他的目光。

"我还没考虑过这个问题",他不在乎地说,目光漫不经心地朝着前方。

"是啊,你们男人从来不考虑经济上的节俭和常识,你真该听听妈妈是怎么评论那些家庭教师的,我记得玛丽和我小时候的家庭教师至少有一打,其中有一半都让人讨厌,即使不让人讨厌也滑稽可笑,真像是一场噩梦--对吗,妈妈?"

"你在跟我说话吗,孩子?"

这位被遗孀母亲视作心肝宝贝的小姐又重复了一遍她的问题,还加以额外的解释。

"亲爱的,别提那些家庭教师了,一提她们我就头疼,她们愚笨无能又任性,我真吃够了她们的苦头,谢天谢地,我现在总算不需要和她们打交道了。"

丹特夫人俯过身去,在这位虔诚信教的夫人身边低语了几句,从引起的答话来看,似乎是在提醒她,这里在座的就有一位属于那受到咒骂的一类人。

"Tant pis! 我倒希望这会对她有好处!"接着她压低声音,但仍然足够的响亮,能让我清楚地听到,"我注意到她了,我会看相,从她脸上我能看到她那个阶层的人的所有的缺点。"

"是什么呢,夫人?"罗切斯特先生高声问道。

"以后再单独说给你一个人听吧,"她回答说,同时把她那顶头巾帽摇了一摇,似乎暗示一种古怪的意味。

"可是我太好奇了,您现在一定要满足我的好奇心。"

"那让布兰奇告诉你吧,她就在你旁边。"

"哦,妈妈,可别让他来问我!对这些人我只有一句评语:她们真讨厌!这倒不是因为我受过她们的折磨,我总是千方百计地让她们吃苦头,我和西奥多常常设法捉弄我们的威尔逊小姐,格雷太太,还有茹贝尔太太!玛丽总是无精打采,没有精力参与我们的计划,最有趣的是那次捉弄茹贝尔太太,威尔逊小姐总是一副病恹恹的可怜相,哭哭啼啼,愁眉苦脸,反正,捉弄她真是不费吹灰之力,而格雷太太又粗鲁又笨拙,怎么捉弄她都满不在乎,最可怜的是茹贝尔太太!我们茶水洒得到处都是,把黄油面包弄碎,把书扔到天花板上,用尺子敲书桌,用炉具敲栅栏,闹得天翻地覆,——我现在还记得她那气急败坏,暴跳如雷的样子。西奥多,你还记得那些快活的日子吗?"

"我当然记得,"英格兰姆勋爵慢吞吞地说,"那可怜巴巴的老木头常冲我们大嚷:'唉,你们这些坏小孩!'——于是我们就训斥她,说她那么愚昧无知,居然敢来做我们这些聪明孩子的老师!"

"我们的确干过这样的事,泰多,记得吗,我还帮你指证,或者说是刁难你的那个男教师,那个脸色苍白的维宁先生——我们叫他病恹恹的牧师,他居然敢放肆地和威尔逊小姐谈起恋爱来了,——至少我和泰多这么看,我们好几次撞见他们秋波传情,唉声叹气,情意绵绵,我们断定那些是"la belle passion"。于是,我向你保证,我们可以很快利用这个把柄,把它作为杠杆,把这两个压在我们头上的重家伙撬到门外。我们亲爱的妈妈,对这件事刚听说一点风声,就断定这是伤风败俗的,我没说错吧,母亲大人?"

"那是自然,我的宝贝,并且我做的完全正确,相信我说的吧,有千百条理由可以说明,为什么在任何一个家教有方的人家里,都决不能忍受男女家庭教师的私通,一刻也不行,第一……"

"啊呀,天哪,妈妈!别再如数家珍,——列举了!Au reste,我们早就知道这些理由,污染孩童天真纯洁的心灵啦,恋爱双方因为心心相印,互依互靠而分心,工作不尽职啦,还有因此而来的刚愎自用,蛮横无理,犯上作乱,积怨爆发啦,等等等等。我说得对吗,英格兰姆庄园的英格兰姆男爵夫人?"

"我的百合花儿,你说得对,你说得总是正确。"

"那就别再说下去了,我们换个话题吧。"

艾米·埃希敦没有听完这句话,或者没有听出这句话中命令式的意味,仍然以她孩童般细嫩的音调说:"路易莎和我也常常捉弄我们的家庭教师,不过她脾气很好,什么都能忍受,也从不气恼发火,她从来不向我们发脾气,是吗,路易莎?"

"是的,从不,我们为所欲为,搜查她的书桌和针线盒,把她的抽屉掀个底朝天,她总是好脾气,我们要什么她都给。"

"我想,现在",英格兰姆小姐撇着高傲的嘴唇,讥笑地说,"我们该有一个关于所有家庭女教师的回忆录的摘要了,为了避免这一点,我再次提议转移话题,罗切斯特先生,你赞成我的意见吗?"

"小姐,我总是对你的任何观点都言听计从,现在也不例外。"

"那么,我就提议一个新话题了,爱德华多先生,今晚你能为我们展喉而歌吗?"

"比士卡小姐,只要您吩咐,我一定从命。"

"那么,先生,我就传旨命你清理一下你的肺和其他发声器官,随时准备为朕效命。"

"谁不愿意当这样神圣的玛丽女王的宠臣里丘呢?"

"里丘算得了什么!"她嚷着走向钢琴,一边把满头的鬈发甩了一甩,"我认为提琴家大卫一定平淡乏味,相比之下,我更喜欢黑皮肤的博斯威尔。在我看来,一个真正的男人非得有点儿魔鬼气息不可,不管历史书上怎么评价那位詹姆斯·海普本,我都觉得我理想的情人就正是他那种狂野凶悍的绿林英雄。"

"先生们,你们听听! 那么现在你们中间哪一位更像博斯威尔?"罗切斯特先生大声嚷道。

"老实说,倒是你最像,"丹特上校回答说。

"哦,我真是对你感激不尽。"对方回答。

此刻,英格兰姆小姐已端坐于钢琴前,带着自豪与优雅的神气,雪白的长袍向四面伸展开来,如同骄傲的女王,她一边说话,一边着手弹奏一支著名的前奏曲。今晚她看起来得意扬扬,她的言语,神态无不表明,她不仅要赢得众人的喝彩,还要让大家大吃一惊,她明显地想让大家感到她十分大胆,漂亮,洒脱。

"哦,我真讨厌现在的年轻人!"她一边流畅地按着琴键,一边大声说,"他们真是可怜虫,根本不配踏出爸爸的花园一步,没有妈妈的同意和照顾,更是寸步难行! 这帮家伙只注意他们漂亮的脸蛋儿,白嫩的手指和小巧的脚,似乎男人的美丑十分重要似的! 可我认为一个丑女人是造物的美丽的脸蛋上的一个污点,可是男人呢,还是让他们去追求拥有力量和勇气吧,让他们以狩猎、射击和格斗为座右铭吧,其他的全都一文不值。我要是个男人,我就会这么做。"

"不管我什么时候结婚,"她停了一下又继续说(没人插话),"我下定决心,我的丈夫不能是我的对手,只能是我的陪衬。我不能容忍我的王位旁有人与我争夺,我要他对我忠心耿耿,他只能忠于我,不能同时又忠于镜子中的他自己。罗切斯特先生,现在开始唱吧,我为你伴奏。

"遵命",他说。

"这是一首关于海盗的歌曲,你知道,我最爱海盗,所以,你得精神饱满地唱。"

"即使一杯牛奶也会因英格兰姆小姐的吩咐,而神采奕奕。"

"那么,你可小心,你要是不能让我满意的话,我可不客气了,我会教训你该如何做这些事。"

"那是对无能的奖励,现在看来,我应该尽力失败了。"

"Gadez-vous en bien! 如果你存心不好好唱,我也会罚你的。"

"英格兰姆小姐还是以慈悲为怀吧,因为她有力量施加出令凡人无法忍受的惩罚。"

"哈!请解释!"她命令道。

"请原谅,小姐,没必要解释。你那么聪明,不会不明白,你蛾眉微蹙,便足以代替死刑了。"

"唱吧!"她说,她又一次精神饱满地奏起热情的曲调。

"现在,我应该悄悄离开了",我想,但是一阵划破长空的歌声把我留了下来,菲尔费克斯太太曾对我说,罗切斯特先生的歌喉美妙无比,他果然拥有这样的天赋——那是一种圆润浑厚的男低音,满含着他的情感,他的魅力。那歌声钻入人的耳朵,渗进人的心灵,神奇地唤醒心灵深处沉睡的激情。我留在了那里,一直到那最后一个深沉而强烈的颤音飘逝,片刻之后谈话的浪潮又一次涌起,这才离开了我藏身的角落,从近旁的边门溜出去了——多亏它就在旁边。边门外是一条狭窄的走廊,穿过走廊时,我瞥见自己的鞋带松了,就停下脚步,弯腰系紧它。这时我听到餐厅的门开了,一位先生走了出来;我急忙站起来,和他相对而立。是罗切斯特先生。

"你好吗?"他问。

"很好,先生。"

"在屋里你为什么不过来和我说话?"

我想,其实这个问题应该由我来问才对,但我不愿这么放肆,于是我回答:

"你似乎很忙,先生,我不想打扰你。"

"我走了以后你都干了些什么?"

"也没干什么,还是和往常一样教阿黛尔写功课。"

"你比以前苍白了好多——我第一眼就看出来了。怎么回事?"

"没有,先生。"

"你把我淹个半死的那天夜里,你是受凉了吗?"

“一点儿也没有。”

“回客厅吧，现在就离开，太早了。”

“我累了，先生。”

他紧紧地盯住我，凝视了足有一分钟。

“还有点抑郁，”他说，“怎么回事？告诉我。”

“没有，没什么，先生，我并不抑郁。”

“但我敢肯定，你是的，你十分抑郁，再多说几句你就要哭出来了——真的，眼泪已经在眼眶里打转了，有一颗泪珠已滚出睫毛，掉落在地板上了。如果我有时间，不怕过路的佣人们说些讨厌的闲话，我一定得问清楚你到底怎么了。好吧，今晚我放你走。但是，你要知道，只要我的客人们在这儿住，我就希望你每天晚上都到客厅来；这是我的希望，千万别不理睬它。现在，走吧，让索菲来领阿黛尔。晚安，我的——”他停住，咬紧嘴唇，猝然掉头离去。

18

那些天，桑菲尔德府快乐又忙碌。这和我在那儿度过的平庸单调，孤寂沉闷的前三个月是多么不同啊！现在，所有的哀伤似乎都远远地逃离了屋子，所有阴郁的联想也被遗忘了，到处生机盎然，每天都忙碌奔走，不管你是穿过以前那寂静的走廊，还是走近以前那空旷的前排的房间，总会碰上一两个漂亮的使女，和衣着体面的男仆。

厨房、配膳间、仆从室和门厅也一样生气勃勃；只有当春天那和煦可爱的天气召唤着大家都去园中走动时，客厅才会变得空荡荡的。甚至当天气不好，阴雨连绵时，他们也不会扫兴。户外的欢乐停止了，室内的娱乐活动反而更加活跃热闹，花样百出。

在有人建议变换一下娱乐方式的第一天晚上，我对他们将要干什么还一无所知。他们说要玩"猜字游戏"，但由于我的孤陋寡闻，根本不明白是什么意思，佣人们被招呼进来，把餐厅里的桌子移走，灯光重新作了布置，椅子朝着拱门围成了半圆形，罗切斯特先生和其他男宾们指挥着这些安排，女宾们则在楼梯上上下下，打着铃叫唤她们的使女，菲尔费克斯太太也被叫进来询问家里有多少围巾，服装、帷幔，都是什么式样；用人把大捆大捆的带裙环的锦缎裙，缎子宽女袍，黑色的时装衣帽的花边垂饰等抱下来，这些都是从三楼的衣柜里搜索出来的；然后进行挑选，选中的东西就抱到客厅里的小客厅去。

同时，罗切斯特先生再次把女宾们召集在他周围，从中挑选他这一方面的人。"英格兰姆小姐当然在我这边"，然后他又点了两位埃希敦小姐和丹特太太，他又把目光落到我身上，我恰巧就在他旁边，为丹特太太扣紧她松开的手镯。

"你参加吗？"他问，我摇摇头，我生怕他会坚持，但他倒没有硬要我参加，仍让我悄悄退回自己原来的位子。

他和她的助手退到幕后，另一方，由丹特上校领头，坐在排成半圆形的椅子上，男宾中有一位埃希敦先生看见了我，似乎想邀请我加入他那一方，可英格兰姆夫人立即否定了这一建议。

"不可以。"我听见她说，"她看上去那么笨，肯定玩不了这类游戏。"

一会儿，铃声丁零作响，幕布拉开了。只见乔治·利恩爵士又粗又笨的身躯上裹了一条白床单，站在拱门里。他是罗切斯特先生一方的。一本打开的大书放在他面前的桌子上。艾米·埃希敦站在旁边，她身披罗切斯特先生的披风，手里拿着一本书。幕后，传出欢快的铃声。随后，阿黛尔——她坚持要参加她的保护人一方，挎着花篮蹦蹦跳跳地走上来，把花篮里的花朵向四处纷纷抛撒，接着，出现了英格兰姆小姐美丽的身影，她身穿一袭洁白礼服，头上戴着长长的面纱，一个玫瑰花环戴在额头上，罗切斯特先生走在她身旁。他们一起走近桌子，双双跪下，丹特太太和路易莎·埃希敦也都身穿白色礼服，在他俩身后站好。接下来一种仪式悄悄地上演了，很明显，他们在演出一幕婚礼哑剧。表演结束后，丹特上校和他那方的人低声商量了一两分钟，然后上校大声宣布："新娘！"罗切斯特先生表示同意，鞠了一躬，幕便落下了。

过了很久，幕布又重新拉开，第二幕的却比第一幕布置得更加精巧。我以前曾交代过客厅比餐厅要高出两级台阶，第二级台阶上一两米深的地方，有一个巨大的大理石水缸，我认出那是暖房里的装饰，平时它里面养着金鱼，放在暖房里的外国花草中间。它又大又沉，可以看出，把它移到这儿来一定费了好大一番手脚。

罗切斯特先生身上裹着一块披巾，头上围着穆斯林围巾，坐在水缸旁的地毯上。他那黑色的眼睛，黝黑的皮肤，穆斯林的神情，和他的打扮十分相配，他看上去真像个东方的埃米尔，一名征战沙场的英雄，不一会儿，英格兰姆小姐出场了。她也是打扮成了一名东方人，腰间系着一条红围巾，如同一条腰带，一条绣花头巾围在头上，还在鬓间打了个结，她裸露胳膊丰腴优美，一手高高举起，扶着顶在头上的一只平稳而优雅的大水罐。她的体态，表情，肤色和整个神气，都让人联想起以前部落里的以色列公主，而这无疑正是她所要扮演的角色。

她走近水缸，俯下身来，做出往水罐里装水的动作，然后又把水罐举过头顶。池边的那个人这时似乎在招呼她，提出了什么请求，她急忙过去，放下水罐，让他喝水，他从长袍的衣襟里摸出一个首饰盒子，打开它，里面似乎满是贵重的手镯和耳环。她做出艳羡的模样，他跪着把珍宝首饰放在她的脚下，她的眼神和姿势流露出惊奇喜悦的表情，那个人把手镯套上她的手腕，把耳环戴在她的耳边，这是比利以谢和百利加，只是少了骆驼。

猜谜的一方又围在一起，细声商量，显然他们对这个场面所代表的字词不能达成共识。于是他们的负责人丹特上校请求表演"完整的场面",接着幕又落下了。

第二幕开始了,舞台上出现了客厅的一隅,其余的都遮在屏风后面,客厅垂挂着粗陋的黑窗帷,大理石水缸不见了,代替它的是一张松木椅子和一把厨房用的椅子。蜡烛都熄掉,只有一盏角灯发出昏暗的光芒,笼罩着舞台上的道具。

在这惨淡凄凉的布置中,一个男人坐在那里,双手紧握成拳放在膝上,眼睛向下盯着地板。尽管他把脸弄得很脏,衣服凌乱,我仍能认出这是罗切斯特先生。他的外衣从胳膊上滑下来,奋拉下去,似乎是在殴斗中被人撕了下来,一副绝望狂怒的神态,头发蓬乱,根根竖立,这可以把他的本来面目掩饰起来。他一走动,脚上的镣铐就发出响声,手腕上还戴着手铐。

"监牢!"丹特上校嚷了起来,谜给破解了。

过了很长时间,表演者才换上他们自己的衣服,回到了餐厅。罗切斯特先生引着英格兰姆小姐走进来,她这时正在夸奖他的演技。

"你可知道",她说,"在你扮演的三个角色中,我最喜欢你最后扮演的那一个?哦,要是你早生八年,你没准儿会成为一个极具骑士风度的绅士大盗呢!"

"我脸上的煤烟都洗净了吗?"他掉过头问。

"唉!洗掉了,真可惜!再没有什么比那大盗脸上的紫红色更配你的皮肤了。"

"如此说来,你喜欢绿林大盗吗?"

"英国的绿林大盗仅次于意大利强盗;而意大利的强盗则只有利凡特的海盗才能稍占上风。"

"好啦,不管我是谁,你得记住你是我妻子;在一小时前,这么多目击者的面前,我们举行了婚礼。"她咯咯笑了起来,脸上泛起红晕,艳如桃花。

"丹特",罗切斯特先生接着说,"该轮到你们了。"丹特一方退下后,罗切斯特先生一方在空位上坐下来。英格兰姆小姐坐在他的右边,其余的人分坐在他们两侧。我这时没有注意演员,我不像刚才那样津津有味地等待着幕起,我把注意力转到了观众身上。我那本来紧盯拱门的眼睛,现在却不可抗拒地被那半圈椅子吸引住了,我已不记得丹特上校那帮人演的什么谜,他们选的什么词,后来又如何结束的,可我却仍清晰地记得每幕之后他们讨论的情景,我看见罗切斯特先生面向英格兰姆小姐,英格兰姆小姐面向他;我看见她的头侧向他,乌黑的鬈发几乎蹭着了他的肩,轻拂着他的脸颊;我听见他们低声商量;我记得他们的目光会心地交流,甚至这些景象激起的我的情感，现在也随同记忆喷涌而出。

　　我告诉你，读者，我已学会了怎样去爱罗切斯特先生。现在，我仍不能从对他的爱中解脱出来，尽管我发现他已经不再把我放在心上，就算我在他眼前待上几个小时，他也对我不屑一顾，他的注意力完全被一位高贵的小姐俘获了。而这位小姐从我身边经过时，不屑一顾，连衣服都怕蹭到我。她那乌黑的骄傲的眼睛偶尔碰到我，马上移开，似乎看到了一件卑贱低下，不堪入目的物品。可是，虽然我肯定他不久就要娶这位小姐做他的妻子，我仍然爱他如故。我每天都能看到，她以自己能控制他而骄傲。而同时，每时每刻他都表现出一种漫不经心的求爱，看上去宁愿被别人追求而不是去追求别人，可也正因为漫不经心，它才如此富有魅力；正因为骄傲，它才如此不可抗拒。

　　这样的情形虽然令我灰心，却不能使我冷却，熄灭爱情的火焰。像我这样处在这种境地的女人，应该嫉妒英格兰姆小姐高贵的地位吧。可是，我并没有嫉妒，或者说极少嫉妒，这个字眼不能说明我所受的煎熬。英格兰姆小姐不值得嫉妒，她不

配激起人的这种情感，原谅我自相矛盾的看法吧。可我认为的确如此，她热衷于卖弄却无真才实学，她虽然长得漂亮，多才多艺，但她却见识浅陋，心灵贫瘠，这贫瘠的心灵不会自动开出鲜花，自然结不出硕果的。她天性刻薄，没有个性，她不停地夸夸其谈地炫耀书本上的华丽辞藻，却从来不曾说出，不曾拥有属于自己的看法；

她大谈高尚品质，可她自己却毫无同情悲悯之心，不懂温柔与真诚。她对小阿黛尔怀着恶意的憎恨，并常不合时宜地发泄出来，这恰显出了她的自私鄙薄。阿黛尔一走近她，她就用恶毒的话咒骂她，把她推到一边，甚至冷冷地把她逐出门外。注视着她的这些天性的，不只是我一个人，另外有一双锐利机敏的眼睛，密切地注视着。是的，未来的新郎罗切斯特先生自己也在密切地关注着他未来的妻子，他的明智谨慎使他能完全清楚地认识他的漂亮女友的缺点，他对她缺乏真正的爱——而这，正是我无穷痛苦的源泉。

我看出他是出于门第之念或政治原因才打算娶她的，只有在这一点上，她才配得上他。我认为他没有赋予她爱恋，而她也不配获得他的珍贵的爱，这才是根本，——是我心烦意乱的原因，——我无限欣喜的原因：她无法令他着迷。

假如她想方设法使自己赢得了他的爱，而他也心悦诚服地向她屈服，把他的真情奉献到她的裙下，我会蒙住脸，向隅而泣，对他们就此死心。假如英格兰姆小姐善良高尚，富有力量、热情、仁爱和智慧，我会与妒忌和失望这两大猛虎去决一死战。然后，即使我心碎神伤，我也会赞美她，承认她的超凡不群，然后默默地度过我的余生。而且，她越是超凡不群，我就会越诚恳地赞美她，我也就越能真正地获得心灵的宁静。可现实却并非如此，我眼睁睁地看着英格兰姆小姐千方百计要迷住罗切斯特先生，她的企图一次次落空，而她自己却浑然不知；她徒然幻想着自己的爱情之箭支支射中爱人的心房，她被幻想的成功冲昏了头脑，她的骄傲和自负使她适得其反，她引诱的对象离她越来越远——我看到这些，我就立刻激动万分，然后又拼命地抑制下去。

因为，当她失败的时候，我却看到了能够取得胜利的方法。我知道，那些不断射向罗切斯特先生的心房又掉落在脚边的爱情之箭，如果是由别的稳健的射手来射，早就可能准确地击中他的心房了。他那一向严峻的眼睛中会盛满爱恋，他那一向讥讽的面孔上会蕴满温柔，甚至不必用武器，就能默默地征服他的心灵。

"她这么接近他，她为什么不能利用自己便利的条件对他施加更大的影响呢？"我暗自发问。"她一定不是真正喜欢他，或者说她的喜欢不是真正的爱！如果她是真的爱他，她用不着满脸笑容，频送秋波，这样费尽心机地做出文雅的样子。照我看，她只要默默地偎在他身边，不必看他，不必说话，就会走近他的心灵。我以前曾在他脸上见过与现在截然不同的神情。如今，当如此娇媚地去引诱他时，他却阴郁起来。可那时,他的表情是自然而然的,绝不是靠媚笑的手段和矫揉造作的伎俩所引发的。而且你只要平静地接受它——安详地回答他的问题,和他讲话时不要存心卖弄,——它就会愈来愈强,越来越和颜悦色,真挚诚恳,如那哺育万物的灿烂的阳光一样给人和煦与温暖。如果他们结婚,她又如何才能讨得他的欢心呢?我觉得她根本做不到这点,可是这是能够做得到的。我深信,他的妻子将会是温暖阳光中最幸福的女人。

　　我对于罗切斯特先生为了利益和姻亲关系而结婚的打算,一直没说过什么表示谴责的话。我最初发现他有这种打算时,曾深感惊讶。我本以为,在选择妻子方面,他是不会受世俗动机影响的,但是,当我想到他们的地位、教育程度时,我逐渐觉得,我不该评判和责备他们,指责他们依照毫无疑问自小就在他们头脑里的观念行事。他们整个阶级都按此原则生活,所以,我想他们肯定有原因来遵守它们。照我看,假如我处在他的位置,我的怀里就只能躺着我心爱的人;不过,尽管这个主意明显对丈夫有利,可我仍相信,它不能被普遍接受,一定有些我所不知的原因,否则,我相信,全世界都会是我所希望的样子。

　　但和这方面一样,在其他方面我对我的主人愈来愈宽容了。我忘记了我曾一度密切注视的一切缺点。我以前曾企图研究他的性格,把优点和缺点放在一起,对它们进行公正的评价,形成一个正确的评判,现在我已经分不清优缺点了。那些曾让我害怕和吃惊的嘲讽和粗暴,成了一盘好菜中浓烈的调味品。有了它们,你可能会感到辛辣,但缺少它们,你又会觉得无味。而那些在细心的观察者的眼中会偶然表现,而等你想去探测这神秘的深渊时隐遁了的让人难解的神情——是不幸还是悲伤,是诡诈还是失望?这种神情常常使我害怕退缩,就好像群山彷徨在火山中,突然感到大地颤动,然后看到它裂了开来。现在我还偶然能看到这种表情,但看到它时,我不再麻木,而是无比激动。我现在不但不想躲避,反而希望能去探索一番。我认为英格兰姆小姐是幸福的,因为她有机会去观察这个深渊,探索其奥秘,分析其秘密。

　　这时,充斥我的脑海的只有我的主人和他未来的新娘——眼里只看到他们,耳里只听到他们,心里只想到他们在做什么——而此时,别的客人都在忙于各自的兴趣和娱乐。利恩夫人和英格兰姆夫人还在郑重地交谈,她们互相点着头,头戴头巾帽,举起四只手,不时做出吃惊、不解、害怕的手势,就像一对大木偶。温厚的丹特太太和脾气好的埃希敦太太在聊天，她们俩人有时与我打招呼，朝我笑笑。乔治·利恩爵士、丹特上校和埃希敦先生在谈论政治、郡里事务或司法事务。英格兰姆勋爵和艾米·埃希顿在调情，路易莎在弹琴、唱歌给一位利恩先生听，他们有时还一起唱歌。玛丽·英格兰姆无精打采地听着另一位利恩先生的殷勤话语。有时候，大家会不约而同地突然停止他们的插曲来欣赏主角们的表演，因为毕竟罗切斯特先生和跟他在一起的英格兰姆小姐是这个圈子的中心。他哪怕只离开这个房间一个小时，客人们也会陷入明显的沉闷中，而如果他一回来，谈话就会活跃起来。

有一天他因事外出，去了米尔考特，大概很晚才能回来。大家就明显感到少了他，气氛也不活跃了。那天下午下着雨，大家本想散步去看看最近安顿在干草村一块公地上的吉卜赛营，这个建议也只好推迟。几位先生去了马厩，年轻的先生们、小姐们在弹子房打弹子，两位遗孀英格兰姆夫人和利恩夫人不声不响地在玩纸牌，消磨时光。布兰奇·英格兰姆小姐高傲地沉默着，拒绝了丹特太太和埃希敦太太拉她一起闲谈的建议。她们先是在钢琴的伴奏下低声哼了几首伤感的歌曲，然后又从书房里拿出小说，骄傲慵懒地朝沙发上一靠，想用小说来打发因缺少同伴而无聊的时间。整个屋子都寂静无声，只偶尔传来楼上玩弹子的人的笑声。

时近黄昏，钟声使大家想起该去换上礼服，进晚餐了。这时，阿黛尔跪在我旁边的客厅窗台上突然叫了起来：

"Volià Monsieur Rocherster, qui revient！"

我转过身去，英格兰姆小姐从沙发那儿奔跑而来。别的人也都放下手头的活儿抬头张望。这时已经可以听到湿湿的沙砾路上嘎嘎的车轮声和马蹄溅起的水的声音。一辆驿车正在奔驶而来。

"他怎么会坐这种车回来？"英格兰姆小姐说。"他出去的时候不是骑了那匹黑马美士罗吗？派洛特也跟着他。这些马、狗到哪儿去了？"

说话时，她那高大的身躯和宽大的衣服紧紧地靠着窗子，我只好往后仰着身子，脊梁骨都快折断了，她开始由于着急没有看到我，可后来她看到我时，就撇了撇嘴，跑到另一个窗子前，驿车停了下来，赶车人拉响门铃，一位身着旅行装的绅士走下车。但他不是罗切斯特先生，而是一位身材高大、模样时髦的陌生人。

"真让人生气！"英格兰姆小姐冲阿黛尔嚷道，"你这只讨厌的猴子！谁让你到窗台上报告假消息的？"她气冲冲地瞥了我一眼，似乎这是因我而引起的。

大厅里的人又开始闲谈。过了一会儿，刚才的陌生人走进来，他向英格兰姆夫人鞠躬，大概认为她是年龄最长的夫人。

"似乎我来得不巧，太太"，他说，"我的朋友罗切斯特先生不在家，不过我住得很远，我认为，我可以以一位老朋友的身份在这儿等他回来。"

他的态度十分礼貌，但我觉得他说话的口音有点儿怪——不是完全的外国口音，但也不是地道的英国口音；他的年龄似乎和罗切斯特先生差不多，大约三四十岁，如果他脸色不是那么蜡黄，他算得上漂亮，尤其给人的第一印象更是如此，再仔细看一下，就会发现他脸上有一些令人讨厌，至少也不让人喜欢的东西，他五官端正却过于松弛，他眼睛很大，形状也好，但其中的目光却有气无力，空洞乏味——起码我这样认为。

换衣服的铃声响了，大家四散开来。直到晚饭后他才又出现，他这时已不拘束，但我却比刚才更不喜欢他的样子了，我觉得他既躁动不安又无精打采。他眼光转来转去，毫无目的，这使他有一种我记忆中不曾见过的古怪神气。他尽管长相漂亮，态度也还算亲切，可却使我十分厌恶。他的皮肤光洁的橄榄形的脸上毫无生气，他的鹰钩鼻子和小口缺乏果敢；他的低低的、宽阔的额头上缺乏智慧；他的褐色的眼睛里缺乏威力。

我坐在惯常的角落里，透过壁炉架上的枝形烛台摇曳的光芒暗暗注视着他。烛光笼罩了他的全身，这是因为他好像十分怕冷，坐在火炉边的一把椅子里，还不断向火边蜷缩。我在他和罗切斯特先生间作了一下比较，我不无尊敬地把他们比作一只光洁的肥鹅和一只凶猛的老鹰，一只温驯的绵羊和一只目光锐利、毛发蓬松的猎狗，他们之间的对比就是这样明显。

他说起罗切斯特先生时，称他为老朋友。他们的友谊真是奇怪，颇有点古书上说的"相克相生"的味道。

我能在房间的这头，听到附近的几位先生的谈话。开始时，由于坐得很近的路易莎·埃希敦和玛丽·英格兰姆谈话的混淆，我难以听清楚他们谈话的内容。两位小姐正在议论这陌生人，她们说他是"美男子"。路易莎说他"是一个可爱的人"，说她"崇拜他"，玛丽则说，他最诱人的地方是"漂亮的小嘴，和美丽的鼻子。"

"他拥有多么温厚的额头啊！"路易莎叫道，"光滑无比，一点也没有我最讨厌的皱眉蹙额的怪相，他的眼神和微笑也那么温柔！"

这时，亨利·利恩先生把她们两人请到房间的那头，一起去商量因雨推迟的去干草村公地游玩的计划，我这才松了一口气。

现在我可以仔细地注意炉火边的那群人了，我很快就弄清楚，这位陌生人叫梅森先生。一会儿我又弄清楚他是新近从热带国家来到英国的，难怪他脸色蜡黄，紧靠炉火，在屋里还穿着大氅。接着，牙买加、金斯敦、西班牙城几个字眼似乎说明他曾住在西印度群岛。不久，他又说他是在那儿与罗切斯特先生初次相遇的，这使我大吃一惊。他说他的朋友不喜欢那里的炎热，季风和雨季。我早就知道罗切斯特先生爱旅行——菲尔费克斯太太曾这么说，但我还以为他只在欧洲大陆旅行，在这之前他没提起过更远的地方。

我还在想着这些事的当口儿，却发生了件意想不到的事，打断了我的思路。有人无意间打开了门，梅森先生打着哆嗦要求在壁炉里再加些煤，因为余灰虽还通红却发不出火焰了。仆人送煤进来时，在埃希敦先生身边低声说了句什么，我只捕捉到"老妇人""十分讨厌"几个字眼。

"告诉她，如果不赶快滚蛋的话，就把她抓起来。"地方长官说。

"不，等等！"丹特上校阻止他说。"埃希敦，别着急赶她走，没准儿这是一个好机会呢，最好和女士们商量一下。"他抬高声音，继续说："女士们，你们刚才说要去干草村公地看吉卜赛营，山姆刚才报告说，这儿有一个本奇妈妈在仆人厅坚持要让人带她进来拜见'尊贵的客人'，给他们算命，你们愿意见见她吗？"

"那还用说，上校？"英格兰姆夫人叫起来，"你不会纵容这么一个卑下的骗子吧？不管怎么说，立刻让她走！"

"可是她不听我的劝告，她不肯走，夫人，"仆人说，"所有的用人都无法做到。菲尔费克斯太太现在正在求她离开；可她拿了把椅子坐在壁炉边，说如果不让她进来，她就坐那儿不走了。"

"她想怎样呢？"埃希敦太太问。

"'给先生女士们算算命，'她这么说，还发誓说她一定要算，必须要算。"

"她长得什么样儿？"两位埃希敦小姐一齐问。

"她丑得让人害怕，小姐，简直像煤炭一样黑。"

"哈，这才是真正的女巫！"利恩大叫起来，"我们应该让她进来。"

"当然"，他的兄弟说，"如果白白放过这个有趣的机会，可太可惜了。"

"我亲爱的孩子们,你们心里想的是什么呀?"利恩夫人说。

"我决不同意这种越轨行为。"英格兰姆夫人也高声附和。

"的确如此,妈妈,可是你可以赞成,——你一定会的,"坐在钢琴凳上的布兰奇转过身来以傲慢的口气说,她刚才似乎在仔细阅读乐谱,一直默不作声。"我很好奇,想听听别人是怎么给我算命的,所以,山姆,你去叫那老太婆过来。"

"布兰奇,宝贝儿! 别忘了——"

"我知道——你想说的我都知道,但我必须依照我的想法行事——快去,山姆!"

"对——对——对——!"所有的年轻人,不论先生还是小姐都叫了起来。"快让她进来,一定十分有趣。"

仆人仍站在那儿不动。"她看上去很粗鲁。"他说。

"去!"英格兰姆小姐大喝一声,仆人只好走了。

所有的人都立刻活跃起来,山姆又进来时大家正在疯狂地开玩笑。

"她现在不愿进,"他说,"她说她的任务不是在'一群俗人'——这是她的原话——面前丢人现眼,我必须带她独自到一间屋里,想算命的人得一个个去她那儿找她。"

"你看,皇后一样的布兰奇",英格兰姆夫人说,"她得寸进尺了。听话,女儿,我的天使——而且——"

"当然,带她去书房,"天使一样的女儿打断了母亲的话,"我也不愿意当着一群俗人的面听她算命。我要她只说给我一个人听。书房里生火了吗?"

"生了,小姐——但看上去她完全是个流浪者。"

"别啰嗦,笨蛋,按我说的做。"

山姆又离开了,神秘、兴奋、期盼又掀起高潮。

"她已经准备好了",仆人又进来说,"她想知道第一位客人是谁。"

"我想,我还是在女士们之前进去看看。"丹特上校说。

"告诉她,山姆,一位先生要去了。"

山姆离开,一会儿又回来。

"先生,她说她不给先生们算命,先生们可以不必劳神去了,她还说,"他强忍住笑,又补充说,"除了年轻未婚的小姐外,她也不接待太太们。"

"天啊,她还挑肥拣瘦!"亨利·利恩说。

英格兰姆小姐严肃地起身,"我去。"她说话的语气仿佛是沙场上身先士卒的敢死队队长。

"啊,宝贝,啊,亲爱的,等一等,——再考虑一下!"她的妈妈喊道,但她以庄严的姿态一声不响地从她身边走过,走进了丹特上校替她打开的门,我们听见她走进了书房。

接下来大家安静了一会儿,英格兰姆夫人觉得这是扭她双手的 le cas 了,就不停地扭着双手。玛丽小姐说,她觉得自己不敢去冒这个险,艾米·埃希敦和路易莎·埃希敦小声窃笑,似乎有些害怕。

时间过去了一分又一分,如此缓慢,直到十五分钟后,书房的门才又重新打开。英格兰姆小姐穿过拱门回来了。

她会哈哈大笑吗? 她会把此当作一个玩笑吗? 所有好奇的眼睛都急切注视着她,而她却用拒人于千里之外的冷漠来回答,她似乎不激动也不快乐,只是机械地走到自己座位上,默默地坐下来。

"怎么样,布兰奇?"英格兰姆勋爵问。

"她都怎么说,姐姐?"玛丽问。

"你认为如何? 你觉得如何? 她真是个算命的吗?"两位埃希敦小姐急切地问。

"算了,算了,善良的人们",英格兰姆小姐说,"别逼我了。你们也太轻信,太好奇,太易激动了。你们大家——包括我亲爱的妈妈在内——对这件事如此认真,似乎你们真的相信我们屋里来了个恶魔般的巫婆。可我刚才看到的只是个流浪的吉卜赛人,她用那老掉牙的一套给我看手相,给我讲了些套话,我已满足了一时的好奇心,现在我觉得,埃希敦先生可以像刚才他说的那样,把这个老妖婆铐起来了。"

英格兰姆小姐拿起一本书,往椅背上一靠,不再搭理大家。我紧紧地盯着她,发现这半个小时里她没有翻过一页书,脸上越来越阴沉,越来越不满,越来越失望。很显然她听到的东西不是好话,而她的长时间的阴沉和沉默表明她并不像嘴里说的那样不在乎,而是十分看重那个预言。

这时,玛丽·英格兰姆,艾米·埃希敦和路易莎·埃希敦都说她们想去,但又不敢一个人去,只好让山姆这个使者在中间周旋。经过好多个回合,山姆大概把腿都跑痛了，最后总算才得到了这位苛刻的西比尔的同意，她们三个可以一起去见她。

她们这一次可不像英格兰姆小姐那次安静，我们听见书房不时爆发歇斯底里的笑声和尖叫，二十分钟后，她们才猛地打开门，从大厅奔跑而来，似乎受了惊吓。

"我敢说她有点邪门儿！"她们一起说，"她给我们讲那样的事！我们的事她了如指掌！"先生们赶紧端来椅子，她们气喘吁吁地倒坐下去。

大家要求她们说得清楚些，她们说，她告诉了她们许多她们自己童年的事情，描述了她们闺房里的书籍和摆设——包括亲友赠送的礼品。她们还说她甚至能说出她们的心事，还在她们耳边宣布了她们最爱的人的名字，宣布了她们最大的愿望。

这时先生们纷纷插口说，热烈请求她们对最后两句话加以详细解释，而她们只是用脸红、惊叫、颤抖和咯咯娇笑来回答这一强烈请求。同时几位年长的太太给她们打扇，给她们闻香醋盒，一再表示她们没听自己的劝告，十分不安。年长的先生们哈哈大笑，年轻的则不停地向受惊的美人儿献殷勤。

在一团混乱中，我只是注意着，倾听着这些忙乱，这时我听到身旁有一声低低的咳嗽。我转过身，发现是山姆。

"对不起，小姐，那吉卜赛人说房里还有一位未婚的年轻小姐没去那儿，她发誓说一定要看遍所有的人，否则她不会走的。我想她说的是你，没有别人了。我怎么向她交代呢？"

"哦，我一定去。"我回答说，居然有一个机会来满足我的好奇心，我十分愉快，在没人注意的情况下，我悄悄溜出了房间——所有的人都纷乱一片，围着那三位受惊的小姐——并随手带上了门。

"如果你愿意，小姐"，山姆说，"我就在厅里，如果她惊吓了你，你就叫我。"

"不必，山姆，你回厨房吧，我不害怕。"我确实一点也不怕，只是很好奇，很兴奋。

19

当我进去时，书房一片寂静，那个西比尔——如果她真是西比尔的话，——安适地坐在火炉边的一把安乐椅上。她披着红披风，戴着黑帽子——或者不如说是顶吉卜赛人的宽边帽，一块条纹毛巾压在帽檐上，在下巴上有一个系紧的结，桌上有一支熄灭的蜡烛，这时，她正俯着身子，借着火光看一本像祈祷书似的小黑书，她边看边像很多老妇人一样，低声把它念出声来，我进去时她像是想把这段念完，并没有马上停下来。

我因为刚才一直坐在客厅里远离火炉的地方，手有些凉，就在炉边烤了烤手，我安然若常；这个吉卜赛人没有使我不安。她合上书，懒洋洋地抬起头。尽管她的帽檐遮住了大半的脸，但我仍在她抬头的一刹那觉得这张脸十分奇怪，它又黑又黄，一条白带下露出蓬乱的头发，白带子从下巴绕过遮住她的面颊——甚至连下颌也蒙住了，她的目光落在我身上，大胆地直视着我。

"好吧，你想算命，是吗?"她说，她的声音如目光一样坚毅，如长相一样粗鲁。

"我无所谓，大妈，随便你。但我要先警告你，我不信这个。"

"这么说，已是你冒失的脾气的显露，我早知道你会这么说的，你一跨过门槛，我就从你脚步声知道了。"

"是吗？你的耳朵真灵敏。"

"我不光耳朵灵，眼睛也灵，脑子也活。"

"这是你的职业要求。"

"不错，尤其与你这样的客人打交道时更得有这些。你为什么不发抖?"

"我不冷。"

"你的脸色为什么不苍白?"

"我没病。"

"你为什么不问我技术如何?"

"我不笨。"

那干瘦的巫婆在她的帽子和带子下低低窃笑，然后掏出一个短短的黑烟斗，点燃以后，抽起烟来。她享受了这样的镇静良药后，直起身来，从嘴里取出烟斗，一边盯着炉火，一边慢慢说：

"你冷，你有病，你也傻。"

"为什么？"我说。

"我会用几句话就让你明白的。你冷，因为你孤独寂寞，无人能激发你内心的热情之火。你有病，因为人所具有的最美好、最神圣、最甜蜜的感情离你很远。你傻，因为你宁愿自己痛苦，也不愿去召唤这感情，或者自己主动去迎接那正在期盼着你的感情。"

她又使劲地抽起了烟。

"你的话对任何一个你所知道在深宅大院里孤苦伶仃，寄人篱下的女子，都适用。"

"我的确可以对别人这么说，但它是不是符合事实呢？"

"对我来说如此。"

"是呀，没错，对你来说是对的。但你能另找一个和你情况完全相同的人吗？"

"即使一千个也不难找到。"

"你连一个也找不出来。如果你明白就好了，你的情况十分特殊，幸福就在你身边，伸手可及，一切前提都已准备就绪，只需举手之劳就能完成。机缘使它们隔开了点儿距离，但只要稍微靠近，就能结出幸福的硕果。"

"我不懂你的话。我一向不善猜谜。"

"如果你希望我说得更明白的话，把手递给我。"

"我猜还得放上一个硬币吧？"

"当然。"

我给了她一先令；她从口袋里摸出一只旧袜子，把钱放进，然后扎好，接着她要我把手伸给她，我依照她的话做了。她俯下脸细细观察，却不去碰它。

"真细嫩"，她说，"这一只手上什么也不能显示出来——几乎没有手纹；况且，手算什么呢？它不决定命运。"

"我同意"，我说。

"命运没有写在那儿"，她接着说，"命运写在脸上——在额头上，在眼眶上，在眼睛里，在嘴巴的纹路上。跪下，抬起头来。"

"啊！现在你说到实处了。"我一边跪下来，一边说，"我对你有点儿相信了。"

我在离她半码远的地方跪了下来。她拨了拨火,被拨动的煤闪出一丝亮光。然而因为她坐着,这亮光照在我的脸上,却使她的脸掩在更深的阴影里。

"我不知道,当你坐在那边客厅时,看着那帮漂亮的人们如走马灯似的穿梭来往,你心里是怎么想的。你跟他们没有共同语言,在你眼里,他们只是幻影,而无血肉。"

"我常常感到厌倦,有时也乏味,但却并不悲伤。"

"那么,你一定有什么暗暗的愿望在召唤着你,也许它就在你耳边喃喃细语,告诉你美好的明天,使你精神振奋。"

"我才不是这样呢,我最大的愿望就是从工资里攒出一笔钱,让我能够办所小学校。"

"只凭这点小小的愿望寄托精神,然后就只是坐在窗边的凳子上?你看,我连你的习惯都知道……"

"你从仆人那儿打听到的吧?"

"哦!你自以为聪明。好——就算我是打听到的,说实话,我认识一个仆人——普尔太太——"

听到这个名字,我惊跳起来。

"你认识——是吗?"我想,"如此看来真有什么魔力在起作用了!"

"别害怕,"她继续说,"她值得信任,这个普尔太太。沉默少言,谁都可以放心大胆地信任她。不过,我刚才说到,当你坐在窗口的座位上时,难道你就只想你未来的学校,别的什么都不想吗?你对于那些坐在你前面的沙发和椅子的人,没有一点兴趣吗?没有一张脸能使你望了又望,没有一个人的举止使你哪怕是出于好奇而注意吗?"

"我喜欢观察所有的人和所有的面孔。"

"可是难道你没有尤其注意其中的哪一个或两个人吗?"

"如果他们之间的举动和神情大有故事可听时,我常常这么做,仔细观察他们十分有意思。"

"你爱听什么故事?"

"哦,供我选择的可不多,而且,它们总是那古老的一套——求爱,最后大都归结为一场不幸——结婚。"

"你喜欢这一成不变的故事吗?"

"当然不感兴趣,与我毫无关系。"

"与你毫无关系?如果有一位年轻美丽的小姐,总是娇笑着与一位先生待在一起。她又美丽动人,又出身高贵,而这位先生恰恰是你……"

"怎么样?"

"你认识的,——而且,可能还挺有好感。"

"这里的先生我一个也不认识,我跟任何人都没说过一句话;至于对他们有无好感的问题,我觉得他们有几位可敬、严肃,年纪较长,还有几位年轻英俊,潇洒活泼,可不管是谁,他们有他们的自由,愿意与谁笑谈就与谁笑谈,用不着我来想这事跟我有何关系。"

"这里的先生你一个也不认识吗?你没有和任何一个人谈过话吗?那么你敢说你和这里的主人也是如此吗?"

"他不在这儿。"

"真是巧妙的回答,绝妙的遁词!他今早去了米尔考特,今晚或明天才能回来,这样你就有理由把他摒除于你的熟人名单之外了吗?——就能否定他的存在吗?"

"不能。可我看不出罗切斯特先生与你说的话有何相关。"

"我刚才在说女士们对先生们巧笑嫣然,而这几天里,罗切斯特先生的眼睛如满溢的酒杯,斟满了各种甜蜜的笑容,难道你没有发现吗?"

"享受与客人们交往的快乐,那是罗切斯特先生的权利。"

"他当然有这样的权利,可是难道你没有发现,在这里关于婚姻的话题中,罗切斯特先生有幸成为众人的焦点,而且是经久不衰的中心?"

"听话者如此入迷,才使说话人更加起劲。"我这话与其是说给吉卜赛人听,莫如说是在安慰我自己,她那奇怪的语言、声调、举动,已经让我如入梦境了。她不停地说出让人吃惊的话语,把我俘获进一个神奇的网中,不知不觉地,我几乎怀疑这些天真有一个无形的神灵在我的心灵中驻守,观察它的意愿,记录它的跳动。

"听话者入迷!"她重复了一句,"不错,罗切斯特先生久久地坐在那里,侧耳倾听那美丽的小嘴愉快地谈话,并且,罗切斯特先生十分乐意接受这种消遣,还感激不尽。"

感激!我可不记得他脸上曾显现出感激的神情。

我不说话了。

"你看到了爱,是吗?——而且你可以预见他们将要结婚,预见到他的新娘会十分幸福。"

"哼,并不见得。你的话不一定灵验。"

"那你到底发现了什么?"

"这不必告诉你,我来这儿是发问,不是诉说的。大家都知道罗切斯特先生要结婚了吗?"

"是的,很快。是跟漂亮的英格兰姆小姐结婚。"她说,"种种事实都表明了这一点。而且毫无疑问,虽然你可能还在放肆地怀疑——这怀疑会受到惩罚的。他们将会非常幸福。他一定会爱上这么一位美丽、优雅、聪明、多才多艺的小姐,而她也许也爱他,或者,保守点说,就算她不爱他的人,也爱他的钱。我知道她最满意的是罗切斯特先生的财富,不过,上帝饶恕我!刚才,一个小时前,我向她透露了一点这方面的信息,她的脸阴沉下来,我得告诫那位黑脸的求婚者,如果再来一个更富有的对手,——他就完蛋了。"

"可是,大妈,我不是来替罗切斯特先生算命的,我是来算我自己的命。"

"你还前途未卜。我仔细端详你的脸,你脸上的特征互相矛盾。机遇给你带来了一点幸福,这我知道,我没来这儿时已经知道了。她已经给你留了一份,我已经看见了。只要你自己伸出手就能得到它,不过我要研究的是你到底会不会这么做,再跪下来吧。"

"别让我跪得时间太长,炉火熏得我不舒服。"

我跪了下来,她没有再向我弯下腰,而只是仰在椅背上,凝视着我,口中念念有词:

"火光在你的眼睛里跳跃,眼睛如露珠一样晶莹,看上去,它既温柔,又热情;它在对我的话微笑,它是那么敏感,一个又一个的印象从那清澈的眼珠里掠过,如果收起微笑,它又显得有些落寞、伤感。眼睛疲倦时,它会不自觉地流露出无精打采的情绪,孤独寂寞,郁郁寡欢,它在躲避我,不敢接受我的盯视。它似乎在嘲弄我,否认我已见的事实,——否认敏感和抑郁,可是,它的自尊和沉默反而更证实了我的看法。那眼睛真可爱。"

"至于嘴巴,它有时用微笑表示高兴;尽管它对心中许多想法缄默不语,但有时也表白头脑中的看法。它活泼灵巧，不甘愿永远在孤寂中沉默，这张嘴本应该能言善辩，满蕴微笑，对交谈的人富有同情心。这一部分长得也不错。

"如果不是额头，我看不出有什么会是你幸福结果的妨碍者。而额头却似乎承认说：'如果为了自尊，环境，我能够自立。我不必靠出卖灵魂来换取幸福，我天生具有内在的财富，使我即使被剥夺一切外在的乐趣，或者只有用我付不起的代价才能得到乐趣，我也有勇气活下去。'前额说：'理智握紧感情的缰绳，君临宝座，决不会放纵感情脱缰狂奔，坠入深渊。尽管热情可以如真正的异教徒那样，狂野肆虐，欲望可以漫无边际地胡思乱想，但具有决定作用的还是理性的判断力，是它拥有最后的发言权和最关键的表决权。即使发生狂风、地震、大火，我也将始终听众心灵之声的指引，凭我的良心行事。'"

"说得好，前额，你的话是令人尊重的。我已决定了我的计划，——我坚信我的计划是对的，我既对得起良心，也对得起理智。我知道，在奉献的幸福之杯中，哪怕只有一点耻辱的渣滓，一丝悔恨的苦涩，青春就会逝去，鲜花就会飘零，而我，不要牺牲、悲伤、离别，——这不是我的愿望。我希望小心栽培，而不是摧毁，——希望赢得感激，而不是引来血泪，——更不想让人痛哭流涕，我应当在微笑，热情和甜蜜中收获果实。我想，这时我大概是在美妙的神志不清中呓语。哦，这一刻我真想把它延长到 ad infinitum，可是，我不敢这么做，到目前为止，我还能控制住自己，我一直在照我原先的想法小心翼翼地做戏，如果再表演下去，我就力不能及，不能控制自己了。起来吧，爱小姐，离开我吧，'戏已散场了'。"

我到底身在何方？我是在现实还是在梦中？难道刚才我是做了一场梦？难道还没有从梦中醒来？这个老妇人的嗓音变了，她的声音和她的手，我都像熟悉自己镜子中的脸，自己口中说出的话一样，了如指掌。我站了起来，但没有离开。我定了定神，把炉火拨了一下，又凝神看她，但她把帽子和带子往下拉得更低，把脸遮得更严，而且再次挥手让我离去。这时我站起来，一心想弄清其中的奥秘，所以一下子就看清楚了这只手。这只手不是如老年人一般干枯，而是和我一样，圆润光滑，柔软修长，它的小拇指上戴着一只闪烁光芒的大钻戒。我俯身仔细看它，正是我以前千百次见过的那颗宝石，我再次睄她的脸，它已经不再躲避我的目光，——相反，摘掉了帽子，拉下了带子，露出了脑袋。

"喂，简，还认识我吗？"那么熟悉的声音。

"只要再脱掉红披风,先生,那我就……"

"可是带子打结了,——帮帮我。"

"把它扯断吧,先生。"

"好吧。啊,——去你的吧,借来的东西!"

于是罗切斯特先生扔掉了他的伪装。

"啊,先生,主意多稀奇哦!"

"但进行得还算成功,是吗?你觉得呢?"

"对那些小姐们来说,你算是演得不错。"

"可对你来说不好吗?"

"对我来说,你没有出演吉卜赛人。"

"那我演的是谁?是我自己吗?"

"不,谁也不是,反正,我相信你企图把我的心里话诱导出来——或者想让我落进一个圈套。你自己不知所云,也想让我跟着胡言乱语。这可不应该,先生。"

"你原谅我,简。"

"我得好好考虑一下,才知道是不是会原谅你。如果我好好想一想,发现我还不算太离谱,那我尽量原谅你。可不管怎样,这是不对的。"

"哦,你一直很对,——小心谨慎又聪明理智。"

我回忆了一番,觉得大致可说如此,这算对自己的安慰吧。可是,老实说,我一开始就小心提防着,我怀疑他像是化了妆。我知道,吉卜赛人和算命先生都不会像这个所谓的老妇人一样极力表白自己,另外我还觉得她的声音不自然,她急于掩饰自己的真实相貌。不过,我那时只是想到了格蕾斯·普尔那个不解之谜,谜中之谜,而万万没有想到,这就是罗切斯特先生。

"好了",他说,"你愣在那儿,心里在想什么?你那严肃的笑是什么意思?"

"又是惊讶,又有些庆幸。先生,我想现在我可以离开了吧?"

"不,请再等一下。你告诉我,客厅里的那些人这会儿正在做什么?坐下!——告诉我他们都说我怎么来着。"

"我不能待得太久,先生,现在快十一点钟了吧。噢,对了,罗切斯特先生,你早上出去后,来了一位陌生人,你知道这件事吗?"

"一位陌生人!——我还不知道,他会是谁?我没有约过什么人。他走了吗?"

"没有,他说你们是老朋友,他还说他应该可以留下来等着你。"

"真见他的鬼!他真这么做了!他说过他叫什么吗?"

"他说他姓梅森,我猜他是从西班牙群岛——牙买加的西班牙城来的。"

"梅森!——西印度群岛!"他那僵硬的声调如同发自一个自动说话器。"梅森!——西印度群岛!"他又说了一遍。他断断续续地重复了三遍,面色惨白,简直不知所措。

"你不舒服吗!"我问。

"简,我遭到了打击,——我遭到了打击,简!"他身子颤抖而摇晃。

"哦,靠着我,先生。"

"简,你曾让我靠过你的肩膀,这会儿又让我靠着。"

"好的,先生,好的;还有我的胳膊。"

他坐下来,也要求我坐在他身边。他双手握住我的手,抚摸着,以忧伤不安的神情看着我。

"我的小朋友!"他说,"我希望我们在一个安安静静的小岛上,只有我和你在一起,一切忧愁、烦恼、可怕的记忆都远远地离开我!"

"我能帮你吗,先生?——我愿付出我的生命,为你服务。"

"简,如果需要帮助,我只会向你求助,我可以向你保证。"

"谢谢你,先生。告诉我该怎么做——我会全力以赴的。"

"好吧,简,现在你去餐厅给我拿杯酒来,他们大概正在那儿吃晚餐。回来告诉我,梅森是否和他们在一起,他正在做什么。"

我去了。正如罗切斯特先生所说的,他们正在餐厅里进晚餐。他们并没有围坐在桌子前,而是三五成群地站着,手里端着碟子、酒杯。晚餐就安排在餐具柜上,任人选择,似乎人人都十分高兴,房间满溢欢声笑语。梅森先生站在炉火边正跟丹特上校夫妇交谈,看上去和大家一样高兴。我倒满了一杯酒,这时,我看见英格兰姆小姐皱眉望着我。我相信,她一定认为我太放肆了;然后,我回到书房中。

罗切斯特先生的脸色不再极度苍白,他又显得坚毅果敢了。我把酒杯递给他。

"祝你健康,救人的精灵!"他一边说,一边一饮而尽,把杯子递给我。"他们在干什么,简?"

"在聊天说笑,先生。"

"他们没有神情严肃而怪异,如同听了什么奇闻吧?"

"根本没有,——他们都兴高采烈,说着笑话。"

"梅森呢?"

"他也眉飞色舞。"

"如果这帮人都唾弃咒骂我,那你呢,简?"

"我会把他们轰走,先生,只要我能够。"

他开心地笑了。"可如果他们看到我只是报以冷眼,白眼相加,百般讽刺,交头接耳,转身离去,把我一个人抛下,那该怎么办? 你会跟他们一起离开我吗?"

"我想不会,先生。我宁愿陪你在一起。"

"以便安慰我?"

"是的,先生,我尽我所能地抚慰你。"

"但是,如果他们因为你和我在一起,也鄙弃你呢?"

"也许我根本不会感到他们的鄙弃,即使我发现了,也毫不在乎。"

"如此说来,你可以为我而不顾世俗非难?"

"我能够为了一个值得相陪相伴的朋友而置非难于不顾。我坚信,你就是这样的人。"

"那么,现在再回到那边餐厅吧。悄悄到梅森面前,附耳告诉他罗切斯特先生想要见他,带他到这儿来,然后再走。"

"好的,先生。"

我这么做了,当我穿行于这群人中间时,他们都大睁眼睛瞪着我。我找到梅森先生,把口信告诉了他,带他走出房间来到书房,然后我就上楼了。

夜深时,我已躺下好一会儿了。这时我听到客人们都回房休息了,我还听见罗切斯特先生的声音,他说:"梅森,这边走,这是你的房间。"

他声音愉悦。我听到这愉快的音调,放下一颗心来,很快就进入了梦乡。

20

那天晚上，我忘了像平常那样放下帐子，拉下窗帘。结果，当晴朗的夜空中又圆又亮的月亮沿着它的轨道来到我窗子面对的那片天空，透过毫无遮拦的玻璃窗向我窥视时，它那皎洁的光辉，温柔的凝视，把我从梦中惊醒，四周一片寂静。我睁开眼睛，凝望着那银白如雪，清澈如水晶的玉盘。夜色真美，庄严肃穆。然后，我欠起身，伸手去拉下帐子。

天哪！那是什么样的一声惨叫啊！

一个响彻整个桑菲尔德府的狂野、尖锐、刺耳的声音，撕裂了寂静安宁的夜空。

我的脉搏停止了，我的心脏不再跳动了，我的手不听使唤了。那喊声一掠而过，再也没有响起。老实说，无论什么东西发出的恐怖的尖叫都不可能又很快重复，即使是安第斯山上最雄健的鹰，也不可能展翅飞入云霄，接连发出两声这样的长啸。喊出这个声音的东西，必须先休息一阵，才能再重复一遍。

这声音在三楼，因为它就在我的头顶上想起。没错，在头顶上，就在我房间的天花板上。这会儿我听到了一阵搏斗声——似乎还是一场残酷的生死之争——一个几乎要窒息的声音在喊：

"救命！救命！救命！"声音急促地连叫三遍。

"没人来吗？"那声音喊道，随后，传来一阵狂乱跄踉的脚步声，透过地板和灰泥，我听见他在叫：

"罗切斯特，罗切斯特！看在上帝的分上，快来啊！"

一扇房门打开了，有人沿着走廊跑过来，或者冲过去。楼上多了一个重重的踩脚声，有什么东西跌倒了，接着又陷入死寂。

尽管我吓得手脚发抖，还是穿上衣服，走出房门。人们都被吵醒了，每个房里都响起一片惊叫声和害怕的低语声。房门一扇扇打开，人们探出一个又一个脑袋，走廊里都是人。先生们和太太小姐们全都下了床，四处都是杂乱的询问："哦！怎么回事？"——"谁受伤了？"——"出了什么事？"——"拿个火来！"——"着火了吗？"——"强盗来了吗？"——"我们往哪儿跑？"如果没有月亮，他们就会处于一团黑暗中。他们来回奔跑着，挤成一团。有人在抽泣，有人摔了跤，大家乱作一团。

"真见鬼,罗切斯特在哪儿?"丹特上校喊,"他不在床上。"

"在这儿!在这儿!"一个声音回答说,"大家放心,我在这里。"

走廊尽头的门打开了,罗切斯特先生手执蜡烛走了进来。他刚下楼,就有一位女士跑过去抓住他的胳膊,这是英格兰姆小姐。

"到底发生了什么?"她说,"快,立刻告诉我们最坏的消息。"

"可是别把我推倒了,也别把我勒死,"他回答道,因为这时两位埃希敦小姐正死缠住他,而两位穿着宽大洁白的晨褛的遗孀也正向他冲来,好像两艘满帆的船。

"什么事也没有!——什么事也没有!"他喊道,"不过是排演了一出《无事生非》罢了。女士们,放开我,不然我可不客气了。"

他看上去的确十分可怕,黑色眼睛里喷射出火花,他拼命让自己冷静下来,又补充说:

"不过是一个仆人做了噩梦。她太容易激动了,十分神经质。她肯定把梦当作鬼怪出现了,或诸如此类,吓出了毛病。好吧,现在我得看着你们回房休息去,你们都安顿好了,我再去照顾她。先生们,帮个忙,给女士们做个榜样,英格兰姆小姐,我相信你不会不能克服这无意义的害怕的。艾米和路易莎,回到你们的窝里去吧,就像一对小鸽子一样。夫人们,"他又对两位遗孀说:"你们如果还不离开这寒冷的走廊,一定会受凉的。"

就这样,他半是命令半是哄骗地把他们又再一次关回了各自的房间。我不等他命令就悄悄回了房间,如同我刚才静悄悄地出来一样。

但是,我并没有睡觉,反而仔细地穿好衣服。可能只有我一个人听见了那声喊叫和后来的谈话,因为它们就在我头顶的房间里。我由此相信,引起整个宅子的慌乱的绝不是一个仆人的噩梦,罗切斯特先生只不过为了平静客人的混乱而编造了一番谎言。所以我穿好衣服,以备不测。我穿好衣服,久久地坐在窗前,凝望着窗外静寂的庭院和银白色的田野,连我自己也说不清在等待着什么,我只是觉得,在那声奇怪的叫喊、搏斗、呼叫之后,肯定会有什么事接踵而来。

但是,什么事都没有发生。屋子又陷入沉寂,各种细语和行动的声音渐渐消失,大约一小时后,桑菲尔德府又寂静无声,如一片沙漠,看来,睡眠和黑夜又重新控制了它的王国。月渐西沉,将要落山。我不想一直这样坐在寒冷和黑暗中,就打算和衣而卧,于是我离开窗口,轻轻地踏过地毯。正当我俯身脱鞋时,响起了谨慎的敲门声。

"是找我吗?"我问。

"你起来了吗?"正是我一直在等待的声音——也就是我的主人的声音。

"我起来了,先生。"

"衣服穿好了吗?"

"是的。"

"那么,你出来吧,别作声。"

我悄悄出去,罗切斯特先生手拿蜡烛站在走廊上。

"我需要你",他说,"往这边走,不要着急,也别出声。"

我的拖鞋很轻便,因而我可以在铺了地席的地板上像猫一样走得很轻,他悄悄沿着走廊走过去,又爬上楼梯,在那不祥的三楼黑暗低矮的走廊上停下。我跟在他身后,这时也在他身边站住。

"你屋里有海绵吗?"他小声问。

"有,先生。"

"你有什么嗅剂——或挥发盐、香油精吗?"

"有。"

"回去把这两样都拿来。"

我走回屋子,在脸盆架上找到海绵,在抽屉里翻出嗅盐,然后又沿原路走到楼上。他还站在那儿等着。他拿出一把钥匙,走到一扇黑色小门前,插到锁孔里。他停顿一下,又对我说:

"你见血不会头晕吧?"

"虽然我没有试过,不过我想我不会。"

我回答他的话时,浑身一颤,可并不感到冷,也没有发晕。

"把手伸过来。"他说,"我可不想冒险,让你晕倒。"

我把手伸过去,放在他手心里。"又温暖又镇静",他说,于是他转动钥匙,把门打开。

这个房间我先前曾见过,就是那天菲尔费克斯太太带我参观房子时见到的。它低垂着帷幔,不过现在帷幔有一部分给用绳系住了,只露出一扇门。上次这扇门被遮在帷幔后,门开着,里面有亮光渗出来。那儿传来一阵大叫大喊,抓挠东西的声音,就像一只狗在发威。罗切斯特先生放下蜡烛,对我说,"等一下",就径直进了里屋,他一进去,就传来一阵大笑,开始很嘈杂,后来我分辨出是格蕾斯·普尔那魔鬼般的"哈!哈!"大笑声。如此说来,是她在那儿。他默默地不知安排了些什么,但我还能听到一个低沉的声音跟他说了些什么,他走出门来,随手把门带上。

"过来,简!"他招呼我,我绕过一张大床,走到它的那一边。这床边的帷幔被拉住,占了房间的很大一块儿,床头有一把安乐椅,有个穿着整齐,可没穿外衣的男子坐在那儿。他两眼紧闭,头往后仰,动也不动。罗切斯特先生举起蜡烛照着他,他的脸苍白无比,毫无生气。我从那张脸上,认出他就是那个陌生人——梅森。我还发现,鲜血几乎染红了他半边衬衫和一条胳膊。

"拿着蜡烛",罗切斯特先生说。我接过蜡烛,他把一盆水从脸盆架那儿端来。"端着它。"他说。我照办了。他拿起海绵,浸上水,轻轻拭擦那死人般无血色的脸,拿着嗅盐瓶凑到梅森先生鼻子前。不一会儿,梅森先生睁开眼睛,呻吟起来。罗切斯特先生解开他的衬衫,那人的肩膀胳膊上缠满了绷带,他用海绵吸拭着不断渗出的血迹。

"我会有危险吗?"梅森先生低声问。

"啐!没有,——只不过是一点皮外伤。别那么害怕,老兄,振作起来!我立刻就给你请个医生,我亲自去请,明早上你就可以走动了。我希望如此,简……"他继续说。

"先生?"

"我必须让你留在房里陪伴这位先生,大概一两个钟头,如果血再往外渗,你就把它吸拭掉,像我刚才那样。如果他头晕,你就让他喝口水,闻闻嗅盐。不管怎么样,都别和他讲话,——而你——理查——你要是跟她说话,使自己情绪激动,你就有可能送命,——那我可负不了这个责。"

那可怜的人又连连呻吟,他真的一动不动。似乎是怕死,或是别的什么恐惧,让他筋疲力尽。罗切斯特先生把那块浸满血的海绵递给我,我就着手照他说的做。他凝视我片刻,说了句:"记住!——别说话!"就走了。当钥匙在锁孔里咔嚓一响,他的脚步声越来越远,逐渐消失时,我有一种奇异的感觉。

现在,我待在三楼一间上了锁的神秘小屋里。我周围一片漆黑,而眼睛之中,双手之下,则一片苍白,鲜血淋漓,一个杀人的女凶手就在那扇门后。哦,这真让人恐惧，别的还罢了，可一想到格蕾斯·普尔有可能冲出房门，扑向我，我就瑟瑟发抖。

但无论如何，我也得尽职尽责。我必须照看这僵死的面孔，这张不许说话的发青、僵硬的嘴巴，这双忽睁忽闭，忽而四处张望，忽而死盯住我的带着一副受惊的呆滞神情的眼睛。我必须一次次把手浸到那盆血水中，好去拭擦流淌下的淤血。蜡烛没剪烛花，光芒微弱下去，烛影映在古老的绣花帷幔上，愈来愈浓，而古老大床上的床幔漆黑一片，烛影在对门一个大柜的门上奇怪地晃来晃去。那柜子上面被隔成十二块嵌板，上面画着狰狞恐怖的十二使徒头像，每块嵌板上都有一副头像，在它们的柜顶上，垂着一个黑色的十字架和垂死的基督。

烛光摇曳，亮光也忽这儿忽那儿地飘忽不定，随着这些晃动，一会儿可看到那长满胡子的路加垂着头，一会儿可看到圣约翰长发乱飞，一会儿可看到犹大那魔鬼般的面容从嵌板上伸出，似乎渐渐复活，就要变做最大的叛逆者撒旦的化身，出现在我面前。

在此时，我还必须一边看护病人，一边留神倾听洞穴那边野兽或魔鬼的动静。但罗切斯特先生走了以后，似乎被符咒所镇，整个晚上我只间隔很长的时间，听到过三次动静——一次是悄悄的脚步声，一次是再次发作的时间短暂的狗嗥似的声音，还有一次是人的低声呻吟。

另外我自己也思绪烦恼。这个化身为人，幽居在这个与世隔绝的深门大宅里，主人既不能赶走又不能降服的罪恶究竟是什么？那个常在寂静的子夜，忽而变火，忽而为血的突如其来的谜到底是什么？那个化为女人的容颜和身段，忽而发出魔鬼般的嘲笑，忽而又发出猎食腐肉的猛禽似的声音的东西，又到底是什么呢？

另外，还有我正俯身照看的病人——这个平常、安静的陌生人——他为什么会卷进这个恐怖的大网？复仇女神为什么要给他降以灾难？他本该在床上睡觉，为什么作了这个屋子的不速之客？我听见罗切斯特先生说他的房间在楼下——他为什么要来这儿呢？而且为什么他不反抗这施加于他的暴行和诡计呢？为什么他要听从罗切斯特先生的命令，保守秘密呢？为什么罗切斯特先生非得保守秘密呢？他的客人被人暗算，他自己上次也差点遭到可耻的阴谋迫害，可他把这两件事都默默地平息下来，瞒了过去！另外，我还看出梅森先生对罗切斯特先生言听计从，后者的刚强果敢完全凌驾于前者的软弱无能之上。我虽只听见他们讲了寥寥数语，但已对此确信无疑。很明显,他们以前的友情中,一方的被动性格已经习惯于被另一方主动积极的精神所控制。那么,为什么当罗切斯特先生一听到梅森先生的名字,就垂头丧气呢?为什么几个钟头前,他只要一听到这个人——这个他现在只需一句吩咐就能服服帖帖的人——的名字,就像一棵橡树突遭雷击一样?

哦!我忘不了他低声呢喃"简,我遭到了打击——我遭到了打击,简。"时的神情和苍白的脸色,我忘不了他把手放在我肩上时那么厉害地颤抖着。能够如此使罗切斯特先生顽强的精神受到挫折,使他强健的体魄受到震撼的,绝不是小事一桩。

"他何时才会回来?他何时才回来?"黑夜无限漫长,而我流血的病人奄奄一息,呻吟不止,病情严峻,白天却迟迟不到,救援也迟迟不来,我在心里大声呼喊着。我一次又一次地把水放到他的唇边,一次又一次地把嗅盐放在他的鼻下,可这样努力只是白费功夫。也许是身心痛苦,也许是失血过多,也许是两者兼有,他的精神迅速消竭。他呻吟不止,他看上去那么衰弱,焦虑,绝望,我真怕他会就此死去,而我却连一句话都不能和他说。

蜡烛终于燃尽、熄灭了。它熄灭后,窗帘的缝隙渗进几线微弱的亮光,晨曦终于来临了。过了一会儿,下面院子远处的狗窝里传来了派洛特的吠声,向我宣告希望又恢复了。果真如此,五分钟后,传来钥匙的转动声,开锁声,告诉我终于可以完成守护的任务了。其实总共也不过两个小时,可似乎比好几个星期还要漫长。

罗切斯特先生陪着他请来的外科医生走了进来。

"卡特,请注意,"他对医生说,"我只给你半小时的时间,包括处理伤口,绑好绷带把病人抬到楼下。"

"但是他大概不适宜挪动吧,先生?"

"没问题,伤并不严重,他这人有点神经质,得让他振作起精神。来,我们开始动手吧。"

罗切斯特先生拉开厚厚的窗幔,撩起窗帘使阳光洒了进来,我惊喜地发现,黎明已经降临,道道玫瑰色的霞光在东方闪闪发亮。接着罗切斯特先生来到梅森身边,外科医生已经在开始察看伤势了。

"喂,我的好伙计,你怎么样?"他问道。

"我想,她已经把我的命送掉了。"他有气无力地回答。

“决不会！——鼓起勇气来！两个星期后的今天，你就会好起来的，你不过流了点血罢了。卡特，告诉他不要紧。”

“我可以凭良心这么说，”卡特说。他边说边解开绷带，“不过我要是早来会儿就好了，他就不会失这么多血——可怎么回事？肩上这块肉像被刀子割了下来。可这不是刀割开的，是让牙齿咬的！”

“她咬了我，”他喃喃地说，“罗切斯特先生从她手里夺过了刀子，可她还像只母老虎似的对我又咬又撕。”

“你不该让步，你应该马上和她格斗。”罗切斯特先生说。

“但是我能怎么办呢，在那样的形势下？”梅森回答。“哦，太可怕了！”他打着冷战，又补充说。“我没想到她会那样，起初她看起来十分安静。”

“我告诫过你”，他的朋友回答说，“我说过，‘走近她时要多加防备。’况且，你原本可以等到明天和我一起来的，你今天晚上单独一个人就来了，真是太傻了。”

“我以为我可以帮点忙的。”

“你以为！你以为！我真不耐烦听你说话。但是，无论如何，你已经吃了苦头，以后你不听我的劝告，还会有苦头可吃的。所以我也不想再说你什么了。卡特，快点，快点！太阳就要升起来了，我必须让他赶快离开。”

“马上就好，先生。肩膀刚刚扎好，我还得看看，下肩上的另一处伤。她也在这儿咬了一口，我觉得。”

“她吸我的血，还说要吸干我心中的血。”梅森说。

我发觉罗切斯特先生打了个冷战，一种十分明显的厌恶、恐怖又憎恨的神态使他的脸扭曲变形。可他只是说：

“算了，别说了，查理，不要理她的胡言乱语，别再提了。”

“我倒是愿意把这一切忘掉。”

“等你出了国就会忘掉的。如果你到了西班牙城，你就会认为她已死亡，埋葬——甚至你压根儿不会想到她。”

“可无论如何，今天晚上我是忘不了了。”

“并非如此。打起精神来，男子汉。两个小时前，你还以为自己已像条死鱼一样，可现在你活得好好的，还说着话。啊！——卡特已经快给你包好了，我一会儿就把你打扮得整整齐齐。简，”这是他进来后第一次转向我，“拿着这枚钥匙到楼下我卧室的更衣间,打开衣柜顶端的抽屉,拿过来一件干净衬衫和一条围巾。手脚麻利些。"

我下楼去找到了那个地方,找出了他要的东西,拿了回来。

"现在",他说,"你到那边去,我给他穿上衣服。但别离开房间,我可能还得要你帮忙。"

我照他的吩咐,走到那边去。

"你刚才下楼时,有人在走动吗?"一会儿罗切斯特先生又问我。

"没有,先生,一切都安安静静。"

"我们必须小心地把你送下去,狄克,这样,不论对你还是对那个可怜的人来说,都更好些。我一直努力避免出娄子,可不愿意这时候出了差错。来,卡特,帮他穿上背心。你把皮披风放哪里了?我知道,在这个可恶的寒冷的天气里,没有它你寸步难行。在你房里?——到下面梅森先生的房间里——就是我房间隔壁——把他的皮披风拿过来。"

我跑下去,又跑上来,手里拿着那件皮里、皮镶边的大披风。

"现在,还有一项任务,"我那不厌其烦地主人又吩咐道,"你还得再上我房间一趟。多亏你穿了穿丝绒鞋,简!——在这紧要关头,让一个愚笨的人办事可不行。你去打开我梳妆台中间的抽屉,那儿有一个小药瓶和一个杯子,把它们拿上来,——快!"

我又飞跑过去,很快拿着他要的杯、瓶回来了。

"这下好了。现在,医生,我要冒昧地自己开药方了,我自己负责。我在罗马从一个意大利江湖医生那儿弄来了这瓶兴奋剂,——那个家伙,卡特,你一定不屑一顾。这种东西不能随便乱用,可偶尔使用还是有效的,比如说现在。简,倒点水来。"

他递过来那个玻璃杯,我从洗脸架上的水瓶里给他倒了半杯水。

"好了。现在用水把瓶口擦一擦。"

我照办了。他滴出十二滴深红的药水,递给梅森。

"喝吧,理查,它至少会鼓起你缺乏的勇气,让你振作一两个小时。"

"但它会损害身体吗?——它会让我发炎吗?"

"喝吧!喝吧!喝吧!"

梅森先生只好遵命,毕竟,很明显,反抗也无用。他现在已穿好衣服,虽仍是脸色苍白,但已不再是满身血污了。罗切斯特先生让他吞下药水,休息了几分钟,然后扶住他的胳膊。

"现在我相信你一定能站起来,"他说。"试一试。"

病人站了起来。

"卡特,搀住他的另一边胳肢窝。振作起来,理查,迈一步,——对了!"

"我果真觉得好点了。"梅森先生说。

"我确信如此。现在,你走在前边给我们带路,从后面的楼梯下去,拉开小门的门闩,就会在院子里--没准儿就在院子外面,因为我告诉他不要把辘辘作响的车子驶进石子过道来——看到驿车夫,让他做好准备,我们马上就来。另外,简,如果那儿有人,你就到楼梯下咳嗽一声。"

这时是五点半钟,太阳马上要升起来了;但厨房仍在黑暗中,静谧安宁,我尽量小心地打开了闩着的边门。院子静悄悄,但大门敞开着,一辆已套好马匹的驿车停在那儿,车夫坐在赶车座上。我走过去,告诉他先生们马上就来,他点点头。然后我向四周凝望,侧耳倾听。一切都还笼罩在清晨的静谧中。仆人房里的窗帘尚自低垂,小鸟在盛开鲜花的果树上婉转啾鸣,树枝如一个个白色的花环低垂在院子这边的围墙上,拉车的马匹在马厩中踱来踱去。此外,一切都寂静无声。

这时他们几位先生出来了。罗切斯特先生和外科医生扶着梅森,他走起来还不算吃力。他们把他扶上了车,卡特也跟着上了车。

"小心照顾他,"罗切斯特先生对卡特说,"让他在你家里,一直到病愈为止。我这一两天就会骑马去看他。理查,你现在觉得怎么样?"

"新鲜空气让我精神大振,菲尔费克斯。"

"打开那边的车窗,卡特,现在没有风。——再见,狄克。"

"菲尔费克斯——"

"嗯,怎么啦?"

"照顾她;尽可能体贴地待她,让她——"他的泪流了出来,泣不能言。

"我尽我所能;过去如此,将来也如此。"他回答说。他关上车门,车子飞驶而去。

"上天保佑,让这一切最终能有个了结!"罗切斯特先生关上沉重的院门,把它闩好,又加了这么一句。

关上门,他缓慢地,心不在焉地走向菜园围墙的一扇小门。我想他已用不着我了,就打算回屋。然而这时我又听他叫了声"简!"他打开果园门,站在门边等着我。

"来呼吸一下新鲜空气吧,"他说,"你不觉得那栋屋子就像个监牢吗?"

"可在我的眼中,它是栋漂亮的大宅,先生。"

"天真幼稚的魔力蒙蔽了你的双眼,"他回答说,"你是用被蛊惑的眼光来看待它的。你辨不出那些镀金如同尘土,丝绸帷幔如同蜘蛛破网,大理石不过是肮脏的石板,亮闪闪的家具只是些树皮烂木罢了。而这儿,"他指着我们走进的绿叶婆娑的果园,"这儿的一切才是真实、美丽、纯洁的。"

他信步走在一条小径上,小径的一侧是黄杨木、苹果树、梨树和樱桃树,另一侧是多姿多彩的花草,如紫罗兰、美洲石竹、报春花、三色堇,还点缀着青蒿、多花蔷薇和各色香草。四月里,一会儿雨点纷落,一会儿阳光明媚,随后是又一个灿烂绚丽的早晨,花草在四月的早晨里鲜艳明媚,美不可言。太阳从彩霞绚丽的东方升起,阳光照耀着枝繁叶茂、晨露欲滴的果树,把光芒倾泻在树荫下宁静的小径上。

"简,送你一朵花,好吗?"

他摘下树枝上第一朵含苞未放的玫瑰,送给了我。

"谢谢,先生。"

"你喜欢朝阳吗,简? ——喜欢这天空和高高淡淡的、近午就消失不见的轻

云,——还有这温暖,芬芳的空气么,简?"

"我非常喜欢。"

"你渡过了一个奇怪的夜,简。"

"是的,先生。"

"它使你脸色苍白。——我让你独自一人陪着梅森时,你怕吗?"

"我怕有人从里屋出来。"

"但我锁上了门——把钥匙藏在我口袋里。如果我让一只羔羊——我心爱的小羔羊——那么毫无防备地待在狼窝附近,那我就是个太粗心的牧羊人了。你很安全。"

"格蕾斯·普尔还会待在这儿吗,先生?"

"哦,是的! 你不必为此伤神——忘掉这件事吧。"

"可是,我觉得如果她不离开,就会危及你的安全。"

"别怕,我会小心照顾自己的。"

"你昨天晚上担心的危险现在已经不存在了,是吗先生?"

"只要梅森还没离开英国,我就不敢保证;即便它离开了,我仍不能保证。简,生活对我来说就如同一个火山口,它随时都可能迸裂,爆发出火陷。"

"但梅森先生似乎是个容易摆布的人,你的影响,先生,很明显对他很起作用,他肯定不会公然与你对抗,也不会存心害你。"

"哦,决不会! 梅森决不会与我对抗,也不会有意伤害我。——但即使他无意间说出一句话,也可能一下子——即使不夺走我的生命,也夺走我永久的幸福。"

"那你让他小心点,先生,告诉他你担心什么,好让他避免这个危险。"

他嘲讽般地大笑起来,忽然抓住了我的手,又很快把它放开了。

"如果我能做到,傻瓜,那还会有何危险? 危险立刻就可消除。自打我认识梅森以来,只要我对他说,做这个,他就马上会做好那件事。但只有这件事我却不能去命令他,你似乎有些茫然,以后我还会让你更茫然呢。你是我的小朋友,是吗?"

"我愿意为你效劳,先生。只要事情正当,我都愿意听您的吩咐。"

"确实如此,我看见你就是这么做的。当你在所谓'正当事情'中为我做事,与我合作时,我能从你的步履、目光和神态、脸色中看出你的确是真诚地帮助我,让我高兴;而如果我让你去做你认为不正当的事情时,你就不会有轻快的步履,不会神色镇定,办事麻利,不会有活泼的眼神和飞扬的神采了。那时我的小朋友会镇静地向我转过苍白的脸,'不,先生,这可不行。我不能这么干,因为这是不正当的。'而且还会变得像恒星一样坚定而不可动摇,是啊,你也有力量可以支配我,可以伤害我。可我不敢告诉你我最易受伤的要害,不然的话,即使你如此忠诚、友好,也会给我以致命的打击。"

"如果你对梅森先生也和对我一样没什么可怕的话,先生,那你就很安全。"

"上帝保佑,但愿如此! 简,这儿有个凉亭,坐下来吧。"

凉亭是墙内的一个圆拱门,里面有一张用带有树木的木头做成的粗木凳,凉亭周围爬满了藤萝。罗切斯特坐下来,给我留了个空位,但我还是面对他站着。

"坐吧,"他说,"这凳子可以坐两个人。你不会对坐在我身边犹豫不决吧,你会吗,简? 这也不正当吗?"

我没有回答,坐了下来。我觉得拒绝他的请求是不明智的。

"现在,我的小朋友,趁太阳正在吮吸露水,这古老花园里的花儿慢慢睁开睡眼,张开它们的花瓣,鸟儿正从桑菲尔德的树丛里为它们的孩子准备早餐,早起的蜜蜂正在开始它们一天中最初的勤奋,——我要讲一件事给你听,你要尽力设身处地,把这事当作是你自己的。不过,你得先望着我,告诉我你没有不安,你不担心我把你留在这儿是不正当的,或者你留下来有什么不正当。"

"不,先生,我心里很安定。"

"那好,简,现在发挥你的想象力吧。假设你从前不是一个富有教养的小姐,而是一个从小被贯坏了的野男孩;假设你自己在遥远的异国他乡,犯了一个弥天大错,别管这错误是什么性质,出于何种动机,反正它的结果足以伴你终生,贻祸无穷,糟蹋了你整个的生活。注意,我说的不是罪恶,不是杀人流血或任何别的什么犯罪行为,那些罪可以使罪犯受到法律制裁。我是说错误,你所做的事情,使你觉得难以承受。你采取了某种措施以求解脱——那措施不太寻常,但既不犯法,也无可指责。然而,你仍然痛苦不堪,因为眼睁睁地看着面前的生活,你却看不到任何希望,那时你正是如日中天的好时候,却被日食遮蔽得暗无光彩。而且你知道,不到日落西山,你就无法摆脱它的阴影。你唯一的记忆,只是痛苦和羞耻的回想。于是你远离家乡,浪迹天涯,以慰心灵,寻欢作乐,以求幸福,——我是指那种麻木不仁的声色犬马之乐,——它使你整天昏昏沉沉,冷漠麻木。当你身心疲惫,灵魂麻木时，在你多年的自我放逐后，你回到了家。你结识了一位新朋友——在何时何地无关紧要，反正你在这位陌生人身上发现了许多你二十年来寻而不得的优秀品质，这些品质如此清新、健康，毫无尘埃和污点。这样的友谊能使人涅槃重生。你觉得比较美好的日子要来临了——你又拥有了比较高尚的追求，比较纯洁的情感。你渴望重新开始你的生活，用一种无愧于不朽灵魂的方式来度过你的下半生。但是，为了达到这样的目的，你是否有权越过习俗的障碍——那种既有悖于良心，也有悖于理智的纯粹世俗的障碍？"

他停了一停，等待我回答，但我又该说些什么呢？哦，但愿仁慈的神明能给我以启示，让我找到明智而满意的答复！徒然的空想！西风轻轻掠过我身边的藤萝，但却没有一位温存的爱丽儿借着轻风而给我传递消息；鸟儿在树梢上歌唱，它们的歌虽甜蜜动听，却不能告诉我什么启示。

罗切斯特先生又一次问道：

"这个曾浪游四方，误入歧途而如今正在寻求安宁，深刻忏悔的人，为了能和这个温柔文雅、友好的陌生人永不分离，是不是有权向世俗人的偏见挑战呢？"

"先生，"我回答说，"一个浪荡者的安宁和一个罪人的改过自新，是不能依赖于人的力量的。男人和女人都会死亡，哲学家会怀疑他的智慧，基督徒也会在善行中犹豫不决，如果你知道有谁误入歧途，满心痛苦，就让他到人类之上的地方去寻求力量来改过自新，安慰创伤吧。"

"可是那手段——那手段！做此事的上帝安排了手段，我本人——我这么说并不是打比方——就曾经是一个庸俗、放荡不羁的人，而现在我确信自己已找到了治愈我的创伤，安慰我的痛苦的手段，那就是——"

他忽然住了口。鸟儿仍在婉转歌唱，树叶仍在轻轻摇曳。我真奇怪它们为什么不停下它们的歌唱和轻语，来倾听这暂时中断了的自白。不过，它们也许得等好几分钟，——沉默持续得那么久。最后，我终于抬头看看那说话迟疑的人。他正热切地凝望着我。

"我的小朋友"，他说话时，声调全变了，同时面容也完全变了，刚才那温柔庄严的神情已消逝，变得又粗暴又讥讽，"你注意到了我对英格兰姆小姐的爱慕了吧。如果我娶了她，你不认为她会使我获得彻底的新生吗？"

他猛然站了起来，几乎走到了小径的那一头，他又哼着一支歌从小径上踱了回来。

"简,简,"他在我面前停住,说:"你一夜没睡,熬得脸色都苍白了。我害你不能休息,你会骂我吗?"

"骂你? 不,先生。"

"握握手,来证实一下吧! 多凉的手! 昨天我在那神秘的房间门口抚摸它的时候,还要比现在暖和些,简,什么时候你能再跟我一起守夜?"

"只要你需要我,先生。"

"比如说,我的新婚前夜! 我肯定会辗转难眠。你答应跟我坐在一起陪着我吗? 我可以跟你谈谈那可爱的人儿,因为现在你已经看见过她,认识她了。"

"是的,先生。"

"她是个罕见的人儿,是吗,简?"

"是的,先生。"

"一个健美的妇人——一个真正健美的妇人,简。身材高挑,皮肤褐色,身段健美,头发就像迦太基妇人们的一样。——糟糕! 丹特和利思去马厩那儿了! 你顺着灌木丛,从那扇边门进去吧。"

我们分道扬镳,我走这边,他走那边。我听见他兴奋地说:

"梅森今天早上赶在你们大家前边,太阳没出来就走了。我四点钟就起来,为他送行了。"

21

预感是个多么奇怪的东西！感应如此，征兆也如此。而三者结合起来，就构成了一个人类至今未解的谜，我一生中从没有讥嘲过预感，因为我自己经历过奇怪的预感。我相信存在着感应，（比如关系疏远、长期分离、久不来往的亲属之间，尽管彼此生疏，但归根究底还是血脉相连），感应的作用是常人所无法理解的。而征兆呢，也许只是大自然与人类间的感应吧，我们大概只能这么解释。

在我还是个只有六岁的小女孩的时候，有一天晚上我听到白茜对马莎·阿博特说，她梦见了一个小孩子，她还说梦见小孩子预示着自己或亲人可能要有不测。如果不是紧跟着发生的一件事的话，我早就把她的话忘却了。就在第二天，白茜被叫回家去看她濒死的小妹妹。

最近我常常忆起这个说法和这件事，这是因为近来我几乎每晚一上床就梦见一个小孩。有时是抱着他哄他睡觉，有时是放在膝上颠着他，有时是陪他在草坪上玩弄雏菊，再不然就是让他用手搅动着轻流的水。他有时哭哭啼啼，但第二个夜晚就又哈哈大笑，他一会儿紧紧依偎着我，一会儿又逃开我。但不管这个小精灵是什么心情，什么样子，一连七个晚上，只要我一进入梦乡，他就出现在那里。

我不喜欢这同一念头、同一形象的一再反复出现。每晚快上床睡觉时，我一想到那小精灵又要出现了，就紧张不安。那个月夜里，我正是在和这个梦中的精灵做伴时，被一声喊叫而惊醒。而正是第二天下午，有人带口信让我下楼，说有人在菲尔费克斯太太房里等我。我到了那儿，发现有个男人正在等我。他看下去像是位绅士的仆人，他穿着重孝，拿在手里的帽子上也缠着黑纱。

"我想你已记不得我了，小姐，"我进去时那人站起来说，"我姓利文，八九年前你住在盖茨海德时，我就在那儿给里德太太当车夫，我现在还在那里。"

"哦，罗伯德！你好！我当然记得你。你还常让我骑骑乔治安娜的栗色小马，白茜怎么样？你不是娶了白茜吗？"

"是的，小姐，我妻子身体挺壮，谢谢你。大约两三个月前，她又给我添了一个小孩子——我们现在有三个了——大人孩子都很平安。"

"府里的那一家人都还好么，罗伯德？"

"真可惜我不能给你带来他们的什么好消息,小姐,他们现在都很糟,——出了大麻烦了。"

"但愿不是谁去世了吧,"我看了看他身上的黑礼服说,他也低头瞅了瞅手中缠着黑纱的帽子,回答说:

"约翰先生一个星期前去世了,死在他伦敦的住房里。"

"约翰先生?"

"是的。"

"他母亲怎么能承受这个打击呢?"

"是呀,爱小姐。你知道,这可不是什么平常的灾祸。他一直生活放荡,最近三年来更是放任自流,荒唐得很,他死得也挺吓人。"

"我听白茜说,他行为不检点。"

"检点? 他做的不能再坏了,他混在最坏的男人和最坏的女人中间,毁了自己的健康,也挥霍了自己的财产。他陷进了债务,又锒铛入狱。他母亲两次把他弄出来,但他只要一出狱就故伎重演,又与他的老相识混在一起,重干坏事。他没有脑筋,跟他混在一起的那些流氓大胆地欺诈他,手段无所不用其极。三星期前他回到盖茨海德,要求太太把财产都交给他。太太拒绝了,她自己的家当也早被他挥霍了许多。因此他只好又走了,后来就听说他死了。到底怎么死的,上帝知道——他们说他是自杀的。"

我沉默不语,这消息太可怕了。罗伯德又继续说:

"太太自己的健康情况这一段也很糟,她只是虚胖,并不强壮,钱财损失和害怕受穷使她几乎完全垮了下来。约翰先生的死是那么突然,她中了风。三天来她一直没说话,不过上周二似乎好了些,她仿佛有什么话要说,不停向我老婆打手势,嘴里还喃喃自语。直到昨天早晨,白茜才听出她是在叫你的名字,最后总算听清楚她在说'把简带来——找来简·爱,我有话跟她说。'白茜不知道她是否神志清醒,也弄不准她是不是在认真,但还是告诉了里德小姐和乔治安娜小姐,劝她们派人来叫你。开始两位小姐并不理会,可是她们的母亲越来越烦躁不安,不停地叫着'简,简',最后她们只好同意了。我是昨天离开盖茨海德的,如果来得及的话,小姐,我想我们明天一早就出发。"

"好的,罗伯德,我可以准备好。我想我是该回去。"

"我也这么认为，小姐。白茜就说你肯定会回来的。我觉得你得在离开之前先告个假吧？"

"好的，我马上就去。"我带他来到仆人室，请约翰夫妇照顾他，然后就去找罗切斯特先生。

他不在楼下的房间，不在院子里，不在马厩里，也不在花园里，哪儿都找不着他。我问菲尔费克斯太太可曾见到他，她说他没准儿正在和英格兰姆小姐打台球。我急忙来到台球室，那儿传来了球的撞击声和嘤嗡的说话声。得有点儿勇气，才敢去打扰这伙人的兴致的。但我不能耽搁，就径直朝我的主人走去，他正站在英格兰姆小姐身边。我走近时，她转头傲慢地看着我，眼神似乎表明，"这鬼鬼祟祟的家伙又要干什么？"我轻轻叫了声"罗切斯特先生"，她不耐烦地做了个手势，似乎想命我走开。我至今还清楚记得她那刻的模样，——十分优雅，十分显眼，身披天蓝色绉丝晨袍，头发上扎着一条蔚蓝色的长纱巾。她正玩得起劲，被人打扰了兴致，也不会使她脸上那傲慢的神色有所缓和。

"那家伙是找你吗？"她问罗切斯特先生，罗切斯特先生就转头看"那家伙"是谁。他扮了个古怪又暧昧的鬼脸，丢下球棒，随我走出房间。

"什么事，简？"他关上门，靠在门上问。

"对不起，先生，我想请一两周的假。"

"干什么？——去哪儿吗？"

"去看望一位生病的太太，她派人来叫我。"

"哪位生病的太太？——她住在哪儿？"

"她住在××郡的盖茨海德。"

"××郡？一百英里的路程呢！她到底是谁，让你这么大老远的去看她？"

"她姓里德，先生——里德太太。"

"盖茨海德的里德？那有一个姓里德的地方执法官。"

"正是他的遗孀，先生。"

"你们有什么关系？你怎么会认识她？"

"里德先生是我的舅舅，——也就是我母亲的兄长。"

"真见鬼，他是你舅舅！你以前从未向我提起，你总说你举目无亲。"

"没有一个肯承认是我的亲戚，先生，里德先生已经去世了，他的妻子遗弃了我。"

"为什么?"

"因为我身无分文,是个包袱,她讨厌我。"

"可里德还有孩子吧?——你总该有表兄妹吧?昨天,乔治·利恩还说起了盖茨海德的里德。——说那是整个城里最地道的无赖,英格兰姆也提过那儿有一位乔治安娜·里德,她由于美貌而在伦敦的前一两个社交季节深受欢迎。"

"约翰·里德死了,先生,他毁掉了自己,也几乎毁了他的全家,而且听说他是自杀的,他的母亲受不了这个打击,中风了。"

"那你又能于事何补呢?真荒唐,简!如果是我,我肯定不会跑一百英里去看一个老妇人,没准儿等你到了,她已经死了;况且,她还遗忘了你。"

"是的,先生,可事情已经过去很久了,而且她那时的情形也完全不同。如果现在我不理会她的要求,我会于心不安的。"

"你得离开多久?"

"我尽可能缩短时间,先生。"

"答应我,只待一周——"

"我最好还是不要保证吧,说不定我会不得不食言的。"

"不论如何,你一定要回来,你不会因为任何理由而住下去,不再回来吧?"

"哦,不会的!如果没有意外的话,我当然会回来的。"

"谁陪你去呢?你不会独自一人走一百英里的路吧?"

"不,先生,她派来了马车夫。"

"人靠得住吗?"

"是的,先生,他在里德家工作十年了。"

罗切斯特先生思索了一会儿,"你打算何时动身?"

"明天一早,先生。"

"那好,你得带点钱去;你总不能一贫如洗地出门旅行。你大概没多少钱吧,我还没付过你薪水呢。你一共有多少钱,简?"他微笑着问。

我掏出了空瘪的钱袋,"五先令,先生。"他拿起钱袋,把那少得可怜的钱全倒在手掌里,哈哈地笑起来,似乎那寒酸可怜很可笑似的。他马上摸出他的皮夹,"拿好,"他边说边递给我一张五十英镑的钞票,可他只应付我十五镑。我告诉他我找不开。

"你知道,我又不要你找钱,拿着你的薪水吧。"

我不肯收下我不该多拿的钱,他开始皱眉不悦,忽然又像想起了什么,说道:

"对,对了! 现在还是别都给你的好,免得你有了五十镑,就在那儿一住三个月不回来。给你十镑,已足够了吧?"

"足够了,先生,可现在你欠我五镑了。"

"那你就回来再拿吧,这四十镑先存在我这儿。"

"罗切斯特先生,趁现在有机会,我还是跟你谈一件正事吧。"

"正事? 我倒想听听。"

"其实还是你先告诉我的,先生,你很快要结婚了?"

"是啊,那又怎么啦?"

"那样的话,先生,你得送阿黛尔上学,我想你一定明白有必要这么做。"

"让她别挡了我的新娘的路,否则,就会被故意踩在脚下吗? 无疑这建议有点道理。照你这么说,阿黛尔应该上学。而你,就得直接——去见鬼,是不是?"

"我但愿不是,先生,不过我应该在别的什么地方另找个职位。"

"那当然了!"他大声说,声音有些颤抖,古怪又可笑地神情出现在脸上。

"我想,你会去请求那位里德太太和她的两位小姐,帮你另找个职位吧?"

"不,先生,我们的关系没要好到这种程度,我不会去求她们的,——但我可以登广告。"

"你还可以去埃及的金字塔呢!"他怒气冲冲地大吼。"你登广告会有什么好结果! 我真希望我刚才只给了你一英镑,而不是十镑。简,还给我九磅,我要用。"

"可我也得用,先生,"我一边说,一边手攥钱袋藏到背后。"无论如何,我不能没有钱,不能给你。"

"吝啬鬼!"他说,"向你要点钱都不肯! 给我五镑好了,简。"

"五先令都不行,先生;哪怕五便士也不行。"

"那就让我看一眼钱吧。"

"不,先生,我不能信任你。"

"简!"

"先生?"

“答应我一件事。”

“只要我办得到,什么事我都答应。”

“别去登广告,把找职位的事交给我吧。到时候,我会替你谋事的。”

“我很乐意,先生,但你也得答应我,在你娶你的新娘之前,让我和阿黛尔都平安地离开这里。”

“好的,好的! 我一定做到。那么,你明天就出发了?”

“是的,先生,明天一早。”

“晚饭后,你还来客厅吗?”

“不了,先生,我得准备行装。”

“那么,我们得暂时分别几天了?”

“我想是的,先生。”

“人们是以什么仪式来告别的,简? 你教教我吧,我不太懂这些。”

“人们说,再见? 也可以用别的形式,只要他们喜欢。”

“那就说再见吧。”

“再见,罗切斯特先生,暂时小别一下。”

“那我该说什么呢?”

“如果你乐意,先生,你也可以这么说。”

“再见,爱小姐,暂时小别一下,就这么简单吗?”

“是的。”

“可我觉得,这似乎有点太简单了,毫无感情,不太友好。我还想再加上点别的什么作为补充。比如说,握握手,哦,不,——我还是嫌不够。那么,除了说再见以外,你不想再表示些什么吗,简?”

“这就够了,先生,一句发自肺腑的真心话,其情意胜过千言万语。”

“这倒可能,不过它听起来总有些太空洞,太冷淡了——‘再见’。”

“他靠着那扇门,到底打算站到什么时候?”我暗想。“我得动手去准备行装了。”晚饭钟响了,他沉默片刻,猝然离去,那天我没有再见到他,第二天早上我动身时,他还没有起身。

五月一日下午五点左右,我到达了盖茨海德。我在进去宅里之前,先到门房去看了看,这里整洁异常,白色的窗帘垂挂在假窗龛前,地板上一尘不染,炉栅和火炉用具都擦得发亮,炉火很旺地燃烧着。白茜正坐在炉边给她新生的婴儿喂奶。罗伯德跟他的妹妹在炉边安静地玩耍。

"啊!我早就知道你会来的!"利文太太看见我走了进去,大叫起来。

"是呀,白茜,"我吻她一下说,"但愿我没有来晚,里德太太怎么样? ——但愿她还活着。"

"是的,还活着,而且神志比前一阵还清醒,也安定些,医生说,她还可以支持一两周,但她不大有希望好转了。"

"这几天她还叫我的名字吗?"

"今天早上她还在叫着你的名字,盼望你来,不过,她现在已经睡着了。十分钟前我上楼时,看见她睡着了。她一般睡一个下午,六七点钟才醒,你先在这儿休息一个钟头,小姐,然后我们一起上楼去,好吗?"

这时,罗伯特走进来,白茜把睡着的孩子放在摇篮里,迎着他过去。接着,她说我又苍白又疲倦,非得让我摘下帽子,吃些点心。我欣然接受她的款待,老老实实地让她给我脱下旅行服,就像小时候让她给我脱衣服一样。

她来回奔忙着,拿出最好的瓷器,摆上茶盘,切好面包和黄油,烤了份茶点圆饼,还不时抽空轻拍一下罗伯特和简两个孩子,就像从前对我那样。我望着她,禁不住陷入回忆,往事重上心头,她仍像从前那样步履轻盈,容貌姣好,而且也保持了她风风火火的脾气。

茶点准备好了,我正要朝桌那边走去,她却用从前的那种命令的口气要我坐着别动。她说,一定得给我端到炉边来吃,于是她摆了一张小圆茶几,把茶杯和点心放在上边,完全像从前她把偷偷拿来的好吃的东西放在婴儿室的椅子上给我吃一样,而我像从前那样,微笑着听从她的安排。

她问我在桑菲尔德是否快乐,女主人对我怎样。我说只有一个男主人,她就又问我他是否是一位很好的绅士。我告诉她,他长得有些难看,但完全是位绅士。我还说他待我不错,我很满意,接着我又向她描述了一番来桑菲尔德府做客的那些快乐的客人。白茜听得津津有味,这是她的爱好。

说着说着,一个小时就过去了。白茜又把帽子衣服等等给我穿戴好,陪着我向宅子里走去。大约九年前,正是她陪着我,走在这条路上。那个一月的黑暗阴冷,晨雾弥漫的早晨,我怀着痛苦绝望的心情,怀着被遗弃被流放的心情,离开了这个恨我入骨的宅子，去劳渥德那个遥远神秘、前路未卜的地方寻求棲惶的栖身之处。如今，那所仇视我的房子又耸立在我面前，我的前途依然渺茫难测，我的心依然留有创伤，我依然觉得自己是一个在世上四处流浪的漂流者。但是，我现在对自己和自己的力量更加自信了，对压迫也不再那么畏惧退缩，逆来顺受。我的饱受冤屈的伤口如今已愈合，仇恨的火焰也已熄灭。

"你应该先去早餐室，"白茜带着我穿过大厅时说，"两位小姐都在那儿。"

我很快进了那个屋子。每件家具仍是我初次被带来见布洛克尔赫斯特的样子，那个早上他站在上边的那块地毯仍旧铺在壁炉前。我朝书架上看看，仍能辨认出那两卷比维克的《英国禽鸟史》还摆在第三格的老地方，《格列佛游记》和《一千零一夜》还摆在它上面的一格。这些无生命的东西丝毫未变，而有生命的东西却面目皆非了。

两位年轻小姐出现在我面前，其中一位和英格兰姆小姐一样有高挑身材，她很瘦削，脸色发黄，神态严峻，看上去有些像苦行僧。她穿着一件下身是直筒裙的黑呢大衣，戴着浆洗过的麻布领圈，头发从两边向后梳去，还佩戴着一串黑檀木念珠和一个十字架，这些都是修女的饰物，她的极为简朴的衣着，使她更像苦行僧了。尽管这张拉长的没有血色的脸孔与以前几乎没有任何相似之处，我仍然敢断定这就是伊丽莎。

另一位当然是乔治安娜了，可她却不是我记忆中的那一个了，——那个纤秀如仙女般的小女孩。而面前的这位女郎身材丰腴，貌比鲜花，拥有蜡像般洁白的肤色，漂亮而端正的五官，脉脉含情的蓝眼睛和金黄色的鬈曲的头发。她也穿着黑色的衣服，不过式样却不同于她的姐姐，——十分飘逸和合身，——看上去十分时髦，就如同另一位看上去十分像清教徒。

姐妹俩分别继承了母亲的一个特征——而且只有一个；瘦削苍白的姐姐继承了母亲那黄褐色的烟水晶一样的眼睛，而美丽的小女儿的颊骨和下巴的轮廓很像母亲——或许稍微柔和一点，却也使那本应千娇百媚的容颜增加了一种说不出的严厉神色。

我走过去，两位小姐都称我"爱小姐"，站起来向我致意。伊丽莎说话的声音又短又快，还板着脸，她说完就径自坐了下来，眼睛紧盯炉火，似乎忘了我的存在。乔治安娜则说了句"你好，"还拖着长腔加上了几句关于我的路途天气的询问。她说话时，不停地上下打量我。她的眼光时而望着我那淡褐色的美利奴呢大衣的褶皱，时而又停留在我那土里土气的帽子的简朴的花边上。小姐们有一种绝妙的办法，不必明白地讲出来，就让你知道她们把你看作"怪物"。只要使用一种傲慢的神情，冷漠的态度，漠然的口气，就完全可以表达她们的这种情绪，而不必用粗鲁的语言和行为明显地表白。

然而，对我来说，明嘲暗讽都不像以往那样有什么影响了。我惊喜地发现，尽管她们两人一个完全不理会我，另一个的殷勤里却暗含讥讽，我仍若无其事地坐在她们中间——伊丽莎并不使我感到难堪，乔治安娜也没有使我生气。事实上，我没功夫考虑这些小节，因为过去几个月当中，我心里涌起的情感的波澜远远要强烈于此刻她们所施加于我的，因而，我并不关注她们的脸色。

"里德太太还好吗？"我镇静地看着乔治安娜，问道，她似乎为我的放肆而感到意外，对这直截了当的称呼表示愤怒。

"里德太太？哦！你是说妈妈，她身体很不好，我想你今晚不一定能见到她。"

"我会非常感谢你，"我说，"如果你上去告诉她一声我已到达。"

乔治安娜瞪大了那双蓝眼睛，差点惊跳起来。"我知道她非常想见到我，"我补充说，"所以除非迫不得已，我不愿意推迟去见她，听听她要说什么。"

"妈妈不喜欢别人在晚上打扰她。"伊丽莎说，我马上站起身，不等人请就泰然自若地摘下帽子手套，说要出去找白茜——我想她可能在厨房里——要她去问问清楚，里德太太是否愿意今晚就见我。我去厨房找到白茜，请她去替我跑一趟，然后我又进一步做了些安排。此前，我一直习以为常地在傲慢面前止步不前。如果是在一年之前，如果受到这样的冷遇，我准会第二天一早就离开盖茨海德。可现在，我马上就意识到那样做的话十分愚蠢。既然我已赶了一百英里的路，远路迢迢地来看舅妈，我就得待下来，直到她好一些或者去世。而她女儿的傲慢和愚蠢，我必须抛在一边，置之不理，我得自己决定这件事。于是，我去找到管家，告她给我安排一间房子住，告诉她我可能会留下来一两个星期，让她帮我把东西搬进屋子，我也跟着进去了，我在楼梯的平台上碰见了白茜。

"太太醒了"，她说，"我告诉她说你到了。来吧，让我们看看她是否还能认出你。"

我不用别人带路就可以走进那熟悉的房间，从前我曾频繁地被叫到那儿挨骂或受罚。我匆匆地走在白茜的前面,轻轻推开门。桌上放着一盏带有灯罩的台灯,天渐渐黑下去了。像从前一样,那儿依然放着那张四根柱子的大床,上面垂挂着琥珀色的床幔,那张梳妆台,那把扶手椅,那张脚凳,我曾上百次在上面罚跪,请求宽恕我的莫须有的过错,也都依然如故。我朝附近一个角落上望了一眼,想去寻找我曾一度十分害怕的细长的鞭影,过去它总是潜伏在那儿,忽然像小鬼一样跳出来抽打我颤抖的手心和畏缩的脖子,我走近大床,掀开床幔,俯身朝向堆得高高的枕头。

我清楚地记得里德太太的面容,因此我急切地想寻找那熟悉的颜面,值得庆幸的是,时间早已消除了报仇的愿望,压折了愤恨和憎恶的冲动。我曾带着极深的痛苦和极大的憎恨离开这个女人,现在再见到她时,却只是深深同情她无尽的病痛,并强烈地渴望忘掉和宽恕她带给我的种种伤害——一心只希望消除隔阂,握手言欢。

那张熟悉的面孔就在我眼前,仍像从前那样严厉——仍然是那任何东西也不能软化的眼神,那微微扬起的专横暴虐的眉毛。这张脸过去不断地给我以恐吓和憎恶。此刻,我辨认出那严厉的线条时,童年时代的恐惧和悲伤的记忆,又一齐涌上了心头!但是,我仍旧弯下身,吻了吻她,她看着我。

"是简·爱吗?"她问。

"是我,里德舅妈。你怎么样,亲爱的里德舅妈?"

我以前曾发誓再不叫她舅妈了,但我现在觉得违背这个誓言的罪过可以原谅。我紧紧握住她那露在被单外面的手。如果她友好地握住我的手,我会感到真正的高兴。但她天性不易被感动,不可能一下子温柔起来,也不能马上消除她对我天生的反感。里德太太把手移开,把面朝着我的脸转过去,说了句今晚真暖和。她又一次那么冷冰冰地看着我,我马上就感觉到——她对我的看法——并没有变,而且永远也不会变,从她那如木头般冷酷的眼睛,那温柔不能感动,眼泪不能溶解的眼神中,我看出了她的决心——到最后一刻,她都会认定我是很坏的。因为,如果她承认我好,那她不但不会感到宽厚的愉快,反而会感到屈辱的痛苦。

我先是感到痛苦,接着又感到愤怒,最后我下定决心要征服她——不管她的性格如何坚韧,意志如何强烈,我都要征服她。像小时候一样,我的泪水又涌入眼眶,但我又硬把它压了回去。我在床边的椅子上坐下来,向枕边俯下身去。

"你打发人叫我来,"我说,"我就来了,而且想住下来,看看你的病情发展如何。”

“我，当然了！你看见我的女儿了吗？”

“看到了。”

“那好，你可以告诉她们我让你住下来，把我心中的几件事向你讲清楚，今天时间太晚了，而且我要回忆起来也很吃力。不过我确实有些事想说一说，——让我想想看——”

她的眼神彷徨不定，说话的音调也变了，这表明她原本强健的身体受到了极大的摧残。她不安地翻着身，把被单拉过来裹住身子，我的胳膊刚好放在被角上压住了被子，她立刻恼怒了。

“坐好了！”她说，“不要压住被子，惹我烦心——你是简·爱吗？”

“我是简·爱。”

“这个孩子给我带来了多得让人无法相信的麻烦。给我留下了那么大一个累赘——她的性格让人捉摸不透，常常突如其来的大发脾气，总是鬼鬼祟祟地察看别人的一举一动！她每时每刻都给我招来许多的烦恼！我敢肯定，她有一次跟我说话像魔鬼似的，发了疯一样——没有哪个孩子以那种神情说话或有过那样的神气。我很高兴总算把她赶出了这所房子。劳渥德的那些人对她怎么样？那儿流行过伤寒，死了不少学生，可她却没有死。但我说她死了——我但愿她死了！”

“这个愿望真奇怪，里德太太，你为什么那么恨她呢？”

“我一直不喜欢她的母亲，因为她是我丈夫唯一的妹妹，很受他的宠爱。她降低身份，下嫁了人家，家里与她断绝关系，他反对家里这样做。她的死讯传来时，他哭得像个泪人。他定要去把她的孩子接来，不听我劝他出钱在外找个奶妈喂养的建议。我第一眼看见她就十分讨厌——一个病恹恹、哭哭啼啼、瘦巴巴的小东西！她整夜整夜地在摇篮里放声大哭，而且不像别的孩子那样痛痛快快，而是没完没了地抽抽搭搭、哼哼唧唧。里德怜惜她，总是像对待自己的孩子那样关心她，照料她，老实说，他连对自己的孩子，都没有那么热心。他硬要我的宝贝们对这个小叫花子表示友好，孩子们如果表示不喜欢她，他就会大发雷霆，他最后一次生病时，还不断叫人把她抱到床边，他临终前一个小时，又要我发誓一定要好好照料她。我倒更宁愿去孤儿院抱来个小叫花子。不过他天性软弱，一直如此，我很高兴约翰一点儿都不像他的父亲，约翰像我和我的兄弟——他简直像个吉布森家的后代。哦，但愿他别再不停地向我要钱了！我再也没钱给他了，我们已越来越穷了！我得打发走一半的用人，关掉一部分房子，或者租出去。我不甘心这么做——可不这样我们又怎么活下去呢？我的收入的三分之二都被用来付抵押利息了。约翰嗜赌如命，而且逢赌必输——可怜的孩子，他被骗子围起来，约翰变坏堕落了——他的脸色真可怕——我瞧着他都为他害臊。"

她越说越激动。"我想我现在最好离开她吧"，我对站在床那边的白茜说。

我站起身来，"站住！"里德太太大叫，"我还没说完呢，他还威胁我——他总是以死相逼，有时我梦见他正等着入殓，喉部有个很大的伤口，有时又梦见他的脸又肿又黑。我现在处在一个奇怪的关口，遇到了大麻烦，该怎么办呢？我哪有办法去弄钱呢？"

这时白茜竭力劝她服一剂镇静药，好不容易她才同意。不一会儿，里德太太又平静下来，最后又睡着了，于是我走开了。

十多天过去了，我还没有再跟她谈过话。她一直在昏迷不醒，或满口胡话，医生禁止做一切使她痛苦和激动的事。这期间，我尽量与乔治安娜和伊丽莎和睦共处。开始她们的确对我很冷淡，伊丽莎常整天整天地坐着，在那儿做针线活，读书或写字，几乎不跟我和她的妹妹说任何话。而乔治安娜恰恰相反，她会与她的金丝雀说上连篇累牍的无聊的废话，根本就不瞅我。但我故意不让自己显得无所事事，无所适从，幸亏我带来了我的绘画工具，这既让我有事可做，也使我得到娱乐。

我常常拿出画笔和纸来，离开她们，坐在窗子附近，幻想些图画，表现想象那神奇的万花筒中多姿多彩的幻象。比如说，两块礁石间的一片海水，初升的月亮和从月亮表面横过的一条小舟，一簇芦苇和菖蒲，一个水仙女的头像戴着莲花花冠从里面缓缓浮起；在一圈山楂花下的篱雀窝里，坐着一个小人。

一天早晨，我开始画一张脸。什么样的脸呢？我自己也不知道，也不在乎。我挑了一支黑色的软铅笔，弄粗笔尖，开始画了起来。不一会儿，我的画纸上就出现了一个突出的宽额头，和一个方脸的下半部。我很喜爱这个轮廓，就连忙动手为它加上五官，在那额头下，一定得画上两条引人注目的平平的眉毛，接下来当然应画上形状不错的鼻子，笔挺的鼻梁和大大的鼻孔。再往下是一张很有生气，长得并不小的嘴巴。接着是一个中间有明显凹痕的坚毅的下巴。当然，还得画上点黑黑的鬓须和漆黑的头发，头发浓密地鬈成曲形，现在的任务是画眼睛了，它们得仔细认真地画才行。我把它们勾得大大的,形状描得挺好,睫毛又长又密,眼睛又大又亮。"不坏!可总是不太像,"我一边审视着效果,一边暗想,"还应该画得更有力,更有神点儿,"于是我把阴影加深一点,好让明亮处更加有光,——恰到好处地润饰了一两笔,就圆满成功了。瞧,现在一张朋友的脸就在我眼前,两位小姐背朝着我对我不理不睬又有什么呢?我望着它,不禁对这个栩栩如生的画像微笑起来,我心满意足,不由得出了神。

"那是你熟人的画像吗?"伊丽莎问道,我没有注意到她何时走到了我身边。我回答说这不过是一个想象的肖像,说着就把它藏到别的画纸底下。当然,我是在撒谎,这实际上是一幅酷似罗切斯特先生的画像。可是,除了对我自己,对她或对别的任何人来说,它是没有什么意义的,乔治安娜也走过来看了看,除了这张别的画她都表示喜欢,但她称此为"一个丑男人"。她们似乎都对我的绘画技巧很感兴趣,于是我提出给她们画肖像;她们就轮流坐下来让我为她们勾勒一个轮廓。接着乔治安娜拿来了她的画册,我答应送她一幅水彩画夹在里面,这使她兴奋起来,提议去院子里散步。我们出去不到两小时,她就兴致勃勃地与我说起知心话来,她还绘声绘色地向我描述了两个社交季节之前,她在伦敦度过的那个成就辉煌的冬季,——她在那儿风头十足,——她受到人们的爱慕。她甚至还向我提起她赢得了某位有爵位的人的倾心。在下午和晚上,这些暗示越来越多,包括各种各样的充满柔情蜜意的情话和让人动情的场面。总之,她那天为我即兴创作了一部关于时髦生活的精彩的小说,她每天都重复着这个话题,千篇一律地围绕着她自己,她的恋爱和她的悲哀。可让人奇怪的是,她从未提到过一次她母亲的病,她哥哥的死,或目前家里的惨淡前景,充斥于她心灵的,是对往日欢娱的怀念和对未来的放荡生活的希望。她每天待在母亲身边的时间,至多只有五分钟。

伊丽莎仍然沉默寡言,她忙得没功夫说话。她看上去总是繁忙无比,我还没有见过比她更忙的人,可我又难说出她到底忙了些什么;或者说,很难看出她的勤奋的结果是什么。她的闹钟一大早就叫她起床。我不清楚她早餐前的安排,但一吃完早餐,她就把时间分成好几部分,每个小时都有特定的事情。一天中,她分三次读一本小书,我看了一眼,是《祈祷书》。有一次我问她那本书怎么如此有吸引力,她回答说是"礼拜规程"。她用三个小时用金线为一块方形的,大得几乎可比做地毯的紫红色的布缝边,我问它到底有什么用,她告诉我,它是用来铺在盖茨海德附

近新建的教堂的圣坛上的。她用两个小时记日记,两个小时独自在后院的菜园里干活,还用一个小时整理账目,她好像既不需要同伴,也不需要谈话,我相信她自得其乐,她满足于这样的例行规章,如果发生什么事情让她不得不打破这种如时钟一样刻板的工作惯例,她就会无比的恼火。

有一个晚上她似乎比平时话多些,她告诉我她感到极度苦恼的根源是约翰的行为和家庭面临的破产;但是她又说,她现在已经安下心来,下定了决心。她已经留心保住了自己的财产,一等她母亲去世,——她平静地说,她母亲根本不可能康复或拖下去很长时间,——她就要实现一个酝酿已久的打算,找一个隐居之处,使自己一成不变的恪守时刻的生活习惯不受打扰,要使自己与这浮华的俗世中远远地隔着安全的屏障。我问,她是否要乔治安娜陪着她。她回答说:当然不。她与乔治安娜向来不合,截然不同,她无论如何也不会与她在一起,自讨苦吃。乔治安娜应该走她的路,而她,伊丽莎,也要走自己的路。

乔治安娜如果不向我大谈知心话,她就躺在沙发上,不停地抱怨家里太沉闷乏味,一再希望她的吉布森姨妈请她进城去。"如果能离开一两个月,"她说,"等事情都过去了,那就好得多了。"我没问她"事情都过去了"是什么意思,但我猜想她是指意料中她母亲的去世和随后的悲伤的葬礼。一般情况下,伊丽莎不理会妹妹的无所事事和抱怨，就如同眼前并没有这个懒洋洋地躺在那里唠唠叨叨的人一样，但有一天，她整理完账目，摊开刺绣活后，忽然冲她责备起来：

"乔治安娜，我敢说，世界上没有比你更愚蠢、更荒唐的混日子的家伙了。你没有资格活在世上，因为你在白白糟蹋生命。你不但不像一个有理智的人那样为自己生活，自食其力，反而一味想寄生在别人身上以支撑自己的软弱，如果人们不愿让你这个肥胖、懦弱、自满、无用的东西来拖累自己，你就唠唠叨叨地抱怨你受到了亏待、忽视，怨天尤人。而且你还认为生活必须不断变化，充满刺激，否则这世界就像一个监牢。你一定要受人爱慕，听人奉承，被人追求，——你一定要有音乐、舞会和社交，——不然你就颓废下去，沮丧枯萎，难道你就不能动动脑子，想出办法使你自食其力，不靠别人，只靠自己的努力、意志吗？你可以把一天的时间分成几份，每份都安排好事情，充分利用所有的时间，不要让一刻钟、十分钟、五分钟闲下来。这样，你有条不紊地严格按规律工作，你就会不知不觉地打发完一天的光阴，这样你就不用让别人帮你消磨无聊时光而感谢别人，也不用求谁来与你做伴，聊天，给你同情和忍耐。总而言之，你就会像一个独立自主的人一样生活，听听这个忠告吧，——这是第一次也是最后一次向你提出忠告，然后，你就不会再需要我，或别的任何人了。如果你不接受忠告，——仍像以前一样只是盼望、抱怨、懒惰，——那你就只好吞咽你的愚蠢行为的苦果了，不管什么样的糟糕结果你都得忍受。我清楚地跟你说，你好好听着，我以后不会再重复第二遍了，但我说到做到。等母亲一死，我们就一刀两断，我不再管你的事。从她的棺材抬到盖茨海德教堂的那天起，我们就井水不犯河水，如同陌路。你不要以为我们碰巧是一母所生，我就会容忍你强加给我的哪怕是最小的一点要求。我可以告诉你——哪怕除我们之外整个人类都消亡了，只剩你我两个单独站在地球上，我也会让你留在旧世界，而我自己独自投向新世界。"

她闭上嘴巴，不再说了。

"你大可不必劳神去做这样的长篇大论，"乔治安娜回答说，"谁都知道你是这世界上最自私、最没心肝的家伙，我也知道你对我恨之入骨。以前就有过这样的一个例子，——在埃德温·维尔勋爵身上，你对我巧施了诡计。你无法忍受我地位比你高，得到贵族头衔，进入你连脸都不敢露的贵族圈里，你就扮演了奸细的角色，永远葬送了我的前途。"乔治安娜摸出她的手帕来，这以后不停地擤了一个小时的鼻子。伊丽莎不动声色，冷漠地坐在那儿勤奋地干她的活儿。

不错，有些人认为宽厚仁慈的感情无足轻重，可这两位小姐的性格中恰恰缺乏这种情感，因而一个刻薄寡恩，一个乏味可鄙。感情缺少了理智固然是淡而无味，可理智中若没有感情，却也实在苦涩、粗糙，难以接受。

一个风雨交加的下午，乔治安娜在沙发上看小说时睡着了，伊丽莎出了门，去新教堂参加圣徒节礼拜——在宗教的事情上她严格恪守形式，任何天气都不能成为它按时去履行她心目中虔诚义务的障碍。不管天气如何，她每周都必上三次教堂，即使平常也是一有祈祷就去。

我想上楼去看看那濒死的女人如何了，她躺在那儿谁也不去理睬，仆人们只是偶尔去照料一次，请来的护士因无人约束，一有机会就溜出了房间。白茜倒是十分忠心，可她也有自己家里的事情，只能抽空来看一看。不出所料，病房里果然无人照看。护士不在，病人一动不动地躺在床上，似乎睡着了。她脸色苍白，脑袋陷在枕头里，炉里的火都快要熄灭了。我加了些煤，整理好被褥，盯着她看了会儿，现在她已无力看我了。然后，我走到了窗前。

雨狠狠地敲打着窗玻璃，狂风呼啸，"有一个人躺在那儿，"我想，"她很快就不会再受这世间的风吹雨打之苦了。也许此时她的灵魂正在努力挣脱它的血肉的躯壳，等她解脱之后，又要飞向哪里呢？

我在沉思着这个重大难解的人生之谜时，又不由得想起了海伦·彭斯，她临终前的话——她的信仰——她的关于挣脱血肉之躯的灵魂都是平等的信条，又都出现在我脑海中。我又想起她临终前平静地躺在病榻上，轻声诉说着她渴望回到神圣的天父的怀抱中那难忘的语调——想起了她那苍白脱俗的面貌，那憔悴的容颜和崇高的凝视，——这时候，一个微弱的声音从我背后的床上响起："你是谁？"

他们说里德太太已有好几天不说话了，难道她苏醒了吗？我忙走到她跟前。

"是我，里德舅妈。"

"谁？——我？"她回答说，"你是谁？"她诧异又惊惧地望着我，但神色还算正常。"我一点儿也不认识你，——白茜去哪儿了？"

"她在门房，舅妈。"

"舅妈，"她学了一遍，"谁在叫我舅妈？你是吉布森家里的人吗？但我不认识你，可我记得你——那张脸，一双眼睛，那个额头，我都很眼熟，——啊，你像是简·爱！"

我没说话。我生怕一承认她就会休克。

"不过",她说,"我可能弄错了,我神志有点儿不清。我希望见见简·爱,就把你当作她了。再说,都过了八年了,她一定变化很大。"于是我温和地告诉她,我正是她猜想和想见的人。我看出她听懂了我的话,她头脑有些清楚了,就告诉她是白茜让她丈夫去桑菲尔德把我接来的。

"我知道我病得很重,"她过了一会儿说,"几分钟前,我发觉我连翻个身都不行,手脚都不听使唤,看来临死前,我还是把话都说出来好。身体好的时候很少想到的事,到了这时候就会沉重地压在心头。护士在吗?屋里只有你一个人吧?"

我说,只有我们两个,让她放心。

"唉,我很后悔做了两件对你不起的事。第一件是,没有按照我对丈夫许过的诺言把你当我亲生的孩子抚养成人;另一件,——"她忽然停下了,"也许,这终究不算很重要,"她自言自语道,"再说,我说不定可以康复,在她面前这样道歉,真是太丢脸,太难受了。"

她努力想变个姿势,却做不到。她的脸色变了,似乎正经历着内心的一种强烈的感觉——也许这就是临终前那最后一阵痛苦的预兆。

"好吧,我还是告诉她吧,我看来就要不久于人世了,还是把这件事做了吧,——到我的首饰盒那儿打开它,你会看到一封信,拿过来。"

我照办了。"读读这封信,"她说。

信很短,是这样写的:

夫人:

　　请惠告舍侄女简·爱地址,并烦告知其近况;吾拟即去函嘱伊来马德拉我处。蒙上苍赐福,吾苦心经营,薄具资产,惜独身无嗣,故甚望生前收彼为养女,死后以资产悉数相赠。谨致敬意。

约翰·爱于马德拉

下面的日期是三年以前。

"为什么我从未听说过这件事呢?"我问。

"因为我对你十分厌恶,不可更改,所以我不想帮你,让你走运。我忘不了你对我的所作所为,简——忘不了你有一次对我发火,说我是世界上最讨厌的人时那种声调。你的口气一点儿也不像孩子,你说只要一想到我就恶心,你说我冷酷无情地对待你,我也忘不了当你跳起来把心头怒火尽情发泄出来时我心里的感觉,我十分害怕,就像一头我曾经打骂、抛弃的动物忽然抬头用人的眼光瞪我,用人的声音咒骂我一样。——给我点儿水!唉,快一点!"

"亲爱的里德太太,"我把她要的水递给她,说,"别再去想那些事了,从你的心头忘记它们吧,请原谅我一时的气话,我那时还是个小孩,都过了八九年了。"

她根本没听我的话,喝了点儿水,喘口气,又说了下去:

"我真的忘不了,就开始报复了。让你过继给你叔叔,去过优裕舒适的日子,我可忍受不了。于是我回信说,简·爱已死了,在劳渥德害伤寒死的,让他失望了,非常遗憾。现在,随便你吧,你可以马上写信给他,揭穿我的谎言。我想,你大概生来就是为折磨我的,让我临死时还为这些往事而不得安宁,若非因为你,我本来不会忍不住去干出这种事来。"

"听我的话,舅妈,不要再想这件事,现在你可以怀着宽厚和谅解的心来对待我——"

"你的脾气真是坏,"她说,"今天我仍觉得你的性格让人难测。为什么你在九年里都一声不响地不管别人怎么待你,都逆来顺受,而在第十年却火气十足地一发不可收拾,我永远也弄不明白"。

"其实我的脾气不如你所想的那么坏。我的确爱激动,但绝非憎恨。小时候,有很多次只要你容许我就会真心地爱你,而且现在我也诚恳地希望与你和解。吻吻我吧,舅妈。"

我把脸凑近她的嘴唇,可她并不愿碰它,她反而说我俯下身压得她透不过气来,而且又要水喝。我扶她起来,让她喝了水,又把她放下来。这时我把手放在她又冷又湿的手上,刚一碰到,她那无力的手指就马上又缩了回去,——失神的眼睛也躲开了我的目光。

"那好吧,你爱我、恨我都好",我最后只好说,"反正我已经完全、情愿宽恕你了。现在,你就安下心,请求上帝的宽恕吧。"

可怜而痛苦的女人!她现在想改变她的习惯已太晚了。活着时她恨我入骨——到死前她仍要对我怀恨。

这时,白茜跟着护士走了进来。我又待了半个小时,希望能有所好转;可是并无任何迹象,她很快又昏迷过去,再也没有清醒。那晚十二点钟,她告别了人世。我没有在场为她闭上眼睛,她的两个女儿也都不在。第二天早晨,我们被告知一切都结束了。那时她只等入殓了。伊丽莎和我过去看她,可乔治安娜却只是大哭,说她不敢去。塞拉·里德那曾经健壮灵活的躯体,僵硬不动地放在那儿,冰冷的眼皮盖住了她无情的眼睛,她的额头和强悍的容颜上,依旧滞留着她冷酷心灵的印迹。在我看来,这具尸体是个古怪又庄严的东西,我又忧伤又痛苦地望着它。它引起的感觉,既不是温柔、甜蜜同情,也不是期待或谅解,而是因她十分不幸,却并非是我有什么损失,所感到强烈的痛心——她就这样可怕地死去了,我还因此体验到一种又难过又流不出眼泪来的沮丧。

伊丽莎镇静地望着她的母亲的遗容,沉默了几分钟后,她说:

"她的身体本可以活个高寿,是烦恼缩短了她的寿命。"接着,她的嘴唇痉挛地抽动了一下,不过马上就过去了。她转身离开了房间,我也走了出去,我们俩都没掉一滴眼泪。

世界传世藏书

世界十大名著

·简爱·

图文珍藏版

22

罗切斯特先生仅仅给了我一个星期的假，可是我离开盖茨海德的时候，时间已经过去了一个月。我本来希望在葬礼之后马上就动身，可是乔治安娜恳求我住下来，等到她有机会启程到伦敦的时候再走。后来，她终于受到她舅舅吉布森先生的邀请，到伦敦去了。他是来主持他姐姐的葬礼并处理家庭事务的。乔治安娜说，她害怕单独跟伊丽莎待在一起，因为伊丽莎在她感到沮丧的时候不会给她同情，在她害怕的时候不会给她安慰，就是收拾东西准备旅行的时候也不会帮她一把。于是我就住下来，尽量忍受她懦弱的哀号和自私的悲叹，尽力帮助她做针线，帮她打行李。我忙碌的时候，她却游手好闲，无所事事，我自忖道："要是你我命中注定非住在一起不可的话，表姐，我们可得换个不同的地位重新开始。我可不甘心做驯服、克制的一方。我会将应该由你做的一份分配给你去做，还要强迫你去完成，你要不干，我也不会替你完成。我还要逼你把那种内容真假参半、拖长声调发出的抱怨藏在你自己的心里。我之所以愿意这么耐心、这么顺从，只是因为我们的相处非常短暂，而且还是在这样一个特别悲哀的时候。"

我终于把乔治安娜送走了。接着，又轮到伊丽莎请求我跟她一起再住上一个星期。她说，她的计划要求她付出全部时间和全部精力，她即将动身到一个未知的地方去。她整天都待在自己的屋子里，从里面闩上门，装箱子，腾空抽屉，焚烧字纸，不与任何人交谈。她希望我帮着照管房子，接待客人，并且答复吊唁信。

一天早上，她告诉我说，我可以按自己的意思行动了。她还补充说："对于你宝贵的帮助和周到的应酬，我十分感激。同你这样的人生活在一起，可跟乔治安娜大不一样。你能承担自己生活中的责任，而且并不麻烦别人。"她接着说道："明天，我就要启程到大陆去了。我要定居在里尔附近的一个供人修道的地方，你也可以把那地方叫作修女院。我到了那个地方能获得安静，没有人烦扰。我要利用一段时间，研究罗马天主教的教义，仔细研究那个系统的机制，要是我发现它果然像我隐约猜测到的那样，是一个最能保证体面和秩序的系统，我就要接受罗马天主教，也许还要戴上面纱，做个修女。"

听了她的决心，我既没有表示惊讶，也没有试图劝阻她。"这个职业对你太合适了，"我心想，"但愿它对你有许多好处。"

我们分手时，她对我说："再见，简·爱表妹，祝你好。你还有些见解。"

我也回答道："你也不是没有见解，伊丽莎表姐。但是我认为，一年后，你的见解就会活活关在法国的一个修女院里了。不过，那不是我的事，只要它对你合适，我也就不想干涉了。"

"你说得对。"她说。说完我们就各奔前程。因为以后我再也没有机会提到她和她妹妹了，我想我该在这里交代一下她们后来的故事，乔治安娜攀附了一位上流社会的男子，那人虽然富有却已经衰老。伊丽莎真的当了修女，她在那里度过自己的修女见习期，如今已经当上了修女院长，她的财产也就捐赠给了那个修女院。

人们不论离开家的时间长还是短，我不知道他们回到家的时候，有怎样的心情。我以前从来没有体验过这样的感觉。与之相近的感觉是长途步行之后，回到盖茨海德，因为显得又冷又压抑，总要挨上一顿骂；后来还有从教堂回到劳渥德时的感觉，心里渴望吃到一顿好饭，好好烤烤火，结果两样都得不到。在那两种情形下，回到家都不是很愉快，不是让人十分向往的。没有一种吸引力把我拉向特定的地方。至于回到桑菲尔德的感受，还有待于体验。

那趟旅行可真够烦人——非常烦人。一天只走五十英里，在旅馆投宿一宵，第二天再走五十英里。在第一天的十二小时里，我脑子里想的是里德太太临终的情景，我回想起她变了形的苍白面孔，耳朵里又响起她那种变得怪诞的声调。我想起出殡那天的情景，眼前看到的是棺材、灵车、一队身穿黑衣的佃户和仆人——没有多少亲戚——看到敞开的墓穴、寂静的教堂，还有庄严的仪式。后来我又想到伊丽莎和乔治安娜，眼前仿佛看到她们俩，一个是舞厅里引人注目的中心，另一个却住在修女院那囚室般的小屋里。我仔细想着，分析着她们两个人以及她们两种性格的特点。傍晚时分，马车到了一个大城镇，这些思绪便消散了。夜晚把思绪转到另外一个方向去了。我躺在过路旅客住的床上，撇开回忆，憧憬着未来。

我就要回到桑菲尔德了，可是我在那儿又能住多久呢？不会长久，这一点我能肯定。从费尔法克斯太太写给我的信中得知，我不在那儿的时候，那里的聚会已经散了。三个星期以前，罗切斯特先生上伦敦去了，不过，当时人们认为他再过两个星期会回到桑菲尔德。费尔法克斯太太猜想，他去那儿是为婚事做准备的，因为他说起过要买一辆马车。她说，他打算娶英格拉姆小姐，她仍然感到奇怪。但是从大家都在谈论的话里，从她自己亲眼看到的情况，她已经不再怀疑，这事不久就会进行。"假如你对这事表示怀疑，那可真是太过分多疑了，"我心中这么评论道，"对此，我可一点儿都不怀疑。"

接下来的问题是："我该到哪儿去？"我那天晚上整夜都梦见英格拉姆小姐，清晨在一个清晰的梦中，我看到她把我关在桑菲尔德的大门外，指给我另一条路。罗切斯特先生将双臂抱在胸前观望着，似乎在对着她和我冷笑。

我并没有将返回的确切日期通知费尔法克斯太太，因为我不想要人或者要他们派马车到米尔考特去接我。我打算独自静悄悄步行走完这段路。这是六月份的一个傍晚，大约六点钟。我把箱子托付给乔治客栈里的管马人，便平静地溜出那个客栈，走上了通往桑菲尔德的那条老路。这条路大部分穿过田野，此时已经没什么人走了。

这并不是个霞光灿烂的夏日傍晚，不过天气挺好，温度适宜。沿途有翻晒干草的人们在干活儿。天空虽然远不是无云，却能预示出第二天仍然是个好天气。天上显露出的蓝色，十分清澈柔和；高空的云层相当稀薄，西边看上去是暖色调的，没有积雨云让人感到寒意。那里发出的仿佛是火的光芒，似乎有个圣坛在大理石般的云雾后面燃烧，金红色的霞光从云层缝隙中透射出来。

随着前面的路越来越短，我感到高兴，有一次竟然高兴得停下脚步，扪心自问，到底是为什么感到高兴，并且提醒自己要有理性，我毕竟不是回家去，不是回到一个永久居住的地方去，也不是要回到一个亲密的朋友翘首盼望我回去的地方。"费尔法克斯太太看到你，肯定会微笑着静静向你表示欢迎，"我说道，"小阿黛勒也会一边拍着手，一边朝你蹦蹦跳跳跑过来，迎接你。可是你自己也明白，你心里想的分明是另外一个人，而不是她们。可是他想的并不是你。"

可是，没有什么时候比青春时期更加任性，也没有什么像缺乏经验那样盲目。这两样东西都断定，能够再次看到罗切斯特先生，就是一种足够愉快的特权了。他看不看我又有什么关系。我心里还催促道："快！快！趁你现在还有可能，去跟他待在一起，再过几天，最多再过几个星期，你就要与他永远分手了！"我心里立刻产生一种痛苦，可我却不愿承认它，也不愿体会它，我把它撇到脑后，继续快步前进。

桑菲尔德的牧场上也是在翻晒干草，或者说，我到达这里的时候，雇工们刚刚下工，正扛着草耙回家去。我只要再穿过两块田地，就能横过大路，到达大门口了。

树篱上开的玫瑰花真多啊！但是我却没有时间采摘。我急于回到宅子里去。一棵高大的野蔷薇，把绿叶茂密、繁花点缀的枝条伸展出去，横过小径。我走过它旁边，来到了窄窄的石砌台阶前面。我看见了——罗切斯特先生正坐在那儿，手里拿着一本书和一支铅笔。他正在写字。

他并不是个鬼，可是我的每一根神经都躁动起来，一时竟无法控制自己。这是怎么回事？我没料到看见他会颤抖得这么厉害，也没想到在他面前会激动得说不出话，动弹不得。等我一恢复行动能力，我就要回去。我可不能变成个彻头彻尾的大傻瓜。我还知道有另一条路能通向宅子。但是，就算我知道二十条路也没用，因为他看见我了。

"啊！"他喊了起来，把书和铅笔收起来说："你回来啦！快过来，请你过来。"

我想我是过来了，可我不知道是用什么方式过来的，我几乎没有意识到自己的动作，一心只想保持平静，还想控制住面部的肌肉。可是我感到面部的肌肉在蛮横无理地反抗我的意志，想要表现出我极力掩盖的感情。幸亏我戴着面纱，正好放了下来，这还让我能正常行动而不失体面。

"这难道是简·爱吗？你是从米尔考特来的，而且还是步行来的？是啊，这又是你的一个花招，不派人来要车，独身一人穿过大街小巷走来，像个幻影似的趁着暮色偷偷来到家里。真见鬼，你这一个月了干了些什么？"

"跟我舅妈在一起，先生。她去世了。"

"真是个简·爱式的回答！愿善良的天使们保佑我吧！她是从另一个世界来的——从死人的住所来的，而且是在暮色苍茫中单独遇到我，就这么跟我直说的！要是我有胆量的话，我可要摸摸你了，看看你是真人，还是幻影，你这个小鬼！我倒宁可到沼泽地里去抓那些蓝幽幽的鬼火。简直像逃学！逃学！"他停顿了一下，又补充说："离开我整整一个月。我敢打赌，准把我给忘了！"

我早知道与我的主人重逢一定是愉快的。虽然担心他很快就不再是我的主人了，而且我也知道，在他的心目中我算不了什么，这些都使重逢时的愉快失去光彩。但是，照我看来，罗切斯特先生从来就有一种能让人感到快乐的强大力量，只要尝尝他撒给我这种迷途小鸟的一点碎屑，对我来说就像享受盛宴一样了。他最后说的话是个安慰，似乎暗示说，我是不是会忘记他，好像还有点重要呢。他还把桑菲尔德说成是我的家。它要真是我家多好啊！

他没有离开台阶，我也不大愿意他要我走过去。过了一会儿，我问他是不是去过伦敦。

"不错，去过。我猜，你准是靠了一双神眼看见的吧。"

"费尔法克斯太太在写给我的信中告诉我的。"

"她告诉你我去那儿做什么了吗？"

"告诉了，先生！人人都知道你去做什么。"

"你一定要看看新马车，简，然后告诉我说，罗切斯特太太坐那车是不是特别合适。你要告诉我，她靠在车上那些紫色的软垫上，看起来是不是像波狄西亚女王。简，我但愿在容貌上能更加配得上她。你既然是个仙女，就请你告诉我，能不能给我一道符咒，或者一剂媚药，要不就是类似的东西，好让我变成个美男子？"

"先生，这可是魔术力所不能及的。"我心里接着想道："充满爱意的眼睛就是符咒。在这种眼睛看来，你已经足够英俊的，或者可以说，你的坚毅有一种超过美的力量。"

罗切斯特先生有时候能看出我并没有讲出来的思想，那种敏锐的眼光，我始终无法理解。此刻，他对我的口头回答便不多加注意，而是用他那种独特的方式对我微微一笑，只有在特殊场合，他才会这么微笑。他似乎认为这种微笑十分珍贵，不该为了平常目的随意滥用。那可真是感情的阳光，他现在就将这阳光洒在我身上。

"过去吧，简，"他闪开身子，让出台阶让我过去，"回家去，让你那双小脚在朋友的家里休息下来吧，它们漫游得都疲惫了。"

我这时只有默默地服从他，没有必要再跟他交谈下去。我一句话也没有再说，从台阶上走过去，打算平静地离开他。可是我心头突然产生一阵强烈的冲动。这种力量不顾我的控制，让我转过身来，让我开口说道：

"谢谢你的美意，罗切斯特先生。我能回到你的身边来，心里特别高兴。你在哪儿，哪儿就是我的家——是我唯一的家。"

我匆匆走开，脚步十分敏捷，他就是想追我，也很难追上。小阿黛勒一见我，乐得几乎要发疯了，费尔法克斯太太用她通常那种平静的友谊方式迎接了我。利厄对我微笑，索菲也高兴地用法语对我说"晚上好"。这些都让我觉得十分愉快。没有什么比受到同类的热爱更让人觉得舒适幸福了。

那天晚上，我下定决心，坚决不看浮现在眼前的未来，也不听耳畔响起的声音，那声音警告我说,离别已经临近,悲哀正在到来。用过茶点,费尔法克斯太太拿着她的编织物,我便在她旁边一张矮凳上坐下来,阿黛勒就靠在我身旁跪在地毯上。一种相互间的爱像一道祥和的金色光环,把我们罩在一起。我心中默默做了个祷告,希望我们不要过早分离,也不要离得太远。我们正这样坐着的时候,罗切斯特先生不声不响地走进来了。看到我们这么亲密的场面,他好像觉得十分愉快,他说,看来老太太看到自己的养女又回来了,一定觉得放心啦;他又补充说,他知道,阿黛勒现在可以画她这位英国妈妈的画像了。我这时心里贸然产生一线希望:即使在他结婚以后,他也会让我们在他的保护下,在某个地方团聚在一起,并不把我们从他的阳光照耀下驱逐出去。

我回到桑菲尔德之后的两个星期里,一切都过于平静,让人心生疑惑。谁也没提起主人的婚事,我也没看到人们为这事做任何准备。我几乎每天都要问费尔法克斯太太,是不是已经做出了什么决定,可她总是说没有。有一次,她真的向罗切斯特先生询问,问他打算什么时候把新娘接回家来,他只是做了个鬼脸,对她开了个玩笑,算是回答。

有一件事让我感到特别惊奇。他并没有到处旅行,也不去英格拉姆家的庄园拜访。可英格拉姆家的庄园其实离这儿仅仅二十英里路程,就在另一个郡的边上。这么点距离对于一个热恋者算得了什么呢?像罗切斯特先生这样熟练而不知疲倦的骑士,那不过是一个早上的路程而已。我心里开始暗暗怀着一种不该有的希望:这门亲事告吹了,谣传是错误的;不是一方改变了主意,就是双方都改变了想法。我常常望着主人的脸察言观色,看上面显出的是悲伤呢,还是凶狠。可是我发现,他这时的心情比以往任何时候都好,脸上没有愁云,连一丝不愉快的感觉都没有。有时候,我和我的学生跟他在一起。要是我偶尔感到心情不佳,或者心绪恶劣,他甚至能让我变得欢乐起来。他以前从来没有这么频繁地把我召到他身边去过。我跟他在一起时,他也从没有对我这么好过——啊!我也从来没有像现在这样爱过他。

23

　　这是一个仲夏日,英格兰沉浸在明媚的好天气中。天空蓝得那么纯净,阳光如此灿烂。在我们这个波涛包围着的土地上,像现在这样,一连好多天都这么晴朗,实在难得。人们不由得以为,意大利的天气仿佛变成了一群欢快的候鸟,在它们的旅行途中,落脚在英格兰。干草早已收回来,桑菲尔德周围的田地上又是一片青翠;道路让太阳晒成白茫茫的,树木长得十分茂盛,变成一片墨绿;树篱和树林枝繁叶茂、青翠浓密,与其间草地上的明亮阳光形成鲜明对比。

　　施洗约翰节前夕,阿黛勒在干草路上采野草莓,玩了半天,累得太阳一落山就上床睡觉了。我看着她睡着后,就离开她到花园里去。

　　这是一天二十四小时中最美好的一个时刻。白昼的烈焰业已耗尽,露水降落在喘息的平原和烤焦的山顶上,四周一片清凉。在太阳默默无闻落下去的地方,一片庄严的紫色晚霞升腾而起,在一个小山峰上迸发出炉火般的光芒,鲜艳得像红宝石一样,在高出那一点和远处的半个天穹中,色调越来越柔和。东方天际自有湛蓝而悦目的美,其中还点缀着一颗色调温和像宝石一样的星星。不久,这一片天空就要为拥有月亮而自豪了。不过,此时月亮还在地平线的下面。

　　我在铺了路面的步道上散步,只闻到一股淡而亲切的雪茄烟香味从一扇窗户中飘出来。我看见图书室的窗帘拉开一道手掌宽的缝隙,知道有人可能从那后面窥视我,于是便从那儿走开,到果园里去。整个院子里没有哪个地方比那里更加隐蔽,更像伊甸园了。这里树木茂密,鲜花盛开,果园一侧有一堵高墙隔开院子,另一侧有一条山毛榉夹道的林荫路遮挡住草坪。园子尽头有一道歪倒的篱笆隔开孤寂的田野。一条蜿蜒的小路通向篱笆,两侧排列着月桂树,路的尽头有一棵巨大的七叶树,树下摆放着一圈座位。在这里漫步,用不着担心受到什么人的窥视。在这个时刻,暮色渐浓,甜蜜的露水在降落,周围沉浸在一片寂静之中,我仿佛觉得可以在这样的树荫下永远徘徊下去。初升的月亮给开阔地上送来了光明,我的脚步不由穿过园中高地的花丛和果树之间,走向那明亮的地方。正在这时,我的脚步停了下来,不是受到声音的喝止或光亮的警告,而是再一次闻到一股气味。

　　各种花儿早已把它们的芬芳奉献给这夜晚,香蔷薇、青蒿、石竹、玫瑰的香味飘散在空中。然而,这种新的气味并不是来自树丛,也不是花香。我对这种气味非常熟悉——那是罗切斯特先生的雪茄烟味。我回头朝周围张望着,仔细倾听。眼睛看到的只有果实正在成熟的果树,耳朵听到的是半英里之外的树林里夜莺的歌唱。看不到有人在走动,也听不到脚步声。可是那股烟味却越来越浓。我得逃走。我朝通往灌木丛的一扇小门走去,只见罗切斯特先生正好走进那道门。我闪身躲进常青藤遮盖的隐蔽处,他不会待得太久,很快就会从来路走回去的。只要我坐着不动,他就不会看到我。

然而他并不急于离去,他像我一样喜爱这暮色,也像我一样喜欢这迷人的古老花园。他信步朝前走去,时而抬起醋栗树枝,看看上面大得像梅子一样的累累果实,时而从树篱上摘下一颗成熟的樱桃,时而朝花簇弯下身去,不是闻闻花的香味,就是欣赏花瓣上的露珠。一只大飞蛾嗡嗡地哼着,从我身旁飞过去,停在罗切斯特先生脚边的一棵花草上,他看见那蛾,弯下腰仔细端详。

"现在他是背朝着我,"我想道,"而且他还看得那么专心。要是我放轻脚步走,也许可以溜走而不让他发现。"

我踏在小径边上的草丛上走,免得沙砾发出声音。他就站在离我要经过的地方一两码远的花坛之间,显然在那儿仔细盯着看那只蛾。"没问题,我可以走过去。"我想道。月亮还升得不高,他的影子长长投在地面上。就在我横过他的影子时,他头也不回,悄声说:

"简,来看看这个东西。"

我吓了一跳。我根本没有弄出什么声音来,他也没长着后眼,难道是他的影子有感觉不成?可是我还是朝他走过去。

"看它的翅膀,"他说,"它让我想起一种在西印度群岛上见到的昆虫。在英国不会常常看到这么大、这么鲜艳的夜游神。瞧啊!它飞走了。"

蛾子飞走了。我也胆怯地朝后面退却。但是罗切斯特先生却跟在我身后。我们走到那扇小门跟前的时候,他说:

"转身回来吧。外面有这么可爱的夜色,待在屋里太可惜了。日落后紧接着升起一轮明月,在这样的时候肯定没人想上床睡觉。"

我有这样一种缺点:虽然有时候我能对答如流,在另外一些时候,却怎么也找不到个借口,真是可悲。而且这种失误总是发生在关键时刻,尤其是发生在我需要一个理由充足、脱口而出的借口，让我摆脱困境的时候。我不想在这么一个时刻，跟罗切斯特先生单独在幽暗的果园里散步，可我又找不出个借口离开他。我拖着脚步跟在他身后，脑子里忙着思索一种脱身之策。可是他看上去那么稳重严肃，我反而为自己的慌乱感到害羞了。要是在这件事上有什么罪过，或者可能有什么罪过的话，看来只能是我的罪过了。他的心灵没有意识到这种事，而且十分平静。

"简，"我们走上排着月桂树的小径，缓缓朝坍塌的篱笆和七叶树的方向信步走去时，他说道，"到了夏天，桑菲尔德是个可爱的地方，对不对？"

"对的，先生。"

"在某种程度上，你一定已经依恋上这座房子了吧？你善于欣赏大自然的美，而且你很富于依附性。"

"我的确依恋这房子。"

"另外，尽管我并不明白其中原因，可我看得出，你对那个笨孩子阿黛勒相当体贴，甚至对那个头脑简单的费尔法克斯太太也十分关心。"

"是的，先生。她们两个我都爱，只是方式不同。"

"要离开她们会感到难受吗？"

"会的。"

"可惜！"他说着叹了口气，停了一会儿。"在尘世间，事情往往就是这样，"他不久便接着讲下去，"刚刚在一个愉快的地方休息下来，就有一个声音在呼唤你，要你接着往前走，因为休息的时间已经结束了。"

"我必须往前走了吗，先生？"我问道，"我必须离开桑菲尔德了吗？"

"我相信你得离开，简。我很抱歉，简妮特，但是我相信你必须离开。"

这对我不啻是一个打击，然而我没有让它打垮。

"好的，先生，命令一下，我就出发。"

"命令现在已经下了——我必须今晚就下这个命令。"

"这么说，你要结婚了，先生？"

"的确如此，一点儿也不错。你凭着平时那种敏锐，一下子就猜中了。"

"很快吗？"

"很快，我的——我是说，爱小姐。你还记得最初我告诉你，或者你听到谣传说，我有意将自己这根老单身汉的脖子伸进那个神圣的套索中去，进入那种神圣的婚姻状态——简而言之,就是把英格拉姆小姐搂进我的怀抱。她可够我抱个满怀的。不过那是题外话。有我那漂亮的宝贝布兰奇,这样的事情我可不会嫌太多。啊,我刚才就说过了,听我说,简! 你这不是回过头去寻找另外一只飞蛾吧。那不过是一只瓢虫,孩子,正在从家里飞出去。我想提醒你,是你最初向我提出说,如果我跟英格拉姆小姐结婚,你和阿黛勒最好马上离开。你当时的口气中带着谨慎,富有远见,并且带着谦卑口吻,十分符合你这种向主人负责的从属者身份。这个建议中包含着对我爱人性格的诽谤,我可以撇开不顾,简妮特,等你走远了,我可以逐渐把它忘掉,只记住其中明智的部分,我已经将这种明智的东西变成了我的行动准则。阿黛勒必须上学,而你呢,爱小姐,必须找到一个新的职位。”

“好的,先生,我马上就登广告。在此期间,我想……”我本来打算说:“我想我可以在这里住到另外找到一个工作再走。”可是我停了下来,觉得不能冒险说出这么一个长的句子了,因为我的声音已经不听我指挥了。

“大约再过一个月,我就要当新郎了,”罗切斯特先生继续说,“在这之前,我将亲自留心为你找个工作,找个住的地方。”

“谢谢你,先生,我很抱歉让你……”

“噢——用不着道歉! 我认为一个下人像你这样完成了自己的职责,就有权利要求雇主给予一些并不费事的帮助,我从我未来的岳母那里听说过一个地方,我认为挺适合你。那是爱尔兰康诺特省的苦果庄园,工作是教狄奥尼修斯·奥高尔太太的五个女儿。我想,你会喜欢爱尔兰的,人们都说,那儿的人都是热心肠。”

“那儿离这里很远啊,先生。”

“没关系的,像你这样有见识的姑娘是不会在乎旅行,也不会在乎距离遥远的吧。”

“旅行倒没什么,可是距离太远了,而且还有海隔开……”

“隔开什么,简?”

“隔开英格兰,隔开桑菲尔德,还……”

“什么?”

“还有你,先生。”

最后这句话,我几乎是不由自主地说出来的,而且我的眼泪也没有经过思想的批准就夺眶而出。不过,我没有哭出声来让人听见,我努力抑制住抽泣。一想到奥高尔太太和苦果庄园，就叫我感到战栗，让我觉得心寒；想到波涛和泡沫会把我和我身旁的主人隔开，我觉得更加心寒；最让我觉得心寒的是想到了横在我和我所钟情的人之间那更宽的海洋——财富和地位。

"太远了。"我再次说道。

"的确相当远，等你到了爱尔兰康诺特省的苦果庄园，我就再也见不到你了，简。这一点是绝对无疑的。我从来不去爱尔兰，也不大喜欢那个国家。我们是好朋友，是不是，简？"

"是的，先生。"

"朋友们在离别前夕，一般要聚在一起分享最后一段时光。来吧，趁那边的星星正在逐渐开始闪烁，我们心平气和地聊上半个来钟头，谈论一下这次旅行的安排，再谈谈我们的离别。这儿是一棵七叶树，在它的老根旁边摆着一张凳子。来吧，今晚我们平静地在这儿坐坐，以后，咱们俩命中注定再也不能并肩坐在这里了。"他请我坐下，他自己也坐下来。

"到爱尔兰要走很长的路，简妮特，我很抱歉打发我的小朋友去做这么令人疲倦的旅行。可是，有什么办法呢？我不能做出更好的安排了。你觉得你跟我比较亲近吗，简？"

这次，我不敢贸然回答。我的心激动得实在太厉害了。

"因为，"他说，"我有时对你有一种奇怪的感觉，尤其是在你像现在这样，靠我很近的时候，我觉得左边肋骨下面似乎有根弦，另一头紧紧拴在你那个娇小身体的同样位置上，无法解开。要是在我们俩中间横上一道波涛汹涌的海峡和两百多英里的陆地，我恐怕这根联系的绳索最终会绷断的吧。我有一种想起来心里就直发紧的念头，到那个时候，我的内心就会流血。至于你呢，你准会把我忘掉吧？"

"我绝不会的，先生。你知道……"我说不下去了。

"简，你听见那只夜莺在树林里的歌唱了吗？——听啊！"

我听着听着，再也忍不住了，不得不屈服于感情，猛烈地抽泣起来。剧烈的痛苦折磨得我从头到脚都在哆嗦。当我能开始讲话的时候，嘴里也只是说出个强烈的愿望，说我但愿根本就不曾出世，也但愿自己没有来过桑菲尔德。

"就因为要离开它，你觉得很难过？"

我心中的爱情和悲伤变得越来越强烈，就要主宰我的一切，它要生存、要崛起、要征服,最后还要占领统治地位——现在还要开口讲话。

"离开桑菲尔德让我感到痛苦。我爱桑菲尔德——我爱它,因为我在这里过着充实而愉快的生活,至少在短暂的时间里享受了这样的生活。我在这里没有受到践踏,没有受到恐吓,没有为低劣的思维所埋没,没有被排斥在各种智慧的、有活力的、高尚的交往之外。我在这里面对面与自己尊敬和喜爱的人交谈,与一个有独创性、思想活跃、心怀宽广的人交谈。我认识了你,罗切斯特先生,想到我必须与你生离死别,我就被恐怖所震悚,为痛苦所撕裂。在我看来,我离去的必然性就像人非死不可一样可怕。"

"你怎么知道有必然性?"他突然问道。

"怎么知道? 先生,是你安排在我面前的啊。"

"以什么形式?"

"以英格拉姆小姐的形式,就是那个高贵而美丽的女人——你的新娘。"

"我哪有什么新娘! 我根本就没有新娘啊!"

"可你会有的。"

"是啊——我会有! ——我会有的!"他咬紧牙齿说道。

"那我就非走不可——这是你亲口说的。"

"不,你要留下! 我发誓——我会遵守这个誓言的。"

"我告诉你,我非走不可!"我被惹火了反驳说,"你以为我会作为一个对你无足轻重的人留下来吗? 你当我是一架没有感情的机器? 可以容忍人家从我嘴里抢走一口面包,把我渴望的一点水从杯中泼掉吗? 你以为我境遇贫寒、地位低微、容貌平常、个子矮小,就没有灵魂、没有感情吗? 你想错了! 我的灵魂像你的一样高尚,感情像你的一样丰富。假如上帝赋予我一些美和财富,我就能让你离开我时同样感到难舍难分。我现在并不是通过世俗和惯例的方式跟你讲话,甚至不是通过凡胎肉体,而是我的精神在同你的精神交谈,就像两个都经过了坟墓拜倒在上帝脚下的灵魂一样平等。因为我们本来就是平等的!"

"因为我们本来就是平等的!"罗切斯特先生重复了一遍,"是的,"他说着把我搂进他的怀抱,把嘴唇朝我的嘴唇贴过来,"是这样的,简!"

"是这样的,先生,"我接着说道,"可是不能这样做。因为你是个结了婚的人,或者说跟结了婚的人一样,是跟一个比你低下的人结了婚,你跟那个人的心并不相通,我不相信你真的爱那个人,因为我看见过,也听见过你嘲笑她。我会蔑视这样的结合,因而我比你高尚——放开我!"

"上哪儿去,简？爱尔兰？"

"对,去爱尔兰。我已经讲出了心里话,现在去哪儿都无所谓了。"

"简,平静些,别这么挣扎,你这简直像个绝望得宁愿撕碎羽毛也要逃命的野鸟。"

"我可不是鸟儿,也没有罗网捕捉我,我是个有独立意志的自由人,现在我就要运用这种意志,离开你。"

我又一挣就脱出身来,直挺挺站在他面前。

"你的命运可以由自己的意志来决定,"他说,"我向你伸出手,献上我的心,愿意与你分享我的一切财富。"

"你这是在耍一个滑稽的把戏,只能引得我发笑。"

"我请求你一辈子都在我身边度过,做我的第二个自我,做我在人世间最好的伴侣。"

"你已经为自己的这种命运做出了选择,必须遵守才行。"

"简,安静一会儿吧。你太激动了。我也要镇静下来。"

一阵风顺着月桂树夹道的小径吹来,在七叶树的枝叶间发出飒飒声,然后消失在无垠的远方,变得无声无息了。这时仔细倾听,只能听到夜莺的歌唱。我再次开始哭泣。罗切斯特先生平静地坐着,态度温和、严肃地望着我。过了一会儿,他才开口说话：

"到我身边来,简,让我们把话解释清楚,彼此增加些了解。"

"我再也不会到你身边去了,我现在已经被拉开,不能再回去。"

"但是,简,我是把你当作我的妻子而叫你过来的。我只想与你结婚。"

我没有作声。我认为他这是在取笑我。

"来吧,简——过来。"

"你的新娘横在我们中间。"

他站起来,一个跨步走到我跟前。

"我的新娘就在这里,"他说着再次把我拉向他,"因为与我志同道合、地位平等的人就在这里。简,你愿意嫁给我吗？"

我还是没有回答，继续挣扎着想摆脱他，因为我仍然不相信他。

"你怀疑我吗，简？"

"绝对怀疑。"

"你不信任我？"

"一点儿也不信任。"

"难道在你的眼睛里，我是个骗子？"他热切地问，"小怀疑论者，你准会相信我的。我爱英格拉姆小姐吗？不爱。这你是知道的。英格拉姆小姐爱我吗？不爱。我煞费苦心证实过了。我制造了个谣言，让谣言吹到她耳朵里，说是我的财产还不到人们估计数目的三分之一。那以后，我就到她面前去看结果如何。结果，她和她母亲都变得十分冷淡。我不愿，也不能与英格拉姆小姐结婚。你这个怪异的——几乎不是人间的东西！我爱你就像爱自己一样。尽管你没有财产、地位、个头矮小，长相平常，可我还是要请求你嫁给我做妻子。"

"什么？我！"我禁不住惊呼起来。看到他那么认真，尤其是用那种鲁莽的态度表达出来，我开始相信他的真诚，"假如你算得上我的朋友，那么，在世界上除了你以外，我一个朋友也没有，而且，除了你给我的钱之外，我一个先令也没有。难道你要娶我这么个人？"

"就是你，简。我必须占有你——让你完全成为我自己的。你愿意成为我的吗？说愿意，快说！"

"罗切斯特先生，把脸转过来朝着月光，让我看看你。"

"为什么？"

"因为我想看看你的面容，转身！"

"那就看吧，你会发现它不比一张揉皱的字纸更容易看懂。快点看吧，要快，因为我觉得难受。"

他的表情激动，脸色绯红，五官的表情激越，眼睛里闪烁出奇异的光芒。

"啊，简，你在折磨我！"他嚷道，"虽然你的目光忠诚宽厚，可是它在折磨我。"

"我怎么能折磨你呢？如果你是真诚的，如果你的求婚是真心话，我对你的感情只有感激和忠诚，而不可能是折磨。"

"感激！"他再次嚷道，接着又疯狂地补充说："简，快答应我。快说，爱德华——要叫我的名字爱德华——我愿意嫁给你。"

"你当真吗？——你真的爱我？你的确是真心诚意希望我做你的妻子吗？"

"是的，要是需要发个誓才能让你觉得满意，我就发誓。"

"那么，先生，我愿意跟你结婚。"

"要叫我爱德华，我娇小的妻子！"

"亲爱的爱德华！"

"快到我这儿来——投入我的怀抱里来吧。"他说。他把脸颊紧贴在我的脸颊上，用他那种深沉的声音说："让我感到幸福吧，我也会让你感到幸福。"

"上帝宽恕我！"没过多久，他接着说道："不要有人来干涉我。我得到她了，我要拥有她。"

"没有人来干涉，先生。我没有亲戚，不会干涉我们。"

"没有——那就太好了。"他说。假如我不是像现在这样爱他，我会认为他那种狂喜时的声调和表情是野蛮的。但是，我这时从离别的噩梦中醒来，回到了团聚的天堂，坐在他的身旁，我一心想到的只有源源而来、任我畅饮的幸福。他一遍又一遍地问道："你幸福吗，简？"我也一遍又一遍地回答："幸福。"随后，他低声说道："这是能受到宽恕的，这是能受到宽恕的。难道不是因为我发现她无亲无友吗？难道我不该保护她，安慰她，让她感到喜悦吗？难道我的心中没有爱情，难道我下了决心却没有恒心吗？那可要在上帝的法庭上受到惩罚的。我知道我的缔造者同意我这样做。至于尘世间的裁判，我可不想去顾忌。我蔑视人的看法。"

这个夜晚到底是怎么啦？月亮还没有落下，我们就已经陷入一片阴影中，虽然我们站得很近，可我几乎看不见我主人的面孔。七叶树为什么如此翻腾、呻吟，仿佛感到无比痛苦？狂风从月桂树旁的小径上刮过来，从我们头顶上扫过去。

"我们得进去了，"罗切斯特先生说，"变天了。要不然，我可以跟你一直坐到天明，简。"

我想道："我也能陪你坐到天明。"也许我该说出来才对，但是，我的两眼正在注视的那片云彩突然迸发出一道强烈的电光，接着响起了一阵噼啪的爆裂声和轰鸣声，我只顾得上把强光刺疼的眼睛藏进罗切斯特先生的肩膀里。大雨倾泻下来。他拉着我顺小径穿过庭院，朝房子跑去。我们跨过门槛时，都淋得精湿。罗切斯特先生在门厅里给我脱下披巾，把我散开的头发上的水抖掉。这时候，费尔法克斯太太从她的屋子里出来了。起初我没有看见她，罗切斯特先生也没有看见她。房子里点着灯,时钟敲了十二下。

"快去把湿衣服脱掉,"他说,"先别走,我亲爱的! 晚安,晚安。"

他一再吻我。当我离开他的怀抱时,看见那位寡妇站在一边,望着我们,只见她脸色苍白,严肃而且吃惊。我只是对她笑了笑,就跑上楼去。"以后再向她解释吧。"我想道。不过,我走到自己的卧室门口时,想到她会因为看到的事情产生暂时的误解,我心头不禁感到一阵强烈的痛楚。然而,欢乐立刻就淹没了其他各种感觉。在两个小时的风雨中,尽管风在猛烈地呼啸,雷声又近又响亮,闪电不停地迸发出刺眼的光芒,大雨像瀑布般倾泻下来,可我并不感到害怕,也没觉得太畏惧。在此期间,罗切斯特先生到我门前来过三次,问我是不是安全,是不是平静。这对我就是安慰,这比什么都能让我感到力量。

早晨,我还没起床,小阿黛勒就跑来告诉我说,果园尽头那棵巨大的七叶树在夜里遭雷击了,半棵树给雷劈掉了。

24

　　我起床穿衣的时候，回忆起昨天发生的事情，疑心那不过是一场梦。我要再次看到罗切斯特先生，听到他再次说出爱恋的话语和誓言，可是在这之前，我不能断定那是不是真的。

　　梳理头发的时候，我望着镜子里的面孔，发觉自己的长相不再是平淡无奇的了，其中蕴涵着希望，脸色显得生机勃勃，眼睛似乎看到了源泉般取之不尽的收获，眸子中闪烁着波光粼粼。我以前常常不愿意望着主人，因为我怕他看到我的相貌会不愉快的。但是，我现在可以自信地抬起头望他，而不用担心会在他的爱情上泼冷水。我从抽屉里取出一件浅色夏装，穿在身上，那衣服虽然朴素但是却很干净，看上去没有哪件衣服比这件更适合我穿了，因为我从来没有在这样幸福的心情中穿过衣服。

　　我欢快地跑着下楼，进了大厅，看到一夜暴风雨迎来的是个六月份般的明媚早晨，感到一阵芬芳的轻风从敞开的玻璃门吹进来。我并不感到十分惊讶，大自然一定也在为我的幸福感到高兴。一个要饭的女人带着她的小儿子顺着小路走来，两个人脸色苍白，衣衫褴褛。我立刻朝他们跑过去，把钱包里所有的钱都掏出来给了他们——大约有三四个先令。不管怎么样，他们应当分享我的喜悦才对。白嘴鸦在呱呱欢呼，其他的鸣禽在欢快地歌唱，但是什么也没有我的心更欢乐，更加充满了音乐。

　　费尔法克斯太太面带忧郁朝窗户外面张望，让我吃了一惊。她严肃地问："爱小姐，你来吃早饭吗？"吃饭的时候，她又平静又冷淡。可是我不能把真相告诉她。我要等我的主人向她做出解释，所以，她只好等待了。我尽量吃了点早饭，然后就匆忙奔上楼去。我看见阿黛勒正在离开教室。

　　"你上哪儿去？该上课了。"

　　"罗切斯特先生要我到婴儿室去。"

　　"他在哪儿？"

　　"在那儿。"她指着刚才离开的那个屋子说。我走进屋子，见他正站在那儿。

　　"快来对我说早安。"他说。我高高兴兴走上前去。现在我接受到的不再是一句冷冰冰的祝愿，甚至也不再是握一握手，而是拥抱和接吻。受到他这样的强烈的爱抚似乎是非常自然、十分正常的。

"简，你满脸笑容，这么漂亮，看上去真像盛开的花朵，"他说，"今天早上你看上去真的很漂亮。这难道是我原来那个脸色苍白的小精灵吗？这难道是原来我那颗芥菜籽吗？这个姑娘满脸容光焕发，微笑时露出深深的酒窝，嘴唇像玫瑰一样鲜艳，栗色的头发像缎子一般光滑，栗色的眼睛熠熠生辉。她是原来那个姑娘吗？"读者，我的眼睛是绿色的，可是你必须原谅他这个错误，我想，他准是认为这双眼睛也染上了新的颜色呢。

"先生，你眼前的正是简·爱。"

"很快就要变成简·罗切斯特了，"他补充说，"四个星期以后，你听到了吗，简妮特？一天也不会多。"

我听到了。可我还不能充分理解这话的含义。它让我感到晕眩。听了他这么宣布的消息，我产生了奇怪的感觉——那是一种强烈得无法用快乐形容的感觉，是一种让人感到刺激和震动的感觉，我几乎错把它当成恐惧了。

"简，你刚才脸颊绯红，怎么现在也突然变得苍白了？这是为什么？"

"因为你给了我一个新名字——简·罗切斯特，听上去那么陌生。"

"是的，罗切斯特太太，"他说，"年轻的罗切斯特太太——费尔法克斯·罗切斯特的年轻新娘。"

"这绝对不可能，先生。听起来不可能。人类在这个世界上不可能享受到完美的幸福。我不可能天生与我的同类有不同的命运。想象一下吧，这样的命运会落到我的头上来——不，那是童话，是白日做梦。"

"这个我能让它实现，也要让它成为现实。今天我就要开始动手。今天早上，我已经给伦敦的银行家写了封信，要他把桑菲尔德家族女眷用的传家珠宝首饰给我送来。我希望再过一两天就把它们哗啦一声倒在你的裙兜里。我要把你当作一个贵族的女儿，把一切特权和一切关怀都给你。"

"噢，先生！别想什么首饰！我听见这个字眼就觉得不舒服。简·爱戴上首饰会显得不自然，看上去会很怪的。我可不要。"

"可我要亲自把钻石项链戴在你的脖子上，把额圈套上你的额头——那一定很合适，简，因为大自然已经在这个额头上印上了贵族的标记。我还要在这两只漂亮

图文珍藏版

的手腕上戴上手镯,在这些仙女们才会有的手指上戴满戒指。"

"不,不,先生!想点别的话题,谈些别的事情,换个调子。跟我说话的时候,别把我当成个美女一样。我是你雇的家庭女教师,相貌长得平常,养成的习惯就像个贵格会教友。"

"在我的眼睛里,你是个美人,正好合我的心意,娇小而飘逸。"

"你的意思是说,弱小而微不足道吧。先生,你这不是在做梦,就是在嘲讽。看在上帝分上,别挖苦人啦。"

"我还要让整个世界都承认你是个美人。"他继续说道。我却对他说话的腔调觉得越来越不安了,因为我觉得,他这不是想欺骗自己,就是想欺骗我。"我要让我的简穿上绫罗绸缎,让她的头发上插上玫瑰,我要用无价的珍贵面纱蒙在我最心爱的人儿头上。"

"到了那个时候,你可就认不出我来了,先生。我就不再是你的简·爱,而是一只身着丑角服装的猿猴,是一只松雅鸟,身上插着借来的羽毛。我不愿穿上宫廷贵妇人的裙袍,就像我也同样不喜欢看到你身穿上舞台的戏装一样。先生,我没有说过你漂亮,我可非常爱你,爱得太深了,所以不愿奉承你。可你也别奉承我。"

然而,他并没有注意我的反对,继续讲了下去,"今天我就要带着你乘车到米尔考特去挑选几件衣服。我对你说过,我们要在四个星期后结婚。婚礼要在下边那个教堂里平静地举行。仪式之后我立刻就带你到城里去住。在那儿小住几天后,我就带我的宝贝到接近太阳的地方去,到法国的葡萄园或者意大利的平原上去。她在那里能看到古代和现代的记载中一切著名的东西。她还要体验到都市的乐趣。她要学会将自己与别人做公正的比较,从而得到自信心。"

"我还要旅行吗?——跟你一起去旅行,先生?"

"你要住在巴黎、罗马和那不勒斯,住在佛罗伦萨、威尼斯和维也纳。凡是我漫游过的地方,都要让你去;凡是我的马蹄踏过的地方,你这个精灵的脚也要踩在上面。十年以来,我发疯般奔跑着穿过欧洲,陪伴我的是厌恶、憎恨和愤怒。现在,我的创伤已经治愈,心灵得到净化,我要由一位天使陪伴着去故地重游。"

他说出这些话的时候,我不断地出声笑着。我说:"我可不是个天使,只有等我死了,才能变成个天使。可现在我就是我自己,罗切斯特先生,你不能指望,也不能要求从我这儿发现天堂里才能找到的东西。因为你不会得到的。同样,我从你那里也得不到这种东西的。所以我根本就不怀这种指望。"

'"你期望从我这里得到什么？"

"短时间内，你也许会保持现在这个样子——只能保持很短一段时间。这以后，你会变得冷漠，变得反复无常，然后，你就会变得严厉，我就不得不想方设法讨你喜欢。可是等到你对我已经完全习惯了，你也许会再次喜欢我——我说的是喜欢，而不是爱。我猜，你的爱情六个月之内，或者在更短的时间里就会化作肥皂泡。我从男人写的书里读到过，这也许就是丈夫的热情所能维持的最长时间了。然而，话说回来，作为一个朋友和伴侣，我希望永远不要变成让我的主人讨厌的人。"

"说什么讨厌！还说什么再次喜欢你！我想我会越来越喜欢你，我还会让你承认，我不仅仅是喜欢你，而是爱你——爱得真心、热烈、持久。"

"你不会反复无常吧，先生？"

"对于那些只会用容貌取悦我的女人们，我一旦发现她们既没有灵魂，又没有良心，我一旦看到她们平庸、浅薄、低能、粗俗和暴躁的本质时，我在她们的眼睛里会变成个恶魔。可是在明亮的眼睛、雄辩的舌头以及火一般燃烧的灵魂和宁折不弯的性格面前，与柔和而稳定、驯服而坚强的人在一起，我永远是温柔而忠实的。"

"你遇到过这样的性格吗，先生？你爱过这样的性格吗？"

"我现在爱的便是这样的性格。"

"假如我真的在某些方面达到了你的苛刻标准，那么，在这以前呢？"

"简，我从来没有遇到过与你相似的人。你让我喜悦，你主宰了我。你看上去十分顺从，我喜欢你给人的柔顺感，我把这缕柔软的丝线绕在手指上时，它引起我一阵快感，通过胳膊，直达心田。我受到了影响，被征服了，这种感觉里有一种我无法表达的甜蜜，在我被征服的过程中，我感到了一种我无法超越、无法战胜的巫术。你笑什么啊，简？你脸上那种令人费解的诡谲神色是什么意思？"

"先生，我脑子里正在想的是——你可别见怪，我只是不由自主有了这么个想法——我想的是海格立斯和参孙还有那些让他们着迷的美女……"

"你这个小精灵，居然这么想……"

"嘘，先生！你现在这话可讲得不高明，就像古代那两位先生做的不聪明一样。不管怎样，要是他们已经结了婚，就肯定会用作为丈夫的严肃来弥补作为求婚者的谦恭。我恐怕你也会这样。一年以后，假如我向你提出个让你不舒服、不高兴的要求,你会怎么说……"

"你现在就要向我提出要求,简妮特——起码先提个要求,我希望听到要求……"

"说真的,我是要提出请求,先生。我的请求已经准备好了。"

"讲出来!你带着那样的表情对我微笑,我不等你说出来就会发誓答应你的请求。不过,这样做我就会成为一个傻瓜。"

"根本不会,先生。我只要求一点:别叫人送什么珍宝来。别给我戴玫瑰花,要是那样做,你简直是在朝自己那方朴素的手帕上镶金边。"

"我这是在'给纯金镀金',这我自己也知道。那么好吧,我就同意你的请求——暂时同意。我会撤回给银行家的命令的。可你并没有要求什么,你只是请求取消一个礼物罢了。再提一个请求。"

"那好吧,先生,请你满足一下我的好奇心吧。我对一件事特别好奇。"

他看上去似乎不安起来。"那是什么?是什么?"他急忙问道,"好奇会引出危险的请求。幸亏我没有发誓满足每一个请求……"

"但是,满足这个一请求并不会发生危险啊,先生。"

"那就说出来,简。但是我希望你想得到我的一半不动产,而不是打听一个秘密。"

"啊,亚哈随鲁王!我要你的一半财产有什么用处?你把我当成个放高利贷的犹太人了?你以为我想在田地上大大投上一笔吗?不,我宁可要你跟我完全推心置腹。既然你让我进入你的心田,该不会对我有所隐瞒吧?"

"简,凡是我值得一听的心里话,都欢迎你听。可是,看在上帝分上,别要求得到那些没用的负担!别渴望得到毒药——别变成个死死缠住我的夏娃!"

"为什么不呢,先生!你刚才不是还说过,你多么希望受到征服,还说你要是让人逼着做什么事情会感到多么愉快。难道你不觉得,我最好利用一下这个自白,开始先哄骗和请求,必要时不惜生气哭闹,只是为了试一试我的力量而已?"

"我看你不见得会做这种试验。恣意侵犯,任意放纵,一切可就完了。"

"是吗,先生?你这么快就改变主意了?你现在看上去多么严厉啊!你的眉毛拧在一起,变得比我的手指都粗了;你的额头也起了皱;就像我在一首让人看了感到吃惊的诗歌里读到的那样:'浓云翻滚雷霆起。'我想,这就是你结婚以后的神色吧?"

"假如你本人结婚以后便是这样一种神色,我这个基督徒就会立即放弃结婚的念头,不娶一个十足的妖精或者火龙。不过,小东西,你的要求是什么?讲出来吧!"

"唉,你现在就已经这么不礼貌了,不过,我喜欢鲁莽远远胜过奉承。我自己也宁愿当个小东西,而不愿做个天使。我想问的只是这么一点:你为什么费尽心机要让我相信,你想跟英格拉姆小姐结婚?"

"就这么个要求?谢天谢地,还算不是太糟!"这时,他才舒展开浓黑的眉毛,低头望着我微微一笑,抚摸着我的头发,仿佛刚刚避免了一场危险,心里感到宽慰似的。"我想我可以坦白地说,"他接着说下去,"虽然我会惹你生气,简——我看出,你生气的时候,简直能变成个火神。昨天晚上,你在寒冷的月光下与命运进行抗争,声称你跟我的地位本来是平等的,那时候你简直是在喷火。顺便提一下,简妮特,提出求婚的是你。"

"当然是我。但是,先生,请你回到刚才的话题上来,谈谈英格拉姆小姐的事情。"

"好吧,我装作向英格拉姆小姐求婚,为的是让你像我迷恋你一样,狂热地爱上我。我知道要想达到这个目的,嫉妒是我能找到的最好同盟者。"

"真是太妙了!可是这么一来你自己就变得渺小了——不比我的小手指大多少。那样做真是奇耻大辱,简直是桩丑闻。先生,你难道根本就不把英格拉姆小姐的感情放在心上吗?"

"她的感情只集中在一点上:骄傲。那种感情需要的是屈辱。你嫉妒吗?简?"

"你别管,罗切斯特先生。你了解这一点绝不会有什么意思。老老实实接着回答我的问题吧。你以为英格拉姆小姐不会因为你虚情假意的调情而感到痛苦吗?难道她不会产生被遗弃的感觉吗?"

"不可能!我跟你说过,不是我遗弃她,正相反,她遗弃了我。她听到我破产的消息后,热情立刻就降了温,也可以说,是熄灭了。"

"你的狡猾真让人惊讶,罗切斯特先生。我恐怕你在某些问题上的原则,实在是怪癖极了。"

"我的原则从来没有受过训练,简。由于缺乏照料,所以可能长歪了。"

"我再认真问一遍。我是不是可以享受你答应给我的莫大幸福,而不必担心有什么人忍受我本人刚才感到过的痛苦?"

"你可以享受,我的小姑娘。这个世界上没有另外的人能对我怀有像你那样的纯洁爱情——简,因为我把一剂舒适的药膏涂在了我的心灵上,那是对你爱情的信任。"

我转过头去,亲吻着搭在我肩膀上的那只手。我非常爱他,爱得无法用语言表达,我也不知道该怎么表达才好。

"再提点别的要求吧,"他马上说道,"能受到要求,能表示同意,是我的乐趣。"

我再一次准备好了我的请求。"把你的打算告诉费尔法克斯太太好吗,先生。昨天晚上,她看见我跟你一起待在门厅里,大吃了一惊。我再次见到她之前,向她做些解释吧。让这样一位好人误解,我觉得痛苦。"

"上你的屋子里去,戴上帽子,"他回答道,"我要你今天早上陪我到米尔考特去,趁你做准备的时候,我去跟这位太太解释个清楚。简妮特,她是不是认为,你为爱情而献身并不值得?"

"我相信她以为我忘记了自己的地位了,也忘记了你的地位,先生。"

"地位!地位!你的地位在我心上,在那些瞧不起你的人们的脖子上。好了,去吧。"

我很快就穿戴好了。我听到罗切斯特先生从费尔法克斯太太的屋子走出来的时候,就匆匆跑下楼去。这位太太正在阅读早上要读的经文,这是她一天的日课。《圣经》就摆在她面前,上面搁着她的眼镜。罗切斯特先生向她宣布的事情把她正在从事的活动打断了,现在似乎忘记了该继续阅读。她的眼睛盯在对面空荡荡的墙壁上,表情显出一个平静的心灵受到异乎寻常消息的打扰,感到吃惊。看到我后,她清醒过来,努力想微笑一下,向我表示祝贺。可是她的微笑中止了,话也没说完就中断了。她戴上眼镜,合起《圣经》,把她的椅子从桌子边推开,放回原处。

"我感到太吃惊了,"她开始说,"我几乎不知道该对你说些什么,爱小姐。我现在肯定不是在做梦,对不对?有时候,我独自坐在这里,昏昏欲睡,想象着根本没有发生过的事情。我这么打瞌睡的时候,不止一次看到我那十五年前就去世了的丈夫,又走进屋子,坐在我的身边。我甚至还听到他像以前那样叫我的名字艾丽斯。你告诉我,罗切斯特先生是不是真的要求你跟他结婚?别笑我。不过,我真的以为他五分钟以前走进来说，一个月以后，你就是他的妻子了。"

"他跟我说过同样的话。"我回答道。

"真的！你相信他吗？你答应了吗？"

"是的。我答应了。"

她望着我，满脸狐疑神色。

"我绝对没想到过这事。他是个骄傲的人，罗切斯特家的人全都骄傲，至少，他父亲是个爱钱的人。人们也都说他是个谨慎的人。他真要娶你吗？"

"他是这么跟我说的。"

她把我从头到脚打量了一遍，我从她的眼神里看得出，她在我身上找不到什么可爱的地方来解开她心中的谜。

"真让我无法理解！"她接着说，"不过，无疑这是真的，既然你是这么说的。以后会怎么样，我说不准，我真的不知道。在这种情况下，最好是地位和财产相当。再说，你们的年龄相差二十岁。他几乎能做你的父亲了。"

"不对，费尔法克斯太太！"我让她的话惹火了，喊了起来，"他根本不像我的父亲！任何人看见我们在一起，都不会有这样的想法。罗切斯特先生看上去像二十五岁的年轻人，实际上他也就是个年轻人。"

"他要娶你真的是出于爱情吗？"她问道。

她的冷淡和怀疑伤了我的心，我的泪水都涌出来了。

"我很抱歉惹你伤心，"这位寡妇接着说，"可是你这么年轻，对男人又这么不了解，我是希望你能保持警惕。俗语说得好：闪光的并不全是金子。在这种情况下，我害怕将来会出现你我都始料不及的事情。"

"为什么？难道我是个怪物吗？"我问道，"难道罗切斯特先生就不可能真诚地爱我吗？"

"不。你根本没问题。而且近来比以前更好了。也许罗切斯特先生真的爱你。我注意到，你是他所喜欢的人。有好几次，看到他明显对你表示喜欢，我真有点替你感到不安，很希望你能警惕一些。可是，我并不喜欢提醒你，就连可能犯错误的可能性也不愿意提醒。我知道，我这样的想法会让你吃惊，也许还会惹你生气。你是个十分谨慎的人，特别谦逊，深明事理，所以，我心里希望能信赖你，愿你能保护自己。昨天晚上，我简直说不出我有多么痛苦。我在宅子里到处找你，哪儿也找不着你,也找不着主人,直到十二点钟的时候,才看到你跟着他走进来。"

"好啦,现在别说这个啦,"我不耐烦地打断她,"一切都是正当的,这就够啦。"

"我希望最后这一切都是正当的,"她说,"但是相信我,你多加留意总不为过。要尽力与罗切斯特先生保持距离。不要相信你自己,也不要相信他。处于他那种地位的绅士一般不会娶他们的家庭女教师为妻的。"

要不是阿黛勒这时跑了进来,我可真的会发起火来。

"带我去,我也要去米尔考特!"她嚷道,"罗切斯特先生不让我去,可是马车上有那么大的空。替我求求他让我也一齐去吧,小姐。"

"好的,阿黛勒。"我急忙带着她离开了,心里很高兴能离开这个神色阴郁、对我喋喋不休告诫个不停的女人。马车准备好了。他们把马车赶到房子正面来,我的主人在步道上踱着步子,大狗派洛特跟在他身后走来走去。

"阿黛勒可以跟我们去的,对不对,先生?"

"我告诉她说不行,我不要带小孩!我只要你去。"

"请你让她也跟着一起去吧,这样更好些。"

"不行,她去了准会碍事。"

他的神色和语气都十分专断。想起费尔法克斯太太的警告让我寒心,她的怀疑让我觉得扫兴。一种不现实与不确定的感觉扰乱了我的希望。我原来那种以为征服了他的感觉失去了一半。我心里开始打算不再争辩,准备机械地服从他,可是他扶着我上马车的时候,朝我的面孔望了一眼。

"怎么啦?"他问道,"面孔上的阳光都消失了。你真的希望带这小女孩一起去吗?这么说,要是把她留在这里,会让你觉得不高兴?"

"我真的十分希望她能去,先生。"

"那就去拿你的帽子,然后赶快跑回来!"他对阿黛勒喊道。

她以尽可能快的速度服从了。

"好在仅仅打扰我们一个上午没什么关系,"他说,"我不久就要你——你的思想、谈话、陪伴——全都终生归我所有了。"

阿黛勒一让抱上马车,就为了我替他求情开始亲吻我。她马上就给安顿到他那一边座位的角落里了。于是她转过头来朝我坐着的地方张望。坐在他那么严厉的人旁边实在太受拘束。照他现在这种心情,她连小声发表什么意见也不敢,也不敢向他打听情况。

"让她上我这儿来吧，"我请求道，"她也许会让你不舒服的，先生。我这边的空间挺大。"

他把她抱给我，那样子仿佛她是个巴儿狗似的。"我要送她上学校去。"他说，不过，这时他脸上绽开了微笑。

阿黛勒听见了，就问道，是不是要她进学校，不能跟小姐在一起了？

"是的，"他回答说，"绝对不能再跟小姐在一起了。因为我要带小姐到月亮上去，我们要在那儿白皑皑的火山之间的山谷里，找到个山洞，小姐要跟我住在那儿，只跟我一个人住在那儿。"

"她没有吃的东西啊，你会把她饿死的。"阿黛勒评论道。

"我会在早上和晚上给她采集吗哪的，那儿多的是，所以月亮才是白色的，阿黛勒。"

"可她得取暖啊，她怎么才能生火呢？"

"月亮的山上能冒出火来，她冷的时候，我就会把她抱到一个山顶上，让她躺在火山口旁边。"

"啊，她在那儿多不好，实在不舒服。再说她的衣服，衣服穿破了上哪儿买新衣服呢？"

罗切斯特先生假装让她难倒了。"哼！"他说，"那你说该怎么办，阿黛勒？开动你的脑筋想想办法吧。你认为，用白色或者粉红色的云彩做衣裳怎么样？而且还能剪一片彩虹做一条漂亮的围巾。"

"她现在这样子要好得多呢，"阿黛勒想了一会儿，做出结论，"再说，她只跟你住在月亮上会觉得孤独的。假如我是小姐的话，我绝对不会答应跟你去那儿。"

"可她已经答应了，她还发过誓。"

"但是你不能带她上那儿去的，到月亮上没路可走。周围全是空气，你和她都不会飞。"

"阿黛勒，看那片田地。"这时，我们已经驶出了桑菲尔德的大门，正顺着通往米尔考特的平坦道路平稳地行驶着。路上的尘土让刚下过的雷阵雨压住了，路边低矮的树篱和高大的树木都闪烁出一片青翠，让雨冲洗得十分清新。

"阿黛勒，两个星期前的一天傍晚，我在那片田野上散步，就是你在果园帮我翻晒干草的那个傍晚。因为我耙草的时候累了，就在台阶上坐下来休息。我掏出一支笔和一个小本子，开始记下很久以前我遇到的不幸，也写下了我对幸福未来的希望。虽然阳光正在从树叶中间消失，可是我写得很快。这时候，有一个东西从小径上走来，停在离我两码远的地方。我望着它。它是个很小的东西，头上还戴着面纱。我朝它招招手，要它走近些，它很快就朝我走来，站在我的膝盖旁边。我没有跟它说话，它也没有对我说，可是我从它的眼神里看懂了它的意思，它也从我的眼睛里看懂了我的意思。我们没有说话的交谈说的是这样的内容：

"它说，它是个仙女，是从精灵国来的，它的使命就是使我幸福。我必须跟它离开凡人世界，到一个孤独的地方去，比方说，到月亮上去。它说着朝已经升上干草山冈的月牙扬了扬头，告诉我说，我们可以住在雪石膏山洞里和银山谷中。我说我喜欢去，可是我也像你一样提醒它说，我没有翅膀，不能飞。

"'啊，'那个仙女回答说，'那没关系的！这儿有个护身符，它能让你克服一切困难。'它说完就拿出个漂亮的金戒指来。'来吧，'她说，'把这个戒指戴在我左手的第四根手指上，我就是你的了，你也就是我的，我们就能离开地球，到那儿去创造我们自己的天堂。'她朝月亮努了努嘴。这个戒指就在我的裤子口袋里，表面上看起来像个金镑，可是我们打算马上就把它变成一个戒指。"

"可是小姐跟它有什么关系呢？我可不管什么仙女。你说你要带着去月亮的是小姐……"

"小姐就是个仙女。"他故意压低声音神秘地说。我就告诉她别听他的笑话。她就充分表现出自己是个真正的法国式的怀疑主义者，把罗切斯特先生说成是个"彻头彻尾的撒谎者"，还说，她根本就不相信他的"神怪故事"，还说，根本就没有仙女，就算有，也不会出现在他面前，更不会给他戒指，或者提出跟他一起住在月亮上。

在米尔考特停留的那一个钟头，对我来说简直是一种折磨。罗切斯特先生逼着我去了一家丝绸服装店，还命令我挑选做六件服装的料子。我讨厌做这种事，就请求晚些时候再办这事。可是不行，现在就得办好。经过我一再低声请求，才总算把六件减少成为两件，可他坚持要由他替我选。我急切地望着他的眼睛在色彩艳丽的布料上扫来扫去。他选定了一种极为富丽堂皇的紫色绸子和华丽无比的粉红色缎子。我又连忙压低声音连连对他说，他还不如赶紧为我买上一件金子做的衣服和银子做的帽子呢,我肯定绝对不会冒险穿他选的这种衣服。可是他顽固得简直像块石头,我费了无穷的周折,才说服他改选一种素净的黑缎子和一种珠灰色的绸子。"暂时就这么办吧。"他说。可他还是要"看到我穿得像个花坛一样光艳照人才行。"

我很高兴终于催他离开了绸缎店,而且很快离开了首饰店。他给我买的东西越多,我心里就越感到不安和耻辱,脸颊因而变得更加发烫。我们重新登上马车,我像发烧似的瘫坐下来,靠在车座上时,突然想起,在一连串阴郁和欢乐的事情匆匆到来的时候,我把我的叔叔约翰·爱写给里德太太的信完全忘掉了,他在信中提到,要收我为养女,让我做他的继承人。"要是我有哪怕很小的一笔财产,"我想道,"那是多大的安慰啊。我绝对受不了让罗切斯特先生出钱把我打扮得像个布娃娃一样,或者变成又一个达那厄,每天让黄金雨落在我的身上。我一回家就要写一封信,寄到马德拉去,告诉我的叔叔约翰说,我就要结婚了,还要告诉他说我要跟什么人结婚。只要我想到将来有一天,我能让罗切斯特先生的财产有所增加,我现在由他供养,也会觉得好受一点。"这个想法让我感到了安慰,那天我就这么做了。我又敢壮起胆子跟我那主人兼情人的眼睛相遇了。他那双眼睛不顾我设法避开他的脸和他的凝视,固执地搜索着我的眼睛。他微笑起来。我觉得,他的微笑就像一个行善的苏丹王,用黄金和宝石将一个奴隶变成个富翁后,脸上露出的那种笑容。他的手一直在摸索着找我的手,我抓住他那只手,紧紧握一握,我把它推开时,发现我热情的一握把他的手都捏红了。

"你不必做出这种神情,"我说,"要是你老摆出这个样子,我就永远穿在劳渥德时穿的旧衣服。结婚的时候,我就穿这件淡紫色的格子布衣服,你可以用这块珠灰色绸子为自己做一件晨衣,用这块黑色的缎子做许多背心。"

他略略笑着摩擦了一下手。"啊,望着她的容貌,听着她的声音,便是富有!"他大声说道,"她聪明吗? 她古怪吗? 就是有人愿意拿土耳其皇帝的所有嫔妃、瞪羚一样的黑眼睛、妖艳的女人身体或者任何其他东西,跟我换这个矮小的英格兰姑娘,我都绝对不会答应!"

他用东方做的比喻又把我刺痛了。"我可根本代替不了后宫的嫔妃,"我说,"所以,别把我跟她们相提并论。假如你对那种事情有嗜好的话,还是赶快启程到伊斯坦布尔的市场上去,把你不知道该怎么花的钱用在大量购买奴隶上。"

"那么,当我在讨价还价准备购买成吨的肉体,以及各种各样的黑眼睛的时候,你准备做什么呢,简妮特?"

"我就收拾好出去传教,向那些受奴役的人们宣传自由思想——也要向囚禁在你的后宫里那些女眷们宣传。我要闯进你的后宫,煽动造反。而你呢,先生,就算你是个三尾帕夏,也会很快变成我们的阶下囚,戴上脚镣手铐。除非你愿意在一个最富有自由精神的宪章上签字,否则就不打开你的脚镣手铐。"

"我就恳求你开恩,简。"

"假如你恳求的时候带着这种眼神,我可不开恩,罗切斯特先生。从你的眼神上我可以断定,不论你同意什么宪章,只要你被释放掉,你马上就会违反它的条款。"

"为什么,简,你究竟要什么呢? 恐怕你除了要我在教堂的圣坛前举行婚礼之外,还要我跟你秘密举行一个婚礼。我看出,你还会要求一些特别的条件的——那会是些什么条件呢?"

"我只要求保持心情舒畅,先生,而不是为大量的恩惠所压垮。你还记得你说的关于塞莉纳·瓦朗的话吗? ——你说过你给她钻石、开司米料子等等。我可不愿做你在英国的塞莉纳·瓦朗。我要继续做阿黛勒的家庭女教师,靠这工作挣得我的食宿和每年三十英镑。我要用这笔钱添置自己的衣服,你什么也用不着给我,除了……"

"除了什么?"

"除了你的尊重,如果我对你也报以尊重的话,我们就两清了。"

"在天性冷静、喜欢顶撞,以及纯洁的自尊心方面,没人能与你相比。"他说道。我们现在驶近了桑菲尔德。"能请你今天与我一起吃饭吗?"我们驶进大门的时候他问道。

"不,谢谢你,先生。"

"假如我可以问的话,请问,你为什么说'不,谢谢你'?"

"我从来没有跟你一起吃过饭,先生。我现在也看不出有什么理由该跟你在一起吃饭。等到……"

"等到什么? 你喜欢说半句话。"

"等到我别无选择的时候。"

"难道你以为我是个食人魔鬼或者是个食尸鬼,所以你害怕和我在一起吃饭?"

"在这个问题上,我可没有那么想,我只是想照现在这样继续过一个月。"

"你应该立刻放弃那种奴隶般的家庭教师工作。"

"说实话,先生,请你原谅,我不放弃。我要像往常那样继续工作。而且我也要像往常习惯的那样,整天不见你。要是你想见到我,可以在晚上派人来叫我,那时我会来的。但是其他时间不行。"

"在这种情况下,我想抽上支烟,或者吸一撮鼻烟,就像阿黛勒常说的那样:'让我镇定一下。'不幸的是,我身边既没带雪茄烟盒,也没带鼻烟壶。听我说——我要压低声音——现在是在你的掌握之中,小暴君,不过马上就轮到我来掌握了。一旦我完全把你掌握在手中,为了占有并保留住你,打个比方吧,我就会用一根链条把你拴住,"他说着摸了摸表链。"是的,美丽的小仙女,我要把你藏在我的怀抱里,免得把我的宝贝弄丢。"

他一边说一边扶我下车,随后又抱出阿黛勒。我便抽身走进屋里,上楼去了。

晚上,他当然叫我到他那儿去。我想好了一件事要他做,因为我决心不把时间全都消耗在闲聊上。我想起他有一副好嗓子,也知道他喜欢唱歌——歌唱得好的人都喜欢唱的。我自己不是歌唱家,而且照他挑剔的评判,也实在算不上什么音乐家,可是我喜欢听唱得很好的歌。浪漫的黄昏时刻刚刚开始将缀满星星的深蓝色旌旗垂在窗户上,我便站起身来,打开钢琴盖,请他看在老天分上,为我唱一首歌。他说我是个任性的女巫,还说改日再唱,但是,我坚持说没有哪个时候比现在更好了。

他问我是不是喜欢他的嗓音。

"非常喜欢。"我不喜欢纵容他那敏感的虚荣心,不过这次是个例外。出于策略,我甚至还奉承他,激发他的虚荣心。

"那么,简,你要为我伴奏。"

"好的,先生。我试试。"

我真的只是试了试,因为他不久便把我从琴凳上推开,把我称作"小笨人儿"。我让他毫无礼貌地推到一旁,其实这正是我希望的。他这时占据了我的位置,开始自弹自唱,他既会弹琴,又会唱歌。我连忙走到窗户的凹处,坐在那里,望着窗外寂静的树木和朦胧的草坪,听着他用圆润的嗓音唱出优美的曲调。他唱的歌词是这样的：

从未有过如此真诚的爱情，
深深触及炽热如火的心灵。
奔腾加速流过每根血管，
如潮似涌飞速流过全身。

她每天光临带给我希望，
她离我而去留给我悲伤。
她遇到阻碍不能前来，
我的每根血管都会凝结。

我梦想着无法名状的幸福，
爱的播种也得到爱的收获。
为了这个目标我努力奋斗，
心情急切中行动不免盲目。

我们之间有无尽的路程，
如同天地漠漠无迹可寻。
又像碧波翻滚浪涛起伏，
波涛间潜伏着危险纵横。

我们仿佛处在林莽荒原，
盗贼出没的路蜿蜒其间。
隔开我们心灵的暴徒是，
愤怒与忧伤，公理和强权。

危险何所惧哪怕阻碍重重，
我敢向凶险预兆发起进攻。

不论有多少恐吓骚扰警告，
我勇敢无畏奋勇向前猛冲。

如同梦中一样迅疾神速，
我飞行如光向彩虹迎去。
我眼前升起绚烂的景象，
那是雨露和光华的结晶。

苦难的云层虽朦胧而暗淡，
庄严的光芒却温柔而欢乐。
尽管浓重阴森的灾难将至，
此时我再也不会忧心忡忡。

我已经冲过所有艰难险阻，
在这甜蜜时刻我并不担忧。
哪怕艰难险阻要再次扑来，
对我大声宣战，肆虐报复。

肆虐的憎恨要将我打垮，
公理的讲坛禁止我上前。
强权的面容堆积起盛怒，
发誓永远与我不共戴天。

我的爱人向我伸出小手，
她的心中对我充满挚爱。
发誓让婚姻的神圣纽带，
将我们紧紧缠在一起。

她已将爱吻印上我的嘴唇，

世界传世藏书

世界十大名著

·简爱·

图文珍藏版

发誓与我白头偕老共生死。

我得到了无法名状的幸福，

爱的播种终得到爱的收获。

唱完，他站起身朝我走来，我看见他的面孔激动得熠熠生辉，一双锐利的眼睛闪烁着光芒，脸上充满了温柔的热情。我迟疑片刻，然后才重新振作起来。我可不要充满柔情的场面和大胆地表示，然而，我现在却面临二者都有的危险境地。我必须准备好防御用的武器——我把舌头磨得更加锋利。等他接近我的时候，我用刺耳的声音问道："你现在打算跟谁结婚？"

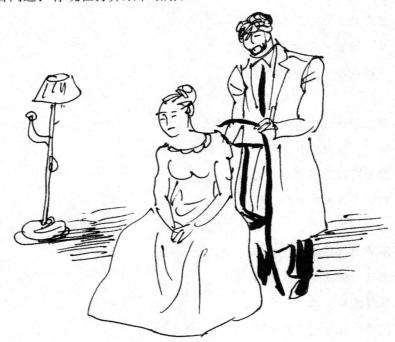

"我亲爱的简提出这样的问题真是太奇怪了。"

"是吗？我可觉得这是个非常自然而且必要的问题呢。你的歌词中说，他要让自己未来的妻子与他一同去死。他提出这么一个异教徒般的说法，到底是什么意思？我可没有打算与他一起死，他可得明白这一点。"

"噢，他所渴望的，他所祈求的，只是你可以与他共同生活在一起！死不属于你这样的人。"

"其实也是为我准备的。等我的大限一到，我也像他一样有权死去。但是我要等到那个时刻到来,而不是用殉夫的方式去死。"

"你会原谅他那种自私的想法,用和好的亲吻表示对他的宽恕吗?"

"不,我倒宁可得到他的原谅。"

这时,我听见他把我称作"铁石心肠的小东西"。他还补充说:"要是换了其他女人,听到这样赞美她的诗句,准会感动得暖彻骨髓的。"

我便对他断言说,我天生铁石心肠——非常狠心,他会常常发现我就是这么个样子。我还说,我决定在接下来的四个星期里,趁着这时还来得及取消婚约,让他充分看看我性格中各种粗暴的方面,要让他明白他订的是一门什么亲事。

"你愿意平静下来,有理性地跟我讲话吗?"

"要是你喜欢的话,我就平静下来。至于说话要有理性嘛,那我可以自吹自擂说,现在我就是这样说话的。"

他恼火了,气得直吐唾沫。我心想:"很好,你烦恼也好,发火也好,随你的便。但是我保证,这是对付你的最佳方法了。我对你的爱深得无法用语言来表达,但是我不愿意让自己变成感情的奴隶。我要用这根巧辩的利针,阻止你靠近这深渊。借助它的刺痛,可以使你我保持对我们都有益处的距离。"

我的进攻由弱变强,惹得他十分恼火,于是在他气得退到屋子另一头去的时候,我站起身来,像往常那样自然地恭恭敬敬道了声"祝你晚安,先生"。然后就从侧门走出去。

我开始使用的这种做法,后来贯彻在整个试探时期,用得十分成功。他的确有点愠怒,脾气变得恶劣,但是总的来说,我看出他还是十分高兴的。我发现,绵羊般的温顺和斑鸠一样的敏感,虽然能让他满足专制的愿望,却不能让他的判断感到喜悦,不能满足他的理智,甚至也不能迎合他的趣味。

有其他人在场的时候,我仍然像以前那样,表现得恭敬而文雅,不做没有得到要求的事情。只是在晚上单独与他在一起谈话的时候,我才会这样百般折磨他。可他仍然在钟一敲七点的时候,就准时召我下去。不过,我到他面前的时候,他的嘴上不再挂着"我的爱","亲爱的"这类字眼。用来形容我的最佳字眼成了"惹人恼火的木偶","恶毒的小精灵","捣蛋鬼","丑妖精"等等。而且他对我的爱抚也变成了扮鬼脸,握手换成了在胳膊上拧上一把,在脸颊上的亲吻改成用力扯一扯耳朵。这样挺好。我现在需要的不是温柔爱抚,而是像这样激烈的宠爱。我也看出,费尔法克斯太太对我表示赞成,她为我感到的担心消失了。于是我做出肯定的判断,认为我这样做很好。在此期间,罗切斯特先生硬说,我把他折磨得只剩皮包着骨头了。还威胁说,要在即将到来的那个时刻,为了我现在采取过的行动,狠狠报复我。对于他的恐吓,我感到暗自好笑。我自忖道:"我现在可以合情合理地约束住你,而且我丝毫也不怀疑,以后也照样可以这样做。要是一个办法失去了效用,我就会再想出一个来的。"

然而,我执行的任务毕竟不是很容易的。我常常希望讨他喜欢,而不是惹他恼火。我未来的丈夫已经变成了我的整个世界,而且还不仅仅是整个世界,他还是我对天堂的希望。他挡在我与各种宗教思想之间,犹如日食挡住了太阳的光线不能照到人的身上一样。在那些日子里,我只能看到上帝创造的人,而看不到上帝,我把上帝创造出的人当成我崇拜的偶像了。

25

在谈情说爱中,一个月就要浪费完,剩下的时间只能以小时来论计了。结婚的日子不会推迟,为这个日子的到来所做的一切准备都已就绪。至少我自己没什么事可做了。我的几只箱子已经收拾停当,锁起来,捆上绳子,在我的小屋子里沿着墙排放好。明天这个时候,它们早已装上了去伦敦的火车,如果上帝允许的话,我也会在车上,或者不如说,不是我,而是简·罗切斯特,那是一个我还不认识的人。剩下的工作就是把地址卡片钉上去,四张小小的方卡片就放在我的抽屉里,每张卡片上面有罗切斯特先生亲自写上的地址:"伦敦,某旅馆,罗切斯特太太。"我可不能动手钉,也不能让别人钉这些卡片。罗切斯特太太!这个人并不存在,明天早上八点钟以后的某个时刻,她才会诞生。我要等到确认她活生生来到这个世界上以后,才能把所有这些财产交给她。在那边我的梳妆台对面的壁橱里,据说有她的几件衣服,放在我在劳渥德时穿过的黑色呢子衣服和草帽的位置上,这已经足够了。那套珍珠色的结婚礼服,和皮箱中泻出来的飘逸面纱,看上去并不属于我。我关上壁橱的门子,藏起里面幻影般奇怪的衣服。现在已经晚上九点钟,这衣服准会在阴影中发出鬼魂般的微光。"我要把你这个白色的梦独自关在里面,"我说道,"我的头脑发热,要到外面去吹吹风。我听见外面有风声。"

使我感到发热的不仅仅是因为我一直匆匆做准备,也不只是因为我心中急切期待着明天就要开始的、变化巨大的新生活,无疑,这两种因素都发生了一些作用,形成了激动不安的心情,使我在这么晚的时候还到越来越黑的庭院中去。不过,还有另一个原因对我的心灵产生比上面两个因素更大的影响。

我的心中有一个奇怪而急切的想法。发生了一件我无法理解的事情。除了我以外没有人知道这件事,也没有人看见。那是昨天晚上发生的。罗切斯特先生那天晚上不在家,他到现在还没回来,因为他有事到三十英里外去办事务,他在那里拥有一片小的地产,上面有两三个农场。那里的事务需要他在离开英国之前,亲自去处理好。我现在急于等他回来,好把心头的包袱放下来。我要找他解开我心头疑惑不解的谜。等着他回来吧,读者,等我把心中的秘密讲给他听的时候,你也能同时听到了。

　　我找到果园，让风推搡着走到那儿的隐蔽处。南风一整天都在猛烈地刮，可是却没有下一滴雨。夜晚已经来临，风不但没有减弱，反而刮得更加猛烈，咆哮得更厉害了。树木都给刮得朝一边倾侧，根本没有机会扭过去，一个小时都不能朝反方向摆一次。风力持续不减，将树木繁茂的枝头吹向北方，天上的云彩从一端飞向另一端，大团大团的云在天空中飞渡，在这个七月的日子里，连一点蓝色的天空都看不见。

　　我让风推着奔跑，心里不无狂喜，因为我可以将心中的烦恼抛向耳边呼啸的暴风。顺着月桂树夹道的小径跑下去，迎面看到了那棵雷劈后的七叶树，它还黑乎乎地竖立在那儿，树干从中间劈成两半，阴森森地张着口子。劈开的两半并没有完全脱离，因为坚实的基础和强壮的树根没有使树的底部分开，不过其生命所共有的东西已经受到摧残，树液已经不再能流动，每一侧的大树枝都已经死了，今年冬天的暴风雨肯定会把它的一侧或者两侧都刮到地上。但是现在，虽然它已经是棵死树，但是还算完整，可以被称作一棵树。

　　"你们紧紧待在一起，做得对。"我说道，仿佛这个劈得像怪物般的枝干都是活的，能听懂我的话似的。"我认为，虽然你们表面上烧得又黑又焦，可是你们一定从那紧紧相连的根上产生出一线生命的感觉。你们永远不会再有绿叶，永远不会再看到鸟儿在你们的枝头筑巢和歌唱，对你们来说，欢乐和爱情的时期已经过去，可是你们并不孤独。你们在逐渐腐烂的过程中有自己的同伴在身边。"我抬起头望着它们的时候，月亮出现在它们之间的天空中，月亮的脸庞一半让云彩遮住了，另一半的颜色红得像血一样。它似乎向我投来疑惑的一瞥，然后便让云团覆盖起来了。在桑菲尔德周围，风停了片刻，但是从远处的树林和水流上空，传来的是狂暴而凄惨的哀号，听了让人觉得悲惨，我再次拔脚跑开。

　　我漫无目标地在果园各处游荡，把散落在树根周围草地上的苹果捡起来，还把成熟的和没有成熟的果子分开。我把它们带到宅子里去，放在贮藏室里。然后我到图书室去，看那里的火是不是已经生好。虽然是在夏天，可我知道，在这么个阴郁的天气里，罗切斯特先生回来的时候，还是喜欢看到欢快的炉火的。不错，火生着已经有一些时候，而且烧得很旺。我把他的扶手椅搬到壁炉一侧，还把带有轮子的桌子推到椅子旁边。我把窗帘放下来，取来蜡烛备用。我安排完这些事情以后，简直不能安安稳稳地坐下来，也不能待在房子里，我觉得比刚才更加不安了。屋子里的一只小钟和门厅里那只古老的大钟同时打了十点。

"都这么晚了!"我说道,"我得到大门那儿去看看。月亮有时能露出脸来,我借着月光能看得挺远。他也许正在回来的路上,去迎接他可以省去心头几分钟的担心。"

风在大门上方的大树枝梢上咆哮着。但是我极目望去,路的左右两边都没有动静,冷冷清清,只有月亮从云隙里露出脸庞来的时候,路上才有云彩的影子在移动。除此之外,道路只是一条呆板的长线,上面没有任何移动的迹象。

我久久地望着,一滴幼稚的眼泪使我的视线变得模糊了——那是一滴失望和焦急的眼泪。我感到害羞,连忙把眼泪抹去。我继续在外面流连。这时月亮已经躲进了自己的闺阁,还把厚厚的云雾帷幕拉上。夜晚变得十分黑暗。疾雨乘着暴风落了下来。

"但愿他能回来!但愿他能回来!"我喊了起来,一种预感让我觉得十分忧郁。我本来以为他会在茶点时间回来的,可现在天都黑了。是什么把他拦住了?难道发生了什么意外吗?昨天晚上的事件再次出现在我的脑子里。我把它解释成了一次灾难的预兆。我恐怕我的希望太过于光明,其实无法实现。我最近享受到那么多幸福,我猜想,我的好运气已经超越了顶点,现在准是要走下坡路了。

"反正我不能回到宅子里去,"我想道,"天气这么恶劣,我不能独自坐在炉火旁边,而他却在外面受折磨。我宁愿让四肢受累,也不想要心灵受苦。我要走上前去迎接他。"

我出发了。走得很快,但是并没有走多远——大约只有四分之一英里——就听到一阵马蹄声。一个人骑在马背上,狂奔而来,一条狗在他身旁奔跑。走开吧,心中那不祥的预感!这正是他。他就在我面前,骑在美斯洛的背上,身旁还跟着派洛特。他也看见我了,因为就在这时,月亮在天空中开辟出一片蓝色的领域,在这片水汪汪的空间穿行,发出明亮的光芒。他脱下帽子,举起手来挥动着。这时我就跑上前去。

"瞧啊!"他一边大声说,一边从马背上弯下身子,向我伸出手,"没有我不行吧,这不是很明显吗?把双手伸过来,踩着我的靴子尖,上来!"

我服从了他。喜悦使我变得敏捷。我腾身跳到鞍桥上,靠在他前面。他用尽情的一吻欢迎我。我尽量把他那种自鸣得意地表示吞咽下去。他在狂喜中克制了一下,问道:"简妮特,发生了什么事,你怎么这么晚了还来接我?出了什么事吗?"

"没有。只是我以为你再也不回来了呢。我实在受不了在屋子里等待,尤其是在这样风雨交加的天气。"

"的确是风雨交加!不错,你浑身湿得像条美人鱼,把我的披风拉过来裹住身子,不过,我觉得你是在发烧。简,你的脸颊和手都烧得厉害。我得再问一遍,出了什么事吗?"

"现在没事了。我既不害怕,也不觉得难受了。"

"这么说,你有过这两种感受?"

"有点儿。不过等一会儿我再把这事告诉你吧,先生。我知道,对我的痛苦,你也许只会付之一笑。"

"过了明天我就敢痛痛快快笑你。可是在这之前我可不敢。我的战利品还没有真正到手。你这是怎么啦?仅仅在上个月,你还滑得像条鳗鱼,而且浑身带刺仿佛蔷薇一样。我哪儿都不敢动一动,生怕会刺伤了手指头。可是现在,我却仿佛抱着一只迷途的羔羊。你这是从羊栏里跑出来寻找自己的牧羊人,对不对,简妮特?"

"我需要你,但是你不要夸口。桑菲尔德到了,现在放我下去吧。"

他把我从马背上放到铺着路面的步道上。约翰走上前来把马牵走。他跟在我身后走进门厅,他要我赶紧去换上干衣服,然后到图书室去见他。我朝楼梯走去的时候,他叫住我,要我保证不耽搁太久。我并没有花费很长时间,五分钟之后,我就回到他的身旁,见他正在吃饭。

"坐下来陪我吃饭吧,简。如果上帝愿意的话,你要有很长一段时间不在桑菲尔德吃晚饭了。"

我在他身边坐下来,可是我告诉他说,我吃不下。

"是因为马上要去旅行,心里不安吗,简?想到要上伦敦去,你就没有胃口了吗?"

"今天晚上,我还拿不准未来会发生什么事情,先生。而且我几乎不知道自己的脑袋里想些什么。生活中的一切似乎都不是真实的。"

"只有我是真实的,我可是实际存在的——来摸摸我。"

"先生,在一切其他幻影之中,你是最虚幻不过的了。你不过只是个梦。"

他把手伸给我,笑着说:"这是个梦吗?"他把手搭在我的眼睛上。他手上的肌肉就像胳膊上的一样浑圆有力。

"不错,我接触到了它,可这还是个梦。"我把他举在我脸前面的手放下去,"先生,你的晚饭吃完了吗?"

"吃完了,简。"

我打了铃,要人把盘子拿走。我们又单独在一起的时候,我拨了拨火,然后坐在我主人的膝盖旁边。

"快要到午夜了。"我说道。

"是的,不过,别忘了,简,你答应过我,在结婚的前夜要陪我守夜的。"

"我没忘,而且我要遵守诺言的。至少要守上一两个钟头。我还不想上床睡觉呢。"

"一切都准备好了吗?"

"准备好了,先生。"

"我也准备好了,"他说,"我已经把一切都安排妥当,明天,我们从教堂回来后,半小时之内就离开桑菲尔德去旅行。"

"好的,先生。"

"简,你说'好的'这句话的时候,脸上的微笑多么古怪啊!你的两颊上闪烁出多么明亮的颜色!你的眼睛为什么闪烁得那么奇怪?"

"我想我的确是这样的。"

"相信! 到底怎么啦? 快告诉我你感觉怎么样。"

"我说不出来,先生。没有恰当的词语能让我讲出自己的感觉。我但愿现在这个时刻永远不要结束,谁知道下一个时刻的命运会怎么样呢?"

"这简直是多疑症,简。你太激动了,要不就是过度劳累。"

"先生,你觉得平静而且觉得幸福吗?"

"平静? 不。但是我打心底里觉得幸福。"

我抬起头望着他,从他脸上观察这种幸福的迹象。只见他脸色发红,充满了热情。

"相信我吧,简,"他说道,"把压在你心头的负担卸下来,讲给我听听吧。你害怕什么? 难道你能证明我不会做个好丈夫?"

"我从来没有想到过这个。"

"那么,就要进入的新生活让你感到害怕吗? 你害怕去过新的生活吗?"

"不。"

"你让我感到迷惑了,简。你大胆流露出的伤感声调和表情,让我觉得困惑,也让我觉得痛苦。我要得到解释。"

"那好吧,先生。我讲给你听。你是昨天晚上离开家的吧?"

"是的,这个我自己知道。刚才你暗示过,我不在家的时候发生了某些事情。也许并没有什么重要性,可是简而言之,却让你感到不安了。讲给我听听吧。也许是费尔法克斯太太对你说了什么? 还是你从旁听到仆人们说什么了? 那些话刺伤了你的自尊心啦?"

"不是的,先生。"这时钟敲十二点。我等那只小钟那银铃般的声音和大钟粗哑的震荡都结束后,才继续讲下去。

"昨天,我整天都很忙碌,而且在不停地忙碌中感到十分幸福。我并没有像你猜想的那样,对新生活感到害怕,或者有过诸如此类的想法。我觉得,能希望与你生活在一起是非常愉快的。因为我爱你。——不,先生,现在别抚摸我——让我说下去,别打扰我。昨天,我完全信赖上帝,心里相信事情会进行得对你我都十分顺利。如果你还记得,昨天是个好天气,平静的空气和祥和的天空不容我对你的旅途安全和舒适担忧。茶点之后,我在步道上散了会儿步,心里想着你。在我的想象中,你跟我离得那么近,我几乎没有想到你不在我的身边。我想象着展现在我前面的生活,那是你的生活,先生,它比我自己的生活更加广阔、更加活跃,犹如大海的深处要比注入大海的小河浅滩更加广阔、活跃一样。我感到奇怪,为什么说教的人们把世界说成个凄凉的荒野,在我的眼睛里,它像盛开的玫瑰一样鲜艳。日落时,气温变低,天空中飘来许多云彩,我走进屋里。索菲叫我上楼去看我的结婚礼服,他们刚刚为我送来。在礼服下面,我发现了你送的礼物,那是你从伦敦订的,我认为你浪费得像个王子。我想,大概是因为我拒绝接受珠宝,你决心骗我接受同样贵重的东西。我打开盒子的时候笑了,考虑着如何嘲笑你的贵族趣味,以及你怎样试图用贵妇人的服饰装扮你这个本是平民的新娘。我原打算用没有绣花的本色丝方巾盖在我这出身卑微的脑袋上。而且我心里想,对于一个没有给丈夫带来财产、没有美貌和姻亲的女人来说,这已经足够了。我已经能看到你会现出什么样的表情来,也仿佛听到了你激烈的共和主义者的回答,还能听到你高傲的否认,说你那方面没有必要娶一个富有而有地位的女人来增加你的财富，或者提高你的地位。"

"你真的看到了我的心，你这个女巫！"罗切斯特先生插进来说，"可是在这面纱上，除了绣的花以外，你还发现了什么？难道你发现了毒药或者匕首啦？所以现在才显得这么愁眉苦脸？"

"没有，没有，先生。在这件精致、华丽的东西上，我除了费尔法克斯·罗切斯特的骄傲之外，什么其他东西也没有发现，而他的骄傲并不使我害怕，我已经看惯了那个魔鬼。但是，先生，天渐渐黑下来的时候，外面刮起了风，昨天晚上，那风不像今天这样狂暴凶猛，而是一种凄惨呜咽的声音，比现在阴森可怕得多。要是你在家多好啊。我来到这间屋子里，看到椅子空着，壁炉没有生火，心里感到凄凉。我上床以后，久久不能入睡，一种焦急不安的心情折磨着我。风越刮越猛，我觉得似乎盖住了那种低沉的悲哀呜咽声。起初，我分辨不出那种悲哀的呜咽声是从外面传进来的，还是从房子里发出的，可是只要风声暂时停歇下来，那声音就再次响起来。最后，我认为那准是远处的一条狗在叫。它终于不再叫了，让我觉得挺高兴。睡着的时候，我还是在梦中继续看到狂风怒吼的沉沉夜色。我在梦中也继续希望能跟你在一起，奇怪而又遗憾地感到有一个什么障碍，把我们阻隔开来。在我第一次醒来之前，我从头到尾都梦见在一条陌生而弯曲的道路上走着，周围是一片漆黑，雨抽打着我，我抱着一个小孩，那是个很小的娃娃，又小又虚弱，不会走路，在我的怀抱中瑟瑟发抖，冲着我的耳朵号啕大哭。我当时以为，先生，你就在我前面的大路上，离我很远，我竭尽全力要赶上你，而且还一再大声叫你的名字，乞求你停下来，可是我怎么也走不动，我的话不等说出来就消失掉了。而你呢，我觉得，每时每刻都在向更远的地方走去。"

"简，我现在已经在你的面前，难道你还为那个梦感到压抑吗？你这个神经紧张的小东西！忘掉那些想象中的痛苦吧，只想想现实中的幸福！你说过你爱我的，简妮特。对，我不会忘掉这个，你也不能否认。那些话并没有不等说出来就消失掉。我已经听你用温和的声音清清楚楚讲了出来。其中的想法恐怕太严肃了，但是却像音乐一样动听——'我觉得，能希望与你生活在一起是非常愉快的，爱德华。因为我爱你。'——你爱我吗，简？再说一遍。"

"我爱你，先生。——我用整个心灵爱着你。"

"唉。"他沉默了几分钟后说，"这可真奇怪。可是那句话却刺进了我的心里，让我感到痛苦。为什么？我认为那是因为你说得那么诚恳、那么虔诚，还因为你抬起头望着我的时候，你的目光中饱含着那么极端的信赖、真诚和忠实。你的这种感情太崇高了，真让我觉得坐在自己身旁就是个神灵。简，显出一点邪恶的样子来吧。你知道该怎样显得邪恶。做出你那种狂野、羞怯、让人恼火的微笑来，对我说你恨我——嘲笑我，激怒我，随你怎么办都行，可就是别打动我。我宁愿让人惹得发怒，也不想让人刺激得感到悲哀。"

"等我把故事讲完，我会逗你发火，激怒你，让你感到心满意足。但是先听我讲下去。"

"简，我以为你已经都讲完了呢。我还以为我已经在你的梦中找到了你忧郁的根源！"

我摇了摇头。

"怎么？还有吗？可是我不相信还能有什么重要的事情。我预先警告你，我不相信。说下去吧。"

他神情不安，态度中有些急躁和担忧，让我看了心中不免吃惊，可我还是继续讲了下去。

"我还做了另外一个梦，先生。在梦中，桑菲尔德变成个凄凉的废墟，成了蝙蝠和猫头鹰的栖身之处。我觉得，整个宅子建筑堂皇的正面部分，变得荡然无存，只剩下一堵像贝壳一样薄的墙，看上去又高又脆弱。我在一个月光明亮的夜晚，在房子内部长满荒草的地方漫步，这儿，我在一个大理石壁炉上绊了一下，那儿，我在一块倒在地上的屋檐板上又绊了一下。我裹着披巾，还抱着那个陌生的小娃娃。我的胳膊越来越疲劳，他的身体变得越来越重，可我就是找不到一个地方把他放下，我只能抱着他。我听到大路上远远的地方有马奔跑的声音，我肯定那是你，而且我还知道你要动身去一个遥远的国度，要在那里待很多年。我冒着危险，发疯似的爬上这堵墙，急于从墙顶上看你一眼，我脚下的石头开始滚动，我抓住的藤萝枝条松脱下来，那个孩子吓得紧紧抱住我的脖子，几乎把我掐死，最后我终于爬到顶上。我看见你像一个斑点，在一条白色的路上，跑得越来越远，越来越小。风那么大，我根本站不住，就在狭窄的边缘上坐下来。我把坐在我膝盖上的那个孩子哄得安静下来。这时，只见你在大路上拐了个弯，我俯身向前想看上你最后一眼，可是墙坍塌了。我不由一个晃动，孩子从我腿上滚落下去，我失去平衡，跌下去，醒了。"

"简,都讲完了吧。"

"前言都讲完了,先生。故事还在后面。我醒来的时候,一个亮光照得我眼花缭乱。我以为天已经亮了。可是我错了。那只是个烛光。我以为是索菲进来了。梳妆台上放着一支蜡烛。我临睡前,把结婚礼服和面纱挂在壁橱里,可是现在壁橱门子是开着的,还听到有人弄出衣裙的瑟瑟声响。我问:'索菲,你在那儿干什么?'没人回答。但是一个人的身体从壁橱里走了出来。它拿起蜡烛,高高举起来,看着从旅行箱里落下来的衣服。'索菲!索菲!'我再次喊道,可它还是一声不响。我这时已经在床上坐了起来,俯身向前。我先是感到一阵惊讶,接着觉得困惑,最后我血管里的血都要凝住了。罗切斯特先生,那不是索菲,不是利厄,不是费尔法克斯太太,都不是,不是的。我能肯定。我现在还能肯定——而且那也不是那个奇怪的女人,格雷斯·普尔。"

"我看准是她们中间的一个。"我的主人这时插进来说。

"不是的,先生,我庄严地向你保证,绝对不是。站在我对面的那个身体是我在桑菲尔德从来没见到过的。那个身高和那个轮廓对我来说都是陌生的。"

"形容一下吧,简。"

"看上去,那是个女人,又高又大,浓密的黑色长发披在背上。我不知道她穿的是什么衣裳,我只知道那是长长的白衣服。可是究竟是长袍,是被单,还是裹尸布,我就不得而知了。"

"你看见她的脸了吗?"

"开始没有,可是不久她就拿出我的面纱,把它举起来,长时间地盯着它看,然后把面纱披到她自己的脑袋上,转过身去对着镜子照。这时,我从坐落在暗处的镜子里清清楚楚看见了她的五官。"

"她长得什么样?"

"在我看来非常吓人,像鬼一样。啊,先生。我从来没见过那样的面孔!那是一张没有血色的脸,长相野蛮凶残。我真希望能忘掉那双血红的眼睛骨碌碌转动的模样,也真希望能忘掉那张又青又肿的脸蛋。"

"鬼一般都是苍白的,简。"

"可这一张脸却是紫色的。嘴唇又肿又黑,额头上有着深深的皱纹,布满血丝的眼睛上面竖着两道宽宽的黑眉毛。我可以告诉你,她让我联想起了什么吗?"

"说吧。"

"我想起了丑恶的德国魔鬼——就是那种吸血鬼。"

"啊！——它做了些什么呢？"

"先生，它把我的面纱从它那颗吓人的脑袋上扯下来，撕成两半，扔在地上，用脚践踏。"

"后来呢？"

"它拉开窗帘朝外面望望，也许它看到了外面黎明就要来临，因为它拿着蜡烛朝门口走去。到了我的床前，那个人形停下脚步，火一样的眼睛瞪着我。她把蜡烛猛地伸到我面前，让我看着她把蜡吹灭。我感到她那阴森可怕的脸在我的脸上面反射出微微的光。我失去了知觉。这是我有生以来，第二次失去知觉，而且也是第二次吓得昏了过去。"

"你醒过来的时候，谁在你身旁？"

"没有人，先生。那时天已经大亮。我起了床，把头和脸浸在水里，大大喝了口水，觉得虽然很虚弱，却没有生病。我决定不把这事告诉任何人，只讲给你听。告诉我，先生。那个女人是谁？"

"是你脑子受到过分刺激想象出的东西。肯定是这样的。我一定得小心对待你，我的宝贝，你的神经脆弱，可不能受惊吓。"

"先生，你要信赖我，我的神经毫无问题。那件事是真实的，它确实发生了。"

"那么你在这以前做的梦也是真的了？桑菲尔德难道真的成了个废墟？你我之间难道真的有了什么不可逾越的障碍？难道我没有掉一滴眼泪，没有与你吻别，没有说一句话就离开了你？"

"现在还没有。"

"难道我正打算这么做吗？你这是怎么啦，这个日子已经到来，它要将我们永远不可分离地联系在一起，等我们结合起来之后，这种恐怖的景象就不再会重复出现在你的脑子里了。我可以保证这一点。"

"你把它说成是脑子里出现的恐怖景象，先生！我倒真希望能相信是这样的。我现在比以前更加这样希望，既然连你也不能向我解释这个可怕景象。"

"既然连我都不能解释，那它一定不是真实的。"

"但是先生，我今天早上起床的时候也是这么对自己说的，可是我在白昼明亮的光线下朝周围熟悉的东西看了一圈,想给自己鼓起勇气,想自我安慰一下的时候,我却在那儿的地毯上看到了一件东西,它证明了我的假设完全是错误的——它就是那块撕成两半的面纱!"

我感到罗切斯特先生吓得震动了一下,浑身颤抖起来。他急忙搂住我说:"谢天谢地! 要是昨天夜里真的有什么邪恶的东西来到你身边,那它也只是弄坏了那块面纱而已。想想可能发生什么事情啊!"

他呼吸急促起来,使劲搂住我,弄得我几乎透不过气来了。沉默了几分钟后,他换了愉快的声音继续说下去:

"好吧,简妮特,我把一切都向你解释清楚。这事一半是梦,一半是真实的。我毫不怀疑,的确有一个女人到你的房间去过,那个女人肯定是格雷斯·普尔。你自己也把她叫作一个怪人,你的确有理由这么叫她。她对我干了些什么? 又对梅森干了些什么? 在半睡半醒状态中,你看到她走进你的房间,并且看到她的举动。但是,由于你当时正在发烧,差不多处在昏迷状态,你便产生一种印象,认为她的模样像魔鬼一样可怕,与她平时的样子完全不同。你觉得她有着蓬乱的头发、又肿又黑的面孔,甚至还夸大了她的身材。可这些全都是想像,是噩梦产生的结果。恶狠狠地撕破面纱是真实的,这倒很像她干出来的事情。我明白,你会问我,我为什么要把这样一个女人留在家里。等我们结婚以后过一段时间我会告诉你的。不过现在先不说。你满意了吗,简妮特? 你能接受我对这个谜的解释吗?"

我思考了一下,事实上,我觉得这是唯一可能的解释。我并不满意,但是为了让他高兴,我努力显得相当满意,而且我也的确感到了宽慰。于是,我就对他满意地微笑了一下,算作回答。现在早已过了一点钟,我动身离开他。

"索菲不是和阿黛勒一起睡在婴儿室吗?"他见我点燃一支蜡烛,便这么问道。

"是的,先生。"

"阿黛勒的小床足够大,你可以跟她一起睡的。你今天晚上得去那儿跟她一起睡,简。你讲述的那件事无疑会让你神经紧张,我宁可要你不单独睡,答应我,到婴儿室去睡,好吗?"

"我很高兴去那儿睡,先生。"

"要从里面把门闩紧。上楼的时候,把索菲叫醒,找个借口说,请她明天准时叫醒你,因为你一定要在八点钟以前穿好衣服,吃完早饭。现在不要再担心了。把烦恼从心里赶出去吧,简妮特。你没听见风已经减弱,变成了柔和的飒飒声?而且雨点也已经不再打在玻璃窗上了。瞧这儿,"他撩起窗帘,"多么美好的夜晚啊!"

夜色的确是美好的。半个天空已经晴开,风来自西面,将云彩拢做一排排银色的队伍,向东方驱逐过去。月亮已经射出静谧的光华来。

"那么,"罗切斯特先生说,他用疑问的目光凝视着我的眼睛,"我的简妮特现在觉得怎么样?"

"夜色十分平静,先生。我的心里也很平静。"

"今天晚上,你不会再次梦见分离和悲伤,而是要梦见愉快的爱情和幸福的结合。"

他这个预言只实现了一半。我的确没有梦见悲伤,但是也没有梦见喜悦,因为我根本就没有睡着。我把小阿黛勒抱在怀抱里,看着这个沉睡的孩子——那么平静,那么恬静,那么纯真——等待着即将到来的这一天,我的全部活力都处在清醒状态,处于活动状态。太阳一升上来,我便起床了。我记得在我离开阿黛勒的时候,她的小手紧紧把我抱住,我还记得我将她抱紧在我脖子上的小手松开时亲吻过她。我心头掠过一阵奇怪的感情,哭出声来。我怕哭泣声会打断她仍然安静的酣睡,便离开了她。她仿佛是我过去生活的标志。我现在要打扮好去见他,而他代表着我的未来,那对我还是个未知数,那么让人恐惧,又让人崇拜。

26

七点钟的时候，索菲来给我梳妆打扮。她为我梳妆花的时间太长了，结果罗切斯特先生都等急了，打发人上楼来催问我为什么不下去。她这时还在用一根别针往我的头上固定面纱，当然，还是用了我那块素色的面纱。我等她一停下手，连忙从她的手下钻出去，逃走了。

"站住！"她用法语喊道。"照照镜子，看看你自己啊，你连一眼也没看呢。"

听了这话，我在门口转过身子来，从镜子里看到一个身穿结婚礼服、头戴面纱的身影，与我平时的模样那么不同，我简直觉得这是一个陌生人的影子。"简！"一个声音喊道，我匆匆奔下楼去。罗切斯特先生在楼梯下面接我。

"磨磨蹭蹭！"他说，"我的脑子急得都要着火了，你却耽搁个没完。"

他把我带进餐厅，把我上上下下仔细打量了一遍，说我漂亮得像一朵百合花，不但是他生活中的骄傲，也是他的目光所期望看到的形象。然后，他告诉我说，他只能给我十分钟时间吃早饭。他打了铃。一个新雇来的男用人应铃而来。

"约翰准备好马车没有？"

"准备好了，先生。"

"行李都搬下去了吗？"

"他们正在往下搬，先生。"

"你去教堂看看牧师伍德先生和书记到了没有。快点回来告诉我。"

读者一定知道，教堂就在大门对面，所以那用人立刻就回来了。

"伍德先生在法衣室里，先生。他正在穿法衣呢。"

"马车呢？"

"正在往车上套马。"

"我们到教堂去用不着乘车，可是我们回来的时候一定要准备好。所有的箱子和行李都要装上车捆好，车夫要坐在车座上。"

"是，先生。"

"简，你准备好了吗？"

我站起身。没有男女傧相，也没有列队等待的亲戚。除了罗切斯特先生和我之外,什么人也没有。我们走过的时候,费尔法克斯太太正站在门厅里,我很想上去跟她说上两句话,但是我的手却让铁钳一样的手紧紧抓着,我被拖着飞快走过,我的脚步几乎都跟不上了。我朝罗切斯特先生的面孔望了一眼,从他的神气中体会出,无论如何也不能耽搁一秒钟。我从来没见过哪个新郎有过他这样的神气,那样专心于一个目标,如此严厉、固执。我也从来没有见过哪个人的双眉像他那样刚毅,没见过哪个人的眼睛流露出那样闪烁的炯炯光芒。

我没注意天气是好是坏,沿着车道走过去的时候,我既没有看天,也没有看地。我的心和我的眼睛都融合到罗切斯特先生的身上了。我们一路走去的时候,他的两眼仿佛一直凶狠地盯着一个无形的东西,朝那个东西冲去,我真希望能看到那个东西。我也希望能感觉到他似乎在竭力抗拒的那种思想。

到了教堂墓地门口,他停了下来。他发现我已经喘得上气不接下气。"我的爱情是不是太残酷了?"他问道,"稍等一会儿,靠着我歇一歇吧,简。"

时至今日,我还能回忆起当时的情景。灰色的古老教堂耸立在我的面前,气氛肃穆。一只白嘴鸦绕着教堂的尖顶盘旋,它背后的天空让朝霞映红了。我还能记起一些其他事情,其中有青草覆盖的坟墓。我也没有忘记,有两个陌生人在低矮的坟丘间漫步,读着爬满青苔的碑文。我注意到了他们,因为他们一看到我们,就转到教堂后面去了。我能肯定,他们是要从侧门走进教堂,观看我们的仪式。罗切斯特先生并没有看到他们。他正热切地盯着看我的脸。我敢说,我的脸上一时变得没有血色了,因为我感到我的额头冒出了冷汗,我的脸颊和嘴唇觉得发冷。不一会儿,我就恢复过来。他这才扶着我慢慢沿着小路朝门廊走去。

我们走进这座肃穆而简朴的殿堂,那牧师身穿白色法衣,由他的书记陪着等在简陋的祭台旁边。一切都是静止的,只有两个影子在远处的一个角落里移动着。我的猜测不错,陌生人在我们之前溜了进来,他们现在就站在罗切斯特家族的墓地那儿,背对着我们,隔着栅栏观看那些因为年代久远而布满污迹的古老大理石坟墓。那儿有一个跪着的大理石天使雕像保护着戴默·德·罗切斯特和他妻子伊丽莎白的遗骸。戴默是在内战时期在马斯顿沼地被杀死的。

我们来到圣餐台栏杆前面。我听见后面有小心翼翼地脚步声,就回头看了一眼,其中一个陌生人显然是个绅士,那人正在朝圣坛走来。婚礼的仪式开始了。婚姻的含义解释了一遍后,牧师走上前一步,微微俯身向罗切斯特先生,继续说道:

"我要求你们两人,而且也告诫你们——如同你们在最后的审判日必须讲出心中的秘密一样——如果你们中有一个人知道有任何障碍,使你们不能合法结为夫妇,现在就必须坦白说出来。你们要相信,凡是没有经过上帝的圣言允许而结合的,都不是由上帝结合,那样的婚姻也不合法。"

他按照习俗停顿了一下。这样的停顿何时曾被人打断过? 也许一百年也没有人打断过一回。那位牧师的目光都没有离开自己手中的书本,稍稍静默了一会儿,便继续讲下去。他的手朝罗切斯特先生伸了过来,开口问道:"你愿意娶这个女人做你的妻子吗?"突然,旁边一个清晰的声音说道:

"婚礼不能继续下去。我宣布存在着障碍。"

牧师抬起头来望着讲话的人,呆呆地站着,哑口无言。那位书记也是这个样子。罗切斯特先生微微动了一下,仿佛他脚下发生了地震。他站稳脚跟,既没有回头,也没有转动眼睛,说道:"继续。"

他低声用深沉的语调说出那两个字后,接着是一片沉寂。不一会儿,伍德先生说:

"听了刚才那句话,不做一点调查,查清它的真伪,我不能继续下去。"

"仪式不能进行了,"我们身后的那个声音补充说,"我能证明我的话是真的。这桩婚姻存在着不可逾越的障碍。"

罗切斯特先生听见了他的话,可是并不去理会它。他直挺挺地站着,态度十分顽固,身子一动也不动,只是握住了我的手。他的手那么烫、那么有力! 这时候,他那苍白、坚毅、宽阔的额头多么像大理石! 他那闪烁着光芒、冷峻而警惕的眼睛里隐藏着怎样的狂暴啊!

伍德先生仿佛不知所措了。"这种障碍属于什么性质呢?"他问道,"也许是可以逾越的吧。请解释清楚。"

"不可能,"那人回答道,"我说它是不可逾越的,而且我是经过深思熟虑才这么说的。"

那个讲话的人走上前来,倚着栏杆继续讲下去,每个字都说得清清楚楚。他态度镇静、沉着,可是声音并不很响亮。

"障碍只是来自以前的婚姻。罗切斯特先生现在有一位活着的妻子。"

听到这句低声讲出的话,我的神经猛烈地震动起来。以前,我听到雷声都没有这么震动过,我的血液感觉到了隐藏在这些话中的微妙而狂暴的力量,以前就是在接触到严霜和烈火的时候,都没有过这样的感觉,可是我还是保持了镇定,没有昏厥的危险。我望了望罗切斯特先生,我逼着他也望着我。他的面孔整个变成一块没有颜色的石头,他的眼睛像两块迸发出火星的燧石。他什么也没有否认。看上去,他要向一切发起挑战。他既不说话,也不微笑,仿佛不承认我是个人,只是用一条胳膊搂住我的腰,把我紧紧拉到他身边。

"你是什么人?"他问那个闯入者。

"我名叫布里格斯,是伦敦某大街的律师。"

"难道你打算强加给我一个妻子吗?"

"我要提醒你尊夫人的存在,先生。假如你自己不承认,法律可是要承认的。"

"那就请你讲讲她的情况——她的名字、她的父母、她的住处。"

"当然。"布里格斯不慌不忙地从衣袋里掏出一张纸,用带着浓重鼻音的官腔念道:"'我谨证明在公元某年(十五年前)十月二十日,英格兰某郡某地方的芬丁庄园和桑菲尔德的爱德华·费尔法克斯·罗切斯特,与我的姐姐——商人乔纳斯·梅森与妻子安托瓦尼塔所生的女儿——伯莎·安托瓦尼塔·梅森在牙买加西班牙城某教堂结婚。结婚记录现存该教堂。现呈上一份抄件。理查德·梅森签名。'"

"即使这是一份真的文件,它只能证明我已经结过婚,可是并不能证明其中称作我妻子的那个女人还活着。"

"她三个月前还活着。"这位律师说道。

"你怎么知道?"

"我的证人能证明这个事实。先生,他的证词你恐怕很难反驳。"

"叫他出来,要不你就见鬼去。"

"我这就叫他出来——他就在这儿。梅森先生,请走到前面来。"

罗切斯特先生一听到这个名字,就把牙齿咬紧了,而且浑身还痉挛般地颤抖起来。我就站在他的身边,感觉到一阵愤怒和绝望产生的痉挛传遍了他的全身。第二位陌生人在这之前一直躲在后面,这时走上前来,一张苍白的面孔露出在律师的肩膀后面——不错,是梅森本人。罗切斯特先生转身死死盯住他。他的眼睛如我常常说起的,是黑色的,现在却在朦胧之中闪烁出褐色的,不,是血红色的光芒。他的脸色涨红了，橄榄色的脸颊和没有颜色的额头，仿佛从心头升起并蔓延开来的怒火中得到了一种光亮。他动了一下，举起他强壮的胳膊——他简直要动手打梅森了，准会把他打倒在教堂的地板上，用无情的殴打让他吓得断了气。但是梅森畏缩着躲开了，还虚弱地喊了声："我的天哪！"罗切斯特先生的表情变得冷酷而轻蔑——他的怒火像得了枯萎病一样，萎缩了回去，他仅仅问了声："你有什么要说的？"

梅森苍白的嘴唇里吐出个听不清楚的声音。

"你要是连话都说不清楚，就赶紧见鬼去吧。我再问你一遍，你有什么要说的？"

"先生……先生……"那位牧师打断他说，"别忘了你是在一个神圣的地方。"然后他对梅森温和地提问道："你是否知道，这位先生的妻子是不是还活着？"

"鼓起勇气，"律师鼓励他说，"讲出来。"

"她现在就住在桑菲尔德的宅子里。"梅森用稍微清楚一点的声音说道，"我今年四月份还在那儿看到过她。我是她的弟弟。"

"在桑菲尔德！"牧师惊叹道，"不可能！我是这个地区的老住户了，先生，可我从来没听说过桑菲尔德有个罗切斯特太太。"

我看见罗切斯特先生的嘴唇一撇，脸上浮现出微笑。他说道：

"对——上帝作证！我向来小心谨慎，不让人们听说这事，也不让人们了解她有这样的名分。"他沉默了，独自思忖了十分钟，下定了决心，宣布出来：

"够了——就像子弹出膛一样，干脆把这一切都讲出来得了。伍德，合上你的书，脱掉你那身法衣。约翰·格林，"他对那位书记说，"走出这座教堂吧，今天不举行婚礼了。"那个人顺从了。

罗切斯特先生的态度大胆而不顾一切，他接着讲下去："重婚是个丑恶的字眼！然而，我却决意做个重婚者。命运的策略比我的高明，或者说，天意阻止了我，大概主要是后者。此刻，我并不比魔鬼好多少，这位牧师会对我说，我毫无疑问应当受到上帝最严酷的审判，甚至要在永不熄灭的烈火下受煎熬，要受永远不死的蛆虫咬噬。先生们，我的计划破产了！这位律师和他的当事人说的是实话。我结过婚，而且跟我结婚的那个女人还活着！伍德，你说你从来没听说过那边的宅子里有个罗切斯特太太，但是我敢说，你多次听到过人们的闲话，说是那里看守着一个神秘的疯女人。有人恐怕还悄悄对你说过，她是我母亲的私生女儿。有人还说那是我遗弃的情妇。我现在告诉你，她就是十五年前跟我结婚的妻子——伯莎·梅森。她弟弟就是面前这位态度果敢的先生。他现在正用颤抖的四肢和苍白的脸孔向你们表明，男子汉的心能有多么坚强。振作起来吧，迪克！绝对用不着怕我！我宁愿打一个女人，也不想打你。伯莎·梅森是个疯子，而且她出生在一个疯子的家庭——三代都是白痴和疯子。她母亲是个克里奥耳人，不但是个疯子，还是个酒鬼。这是我跟她女儿结婚以后才知道的，因为在这以前，他们对家族的这个秘密绝口不提。伯莎像个孝顺孩子一样，全盘继承了母亲的这两点。我有了一个可爱的伴侣，她纯洁、聪明，而且谦恭。你们可以想象，我有多么幸福。我享受了可贵的时刻！啊！我的经历像天堂般美好，你们无法想象！不过，我不想再对你们做什么解释。布里格斯、伍德、梅森，我邀请你们都到我的宅子里，去拜访普尔太太的病人，那是我的妻子！你们会看到，我上了人家的圈套，娶到的是个什么货色，然后就会明白我是不是有权毁约，去寻求至少是人性的同情。这位姑娘，"他望着我继续说下去，"对这桩让人作呕的秘密，知道的不比你更多，伍德。她认为我们的婚姻完全是公正合法的，绝对没想到会让人诱骗，跟一个有妇之夫缔结虚伪的婚姻，也不知道要嫁给一个可怜的不幸者，这人已经跟一个恶劣、疯狂、野兽般的女人结合在一起了！来吧，大家都跟我来吧！"

他紧紧握着我的手，离开了教堂。三位先生跟在我们身后。到了宅子的正门口，我们看到了马车。

"约翰，把车赶到车房里去，"罗切斯特先生冷冷地说，"今天用不着车了。"

我们走进宅子的时候，费尔法克斯太太、阿黛勒、索菲、利厄都拥上前来向我们道喜。

"赶紧走开——都给我走开！"这位主人大声喝道，"去他们的道喜吧！谁用得着道喜！我不要！晚了十五年了！"

他从她们身边掠过，依然紧紧握着我的手，奔上楼梯，招手示意那三位先生跟着他。他们都跟了上来。我们登上第一个楼梯，穿过走廊，登上三楼。罗切斯特先生用钥匙打开了那扇低矮黝黑的门，让我们走进那间屋子，里面挂着帏幔、摆着大床，还有那只装饰着图案的柜子。

"你认识这个地方，梅森，"我们的向导说，"她就是在这儿咬了你，还用匕首刺你。”

　　他撩起挂在墙边的帏幔，露出了第二道门。他将这扇门也打开。这是一间没有窗户的屋子，壁炉里生着火，炉子周围用又高又结实的围栏围着。天花板上用链条挂着一盏灯。格雷斯·普尔俯身在火上，看来正在用平底锅做什么吃的东西。在屋子的另一端，有一个身影在昏暗中来回奔跑着。那是什么，是个人还是个野兽，最初什么也看不清楚。那个东西似乎在用四肢爬动，又是抓，又是吼叫，活像一头奇怪的野兽，但是身上却穿着衣裳。脑袋上浓密的黑色头发中夹杂着白发，蓬乱得像鬃毛一样，拖下来盖在头上、脸上。

　　“早安，普尔太太！”罗切斯特先生说道，“你好吗？你照看的人今天怎么样？”

　　“我们都还可以，先生，谢谢你。”格雷斯边回答边把沸腾着的饭菜端起来放到炉边的铁架上去，“她有点爱咬人，可还不算凶猛。”

　　一阵狂暴的嘶喊似乎拆穿了她这句虚假的好话。那头身穿衣服的鬣狗爬起来，用后脚高高站起来。

　　“啊，先生，她看见你了！”格雷斯喊道，“你最好别待在这儿。”

　　“只待一会儿，格雷斯。你一定要允许我在这儿待上一会儿。”

　　“那就当心点，先生！老天爷，可要当心哪！”

　　那疯子吼叫起来。她把浓密的鬈发分向两边，露出脸，恶狠狠地瞪着她的客人。我清清楚楚地认出了那张紫色的脸和那肿胀的五官。普尔太太走上前来。

　　“别挡住我，”罗切斯特先生把她拨到一边说，“我看她现在手里没拿着刀子吧？而且我也提防着呢。”

　　“谁也说不准她到底有些什么，先生。她那么狡猾，人简直估计不出她有多少的诡计。”

　　“我们最好还是离开她吧。”梅森悄悄说。

　　“见鬼去吧！”他姐夫咒骂他说。

　　“当心！”格雷斯喊起来。三位先生连忙同时往后退。罗切斯特先生把我推到他背后。这时，只见那疯子蹦起来，恶狠狠地卡住他的脖子，用牙咬他的脸。他们搏斗起来。她是个高大的女人，身材几乎跟她丈夫一样，而且很胖，在搏斗中显出了男人的力气。尽管他的体格像运动员一样，有好几次，她险些把他掐死。他本来可以朝她身上薄弱的地方打几拳，让她安静下来，但是他不愿打，只是跟她搏斗而已。最后，他抓住了她的胳膊，格雷斯·普尔递给他一根绳子，他把她的胳膊反绑起来，他顺手又拿了根绳子，把她绑在了一把椅子上。在这个过程中，她没命地嚎叫，死命挣扎着。然后罗切斯特先生朝旁观者转过身来。他望着他们，脸上带着辛辣而凄凉的微笑。

"那就是我的妻子，"他说，"那就是我所体验到的结婚拥抱；那也就是我在闲暇时能得到的安慰和亲热！而这一位是我所希望得到的。"他把手搭在我的肩膀上，"这位年轻的姑娘，站在地狱的入口处，态度庄严、神情安静地望着魔鬼的蹦跳。在经历了那一阵猛烈的震动后，我现在想得到她。伍德和布里格斯，你们看看这区别有多大啊！对比一下这一对清澈的眼睛与那一双血红的眼球，对比一下这张面孔与那一副面具，对比一下这个身材和那个大块头，然后再对我做出评判。传播福音的牧师和维护法律的律师，要记住，你们怎样裁判别人，最终也要受到怎样的裁判！现在你们走吧，我必须把我的猎物关起来。"

我们都退了出来。罗切斯特先生在我们走后，又在里面逗留了一会儿，向格雷斯·普尔做了些指示。我们下楼的时候，那位律师对我开了口。

"小姐，"他说，"这事不是你的错。梅森先生回到马德拉时，把这个消息告诉你叔叔，他听了会感到高兴的——假如他能活着听到这个消息的话。"

"我的叔叔！他怎么样？你认识他吗？"

"梅森先生认识他。他在丰沙尔的时候，爱先生是他多年的老客户了。梅森先生在回牙买加的途中，在马德拉养病。你叔叔接到你的那封信，得知你准备和罗切斯特先生结婚。当时，梅森先生正好跟他在一起。爱先生说起这个消息，因为他知道我这位当事人认识一个姓罗切斯特的先生。你可以想象出，梅森先生听了又吃惊又沮丧，把事实真相揭了出来。我很抱歉告诉你，你的叔叔现在病危在床，考虑到他得的是痨病，而且已经到了晚期，他已经不可能再起床了。这样，他就不能亲自赶到英国来，把你从你罗网中拯救出来。他恳求梅森先生立即采取步骤，阻止这桩欺诈的婚姻。是他把梅森先生托付给我，要我帮忙的。我办得尽可能快，谢天谢地我没有让事态发展得不可收拾。毫无疑问，我想，你一定也感到庆幸吧。我确实相信，你叔叔在你赶到马德拉以前就会去世，要不然的话，我会劝你跟梅森先生一起回去的。不过，事已至此，我看你还是留在英国的好。等你听到了从爱先生那儿来的消息，或者听说他的消息后，再决定怎样行动。你是不是还有什么事要我们留在这儿?"他问梅森先生。

"不,没有——我们走吧。"他急切地回答道。他们也不向罗切斯特先生告辞,就穿过门厅,出了正门,走了。那位牧师留下来与他教区的这个骄傲的居民交谈几句,或者是给他几句劝告,要不就是责备他几句。尽了自己的这个责任后,他也离去了。

我站在自己房间半开着的门口,听见他离去后,我回到自己的房间。宅子里清静了下来,我把自己关在屋子里,闩上门,免得有人闯进来。我没有哭,也没有悲哀叹息,我还很镇定,不会那么做。我先是机械地脱掉结婚礼服,换上我昨天以为是最后一次穿的那件呢衣服。然后我坐了下来,觉得又虚弱又疲劳。我把胳膊搭在桌子上,把头埋进臂弯里。这时,我开始思考,可是在这之前,我只是在听、在看、在活动。让人拉着拖着跑来跑去,看着发生一件又一件事情;揭露出一个又一个秘密。现在我开始思考。

这天早晨富有早晨的那种静谧,除了跟那个疯女人打斗的短短一幕之外,一直相当安静。发生在教堂里的事情并不吵闹,没有爆发出怒火,没有大声争吵,没有争执,没有挑衅,没有挑战,没有流眼泪,没有人抽泣,只说了很少几句话,平静地对这桩婚姻表示反对;罗切斯特先生简短地提出几个严厉的问题;得到了对方的回答和解释,还得到了证据;我的主人坦率地承认了事实,然后大家一起去看了活生生

的证据，来人走了，一切便告结束。

我像往常一样待在我自己的屋子里——只有我自己，而且没有发生明显的变化。我没有遇到任何袭击，没有受到损伤，也没有遭到残害。然而，昨天的那个简·爱她的生活她的前途又在那里？

简·爱曾经是个热心而满怀希望的女人，她差点儿做了新娘，可是现在却再次变成个冷漠而孤独的姑娘了。她的生活是单调的。她的前途是暗淡的。在这个仲夏季节，我感到的是圣诞节时期的严寒，仿佛六月里刮起了十二月的暴风雪，成熟的苹果上覆盖了光亮的冰层；积雪糟践了怒放的玫瑰；饲草地和农田上盖了一层白茫茫的死色；昨夜还开满红花的小径，今天已经盖上没有人踩踏的白雪，无法辨认出哪里是路；树林半天之前还像热带丛林一般郁郁葱葱、芳香扑鼻，此刻却白茫茫一片，仿佛冬天挪威的松林一般荒芜。我的希望全都破灭了。一种不可思议的命运打击了我，仿佛我是埃及的一个头生子。我审视了自己心中的种种希望。昨天它们还像花朵一样开放，发出熠熠光彩，可是现在却倒在那里，变成僵硬、冰冷、死灰色的尸体，再也不可能复活了。我朝我的爱情望去，那感情属于我的主人，是他创造的，可现在它却在我的心底颤抖，就像一个在冷冰冰的摇篮里遭受折磨的孩子，受到疾病和痛苦的煎熬。它不再能寻求罗切斯特先生的怀抱，不能从他温暖的胸脯上得到温暖。啊，这爱情再也不能转向他了，因为忠诚已经被摧残，信心已经被毁灭。对我来说，罗切斯特先生已经不再是以前的那个人；因为他已经不再是我过去心目中的那个人。我不愿将这一切归咎于他，也不愿说他诱骗了我，可是在我的观念中，他已经不再是真实得纯洁无瑕的人。我必须离开他。这一点我心中十分清楚。但是我还没有想明白，什么时候走，怎么走，到哪儿去。我也毫不怀疑，他自己也会催我离开桑菲尔德。看来，他对我不可能有真正的感情，他受到的挫折只是对我的一时心血来潮。他现在不会再要我了。我现在甚至害怕从他面前的路上经过。他看到我，心里一定会感到可恶。噢，我怎么就有眼无珠啊！我的行为怎么就这么软弱无力呢！

我捂住脸，闭上眼，似乎觉得自己在黑暗中旋转，我的思绪像一股黯黑混乱的浊流涌上心头。我已经自暴自弃，仿佛懒散地躺在一条干河床上，听到远处山洪暴发，感到洪水滚滚而来，却不打算做任何努力，我缺乏爬起身来的意志，也没有逃跑的力量。我昏沉沉地躺着，渴望死去。我的心中还有一个想法在搏动——我想起了上帝。这使我开始喃喃祈祷。那些话在我暗淡无光的心灵里徘徊着，仿佛应当把它们低声讲出来，却没有力量这么做。

"别远远离开我，因为苦难就在眼前，却没有人来帮助我。"

苦难的确就在眼前。因为我没有请求上帝将它消除掉，因为我没有双手合十，没有下跪，也没有念出祈祷的词语，结果苦难来了——那滚滚洪流以势不可挡的凶猛朝我倾泻过来。我对生活的整个意识变得凄惨不堪，我的爱情失去了，我的希望破灭了，我的信仰已经僵死。所有这一切像一团阴沉沉的东西，死死地压在我的意识中。那个痛苦的时刻是无法用语言来描写的。正是："水涌进我的灵魂，我陷入深深的泥潭。我沉入深深的水里，洪水将我淹没了。"

27

到了下午某个时候,我抬起头来朝周围望望。西沉的太阳已经在墙上投下金光灿烂的光辉。我问自己:"我该怎么办?"

我的理智立刻做出回答:"马上离开桑菲尔德。"这个回答快得让我觉得害怕,我连忙捂住耳朵。我说,我现在可受不了这样的字眼。"我不能做爱德华·罗切斯特的新娘,这只不过是我的痛苦中很小的一部分。"我断言,"从最美好的梦境中醒来,发现那一切不过是空虚和徒劳的,这样的恐怖我还能够忍受,这样的形势我也能够控制;但是要我果断地立刻离开他,从此再也不见到他,却是我无法忍受的。我办不到。"

但是这时候,我内心中的一个声音却断言说,我能够办到,并且预言说,我会这么做的。我与自己的决心进行着搏斗。我希望自己成为一个弱者,这样就用不着走另一条路,我已经看出,在那条路上我会遇到更大的苦难。然而,我的良心却仿佛变成个暴君,扼住了激情的喉咙,用讥讽的口吻对她说,她现在只不过刚刚把自己美丽的脚踏进泥淖里,他还发誓说,他要用自己的铁腕把她按进去,按到尚未探测过深度的痛苦的深渊中去。

"那么,让别人把我弄走吧!"我喊叫起来,"谁能来帮帮我啊!"

"不行。你得自己走。谁也不会来帮助你的。你要挖出自己的右眼珠,剁下自己的右手,让自己的心感到剧痛,你自己就是牧师,这一切该由你自己来处置。"

我兀地站起身来,孤独中,这个无情的判官不时出现,用他可怕的声音打破这寂静,让我感到极度的恐惧。我站直身子的时候,觉得脑袋晕眩,这才意识到,由于受了刺激,而且一直没有吃过东西,我生病了。这一天我不但没吃过饭,就连水也没喝过。因为我没有吃早饭。想起我一直长时间把自己关在这个屋子里,连个给我送信、问候或者请我下楼去的人都没有,我心里不由感到一阵剧痛,连小阿黛勒也没来敲门,就连费尔法克斯太太也不来找我。这可正如寓言说的那样:"一旦为命运遗弃,朋友也会变成路人。"我喃喃念出这句话,拉开门闩,走出门。一个障碍物绊了我一下,我的脑袋晕眩,视线朦胧,四肢软弱,无法控制住自己,倒了下去。不过,我没有倒在地上。一条胳膊伸出来托住了我。我抬头望了望——托住我的是罗切斯特先生。我的房间门口摆了一张椅子,他就坐在里面。

"你终于出来了,"他说,"我等了你多时啦,而且还在听你的动静,可我什么也没听见,连一声抽泣也没听到。要是这死一样的沉寂再持续五分钟,我就非得像个撬门入室的盗贼,把门砸开不可。这么说,你是想躲开我吧?把自己独自关在屋里伤心?我倒宁肯听你走出来狠狠骂我一通。你是个充满热情的人。我预料你会大闹一场的。我心里也有了准备,等待着你的滔滔热泪,不过,我要你把热泪流到我的胸膛上来,而不是流到毫无知觉的地板上去。然而我弄错了,你根本就没有哭过!你的脸色苍白,眼睛无神,但是没有眼泪的踪影。我猜想,一定是你的心在泣血。

"简啊!你难道一句责难的话都不说吗?不说一句刻薄的话,不说一句辛辣的话吗?不说点能伤我的心、刺痛我热情的话吗?你静悄悄坐在我扶你坐下来的地方,用一副疲惫而消沉的神情看着我。

"简,我从来没有打算这样伤害你。要是一个男人只有一头像他女儿一样亲爱的小母羊做伴,他给这只小羊吃他的面包,喝他杯子里的水,让羊儿躺在他的怀抱中,结果他却在屠宰场上把它误杀了。那么他感到的后悔也不会超过我现在的悔恨。你会原谅我吗?"

读者!我立刻就原谅了他。他的眼睛里流露出那么深刻的悔恨,声调中饱含着真挚的同情,举止中充满男子汉的气概,另外,在他的整个表情和神态中传达出坚定不移的爱情。我彻底原谅了他。然而不是用语言表达出来,也不是在外表上,而是在心底里原谅了他。

"你把我当成个无赖了吧,简?"没过多久他问道,语气中带着渴望。我猜想,他对我的沉默和驯顺感到十分惊奇。其实,那并不是出于软弱,而是受到意志的支持。

"是的,先生。"

"那么,你就直率地告诉我,尖锐地揭露我——别放过我。"

"我不能。我病了,疲乏得厉害。我想喝点水。"他声音颤抖着长叹了一声,把我抱起来,一直抱到楼下。起初,我不知道他把我抱进了哪个房间,我的眼睛蒙眬,一切看来都那么模糊。过了一会儿,我感到了温暖,炉火又让我复苏了。尽管这时是夏天,但是在我的房间里,我已经冷得像冰一样了。他把酒杯凑到我唇边,我喝了一点,便感到恢复过来。然后,我吃了些他给我的东西,很快我就恢复了正常。我是在图书室里,坐在他的椅子上。他就坐在我身旁。"要是我现在能够不受太大的痛苦就死去,那该多好啊。"我想道,"要是那样的话,我就用不着做出努力,把我的心硬从罗切斯特先生这儿拉开。看起来,我必须离开他。可我不愿离开他——我不能离开他啊。"

"你现在觉得怎么样,简?"

"好多了,先生。我很快就好了。"

"再喝点酒吧,简。"

我服从了。然后他把酒杯放在桌子上,站在我面前,全神贯注地望着我。突然,他转身走开,发出一声含糊的喊叫,声音里充满激情。他匆匆蹀到房间另一头,又返回来,俯下身子,像是要亲吻我。可我记起,这时候,爱抚是不能允许的。我把脸转开,把他推开。

"怎么!——这是怎么啦?"他连忙问道,"啊,我知道了!你不愿跟伯莎·梅森的丈夫接吻,对吧?你认为我的怀抱里已经有了别人,我已经情有所归了?"

"不管怎么说,我是既没有权利,也没有可能了,先生。"

"为什么,简?让我来替你作答,免得你费心说话吧。你会这样说:因为我已经有了一个妻子。我说得对不对?"

"对。"

"要是你这么想的话,你的评价可实在太奇怪了。你一定把我看成一个诡计多端的浪荡公子,当成一个卑鄙下流的流氓,假装对你怀有无私的爱情,为的是引诱你落入故意布下的罗网,让你失去名誉和自尊。你对这有什么话好说?我看得出,你什么也说不出来。首先,你还虚弱,呼吸还很吃力;其次,你还不习惯于责骂我、侮辱我;另外,泪水的闸门已经打开,要是你说得太多,泪水就会涌出来。你并没有大闹一场的欲望,不想责骂我、教训我,你现在想的是该怎么行动,你认为说话是没有用处的。我了解你,我防备着呢。"

"先生,我并不想采取什么行动对付你。"我说。我说话时声音不稳定,我心里连忙警告自己把话打住。

"这话不该由你说,而应该由我来说。你是在策划毁掉我。你这话等于说出,我已经是个结过婚的人,既然我已经结婚,你就要躲避我。刚才你就拒绝跟我接吻。你打算变成一个跟我完全形同陌路的人，仅仅作为阿黛勒的家庭教师住在这个宅子里。假如我对你说一句友好的话，如果一个亲密的感情使你再次接近我，你就会说：'那个人几乎让我做了他的情妇，我必须对他冷淡得像冰和石头一样。'于是，你就会变得像冰块和石头一样。"

我清了清嗓子，让声音稳定下来，回答道："先生，我周围的一切都改变了。我自己也必须改变才行。这一点毫无疑问。为了避免感情的波动，为了避免永远跟回忆中的往事和联想进行斗争，只有一条路可走——阿黛勒必须请个新的家庭教师，先生。"

"喔，阿黛勒要去上学——这个我已经做出了决定。而且我也不想让你在桑菲尔德在可怕的联想和记忆中受折磨，这是个该受诅咒的地方，这是一顶亚干的帐篷。这是一座无法通融的墓穴，它硬要将虽生犹死的恐怖展现在这朗朗的天穹之下，这是一座石头砌成的狭窄的地狱，其中那个真正的魔鬼比我们想象中的一群魔鬼更加恶毒。简，你我都不在这儿住了。这是我的过错——我明知道桑菲尔德是个闹鬼的地方，还把你带到这个地方来。甚至在我见到你之前，我已经吩咐人们把这里该诅咒的一切都瞒着你。原因仅仅是害怕，一个家庭教师要是知道，她跟什么人一起住在这宅子里的话，就不愿意待在这里教阿黛勒了。要想把这个疯子移到别处又不可能。虽然我还有一所古老的宅子——芬丁庄园，那房子比这一座更加偏僻，也更加隐蔽。我本来可以将她十分安全地移到那个地方去。可是那房子坐落在森林中心，那个地点对健康没有好处，我的良心不容我做出这样的安排。要是我把她弄到那个地方去的话，也许那些潮湿的墙壁用不了多久就会让我摆脱这个包袱。恶棍各有自己恶毒的地方，我尽管很坏，却并不想间接杀人，就连自己最恨的人，我也不愿这么处置。

"不让你知道，你与一个疯女人为邻，有点像是用斗篷遮住一个孩子，把他放在一棵血封喉毒树旁边，那个魔鬼的周围整个被毒害了，以前也一直是这样的。可是，现在我要把桑菲尔德封闭起来，把它的正门钉住，在下面的窗户上钉上木板，我要发给普尔太太每年两百镑的薪水，让她住在这里陪着我那个所谓的妻子——你准会这样称呼那个可怕的丑女人。为了钱，格雷斯会做很多事情的。她可以让她的儿子——格里姆斯比疯人院的管家——来陪她。在我那位妻子犯病的时候，帮帮她。我那妻子犯病的时候，在女巫的妖精驱使下，会在夜里把人在床上烧死，用匕首把人刺死,会用牙齿啃下骨头上的肉,或者干出诸如此类的事情来。"

"先生,"我打断他,"你对那位不幸的夫人太狠心了。你说起她的时候口气中满是憎恨,怀着复仇的厌恶心理。这可够残忍的,她发疯是身不由己。"

"简,我的小亲亲,我要这么叫你,因为你就是我的小亲亲。你根本不懂这事的本质,而且你又错怪我了。我并不是因为她发了疯才恨她。要是你发了疯,你认为我会恨你吗?"

"我当然认为你会的,先生。"

"那你就错了,你根本就不理解我,一点儿都不了解我心中怀着怎样的爱情。我觉得你身体上每一部分都像我自己的一样亲。假如你的身体有了病痛,它仍然是亲的。你的心灵是我的宝库,哪怕它变得支离破碎,也仍然是我的宝库。假如你真的发了疯,约束你的将是我的胳膊,而不是限制疯子自由用的紧身衣。让你紧紧地抓住,哪怕是在你愤怒的时候,我都会感到一种魅力。假如你像今天早上朝我扑来的那个女人一样扑向我,那我准会以拥抱迎接你,至少我对你的亲密程度,会像我约束她的程度一样。我不会像躲开她那样带着憎恶躲开你;在你安静的时刻,我会陪伴着你,而不会雇用什么看守或者看护;就算你连个微笑也不给我,我对你的温存也将永远不会消失;即使你的眼睛再也认不出我来,我也会凝视你的眼睛,永远不会感到厌倦。——我为什么要顺着这样的思路讲下去呢?我刚才说过,要让你从桑菲尔德搬出去。你知道的,动身的准备已经做好,可以马上离开。明天你就动身。我只要你在这个屋顶下再忍受一夜,简。然后呢,就永远告别这儿的痛苦和恐怖!我有一个地方可去,那是个安全的庇护所,在那里,没有令人憎恨的回忆,没有不受欢迎的人随意闯入,甚至可以离开虚伪和诽谤。"

"那就带上阿黛勒,先生,"我打断他说,"她可以跟你做个伴。"

"你这是什么意思啊,简?我跟你说过,我要将阿黛勒送进学校,我为什么要找个孩子做伴呢?而她并不是我自己的孩子。她不过是个法国舞蹈演员的私生子。你为什么拿出她来妨碍我?我说,你为什么要阿黛勒跟我做伴?"

"你现在说的是去隐居,先生。隐居可是既孤独又孤闷的,对你来说太孤闷了。"

"孤独!孤闷!"他重复这几个字的时候,满脸的恼火,"我看我非得做个解释不可了。我不懂,你脸上的表情里有什么谜。我是要你陪我去共度孤独时光的啊。

你明白吗？"

我摇了摇头。他变得那么激动，我尽管只是默默无声地做出了不同意的表示，但这也是需要勇气的。在这之前，他一直快速在屋子里踱着步，现在突然停下脚步，仿佛在那个地方扎下了根。他长时间盯着我看，目光十分严厉。我把眼睛避开他，盯着炉火，竭力做出一副镇定自若的样子，并且保持着这种姿势。

"简的性格出了故障。"他终于开口说，说话的口气比我从他的神态中预料的要平静些，"这一绞丝线迄今为止一直十分平滑。但是我从来就知道，在某个地方总会有一个疙瘩或者缠结的。现在就遇上了。这下可遇上无穷无尽的麻烦和苦恼了！老天在上！我多想有参孙的力量，把这一团乱丝像拉绳子一样扯断啊！"

他再次开始踱步，不过很快就停了下来，这次就停在我的面前。

"简！你能听得进我的话吗？"他俯下身子，把嘴唇凑近我的耳朵，"你要是听不进去，我可就要动用武力了。"他的声音嘶哑，神情狂野，就像一个人要挣脱难以忍受的束缚，不惜采取狂暴行动一样。我看出，片刻之后，只要他再有一次疯狂的冲动，我就会束手无策。我只有趁现在短短的一刻，限制住他，并且控制住他。假如我做出一点拒绝、逃避或者害怕的表示，我的命运和他的命运就会从此注定。但是我并不害怕，一点儿也不害怕。我感到了自己拥有一种内在的力量，那是一种有影响力的意识，它支持着我。这个紧要关头是危险的，但是也不无迷人的魅力，也许就像印第安人驾着独木舟在激流上驰骋一样感到激动吧。我抓住他紧握起来的手，掰开他的手指，安慰他说：

"坐下吧，你愿意跟我谈多久，我就跟你谈多久，你有多少话，我就听你说多少，不管是不是有道理。"

他坐了下来。但是并没有马上找到机会说话。我在这以前一直忍住眼泪，为了忍住泪水，我做出了很大的努力，因为我知道他不愿意看到我哭。可是我现在觉得让泪水自由自在涌出来更好些。要是泪水能让他感到恼火，那就更好了。于是我不再忍耐，痛痛快快哭了出来。

不久，我听到他真诚地恳求我安静下来。我说，看到他这样发火，我无法安静下来。

"可我并没有发火啊，简。我这只是因为爱你爱得太深了。你刚才把小脸绷得紧紧的，露出那种坚决态度和冷冰冰的神色，可真让我受不了。好啦，别哭了，擦擦眼睛吧。"

他那变得温和的声音说明他已经让我征服了。所以,我也就镇静了下来。他做了个准备动作,要把脑袋靠到我肩膀上来,可是我不许他这么做。接着他又要把我拉近他,我也不允许。

"简!简!"他说。他的语调是那么悲哀,叫我听了每根神经都受到强烈的刺激,"这么说,你并不爱我?你难道只看重做我妻子的那种名分吗?现在你看到我没有资格做你的丈夫,就躲避我,不让我接触你,好像我是一只癞蛤蟆或者猿猴。"

这些话伤了我的心。可是,我又能说什么呢?也许我什么也不该说,什么也不该做。但是,我心里感到的是深深的后悔,这种感情煎熬着我,我禁不住想在我受到伤害的心灵里敷上些止痛的药剂。

"我的确十分爱你,"我开口说,"而且比以前更爱。但是我不能把这种感情表示出来,也不能纵容这种感情。这是我最后一次这么表白了。"

"最后一次,简!什么?既然你还爱我,你以为可以跟我生活在一起,每天见到我,却总是露出这么一副冷冰冰的表情吗?"

"不,先生。我肯定做不到。所以,我看只有一条途径来解决这个问题。但是,我要是说出来的话,你一定会发火的。"

"唔,你说吧!要是我大发雷霆,你不是有哭的本领吗?"

"罗切斯特先生,我必须离开你。"

"走多久,简?走开几分钟,去梳梳头——你的头发的确有点散乱。要不就是去洗洗脸——你的脸看上去似乎在发烫。我说得对不对?"

"我必须离开阿黛勒,离开桑菲尔德。我必须离开你,从此一辈子再也不见你。我必须在陌生的地方,跟一些陌生的人们为伴,开始自己的新生活。"

"当然,我刚才也是这么对你说的。但是你那种要离开我的疯狂说法,我可不能理睬。你的意思其实是说,你要成为我的一部分。至于说新生活嘛,那是没问题的。你要成为我的妻子。我并没有结过婚。你会做罗切斯特太太的,在名义上和实际上都是罗切斯特太太。只要我们俩都活着,我就会只守住你一个人。你要住到我在法国南部的一幢房子里。那是在地中海岸边的一幢外表雪白的别墅。你在那里会受到保护,会过上纯洁幸福的生活。在那里,你绝对用不着担心我会引诱你走上歧途,因为我不会把你叫作情妇。你为什么摇头?你得通情达理啊,简,要不然,我真的要再次发狂了。"

他的声音和手都在发抖,他的两只大鼻孔张得更大,他的眼睛在冒火。然而,我还是敢于说出:

"先生,你的妻子还活着。这是你本人今天早上刚刚承认过的事实。假如我按你的意愿与你生活在一起,那我只能是你的情妇。除此之外,再怎么说都是诡辩,是虚伪的假话。"

"简,我并不是个脾气温和的人。你难道把这一点忘记了?我不能长时间忍耐,我也不是个冷静而不会发火的人。对我和对你自己都发发慈悲吧。用你的手摸摸我的脉搏,感觉一下它的跳动——等一等!"

他把手腕露出来,让我摸,他嘴唇上和脸颊上的血色都消失了,变成苍白的颜色。我感到痛苦不堪。我对他表示拒绝实在够残忍的,这让他无法忍受,把他激怒了。然而,要做出让步又根本不可能。于是我像一切人面临绝境时那样,本能地向高于人类的神明求助。我不由自主地脱口而出:"上帝助我!"

"我真是个傻瓜!"罗切斯特先生突然喊道。"我一再告诉她说,我没有结婚,却没有向她解释这事的原因。我忘记她并不知道那个女人的性格,也不知道我跟那个女人是在什么该死的情形下结合的。啊,我能肯定,要是简了解到我所知道的这一切,她准会同意我的意见。简妮特,把你的手放在我手上,好让我在看到你的同时也能触摸到你,这样我就能证明你是在我的身旁,我要用简短的几句话,把这事的前因后果讲给你听。你能听我说吗?"

"能,先生。要是你愿意,讲几个钟头都行。"

"我只要求你听几分钟。简,你是不是知道,或者听说过,我并不是这家的长子?是不是听说过,我以前有过一个哥哥?"

"我记得费尔法克斯太太曾经告诉过我这事。"

"你是不是也听说过,我父亲是个爱财如命的人?"

"我听出过这样的意思。"

"好吧,简。既然他是那样一个人,也就难怪他一心要保持原有产业的完整。他不能容忍把产业分成两份,让我享有其中一份。他决定把产业全部遗赠给我的哥哥罗兰。然而,他同样不能容忍自己两个儿子中,有一个变成穷人。因此,他就必须给我娶个有钱人家的闺女。不久,他替我相中一个伴侣。西印度群岛一个兼

世界十大名著

·简爱·

图文珍藏版

做商人的种植园主梅森先生是他的老相识。他经过一些调查,证实了这人的财产十分殷实。他得知梅森先生有一子一女,而且还知道,梅森先生打算给自己女儿三万英镑财产。这就足够了。我一离开大学的校门,就被送到了牙买加,去娶一个已经为我定好的新娘。我的父亲根本没有对我提到她的钱,只是对我说,梅森小姐是西班牙城百里挑一的美人。这话倒不假。我发现她的确是个美丽的女人,跟布兰奇·英格拉姆属于同一种类型。个子高大,皮肤黝黑,一表人才。她家人都希望得到我,因为家世好。她本人也有同样的愿望。他们安排我在舞会上见到她,她当时穿着华丽。我几乎没有单独跟她见过面,也很少跟她单独交谈。她用语言奉承、挑逗我,还故意卖弄自己的魅力和技艺,想取悦于我。在她交往的那个圈子里,所有的男人似乎都崇拜她,也嫉妒我。我受到迷惑和刺激,我的感官兴奋起来,当时我既无知,又不成熟,根本没有经验,便自以为爱上她了。年轻人在社交场合上的疯狂竞争、好色、鲁莽和盲目,会让他什么傻事也干得出来。她的亲戚们鼓励我,她的追求者们刺激我,她自己引诱我。结果,我几乎还没弄明白这到底是怎么回事,就已经跟她结了婚。噢,一想到这个行动,我的自尊心就荡然无存了!我在内心中对自己充满了轻蔑,感到痛苦。我并没有真正爱过她,没有尊敬过她,甚至没有真正了解她。我说不上她的天性中是不是有一点美德,从她的心灵或举止中,我看不到谦逊,看不到仁慈,没有体会到坦率,也没有感到文雅。可我却跟她结了婚。我真是个愚蠢、卑劣、瞎了眼的大傻瓜!要不是因为做了这么多孽,我或许会——唉,我最好还是记起,这是在跟什么人讲话吧。

"我从来没有见过我那位新娘的母亲,我以为她已经去世了。度过蜜月以后我这才知道我想错了。她活着,只不过发了疯,关在一个疯人院里。而且,她家还有一个小弟弟,完全是个白痴。你见到过的那一个,也许有一天也会发疯。我厌恶她所有的亲属,可是我却不恨他,因为在他孱弱的心灵里,却有一些爱心。他一贯关心自己可怜的姐姐。而且他对我曾经有过狗一般忠实的依恋之情。我父亲和我哥哥对这一切内幕都了如指掌,可他们只想着那三万英镑的财产,而且勾结起来害我。

"这都是些令人厌恶的发现。但是,假如不是因为隐瞒的真相欺骗了我,我也不会把这作为谴责我妻子的理由。尽管我发现她的本性跟我的截然不同,她的低级趣味让我顿生反感,她的心灵平庸、卑鄙、狭窄,心灵的境界根本不可能有所提高,心胸也根本不可能拓宽。我渐渐发现,我已经不可能跟她舒适地过一夜,也不可能在白天跟她平静地度过一小时,在我们之间不可能有和气的谈话,因为不论我开始谈什么,她都会立刻把话题转到粗俗、陈腐、邪恶、愚蠢的方面去。后来,我看出,我再也不会有一个平静安定的家,没有哪个仆人能受得了她不断蛮横无理的发作和乖戾的脾气,她向用人们发出的命令全都十分荒谬、自相矛盾、极为苛刻。我在发现这种情况时继续保持忍耐,我不责备,尽量少提劝告,压制住心中深深的厌恶,竭力将自己的后悔和憎恨暗暗吞进肚里。

"简,我不想用那些让人讨厌的琐事烦扰你。几句实在的话就足以把我要说的表达出来了。我跟楼上那个女人在一起生活了四年,还没有到这段时间的结尾,我已经让她折磨得够呛了。她的性格以吓人的速度发展着,逐渐定型。她的邪恶迅速膨胀,强烈得只有残暴才能控制得住,可我并不想用残暴手段。她的智力像个侏儒,而她的怪癖又多么像个巨人啊! 那些怪癖带给我的是多么可怕的灾难啊! 伯莎·梅森——这个声名狼藉的女人所生的女儿——使我经历了所有可怕的、让人丢脸的痛苦。一个娶了淫荡女人为妻的男人一定会感到同样的痛苦。

"在此期间,我的哥哥去世了,在那四年结束的时候,我父亲也去世了。我那时十分富有了,然而也贫穷到了顶点。我与一个性格粗野至极、下流粗俗无比的女人结合在了一起,法律和社会把她称作我的一部分。我没法用任何合法的手续摆脱它,因为现在医生已经发现我的这位妻子患了精神病。她过分放纵自己,使她疯狂的种子过早地发芽成长起来。简,你不喜欢我的叙述。你看上去好像要生病了。剩余部分我改日再讲,好吗?"

"不,先生,现在把它讲完吧。我同情你——真心诚意地同情你。"

"简,其他人对我的同情和怜悯是对我的侮辱,是一种讨厌的礼物,我完全可以把它扔回到送礼的人嘴巴里。因为那是一种无情而又自私的心灵所感到的怜悯,那是一种听到不幸的事所感到的幸灾乐祸,其中夹杂着对遭受痛苦的人表示漠不关心的轻蔑。但是,你的同情却不是这样的,简。从你整个面孔的表现,从你眼睛里溢流出来的神色,从你起伏的胸脯和颤抖的手,我能体会出你心里的同情不是那种感情。我亲爱的,你的同情是饱经苦难的爱情之母。它的痛苦是神圣的热情在临产时产生的阵痛。我接受你的同情,简。让它的女儿自由地降临吧。我的双臂正等待着接受她呢。"

"先生,接着讲下去吧。你发现她发了疯,你怎么办呢?"

"简,我抵达了绝望的边缘。只有残留下的一点自尊心将我与那深渊隔离开来。在世人的眼睛里,毫无疑问,我是蒙上了肮脏的耻辱。可我决心在自己的心目中使之保持清白,永远不受她那些罪孽的沾染,而且要隔绝与她精神污点的联系。然而,社会仍然将我与她联系在一起;我还是每天能看到她,听到她的声音,她呼出的气息与我的气息混在一起。而且我记得,我曾经是她的丈夫。不论是过去,还是现在,一想起这个,我就感到一种无法说出来的厌恶。再说,我知道,只要她活着,我就不可能与另外一个更好的女子结婚。虽然她比我大五岁(她的家人和我父亲就在她的具体年龄上也对我撒谎),可是她看样子会活得跟我一样久。她身体结实的程度能弥补她脑子的虚弱。因此,我在二十六岁的时候,已经感到毫无希望了。

"一天晚上我被她的喊叫惊醒了——在医生们宣布说她已经发了疯以后,她当然就让关了起来——那是个炙热的西印度之夜。那儿的气候条件下,飓风来临之前常常有那种情况。我躺在床上睡不着觉,便起身打开窗户。空气简直像硫黄蒸汽一样令人窒息,我在哪里也找不到个让人感到神清气爽的景物。蚊子嗡嗡叫着飞进来,在屋子里阴沉沉地四处飞来飞去。远处的海水发出的轰鸣声,低沉单调得像是地震。海水上空,乌云渐渐聚集起来。月亮正在波涛间下沉,又大又红,像一颗发射出去的炮弹。那月亮朝暴风雨下剧烈战栗的世界投下血红的最后一瞥,然后沉了下去。我深深受到这种景象和气氛的感染,耳朵里听到的是那个疯子的厉声咒骂,她在咒骂中,不时把我的名字掺杂在那种魔鬼般的叫嚣声中,音调像恶魔一样令人憎恨，语言污秽得让人难以入耳，就连公开的娼妓们用的词汇也不比她的更下流，虽然我与她隔开两间屋子，可是我每个字都能听见。西印度群岛的房子里隔墙都很薄，只能稍稍减弱一些她狼嚎般的嘶喊声。

"'这种生活，'我当时说，'简直是在地狱里！这种空气，这种声音，全都跟地狱那个无底的深渊里没有两样。假如可能的话，我是有权利摆脱这种生活的。总有一天，这种世俗状态，会像让我的灵魂饱受重负的肉体一样离我而去。我并不害怕那些狂热的宗教信徒们说的那种永远遭受燃烧的煎熬。未来的任何状况都不会比目前的这种状况更糟。让我离开，回到上帝那儿去吧！'

"说着，我在一个箱子跟前跪了下来，把箱子打开，从里面取出两把装好了子弹的手枪。我打算饮弹自杀。可是这个念头在我的脑子里仅仅闪了一下，因为我并没有真正发疯，使我愿意并且企图自杀的那种剧烈而单纯的绝望，片刻之后就消失了。

"从欧洲刮来一场清新的风，跨过海洋，从洞开的窗户吹进屋子，暴风雨突然降临，大雨滂沱，雷电交加，空气逐渐变得纯净了。于是我暗暗做出个决定。第二天黎明，当热带的早霞在中午燃烧起来，当我在湿漉漉的花园里散步，走过继续滴着水的橘子树下，经过湿透了的石榴树和菠萝树间的时候，我在脑子里仔细推理琢磨着。简，现在听着。因为在那个时候，是真正的智慧之神对我表示安慰，向我指出了正确的道路。

"从欧洲来的那场甜美的风仍然在树叶间低语，大西洋正在光辉的自由中轰鸣。我的心长期以来被烤炙得已经干枯了，听到这个旋律便开始膨胀，热血开始沸腾。我渴望得到新生，我的灵魂向往着清新。我看到，希望在复活，感到再生是可能的。我透过花园尽头的一个攀花拱门朝大海望去，大海的颜色比天空还蓝。旧世界就在海的那一边，光明的前途就展现在我的面前。

"'去吧，'我的希望在对我说，'重新回到欧洲去居住。那里的人们不知道你有这样一个被玷污的名声，也不了解你肩上背着这样一个肮脏的累赘。你可以把这个疯子带回到英格兰去，找人给她适当的照顾，对她小心提防，把她禁闭在桑菲尔德的宅子里。然后，你愿意上哪儿去旅行都可以，愿意跟什么人进行新的结合都行。那个女人给你带来这么长时间的痛苦，这样玷污了你的名声，如此蹂躏了你的名誉，如此摧残了你的青春，她不是你的妻子，你也不是她的丈夫。只要你注意让她得到她那种情况所需要的照料，你便做到了上帝和人性所要求你做的一切了。让她的身份，以及她和你的关系都在忘却中埋葬掉吧。你绝对不要把这事告诉任何活着的人。把她安置在安全舒适的地方，把她的沦落作为秘密保守起来，离开她吧。'

"我完全按照这个想法行事。我的父亲和哥哥并没有把我的婚事告诉他们的熟人，因为我在写信将我的婚事告诉他们的第一封信中，就附加了迫切的要求，希望他们保守秘密。当时我已经开始感到，这门婚事的后果将是极为令人厌恶的。根据这家人的性格和身体状态，我看到展现在我面前的是一种可怕的未来。不久，我父亲对为我挑选的妻子的行为感到可怕，他也羞于承认她是自己的儿媳了。他非但极为不愿意宣布这种关系，而且也像我自己一样急于隐瞒它。

"我把她带到了英格兰。带着这样一头怪物，我的那次旅行十分可怕。我很高兴终于把她弄到桑菲尔德来了，而且也很高兴最后把她稳稳当当地安顿在了三楼的那间屋子里。十年来，她把那间秘密的内室变成个野兽窝、妖怪洞。我在找人照料她的事情上费了些周折，因为我必须找一个忠实可靠的人，因为她在疯狂中不可避免地会泄露我的秘密。再说，她也有神志清醒的日子，有时候是一连几个星期。每逢这种时候，她就对我进行谩骂。最后，我从格里姆斯比疯人院雇来了格雷斯·普尔。她和外科医生卡特——就是梅森被刺伤的那天晚上，为他包扎伤口的大夫——只有这两个人得到我的允许，可以知道这个秘密。费尔法克斯太太也许猜到了什么事情，但是她对事情的真相不可能知道得很确切。总的来说，格雷斯是一个好看守，不过，有时候由于她自己无法改正的过错——这种过错对于从事这种工作的人来说，其实也是无法避免的——她的警惕性不止一次放松下来。那个疯子既狡猾又恶毒，从来不会放过看守一时的疏忽。有一次她藏起一把刀子，刺伤了自己的弟弟；有两次她偷了小房间的钥匙，趁黑夜从那儿溜出来，第一次，她企图把我活活烧死在床上，第二次，她对你进行了那场可怕的访问。感谢上天保佑，她仅仅把怒火发泄在了你的结婚礼服上，也许那礼服让她回想起她自己结婚的日子。但那时发生的事情，我甚至连想也想不起来了。一想到今天早上向我扑来扼住我喉咙的那个东西，竟然把她乌黑中带着血红的鬼脸，俯在我的宝贝鸽子的酣巢上，我浑身的血就凝固了起来……"

"先生，"他一停下来，我就问，"你把她安置在这儿以后，你干了些什么呢？你上哪儿去了？"

"我干了些什么，简？我把自己变成了一星鬼火。我上哪儿去了？我像个从沼泽地钻出来的鬼魂，到处游荡。我到了欧洲大陆，漫无目标地跑遍了各个角落。我坚定不移的愿望，是找到一个可以让我爱上的女人，她应当具有善良的品行、聪明的头脑，要与我留在桑菲尔德的那个泼妇截然不同……"

"可是你不能结婚啊，先生。"

"我已经认定，而且也确信，我可以结婚，而且应该结婚。我的本意并不是欺骗，不是像我欺骗你那样。我是要把自己的故事讲清楚，公开提出我的求婚，因为我认为，我有权自由爱别的女人，也可以被别人爱，这是完全合情合理的。尽管我为祸害所累，我总会找到一个女人，这个女人愿意，而且能够理解我的情况，并且接受我，对这一点我从来没有怀疑过。"

"是吗，先生？"

"当你喜欢质询的时候，简，你总是让我发笑。你把眼睛大睁开，仿佛自己是一只急切的鸟儿，不时做出一些不安的动作，好像你觉得言语的回答还不够快，还需要让人家从你的行动上看出你的心思似的。但是，在我继续讲下去以前，请你告诉我，你这'是吗，先生'是什么意思？你总喜欢把这话挂在嘴边上，引得我没完没了地说下去，可我还不明白这到底是为什么。"

"我的意思是问，后来怎么样了？你后来是怎么做的？结果如何？"

"对极了，的确有这样的意思。那么你想知道些什么呢？"

"你是不是找到了什么你喜欢的人；你向她求婚了吗？她是怎么说的？"

"我可以告诉你，我是不是找到了我喜欢的人，向她求婚了没有。可是，至于她是怎么说的，还有待于记载到命运的书本上。在漫长的十年中，我到处游历，先住在一个国家的首都，然后又迁往另一个国家的首都。有时候在圣彼得堡，不过常常是住在巴黎，偶尔也到罗马、那不勒斯和佛罗伦萨小住。我很有钱，又有名门望族的名誉做担保，便可以选择自己愿意结交的任何人，任何社交圈子都不会对我关上门。我在英国女士们、法国的女伯爵、德国女士、意大利女伯爵中间寻找自己的意中人。结果并没有找到。有时候，我刹那间瞥见一个眼色，听到一个声音，看到一个身体，让我以为我的梦想就要实现了。然而我很快便摆脱了那种骗人的幻觉。你不要认为我要找的是个在心智和人品上都十全十美的人。我只渴望找到一个适

295

合我的人，找到一个与那个克里奥尔女人完全相反的人。结果我的渴望是徒然一场空。在她们那么多人当中，我没有找到一个我愿意求婚的人。即使我没有从我那种不相称的结合中得到危险的警告、恐怖的威吓、厌恶的情感，即使我是自由的，我也不愿意向她们中的任何人求婚。失望使我感到不安。我开始试着过放荡的生活——不过，从来没有试过淫荡的生活。淫荡可是我过去和现在都一直痛恨的。那是我那个印第安妻子的特征。我对她和对淫荡都深恶痛绝，就连我在寻欢作乐时，我也对自己严加约束。凡是近似淫乱的享乐活动，都让我觉得是在向她和她的罪孽靠近，因而我都绝对避免。

"然而，我也不能过孤独的生活，便尝试着找个情妇陪我。我的第一个选择就是塞莉纳·瓦朗——这又是个让人一回忆起来就蔑视自己的步骤。你已经知道她是怎样一个人，以及我跟她的关系最后结局如何。在她之后，我还有两个情妇，一个是意大利人佳辛达，另一个是德国人克拉拉。两个人都是大家心目中的美人。但是，几个星期后，她们的美对我又算得了什么呢？佳辛达不讲道德，而且蛮横无理。三个月后，我就对她感到厌倦了。克拉拉诚实安静，可是人很笨，没有脑子，感觉迟钝，一点儿也不合我的胃口。我很高兴赠送给她一笔足够的款子，让她从事一个好的职业，我就这样体面地摆脱了她。简，我从你的脸上看得出，你的脑子里现在对我并不是形成一个有利的看法。你认为我是个没有感情、放荡不羁的流氓，对不对？"

"我的确不像以前那么喜欢你了，先生。你难道丝毫也没觉得以那种方式生活是不对的吗？先跟一个情妇在一起生活，然后又换上一个情妇。你说这事的口吻好像那不过是件理所当然的事情。"

"我以前采取的真的是这种态度，可我现在并不喜欢了。那是一种卑劣的生活方式，我再也不想回到那种生活中去。花钱养一个情妇是一种仅次于购买奴隶的恶劣行径。这两种人的人格往往比较低下，地位一般都是低下的，跟他们亲密地生活在一起也会使人堕落。我现在很不愿意回忆我跟塞莉纳·瓦朗、佳辛达和克拉拉在一起度过的日子。"

我听出，他这说的都是真心话。我从这些话里得出了明确的推论：假如我忘掉了自己的身份，忘掉了自己受到的教育，用任何借口、任何辩解，或者受到任何诱惑，去步那几位可怜姑娘的后尘，那么，他将来总有一天也会用同样的感情回忆起我，也会用同样的亵渎语言来描述我。我并没有把我的这个看法讲出来。感觉到就足够了。我把它铭刻在自己心里，到了关键时刻，我会要它支持我的。

"简，现在你怎么不说'是吗，先生'？我还没讲完呢。你的神情怎么这样严肃。我明白了，你还是对我表示不赞成。我回到刚才的话题上吧。今年一月份，我摆脱了跟所有情妇的关系，在空虚和孤独中到处漫游，结果，带着粗暴的脾气和痛苦的心情回到英格兰来。失望侵蚀了我的灵魂，我对所有的人，尤其是对所有的女人都怀有敌意，因为我开始认为，一个聪明、忠实、深情的女人只是一个梦，由于事务的召唤，我回到了英格兰。

"在一个严寒的冬日傍晚，我骑着马已经能看得见桑菲尔德了——令人厌恶的地方！到了那儿，我不会得到安宁，也不会得到任何乐趣。我看到一个娇小安静的身影独自坐在干草小径的一段台阶上。我从旁跑过的时候，丝毫没有注意那个人，仿佛那跟对面的一截柳树桩没有什么两样。对于她将给我的生活带来什么，我毫无预感。我心里也丝毫没有得到预兆，说我生活的主宰——我的守护神——正身穿粗陋的衣服等在那里。我并不了解她，甚至在美斯洛出了事故，她走到我身边来，态度庄重地提出帮助我的时候，我也不知她是谁。那是个身材纤细、孩子般的小人儿！仿佛一只朱顶雀跳到我的脚边，提议要用它那孱弱的翅膀背负起我来似的。我当时十分粗暴，可那个东西就是不走开。她站在我身边时的态度既奇怪又顽强，她看着我，对我说话的时候，神情中传达出的是权威。我当时必须得到帮助，而且只能由那只手来帮我，于是她给了我帮助。

"我的手一搭在那个纤弱的肩膀上，我全身便焕发出一种新鲜、清新的活力，产生一种崭新的感觉。我得知这个精灵要回到我这里来，知道她就住在下面我那个宅子里，我感到十分高兴，否则，要是我眼睁睁看着她从我的胳膊下走开，看着她消失在朦胧的树篱后面，我怎么会不感到遗憾呢？简，那天晚上我听到你走进房门，也许你并没有意识到我在想你，在等候你。第二天，你跟阿黛勒在走廊里玩耍的时候，我藏在暗处，默默观察了你半个小时。我记得那是个下雪天，你不能上户外去。我当时在自己屋子里，我的房门开着。我既能听得见你的声音，也能看见你的模样。有一阵子，阿黛勒吸引了你的注意，可我看出，你的心思在另外一个地方。不过，当时你对她非常耐心，我的简。你跟她交谈，逗着她玩，最后她离开了你，你便立刻陷入深深的沉思。你开始在走廊里慢慢散步，有时，你经过窗户的时候，便望着窗外纷纷降落的雪花,听着外面呜咽的风声,接下去,你又继续散步,继续想心事。我认为,你脑子里的那些白日的梦幻并不暗淡,你眼睛里偶尔会露出令人愉快的光芒,你的脸上有时微微露出些兴奋的表情,那表情中并没有痛苦的沉思,没有易怒的迹象,没有多疑的阴影。你的神情中流露出的是青春甜蜜的遐想,它的精神愉快地扇动着翅膀跟随着希望,飞上理想的天堂。后来,费尔法克斯太太在门厅里说话的声音把你从梦幻中惊醒过来。你当时仿佛在嘲笑自己,脸上带着的微笑多么奇怪啊,简妮特!你的微笑中有很多含义,它非常尖刻,似乎在嘲笑你自己思考的问题让你那么出神。它又好像在说:'我的这些幻想都不错,可是我可不能忘记,它们绝对是不真实的。我的脑子里有一片色彩瑰丽的天空,和一个鲜花盛开、青草茵茵的伊甸园。但是在实际生活中,我完全明白,在我的脚下有一条坎坷不平的路,我的周围变得越来越黑暗,暴风雨即将来临了。'后来,你跑下楼去,请费尔法克斯太太给你安排点事情来做。我想,她请你算一算一周的家用账目吧。你走开后,我看不到你了,心里不免对你感到有点恼火。

"我不耐烦地等待着夜晚的到来。因为到了那个时候,我就能把你召到我身边来了。我猜想,你的性格对我来说是非同寻常的,是我以前所根本没有接触过的。我渴望更深地探索它,更加了解它。你带着一种既有些羞怯,又有主见的神态走进屋子里来。你的穿着十分古怪,就跟现在差不多。我要你开口讲话,没过多久,我就发现你的身上充满了奇怪的对比。你的衣着和举止受到各种规矩的约束,你的神情往往十分胆怯,完全属于那种天性文静,却根本不善于社交活动的人,这种人心里特别害怕做错事,害怕把别人责备的目光吸引到自己身上来。然而,当别人对你说话时,你却把敏锐、大胆、明亮的眼睛望着说话的人,端详他的脸,你的每一瞥都充满了洞察力和威力。你受到一连串问题追问的时候,你的回答脱口而出,对答如流。你似乎很快就习惯跟我在一起了。我相信,你觉得你和你这位态度严厉、脾气恶劣的主人之间产生了共鸣,简。因为我惊讶地发现,你的态度那么快就变得愉快而闲适了。尽管我大声咆哮,可你对我的坏脾气并没有表示出惊奇、害怕、烦恼,或者感到不高兴。你看着我,有时候脸上带着微笑,我无法形容那种微笑,它是那么单纯、明智,而且又是那么大方。我立刻就对我看到的这一切感到满意,而且为这一切所激励,希望更多地观察它。但是,有很长一段时间,我疏远了你,很少把你召到我身边来。我是个有理智的享乐主义者,希望将这次结交朋友的新奇而令人激动的喜悦延长一些。另外，我也时常担心，假如我任意玩弄这朵花，它就会凋谢，那种新鲜迷人的魅力就会丧失。我当时并不知道，这不是一朵一开就败的花儿，而是一朵用宝石雕刻而成、无法摧毁、光彩照人的花儿。我还计划看看，假如我避开你，你是不是会来找我——可你并不找。你总是在教室里，平静得就像你自己的书桌和画架一样。如果我偶然遇到你，你只是稍稍表示一下敬意，恭恭敬敬打个招呼，然后很快就从我身边走过去了。在那些日子里，你通常的表情是若有所思的样子，并不沮丧，因为你没病，也不显出轻快，因为你对前途没有多少希望，也没有什么实在的乐趣。我想知道，你对我有什么看法——或者说，你是不是对我有过什么看法。为了弄清楚这一点，我重新开始注意你。你谈话的时候，你的眼神里流露出愉快，举止中显出亲切的样子。我看出你喜欢与人交往；让你产生忧伤情绪的是你的单调生活，是那间平静的教室。于是，我允许自己对你表示和蔼，我自己从这样的态度中享受到了愉快。和蔼不久便激起了感情。你的面部表情渐渐变得温和，你跟我说话时的声调也变得柔和了。我喜欢听到你的嘴唇用带着感激和欢快的声调说出我的名字。在那个时候，我很喜欢偶然遇到你时心里感到的那种欢乐。在你的举止中有一种莫名其妙的迟疑，你看我的时候，眼睛里露出一种淡淡的困惑神色，那是一种游移不定的怀疑。你弄不明白我为什么会反复无常，不知道那是我摆出做主人的架子呢，还是作为一个朋友装出的和蔼。我这时已经深深地爱上了你，不可能有摆主人架子的念头。当我真诚地伸出手来的时候，你那年轻而充满渴望的脸上流露出那么迷人的表情，其中有青春，有光明，也有幸福。我常常需要费好大的劲才能控制住自己，免得立刻把你拉进我的怀抱中。"

"别提那些日子了，先生。"我打断他的话，一边悄悄眨巴眼睛，把眼眶里的泪珠弄出去。他的这一席话，对我来说简直是折磨，因为我对自己该立刻就做的事情已经打定了主意。这一切回忆，他这些感情的表露，只能让我觉得更加难以按自己的打算去做。

"不说了，简，"他回答说，"既然现在如此有保障，未来又是如此的光明，还有什么必要总是不停地谈起过去呢？"

他这个糊涂的断言，让我听了打心底都颤抖起来。

"你对这一切已经明白了，对不对？"他继续说道，"我的青年时期和中年时期有一半是在难以形容的痛苦中度过的，另一半又抛掷在无聊和寂寞中。在那一切

之后，我才第一次找到了真正爱的人。我找到了你。你真正同情我，是比我自己更好的自我。我的好天使，一种强烈的依恋之情将你我紧紧联系在了一起。我认为你心地善良、有天赋，而且生性可爱。我心里对你产生了炽热而庄严的热情，要把你拉进我的生活中心，拉到我生活的源泉里来，让我的生命围绕在你周围，让我们点燃纯洁、强有力的火焰，把你我融为一体。

"正因为我感到，并了解到这些，所以我决定与你结婚。要是有人说我已经有了妻子，那只能是个空洞的笑话。你现在已经知道了，我没有妻子，只有一个可怕的恶魔。我承认不该欺骗你，那是我的错。可是我害怕你性格中那种固执。我害怕以前向你灌输的那些偏见。我想先安全地得到你，而不是先冒险把真情告诉你。这是个胆小鬼的手段。我最初就应当像现在这样，信赖你心灵的高尚和宽大，把我痛苦的生活坦白地告诉你，向你描述我怎样如饥似渴地追求比较高尚、比较有价值的生活，不是向你表明我的决心——这个词太软弱了——而是向你表明我不可抗拒的诚挚爱情，而且也要得到诚挚的爱情。然后，我应当请求你接受我的忠贞誓言，并且也向我发誓。简，现在向我发誓吧。"

他停顿了一下。

"你怎么不说话，简？"

我面临着严峻的考验。一只炽热的铁掌正好抓住我的要害。多么可怕的时刻啊。其中充满了搏斗,弥漫着黑暗,也有光明的燃烧!从来没有哪个人比我更希望得到爱,我所崇拜的这个人又是这样深深地爱着我。然而,我又不得不拒绝他的爱。一个让人悲痛的字眼包含着我无法忍受的责任——"离开他!"

"简,你明白我向你要求的是什么吗? 我只要求你这样的誓言:'我是你的,罗切斯特先生。'"

"罗切斯特先生,我不是你的。"

又是一阵长长的沉默。

"简!"他再次开始说话,语气中的悲伤和温柔把我压垮了。他还不时用不祥的恐惧威胁我,真能把我变成冷冰冰的石块。他的这声音是正在起身的狮子发出的吼声:"简,你的意思是说,在这个世界上,你要独自走一条路,要我去走另一条吗?"

"是的。"

"简,"他俯下身来拥抱着我,"你现在还是这个意思吗?"

"是的。"

"那么现在呢?"他轻轻地吻着我的额头和脸颊。

"是的……"我连忙从他的怀抱里挣脱出来。

"啊,简,这是痛苦的,这是邪恶的。只有爱我才不能算是邪恶。"

"服从你才是邪恶的。"

一种狂暴的神情扫过他的面孔,使他的眉毛竖了起来。他站起身,不过仍然克制着自己。我把手搭在一只椅子的靠背上,支持住身子。我全身战栗,心里害怕,但是我下定了决心。

"等一等,简。想一想你走了以后,我的生活会是多么可怕。你会把幸福统统从我身边带走。那时候,还会有什么留下来呢? 我只有楼上那个疯子做我的妻子。那样的话,你还不如把我当成那边教堂墓地里的一具死尸。我该做些什么呢,简? 上哪儿找伴侣,上哪儿找希望呢?"

"学着我的样子,信赖上帝,信任自己,相信天国。希望我们将来在那里相会吧。"

"这么说你不让步?"

"不让。"

"那么你是要宣判我活着受罪，死后也要受诅咒了？"他提高了嗓门。

"我劝你活着要清白，我希望你死后能安息。"

"这么说，你是要把纯洁的爱情和清白的生活从我这儿一并夺走了？你要把我推回到追求肉欲、以罪恶为职业的老路上去吗？"

"罗切斯特先生，我自己不想得到这样的命运，也不打算将这种命运强加给你。我们生来就是为了受苦，为了拼命奋斗的。你跟我也是一样。照这样去做吧。你会在我忘记你之前就把我忘掉的。"

"你这番话把我说成个撒谎的骗子了。你玷污了我的名誉。我声明，我是不会变心的。可你却当着我的面，说我很快就会变心。你的行为说明你的想法是多么不正常，你的判断完全不合情理。把一个同类逼到绝望的境地，难道比违反法律更好吗？法律只不过是人为规定的，你违反的这些条款并不伤害任何人，因为你既没有亲戚，又没有熟人，跟我生活在一起，用不着担心会冒犯他们啊。"

这话倒是对的。听了他这一席话，我自己的良心和理性也起而与我作对，将我的决定宣判为犯罪。它们的声音几乎像感情一样响亮，这时，感情正在疯狂地呼唤着。"啊，顺从吧！"感情的声音这么说，"想想他受的苦难，想想他面临的危险，看看把他独自留下他会怎么样，回忆一下他的鲁莽天性，考虑一下绝望会让他变得如何不顾一切吧。去安慰他、拯救他、爱他吧。告诉你说你爱他，对他说你是他的。这个世界上还有谁更关心你呢？你的行为会让什么人受到伤害呢？"

然而那个回答仍然毫不屈服——"我会关心我自己的。我越是孤独，越是没有朋友，越是得不到别人的支持，我就越尊重自己。我要遵守上帝颁布、世人承认的法律。我要坚持我在神志清醒的时候所接受的原则。可我现在头脑并不清醒。法律和原则不是为没有诱惑的情形制订的。它们正试用于现在这种情况。此时，身体和灵魂一齐反抗苛刻的法律。但是，虽然它们是严格的，却不能违反。假如为了自己方便，就随意违反它们，那这些法律还有什么价值呢？我从来就认为，它们是有价值的。假如我现在认为不是这样，那是因为我心智不正常，而且是相当不正常了。我的血管中有火在燃烧，我心脏的脉搏快得让我数不过来。已经成形的观点和早已下定的决心，是我此刻应当坚持的一切，我要坚守这些原则。"

我打定了主意。罗切斯特先生从我的表情上看出了我的主意。他的愤怒被激发到了不能再高的顶点，无论会发生什么事情，他都要彻底发泄一下。他横过房间走来，抓住我的胳膊，搂住我的腰，似乎要用他那冒火的眼睛把我吞噬掉。在身体上，我这时毫无力量，好像麦秆受到炉火的炙烤和烧灼一样；但是在精神上，我却仍然控制着自己的灵魂，并且能保证它最终不会发生危险。幸而眼睛能表达心灵的意思，虽然有时候是不自觉地流露出来的，但是表达的内容还是忠实的。我抬起头望着他的眼睛，我看着他那凶狠的面孔，不由叹息了一声。我让他抓得浑身疼痛，我用力挣扎，力气几乎都用尽了。

"从来没有，"他咬牙切齿地说，"从来没有什么东西像她一样既纤弱，又不屈不挠。在我的手里，她不过是一根芦苇！"他于是抓住我使劲摇动着，"我只要用两根手指就能把她掰弯。可是就算我把她掰弯，把她拔起来，又有什么用处呢？看看这双眼睛，看看其中流露出来的坚决、狂暴和坦率的神情，对我表示蔑视。其中不但充满勇气，而且还坚信自己会取胜。我就是拿着笼子到处跑，也捕捉不到这头充满野性而美丽的动物！我就是拼命厮打，愤怒中把这脆弱的笼子砸个稀烂，我的暴行也只会让我的俘虏逃之夭夭。我可以征服这房子，但是，在我还没来得及以这座尘世屋宇的主人自诩时，它的居民已经飘然飞走了。然而我要的是你，要的是你的心灵，包括你的意志、活力、美德和纯洁，而不只是你那易碎的躯壳。如果你愿意，你可以轻柔地飞到我身边来，依偎在我的怀抱中。要是违背你的意志，硬要抓住你，你就会像一阵芬芳的气味一样，在我还没来得及把你吸进来，就消失得无影无踪。啊！来吧，简，来吧！"

他说着松开手，把我放开，仅仅用眼睛望着我。这眼神比刚才那疯狂的搂抱更加难以抗拒。然而，到了这种时候，只有白痴才会屈服。我大胆面对了他的愤怒，并且把它挫败了。现在我必须躲避他的悲哀。我朝屋门走去。

"你要走了吗，简？"

"我要走了，先生。"

"你要离开我吗？"

"是的。"

"你不再回来了吗？你不愿安慰我、不愿拯救我了吗？难道你丝毫也不在乎我的爱情、我撕心裂肺的悲伤、我疯狂的祈求吗？"

他那声音中的悲哀深沉得难以形容，我要坚决地再次说出"我要走了"，该是多么困难啊。

"简!"

"罗切斯特先生。"

"那就走吧,我同意。但是要记住,你把我留在这里遭受痛苦。上楼到你自己的屋子里去,把我所说的话仔细考虑一遍,简,想想我受的苦难,再想想我吧。"

他转过身去,脸朝下扑倒在沙发上。"啊,简!我的希望,我的爱,我的生命!"他嘴里痛苦地嚷着说,接着传来的是一阵深沉而强烈的啜泣。

我已经走到门口了。但是,读者,我又走了回去——我的态度像走开的时候一样坚定。我在他身旁跪下来,把他的面孔扭过来,让他看着我。我吻了吻他的脸颊,用手抚平他的头发。

"上帝保佑你,我亲爱的主人!"我说道,"愿上帝使你免受伤害,免于过失,指导你,安慰你,为你过去对我的仁慈好好报答你。"

"小简妮特的爱才是对我的最好报答,"他答道,"没有她的爱,我的心就会破碎。可是简会把她的爱给我的,会的,她是那么高尚、那么慷慨。"

他的脸上涌出了血色,眼睛重新闪烁出火光。他跳起来站直身子,伸出双臂。可是我躲开他的拥抱,迅速离开了这个房间。

"再会了!"我离开他的时候心底这样呼喊着。心中的绝望又在我心中补充说:"永别了!"

那一夜,我根本没有想到要睡觉。但是我一躺在床上,却立刻就沉沉入睡了。我的思绪又回到了童年时代,梦中,我又躺在盖茨海德的那间红屋子里。夜色一片漆黑,我心里有着各种光怪陆离的恐惧。很久以前把我吓得昏死过去的那道光线,在这次梦中重新闪现出来,那光影似乎在墙壁上游移飘飞,颤动着爬上去,停在模模糊糊的天花板中央。我抬起头来观望,只见天花板变成了云团,又高又朦胧。那道光影仿佛月亮即将从云雾中钻出来时一样扑朔迷离。我望着它露出面孔,心里怀着一种特别莫名其妙的期待,仿佛我的命运就写在它圆圆的脸盘上。它从云层中一跃而出,月亮可从来没有过这样的速度。只见它将一只手伸出拨开黑黢黢的云层,露出在碧空中的不是一轮圆月,而是一个洁白的人体,它将光华的额头俯向大地,目不转睛地盯住我。它开口跟我的精神进行交流,那声音遥远得无法测量距离,可是又近得像是在跟我说悄悄话:

"我的女儿,逃避诱惑吧!"

"我的母亲,我会的。"

我从恍惚的梦境中醒来的时候,也这么回答说。时间还是夜里,可是七月的夜晚十分短暂。午夜过后不久,天就要破晓了。"我要完成的任务,动手越早越好。"我想道。我起床用不着穿衣服,因为我是和衣睡在床上的,仅仅脱掉了鞋。我知道在抽屉的什么地方能找到我的几件衬衣、一个挂在项链上的小盒、一只戒指。在寻找这些东西的时候,我碰到了罗切斯特先生几天前逼着我接受的一串珍珠项链。我把它留下,那不是我的。它属于那个已经消逝在虚无缥缈之中的新娘。我把其他东西打成一个包裹,把装有二十先令的钱袋装在衣袋里,这就是我的全部财产了。我系好草帽的带子,把披巾用别针别好,拿上包裹和暂时还不打算穿在脚上的便鞋,溜出我的屋子。

"再会,仁慈的费尔法克斯太太!"我从她的屋门溜过去的时候,嘴里悄悄低声说道。"再会,我亲爱的阿黛勒!"我朝婴儿室投去一瞥,嘴里喃喃地说道。可是我就连进去抱一抱她的想法也不敢有。我必须瞒过那只灵敏锐利的耳朵。它也许这时正仔细倾听呢。

我本来打算从罗切斯特先生的屋子门前经过,并不停下脚步。可是到了他门前,我的心脏一时停止了跳动,我的脚步也被迫停了下来。屋里的人并没有入睡,而是在烦躁不安地踱着步子,从屋子一头走到另一头。我听见他一遍又一遍地叹息着。假如我做出选择的话,这屋子里就有我的天堂——不过是暂时的天堂——我需要做的仅仅是走进去,说上一声:

"罗切斯特先生,我要一辈子爱你,跟你生活在一起,一直到老死。"那阵狂喜会像泉水一样从我的嘴里涌出来。这个我想到了。

我那好心的主人现在无法入睡,正在不耐烦地等待着白昼的到来。到了早上,他会打发人去叫我的。而我已经走了。他会派人寻找我。那是徒劳。他会觉得自己被遗弃了,会认为自己的爱受到了拒绝,他会感到痛苦,可能还会绝望。这个我也想到了。我的手朝门把手伸了过去,但是又缩了回来,继续悄悄往前走。

我转身朝楼下走去的时候,心里十分悲伤。我知道该做些什么,便机械地做下去。我在厨房摸到侧门的钥匙,还找了一瓶油和一根羽毛,朝钥匙和门锁上了油。我拿了些水和面包,因为我可能要步行走很远的路。近来,我的体力急剧减弱,我可不能让它垮掉。这一切我都是无声无息地办好的。我打开门，走出去，又把门关上。庭院里已经能看到微露的晨曦。巨大的院门关着，而且还上着锁。一扇门上有个小门，那小门只是插着闩。我拉开小门走出去，然后把小门也关上。我走出了桑菲尔德。

在一英里地之外，田地的另一头，有一条路通往与米尔考特相反的方向。我从来没有走过这条路，但是却常常注意到它，心里琢磨过它到底通往哪里。现在，我就走上了这条路。我没有时间思考，也不能朝身后再扫视上一眼，甚至也不敢往前看。现在不容我考虑过去，也不容考虑未来。过去就像一页文字，其中充满了天国般的甜蜜和极度的悲伤，只要读上一行就能让我勇气顿消，浑身垮下来。未来又是一页令人恐怖的空白，活像大洪水横扫过世界后的景象。

我绕开田野、树篱和小径，走啊走，一直走到日出以后。我相信那是个明媚的夏日早晨，我发现我离开宅子便穿在脚上的鞋子，不久就让露水打湿了。但是我既不欣赏那初升的太阳，也无心观看怡人的天空，更不注意正在苏醒的大自然。被押上断头台的人，不会注意沿途美丽的景色，不会注意路边可爱的花儿，只会想到断头砧和利斧，想着骨肉分离，想着最后张开大口的墓穴。而我呢，心里想的是凄惨的出逃和无家可归的流浪，啊，我还想着在身后留下的一切，想到这个，我感到十分痛苦，可我就是禁不住要想。我现在想到他——正在他自己的屋子里——他望着日出，心里希望我会很快到他的身边去，对他说我要与他生活在一起，说我是他的。我渴望属于他，也热切地渴望回去。现在还不算太晚。要是现在回去，他也用不着因为失去心爱的人而感到痛苦。我能肯定，到这时候，我出逃的事情还没有让人发现。我可以回去安慰他，成为他引以为自豪的人，把他从痛苦中拯救出来，也许可以把他从毁灭中拯救出来。啊，一想到他可能自暴自弃，我就感到极端的痛苦，我觉得那比我自己自暴自弃更加糟糕。它就像一根射进我胸中的箭头，要想拔出来的时候，它的倒刺撕裂着我的心。当我想起往事的时候，那箭头便向更深的地方刺去，使我感到难过。鸟儿开始在矮树和灌木间歌唱。那些鸟儿对自己的伴侣是忠实的。鸟儿于是成了爱情的象征。可我呢？我的心感到痛苦，我在拼命努力坚持原则，可我对自己感到憎恶。我从自我赞赏中得不到安慰，就是从自尊心的满足中也得不到安慰。我伤害了我的主人，给他留下了创伤，然后离开了他。我自己都觉得自己可恨。然而，我不能回头，也不能往回走一步。一定是上帝在带领我继续前进。至于我自己的意志，或者我自己的良心，已经被剧烈的悲痛践踏掉，扼杀掉了。我一边独自跋涉，一边放声大哭。我就像个神经错乱的人那样，走得越来越快。来自内心的虚弱逐渐扩展到四肢，使我变得软弱无力，我倒在了地上。我在地上躺了几分钟，把脸颊靠在湿漉漉的草地上。我感到一种恐惧——或者不如说是一种希望——我觉得要死在这个地方了。不过，我很快就爬了起来，先是手膝并用向前爬，接着又站起来，像以前一样急切而坚决地朝大路上走去。

上了大路以后，我不得不坐在树篱下歇息。这时我听到车轮的辚辚声，接着便看到一辆马车跑来。我站起身，举起手。马车停下来。我问那车要上哪儿去。车夫说了个很远的地方，我能肯定，罗切斯特先生在那里没有亲戚关系。我问他带我上那儿需要多少车钱。他说三十先令。我告诉他说我身上只有二十先令。他说，那就只好凑合啦，二十就二十。他还允许我坐在车子里面，因为轿子里没人坐。我进去了，给关在里面，马车便继续前进。

好心的读者，但愿你永远别体会我当时的感觉！但愿你的眼睛永远也不要像我这样，止不住滚烫泪水的汹涌。但愿你永远也用不着像我当时那样向上帝祈祷，说出的话语那么绝望、那么痛苦。因为你绝对不会像我这样，担心自己的行为会导致你全心热爱的人变成个邪恶之徒。

28

　　两天过去了。那是一个夏日的夜晚。那马车夫把我留在一个名字叫作惠特克劳斯的地方。因为我付的车钱不够，而且我一个先令也没有了，他不能再让我继续乘车。这时，马车已经驶出去，离我有一英里远，剩下我独自一人。我这才发现，我忘记把我那个小包裹从马车的行李袋中取出来了。我当时把它放在里面，为的是保证安全，可是现在它却留在里面，确确实实留在了马车上。我自己已经一文不名了。

　　惠特克劳斯不是个小镇，甚至连个小村子也算不上。它只不过是个立在十字路口刷成白色的石柱子。我想这是为了让人在远处能看得见，或者在黑暗中也能看得清楚。石柱顶部伸出四块指路牌，从上面的字看来，距离这儿最近的一个城镇在十英里之外，其中最远的一个在二十多英里以外。从这些我熟知的地名上，我知道自己是在哪个郡下的车。这是北方中部的一个郡，一眼望去，沼泽草深，丛山嶙峋。我身后和左右两边是大片的沼泽地，我脚下是无尽的大山之间的一片谷地。这儿一定人烟稀少，我在路上朝远处望去，连一个行路的人也看不到。一条条道路通向东南西北，宽阔的路面反射出白色的光，因为没人行走，显得冷冷清清。每条道路都穿过沼泽地，又深又杂乱的石楠都长到路边上来了。尽管如此，路经此地的人也可能从这儿走过，而我可不想让人看见我在这儿。要是我在这个路标柱子旁徘徊，显然会让人看作迷失了道路或者认为我是在漫无目标地游逛，不免怀疑我的所作所为，可能有人会查问我。我做出的回答除了能引起怀疑之外，不可能有别的结果。现在，我与人类社会已经断绝了一切联系。什么也不能把我召回到我的同类那里去，魅力或者希望对我都不再发生作用。看见我的路人，没有一个会对我产生仁慈的念头，也没有人会对我心怀良好的愿望。除了大自然这个万物之母外，我没有任何亲戚，我要到她的怀抱中去寻求安息。

　　我径直走进荒草地里。我看见土褐色的沼泽地中有一道深陷下去的裂缝，就沿着它走了下去。我在那没膝的深色草丛中艰难地朝前走去，随着那裂缝的弯曲，在一个隐蔽的角落里发现一块让苔藓染得黑黢黢的花岗石。我靠在它下面坐下来。周围是包围着沼泽地的堤岸，我的脑袋隐蔽在了这块石头的后面。石头上面便是天空。

即使是在这儿，我也过了一些时候才平静下来。我隐约感到一种恐惧，害怕附近有野兽，也怕猎人或偷猎者会发现我。如果刮来一阵风，我就会抬起头来，心里害怕那是一头朝我冲来的野牛。要是有一只鸟儿发出叫声，我会把它想象成一个人。然而，我发现自己的恐惧毫无根据。黄昏过后，夜幕降临，笼罩一切的寂静使我又安下心来，我这才恢复了信心。在这之前，我还没来得及思考，我只是在听、在看、在担心。现在我又有了思考能力。

我应该做什么？我该到哪儿去呢？这些问题实在让人感到难受，因为我这时什么也没法做，哪儿也去不了。在我抵达有人类居住的地方之前，必须依靠自己疲劳、颤抖的双腿一步步走完漫长的道路，而且在我到达一个住处时，还得向人恳求发慈悲，才可能得到个住宿的地方。为了让人听我的故事，为了使我的某个需要得到满足，我必须先强求别人对我产生勉强的同情，而且肯定会惹起人们对我的厌恶！

我接触了一下石楠，石楠是干的，在夏日的炎热中有些温热。我望了望天空，天空的颜色很纯净。一颗仁慈的星星在这道裂隙的上空闪烁着。开始降露水了，露水带着祥和的温柔。没有听到微风的低语声。我觉得，大自然似乎对我亲切而慷慨，尽管我无家可归，可她仍然爱着我。我从人那里只能期望得到怀疑、抛弃和侮辱，因而便对她怀着依恋之情。至少在今天晚上，我要做她的客人了——我本来就是她的孩子。我的母亲向我提供住宿的时候，既不会索取钱财，也不会收取代价。我还有一口面包，中午经过一个小镇的时候，我用身上最后的一个便士零钱买到一个面包卷，现在只剩这么一口了。在石楠丛中，我看到一簇簇成熟的越橘，像黑玉珠子一样闪闪发亮，我摘了一把，就着面包吃。我的肚子本来饿得厉害，现在，像隐居山林的人一样吃了这样一餐，虽然没有吃饱，但是至少缓和了饥肠的压迫。我做了晚祷，然后就选个地方准备睡觉。

这块岩石旁边的石楠很茂密，我躺下后，身子整个被石楠掩盖起来。身子两边的石楠都高高挺立，只有很窄的一道缝隙能让夜风刮进来。我把披巾双折起来，盖在身上当被子，一个稍稍隆起的地方长满了青苔，那就是我的枕头。我这样露宿野外并不觉得冷，至少在刚开始的时候不冷。

我的休息本来可以十分安乐，只是心中的悲伤把它破坏了。心在哀诉自己裂开的伤口、内心的泣血,还有绷断的心弦。我的心也在为罗切斯特先生和他的命运而战栗。它怀着痛苦的怜悯为他叹息;它无休无止地渴望得到他。尽管它像一只折断翅膀的鸟儿一样无能为力,然而,它还继续抖动残翅,做徒然的尝试,去寻找他。

思想上的折磨让我精疲力竭,我起身跪在地上。夜已经降临,星辰已经布满天空。这是个平安宁静的夜晚,宁静得不容人想到恐惧。我们知道,上帝是无处不在的。但是,当我们面对着他的杰作,望着他的鸿篇巨制时,我们才更加感到他的存在。正是在无云的夜晚,他所创造的一个个世界在沿着各自的轨道运行的时候,我们便最能清楚地看到上帝的无限、他的全能,以及他的无处不在。我跪起来是要为罗切斯特先生祈祷。我抬起模糊的泪眼望着那宏伟的银河。想起它是由什么组成的——数不清的星系,组成了一道淡淡的光影——我感到了上帝的伟大,体会到了上帝的力量。我肯定他有力量拯救他所创造的东西。我越来越深信,地球和它所珍视的每一个灵魂,都不会毁灭的。我把祈祷变成了感恩。生命的源泉也就是灵魂的救星。罗切斯特先生是安全的。他是上帝创造的,上帝会保护他的。我再次依偎在土丘的怀抱中,不一会儿就在睡眠中忘记了悲哀。

但是,第二天,需求赤裸裸地来到我的面前。在小鸟早已飞离自己的鸟巢后,在蜜蜂早已趁露水未干,在一天中最美好的黎明时光飞出去采蜜以后,在早晨的阳光投下的长长影子已经缩短以后,当太阳已经将自己的光华洒向大地和天空时,我才爬起身来,朝四下里看了看。

这是个多么完美的白昼啊,既炎热又宁静。这个蔓延开来的沼泽地简直是一片黄金的沙漠!到处洒满了明媚的阳光。我真希望能生活在这里,生活在这阳光下。我看见一条蜥蜴从那块岩石上跑过,还看见一只蜜蜂在甜甜的越橘中忙碌着。我多么想变成一只蜜蜂或者一条蜥蜴,好在这里找到合适的食物和永久的藏身地。可我是个人,有人的需求,我不能在无法满足这些需求的地方久留。我站起身,回过头来看了看我离开的那张床铺。我对未来已经丝毫不抱希望,我的愿望只有一点:我的创造者那天夜里认为最好趁我熟睡的时候,把我的灵魂从我的肉体上取走;我这个由死亡解放了的疲惫躯体,从此用不着再跟命运争斗,现在可以平静地腐化,与这片荒野中的泥土融为一体。然而,生命还留在我的躯体之中,各种需求、痛苦和责任也都一点没有减少。负担还得继续扛在肩上,痛苦还得继续忍受,责任也得完成。我出发了。

又一次到了惠特克劳斯路口了，我沿着一条背着太阳光的地方走去，因为太阳这时又热又高。我已经没有意志力来根据其他情况决定我的选择。我走了很长时间，觉得已经快要精疲力竭，现在屈服于要把我压垮的疲劳，也问心无愧了。我也许不该逼着自己这么紧张行动，于是我坐在就近的一块石头上，丝毫也不抗拒，屈服于充塞我心灵和肢体的麻木——这时，我听到了一阵钟声，一阵教堂的钟声。

我朝那个声音传来的方向转过身去，在那富于浪漫色彩的小山之间，我看到一个村庄和教堂的一个尖顶。我在一个钟头之前就已经不再注意山的色彩变化了。我右边的山谷里遍布着牧场、麦田和树林，一条反射着阳光的小溪蜿蜒流过深浅不同的绿色田地，穿过麦子已经成熟的田地，流经茂密的树林，横过洒满阳光的浅绿色牧场。一阵隆隆的车轮声把我的注意力召回到面前的路上，我看到一辆满装的大货车吃力地向前面那个山坡上爬去。再朝前望去有两头母牛和一个赶牛的人。人类就在我的身旁生活劳作。我必须努力往前走，像别人一样生活和奋力劳作。

大约下午两点钟的时候，我走进那个村子。在一条街的尽头有个小店铺，橱窗里放着几块面包。我多么渴望得到一块面包啊。有了那一点食物，也许我就可以恢复一点精力；没有它，就很难继续走下去。一到了我的同类中间，我立刻就希望恢复体力和活力。我觉得，饿得昏倒在一个村里的路上是件丢脸的事情。我身上难道就没有一件可以换取一个面包卷的东西吗？我思索了一下。我的脖子上现在正围着一条小的丝方巾，我还戴着手套。我根本不知道人们在极端困难的情况下是怎么应付的。我不知道，人们是不是愿意接受我这两样东西。也许他们不接受，可我必须试一试。

我走进那店铺，里面有一个女人。她一见来了一个衣着体面的人，心里断定是位小姐，便彬彬有礼地走上前来。她怎么能为我服务呢？我突然觉得难为情了。我的舌头不愿把预先准备好的话说出来。我不敢向她提出用戴得半旧的手套或者皱巴巴的方巾换取食物。另外，我觉得这想法很荒唐。我仅仅请求她让我坐下来歇一会儿，因为我累了。她原以为来的是位顾客，现在显然觉得很失望，冷淡地表示同意。她朝一个座位指了指。我跌坐在上面。我难受得直想哭，但是觉得这样流露感情是没有道理的，我竭力忍住。不久，我问她："村里有女装裁缝，或者做针线活儿的女人没有？"

"有的,有两三位。这么多人干这行足够了。"

我想了一下。到这时候,我已经给逼得上了正题,已经面对面跟饥饿遭遇上了。我陷入绝境了,没有朋友,身无分文。我必须做点什么事情。可是做什么呢?我必须在一个地方谋个职位,可是上哪儿去呢?

"你知道什么地方要找用人吗?"

"我不知道。"

"这地方的人们主要靠做什么为生?大多数人在搞什么?"

"有的是庄稼人,许多人在奥利弗先生的针厂工作,许多在铸造厂干活。"

"奥利弗先生雇用女工吗?"

"不雇。那是男人们的活计。"

"那么女人干什么活儿呢?"

"我说不上,"她回答道,"有的人干这,有的人干那。穷人总得尽自家的力气维持下去才成。"

她似乎对我的问话感到了厌烦。是啊,我有什么理由追问她呢?几个邻居走了进来,显然需要坐我的这把椅子。我便起身离开了。

我沿着街道走去,一边走一边看着两旁一幢幢的房子,可是我没找到任何能走进去的借口,也没有看到什么能引诱我进去的东西。我在村子周围徘徊,有时候离开村子远一点,有时候再次返回来。这么走了一个多钟头。我精疲力竭,而且现在正饿得发慌,我转身走到旁边的一条小径上去,坐在一道树篱下面。没过几分钟,我再次站起身,不过,这次是要寻找,寻找一种办法,或者至少是寻找一个能向我提供消息的人。在小径的尽头,有一座漂亮的小房子,房子前面还有一个收拾得极为整洁的花园,园中的花儿五彩缤纷。我在那儿停下脚步。我该找出什么借口走近那白色的大门?又有什么说法碰那个亮晶晶的门环?那座房子里的人怎样才会有兴趣帮我?可我还是走上前去,敲了门。一个态度温和、穿着整洁的年轻女人开了门。我用精神绝望、身体就要垮下去的人所能发出的低微颤抖的声音问,这儿是不是需要用人。

"不用,"她说,"我们不雇用人。"

"你能告诉我,我在哪儿能找到个工作吗,随便什么工作都成?"我继续问道。"我是个外地人,在这儿没有熟人。我想找个工作,什么工作都行。"

但是，她并没有义务为我考虑，也没有责任替我找个工作。此外，在她看来，我的性格、地位以及我的说法一定奇怪极了。她摇了摇头说，很遗憾，她无法向我提供提供更多的情况。说完，那扇门轻轻地关上了，显得很有礼貌。可是我却给关在了外面。如果她让门多开一会儿，我准会向她讨一块面包吃。因为我现在已经沦落到卑躬屈膝的地步了。

我不能再回到那个吝啬的村子里去，那儿让我受不了。另外，在那里也看不到什么能得到援助的希望。我看见不远的地方有一座树林，它的浓荫十分诱人，看来能让我在里面藏身，我真想到那儿去。可是我身体这么难受、这么衰弱，饥饿又这样狠狠地撕咬着我，我便本能地在可能得到食物的地方徘徊着。饥饿这只兀鹰用尖爪利喙撕扯我的肌体时，想追求寂静和休息全都是不可能的。

我走近一座座房子，又离开它们，回到原来的地方，然后又走过去。我心里总是想到，我没有权利请求帮助，没有权利让人家对我的命运感兴趣。这种想法一再逼着我走开那些房子。在我像一条饿得要死的丧家犬一样四处乱走的时候，下午渐渐逝去。在穿过一片田地的时候，我看见前面的教堂尖顶。我急忙朝它走去，在教堂墓地附近，花园的中央，有一所虽然很小却造得很好的房子，我立刻就肯定那是牧师的房子。我记起，外地人到了个无亲无友的地方想找个工作的话，有时候就请求牧师帮助介绍。牧师有责任帮助那些愿意靠劳动生活的人，至少可以向他们提出一些劝告。我好像还有点类似权利的理由来这里寻求劝告。我再次鼓起勇气，聚拢剩余的一点儿虚弱的力量，继续艰难地往前走。我走到那所房子前，敲了敲厨房的门。一位老女人开了门。我问她这是不是牧师的宅子。

"是的。"

"牧师在家吗？"

"不在。"

"他很快就会回来吗？"

"不会，他出门去了。"

"离这儿远吗？"

"不太远，有三英里路吧。他父亲突然去世，有人把他叫走了。他这时候正在沼泽村呢，很可能要在那儿住上两个星期。"

"这家有女主人吗？"

"没有。除了我没有别人，我是他的管家。"读者，我不能要她救济我，但是我现在都快要倒下去了。我现在还不能乞讨，只好走开。

我再次摘下我的丝方巾，又一次想到了那家小店铺橱窗里的那几块面包。啊，我只要一片面包皮！只要一口来缓和一下饥饿的剧痛！我本能地再次朝村子里走去。我找到那家店铺，走了进去。虽然这次除了那个女人，还有其他几个人在场，可我还是大胆提出了请求："请你收下这块方巾，给我一个面包卷吧。"

她望着我，目光里露出明显的怀疑神色："不，我从来不这么做生意。"

我几乎绝望了，我只要求给我半块。她又一次拒绝了，"我怎么知道你这方巾是从哪儿弄来的？"

"那我用手套换，行吗？"

"不行。我要手套有什么用？"

读者啊，详细谈起这些细节是不愉快的。有人说，回顾过去的痛苦经历是一件乐事，可是，时至今日，我仍然不愿意去回顾我提到的那些经历。道德上的堕落，与肉体上的痛苦混合起来，构成一种悲惨的回忆，我不愿详细讲述这样的事情。对于那些拒绝我的人，我并不责怪，我认为那是意料之中的事，而且无可奈何。一个普通的乞丐尚且受到怀疑，一个穿着体面的乞丐当然更不可避免也会受到怀疑。当然，我乞求得到的是工作。然而，谁有义务向我提供职业呢？那些仅仅见了我第一面，对我的人品并不了解的人当然不会向我提供。至于那个女人不愿拿面包换我的方巾，既然她认为提出这个请求的人是个不可靠的人，或者这种交换不合算，那她当然是对的。现在让我长话短说吧。我对这个话题感到厌烦了。

天黑前不久，我经过一家农舍，农夫在坐在敞开的门前吃晚饭，吃的东西是面包和干酪。我停下脚步，请求道：

"你能给我一片面包吗？我饿得厉害。"他朝我惊奇地望了一眼。但是二话没说，从自己的面包上切下厚厚的一块，递给我。我猜想，他认为我并不是个乞丐，而是把我当成一个古怪的小姐，想要尝尝他的黑面包。我一走到看不见他那房子的地方，就坐下来吃面包。

我不能希望在房子里过夜，就上刚才提到的那个树林里去找个地方睡觉。我这一夜过得可真惨啊，我没有休息好。地面是湿的，空气冷飕飕的。而且还有人一再闯到林子里，从我旁边走过，我不得不一再更换地方，根本没有安全和平静的感觉。快到天亮的时候,下起雨来。第二天,下了一整天的雨。读者啊,请你别要求我详细叙述这天的情景。我像前一天一样寻找工作,也像那天一样遭到拒绝,而且也像那天一样挨了饿。不过我的嘴唇也沾到过食物。那是我从一间农舍旁走过的时候,看见一个小女孩正要把一点粥倒进猪食槽。"你把它给我好吗?"我问道。

她朝我瞪了一眼。"妈妈!"她叫起来,"有个女人跟我要粥。"

"闺女,"里面有个声音说,"她要是个讨饭的,就给她吧。猪不太想吃粥。"

那女孩把凝成块的粥倒在我手上,我就狼吞虎咽地吃掉了。

雨蒙蒙的暮色渐渐变浓的时候,我在一条冷冷清清的马跑的小路上停下了脚步。我在这条路上已经走了一个多小时。

"我可一点儿力气也没有了,"我自言自语说,"我觉得再也走不动了。难道今晚我还得在露天过夜吗?雨下得这么大,难道我得把脑袋枕在又冷又湿的地面上吗?可是我恐怕没有别的办法。什么人会让我在家里过夜呢?但是,现在的情景实在太可怕了,肚子饿得要命,身上觉得寒冷,头脑昏沉沉的,心里只有凄凉和绝望的感觉。不过,我很可能等不到天亮就会死去。我干吗不能心甘情愿地接受死亡呢?我干吗要苟延残喘,维持这个毫无意义的生命呢?因为我知道,罗切斯特先生还活着。另外,我的天性不能顺从地接受饥寒而死的命运。啊,上帝!再多帮助我一会儿吧!帮助我,指引我吧!"

我迟钝的眼睛扫视着周围朦胧迷茫的景物,看出我已经远远离开那个村子了。那村子早已消失在远方,就连村子周围的耕地也不见了。我走过几个交叉路口和小路,再一次来到那片广阔的沼泽地。这时,在我和黑黢黢的小山丘之间,只有不多的几块田地了。这几块地好像并没有开垦过,看上去像长满石楠的荒地一样荒芜、一样贫瘠。

"噢,我宁愿死在这儿,也不愿死在街道或者一条经常有人走的路上。"我这么想道,"要是这里有大乌鸦,我死后让它们把我的肉从骨头上叨下去吃掉,也比装进济贫院的棺材里,埋在穷人的坟墓里好得多。"

于是我转身朝小山丘走去。现在,我只要找到个低洼地,能让我躺下来就行了。这样即使没有安全感,至少也让我感到隐蔽。但是,整个这片荒野的表面看起来都是平的,除了色彩有些不同之外,没有什么其他的变化。在沼地上长满灯芯草和苔藓的地方是绿色的,干旱的土地上只有石楠能生长,呈现一片黑乎乎的颜色。

虽然天色已经越来越暗,可我仍然能看出这些变化,当然,那其实是些明暗的变化而已,因为各种东西的颜色已经随着日光的消逝而消退了。

正当我的目光扫视那个阴暗的土丘、滑过沼泽地的边缘、投向极为荒凉的远方时,远处沼泽和山脊之间一个朦胧的地方突然闪出一个光亮。"那是一团鬼火。"我心里马上这么想道。我认为它很快就会消失掉的。可是,那个火光继续燃烧着,烧得相当稳定,既不后退,也不前进。"那么,难道这是刚刚燃起的篝火吗?"我自忖道。我观望着,看它是不是会扩展开来。但是那火既没有扩大,也没有缩小。"也许那是房子里的一支蜡烛,"我这么猜测着,"不过,假如是这样的话,我可绝对走不到那儿去的。它离我太远了。但是,即使它距离我不过一码远,那又有什么用处呢?我敲门以后,最终也只能让关在门外而已。"

我瘫倒在刚才站着的地上,把脸贴在地面上。我一动不动地爬了一阵儿。晚风吹过小山丘,也从我身上吹过,发出哀怨的声音,消失在远方。雨下得很猛,再次把我淋了个精湿。假如我已经变得像冰霜一样僵硬,死神让我变成令人愉快的麻木不仁,那雨点尽管继续猛烈地打下去,我也不会感觉到它们了。可是我这些还有生命的肌肤现在却给冻得瑟瑟发抖。没过多久,我就爬起身来。

那个亮光还在那里,透过雨丝变得昏暗,但是仍然发出稳定的亮光。我再次试着走路,拖着精疲力竭的双脚慢慢朝那亮光走去。我从侧面攀过小山丘,穿过广阔的沼泽地,朝那个亮光走去。这片沼泽地在冬天是根本无法通过的,即使现在是盛夏时节,从上面走过的时候也泥水四溅,地滑难行。我摔倒过两次,但是每次都爬了起来,振作起精神来。这个亮光是我的希望,虽然是个十分渺茫的希望,但我必须到那儿去。

穿过沼泽地后,我看见荒野里有一条白色的小路。我朝那小路走过去。那条小路,或者说是条小径,正好通向那个光亮。现在,那个光亮在一个仿佛是山冈上的树丛之间闪亮着。我在黑暗中根据光亮透过的树干形状和叶子形状,大致能看出,那是杉树。我走近时,我的那颗星星消失了。一个障碍挡在了我和它之间。我伸出手,摸到面前黑乎乎的东西,感觉出那是一堵粗糙石块砌成的矮墙。矮墙上面有栅栏一样的东西,里面是高而有刺的树篱。我继续摸索着前进。又有一样白的东西在我面前闪光,那是一扇院门,是一扇挺小的院门,我的手一碰到它,它就在铰链上转动起来。门的两侧各有黑黢黢的一丛灌木,那是冬青或者紫杉。

　　我走进门，穿过灌木丛，就看见一所房子黑乎乎的轮廓，那房子低矮、狭长。但是，那个指引过我的光亮却并不在里面闪亮。到处漆黑一片。难道里面的人都睡觉了吗？我恐怕的确是这么回事。我从房子的一角绕过去，想找到房门，结果再次看到了那个友好的亮光。只见它从离地不足一英尺高的一扇很小的菱形格子窗里泻出来。有窗户的这面墙上，爬满了攀缘植物，密密麻麻的叶子包围着窗户，使它显得更小了。窗户本来狭窄，还挡满了东西，完全用不着挂窗帘或者百叶窗。我俯身拨开遮住窗户的一丛叶子，看见了里面的一切。我清清楚楚看到屋子里有干干净净的灰浆地面，里面放着一个胡桃木餐具柜，柜子里整整齐齐排放着白铁盘子，将泥炭火的红光和火焰都反射了出来。我还看见一只钟、一张白松木桌子、几把椅子。曾经为我指引过道路的那支蜡烛正在桌子上燃烧着。一个老女人正在烛光下编织袜子。她看上去有点粗笨，但是也像她周围的所有东西那样，干净得一尘不染。

　　我只是粗略地看了一下这些东西，没注意到什么特别的地方。比较吸引人的是在壁炉旁的两个女人。她们静静地坐在炉火照耀下的那一片玫瑰色的宁静和温暖之中。两位高雅的年轻女子，无论中哪方面看都是小姐，一位坐在低矮的摇椅中，另一位坐在一只更矮的凳子上。两位小姐都身着重丧服，黑色的衣裙衬托出她们白皙的脖子和脸蛋。一条个头挺大的老猎狗把硕大的脑袋搭在一位姑娘的膝盖上，另一位姑娘的腿上趴着一只猫。

　　这个简陋的厨房真是个奇怪的地方，居然有这样的人住在里面！她们是什么人哪？她们不可能是桌子旁边那位老妇人的女儿，因为她看上去很粗笨，像个乡下人，而她们却显得既文雅，又有教养。我从来没见过她们，可是我盯着她们看的时候，仿佛觉得我对她们的每一个面部特征都很熟悉。我不能说她们漂亮，因为她们的脸色过于苍白、态度过于严肃了。因为她们俩都在低着头看书，所以看上去像是在沉思，几乎到了严肃的地步。她们俩中间的一个架子上放着另外一支蜡烛和两本挺大的书。她们常常查阅这两本书，仿佛在将这两本书与她们手中拿着的书做比较，就像人们在从事翻译工作的时候，常常查字典一样。这个场面寂静无声，好像所有的人都是影子，好像生着火的这个房间本是一幅画。周围这么寂静，我都听得见煤灰从炉栅间落下去的声音，听得见挂在黑暗角落里的钟滴答作响。我甚至以为，我能分辨得出那位老女人编织时，两根编织针碰在一起的咔嗒声。后来，一个声音终于打破这奇怪的沉默时，我当然能听得见。

"听着，戴安娜，"一位专心学习的姑娘说，"弗朗兹和老丹尼尔晚上住在一起，弗朗兹做了个噩梦惊醒过来，对丹尼尔讲起那个梦——你听！"她低声读着，可是她读的东西我一个字也听不懂。因为她用的是一种我根本不懂的语言——既不是法语，也不是拉丁语。我也不知道那是不是希腊语或者德语。

"这一段真有力，"她读完后说，"我十分喜欢。"另外那位姑娘刚才抬起头来听她姊妹朗读，听完后，眼睛盯在炉火上重复了其中一行。后来我了解了这种语言和这本书，所以我把这一行引用在下面，虽然我刚听到的时候，它们就像打击乐器敲出的声音一样，毫无意义：

"'接着一个人走上前来，外貌就像布满星斗的夜空。'写得好！写得好！"她嚷道，她那乌黑深邃的目光闪闪发亮，"你会感到，一个仙女活灵活现地走出来，站到你的面前了。这一行比一百页华而不实的文章都更有价值。'我以怒火的天平度量思想，用愤慨的砝码权衡行动。'我喜欢这个。"

两人再次沉默下来。

"真有哪个国家这么说话吗？"那位老妇人问道，她抬起眼睛从她编织的东西上朝这边望过来。

"是的，汉娜，是一个比英格兰大得多的国家。那儿的人都是这么说话。"

"唉呀，要是那样的话，我可真弄不懂，他们互相怎么听得懂对方的话。我猜，要是你们去了那地方，能听得懂他们的话吧？"

"他们的话我们也许能听懂一点儿，不过不可能全部听懂。我们并没有你想象的那么聪明，汉娜。我们不会讲德语，要是不查词典，我们连看都看不懂呢。"

"那对你们有什么用处呢？"

"我们打算将来教这种语言，至少像人们常说的那样，教些初级的东西。到时候，我们的收入就能比现在多一些了。"

"很可能。不过今晚就到这儿吧，你们学的时间已经够长的了。"

"我想也是。至少我累了。玛丽，你累吗？"

"很累。没有老师教，只靠一本词典拼命学一种外语，实在是一种辛苦的工作。"

"是啊，尤其是学习德语，这种语言虽然十分出色，却实在难懂。我真不知道圣约翰什么时候才回来。"

"都到了这个时候了,他肯定快要回来了。正好十点钟,"她从腰间掏出小金表看了看说,"雨下得这么大。汉娜,你到客厅去看看火好吗?"

那个妇人站起身,打开门,我看见门子通向一个昏暗的走廊。不一会儿,我就听见她在里面一间屋子里拨火。她很快就回来了。

"啊,孩子们!"她说,"到那间屋子里,我觉得难受,那张空椅子搁在屋子的一个角落,屋子显得真是凄凉啊。"

她撩起围裙擦了擦眼睛,两个姑娘刚才一直显得十分庄重,现在脸上却露出了悲伤。

"不过,他到了个更好的地方了,"汉娜继续说道,"我们不该希望他再回到这儿来。再说,谁也不可能死得比他更加平静了。"

"你说他根本没有提起我们?"一个小姐问道。

"他没有时间,孩子。你们的父亲,他走得太快了。他像前一天一样觉得不舒服,圣约翰先生问他,想不想派人把你们俩接来,他听了还笑他呢。第二天,他就开始觉得有点头重脚轻,就上床去睡觉,从此再也没醒过来。唉,那是两个星期前的事情了。你们哥哥到他卧室去看他的时候,发现他已经差不多僵硬了。啊,孩子们! 他是老一辈人里的最后一个啦——因为你们和圣约翰先生跟已经去世的那些人不属于同一个类型。虽然你们的母亲跟你们很相像,而且也读过跟你们一样多的书。她简直跟你长得一模一样,玛丽。戴安娜就比较像你们的父亲。"

我觉得她们俩长得十分相似。我说不上那个老用人——现在我已经断定她是个用人——从哪儿看出她们俩有不同的地方。两个姑娘都有着白皙的皮肤、苗条的身材,两人都有着非凡的相貌,面孔上流露出智慧。当然,一位的头发比另外一位的颜色深一些,而且发型也跟另外一位有所不同。玛丽的淡褐色头发从中间分开,编成光滑的辫子;戴安娜那一头颜色稍深一些的浓密头发却梳成鬈发,连脖子也盖住了。这时钟敲十点了。

"我想你们肯定想要吃晚饭了吧,"汉娜说,"圣约翰先生一进门也要吃了。"

她动手做晚饭。两位小姐站起来,似乎要到客厅里去。在这个时间之前,我一直仔细盯着看她们,她们的外貌和谈吐引起了我强烈的兴趣,使我几乎把自己的悲惨处境都给忘记了。可是现在,我又想起了自己的问题。与她们对比之下,我显得更加孤独,更加绝望了。看起来,要想感动这所房子的主人,使她们对我表示关心;使她们相信我的悲哀和需求是真实的;使她们让我在这里获得休息,是多么不可能的事情啊。我摸到门,迟疑地敲了敲。我觉得刚才那些欲望只不过是妄想而已。汉娜开了门。

"你有什么事?"她问道。她的声音十分诧异,一边借着手中的蜡烛光亮上下打量着我。

"我可以同你的女主人说话吗?"我问道。

"你最好告诉我,你要对她们说些什么,你是打哪儿来的?"

"我是个外地人。"

"都这个时候了,你到这儿来做什么?"

"我想在你们的外屋,或者随便什么地方住一夜,还要点面包吃。"

我最害怕的感情就是怀疑,可是汉娜的脸上现在露出的正是怀疑。"我可以给你一片面包,"她停顿了一下说,"但是我们不能留一个四处漂泊的人在家里住宿。不可能!"

"请你让我跟你的女主人谈一谈吧。"

"不。我不让。她们能帮你做些什么呢?你不该这么晚了还在外面游荡。这看上去很不好。"

"但是,假如你把我赶出去,我该上哪儿去呢?我该做什么呢?"

"哼,我敢保证,你知道该上哪儿去,也知道该干些什么。只要你别干坏事就行了。给你,这是一个便士。现在,走吧!"

"一个便士又不能吃,我已经没有力气再往前走了。别关门吧。噢,看在上帝分上,别关门啊!"

"我必须关。雨已经打进来了……"

"向年轻的小姐们通报一声。让我见见她们……"

"老实对你说,我不会通报。你不是个好人,否则就不会这么吵闹了。快走开!"

"我要是走开,会死的。"

"你不会死。我怕你是要耍什么鬼花招吧,所以才深更半夜跑到人家的房子跟前来。要是有强盗之类的人跟着你,你可以告诉他们,房子里除了我们这几个女人之外，还有一位先生、几条狗和几支枪。"说到这儿，这位虽然十分忠实，却丝毫也不灵活的用人砰的一声把门关上，还从里面上了闩。

这已经到了我忍受的极点了。一阵极度的剧痛撕扯着我的心，那是真正绝望的痛苦。我已经确实精疲力竭，再也走不动一步，瘫倒在了门前湿漉漉的台阶上。在极度的痛苦中，我把双手绞在一起，我呻吟，我哭泣。啊，这死亡的幽灵！我的最后时刻居然是在这样的恐怖中到来了。唉，我死得这样孤独，而且还是让我的同类驱赶出来！不仅失去了希望之锚，而且连我本来的坚忍不拔这个立足点也失去了——至少是暂时失去了。可是，我不久便竭力去恢复这样的立足点。

"我只有一死了，"我自言自语说，"我相信上帝。我要默默地等候他的意旨。"

我不仅在脑子里想着这些话，而且还把它们说出了口。我把所有的不幸都赶回到心里，努力强迫它们留在心底。我保持着沉默，静止不动。

"人都有一死，"旁边的一个声音说道，"可并不是所有的人都注定要早早死于苦难。你或许是因为贫困，想在这儿死去吧。"

"是谁在说话？是什么在说话？"听到这个声音，我害怕了。现在不论发生什么事，我都没有希望得到援助了。旁边有一个模糊的形状，可那是个什么形状呢？漆黑的夜色和我越来越衰退的视力使我看不清楚。刚走来的那个人长时间地大声敲门。

"是你吗，圣约翰先生？"汉娜大声问道。

"是的——是的，快开门。"

"唉呀，你一定又湿又冷吧，这么糟糕的天气！你的妹妹们都在为你担心呢，我相信，附近还有坏人。刚才就有一个讨饭的女人——我敢肯定她还没有走开——瞧，她就躺在那儿！起来！真不害臊！嗨，快走开！"

"住口吧，汉娜！我要跟这个女人说句话。你把她赶出来是尽了自己的职责，现在我要尽我的职责，把她接进屋子里去。刚才你们俩说话的时候，我就在旁边听着。我想这是个特殊的情况。我必须问个明白。姑娘，站起来吧。在我前面走，进屋去吧。"

我艰难地照办了。转眼间就站在那间清洁明亮的厨房里，靠在壁炉边上。我浑身哆嗦，难受得要命，意识到自己现在是一副特别可怕的样子，在暴风雨中跟跟跄跄跑到这里，看上去一定疯狂极了。两位小姐、她们的哥哥圣约翰先生，还有那个老用人，全都盯着看我。

"圣约翰，这是谁啊？"我听见一位姑娘问道。

"我也不知道。我在门口发现的。"他这么回答。

"她看上去脸色那么苍白。"汉娜说。

"白得像石灰，又像死人，"有个声音这么回答道，"她会倒下的，让她坐下。"

我的头真的感到一阵晕眩，倒了下去。可是一把椅子把我接住了。我的神志还清楚，不过这时候我已经说不出话来了。

"也许让她喝点水，她能恢复过来。汉娜，去取点水来。她消瘦得只剩下一把骨头了。多瘦啊，脸色多苍白啊！"

"简直像个幽灵！"

"她是病了呢，还是仅仅饿成这个样子的？"

"我想，是饿的。汉娜，那是牛奶吗？给我端过来，再拿一片面包来。"

一位小姐朝我俯下身来，她长长的鬈发挡在我和壁炉之间，我认出这是戴安娜。她掰下一点面包，在牛奶中蘸了一下，然后放到我的嘴里。她的脸紧挨在我的脸旁边，我从她脸上看出了怜悯，从她急促的呼吸中感到了同情。她说的话相当简单，但是其中却充满了安慰："吃一点吧。"

"对，吃一点。"玛丽也温和地说。玛丽为我脱去湿透了的帽子，扶起我的头。我尝了尝她们给我的东西，起初我软弱无力，后来就急切地吃起来。

"一开始别吃得太多——要限制她，"那位哥哥说，"她已经吃够了。"说着他把牛奶和盛面包的盘子拿走。

"再给她一点吧，圣约翰。你看看她目光里露出的贪馋模样。"

"现在不能再吃了，妹妹。她现在能不能说话？试试问她叫什么名字。"

我觉得我可以说话了，便回答说："我的名字叫简·埃利奥特。"我特别不想让人发现我的身份，便决定用一个化名。

"你住在哪里？你的亲友在哪儿啊？"

我沉默了。

"我们可以派人去找一个你认识的人吗？"

我摇了摇头。

"你能讲一讲自己的事情吗？"

我一跨进这家的门槛,跟这儿的主人一见面,就不再觉得自己是个无家可归、到处流浪、受到遗弃的人了。我觉得已经敢于抛弃行乞者的身份,恢复我自然的态度和品行了。我重新开始认识自己。当圣约翰先生要求我讲自己的事情时,我还虚弱得不能讲。我稍微停顿了一会儿,然后说:

　　"先生,我今晚无法对你们详谈。"

　　"那么,"他问道,"你希望我为你做些什么呢?"

　　"没什么。"我回答道。我的力气只够让我做出简短的回答。戴安娜接上了我的话头。

　　"你的意思是说,"她问道,"我们已经向你提供了你所要求的帮助了? 那么我们可以把你送出去,让你到沼泽地上去度过这个雨夜了?"

　　我朝她望了一眼。我认为,她的容貌特别出众,看上去显得充满了力量,又显得非常善良。我突然鼓起了勇气,一边用微笑来回答她那同情的凝视,一边说:"我信赖你。即使我是一条迷了路的丧家犬,我知道你今晚也不会把我从火炉边赶走的。说真的,我一点不害怕。请你随便安排我,不过,请原谅我不能多说话,我的气不足,一开口就感到一阵阵痉挛。"他们三个都看着我,三个人都沉默着。

　　"汉娜,"圣约翰先生最后说,"现在先让她坐在这儿别动,也别向她提问,十分钟以后,把剩下的牛奶和面包给她吃。玛丽,戴安娜,咱们到客厅里去商量一下这事。"

　　她们走了。不一会儿,一位小姐回来了。我没看出是哪一位。在那个温暖的火炉边,我觉得愉快,开始陷入舒适的昏迷状态。她小声吩咐了汉娜几句。没过多久,我在那用人的搀扶下,艰难地上了楼,我的湿淋淋的衣服被脱了,很快就躺在一张温暖干燥的床上。在无法表达的精疲力竭之后,我体会到一阵感激的喜悦。我感谢上帝以后,睡着了。

29

接下来的大约三天三夜在我的记忆中非常模糊。我能回忆起在那期间的一些感觉,但是不能综合起来形成思想,也没有从事任何活动。我知道自己是在一间小屋里,躺在一张狭窄的床上。我似乎变成了植物,长在这张床上了。我躺在床上一动也不动,活像一块石头。要想把我从这张床上拖走,简直无异于将我置于死地。我不去注意时间的消逝,不去注意时间从早到午、从午到晚的变化。只要有人出入

这间小屋,我便睁开眼睛观看,我还能说出他们是谁,在说话的人靠近我的时候,我也能听懂他们说了些什么。可是我无法做出回答,因为我既不能张开嘴巴,也不能

活动四肢。最常来看我的是那个女用人汉娜。她一来,我就觉得受到打扰。我感到,她希望我离开这里;我知道,她既不理解我,也不理解我的处境;我看出,她对我有偏见。戴安娜和玛丽每天要来这里一两遍。她们会在我的床前这么低声说话:

"我们能收留她真好。"

"是啊,假如她整夜都给关在外面的话,第二天早上人们准会发现一具死尸。我真想知道她受过什么样的罪。"

"我猜想,那准是非常奇怪的苦难吧——可怜的流浪者,这么消瘦、这么苍白!"

"从她的谈吐来判断,我想,她并不是个没有受过教育的人,她的语音纯正,她脱下来的衣服虽然溅上了泥污,湿得一塌糊涂,但是并没有磨破,而且材料质地优良。"

"她的脸长得挺特别,虽然瘦削憔悴,可我倒挺喜欢她。我想像得出,在她身体健康、充满生机的时候,她的相貌一定很漂亮。"

在她们的谈话中,对殷勤招待我感到后悔的话语,或者对我表示怀疑、表示嫌弃的说法,我从没听到过一个字。我的心得到了安慰。

圣约翰先生只来过一回。他看着我,说我的嗜睡症是我长期过度疲劳产生的效果。他断言,没有必要去请医生,说是听其自然是最好的办法。他说,我的每一根神经都有点过于紧张,整个神经系统必须彻底昏睡一段时间。他认为我没有病。他猜想,我的身体一旦开始恢复,很快就能复原。这些看法是他用几句话平静地低声说出来的。停顿了一下,他用那种不习惯于长篇大论的声调补充说:"她的长相有点奇特。不过肯定并不是个庸俗或者堕落的人。"

"当然不是,"戴安娜附和道,"说真话,圣约翰,我真心喜欢这个可怜的小人儿呢。但愿我们能永远帮助她。"

"那是不太可能的事情,"他回答道,"你会发现,她是个年轻体面的小姐,跟她的朋友发生了一点误会,离开他们的时候也许有点不太明智。如果她不太固执,或许我们能让她回到他们身边去。不过,我从她脸上看出了一种力量,我因而怀疑她是不是会听我们的话。"他站着端详了我几分钟,然后补充说:"她看上去并不漂亮,但是看得出十分聪明。"

"她病得厉害,圣约翰。"

"不管生病还是健康,她的长相永远是平常的。美的优雅与和谐在这些五官上一点儿也没有。"

到了第三天,我觉得好些;到了第四天,我能讲话了,能活动一下,能在床上坐起来转转身子了。汉娜为我端来一些稀粥和烤面包片,我猜想,准是到了吃午饭的时候了。我吃得津津有味,食物很好——吃起来已经没有发烧时感觉到的那股味道了,在这之前不论我吃的是什么,都让那种味道给毁了。她离开我以后,我觉得比先前有了些力气,精神也比较好了。没过多久,活动的愿望开始激励着我。我想起床,可是我该穿什么呢?我只有那身满是泥渍的湿衣服。我就是穿着那身衣服躺在地上,倒在沼泽里的。我不好意思穿着这样的衣服出现在我的恩人们面前。可是我用不着受到这样的屈辱。

床边的一把椅子上,放着我自己所有的东西,不但清洁,而且是干的。我的黑绸外衣挂在墙上。泥渍已经除去,打湿后弄成的皱纹也整理平了,现在看上去十分体面。我的鞋袜也都收拾得干干净净,可以穿起来到人们面前去了。屋里有洗脸的用具,也有梳子和刷子,可以用来梳光我的头发。我经过一个疲乏的过程,而且在此过程中,每五分钟就休息一次,最后,终于穿好了衣服。我的衣服穿在身上变得相当宽大,因为我瘦了许多。但是我用披巾遮住了这个缺陷。这样,我再次变得又干净、又体面,浑身上下没有一点污渍,没有我讨厌的那种紊乱了,因为那些东西让我觉得把自己的身份都降低了。我扶着栏杆慢慢走下石楼梯,来到一个狭窄低矮的走廊,很快便走进了厨房。

厨房里飘溢着新面包的芳香,炉火慷慨地散发着温暖。汉娜正在烤面包。大家都知道,没有受过教育的心灵如同没有耕作和施肥的荒地,成见在那里最难消除,它们在那儿生长,牢固得就像石头中间长出的野草一样。汉娜最初的确是又冷淡又生硬,不过后来变得稍稍和气了一点。这时,她看见我收拾得干干净净,穿戴得整整齐齐走进厨房门,她的脸上甚至露出了笑容。

"怎么,你起来了?"她问道,"那么你觉得好些了?要是你愿意的话,到炉边来,坐在我的椅子上吧。"

她朝那把摇椅指了指,我在上面坐了下来。她在四处忙碌着,每隔一阵就用眼角瞟我一眼。她一边从烤炉里取出几只面包,一边直截了当地问我:

"你到这儿来之前,讨过饭吗?"

我一时心中火起。但是我知道绝对不该发火,而且我确实向她乞讨过。虽然我的语气中并非没有明显的强硬态度,但我的回答十分平静。

"你把我当成个叫花子,可你错了。我不是个讨饭的,这就像你自己和你的小姐们也不是乞丐一样。"

她停顿了一下,说:"我不懂这是怎么回事。我猜,你大概没有房子,没有铜子儿吧?"

"没有房子,没有铜子儿——我想你指的是钱吧——这样的人不一定都是乞丐啊。"

"你读过书吗?"她立刻接着问道。

"读过,读过很多书。"

"可你没上过寄宿学校吧?"

"我在寄宿学校上过八年。"

她瞪圆了眼睛:"那你怎么连自己都不能养活呢?"

"我一直是自己养活自己,而且我相信,我将来也会自己养活自己的。你拿这些醋栗做什么?"我看见她提出一篮醋栗,便问道。

"做饼子。"

"我来拣。"

"不。我什么也不要你做。"

"可我必须得做点事情才行。拿来吧。"

她同意了,而且还为我拿来一条干净毛巾,让我铺在裙子上。"要不然的话,"她说,"你会把衣服弄脏的。"

"你没有做过用人的活儿吧,我从你的手上看得出来。"她评论道。"你是个裁缝吗?"

"不是,你猜错了。别管我以前是个干什么的。别再费心琢磨我的事了。告诉我,这所房子叫什么名字?"

"有人管它叫沼泽山庄,有人叫它沼地宅屋。"

"住在这儿的先生名字是圣约翰先生?"

"不。他不住这儿。他只是在这儿小住几天。他自己的家在莫尔顿,那是他的教区。"

"就是几英里地的那个村子?"

"对。"

"他是做什么的?"

"他是个教区牧师。"

我想起了我在那儿要见牧师的时候,那位老管家的回答了:"那么这是他父亲的家了?"

"对。老里弗斯先生住在这里。在他之前,他的父亲、祖父、曾祖父都在这里住。"

"这么说,那位先生的名字叫圣约翰·里弗斯先生?"

"对,圣约翰像是他受洗时起的名字。"

"他的妹妹一个叫戴安娜·里弗斯,一个叫玛丽·里弗斯,对吗?"

"对。"

"他们的父亲去世了?"

"去世已经有三个星期,是中风死的。"

"他们没有母亲吗?"

"女主人好几年前就去世了。"

"你在这家住了很久了吗?"

"三十年了。他们三个都是我带大的。"

"这证明你一定是个忠实可靠的仆人。虽然你不礼貌地把我叫成骗子,可我还是要这么夸奖你。"

她再次用惊奇的目光瞪着我。"我相信,"她说,"我完全看错你了。可是外面的骗子那么多。你可得原谅我。"

"再说,"我有点严肃地说,"你想把我赶出门。可是,那么个风雨交加的夜晚,就是一条狗也不该关在外面的。"

"这个嘛,的确够狠心的,但是不这样又能怎么办呢?我为孩子们考虑的比为自己想的还多。可怜的孩子们!除了我没有别人照料他们了。我总要显得严厉些才成啊。"

我板起面孔沉默了几分钟。

"你可不要把我想得太坏。"她接着说道。

"可我的确把你想得挺坏，"我说，"听我告诉你这是为什么。你不愿意让我住宿，把我看成骗子，都算不了什么。糟糕的是，你看我没有铜子儿，没有房子，就责备我。世界上有一些最好的人，像我一样一无所有。假如你是个基督徒，就不该把贫穷看成一种罪过。"

"我再也不会这样了，"她说，"圣约翰先生也是这么告诉我的。我懂，我错了。我现在对你的看法跟以前不同了。你看起来真的是个体面的小人儿。"

"行了。我现在原谅你了。握握手吧。"

她用沾着面粉、长满老茧的手握住我的手，脸上露出更加真诚的微笑，一张粗糙的脸变得富有神采了。从这一时刻开始，我们成了好朋友。

汉娜显然很喜欢谈话。我拣醋栗，她和面准备做饼的时候，继续给我讲各种各样的琐事。有的是关于她已故的男女主人，有的是关于"孩子们"的。

她说，老里弗斯先生是个非常朴实的人。然而他却是一位地道的绅士，出身于最古老的世家。沼泽山庄自从盖好后，一直是里弗斯家的。她断定："这房子有二百来年的历史了——虽然看上去不过是一所简陋的小宅子，根本不能与下面莫尔顿谷地上奥利弗先生家的华丽宅子相比。不过，她还记得，比尔·奥利弗的父亲曾经是个制造缝衣针的工匠；而里弗斯家早在亨利时代就是体面的乡绅了，任何人只要上莫尔顿教堂的法衣室去看一看那儿的登记簿，就知道了。"不过，她也承认："老主人跟别人一个样，没什么特别的地方。他喜欢打猎，喜欢得要命，也爱干种庄稼这类的事情。"可是，女主人就不同了。她看过许多书，非常努力用功。"孩子们"都像她。附近这一带没人像他们这样爱读书，以前也没有过。他们三个人都喜欢读书，几乎从会说话的时候就喜欢读书了。他们从来就"有自己的性格"。圣约翰先生成人后立刻进了学院，当上了牧师。两个姑娘一离开学校，就去找职位，当家庭教师，因为她们对她说过，她们的父亲几年前由于信托的人破了产，损失了很多钱。他没钱了，不能给她们财产，因此只好自己去挣钱。长期以来，她们很少在家里居住。现在，因为父亲去世，才回来住几个星期。不过，她们真的很喜欢沼泽山庄和莫尔顿这个地方，十分喜欢周围所有这些沼泽地和山丘。她们到过伦敦，还去过许多其他大城镇。可她们总是说，哪儿也不如家里好。她们俩互相之间特别和气，从来没有吵过，更不闹翻。她从来没见过哪家人这么和睦友好的。

我完成自己拣醋栗的任务后，就问，那两位小姐和她们的哥哥在哪儿。

"到莫尔顿去散步了。不过他们半小时后就要回来吃茶点。"

他们果然在汉娜为他们规定的时间内返回了。他们从厨房门进来。圣约翰先生见了我，仅仅鞠了一躬，便从我身边走过去。那两位小姐停下脚步，玛丽跟我简短交谈了几句，和蔼平静地表示说，她看到我能下楼来，感到高兴，戴安娜握住我的手，对我摇了摇头。

"你该等到我同意了再下来，"她说，"你的脸色看上去仍然十分苍白，而且这么消瘦！可怜的姑娘！可怜的姑娘！"

戴安娜的声音，在我听来，就像和平鸽的咕咕声一样悦耳。她那双眼睛喜欢凝视我，我看了觉得很高兴。在我的眼睛里，她的面孔似乎充满了魅力。玛丽的容貌显得同样聪明——她的五官也同样漂亮。可是她的表情比较含蓄，她的态度虽然和气，但是却跟我比较疏远。而戴安娜的神情和话语中都带着一种权威性。显然，她是个富有意志的姑娘。我天性喜欢屈服于她那样的权威，而且喜欢在我的良心和自尊心允许的前提下，服从一个强有力的意志。

"你在这儿做什么啊？"她接着问道，"这可不是你该来的地方。玛丽和我有时也到厨房来坐，因为我们在家里喜欢自由自在，甚至喜欢放肆——但是你是个客人，必须到客厅里去。"

"我在这儿觉得很好。"

"才不好呢——汉娜四下忙乱，会把你身上弄得净是面粉的。"

"再说，炉火对你来说也太热了。"玛丽插嘴说。

"对啊，"她姐姐添加道，"来吧，你要听话才行。"她握住我的手，把我拉了起来，领我到里面去。

"坐在这儿。"她把我安顿在沙发里，说道，"我们去换换衣服，把茶点准备好。这是我们在这个沼泽地的小屋里要行使的另一个特权——在我们高兴的时候，或者在汉娜烤面包、酿酒、洗衣服或者熨衣服的时候，我们就自己做饭。"

她把门关上，让我跟圣约翰先生单独待在一起。他这时就坐在我的对面，手中拿着一张报纸，或者是一本书。起初，我仔细观察了一下这个客厅，然后才把目光集中在屋里的那个人身上。

客厅是个挺小的房间，里面陈设简单，但是安排得既干净又整齐，看上去相当舒适。老式的椅子表面光洁发亮，胡桃木的桌子像一面镜子。几幅旧时代男人和女人的奇怪而古老的肖像点缀在污迹斑驳的墙壁上。一个有玻璃门的餐具柜里放着书和一套古老的瓷器。屋子里没有浮华的装饰，除了两个针线盒和一个用黄檀木制做的女式书桌外，屋子里没有一件时新的家具。包括地毯和窗帘在内的每一样东西，看上去既陈旧，又保持得很好。

圣约翰先生坐在那里一动也不动，活像墙上那些发黑的画像。他的眼睛盯着面前的书，嘴唇紧紧闭着。他这副模样很容易让人仔细观察一下，就是一尊雕像也不如他这样子让人端详起来更方便。他还年轻，年纪大约在二十八到三十岁之间——个子高挑，身材瘦削，面部特征引人注目，像希腊式的脸一样，轮廓完美。有一个十分挺直的古典式鼻子，一张雅典式的嘴和下巴。很少有一张英国人的脸像他那样更接近古典式的模型。他的五官这么端正和谐，看到我的相貌不雅，很可能会感到吃惊的。他的眼睛很大，颜色湛蓝，睫毛的颜色是褐色的。他的额头白洁得如同象牙一般，上面披散着几缕金发。

读者啊，这是一幅柔和的写生，不是吗？然而，这幅写生描写的那个人并不让人觉得有什么温柔，并不驯顺，并不敏感，也不恬静。尽管他现在坐着一动也不动，但是我从他的鼻孔、嘴巴、额头上感觉到一种说不出来的东西，我不知道那表示的是不安、严厉还是渴望。他妹妹们返回来之前，他没有对我说一个字，也没有朝我望一眼。戴安娜走进走出，忙着准备茶点，给我带来一块在烤炉顶上烘的小蛋糕。

“快吃吧，”她说，“你一定饿了。汉娜说你自从早饭到现在除了稀粥之外，什么也没吃过呢。”

我没有拒绝，因为我的食欲被刺激了起来，现在变得十分强烈。里弗斯先生这时候合上书本，走近桌子，他一边坐下来，一边用那双漂亮的眼睛直勾勾地盯住我。这时，他的目光中有一种缺乏礼貌的直率、一种探询而又果断的坚定。这显示出，在这之前他并不是因为腼腆，而不朝我这个陌生人看，他是故意那么做的。

"你饿得厉害了。"他说。

"是的,先生。"以简洁回答简短,用直截了当回答直率——这就是我的方式,我从来就是这样。

"在过去三天中,你发低烧不能多吃东西。起初为了满足食欲吃得过多是危险的。现在你可以吃了,不过也不能没有节制。"

"我相信,先生,我不会让你为我花太多的伙食费。"我这个回答很笨拙,也很粗鲁。

"是不会,"他冷漠地说,"等你把你朋友的住址告诉我们,我们可以给他们写信,你便可以回家去了。"

"我可以坦白地告诉你,这可是我无能为力的。因为我根本就没有家,也没有朋友。"

这三个人都看着我,但是并没有带着不信任的眼神。我感到他们的眼神里并没有怀疑,而是充满了好奇。我这里指的主要是那两位年轻的小姐。圣约翰先生的眼睛虽然十分明净,但是却让人很难看出他的想法。他使用眼睛似乎仅仅作为探索别人思想的工具,而不用来表达自己的思想。它们既锐利又含蓄,很容易让人感到窘迫,而不容易让人受到激励。

"你的意思是说,"他问道,"你跟任何人都没有关系?"

"是的。我跟任何人都没有联系,也没有权利住进英格兰的任何一所房子里去。"

"在你这个年龄上,这可是个最奇特不过的处境!"

这时候,我看见他将目光集中在我的双只手上,我的手正交叉着搭在我面前的桌子上。我不知道他在那儿找什么。可他的话立刻就向我解释清楚了。

"你从来没结过婚? 你是个姑娘吧?"

戴安娜笑起来,说:"圣约翰,你这是怎么啦,她顶多不过十七八岁。"

"我已经快到十九岁了。但是我的确没有结婚。"

我觉得脸上火辣辣的。因为一提到结婚,就勾起我痛苦和不安的回忆。他们都看出了我的激动情绪和尴尬模样。戴安娜和玛丽把目光转向别处,不看我涨红的脸,让我感到一点宽慰。可是他们那位冷漠而严厉的哥哥却继续盯着我,直到他激起的不安逼得我不仅脸红,而且流出了眼泪。

"你来这儿以前住在哪儿啊?"他问道。

"你这人太喜欢刨根问底了,圣约翰。"玛丽压低声音喃喃地说。但是他却俯身靠在桌子旁,再次用咄咄逼人的目光强迫我回答。

"我住过的地方,以及跟我住在一起的人,都是我的秘密。"我简洁地回答道。

"我认为,如果你愿意,有权不告诉圣约翰或者任何其他询问你的人。"戴安娜说。

"不过,如果我对你、对你的历史一无所知,我就不能帮助你,"他说,"可你却需要得到我的帮助,对不对?"

"我需要帮助,我也寻求帮助。我仅仅希望有个真正的慈善家给我个我能干得了的工作,让我用他给的报酬养活我自己,只要得到最起码的生活必需品就行。"

"我不知道我是不是个真正的慈善家。不过,你有这样正当的目的,我愿意尽我最大的努力来帮助你。那么,请你先告诉我,你长于做什么工作,你能干些什么?"

我已经把茶喝下去了,喝了这饮料,精神大为振奋,犹如一个巨人喝过酒一样。我的神经变得松弛,产生出新的音调来,使我能从容地与这位目光敏锐的年轻审判者交谈。

"里弗斯先生,"我将面孔转向他,用他盯着我看的那种目光看着他,态度坦率,丝毫也没有腼腆,"你和你的两位妹妹给了我很大的帮助,那是伟大的人们才能向自己的同类提供的帮助。你们用高尚的款待,把我从死亡中拯救出来。你们给予我的这种恩惠使你们有权要求我做任何事情来报答,而且也有权要求我讲出自己心中的秘密。在不牺牲我自己心灵的安宁、不牺牲我自己和有关人士在道德和身体方面安全的前提下,我愿意尽量将你们收留的这个人的历史告诉你们。

"我是一个孤儿,是一个牧师的女儿。我的父母在我懂事之前就去世了。我寄养在别人家长大,在一个慈善机构受到教育。我还可以告诉你们我度过六年学生生活、两年教师生涯的那所学校名字——某郡劳渥德孤儿院。你大概听说过吧,里弗斯先生? 罗伯特·布罗克赫斯特牧师是那儿的司库。"

"我听说过布罗克赫斯特先生,而且我还去看过那所学校。"

"我离开劳渥德学校去当一名家庭教师已经将近一年了。我得到的是个挺好的职位,我很快活。然而,我到这儿来的四天之前,我却不得不离开那个地方。我不能解释,也不应当解释离开那里的理由。解释也没有用,那很危险,听起来也难以置信。我没有受到责怪,我也像你们三位一样,丝毫没有罪过。我感到痛苦,而且在相当长的时间里会一直感到痛苦,因为我原以为我在那家发现的是天堂般的乐园,结果却是一场奇怪而悲惨的灾难,我不得不离开了那里。在做离开计划的时候,我只注意到两点:速度和保密。为了保证这两点,我只得把所有东西都留下,只带了一个小包裹,这个小包裹也在马车把我送到惠特克劳斯的时候,由于匆忙和心绪烦乱,忘了从马车上拿下来了。所以,我到达这个地方的时候,身上一无所有。我在露天睡了两夜,漂泊了两天,没走进过一个人家的门槛。但是在这段时间中,我吃到过两次食物。正当我受到饥饿、衰弱和绝望的袭击,几乎到了奄奄一息的时候,里弗斯先生,你救了我,没有让我饿死在你的门口,还把我收留在你的家里。在那以后,你的两位妹妹为我做的一切,我都知道。因为在我昏睡期间,我并不是完全没有意识。对于她们自发、真诚、亲切的怜悯,我所欠的情分像我对你符合福音精神的慈善所欠的情分一样多。"

"别让她再说下去了,圣约翰,"戴安娜在我停顿的时候这么说,"她这样子可不能激动。到沙发这儿来,坐下吧,埃利奥特小姐。"

听到那个化名,我不由自主地吃了一惊。我已经忘记我给自己起的新名字了。什么也逃不过里弗斯先生的眼睛,他马上就注意到了我的变化。

"你说你的名字叫简·埃利奥特?"他问道。

"我是这么说过。我认为这个名字目前用起来比较方便。但是它并不是我的真名,我听到它也觉得陌生。"

"你不愿意说出你的真实名字?"

"不愿。最主要的原因是怕人发现我是谁。我会避免说出任何可能让人发现我身份的话。"

"你做得对,这我能肯定。"戴安娜说,"好了,哥哥,现在你该让她安静一会儿了。"

但是圣约翰保持平静片刻之后,又开始像以前一样,用冷静、敏锐的口吻盘问起来。

"你不喜欢长期依赖我们的好意——我看得出,你希望尽快不再受到我妹妹们的怜悯,也不再受到我慈善的帮助。我能体会到你划分开来的这个区别,对此我并没有感到不满,因为它是正确的。你希望独立生活,不依赖我们,对不对?"

"对。这一点我已经说过。指点我怎么去工作,怎么去找工作吧,这就是我现在所要求的一切。然后让我走,哪怕是到最简陋的茅屋里去住——不过,在这之前,请让我继续住在这里,我怕再次尝无家可归的恐怖滋味。"

"你当然要住在这儿。"戴安娜把她白皙的手搁在我的头上,说道。"你一定要住在这里。"玛丽也重复说,她的语调显示出并不常常外露的真诚,这语调从她嘴里说出,显得更加自然。

"你看,我的妹妹们喜欢把你收留在家里,"圣约翰说,"就像冬天的时候,他们喜欢在家里养活一只被寒风刮进窗户里几乎冻僵的小鸟一样。我倒更倾向于让你自己养活自己。我会努力这么做。可是你看,我的天地并不宽。我不过是个乡下穷教区的牧师,我的帮助只能是最微不足道的。如果你不屑于干琐细的事情过日子,那就去找别人,得到比我更有力的帮助吧。"

"她已经说过,她愿意做她力所能及的任何一种正当工作。"戴安娜替我回答道,"你知道,圣约翰,她找不到别的人帮助;只好被迫忍受像你这样顽固的人。"

"如果找不到更好的工作,我愿意当裁缝,我愿意做个普通的女工,我愿意当用人,也愿意带孩子。"我回答道。

"好,"圣约翰相当冷淡地说,"假如你有这样的精神,我就答应在我方便的时候,用合适的方法帮助你。"

他又接着看他在吃茶点以前专心看的那本书。我很快就退了出来,因为在我目前的体力允许的范围下,我已经说得够多,坐得时间也够长的了。

图文珍藏版

30

　　我跟住在沼泽山庄的人越来越熟悉，也越来越喜欢他们了。没过几天，我的健康就基本恢复，不但能整天坐着，而且有时候还能出去散散步。我可以参加戴安娜和玛丽的各种活动，只要她们喜欢，我就能跟她们交谈，在她们允许的情况下，我随时随地都能帮助她们。在这种交往过程中，有一种令人振奋的乐趣，这种乐趣是我以前从来没有体会过的。那是一种在趣味、感情、原则等各方面都一致的乐趣。

　　她们爱读的书我也爱读；她们欣赏的，我也能从中得到乐趣；她们所赞同的，我也尊重。她们热爱自己与世隔绝的家：这所古老的灰色小宅子，屋顶低矮，墙壁破败，上面有格子窗户；古老的枞树排成的林荫道，大树在强劲山风的常年吹拂下，长得倾向一边；花园在紫杉树和冬青树的枝叶覆盖下显得十分幽暗，只有生命力十分强的花木才能在里面开花。我也从这一切中间发现了强烈而永久的魅力。她们依恋房子后面和周围的暗紫色沼泽，喜爱大门外面那条鹅卵石路蜿蜒其中的山谷，那条路穿过羊齿草丛生的路堤，横过几片牧草地，那是荒原边上最荒芜不过的几片牧草地了，在这种牧草地上只有些脏兮兮的灰羊，羊羔个个脸色如苔藓一样。她们对这景色心中满是眷恋之情。我可以理解这种感情，而且也能从中感到真诚，得到力量。我从这孤寂中体会到了神圣，我的目光欣赏着这些山丘起伏的轮廓，沉浸在各种天然色彩涂染过的山崖和山谷的美景中，这些色彩来自苔藓、石楠花、布满鲜花的片片草地，其中既有欧洲蕨的鲜艳，也有花岗石的柔和。这些微妙的东西让我体会到的喜悦，像她们体会到的一样纯洁、一样甜蜜。这里的狂飙与微风，恶劣天气与平静的日子，日出时刻与日落时分，月明之夜与阴云密布的晚上，凡此种种对她们具有强烈的吸引力，让她们着迷，同样也把我迷住了。

　　在户内，我们也同样趣味相投。她们两个都比我更加多才多艺，读的书也比我多。我便急切地在她们寻求知识的道路上紧紧追随着。我如饥似渴地读着她们借给我的书。到了晚上，跟她们讨论我白天看过的书便是一件乐事。我们思想吻合，意趣相投，总之，一切都一致。

　　假如说我们三个人中有一个领头的,那就是戴安娜。在身体方面,她远比我强。她长得漂亮,充满活力。我对她旺盛的精力总是感到十分惊讶,简直让我觉得无法理解。傍晚到来的时候,我能与她们交谈一会儿,但是,在一阵活跃和畅快的冲动之后,我便喜欢坐在戴安娜脚边的凳子上,把脑袋靠在她的膝头上,听着她和玛丽的交谈,她们能在我刚刚触及的题目上,进行深刻的探讨。戴安娜主动提出要教我学德语。我也喜欢跟她学。我看出她喜欢当教师,也适合做教师的工作;而我也喜欢当学生,心里觉得自己适合做学生。我们的性情完全相合,结果彼此产生了感情,那是一种极为强烈的感情。她们发现我能作画,于是她们马上把自己的画笔和颜料盒拿给我使用。我在这一点上的技艺比她们高,使她们感到惊讶,受到她们喜爱。玛丽会整整坐上一个钟头看我作画。后来,她要学画,便成了我的学生,这个学生相当聪明,十分顺从,也肯下功夫。我们从相互学习的过程中,彼此都得到了乐趣,几天过得像几个小时一样快,几个星期仿佛只有几天。

　　我与圣约翰先生的妹妹们如此自然而迅速地结下的亲密关系,并没有扩展到他身上。我们保持距离的一个原因,是他很少在家里住。他的大部分时间似乎都用在访问他那个教区里分散居住的病人和穷人上了。

　　似乎没有什么天气能阻止这位牧师远足旅行。不论天晴还是下雨,早上他的学习时间一过,他便拿起帽子,去履行自己的使命了,身后还跟着他父亲的老猎狗卡洛。我无从知道他自己是怎样看待这种使命的。有时候,天气不佳,他的妹妹们就会劝阻他。每逢这种时候,他脸上的庄严就会多于欢乐,还会露出一种奇怪的微笑,说:

　　"如果一阵风和几滴雨就能阻止我干那些轻而易举的工作,假如我这么懒惰,还怎么实行我的计划,怎么为将来做准备呢?"

　　戴安娜和玛丽一听到这个说法,总是叹息一声,还会沉思几分钟,表情中露出的显然是悲哀。

　　除了他常常不在家之外,另一个阻止我与他产生友谊的障碍是他的性格,他似乎总是沉默寡言、心不在焉,而且还喜欢沉思。他热心从事牧师工作,生活和习惯都无可指摘,然而,从表面上看来,他并不喜爱精神的平静和内心的满足,而这些正是每一个真诚的基督徒和慈善家应该得到的。晚上,他常常坐在窗前的桌子旁,面

·简爱·

图文珍藏版

对着桌上的纸张，既不阅读，也不书写，而是用手托住下巴，出神地思索着。我无从猜测他想的是什么，但是，他眼睛频频眨动，又睁得那么大，我看得出，他的思想激动不安。

另外我觉得，这大自然在他妹妹们眼睛里是个宝库，可在他看来却并不如此。我只有一次听到他表达对起伏山丘美景的强烈感受，还说起他这个家里黑黝黝的屋顶和古老的墙壁由衷的喜爱。然而，他说那番话的时候，语调中阴郁却多于欢乐。他似乎从来没有到沼泽地上让人心旷神怡的寂静中去漫游过，从来没有去那里寻求或品尝过它们能给予的宁静中所包含的无尽乐趣。

由于他不喜欢说话，所以，我过了很长时间后，才有机会了解他的内心。我在他自己服务的莫尔顿教堂听他布道的时候，才对他的才能有了个初步的认识。可惜我不能如愿描述那次布道，因为那超出了我的能力范围。我甚至无法忠实地讲出我听了以后，内心的反应。

讲道开始的时候是平静的。布道的语气和声调，其实自始至终都很平静。然而，他那清晰的语句中不久便流露出一种热情，那种热情能让听众真切地感觉到，却受到严格的抑制，那热情促使他用热烈的语言讲下去。这语言经过了压缩、提炼，受到控制，最后变成了力量。布道者的力量使人的心灵在颤抖、头脑在震悚，然而，并没有受到感动。讲道过程从头至尾有一种奇怪的悲哀情绪，却没有让人感到安慰的温和气氛，他还常常用严厉的语气提到加尔文的教义——上帝的选择，被上帝所遗弃，命中注定之类——每当听到这些东西，就让人觉得仿佛是受到审判，要遭殃似的。听完他的讲演，我并没有觉得舒服平静些，也没有从他的讲话中受到更多的启发，我体会到的是一种无法表达的忧伤。我不知道别人有什么看法，可我觉得，那雄辩的词语是从一种深渊里发出来的。在那个深渊里，有令人失望的污浊沉渣，有得不到满足的冲动，也有让人恼火的冲动。我能肯定，约翰·里弗斯先生尽管生活单纯，为人忠心耿耿，布道时虔诚热情，可他并不能理解上帝所赐予的那种宁静，自己也没有得到那种宁静，而我也没有找到那种宁静。我心中对我失去的偶像怀着隐隐的痛楚和惋惜，这种感情我最近一直避免提到，但是它却主宰着我，而且还无情地折磨着我。

在这个过程中，一个月过去了。戴安娜和玛丽很快就要离开沼泽山庄，回到完全不同的生活以及生活环境中去。等待着她们的是英格兰南方时髦的大城市,她们在那里当家庭教师,各自在一个人家里任职。那些人家富有而傲慢的家人们把她们当作卑微的下人,他们既不知道,也不去了解她们天生具有的优点,他们欣赏她们的才艺无非像是欣赏厨子的手艺或者侍女的趣味一样。圣约翰先生还没有跟我谈起答应给我找的职位。可是我急于马上得到个职位,不论什么职位都行。一天早上,我跟他单独在客厅里待了几分钟,我壮起胆子走到窗前那个隐秘的地方,那儿摆着他的书桌、椅子,和另外一张桌子,围起来像个神圣的书房。我打算对他讲话,可我还拿不准该怎么说才好,因为在任何时候,要想打破他那层沉默的坚冰,都是十分困难的。可是他却先开了口,省去了我的麻烦。

“你有事要问我吗?”我走近他的时候,他抬起头来问道。

“是的。我想知道,你是不是听说过什么我可以申请的工作?”

“三个星期之前,我找到,或者说是想出了一个可以干的工作,可是看上去你在这儿既忙碌又快活,我的两个妹妹都十分喜欢你,她们跟你在一起觉得十分愉快。可是她们不久以后就要离开沼泽山庄,你也就不得不离开这里了。我觉得在那个即将到来的时间之前,破坏你们的和谐气氛是不恰当的。”

“她们再有三天就要走了,对吧?”

“对。她们走后,我要回到莫尔顿,到那个牧师的宅子里去住,汉娜要跟我一起去,这所老宅子要封起来。”

我等了几分钟,以为他会继续刚才开始的那个话题呢,结果他的思路似乎完全改变了,他的表情显示出,他已经不再考虑我和我提出的事。我只得提醒他回到我特别想知道下文的话题上。

“你想到的是个什么职业呢,里弗斯先生? 耽搁了这么久,我希望不至于增加得到这份工作的难度吧。”

“啊,不会的。因为这件差事只决定于你和我——由我给予,由你接受。”

他又停下来,似乎有点不愿意谈下去。我变得不耐烦了。身体不安地蠕动了几下,眼睛盯在他脸上,急切和逼迫的目光像讲话一样表达出了我的感情,而且省去了说话的麻烦。

“你不必急着听,”他说,“我坦白地告诉你吧,我这里没有什么合适的或者有利可图的事可做。在我解释之前，请你回想一下我原先说得清清楚楚的那个声明，我就是帮助你，也只能像个瞎子帮瘸子一样。我很穷。我发现，等我把父亲欠的债还清之后，我剩下的全部财产就是这个行将坍塌的破农舍，外加屋后那排枯萎的杉树、前面那片沼泽地，以及上面生长的紫杉和冬青。我的出身卑微。虽然里弗斯是个古老的姓氏，但是在仅有的三个传人中，倒有两个是替别人当下人糊口的。另一个认为自己与故乡格格不入，活着的时候要离开家乡，死了也不要回到那里。而且他还不得不认为，自己受到了命运的恩惠。他只盼望着那一天的到来，届时那只割断世俗联系的十字架将落到他的肩上，那位教会的卫士虽然自己也很卑微，但是他会说：'起来吧，跟着我！'"

圣约翰说这些话的声调，仿佛是在讲道，他的声音平静、低沉，脸颊并不发红，眼睛闪闪发光。他继续说道：

"由于我自己出身卑微，家境贫寒，我能向你提供的，也只能是个地位低下、收入微薄的工作。它甚至能让你觉得是降低了身份，因为我看得出，你属于世人称做文雅的那种人。你的趣味倾向于理想，你所交往的至少是受过教育的人们。可我认为，只要能改善我们自身，任何职位都不能称作降低身份。照我的看法，一个辛勤为基督教服务的人被指定耕耘的土地越贫瘠、收成越少、报酬越少，他得到的荣誉却越高。在这种情况下，他的命运与先驱的命运便紧紧联系起来了。福音最早的先驱是那些使徒们，他们的首领便是救世主耶稣。"

他又一次停顿下来。我催促他说："讲下去啊。"

他看了我一会儿，然后才继续讲下去。他那样子好像在从容不迫地观察我的面孔，仿佛我的五官和纹路是书页上的文字，能够读出其中内容似的。他对我仔细观察的结果，在他下面讲的话里体现了出来。

"我相信，你会接受我提供给你的这个职位，"他说，"先工作一个时期再看。不过不是永久的职位，正如我自己也不会永久留在乡村牧师这个职位上一样，我这个职位范围狭窄，死水一潭，默默无闻，使人思想也变得越来越狭窄。你的天性中也有与我类似的躁动成分。当然它属于另外一种类型。"

"请解释一下。"他再次停下来的时候，我催促他。

"好吧。听完后你会觉得，我的建议是多么可怜、多么卑微、多么让人感到受约束。我不会在莫尔顿住太久了。现在我父亲已经去世，许多事情我可以自己做主。也许我在十二个月里就要离开这个地方。不过，只要我在这儿住，我就要设法使它得到改善。两年前我来的时候，莫尔顿没有学校，穷人的孩子没有希望在知识方面取得进步。我已经为男孩子们办了一所学校，现在，我打算再为女孩子们办一所。为了这个目的，我已经租了一所房子，另外还有一所有两个小屋的房子与它相连，可供女教师住。她的薪金是一年三十镑。承蒙一位奥利弗小姐的好意，她的房间已经布置好了，虽然非常简陋，但是已经足够用了。奥利弗小姐是我的教区里唯一的富人，她的父亲奥利弗先生，是山谷里那家制针厂和铸铁厂的老板。这位小姐还为一个从济贫院找来的孤女付学费和购买衣服的费用，条件是这个孤女要帮女教师干些家里和学校里的杂活，因为教师忙于教书，没有时间亲自来料理这些事。你愿意当这个教师吗？"

他有点急匆匆地提出这个问题，似乎觉得这个建议多半会遭到愤怒的，或者至少是轻蔑的拒绝，因为他尽管对我的思想和感情有所猜测，但是并不是十分了解，并不知道他为我安排的这种命运，我会怎样看待。这个建议的确是卑微的，但是至少有了一个住处，而我正需要一个栖身之处；这份工作也的确是辛苦的，不过，比起在有钱人家里当家庭教师来，它能给人带来独立；我害怕到陌生人那里去当仆役，这种恐惧狰狞得像铁一样，直插我的心灵。这工作并不卑贱，并非毫无价值，并不会让人在精神上感到屈辱。于是我做出了决定。

"谢谢你的建议，里弗斯先生。我真心诚意地接受这个工作。"

"可是，你明白我的意思了吗？"他问道，"那可是一所乡村学校，你的学生只是些穷苦的女孩，她们是些村民的孩子，充其量不过是些农民的女儿。你要教她们的技巧是编织、缝纫、阅读、写字、计算之类。你的才学和技艺还有什么用处呢？你的心灵、感情、趣味在这里大半都派不上用场的。"

"那就留到以后用得着的时候再用吧。它们会保存下来的。"

"那么你明白自己要做的工作了？"

"是的。"

这时候，他微笑了。那不是个伤心的苦笑，而是个特别高兴、极其满意的微笑。

"你什么时候开始履行你的职务？"

"明天就搬到我的房子里去,如果你愿意的话,下个星期开学。"

"很好。就这么办。"

他站起身,走到屋子另一头,停下脚步再次望着我。他摇了摇头。

"你有什么不赞成的吗,里弗斯先生?"我问道。

"你不会在莫尔顿久住的,不会,不会!"

"为什么?你这么说有什么理由吗?"

"我是从你的眼睛里看出来的。你的眼光不能说明你会在生活中保持平稳前进。"

"我并没有野心。"

听到野心这个字眼,他吃了一惊。"野心,"他重复道,"没有。你怎么会想到野心呢?谁有野心?我知道我有野心,可你是怎么发现的?"

"我说的是我自己。"

"好吧,假如你没有野心,那么你有……"他停顿了一下。

"有什么?"

"我想说,你有洋溢的热情。可是你也许会误解我的意思,也许会觉得不高兴。我的意思是说,你具有强烈的仁爱和同情心。我肯定你不可能长久满足于在孤独中打发你的空闲时间,而且也不会喜欢工作时间全部用在毫无刺激的单调劳动上。我本人就不满足于这样,"他用强调的语气补充说,"不满足于生活在这里,埋没在沼泽地上,封闭在群山中。这违反了上帝赐予我的天性,使上帝赋予我的才能变得毫无用处。你现在听到我的话是如何自相矛盾了。我劝别人要满足于卑微的命运,我以服务于上帝为理由,甚至说那些以砍柴和挑水维生的人做的也是正当职业,然而,我本人是个为上帝服务的牧师,却险些在狂乱中发了疯。唉,人的脾气必须设法与原则统一起来才行。"

他离开了客厅。在这短短的一个小时中,我对他的了解超过以前的整整一个月。不过,他还是让我迷惑不解。

戴安娜和玛丽在离开家的日子越来越接近的时候,变得更加伤感、更加沉默寡言了。她们俩都尽量装作与往常没有什么两样,可是她们不得不与之斗争的悲哀却是无法完全克服的,也没有办法隐藏起来。戴安娜说,这次离别跟她们以前的哪一次离别也不相同。对于跟圣约翰离别来说,这一次也许要一别数载,或许还会是永别。

"为了他早已下定决心要做的事情,他什么都能牺牲,"她说,"不过,天生的爱心和感情更加有力。圣约翰看上去十分平静,简,可是他的内心隐藏着一种狂热。你会以为他是温和的,可是在某些事情上,他像死神一样无情。最糟糕的是,我的良心几乎不允许我抛弃他庄严的决定。当然,我也绝对不能为这个决定而责备他,因为这个决定是正当的,符合基督精神的。不过,它却使我感到心碎。"说到这里,她漂亮的眼睛里涌出了眼泪。玛丽把腰弯得低低的,俯身做自己手中的活儿。

"我们现在没有父亲了,不久连家和哥哥也要失去。"她喃喃低语说。

正在这个时刻,发生了一件小小的意外,这件事似乎是由命运安排的,为的是证明"祸不单行"这个说法,还要给她们的悲痛雪上加霜。圣约翰边读一封信,边从窗户前经过。然后,他走了进来。

"我们的约翰舅舅死了。"他说。

他的两个妹妹都愣住了,不是受惊,也不是害怕。这个消息在她们看来,只是个重大新闻,而并不能引起她们的悲伤。

"死了?"戴安娜重复道。

"是的。"

她的目光盯在她哥哥脸上搜索着。"那又怎么样呢?"她低声问道。

"那怎么样,戴安娜,"他回答的时候脸色像大理石一样纹丝不动,"那怎么样?没有什么怎么样,你读读看吧。"

他把信扔到她的膝头上。她匆匆读了一遍,把它递给玛丽。玛丽默不作声地读了一遍,把信还给哥哥。三个人面面相觑,微笑起来。那是一种凄凉而忧伤的苦笑。

"谢天谢地,好在我们还能活下去。"戴安娜终于说。

"反正这不会使我们变得更糟。"玛丽说。

"不过,这却让我们对过去本来可能出现的情景有了更深刻的印象,"里弗斯先生说,"而且还将那种情景与现在的境况做了鲜明的对比。"

他把信折好,锁在书桌里,再次走出去。

有好一阵，谁也不说话。后来戴安娜转向我，对我开了口。

"简，你也许对我们的行为感到奇怪，也奇怪我们这里面有什么谜。"她说，"你也会认为我们的心太残忍，听到像舅舅这么亲近的人去世，都没有感到更加悲恸。可是我们从来没有见过他，也不知道他是做什么的。那人是我母亲的哥哥，很久以前，我父亲跟他吵了一架。我父亲正是听了他的劝告才把大部分财产拿去做投机生意的，结果破了产。他们互相责备，在愤怒中分了手，从此再也没有和好。我舅舅后来做的生意比较兴旺，他似乎有了两万镑财产。他没有妻子儿女，也没有结过婚，除了我们和另外一个人之外，没有什么其他近亲。而另外那个人与他的亲戚关系也不见得比我们更近。我父亲一直认为，他最终会把财产留给我们，用这种方法来弥补他的过错。可是这封信却说，他把每一个便士都给了那一个亲戚，只拿出三十畿尼分给圣约翰、戴安娜和玛丽三兄妹，用来买三个戒指，好戴在手上纪念这个死者。当然，他有权按自己的心愿办事，然而，这样的消息难免让人心里一时觉得不舒服。玛丽和我只要各自有一千英镑，就会觉得十分富有。可是那样一笔款子对圣约翰就十分有用，因为他本来可以用那钱做许多好事的。"

做了这样的解释后，这个话题便搁到了一边，里弗斯先生和他的妹妹们再也没有提起过。第二天，我离开沼泽山庄到莫尔顿去。又过了一天，戴安娜和玛丽出发到遥远的地方去。一个星期以后，里弗斯先生和汉娜回到他那牧师的宅子。这样，这个古老的农舍便封了起来，没人住了。

31

我终于有了个家。那是一所小屋,屋子的墙壁粉刷得雪白,地板是灰浆抹成的,里面有四把刷了油漆的椅子、一张桌子、一只钟和一个餐具柜,柜子里有两三只盘子和碟子、一套荷兰式彩釉茶具。楼上是一间像厨房一样大小的卧室,有一张用松木做床架的卧榻,还有一个放衣服的柜子。那柜子很小,但是对我来说已经绰绰有余了,因为我没有什么衣服。不过,在我好心而慷慨的朋友帮助下,我日常必要的衣服数量已经有所增加。

一天傍晚,我给了那个为我当女仆的小孤女一个橘子,把她打发走,独自坐在火炉边。就在这天早上,这所乡村学校开学了。我有二十个学生,其中只有三个人认识几个字,会写会算的连一个也没有。有几位姑娘会编织,少数几个会做点缝纫活儿。她们说话都带着浓重的本地口音。目前,我和她们要想听懂彼此的话都有困难。有些姑娘不但无知,而且不懂礼貌,态度粗鲁,难以管教。可是其余的也还听话,希望学到东西,性情比较讨人喜欢。我不能忘记,这些衣着粗糙的小农民其实与那些高贵的名门之后同是血肉之躯,她们的心田里也同出身最好的孩子一样,发育着天生的美德、优雅、聪明和仁慈的感情嫩芽。我的责任就是培育这些嫩芽。在履行这个职责时,我肯定会得到一点乐趣的。我并没有期待从展现在我面前的生活中获得很多乐趣,然而,只要我能好好调整一下我的心境,尽量运用我的力量去工作,我无疑会从这个职位上获得足够的东西,让我能一天天适应下来。

今天上午和下午,我在那边简陋的教室里度过的几个小时中,我感到快活吗?我觉得安定吗?我得到了满足吗?我不能欺骗自己,我必须回答说——不。我感到的是凄凉。我感到——不错,我感到我是个白痴——我感到降低了身份。我怀疑自己采取的这个步骤,使自己在社会地位中不是上升了,而是下降了。我周围所见所闻都是无知、贫穷、粗俗。这使我灰心丧气,让我感到自己无能为力。不过,我还是不要为这种感情过于痛恨自己、过分蔑视自己吧。我知道这是一种错误的感情。能分辨出这一点,就是一个巨大的进步。我要努力克服这种错误的情绪。我

图文珍藏版

相信，明天我就能在一定程度上克服它们。几个星期之后，也许它们会完全被消灭。再过几个月，看到我的学生取得进步，有所转变，我的嫌恶可能会为愉快的满足感所代替。

与此同时，我要向自己提一个问题：哪一个更好些？——向诱惑低头，听凭感情的支配，不做使人痛苦的努力，不进行斗争，落入温柔的罗网，在覆盖着鲜花的罗网中入睡，醒来时却在南方温和的天气中，躺在一间令人愉快的别墅里，周围满是各种奢侈品。这样好吗？本来这时候我可能已经住在了法国，成了罗切斯特先生的情妇，一半时间沉迷在他的爱情之中。他的确会爱我，在一段时间里会非常爱我。他也的确爱过我，再也不会有人这样爱我了。我将永远也不会再受到那样的尊敬了，那是给予高雅而富于青春魅力的美人的，因为再也不会有哪个人认为我具有这些魅力了。他喜欢我，为我而感到自豪，这也是除了他任何其他男人都不会有的感情。——可是我这是想到哪儿去了？我这是要说些什么呀？总之一句话，我这是一种什么感情啊？我要问：一方面是在法国马赛一个傻瓜的天堂里当奴隶，此一时，虚假的幸福让人兴奋得发狂，彼一时，悔恨和耻辱的眼泪让人窒息；另一方面，在有益身心健康的英格兰中部一个微风习习的山谷中，在一名乡村学校里，当一名人格自由、心地正直的女教师。这两样到底那样更好些？

不错。我现在觉得，我遵守了原则和法律，蔑视并消除了感情一时的狂热冲动，我做得对。是上帝指引我做出了正确的选择。我感谢上帝的指引！

在这个日暮时分，我将自己的思路理到这一点上之后，便站起身来，走到门口，望着收获季节中这一天的日落。从我的小屋和学校到村里去有半英里远，我远眺屋外的宁静田野。鸟儿正在唱着它们一天中最后的旋律：

"空气温和，露水醇香。"

我望着这一切，心里以为自己感到的是幸福，可是，我不久却发现自己在哭泣，不禁大吃一惊——这是为什么？是因为把我从对我主人依恋中强行拉走的命运；因为我再也见不到他，因为他绝望中的悲痛欲绝和狂怒——这些都是我出走的结果啊。也许，他的悲痛和狂怒会使他远远离开正道，让他再也没有希望回到正确的人生道路上来。想到这里，我把脸转过去，不再看那黄昏时的美丽天空和莫尔顿的荒凉山谷，我说这里是荒凉的，因为一眼望去，山谷的这一部分除了绿树掩映的教堂和牧师的宅子，除了相当远的地方，那位富有的奥利弗先生和他女儿居住的那所房子的屋顶，再也看不到什么别的建筑物。我捂住眼睛，脑袋靠在石砌的门框上。可是不久，把我的小花园和外面的牧草地隔开的那扇小门旁边，有一个细小的声音使我抬起头来。那是一条狗，我一眼就认出，是里弗斯先生的那条老猎狗卡洛。它正在用鼻子拱门，圣约翰双臂交叉着靠在小门上，他皱着眉头，用严肃得几乎成了不高兴的目光盯住我。我请他进来。

"不，我不能停留。我只是给你带来了我妹妹们给你的一个小包裹。我想里面有画盒、画笔和纸。"

我伸出手去接。这可是件受欢迎的礼物。我想，在我走近他的时候，他仔细端详着我的面孔，我脸上的泪痕无疑十分明显。

"你觉得第一天的工作比你料想的艰难吗？"他问道。

"啊，不！正相反，我认为我会跟我的学生们相处很好的。"

"也许你的条件——这所房子、你的家具让你感到失望了吧？这些的确太简陋了。不过……"

我连忙打断他说："我的小房子既干净，又能遮风避雨，我的家具也已经足够日常使用，很方便的。我看到的这一切都使我十分感激，而绝不是使我感到沮丧。我绝不是一个因为缺少地毯、沙发和银制餐具，就感到懊恼的傻瓜。我不是个追求物质享受的人。再说，五个星期之前，我什么也没有——那时，我是个无家可归的人，是一个乞丐、一个流浪者，现在，我有了熟人，有了个家，有了工作。我心里在为上帝的仁慈、朋友们的慷慨，以及命运对我的恩惠感到惊讶。我绝不抱怨。"

"那你感到孤独吗？你身后的那所小房子又黑暗、又空洞。"

"我还没时间来欣赏它带给我的宁静呢，更没有时间感到不耐烦，或者感到孤独。"

"很好。我希望你心里像你说的这样感到满意。无论如何，你自己的良知会告诉你，现在就像罗得的妻子那样回头张望，还为时过早。我当然不知道在我见到你之前，你离开的是什么。但是，我劝你坚定地抵制往后看的每一种诱惑，要稳定从事现在的职业，至少要做上几个月。"

"我也是这样打算的。"我这样回答道。

圣约翰接着说下去："要控制自己脾气的倾向，并且扭转天性，的确是十分困难的。但是，根据我的经验，我知道那能够办得到。上帝给了我们一点权力，让我们创造自己的命运。当我们的精力需要得到一种食物却得不到的时候，当我们的意志竭力要走上一条道路却发现不该走的时候，我们完全用不着在食物不足中饿死，也不必在绝望中止步不前。我们要去寻找另外一种精神上的食粮，它的味道会跟那种渴望尝到的禁食同样浓烈，也许会更加清醇；我们也不妨冒险开出一条新路，它跟命运之神堵在我们面前的那条路相比，也许稍稍崎岖一些，但是也仍然是坦途，一样宽阔。

"一年以前，我自己就感到过极端的痛苦，因为我以为自己当牧师是个错误。这个职务带给我的职责千篇一律，让我厌烦得要命。我热切地渴望着更加活跃的世俗生活，渴望文学生涯中令人激动的劳动——渴望过上艺术家、文学家、演说家的生活。总之，我渴望过除了牧师之外的任何一种生活。我这件牧师的法衣下，跳动着一颗热衷于荣誉的政治家和军人的心，跳动着一颗爱好名望、追求权力的心。我考虑着，认为我的生活太悲惨了，必须彻底改变，否则我非死不可。在黑暗中挣扎了一个时期之后,光明突然出现,我的心中感到了安慰。我原来认为狭隘的生活,突然扩展为一片无边无际的平原——我的能力听到上帝在召唤,便鼓足全部力量,展开翅膀,飞到超出视野的地方。上帝给了我一个使命,为了把这个使命带到遥远的地方,为了圆满完成这个使命,军人的力量、政客的勇气、演说家的雄辩等所有最好的条件全都用得上。因为这一切全都集中在一个好传教士的身上。

"我决定当一名传教士。从那时候起,我的精神状态就改变了。锁住我每一种能力的桎梏纷纷瓦解,我不再感到束缚,只有折磨人的痛苦仍然留在我的心底,等待着时间去医治。我父亲当然反对这个决定,可是他去世后,就不再有什么合法的障碍阻拦我了。我把一些事务安排了一下,给莫尔顿找到一个来接替我的牧师;冲破了或者说是割断了几样感情上的纠葛——这是与人类的弱点所做的最后感情较量,我知道我会克服这个弱点,因为我已经发过誓,要克服它。在这之后,我要离开这里,到欧洲去,或者到东方去。"

他说这番话的时候,用的是他那种独特的声音,其中虽有抑制,却十分强硬。说完,他没有看我,两眼望着西沉的太阳。我也正望着夕阳。我跟他都是背朝着从小院门到田野的那条小路。我们没有听见杂草丛生的小道上传来的脚步声。我们的耳朵此时听到的唯一声音,便是山谷里传来的溪水潺潺催眠声。所以,听到一个银铃般悦耳的快活嗓音在身后高声叫起来的时候,我们自然大吃一惊。

"晚上好,里弗斯先生。晚上好,老卡洛。先生,你的狗见了朋友比你先认出来。我还在田地那一头的时候,它已经竖起耳朵,摇着尾巴了。可你到现在还拿背对着我呢。"

这话倒是真的。虽然里弗斯先生听到那银铃般悦耳的声音,立刻大吃了一惊,仿佛他的头顶上响了个炸雷似的,但是听完那句话后,他仍然保持着原来的姿势,照旧把胳膊靠在门上,脸朝着西面。最后,他才慎重地把脸扭过去。我觉得,他的身旁仿佛浮现出一个幻象。离他三英尺的地方,出现了一个身穿洁白衣裙的身影,那是个充满青春活力的优美身影,身段丰满,线条优美。她正弯着腰抚摸猎狗卡洛,抬起头以后把遮在脸上的长面纱甩到身后,他面前展现的是一张完美无瑕的漂亮面孔。"完美无瑕的漂亮面孔",是一种过分的说法,可我并不打算收回,也不准备修改。因为英格兰的气候能够塑造出来的最美的五官,为英格兰湿润的季风和多雾的天气所孕育、保养,如玫瑰,如百合一般的纯净肤色,都体现在她的身上了。她绝对不缺少魅力,也根本看不出有什么缺点。这个年轻姑娘的容貌长得端正而秀美,一双大眼又黑又圆,像我们在美人画像中看到的一样;包围着眼睛的长睫毛给眼睛增添了那么多妩媚与温柔;描过的眉毛轮廓那么鲜明;洁白光滑的额头,为她的活泼和秀美更增添了安详;她的脸颊椭圆、娇嫩而光滑;嘴唇也很娇嫩。颜色红红的,丰满可爱;整齐的牙齿闪闪发亮,毫无瑕疵;她的下巴小巧玲珑,脸上有两个酒窝;她的头发浓密,不失为一种漂亮的装饰——总之,凡是美所需要的一切东西,她都具备。我看着这个美人,心中十分诧异,我觉得我的整个心灵都在崇拜她。大自然创造她的时候准是怀着特别的偏爱,不像对其他人那样用继母般的吝啬,而是带着贵妇人般的慷慨,把一切都赐给了这个宠儿。

圣约翰·里弗斯对这个人间的天使会怎么看呢?我看到他将面孔转向她的时候,心中自然提了这么一个问题。自然,我也要从他的面孔上找到答案。可他的眼睛已经离开个这个仙女,把目光投向长在院门旁边的一丛普通的雏菊。

"夜色很美。可是你独自一人出来,未免太晚了。"他一脚踏碎那丛雏菊已经闭上的花朵,这么说道。"喔,我今天下午刚从城里回来。"她说了个二十英里外的大城镇的名字,"爸爸告诉我说,你的新学校已经开学,新的女教师已经来了;所以,吃过茶点我就戴上帽子,跑过来看看。这就是她吧?"她指着我问道。

"是的。"圣约翰回答道。

"你觉得你会喜欢上莫尔顿吗?"她问我。她的语调和态度都流露出直率、纯真和质朴,虽然显得有点幼稚,但是很讨人喜欢。

"我希望我会喜欢它。很多东西会使我喜欢上这里的。"

"你的学生是不是如你原来预料的那么专心听讲?"

"相当专心。"

"你喜欢你的房子吗?"

"非常喜欢。"

"我布置得还好吗?"

"确实很好。"

"我让艾丽斯·伍德来伺候你,这人选得还可以吗?"

"的确选得很好。她勤于学习，又很灵活。"我想，这准是那位富有的女继承人，奥利弗小姐。看来，她在财产方面也像她天生的长相方面一样，也得到了优惠！我真不知道，在她出生的时候，天上的星宿怎么全都凑在一起，把光芒照耀在她的身上了！

"有时候，我会过来帮你教书的，"她补充说，"时常来看看你，对我来说也是换个环境。我喜欢不时换个环境。里弗斯先生，我在城里的时候，真够快活的。昨天晚上，或者说是今天凌晨，我跳舞一直跳到两点钟。一个军团在骚乱以后就一直驻扎在那里。那些军官是世界上最讨人喜欢的人。我们年轻的磨刀人和剪刀商跟他们一比，全都黯然失色了。"

我看出，圣约翰的下嘴唇向前突出，上嘴唇弯曲了一会儿。这位开心的姑娘告诉他这个消息的时候，他的嘴看来的确闭得很紧，他那张面孔的下半部分方方正正，显得特别严厉。他还把凝视的目光从地上的雏菊，移到她的脸上。那是一种没有笑意的目光，对她仔细端详，意味深长。她再次对他笑笑。开心的笑与她这张青春勃发的玫瑰色面孔十分和谐，也很适合她的笑靥和她明亮的眼睛。

他默不作声，严肃地站在那里。她又一次弯下腰去抚摸猎狗卡洛。"亲爱的卡洛爱我，"她说，"它对朋友可不严厉，也不冷淡。假如它会说话，一定不会默不作声的。"

她带着天生的优雅，当着狗那年轻而庄严的主人，弯下腰去拍那狗的脑袋时，我看出狗的主人脸上泛起一片红晕。我看出他的眼睛里突然闪烁出火一般亮晶晶的光芒，那火光带着无法抗拒的激情，把他脸上的严肃融化殆尽。他的脸色发红，眼睛闪亮，顿时让他显示出的男性美几乎可以与她的女性美相提并论。他的胸脯起伏了一下，仿佛那颗硕大的心脏厌倦了专制的管束，不顾意志的反对，扩展了一下，而且为了获得自由而有力地跳动了一下。但是，在我看来，他管住了自己的心，就像一个果断的骑手驾驭住一匹用后腿直立起来的骏马一样。对于向他发起的那种温和的进攻，他既不用语言反驳，也不用行动做作反应。

"爸爸说，你现在根本不去看我们了，"奥利弗小姐抬起头来继续说道，"你在山谷别墅都成了个陌生人了。今天晚上他独自在家，身体又不大好。你愿意陪我一起去看看他吗？"

"这个时候去打扰奥利弗先生，不合适。"圣约翰回答道。

"这个时候不合适！可我要说，正合适。爸爸这个时候正需要有人做伴。工厂下班了，他什么事也没有。里弗斯先生，走吧。你为什么要这么拘谨，为什么会这么忧郁呢？"她见他并不回答，便用自己的话填补了这个沉默的空白。

"我都忘了。"她叫了起来，摇了摇留着美丽鬈发的头，仿佛自己使自己大吃了一惊似的。"我真粗心，太欠考虑了！请你一定要原谅我。我忘了，你有充分的理由不与我闲聊。戴安娜和玛丽刚刚离开你，你的沼泽山庄也封了起来，你感到孤独。我真的十分同情你。走，去看看我父亲吧。"

"今晚不去，罗莎蒙德小姐。今晚不去。"

圣约翰说话的时候活像一部自动机器。只有他自己知道，要说出这些话，需要做出怎样的努力。

"好吧，既然你这么固执，我就要离开你了。因为我不敢久留，就要降露水了。晚安！"

她伸出手。他只是碰了碰那只手。"晚安！"他重复了一遍，声音低沉，干巴巴的，就像个回声似的。她转过身去，但是没过多久又转了回来。

"你的身体好吗？"她问道。她这个问题提得很合适，因为他的面色苍白得像她的裙子一样。

"很好。"他说着向她鞠了一躬，然后便离开了院门口。于是，他们俩各自东西，她像个仙女一样，脚步轻快地走过田野，还两次回过头来看他；而他迈开坚定的步伐走着，根本没有回过头来望一眼。

看到别人的痛苦和牺牲，我不再仅仅考虑自己的痛苦和牺牲了。戴安娜·里弗斯把他哥哥说得"像死神一样无情"，她这话并不是夸张。

32

　　我竭尽自己的能力,忠实而积极地在那个乡村学校努力工作。起初,那对我可真是个艰苦的工作。我使出浑身的本领,过了一段时间,终于了解了我的学生以及她们的性格。她们完全没有受过教育,各种反应都十分迟钝,我觉得她们笨得毫无希望获得知识。最初我觉得她们全都一样笨,不久,我便发现我错了。她们像受过教育的人一样,也是有差别的。当我们相互了解之后,这种差别就变得更加明显了。她们对我,对我的语言、规矩、习惯感到的惊异很快便消失了。我也发现,这些满脸傻样、笨嘴笨舌的乡下孩子中,有几个逐渐受到了启蒙,变成了思维敏捷的姑娘。许多孩子显得彬彬有礼,亲切可爱。我在她们中间发现,有几个姑娘不但能力很强,而且本来就十分懂礼貌,天生富有自尊心。这些不但让我对她们产生了好感,而且还让我赞叹不已。这些孩子很快便乐于做好自己的功课,乐于保持自己的个人清洁,能够按时学习,养成了平静而守纪律的习惯。有些孩子的进步简直可以说是惊人的,这使我感到由衷的喜悦和骄傲。另外,我自己已经喜欢上几个最好的女孩子了,她们也都喜欢我。在我的学生中有几位是农民的女儿,她们差不多是些成熟的少妇,已经能读会写,也会缝纫。我就教她们语法、地理、历史基础知识,和比较精细的针线活。我在她们中间发现了一些孩子好学上进,精神可贵。我在她们家里与她们一起度过许多愉快的傍晚时光,她们做农民的父母对我关怀备至。接受他们朴实无华的好意,以体贴关心来报答他们,实在是一种乐事。我的体贴关心是对他们的感情表示的谨慎、尊重,他们也许并不是从来就习惯于这种体贴、关心,然而,他们却喜欢,而且能从中得到益处,因为它一方面使他们自己感到自己的身份因此提高了,另一方面,也促使他们努力做到礼貌,这样才能无愧于受到的礼遇。

　　我感到自己已经成了这个地方受人喜爱的人物了。我只要到外面去走走,就会听到来自四面八方的人们热情地跟我打招呼,看到人们对我友好地微笑。虽然这只是劳动人民的关怀,但是在大家的关怀之中生活,的确像是"坐在阳光下,平静而甜美"，在大家关怀的阳光下，内心中的恬静在发芽、开花。在我生活中的这个阶段，我的心中更多地感到的是出于感激的兴奋，而很少有沮丧和消沉。然而，我要把一切都告诉你，读者。在这种平静而有成果的生活中，在与我的学生在一起度过有益的一天，接着又在独自绘画和阅读中度过一个晚上之后，到了夜里，我常常会闯进一种奇怪的梦境，这些梦境中满是各种奇异的色彩，充满了让人不安、令人激动的东西，既有美好的理想，也有可怕的风暴。在非同寻常的梦境中，贯穿着令人不安的冒险，以及浪漫的机遇。我总是能一再见到罗切斯特先生，而且是在某种令人激动的关键时刻。然后，我就会感到被搂进他的怀抱中，听到他的声音，与他的目光相遇，接触到他的手和脸颊，心里爱着他，也得到他的爱，希望永远生活在他的身旁。每逢这时，我的这些感觉就复活了，又像最初那样，充满力量和热情。接着我便会醒来，这才想起我是在哪儿，我的处境怎样。然后，我就会在这张没有帐子的床上坐起身来，浑身颤抖，哆嗦做一团。在这种漆黑死寂的夜色中，我会在绝望中惊厥，会发出热情的呼喊。可是一到第二天早上九点钟，我以镇定的神态准时打开校门，准备履行一天的例行职责。

罗莎蒙德·奥利弗遵守了来拜访我的诺言。她一般是在早上出来骑马的时候顺道来学校访问的。她一般是骑着一匹小马，踏着碎步跑到院门口，身后还跟着一个骑在马上、身穿制服的仆人。她披着紫色骑马衣，长长的鬈发飘落在肩上，不时拂动着她的脸颊，在这漂亮的长鬈发上面，优雅地戴着一顶黑色天鹅绒的女战士帽。很难想象出比她的外貌和装束更优雅的东西了。她就这样走进这所简陋的房子，从一排排睁圆眼睛看得发呆的乡村孩子们中间穿过。她一般是在里弗斯先生为孩子们上每日教义课的时候来。我恐怕，这位女客人的锐利眼光会刺穿这位年轻牧师的心。甚至在他还没有看到她的时候，一种类似本能的东西已经在警告他说，她要来了。但他并不朝门子那边看，假如她出现在门口，他的脸颊便会发红，他那像大理石一般坚定冷漠的面孔虽然尽量显得没有变化，可还是会发生一些无法形容的变化。他的五官在静止之中显露出了抑制住的热情，比活动的肌肉和闪烁的眼光能表现出的热情更加强烈。

当然，她知道自己的魅力。他也并没有向她隐瞒这一点，因为他不可能隐瞒的。尽管他信奉基督教的禁欲主义，可是，当她走到他身边，跟他交谈，还带着欢乐而激励的神态亲热地跟他微笑时，他的手都会发抖，他的眼睛会迸出火花。他似乎不是用嘴唇，而是用那忧郁、坚决的神情在说："我爱你，我也知道你喜欢我。我保持沉默并不是认为我追求你没有成功的希望。假如我向你献上自己的心，我相信你会接受的。可是那颗心已经奉献在了圣坛上，周围的火已经点燃，不久之后，那只不过是个焚烧成灰烬的牺牲品罢了。"

她呢，就会像个大失所望的孩子，撅起嘴，喜气洋洋的面孔渐渐笼罩在一片愁云之中。她会匆匆把手从他手中抽出去，赌气似的扭过身去，不再仰望他那殉道者一样的面容。她用这样的方式离开他的时候，他无疑会不顾一切，把世界上的全部东西都放弃，去追随她、叫住她，把她留住；可是他却不愿放弃一个进入天堂的机会；也不愿为了得到她的爱情而放弃一个进入永恒天堂的希望。他也不能为热情而将自己所有的才能和特征都牺牲掉，他不能牺牲自己漫游者、进取者、诗人和牧师的身份。他也不愿意用传教士的荒凉战场换取山谷别墅中客厅里的安宁。尽管他沉默寡言，可我有一次向他大胆提问，了解到他的许多事情。

奥利弗小姐经常光临我的小屋。我已经完全了解了她的性格。她这个人既不神秘，也不做作。她喜欢卖俏，却并不薄情，对人苛求，却并不下流自私。她自幼受到娇惯，但是并没有完全惯坏。她是个急性子，但是脾气挺好；为自己的模样感到得意，但是并不忸怩作态，当然，她也不可能不为自己的模样感到得意，因为每朝镜子里瞅一眼，都会看到一个娇媚红颜的形象。她很慷慨，却并不为富有骄傲；她人很伶俐，同时也足够聪明。她快乐，她活泼，她不爱开动脑筋。总而言之，即使从我这个与她性别相同的冷静观察者看来，她也算得上十分迷人的，然而，她不能引起人们很大的兴趣，也不能给人留下很深的印象。她的心与圣约翰的两个妹妹是完全不同的，不过我还是很喜欢她，我就像喜欢我的学生阿黛勒一样喜欢她。当然也有一点不同，我们喜爱自己照顾、自己教授的孩子，比我们喜爱一个同样迷人的成年人要更加亲切。

她跟我亲热起来。她说我跟里弗斯先生很相像，当然啦，她也坦白说，虽然我是个惹人喜爱、模样端正的小人儿，可是我的长相还不及他的十分之一。他简直是个天使。不过，她说我跟他一样，既善良，又聪明，态度镇定，性格坚强。她断言说，我这样的人做乡村教师，是不正常的，她还说，要是我以前的经历让人知道的话，一定可以写成一本有趣的传奇故事。

　　一天晚上，她如往常那样，像个轻率好动，却并不惹人生气的孩子，在我那间小厨房的餐具柜和桌子抽屉中乱翻。起初，她发现了两本法文书、一本席勒的作品、一本德语语法和词典，后来，又找到了我的绘画用具和几张速写，其中一张上面画的是个美丽的小女孩，漂亮得就像个天使，那是我一个学生的头像，几张莫尔顿山谷和周围沼泽地的风景画。她先是惊讶得发愣，既而又兴奋得发傻。

　　"这些画是你画的吗？真是太漂亮了。你懂法语和德语？你真是个奇迹！你画得比城里第一流学校里我那些老师们画得都好。愿意给我画一张速写，让我爸爸看看吗？"

　　"很愿意。"我回答道，一想到我能为如此漂亮、如此完美的模特儿画写生，我便感到一阵艺术家的欢乐。当时她穿着深蓝色绸衣服，胳膊和脖子裸露着，身上唯一的装饰便是她那一头带着天然卷曲的栗色蓬松头发，头发像波浪一样泻在肩膀上，豪放而自然。我取了一张精细的画纸，仔细勾画出轮廓。我希望享受一下为她做彩色画的乐趣，便告诉她说，今天太晚了，她得改日再来。

　　结果，由于她在她父亲面前说了我的情况，第二天傍晚，奥利弗先生亲自陪着她来了。奥利弗先生是个身材高大、五官粗大、头发灰白的中年人。他那个漂亮的女儿站在他身旁，看上去就像在一座灰色塔楼旁边开放的一朵鲜花。从他的外表可以看出，他是个沉默寡言的人，也许还有点傲慢，不过，他对我十分和气。我为罗莎蒙德画的写生他看了极为高兴。他说，我应该把它画成一张完美的画。他还执意邀请我第二天晚上到山谷别墅去做客。

　　于是我去了。我发现，那是一所漂亮的大宅子，处处都显示出房主人的财富。我在那儿做客的时候，罗莎蒙德从始至终充满了欢乐。她父亲和蔼可亲，用过茶点后，开始跟我交谈。他用有力的话语对我在莫尔顿学校做的工作表示赞扬，还说，根据他看到和听到的，他唯一的担心，就是怕我干这份工作是大材小用，不久便会离开，去干更合适的工作。

　　"是啊！"罗莎蒙德嚷道，"她聪明极了，足可以到高贵人家去当家庭教师呢，爸爸。"

　　我心想，我宁愿待在这里，也绝对不愿到任何高贵人家去。奥利弗先生用十分尊敬的口吻谈起了里弗斯先生和里弗斯一家。他说，里弗斯是这个地区十分古老的姓氏，这个家族的祖先很富有，有一度，整个莫尔顿都属于他们，即使到了现在，他都认为，这家人的成员只要愿意，就能与最好的人家结亲。他认为，这么优秀、这么有才华的青年，到外面去当传教士，实在是太可惜了，那简直像是把宝贵的生命随手抛弃一样可惜。这么看来，这位父亲不会阻拦罗莎蒙德与圣约翰的结合。奥利弗先生显然认为，这位年轻牧师的良好出身、古老的姓氏以及神圣的职业，足能弥补财产的不足。

十一月五日是个假日。我的小仆人帮我打扫好房间后，得到了一便士的酬劳，心满意足地走了。我周围的一切都干净得一尘不染，到处擦得闪闪发亮。地板洗刷过了，炉栅擦得锃亮，椅子擦得干干净净。我把自己浑身上下也收拾得十分整洁，现在，这个下午可以由我自己随意支配了。

我花了一个小时翻译几页德语。然后，我拿起调色板和画笔，开始做自己得心应手，因而觉得比较轻松愉快的事——我要完成罗莎蒙德·奥利弗的那幅小画像。她的头已经画好，只有背景还需要着色，衣服也需要增加些影子来衬托，丰满的嘴唇还需要添上一抹胭脂，头发上还需要补上一两个发卷，睫毛的影子还要加深一点儿。我正在全神贯注地描绘着画儿的这些精致的细部，突然圣约翰·里弗斯急匆匆敲了几下门，就推开并没有合上的门子，走了进来。

"我来是想看看你是怎么度假日的，"他说，"我希望，你不是在想心事吧？没想？很好。你在作画的时候就不会觉得寂寞了。我还是有点不能信任你自己，可你到现在为止一直经受得住。我给你带来了一本书，让你晚上读着消遣。"他把一本新出版的书放在桌子上，那是一首长诗。那时可是近代文学的黄金时代，幸运的读者常常能读到货真价实的作品，这便是其中之一。啊，可惜我们这个时代的读者没有那样的有利条件。不过，请读者别伤心！我也不会就此打住故事，去指责或者抱怨。我知道诗歌仍然是有生命力的，天才也不会消失。这两者哪个也不会受到金钱的控制，既不会受到金钱的绑架，也不会遭到它的杀戮；总有一天，诗歌和天才的诗人会再次宣布自己的存在、自己的自由，以及自己的力量。强有力的天使，高枕在天国中！看到卑鄙的灵魂取得胜利，目睹弱者为自己的毁灭而哭泣的时候，它们在微笑。难道诗歌被摧毁了吗？难道天才们被放逐了吗？没有！难道他们是平庸的吗？不。不要让嫉妒促使你产生这个想法。他们还存在着，而且还占有统治地位，还有拯救力量。假如没有他们普遍的神圣影响，我们简直会生活在地狱里——那是我们自己的卑鄙所造就的地狱。

我急切地浏览起那本书来，因为那是一本《玛米昂》。这时，圣约翰弯下身子来仔细看我的画。他吃了一惊，高高的身子猛地再次挺直了。我抬起头来看他，他连忙躲开我的眼睛。我很了解他的想法，也能清清楚楚地猜出他的心思。我这时候觉得自己比他镇定，也比他冷静，于是暂时比他占上风。我打算尽自己的可能，对他做点有益的事情。

"尽管他既坚定又有很强的自制能力，"我想道，"但是他把自己逼得太苦了些。他把每一种感情和痛苦都锁在自己的心里，什么也不表达，什么也不坦白讲出来。我能肯定，跟他稍微谈谈他认为不该娶的这位漂亮的罗莎蒙德，也许对他不无益处。我要让他开口。"

于是我先开口说："请坐，里弗斯先生。"可他的回答一如既往，他不能停留。我心里说："好吧，既然你情愿站着，那你就站着好了。可你现在还不能走。至少，孤独对你和对我都一样糟。我要看看你心头秘密的源头在哪儿。我要在你那大理石一样坚定的胸脯上钻一个小孔，我可以让一滴同情的止痛剂流进去。"

"这幅肖像画得还像吗？"我直率地问道。

"像？像谁？我没仔细看。"

"你仔细看过了，里弗斯先生。"

听了我这样突然而奇怪的粗鲁问话，他几乎惊讶得要跳起来。他惊异地看着我。我自忖道："啊，这算不了什么，我可不会让你那点儿固执吓退，我还得好好跟你周旋一番呢。"我接着说："你已经仔仔细细、清清楚楚地看过了。不过，要是你愿意再看看，我并不反对。"我站起身，把那幅画放在他手里。

"画得真好，"他说，"色彩非常柔和，非常鲜明，描绘非常优雅、准确。"

"不错，不错，这些我自己都知道。但是像不像呢？你说像谁？"

他稍微控制了一下自己的犹豫，回答说："我猜，是奥利弗小姐。"

"当然是她。先生，因为你猜得这么精确，作为奖励，我要照这幅画为你仔细画一幅完全一样的复制品。不过你得答应接受这件礼物。我不希望在一件你认为毫无价值的礼物上白白浪费时间和精力。"

他继续盯着观察那幅肖像,看的时间越长,就越紧紧抓着不放,而且看起来也越想得到它。"的确像!"他喃喃地说,"眼睛处理得好,颜色、光线、表情都十分完美。它还在笑呢!"

"假如你拥有这样一幅画,会感到安慰呢,还是感到痛苦?告诉我。等你到了马达加斯加,或者好望角,或者印度,看到这样一个纪念品,你感到的是一种安慰,还是一看到它就勾起让你伤心痛苦的回忆?"

这时,他偷偷抬起眼睛,迟疑地看了我一眼,目光中带着困惑,然后又低下头去看那幅肖像。

"我当然想得到这样一幅肖像。至于这样是不是明智,是不是聪明,那就是另一回事了。"

因为我已经确信罗莎蒙德真的喜欢他,而她的父亲也不会反对这样一门亲事,我的精神境界又不像圣约翰那么高,于是,我便很想促成他们的结合。在我看来,如果他成了奥利弗先生巨大财富的所有者,他可以用这笔财富做许多好事,跟他到热带地区去,让自己的天才在那里枯萎,让自己的精力在那里衰退获得同样的功德。于是我开始设法说服他。

"在我看来,更聪明、更明智的是赶快把这张画里的那个人娶回来。"

这时候,他坐了下来。他把那幅肖像放在他面前的桌子上,用双手托着额头,痴情地观赏着它。我看得出,他对于我的大胆问话既不感到恼火,也不感到吃惊。我甚至感觉到,我跟他谈论这么一个他可能认为不该谈论的话题,而且是这样坦率地谈论,可他却渐渐觉得是一种新的乐趣,是一种意外的宽慰。与说话滔滔不绝的人相比,沉默寡言的人在谈论自己的伤感和悲哀的时候,往往更加真正需要坦率。外表极为严肃的禁欲主义者,其实也是人,有人怀着大胆和善意闯进他们灵魂中沉默的海洋,往往是给予他们最好的恩惠。

"她喜欢你,这我能肯定,"我站在他椅子后面说,"他父亲也尊敬你。另外,她是个可爱的姑娘,有点儿不喜欢思考,但是你们两个有你为你自己,也为她思考,就足够了。你应该跟她结婚。"

"她真的喜欢我吗?"他问道。

"当然啦,她喜欢你超过任何别的人。她总是谈起你,除此之外,再没有什么让她喜欢的其他话题了。"

"听到这话真让人高兴,"他说,"很高兴。那就再谈上一刻钟吧。"他说着真的把表掏出来放在桌子上,看着时间。

"要是你打算用什么武器来反击,或者准备铸一条新的锁链,把自己的心锁起来,"我说道,"再谈又有什么用处呢?"

"别想象出那么可怕的东西来。假设我软化了,开始让步,就像我现在这样。我的心底像新开了一眼喷泉,涌出凡人的爱情,那甜蜜的洪水淹没了整个心田。我曾经在那里苦心经营,付出克己的辛勤,撒下善意的种子。而现在,甘美的琼浆玉液在那里泛滥,刚刚出土的嫩芽全部被淹没,带有美味的毒汁害了它们。现在,我仿佛已经看到自己躺在山谷别墅客厅的软榻上,龟缩在我的新娘罗莎蒙德·奥利弗的脚下,她正在用那种悦耳的声音跟我说话,还用你画得那么逼真的眼睛俯视着我,用这张珊瑚般的嘴唇朝我微笑着——我是她的。这眼前的生活,以及转瞬即逝的世界对我来说,已经足够了。嘘!别说话——我的心里充满了喜悦,我的感官都着迷了——让这段定好的时间在寂静中过去吧。"

我迁就了他。那只表在滴答滴答地走着。他的呼吸声低沉而急促。我站在一旁,一声也不吭。在这寂静中,一刻钟很快就过去了。他收好表,放下那幅画像,站起身,走到壁炉旁。

"好了,"他说,"那一小段时间我花在痴想上了。我把自己的脑袋靠在诱惑的胸脯上,而且我自愿把脖子伸进她用鲜花装饰的轭下。我尝了她的杯中美酒。她的胸脯在燃烧,鲜花中藏着毒蛇,杯中的美酒是苦味的。她的诺言空洞无物,她的建议并不真实。我看出这一切,也知道是这样的。"

我惊异地盯着他。

"我居然这么疯狂地爱着罗莎蒙德·奥利弗,"他继续说道,"真是太奇怪了——而且我是带着初恋的全部激情,热恋的对象又是那么漂亮、那么优雅迷人——然而,与此同时,我也冷静地意识到,她不会成为我的好妻子,她不是我的合适伴侣。结婚后用不了一年,我就会发现这一点。在十二个月的狂喜之后,随之降临的是终生的遗憾。这一点我也知道。"

"这可真奇怪了!"我禁不住嚷起来。

"虽然我的某些感觉对她的魅力极为敏感,"他继续说道,"然而,另外一些感觉,却对她的缺点保持着深刻的印象。这些缺点主要是:她不赞成我的追求,也不会在我从事的事业上与我合作。难道罗莎蒙德会成为一个能吃苦耐劳、勤于劳作的女使徒吗?难道罗莎蒙德能当一个传教士的妻子吗?不行!"

"可你并不一定要做个传教士啊。你完全可以放弃那个计划的。"

"放弃!什么?放弃我的天职?放弃我伟大的工作?放弃我为了在天堂营造大厦,而在尘世奠定的基础?我要属于那个队伍,他们把所有的愿望都合并成一个荣耀的志向——改善他们的同类,要把知识传播到无知的王国,要用和平代替战争,用自由代替束缚,用宗教代替迷信,用对天堂的渴望代替对地狱的恐惧,难道我能放弃成为这个队伍的成员吗?这些比我血管里流动的血液还宝贵。这些是我盼望的,是我生活的目的,难道我能把这一切都放弃掉吗?"

在一阵长长的停顿之后,我开口说道:"那么奥利弗小姐呢?难道她的失望和悲哀对你根本算不了什么吗?"

"奥利弗小姐的周围从来就包围着被求婚者和奉承者。不到一个月以后,我的形象就会从她的心中抹去。她会忘记我,也许会跟一个比我更能给她带来幸福的人结婚。"

"你的话虽然说得很冷漠,但是这个矛盾也让你吃了苦。你消瘦了。"

"不是这样的。如果说我稍稍瘦了点儿,那是由于对尚未确定的前途、对一再推迟的旅行感到担心而导致的。就在今天早上,我还得到一个消息,说是我早已等待的那个接班人,三个月之内还不能准备好来接替我。三个月说不定最后会拖到六个月。"

"只要奥利弗小姐走进教室,你就浑身颤抖,脸色发红。"

他的脸上再一次闪过诧异的表情。他没想到一个女人竟然敢这样跟一个男人说话。可我觉得这样说话很舒服。与那些态度坚强、行为谨慎、心灵高尚的人交流时,不论他们是些男人,还是女人,我会突破他们习惯于沉默的外围工事,跨越他们推心置腹的门槛,最后在他们的心底占据一个位置,不达到这个目的,我是绝对不会罢休的。

"你真是太独特了，"他说，"而且一点儿也不害怕。你不但目光锐利，而且精神非常勇敢。但是，请允许我向你说清楚，你有点误解了我的感情，把我的感情想得太深刻、太强烈。你给予我的同情超出了我应得的范围。我在奥利弗小姐面前脸色发红，还有点发抖的时候，我并不可怜我自己。我蔑视这种软弱。我知道，那是可耻的，那不过是肉体的一阵狂热而已。我要声明，那绝不是灵魂的痉挛。我的灵魂像磐石一样纹丝不动，因为它牢牢扎根于汹涌澎湃的大海深处。你要认识我，就要认识到我的本来面目，我是个态度冷漠而性格坚定的人。"

我微微一笑，表示不相信。

"你已经靠突然袭击，让我说出了心里话，"他继续说，"现在就让我把心里话全都讲给你听吧。要是剥去基督教用来遮盖人类缺点的长袍，显出我的本来面目，我其实本是个冷酷无情、野心勃勃的人。在所有的感情中，只有自然的爱才是我永久的力量。我的向导不是感情，而是理智。我的野心大得无边无际。我希望往上爬，希望比别人做更多的事，这些欲望是无法满足的。我非常尊重忍耐、坚毅、勤劳、天赋等品质，因为只有通过这些途径，人们才能达到各种伟大的目的，才能升到崇高显赫的地位上。我带着很大的兴趣，观察了你从事的工作，这是因为我认为你是工作勤劳、思维条理、精力充沛的典型女子，而不是因为我同情你过去的经历，以及你现在仍然忍受着的痛苦。"

"你要把自己描绘成个异端哲学家了。"我说道。

"不，我跟自然神论哲学家之间的区别在于：我有信仰，我信仰福音。你的说法选错了。我不是异端的，而是基督教的哲学家，而且是耶稣这一派的追随者。作为他的门徒，我接受他纯洁的、仁慈的、宽厚的教义。我拥护他的教义，并且发誓要把这些教义传播开来。我在青年时期便被宗教争取过去，宗教培养了我的原始品质，要我将心中固有的自然的爱这个娇小胚芽，培育成浓荫遍地的大树——慈善。宗教把我像野草根一样杂乱生长的正直，培育成神圣的正当观念——正义。宗教把我想要赢得权力和名望的野心，变成为了拓宽主的王国、为十字旗取得胜利而奋斗的志向。所以说，宗教为我做了许多许多，它使原始的材料经过转化，使之能得到最好的利用；它修剪并训练了我的天性。但是它并不消灭天性。在凡人变成不朽的精神之前，天性是不会消灭的。"

说完这些,他拿起帽子,那帽子刚才放在桌子上我的调色板旁边。他再次朝那幅肖像看了一眼。

"她的确是可爱的,"他喃喃地说,"她被称作尘世间的玫瑰,的确是名副其实。"

"你不要我为你画同样的一幅吗?"

他用拉丁语问道:"为什么目的?"接着他又说:"不要。"

作画的时候,我习惯于用一张薄纸垫在画纸上,把手支在上面,为的是避免把画纸弄脏。他这时把这张纸拉过来盖在画上。我无从明白他突然在这张纸上看到了什么,可是他的目光突然被什么东西吸引住了。他一把夺过那张纸,仔细看了看纸的边缘部分,然后看了我一眼。那眼神中有无法描绘的怪异,其中的含义我完全无法理解。那眼神似乎要把我的身体、脸庞、衣服的每一点都注意到,并且要把它们记住似的,那目光扫过我的时候,锐利迅速得就像闪电一样。他张开嘴,好像要说点什么,但是他把就要说出口的不知什么话挡住了。

"怎么回事?"我问道。

"什么事也没有。"他这么回答道。说完,他把那张纸放回原处,我看见他动作熟练地从那张纸的边缘上撕下窄窄的一条。他把那个纸条悄悄藏进手套里面,匆匆朝我点了点头,说了声再见,便消失了。

"唉呀!"我嚷了起来,用当地人的一种说法自言自语道:"这个实在莫名其妙啦!"

我也仔细端详起那张纸来。可是,除了我试画笔的时候在上面涂的几片脏兮兮的色斑之外,我什么也看不出来。我把这件蹊跷事又思考了一两分钟,可是找不到答案。我肯定那没什么重要的,便不再去想它,不久便把这事忘得一干二净。

33

圣约翰离开的时候,天开始下雪。暴风雪飞旋着持续了一整夜。第二天,一阵凛冽的寒风又刮来几场迷茫大雪。到了黄昏时刻,山谷里的积雪厚得几乎无法通行了。我关上百叶窗,将一张草垫子挡在门子上,免得风把雪从门子下面刮进来。我把火拨旺,在炉边坐了一个多小时,听着暴风雪沉闷的呼啸声。后来,我点燃一支蜡烛,取下那本《玛米昂》,开始阅读。

夕阳照耀在诺汉城堡的峭壁,
美丽的特威德河宽阔而深邃。
还有那孤寂的契维奥特山脉,
城堡的高塔林立包围着主楼。
城堡外面的高墙环绕在四周,
全都沉浸在金色的余晖之中。

我在这诗歌的韵律中,很快便忘记了暴风雪。

我听见一个声音,便以为是风在撼动门扇。可那是圣约翰·里弗斯。他拉开门闩,从严寒的狂风和阴冷的黑暗中走进来,站在我面前。裹在他高高的身躯上的白雪,活像一派冰川。我吓了一大跳,因为我没料到在这么个大雪封山的夜晚,还会有客人来。

"有什么坏消息吗?"我问,"出了什么事?"

"没有。你怎么这么容易受到惊吓?"他一边回答,一边将外衣脱掉,把它挂在门背后,然后不慌不忙地把进来时弄乱的草席推回到门上。他跺跺脚,把鞋子上的雪抖下来。

"我把你干净的地板弄脏了,"他说,"可这一次你得原谅我。"说完,他走近炉火,"说真的,能走到这儿来可真不容易啊,"他把手放在火焰上暖一暖,说道,"我的半个身子都陷进一堆雪里了,幸亏雪还挺软的。"

"可你干吗要来呢?"我禁不住问道。

"向客人提这么个问题,可真够不客气的。可是既然你提出这么个问题,我只好回答了。我只是想跟你稍微聊一聊。我对我那些不会说话的书本和空荡荡的房间感到厌倦了。再说,自从昨天以来,我心里一直有一种激动情绪,就像一个人听了一半故事,急于听到后一半一样。"

他坐下来。我想起他昨天的奇怪举止,心里开始害怕他的神经出了毛病。假如他真的发了疯,那他这种疯病可是非常冷静而镇定的。他那相貌俊俏的脸庞从来没有比现在更像大理石雕像。他把被雪沾湿了的头发从前额移开,让炉火完全照耀着他苍白的额头和脸颊上。我看到他由于过度操劳和忧郁,脸颊上已经有了明显的凹陷,我不禁感到悲哀。我等待着,想听他说出些能让我理解的话来。可是他的手这时却支住下巴,一个手指放在嘴唇上。他正在思考。我发现他的手看上去和他的脸一样瘦。我心里涌起一阵也许并不必要的怜悯。

我激动地说:"要是戴安娜和玛丽能跟你住在一起就好了。你孤零零独自生活实在不行。你又不懂得照顾自己的身体。"

"才不是呢,"他说,"必要的时候,我还是能照顾自己的。我现在身体挺好。你看我哪儿不好?"

这些话是用一种满不在乎,而且心不在焉的漠然态度说出来的,这表明,在他看来,我的关心完全是多余的。我沉默了。

他的手指还在嘴唇上抹动着。他的眼睛还在出神地凝视着闪亮的炉栅。我觉得必须说点什么,就问他是不是感到身后的门那儿有一股冷风吹进来。

"没有,没有!"他的回答十分简短,情绪有点烦躁。

我想道:"好吧,既然你不想交谈,你就保持沉默好了。我可不管你,要继续看我的书了。"

于是我剪短了蜡烛芯,接着阅读《玛米昂》。不久,他动了一下。我的眼睛立刻让他的动作吸引住了。他掏出一个摩洛哥皮夹子,从里面取出一封信,默默看了看,又把信折起来,放回去,重新沉思起来。眼前有这么一个费解的东西,要想安下心来继续阅读,简直是不可能的。而且我也不愿在这样的不耐烦心情中沉默下去。

他要是愿意的话，只好随他阻止我，可我非说话不可。

"你最近收到戴安娜和玛丽的信了吗？"

"只有一星期以前给你看的那封，后来就再也没收到。"

"你自己的安排也没做什么变化吧？不会比你原来预料的时间更早离开英格兰吧？"

"我恐怕不会。那种机会太好了，不会落到我头上来。"到现在，这段谈话一直不顺利。于是我转变了话题。我想道可以谈谈我的学生。

"玛丽·加勒特的母亲好多了，今天早上，玛丽回到学校上课来了。下个星期，我要有四个新生，是从铸造厂地区来的。要不是下了这么大的雪，他们本来今天就会来。"

"是吗？"

"奥利弗先生负担两个人的费用。"

"是吗？"

"他打算在圣诞节的时候宴请全校一次。"

"这我知道。"

"是你的建议吗？"

"不是。"

"那是谁的呢？"

"我想，是他女儿的主意。"

"的确像是她。她的性情那么和善。"

"是啊。"

再次沉默。钟敲了八下，把他惊醒了。他把跷起的那条腿放下来，坐直身子，把脸朝我转过来。

"把你的书暂时搁一搁，到火这儿来。"他说。

我觉得惊奇，感到说不出来的惊奇，便顺从了。

"半个小时以前，"他接着说，"我说过，我急于听听后半个故事。后来我考虑了一下，觉得这事儿还是由我来叙述，你来听比较好。在开始以前，我想最好说明一下，这个故事在你听来可能比较陈旧，但是，一些陈旧的细节是由一张新的嘴巴叙述的,往往能在一定程度上恢复它的新鲜。至于其他方面,不论陈旧还是新奇,反正并不长。

"二十年前,一个贫苦的牧师,爱上了一个富人的女儿。我们权且不管他们叫什么名字。那姑娘也爱上了这牧师,而且不顾所有朋友的劝告,跟他结了婚。她的朋友从此再也不理睬她。过了不到两年,这一对鲁莽的夫妇不幸双双去世,合葬在一块墓板之下。我看到过他们的坟墓,它现在已经成了人行道的一部分,那是在一个工业过度发展的城市中,那片大墓地就在一个让煤烟熏得黑乎乎的教堂周围。刚才说到的那一对夫妇留下一个女儿,她刚刚出生,就被'慈善'收养到自己的怀抱中,那种'慈善'冷酷得能与今天几乎把我冻僵的风雪相媲美。慈善把这个没有亲友的孩子送到她母亲一个有钱的亲戚家,由一个舅母抚养。她的舅母——我现在要提到名字了——她舅母是盖茨海德的里德太太。你吓了一跳,你听到一个声音吗? 也许只是隔壁教堂里椽子上有老鼠在跑。在我把它改装成教堂以前,那里曾经是个谷仓。谷仓当时是老鼠常去的地方了。我接着往下讲吧。里德太太把这个孤儿养了十年,至于这孤儿在她那儿过得好不好,我不知道,因为我从来没听说过,可是满十年的时候,她把她送到一个你熟悉的地方——不是别处,正是劳渥德学校。你在那个地方也住过很久。看来,她在那个地方的表现还不错,像你一样,先是做学生,后来当了教师。说真的,我觉得她的身世和你的有一些相同的地方。她离开那儿后,当了家庭教师。瞧,在这一点上,你们的命运又完全一样。她教一个由罗切斯特先生收养的孩子。"

"里弗斯先生!"我嚷着打断了他的话。

"我猜得出你的心情,"他说,"不过请你先克制一下。我就要讲完了,请听我讲完吧。关于罗切斯特先生的人品,我一无所知,我只知道一个事实,那就是他宣布说要体面地与那位家庭女教师结婚,结果,在教堂的圣坛前,她发现,他有一个活着的妻子,尽管那是个疯子。他后来怎样行动,怎样向她求婚,那就纯粹是人们的猜测了。可是东窗事发后,人们自然要关心那个姑娘的命运,可是却发现她已经走了,至于她是什么时候走的,到哪儿去了,又是怎么走的,谁也说不上来。她离开桑菲尔德的时间是在夜里。人们把附近乡下远远近近都找遍了,可是对她行踪的每一次寻找均以失败而告终,根本没有得到她的任何消息。然而,找到她已经成了一件十分急迫的事情。所有的报纸上都登出了广告。我自己就收到了一位律师布里格斯先生写来的信，将我刚才说的这些详细情况告诉我。这真是个奇怪的故事，不是吗？"

"告诉我一点，"我说，"既然你知道得这么详细，你肯定能告诉我，那位罗切斯特先生怎么样了，他在做什么，他还好吗？"

"罗切斯特先生的情况，我一点儿也不知道。那封信里并没有提到他，只提到我刚才说到的那桩不合法的欺诈婚姻企图。你还不如问一问那位家庭女教师叫什么名字，问问人们急于找到她，是为了什么性质的原因。"

"这么说，没有人去过桑菲尔德？也没有人看到过罗切斯特先生？"

"我想没有。"

"但是，人们给他写过信吗？"

"当然写过。"

"他怎么说？谁拿着他写的回信？"

"布里格斯先生提到过，说是给他写回信的不是罗切斯特本人，而是一位太太，签名是'艾丽斯·费尔法克斯'。"

我觉得浑身发冷，情绪沮丧。我当时最害怕的事情也许真的成了事实，他很可能已经离开英国，在绝望中不顾一切地跑到大陆上，到以前常去的地方去寻欢作乐。他在那儿找到了什么鸦片来麻痹他的精神，找到了什么目标来发泄他兽性般的热情？我不敢回答这个问题。啊，我可怜的主人！他几乎做了我的丈夫，我那时常常称他做"我亲爱的爱德华"。啊，我的主人啊！

"他准是个坏人。"里弗斯先生评论道。

"你不了解他，别对他横加指责。"我有点生气地说。

"好吧，"他平静地回答道，"我的脑子里其实没有想他，是在考虑其他事情。我要把故事讲完。既然你不想问那个家庭女教师叫什么名字，那我就自己讲出来。等一等——名字在这儿——看到一些重要的东西都白纸黑字记载得清清楚楚，真让人觉得满意。"

他不慌不忙把那个皮夹子掏出来，打开，里里外外找了一遍，最后从里面的一个兜层里抽出一张匆匆撕下的破纸条，从那纸条的质地和上面斑驳的颜色上，我认出那就是他从我遮画用的纸上撕下来的纸边。他站起身来,把那纸条递到我眼睛前面,我看到自己亲手用黑墨水写下的"简·爱"两个字。无疑,这是我心不在焉的时候偶然写在上面的。

"布里格斯写给我的信中提到的名字是简·爱,"他说,"几个广告上都提到要找一个简·爱。可我只认识一个叫简·埃利奥特的姑娘。我承认曾经猜疑过你,可是直到昨天下午才证实猜得不错。你承认这个名字,取消化名,可以吗?"

"可以,可以,但是布里格斯先生在哪儿? 也许关于罗切斯特先生的情况他知道得比你多些。"

"布里格斯在伦敦,我看关于罗切斯特先生他不会了解多少。他关心的并不是罗切斯特先生。你只顾追问琐细的事情,把主要的问题都忘掉了。你还没问问布里格斯先生为什么要找你呢——没问问他找你做什么。"

"那好吧,他要做什么?"

"只是想告诉你说,你的叔父爱先生已经在马德拉去世了。他把全部财产都留给了你,你现在富有了——不过如此而已——并没有别的事情。"

"我? 富有了?"

"不错,是你。你富有了——成了个财产继承人。"

一阵沉默。

"当然,你必须证明你的身份,"圣约翰不久又说道,"这个手续并不困难,以后,你立刻就有那笔财富的所有权了。你的财产都投资在英格兰公债上了,布里格斯那儿有遗嘱和必要的文件。"

这可是翻出的又一张新牌! 读者啊,突然之间由赤贫变成暴富是件好事,的确是件非常好的事,但并不是马上就能为人理解,并因而得到享受。另外,生活中还有比这更加令人激动、更加让人欣喜若狂的事情。而这一件事情是可靠的,是一个活生生的事实,其中并没有假想的因素。与它有联系的一切都完全可靠,非常现实,它的外在形式也是如此。当人们听到自己得到一笔财富的时候,并不会又蹦又跳,高声欢呼,而只会考虑由此而来的责任,只会冷静地思考一些事物。在确实感到满意的基础上,会产生严肃的责任感。于是,我们会克制住自己的喜悦,皱起眉头考虑我们的幸福。

"遗产""遗赠"之类字眼,毕竟总是与"死亡""葬礼"这种字眼联系在一起的。我仅仅听说过的叔叔是我唯一的亲戚,可他现在死了。自从我知道他是我的叔叔,就一直希望有朝一日能见到他。然而现在我却永远见不到他了。这笔钱是给我一个人的。不是给我和一个欢乐的大家庭,而是给我这么一个孤零零的人。这无疑是个巨大的恩惠,而且能够因此而成为经济上独立的人实在是件光彩的事——是啊,我都能感觉到这一点了——这个想法在我心中膨胀起来。

"你总算舒展开眉头了,"里弗斯先生说,"我以为美杜莎看了你,你要变成一块石头呢。也许你现在想问问,你有多少财产吧?"

"那么我有多少财产?"

"喔,数目不大!当然不值得一提——只有两万英镑。他们是这么说的,可那算什么呢?"

"两万英镑!"

这又是一件让人吃惊的事——我原来估计只有大约四五千镑。这个消息确实叫我一时兴奋得连气也喘不过来了。我从来没听见圣约翰先生出声地笑过,可这时,他却放声大笑。

"哎呀,"他说,"就算是你杀了个人,我来告诉你说,你的罪行已经败露了,大概你也不会比现在更加吃惊。"

"这可是个大数目,你认为其中没有错误吗?"

"一点儿也没错。"

"也许你看错了一位数吧——大概是两千吧。"

"那不是个阿拉伯数字,是大写——贰万英镑。"

我又一次觉得,仿佛自己是个只有普通胃口的人,却在一个摆满食物的桌子前坐下来,桌上的饭菜足够一百人享用,却要我独自消受。里弗斯先生这时站起身,披上斗篷。

"今晚要不是天气这么糟,"他说,"我就会把汉娜打发到这里来陪你。把你独自撇在这里实在太惨了。可是汉娜那个可怜的女人,却不能像我一样,在积雪中走路,她的腿没我的长,所以,我只得把你可怜兮兮独自留在这里。晚安。"

就在他的手拉住门闩的时候,我的脑子里突然闪过一个念头。

"等一等!"我喊道。

"怎么?"

"我不明白,布里格斯先生为什么会给你写信问起我,也不明白他是怎么跟你相识的,他怎么认为,你住在这么个偏僻的地方,会有能力帮他找到我?"

"喔!因为我是个牧师,"他说,"人们遇到各种古怪的事情,就常常向牧师请教。"说完,他拉响了门闩。

"不,我对这个回答不满意!"我喊道。在他那个仓促而没有提供解释的回答中,隐藏着一种东西,它不但没有满足我的好奇心,反而更加刺激了我。

"这事非常奇怪,"我补充说,"我必须知道得更多一点儿。"

"改天吧。"

"不,就今天晚上!——今天晚上!"我趁他从门口转过身来的时候,就闪身站在他与门子之间,挡住他的去路。他看上去十分尴尬。

"你不把事情全部告诉我,就绝对不让你走!"我说道。

"我可不想现在就说。"

"你应该说,你必须说!"

"我倒想请戴安娜或者玛丽来告诉你。"

这种反对的说法,把我的迫切心情激发到不能再忍受的高度了。我必须知道究竟,并且不能耽搁。我也是这么对他说的。

"可我要告诉你,我是个态度强硬的男人,"他说,"难以被人说服。"

"可我是个态度强硬的女人,不能忍受耽搁拖延。"

"再说,"他接着说道,"我还是个冷酷的人,什么热情也影响不了我。"

"可我却是火热的,火就能让冷酷的冰融化。那儿的火就把你斗篷上的雪融化掉了,现在流淌在我的地板上,把地板糟蹋得像众人走来走去的人行道。既然你刚才表示过,希望我原谅你弄脏我厨房地板——这是一种深重的罪孽,那就把我想要知道的告诉我,将功折罪吧。"

"那好吧,"他说,"我让步就是了。如果不是向你的热诚让步,也是向你的坚持态度让步。因为连续不断的水滴,也能把石头滴穿。再说啦,你总有一天会知道,现在知道和以后知道是一样的。你的名字不是简·爱吗?"

"当然是,刚才我已经肯定答复过了。"

"也许你并没有意识到,我跟你有一个名字一样。我受洗的时候,取的名字是约翰·爱·里弗斯。"

"没注意过,真的! 我现在想起来了,在你几次借给我的书上,你名字的缩写当中有一个字母 E,可我从来没问过你这个字母代表着什么。可这又有什么关系呢? 当然……"

我打住话头。我不敢让自己产生这么个想法,更不希望把它表达出来,可是这个想法突然在我脑子里产生出来,变得具体化了。各种情况交织在一起,很快就变得有条有理了,那根链条原来是一堆乱糟糟的链环,可现在却给拉直了,每一环都完美无缺、环环相扣。圣约翰还没有再说出一个字,我已经本能地猜到是怎么回事了。但是,我不能指望读者也都有这样积极的直觉,所以我必须将他的解释重复如下:

"我母亲家姓爱。她有两个兄弟:一个是牧师,跟盖茨海德的简·里德小姐结了婚;另一个是约翰·爱先生,他生前在马德拉群岛的丰沙尔经商,布里格斯先生是爱先生的律师。今年八月,布里格斯先生写信通知我们说,我们的舅舅去世了,还说他已经把他的财产,留给他那位牧师哥哥的孤女了。他没有给我们留任何东西,那是因为他跟我父亲经过一次争吵,以后再也没有和解。几个星期之前,这位律师又写信给我,说是那位女继承人失踪了,问我们是不是知道关于她的事情。一个无意中签在纸条上的名字,让我发现了她。其余的你全都知道了。"他说完又要走。可我靠在门上不让路。

"让我说句话,"我说,"让我稍稍喘口气,想一想。"我停顿了一下,他就站在我面前,手里拿着帽子,看上去相当镇静。

我开口说道:"你母亲是我父亲的姐姐。"

"是的。"

"那就是我的姑妈?"

他躬了一下身子。

"我的约翰叔叔是你的约翰舅舅? 你,戴安娜和玛丽是他姐姐的孩子,而我是他哥哥的孩子?"

"无可否认。"

"那么,你们三个是我的表哥和表姐,我们一半的血统同出一源?"

"不错,我们是表兄妹。"

我上下打量着他。看来我找到一个哥哥、两个姐姐。这是个我真正热爱,并且引以为自豪的哥哥。两个姐姐的品质在她们与我并不相识的时候,已经赢得了我由衷地爱戴和崇敬。我当时怀着绝望而感兴趣的心情,跪在湿漉漉的泥地上,通过沼泽山庄厨房的低矮窗户,凝视着里面的两个姑娘,结果,她们竟是我的亲戚。那个发现我几乎死在他家门前的年轻严肃的绅士,竟然是我的近亲。对一个孤苦伶仃的人来说,这可实在是个了不起的发现啊!这才是真正的财富——是心灵的财富!——是一个宝藏,里面蕴藏着纯洁、亲切的爱。这是一件幸事,它如此生动,这么富有光彩,令人激动不已。这个发现与诸如沉重的黄金那样有价值的礼物完全不同,那种礼物极其昂贵,而且受到欢迎,但是它的重量却能使人的态度变得严肃。这个突然降临的喜悦让我乐得拍起手来,我的脉搏飞快地跳着,我的血管都在颤动。

"噢,我多高兴啊,我多高兴啊!"我叫喊起来。

圣约翰微笑道:"我难道没说过吗,你只顾问些细枝末节,却忘了问重要的东西。我告诉你说,你有一笔财产的时候,你的神色很严肃。现在为了一件不重要的事,你却变得这么激动。"

"你这话是什么意思?它对你来说也许不重要,你有两个妹妹,不在乎多一个表妹;可我什么亲戚也没有,而现在,在我的生活中突然有了三位已经成年的亲戚。——要是你不愿算在里面,那就是两个——我要再说一遍,我太高兴了!"

我在屋子里匆匆踱着步子,后来几乎透不过气来,便停住脚步,脑子里浮现出的念头快得让我无法接受,无法理解,无法做出安排,心里想着马上就会发生的事情,可能发生的事情,以及应该怎样安排这些事。我望着没有任何装饰的墙壁,心里觉得那就是天空,上面布满了初升的星星,每一颗星都带给我一个目的,也带给我一种欢乐。那些拯救过我生命的人,迄今为止我仅仅是从心里对他们怀着爱意,现在我能给他们一些物质上的报答了。他们的脖子上套着劳苦的轭,我可以让他们得到自由,他们分散在不同的地方,而我可以让他们团聚,我的独立、富裕也可以让他们分享。我们不是四个人吗？两万英镑平均分成四份，每份就是五千镑，足够花的了。这样才公平合理，共同幸福才有保障。现在，这笔财富不再让我感到沉重，它不仅仅是钱财的赠送，而是一笔包含着生活、希望、欢乐的遗产。

我不知道，我心里想着这些念头的时候，我的面部表情怎么样。不过我发现里弗斯先生在我身后摆了一把椅子，温和地示意我在上面坐下来。他还劝我要冷静。他这是在暗示说，我举止慌乱，行为失常。我不顾这种暗示，甩开他的手，继续踱步。

"明天给戴安娜和玛丽写信，"我说，"告诉她们立刻回家来。戴安娜说过，她们要是每人有一千英镑，就会觉得非常富有了，所以，要是有五千英镑的话，她们就能过得挺好。"

"告诉我，我上哪儿能为你倒一杯水，"圣约翰说道，"你真的需要努力安定一下你的情绪才对。"

"胡说！你得到这个馈赠会有什么变化吗？它是不是能让你留在英国，是不是能让你跟奥利弗小姐结婚，然后像个普通的世俗之人一样安定下来？"

"说得离谱了。你的脑袋混乱了。这个消息我告得你太突然，让你兴奋得控制不住自己了。"

"里弗斯先生！你这话真烦人，我很有理性，是你误解了我，要不就是你假装误解了我的意思。"

"要是你能解释得更加充分些，也许我能理解得更加清楚。"

"解释！还有什么需要解释的？你总不会理解不了，我们现在谈论的这两万英镑，在叔叔的四个晚辈之间平分，难道不是一人五千？我现在要做的，就是写信告诉你的妹妹们，把她们得到的财产通知她们。"

"你是说，你得到的财产吧。"

"我已经把我对于这件事的观点摆出来了。我不可能改变。我不是个无情自私的人，不会不讲道理，也不会忘恩负义。再说，我已经打定了主意，要有一个家，要有几个亲戚。我喜欢沼泽山庄，我要到沼泽山庄去住。我喜欢戴安娜和玛丽，我要终生与她们生活在一起。五千镑对我有用处，拥有这笔款子，我感到高兴。但是，让我独自得到两万镑，我会感到那是一种压力，我会感到痛苦的。另外，虽然我得到两万镑是合法的，但是在道义上却并不公正。我要把对于我来说完全是多余的部分赠给你们。不要反对吧,也不要再讨论这个问题了。我们要彼此一致,现在就把这事定下来。"

"你这是凭着一时的冲动。这样的事情应当认真考虑几天,这样,你说的话才会让大家觉得是有效的。"

"噢!假如你怀疑的是我的诚意,那我就放心了。你看出这件事是公正的吧?"

"我的确看出有一点公正,但是并不合常规。再说,处理这笔财产完全是你的权利,它是我舅舅靠自己的努力得来的,他有权决定把钱留给他愿意给的人。另外,你保留这笔财产是正义的。你把它看作你自己的,完全问心无愧。"

"在我看来,"我说,"这完全是个良心问题,也是个感情问题。我必须按照自己的感觉来办事。我很难得有机会这么做。你就是跟我辩论,你就是反对我、烦扰我整整一年,我也不会放弃这种美妙的乐趣。我已经看见这个乐趣了,它既能让我报答对我的深情厚谊,又能让我得到终生的朋友。"

"你现在是这么想的,"圣约翰说,"那是因为你不知道拥有财富,并且享受财富是怎么回事,你不会知道两万英镑会使你变得多么重要,会让你在社会上占有什么样的地位,会让你得到怎样的前途,你不可能……"

"可是,"我打断他说,"你却根本不能想象,我多么渴望得到兄弟姊妹间的爱。我从来没有家,也没有兄弟姊妹。我现在必须要,也会得到的。你不会讨厌我,不要我,对不对?"

"简,你不必牺牲自己正当的权利,我也愿意做你的哥哥——我的妹妹们也愿意做你的姐姐。"

"是啊,我的哥哥在几千英里之外,我的姐姐们在陌生人的家里当奴仆!而我却是富有的。我的钱袋里塞满既不是我挣来的,也不是我应该得到的金钱,可你们却一个子儿也没有!多么了不起的平等和博爱!多么亲密的团聚!多么亲热的兄妹之情!"

"可是,简,你所渴望的家庭联系和天伦之乐,并不仅仅局限于你考虑的这些,还有其他形式呢。你可以结婚。"

"又是胡扯!结婚!我不想结婚,而且永远也不结婚。"

"这话未免说得太绝。这种冒险的断言,就证明你处在过度兴奋之中。"

"这话说得一点儿也不绝。我知道我自己的感情，我就连结婚这个念头都不愿去想。谁也不会因为爱我而娶我。我也不愿让人为了金钱投机来娶我。我不要陌生人，不要跟我毫无共同之处、不能引起我共鸣的外人。我要我自己的亲戚，我要与我相互充分了解的人。我要听你再说一遍，你愿意做我的哥哥，你说了这话，我就感到满意、感到快活了。快说啊，希望你能真心真意地这么说。"

"我想，我能说。我从来就爱我的两个妹妹。我也知道，我对她们的感情建筑在什么基础上。那基础就是对她们品德的尊重，对她们才华的敬佩。你也是有原则有才智的。你的趣味和习惯同戴安娜和玛丽的相仿。与你在一起，我感到愉快。跟你交谈，我也一直感到是有益处的。我感到，我在自己的心里为你留一个位置，把你当做自己第三个妹妹，这事既自然，又容易。"

"谢谢你。听到这个，我今晚就感到满足了。现在你最好还是走吧。要是你继续待着不走，也许又要用对我的不信任，惹我生气了。"

"学校怎么办呢，爱小姐？我想，这下得关门了吧？"

"不。我要继续担任这个职务，等你找到新的人选再说。"

他微笑了一下表示赞同。我们握了握手，然后他就告辞了。

后来我下过怎样的辛苦，用了什么样的说法，才按照我的心愿处理这笔遗产，我就不必详细叙述了。我的任务非常艰巨。可是，由于我非常坚决，我的表兄和表姐们看出我的的确确打定了主意，要把财产平分，再加上他们自己也觉得我这种打算是公正的，而且一定也本能地意识到，假如他们自己处在我的地位上，也只能这样做。最后，他们终于做出了让步，同意请人仲裁这件事。选定的仲裁人是奥利弗先生和一个能干的律师。两人都赞成我的意见。我达到了我的目的。转让书立好后，圣约翰、戴安娜、玛丽和我，各人都有了自己的一份财产。

34

　　一切事情都办妥的时候,已经快到圣诞节了。这个重大节日的时间即将来临,我给莫尔顿学校的孩子们放了假。散学回家的时候,我对每一个孩子都有所馈赠。好运气不但让人心胸感到开阔,而且使人出手大方。将自己大量获得的东西分一些给别人,只不过是让异乎寻常的激动心情找到一个表达的机会。我长期以来就体会到受学生喜欢的愉快,我们离别的时候,这种感觉更加得到了证实,她们直截了当地表达了对我的热爱,表达的方式十分强烈。我发现自己在她们的心里占据了一定地位,便感到深深的满意。我向她们保证说,以后每一个星期我都会去看她们,还要在她们的学校给她们上一小时课。

　　我看着全班六十位学生一个个从我面前走出门,然后锁上教室。里弗斯先生朝我走过来的时候,我手里正拿着钥匙,跟班里五六个学生特别交换几句告别词。她们实在是英国农民阶层中能找到的最有见识的姑娘,她们举止体面,态度谦逊,十分可敬。这个评价听上去好像有些夸张,但是在整个欧洲,英国的农民阶层毕竟是最有教养、最有礼貌、最有自尊心的。在后来的日子里,我看到过法国和德国的农妇,她们中间最优秀的,与我这些莫尔顿学校的姑娘比起来,也显得无知、粗俗而愚蠢。

　　她们离开以后,里弗斯先生问道:"你认为自己努力工作这么一段时间,得到报偿了吗? 你是不是觉得,在自己精力旺盛的时候,在自己的一生中做出一些真正有益的事,能给别人带来快乐?"

　　"这是毫无疑问的。"

　　"你不过辛勤工作了几个月而已。如果将一生都献给改善我们同类的事业上,这样的生命不是过得很充实吗?"

　　"是的,"我回答道,"可是我不能永远这样持续工作。我不但想要培养别人的才能,也要享受一下自己的才能。现在,我必须享受我自己的才能了。别再把我的身心召回学校去,我已经离开它了,要尽情度一个假。"

他看上去神情严肃。"你现在是怎么了？你突然说出的这个渴望到底是什么？你打算做什么？"

"打算活跃一番，尽我的能力来活跃。首先，我得请求你给汉娜自由，另找个人来伺候你。"

"你要她帮忙吗？"

"是的，要她跟我一起到沼泽山庄去。一个星期之内，戴安娜和玛丽就要回家来了。我要在她们回来之前把一切都安排妥当。"

"我明白了。我还以为你打算远走高飞，到别的地方去度假呢。这样比较好。汉娜跟你去就是了。"

"那就告诉她准备好明天走。学校的钥匙给你。明天早上，我把我那屋子的钥匙也给你。"

他把钥匙接过去，说道："看来你很高兴把钥匙交出来。我不太理解你的轻松心情，因为我不知道你打算做什么工作来取代你放弃的这个工作。你的生活中现在有了什么新的目的，确立了什么意图，抱着什么雄心？"

"我的第一个目标是在沼泽山庄从卧室到地窖，收拾下去，你懂这个说法的意义吗？然后，我要用蜂蜡、油和无数块布子擦上来，让一切都重新闪闪发亮。我的第三个目标是用数学一样的精确性，把每一把椅子、每一张桌子、每一张床、每一块地毯全都安排妥当。然后，我要在每一间屋子里升起火来，把火烧旺，要用很多煤和泥炭，多得会让你濒临破产。最后，在你的两个妹妹抵达的前两天，我要和汉娜一起打鸡蛋、拣葡萄干、磨香料、制作圣诞节蛋糕，剁肉准备做肉馅饼，还要举行一些其他的烹调仪式，用这个说法，不过是想把一个并不合适的概念，传达给像你这样的外行。总之，我的意图是要在下个星期四以前，让一切都处于尽善尽美的状态，迎接戴安娜和玛丽回家来。我的雄心不过是在她们抵达的时候，用最理想的方式欢迎她们。"

圣约翰微微一笑。他还是感到不满意。

"眼前这样做是不错，"他说道，"但是，说正经话，我相信，在你最初的欢乐过去之后，你会看得比家庭的亲热和欢乐更高一些的。"

"可这是世界上最大的乐趣啊！"我连忙说。

"听我说,简。这个尘世并不是个供人享乐的地方。你别把它搞成那个样子。它也不是个让人休息的地方,你不要从此变得懒惰下来。""我的目的正相反,我要的是忙碌。""简,目前我可以原谅你。我给你两个月时间,让你充分享受自己新得到的地位,让你在新发现的亲戚之中,痛痛快快享受喜悦的感觉。可是,在这以后,我希望你会开始将自己的目光投向远方,超越沼泽山庄,超越莫尔顿,不要局限于姊妹的团聚,以及文明富裕的生活中自私的安逸以及肉体的舒适。我希望你的精力将以自己的力量再次让你感到不安。"

我惊讶地望着他,说:"圣约翰,我觉得你这么说简直是不安好心。我打算像个女王一样感到心满意足,可你却要把我搞得烦躁不安! 你这是想要达到什么目的?"

"我的目的是要你充分利用上帝赋予你的才能。他肯定终究会要你说出,你是怎样利用这种才能的。简,我预先告诉你,我要带着焦急的心情,严密观察你。你要防止过分热衷于庸俗的家庭欢乐,不要过分依恋骨肉亲情,要把你的毅力和热忱留给一种更加合适的事业。千万别把它们浪费在平庸而短暂的事物上。你听到我的话了吗,简?"

"听见了,就像你是在说希腊语一样,我根本不懂。我想,我有充分的理由追求快乐,而且我也会得到快乐的。再见!"

我在沼泽山庄过得的确十分快活,我拼命地干活。汉娜也跟我一个样。她见我在乱成一团糟的屋子里来回奔忙,看得都出了神。我打扫,我洗刷,我收拾东西,我烹调,心里的快活就别提了。一两天之后,在我们自己造成的这种混乱中渐渐显出了秩序。这真件令人愉快的事。我事先进城跑了一趟,买了些新家具。我的表哥表姐们全权委托我,要我按照自己的心愿重新修改、布置屋子,为此还专门划出一笔款子。我让客厅和卧室基本保持了原样,因为我想,戴安娜和玛丽看到这些旧的桌椅和床会感到亲切,比见了最新式的家具还会喜悦。不过,我心里计划好,为了让她们回家后产生一种欢乐情趣,还是需要有一点儿新奇的东西。我布置了新的深色漂亮地毯、帏幔、精选的古董铜器和瓷器装饰品、新的布罩子、梳妆台上的镜子和梳妆盒等等。有了这些东西,就可以产生欢乐的情趣。这些东西看上去很新鲜,但是并不刺眼。我在一间备用的客厅和卧室里,用老红木家具和紫红色帏幔完全重新布置了一遍。在走廊里挂上了油画,在楼梯上铺了地毯。等这一切都结束后,我认为,沼泽山庄的内部称得上是朴实、漂亮、舒适的完美典范了。不过,在这个季节里,它的外部却是一派冬天的凄凉,也如沙漠一般荒芜。

星期四这个重大的日子终于来临了。预料她们在天黑的时候到达,黄昏之前,楼上楼下的炉子里都生起了火。厨房里非常整洁。汉娜和我都穿戴好,一切都准备就绪了。

最先到达的是圣约翰。我曾经请求他在一切都安排好之前,千万别来。实际上,他一想到房子里又脏又乱的情景,就吓得不敢来。他在厨房里看到我,我正在炉子上烤一种茶点时吃的蛋糕。他一边朝炉子走过来,一边问道:"你干女仆的活儿,是不是终于尽兴了?"我请他随我检阅我的劳动成果,算是对他的回答。我费了好大的劲,才让他答应在房子里走一圈。他只是隔着我打开的门朝里面张望一下,说我在这么短的时间里,让房子有了如此大的变化,准是费了很多周折,遇到过很多麻烦。可是,他对这所住宅改进后的面貌,却没说一个表示高兴的字。

这种沉默让我感到扫兴。我猜想,也许这种改变扰乱了他心中对往事的联想,那才是他所珍视的。我就问他是不是由于这样的原因。我提问的声调无疑显得十分沮丧。

"根本不是。正相反,"他评论说,"你小心谨慎地保存了各种能引起往事回忆的东西。我其实是在担心,你在这种事情上花费的心思,比它的本身价值还要高。比方说吧,你在设计这一间屋子的布置上,花了多少时间? ——顺便问一句,你能不能告诉我,有一本书放在哪里了?"

我指着书架,让他找到了那本书。他把书取下来,就缩到窗户凹进去的那个他平常喜欢的地方,看起书来。

读者,我可不喜欢他这个样子。圣约翰是个好人,但是我开始觉得,他关于自己的说法是实话:他是个冷酷的人。生活中的人情味和乐趣对他来说,并没有吸引力。恬静的生活乐趣对他来说,也没有任何魅力。严格地说,他是为了一种愿望而活着,当然,他的愿望是追求善良和伟大的东西,可是他永远也不会安定下来,也不赞成自己周围的人或事得到安定。望着他那一动不动、像大理石般苍白的高额头,望着他那凝神看书时的俊俏面孔,我突然间意识到,他很难做一个好丈夫。做他的妻子会是非常难受的。我仿佛受到启示一样，也突然理解了他对奥利弗小姐的爱是什么性质。我同意他的说法了，那只是一种感官的爱。我理解了他为这种爱对他产生的狂热影响而蔑视自己的原因，理解了他希望扼杀并摧毁这种爱的原因，理解了他为什么不相信这种爱能使他或她永远幸福。我明白了，大自然正是用造就他的材料，塑造了基督教和异教的英雄们，塑造了立法家、政治家、征服者。可是在家里温暖的壁炉边，这种人却往往只是一根冷冰冰、阴森森的柱子，像是摆错了地方，十分讨人厌。

"这个客厅不是他的天地，"我自忖道，"对他更合适的天地在喜马拉雅山，在卡弗尔灌木丛林，甚至是在几内亚海岸瘟疫成灾的沼泽地带。他完全可以躲避家庭生活的安静。他不能适应这种环境，在这种环境中，他的能力会受到限制，既不能发展，也不能显示出优点。只有在需要斗争的危险场所，在那些需要勇气、需要精力、需要坚毅的地方，他才会开口说话，才会采取行动，并占据领袖地位，成为显赫人物。在家庭的炉火边，一个快活的孩子都比他更有魅力。我现在明白了，他选择传教士的事业对他正合适。"

"她们来了！她们来了！"汉娜一边喊，一边推开客厅的门。与此同时，老狗卡洛欢乐地汪汪直叫。我朝外面跑去，但是这时天已经黑下来，只能听到辚辚车轮声。汉娜马上把提灯点亮。车子停在院门前面，马车夫打开了门。两个熟悉的身影先后下了车。我立刻奔上前去，把脸凑到她们的帽子下面，先是接触到玛丽柔和的脸颊，然后接触到戴安娜飘逸的鬈发。她们欢笑着吻我，接着又吻汉娜，还拍了拍欢喜得几乎发了狂的卡洛，急切地问，大家是不是一切都好，得到肯定回答后，才匆匆走进屋子里。

她们从惠特克劳斯一路颠簸而来，全身都麻木了。夜晚严寒的空气又几乎把她们冻僵。可是一到了熊熊炉火前，她们漂亮的脸庞立刻就笑逐颜开。马车夫和汉娜把箱子搬进来的时候，她们问起圣约翰在哪儿。到了这时候，他才从客厅里出来。她们俩一起过去搂住他的脖子。他静静地吻了她们，低声说了几句欢迎的话，站在那里听她们问候了几句。然后他说，等一会儿都到客厅里来吧。说完自己先抽身离去，到客厅里去了。

我已经为她们点好了蜡烛，让她们上楼去，可是戴安娜先要嘱咐几句招待马车夫的话。嘱咐过后，两人便跟我上楼。她们看见屋子焕然一新，有了新的装饰、新的帷幔、新的地毯、新的色彩鲜艳的瓷花瓶，两人十分喜欢。她们俩在表达自己的满意心情时，毫不吝惜词语。我很高兴，我的安排恰好符合她们的希望，我所做的事在她们这次回家的欢乐中增添了一种魅力。

那一晚过得真快活啊。我的两个表姐满心喜悦，滔滔不绝地述说，不停地评论着。她们的畅谈弥补了圣约翰的沉默。他看见妹妹们，打心底感到高兴。但是他与她们洋溢的热情、与她们溢于言表的欢乐心情，并没有同感。这一天发生的事情——也就是说戴安娜和玛丽的归来——使他感到高兴，可是，这件事产生的快活喧闹，以及喋喋不休的往来应答，却使他感到厌烦。我看出，他希望明天早点到来，因为第二天会比较安静。就在这一夜的欢乐快要达到高潮的时候，大约在吃过茶点后一小时左右，外面传来一阵敲门声。汉娜进来说："一个穷孩子来得真不是时候，他来请里弗斯先生去看看他母亲，她快要断气了。"

"她住在哪儿，汉娜？"

"在惠特克劳斯山丘的顶上，差不多有四英里地呢，一路上又都是些泥淖和沼泽地。"

"告诉他我这就来。"

"我说先生，你最好别去。天黑以后，这一段路最难走，在泥塘上根本就没有路。再说，今晚又这么冷——风又从来没这么大过。先生，你最好还是捎个口信去，说你明天一早就去。"

可是他已经到了走廊里，开始穿自己的斗篷。他没说一句抱怨的话，也根本没有低声说任何不满的话，就出发了。他走的时候才九点钟，回来时已经是半夜。虽然他又饿又累又冻，可是看上去却比出发的时候还快活。他尽了自己的一份责任，做了一次努力，从中感到自己的力量和自制能力，对自己感到更加满意了。

我恐怕接下来的整整一个星期对他的耐心是一种折磨。这是圣诞节的一个星期。我们不做什么事情，而是在一种欢快的家庭娱乐中度过。沼地的空气、家庭的自由气氛、富裕生活的前景，这一切像延年益寿的长生药似的，对戴安娜和玛丽的精神起了振奋作用。她们从早上乐到中午，又从中午兴奋到晚上。她们能不停地谈话，而且她们的交谈中充满智慧、分析精辟、见解独到，对我有很大的魅力。我宁愿听她们谈话,与她们交谈,也不愿做任何其他事情。圣约翰没有指责我们的轻松愉快,可是他避开了我们。他不常在家,他的教区很大,人口又很分散,他每天都有事,要到各个区里去拜访贫苦和生病的人。

一天早上,在吃早饭的时候,戴安娜沉思了片刻,然后问他:"你的计划还没有改变?"

"没有改变,也不能改变。"他这么回答道。于是他告诉我们说,他已经决定明年动身离开英国。

"那罗莎蒙德·奥利弗怎么办呢?"玛丽问道。这话仿佛是不由自主脱口说出来的,因为话一出口,她立刻就做了个手势,仿佛想把这话收回去似的。圣约翰手里正拿着一本书——他有吃饭的时候阅读的孤僻习惯——这时他把书合上,抬起头来。

"罗莎蒙德·奥利弗,"他说,"就要嫁给格兰比先生了。他在城里有上流的亲戚,本人又是最受人尊敬的人。他是弗雷德里克·格兰比爵士的第三代继承人。我是昨天从她父亲那里得到这个消息的。"

他的两个妹妹相互望了一眼,又朝我看看。我们三个人又都朝他看看。可他镇定得像一泓静水。

"这门亲事一定谈得很仓促,"戴安娜说,"他们相互认识的时间不可能很长。不过两个月而已,他们是十月份在城里一次舞会上相遇的。但是,像这样一门没有任何障碍的亲事,就没有必要耽搁,因为从各个方面看,它都是称心如意的。弗雷德里克爵士把城里的一处府第给了他们,等那儿的房子一整修完毕,可以让他们住了,他们就结婚。"

在这次谈话之后,我第一次单独跟圣约翰在一起,就忍不住问他,是不是为这事感到难过。但是他似乎完全不需要同情,结果我不但不敢再表示同情,而且一回忆起我所做的冒险,就感到有点害羞。另外,我已经不习惯于跟他谈话了。他的保守像冰一样凝结起来,连我的坦率都给冻在里面了。他没有遵守把我当成他的妹妹对待的诺言。他常常在对待我们的时候流露出些许不同,让人感到寒心。这种不同点根本无助于发展诚挚的感情。总之,虽然我现在被他认作亲戚,还跟他住在同一所房子里,可是我却感到,我跟他之间的距离,远比我是个乡村女教师的时候远得多。我一想起他曾经对我谈了多少知心话,就不能理解他此时为什么对我这么冷淡。

正因为如此,他突然从桌子上抬起头来,说出下面这番话的时候,才让我大吃一惊。

"你瞧,简,仗打完了,获胜了。"

一听见他用这样的口吻对我说话,我吓了一大跳,没有马上答话。迟疑片刻之后,我回答道:

"你敢肯定,你的处境不像那些以特别大的代价才取得胜利的征服者吗?再有一次这样的征战难道不会把你毁掉吗?"

"我看不会。就算我的处境真是这样,也没多大的关系,因为再也不会召我去为赢得这样一场胜利而奋斗了。这场冲突的结局是决定性的。感谢上帝!我的道路现在已经明朗了。"说完,他又继续埋头阅读文件,继续保持沉默了。

戴安娜、玛丽和我之间的欢乐渐趋平静的时候,我们又恢复了往常的习惯和正规的学习。圣约翰在家的时间也比以前多些。他跟我们坐在同一间屋里,有时候,一坐就是好几个小时。玛丽绘画,戴安娜学习自己已经开始的百科知识课程,我为此觉得十分惊异,也因此对她更加尊敬。我自己在吃力地学习德语。圣约翰在研究他自己的一门神秘学问,那是一门东方的语言,他认为学会那种语言,对他的计划是非常必要的。

他坐在自己那个角落做这种研究的时候,显得十分专心,相当安静。可他的一双蓝眼睛却习惯于离开书本上那些怪诞的语法,转到我们这边来,盯着我们这些与他一起学习的同学,目光锐利,像是在进行密切的观察。要是被发现了,他就连忙把眼睛扭回去。然而,没过多久,又像搜索似的回到我们桌子这边来。我感到纳闷,不知道那是什么意思。有一件事也让我感到纳闷:我每星期到莫尔顿学校去一次,这不过是件小事而已,可是每逢这种时候,他就会表现出满意的神色。更让我感到迷惑不解的是:遇上天气不好,下雪、下雨或者刮风,他的妹妹们劝我不要去了,他就准会不顾她们的担心,鼓励我不管天气怎样,也要去完成自己的工作。

"简可不是个弱者,你们会把她娇惯坏的,"他会这么说,"她像我们一样,也能经得起山风、阵雨,或者几片雪花。她的体质既健康,又能适应环境,比许多身体强健的人更加适应天气的变化。"

等我回来的时候,往往累得厉害,而且也在恶劣天气中饱吃苦头,可我从来不敢说几句埋怨的话,因为我看得出,唠叨几句会让他不高兴。无论在什么场合,坚忍不拔便能使他高兴,反之,他就会感到特别烦恼。

不过,一天下午我却请了假待在家里,因为我感冒了。他的两个妹妹替我去莫尔顿上课。我坐着阅读席勒的作品。他在那里辨认那种难懂的东方书卷。我做完翻译,要做练习的时候,抬起头朝他那儿扫视了一眼,这才发现我一直处在他蓝眼睛的观察之下。我不知道他这么仔仔细细、反反复复地打量我,已经有多长时间了。那双眼睛那么锐利,然而又那么冷漠,我当时突然起了一阵迷信的念头,觉得自己是与一个神秘的东西一起坐在屋子里的。

"简,你在那儿做什么?"

"学德语。"

"我要你放弃德语,改学印度斯坦语。"

"你这话不是当真吧?"

"当然是真的,我一定要你这样做,我会告诉你这是为什么。"

他便解释说,印度斯坦语就是他现在学习的语言,他学了后面的,往往会忘掉前面学过的东西。要是有一个学生跟着他学,他就能一遍又一遍重复基本的内容,最后牢牢记在心上了。他说,他考虑了很久,拿不定主意,是该选择我还是选择他的妹妹们。现在他选定了我,因为我是三个人中间能坐着工作最久的。他问我是不是能帮他这个忙,还说,我也许用不着做出很大的牺牲,因为他三个月后就要出发。

圣约翰不是个很容易拒绝的人。你会觉得,人们给他留下的印象,不论痛苦还是欢乐,都非常深刻,而且永远不可磨灭。我答应了他。戴安娜和玛丽回来的时候,戴安娜发现,她的学生现在转学到她哥哥名下做学生了。她笑起来。她和玛丽都认为,圣约翰不可能说服她们答应这么做。他平静地回答道:

"这个我知道。"

我发现他是个非常耐心、非常有自制力,然而又是个要求严格的老师。他期望我学到很多东西。当我满足他的期望时,他就以他自己的独特方式,充分表示赞赏。他渐渐对我产生了一种影响,这种影响逐渐剥夺了我的思想自由。他的赞扬和关注,比他的冷漠更能束缚人。他在我身边的时候,我不再能像以前那样自由自在地谈笑,因为一种纠缠人在心中的本能随时在提醒我说,他不喜欢这样。我充分意识到,只有严肃的态度和认真的工作精神,才能被认可。在他面前,要想有任何其他心情,从事任何其他工作,都是枉然。我陷入一种令人感到浑身寒彻的魔力之中了。他说"去那儿",我就去那儿;他说"上这儿来",我便过来;他说"做这件事",我就做这事。可我不喜欢做奴隶。有很多次,我倒希望他能继续对我冷漠。

一天晚上,到了该上床睡觉的时间,他的两个妹妹和我都站在他面前,向他道晚安。他按照自己的习惯亲吻了她们俩,也照样按习惯把手伸给我。戴安娜突然心血来潮,开了个玩笑。她这个人可不会屈服于他的意志,不会接受他的束缚,因为她自己的意志也和他的一样坚强,只是方式不同而已。

她嚷道:"圣约翰!你不是常常把简叫成你的三妹,可是你却不把她当三妹对待。你应该同样亲吻她才对。"

她把我推到他面前。我觉得戴安娜很让人恼火,一时不知如何是好,感到很尴尬。我心中这么想的时候,只见圣约翰弯下腰,低下头,他那张典型的希腊面孔降低到与我的面孔同样的高度上。他先是用敏锐的眼睛询问了一下我的眼睛,然后便吻了我。本来没有大理石吻或者冰吻这样的词汇,否则,我就会说,我这位牧师表哥此时的动作就属于这一类。不过,也许有实验性的吻吧,那他的吻也可以属于实验性的亲吻。吻过之后,他望着我,看有什么结果,结果当然并不令人吃惊,我肯定自己的脸颊并没有涨红;也许我的脸变得有点儿苍白,因为我觉得这一吻仿佛是为我的桎梏上了锁。从那以后,他从来都没有省略过这种仪式,我接受这仪式的时候,态度严肃而沉默,似乎让他感到了一种魔力。

从我这一方面,我每天都希望更加讨他喜欢,可是这样做的时候,每天都更加觉得,我必须牺牲我的多半天性,扭转我的兴趣倾向,强迫自己从事并不爱好的研究。他想把我训练得达到永远也达不到的高度,为了竭力达到他一再加码的标准,我时时刻刻都在饱受折磨。可是他的标准无法达到,正如我这不端正的五官,不可能塑造成他那端正的古典形状,我的绿眼睛也不可能得到他那种海蓝色的严肃光泽一样。

然而,这时候束缚住我的还不仅仅是他对我的支配。最近,我很容易显出悲伤神态,我心中感到焦虑不安,仿佛一头恶魔就坐在我的心里,坐在我幸福的源泉上,从那儿把我的幸福吸得精光。

读者,也许你以为,在环境和命运的这些变迁中,我已经把罗切斯特先生忘掉了。不,我一刻也没有忘记他。我仍然想念着他,因为对他的想念毕竟不像水汽那样,能够让阳光轻易驱散的,也不像画在沙地上的人像,能够让一阵大风刮得无影无踪。它就像一个镂刻在大理石上的名字,注定要像那大理石一样持久的。我随时都渴望知道他的近况,在莫尔顿的时候,我每天晚上一回到我的小屋,脑子里就想着这事。现在住在沼泽山庄,每天夜里一回到我的卧室中,我也会默默沉思着,想起这事。

为了遗嘱的事跟布里格斯先生通信时,我向他询问过,是不是了解罗切斯特先生目前的住址和他的健康状况,但是,正如圣约翰判断的那样,他对罗切斯特先生的情况一无所知。后来,我给费尔法克斯太太写信,向她打听消息。我认为这样我肯定能得到一个答复。然而,让我吃惊的是,两个星期过去了,并没有回信,后来两个月也过去了,一天天的邮件中都没有我的信。我开始受到强烈的焦虑折磨。

我又写了封信。因为我的第一封信可能丢失的。新的努力又给我带来新的希望,这希望像前一次那样闪耀了几个星期,也像那次一样变得越来越暗淡。我没有收到一句话,连一个字也没有收到。在这徒然的等待中,半年过去了,我的希望终于破灭。我真正感到了忧伤。

我的周围春光明媚,可我并不欣赏。夏天来临,戴安娜想方设法让我欢快起来。她说我的样子像是生了病,要陪我到海边去消遣。圣约翰反对她的这个建议。他说我需要的不是娱乐,而是工作。我目前的生活太漫无目标,我需要的是树立一个目标。我想,也许正是为了弥补我这方面的不足,才把印度斯坦语的学习时间拉得更长,而且还更加迫切地要求我把这种语言学好。我呢,像个傻瓜一样,从来没想到该反抗他——我不能反抗他。

一天,我开始学习的时候,情绪比平时更加低落,这个低潮是由一次强烈的失望导致的。汉娜早上告诉我说,有一封给我的信,我下楼去取信的时候,心里几乎能肯定,我渴望已久的消息终于到来了。可是我发现的只是布里格斯先生写来的有关事务方面的一张并不要紧的便条。这个痛苦的挫折让我伤心得流下了眼泪。此刻，我面对一片难以辨认的文字，还有一个印度作家的丰富比喻，我的眼睛里又一次充满了泪水。

圣约翰把我叫到他身边去朗读，在这样做的时候，我的声音失去了控制，那些字句被我的啜泣声掩盖住了。客厅里只有他和我两人。戴安娜在起居室练习音乐，玛丽在园子里搞园艺。这是五月份一个十分晴朗的日子，阳光灿烂，微风和煦。我的学习同伴对我的这种情绪并没有表示惊讶，也没有问我是什么缘故，他只是说：

"我们等几分钟吧，简，等你平静一点儿再接着做。"我设法抑制这种感情的发作。他却保持着镇定，耐心地坐着，俯身靠在书桌旁，就像个医生用科学的眼光观察病人，看着这个病人经历一个意料之中、完全可以理解的危险那样。我把啜泣压下去，擦擦眼睛，嗫嚅地推说，这天早上身体不舒服。我重新开始做练习，总算做完了。圣约翰把我和他的书都收起来，锁上书桌，然后说道：

"简，现在去散散步吧，跟我一起去。"

"我去叫戴安娜和玛丽。"

"不。今天早上，我只要一个同伴。这个同伴只能是你。去穿戴好，从厨房门出去，朝沼泽谷地尽头的那条路上走，我马上就来。"

我不知道还有什么别的道路可供选择，在与那些性格严酷、独断专行的人打交道时，我从来不知道有什么其他道路可走，只是一味地绝对服从，一直到矛盾突然爆发，变为坚决反抗为止，有时还是带着火山般的猛烈爆发的。目前的情况既没有要我反抗的理由，我目前的心境也不想反抗。于是我认真服从了圣约翰的命令。十分钟后，我就在那条荒芜的小径上，与他并肩而行了。

微风从西面刮来，吹过小山丘，带着石楠和灯芯草的香味，从身旁刮过。蔚蓝的天空中没有一丝云彩，山溪沿着深谷向前流去。春天的几场透雨使小溪水涨，阳光和蓝天映照下，清澈的溪水染上粼粼金光和蓝宝石般的色泽。流水一路奔腾下去。我们往前走去，离开小径踏上柔软的草地，那草细得像苔藓，绿得像翡翠，草地上还雅致地点缀着一朵小白花，黄色的花儿像星星一样到处闪烁着。我们这时已经走在一座座小山丘包围着的幽谷中间，这里已经接近幽谷的尽头，小路已经蜿蜒到了群山的中心了。

"我们在这儿休息一下吧。"我们走近一片岩石群的时候,他说道。这片岩石群仿佛在守卫一个山口。在山口的另一边,山溪形成一个瀑布,奔腾喧嚣而下。再往远处,山上没有草地和花朵,只剩下石楠做衣服、岩石做装饰了。在那里,荒芜变成了蛮荒,娇艳换成了严峻。那里的环境守护着孤独的残余希望,也守护着寂静的最后藏身之处。

我坐了下来。圣约翰站在我附近。他抬起头看看山口,低下头望望山谷,目光顺着溪水扫视过去,然后回过头来投向让山溪反射出蔚蓝色的天空。他脱下帽子,任微风吹拂自己的头发和额头。他似乎在跟他常来的这个地方做灵魂的交流,仿佛在用他的眼睛跟什么告别。

"我会在梦中再次见到它的,"他说,"在一个较晚的时间,等我躺在恒河边上,昏睡在比这条河水颜色暗淡得多的河边,我会在梦中再次见到它的。"

奇怪的爱酝酿出奇怪的话!那是一个严肃的爱国者对祖国的激情!他坐下来,有半个小时,我们什么话也没说。他没对我说,我也没对他说。这之后,他再次开始说话。

"简,六个星期之后,我就要走了。我已经在'东印度人号'上订了个床位,那条船六月二十号起航。"

"上帝会保佑你的。你是在从事他的事业。"我回答道。

"是的,"他说,"那里有我的荣耀和喜悦。我是在为一个绝对正确的主人当奴仆,我不是受到人的指导,像我一样的芸芸众生制订的有错误的法律并不控制着我。我的国王,我的立法人,我的首领是尽善尽美的上帝。我周围的人竟然都不急于在这样的旗帜下,参加这一事业,这可真让我觉得奇怪。"

"并不是人人都有像你一样的力量。弱者想与强者一起前进,那不是愚蠢吗?"

"我并不是向弱者说话,心里也不想着弱者。我只对配得上做这种工作而且有能力完成这个工作的人说这话。"

"那种人很少,而且很难找到。"

"你说得对,可是一旦找到了,就应当激励他们,敦促他们做这种努力。要让他们认识自己的天赋,让他们知道上帝为什么要把这种天赋给予他们,要让他们知道上帝赋予他们的使命，以及他在上帝那里应该有的位置。"

"要是他们真的有资格做这样的工作，难道他们自己的心不会先告诉他们吗？"

我觉得仿佛一种可怕的魔影正在我的周围和我的上空形成、膨胀。我颤抖起来，担心他说出致命的话来，把这个魔影宣布出来，使它成为真实的存在。

"你的心是怎么说的？"圣约翰问道。

"我的心不会说话——我的心不会说话。"我被击中了要害，连忙回答道。

"那么，我就必须代表你的心说话了，"他那无情的声音继续说，"简，跟我到印度去吧。做我的伴侣和同事，我们一起去吧。"

山谷的天空打起转来，山也像波浪一样起伏着！仿佛我听到的是上帝的召唤，仿佛幻象中的一个使者，就像马其顿的使者那样对我宣布说："来，帮助我们吧！"然而我并不是个使徒，我也看不见先驱，我不能接受他的召唤。

"噢，圣约翰！"我嚷道，"发发慈悲吧。"

我所呼吁的那个人，在执行他认为是他的责任的时候，可是既不知道什么是慈悲，也不懂得何为同情。他继续说道：

"上帝和大自然要让你做传教士的妻子。他们赐予你的，不是外貌上的天赋，而是精神上的天赋。你被创造出来是为了工作，而不是为了爱情。你将成为一个传教士的妻子，也必须做一个传教士的妻子。你将是我的，我有权要求你——不是为了我的欢乐，而是为我主服务。"

"这对我不合适。我没有这种才能。"我说道。

他早已料到我开始会这么反对的，所以听了一点儿也不恼火。他的身子靠在背后的岩石上，板起面孔，双臂抱在胸前。我看得出，他已经做好了准备，打算对付我长期顽固的反对，为此，他已经积攒了很大的耐心可以让他坚持到底。不过，他下定了最终必胜的决心。

"简，"他说道，"谦卑是基督教美德的基础。你说这工作对你不合适，说得对。这工作对谁合适呢？曾经受到召唤的人，有谁认为自己真的配接受这样的工作呢？就说我吧，我不过是一粒灰尘而已。要跟圣保罗比起来，我承认自己的罪过极大。然而我并不能任这种自卑感使我气馁。我知道我的主，他不仅强大，而且公正。当他选中一件工具来执行一项伟大的工作时，他就会从他无限的库存中拿出一些东西,来弥补所选工具之不足。像我一样考虑问题吧,简——像我一样相信吧。我要你依靠在时代的岩石上,它能承担起你人类软弱的重量,这一点你千万不要怀疑。"

"我不理解传教士的生活。我从没研究过传教士的工作。"

"我尽管卑微,可是在这方面,我却能给你所需要的帮助。我可以为你安排好每日每时应当做的工作。我要时时刻刻待在你身边,不断地帮助你。开始的时候,我可以这样做。不久,你就会和我一样坚强、一样合适,不再需要我的帮助了,因为我知道你有能力这样做的。"

"可是我的能力——我从事这项工作的能力在哪儿呢? 我感觉不到啊。你谈起这些的时候,没有什么东西在我心里说话,我的心里没有任何反应。我并不感到什么光亮在照耀,没有感到我的生命在变快,没有感到什么声音在劝说我,或者鼓动我。哦,但愿我能让你看到,目前我的心灵就像个昏暗无光的地牢,其中锁着瑟缩做一团的恐惧——害怕被你说服,去做我无法完成的工作!"

"我为你准备好了一个回答——听着。自从我们第一次见面以来,我一直在观察你。我把你作为我的研究对象,已经有十个月了。在这段时间中,我给了你各种考验,我看到了什么,得出了什么样的结论呢? 你在乡村学校时,我发现你可以把与自己性情与习惯不合的工作干得很好,既郑重其事,又不折不扣。我看出,你那件工作做得很好,既管住了人,又能赢得人心。在你突然得到一笔横财变得富有的时候,你心里十分平静,从这平静中,我看到了一个毫无底马那种罪过的心灵。钱财对你并没有过分的力量。你坚决地,而且是自愿地把自己的财产分成四份,自己只留了一份,把其余三份给了别人,目的只是为了得到并不实际存在的正义。从你这种自愿中,我看到一个以牺牲自己的热情和激动为乐的灵魂。你驯顺地服从我的意愿,撇开自己感兴趣的东西,改学另一种,只是因为我对它感兴趣,而且从那以后一直坚持下来,不知疲倦地刻苦学习,用毫不松懈的精力和毫不动摇的坚毅态度面对了它的困难。从你的驯顺、刻苦、坚毅和你的精力中,我明白,你具有我所寻求的各种品质。不要再不相信自己,简,你温顺、勤奋、无私、忠实、坚贞,非常文雅,而且非常勇敢。我可以毫无保留地相信你。作为印度学校里的女管理员,作为印度妇女中一个向人提供帮助的人,你对我的帮助将是非常宝贵的。"

我的紧箍咒越箍越紧。说服工作在缓慢而稳步进行着。尽管我闭着眼睛,他最后这几句话还是照样打进我的脑子里来了。我的工作原来看上去是那样模糊而不成形，经他一说，却变得精练起来，在他能塑造的手中变得有了具体的形状。他等待着我的回答。我要求他给我一刻钟时间考虑一下，然后才敢开口回答。

"非常乐意。"他回答道。他站起身，沿着山路再走得远一点。在荒地上一个隆起的小土丘上躺下来，一动不动地躺着。

"他要我做的事情我都做得了。我不得不看到这一点，也承认这一点，"我自忖道，"只要不夺取我的生命，我什么都能做的。但是我觉得，我的生命在印度那种毒烈的阳光下，不可能延续很久。那又怎么样呢？等我死的时候，他会平静地把我交还给创造出我的上帝。我眼前的情况非常明白。离开英国，是离开了一个虽然心爱，却十分空虚的地方，因为罗切斯特先生已经不在这儿了。其实，即使他在这儿，我又能怎么样呢？又可能怎么样呢？我现在应该没有他而独自生活。我一天天挨着日子，仿佛在等待一个不可能出现的奇迹，好让我们再次团聚。这可是再荒谬、再软弱不过的想法了。当然啦，正如圣约翰曾经说过的那样，我必须在生活中再找一样能引起我的兴趣的东西，来取代失去的那一个。他现在向我提议的这个工作，难道不是上帝所能安排和人所能选定的最光荣的工作吗？在上帝的关心和考虑下，这个结果不是最能填补失去感情和希望后留下的空白吗？我相信，我必须说'同意'，可我却在颤抖。啊！要是我跟圣约翰一起走，那就是把自己抛弃了一半。要是我去印度，那就意味着会早早结束生命。那么，从英国到印度、从印度到坟墓之间的裂缝，该如何填满呢？啊，我对这个很清楚！这也是我十分明白的。为了满足圣约翰，我可以努力干活，我能使他得到满足的。为了达到这个目的，累到肌肉酸痛，使他的期望从核心到外围都得到满足。如果我真的跟他去，如果我真的要去做他竭力主张的那种牺牲，我是会完全彻底使他满足的。我会把我的心、把我的五脏六腑，以及整个身体都作为牺牲，奉献到祭台上。他永远都不会爱我，可他却会对我表示赞扬。我会让他看看他还没看到过的精力，他从没想象过的智谋。的确，我可以像他一样努力工作，也像他一样毫无怨言。

"这么说，要同意他的要求是可能的。但是有一样却是不能同意的，那是个可怕的要求——那就是做他的妻子，他要是做了我的丈夫，对我的关心不会比溪水中那块浪花飞溅的丑陋巨石更多。他对我的赞扬无非像一个士兵赞扬自己的一件好武器一样。不跟他结婚，就不会有这样的悲伤；但是，我能允许他实现自己的打算，完成他冷淡的计划，履行结婚仪式吗？我能明知道他完全心不在焉，却接受他的结婚戒指，忍受爱的一切形式吗？我知道他会严格遵守那些形式。但是，如果我明明知道他对我的各种亲热表示，都是按照原则做出的表示，我能够容忍得了吗？不，这样一种殉道是可怕的。我永远也不愿承受。我可以作为他的妹妹陪他去，而不是作为他的妻子。我就要对他这么说。"

我朝那个小土丘望了一眼，他一动不动躺在那里，像一根横木，可是他的脸却朝着我，他的眼睛警觉而锐利，熠熠生辉。他跳起身，朝我走来。

"假如我可以自由去印度的话，我愿意去。"

"你的话需要加以解释，"他说道，"这话不清楚。"

"你可以做我的义兄，我做你的义妹。让我们一直保持这样的关系。你我最好不要结婚。"

他摇了摇头。"在这种情况下，义兄妹是不行的。如果你是我的亲妹妹，我可以带你去，并不需要妻子。但是既然并不是这样，我们的结合就必须以婚姻的形式确定下来，否则就不能结合。采取其他方式会有一些障碍的。你难道没有看出这一点来吗，简？考虑一下吧，你的坚强理智会正确引导你的。"

我确实考虑了一下，然而，我的理智既然只是目前这样的水平，所以也只能引导我认识到：夫妇应该相爱，而我们却并不相爱。因此我的理智只能得出这样的结论：我们不该结婚。于是我就照直说了："圣约翰，我把你看作我的哥哥，你把我看做妹妹。我们就保持这样的关系吧。"

"我们不能保持这样的关系——我们不能，"他用粗暴而严厉的口吻坚决地说，"这不行的。你可是说过愿意随我去印度的，记住——这话你可是说过的。"

"是有条件的。"

"行了——行了。其中主要的一点是：陪我离开英国，在我未来的工作中与我合作。这一点你并不反对。这等于是你已经把手扶在犁把上，你不可能再把手缩回去了。你应当将注意力集中在一个目标上，那就是怎样才能把你从事的工作做得更好。你要简化自己复杂的兴趣、感情、思想、愿望、目的，把所有的考虑全都融合在一个目标中，那就是有效地，而且有力地完成伟大的主交给你的使命。要这样做，你就必须要有一个合伙工作的人。不是哥哥，因为那种关系太疏远，而是要有一个丈夫。我也不需要一个妹妹，因为有人随时会把我的妹妹从我身边带走。我要的是妻子，是我生活中唯一能有效地对她施加影响的伴侣，而且我能完全把她留在身边，直到死亡为止。"

他说话的时候，我一直在颤抖。我觉得他的影响一直渗透到我的骨髓里，他的约束一直达到我的四肢。

"上别的地方去找，别找我，圣约翰，去找一个对你合适的人。"

"你是说，找一个适合我的目的——适合我职业的人，对吧？我要再跟你说一遍，我并非以微不足道的凡人身份，并非带着人的自私感，要求你与我结婚。我是作为传教士，才希望结婚的。"

"那我就把我的精力给这个传教士，因为这才是他需要的全部——而不是把我自己的身体给他，因为我的身体不过是果核外面的果皮、果壳罢了。他要这些东西没用处。我就自己留着吧。"

"你不能留，也不该留。你以为上帝会对半个祭品感到满意吗？你自己会接受一个残缺不全的赠品吗？我拥护的是上帝的事业，我是站在他的旗帜下向你发出召唤的。我不能代表上帝接受一种残缺的忠诚，它必须是完整的。"

"啊！我愿意把我的心献给上帝，"我说，"可是你并不需要我的心。"

读者，我并不想发誓说，我说那句话的语气和附带的感情中，没有一点压抑着的讥讽。以前，我心里一直怕圣约翰。因为我还不了解他。他让我敬畏，因为他让我怀疑。他身上有几分属于圣徒，有几分属于凡人，在这以前我一直无法确定，可是在这次交谈中，我对他的性格却有了认识，他是当着我的面展示自己的性格的。我看到了他的错误，理解了这些错误。我坐在石楠丛生的堤岸上，望着面前这个漂亮的形体。我明白了。我是坐在一个和我一样会犯错误的凡人脚边。面纱从他无情和专制的本来面目上落了下去。一看到他的这些特性，我就觉得他并不十全十美，我便有了勇气。我是跟一个与我平等的人在一起，他是一个我可以与之争论的人，一个在我认为适当的时候可以起而反抗的人。

我说完最后那一句话后，他沉默了。不久，我冒险抬起头望着他的面孔。他瞪视着我，目光中表示出严厉和惊讶，也表示出锐利的询问。那眼光似乎在说："她在讽刺我！她这究竟是什么意思？"

"你不要忘记，我们现在讨论的可是一件严肃的事情，"不久，他开口说道，"讨论这种事的时候，如果我们态度轻率，就不能不说是一种罪过。我相信，简，当你说你愿意把自己的心献给上帝的时候，你是真心诚意的。我要的正是这个。你一旦把你的心从凡人那里移开，交给你的创造者，那么，促使创造者的精神王国在尘世间成为现实，就将是你主要的宗旨和重大的乐趣，你就会随时准备去做能达到那个目的所需的任何事情。你会看到，我们结婚以后身心两方面的结合将会给你我的努力以怎样的促进。只有这样的结合，才能使人的命运和计划永远一致起来。你只要摆脱一切任性的念头，摆脱感情上一切微不足道的困难和脆弱，摆脱一切纯属个人的诸如程度、种类、力量、温存之类的顾虑，那么，你就会立即同意这种结合。"

"我会吗？"我简短地问道。我看着他的五官，它们显得匀称而漂亮，然而，它们却严肃得出奇，显得十分可怕；我看看他的额头，那额头威严却并不开朗；我看看他的眼睛，只见那双眼睛十分明亮、深邃、敏锐，却一点儿也不温柔；我望着他高高的个头，那身材仪表堂堂。我心里想象着自己做他的妻子会是什么情景。啊！这可绝对不行！假如当他的副牧师，做他的同伴是完全可以的，要是以那样的身份，我愿意跟他一起漂洋过海，以那样的职务，和他一起在东方的烈日下工作，在亚洲的沙漠中辛勤劳动。我会崇拜他的勇气、虔诚和旺盛的精力，并且与他竞赛。我会默默地对他表示尊敬，平静地微笑着对待他根深蒂固的志向。我会区分开基督徒和并不信奉基督教的人，深深地敬重基督徒们，也慷慨地原谅那些普通人。毫无疑问，我即使仅仅以这样的身份与他合作，也会常常感到痛苦，我的身体会受到严格的束缚，可是我的心灵却仍然是自由的。我的自我仍然没有受到摧残。在孤独的时候，我仍然可以有未受奴役的思想。我的心灵里还有一些仅仅属于自己的隐蔽处所，那是些他不能涉足的地方，我的感情可以在那个隐蔽的地方茁壮成长，不会受到他的严厉摧残，也不会遭到他武士般沉重的步伐践踏。然而，假如我是他的妻子，就得一直厮守在他身旁，总是受到限制，总是受到阻拦——我天性的火焰就要一直受到压制，迫使它在心里燃烧，却永远不能发出一声叫喊，尽管这被监禁的火要将五脏六腑一个个都焚烧成灰，也只能默默忍受——可这是无法忍受的。

"圣约翰！"想到这里，我喊了起来。

"怎么样?"他冷冰冰地问道。

"我再说一遍,我可以作为你的同事跟你一起去,但是不能做你的妻子。我不能与你结婚,不能成为你的一部分。"

"可你必须成为我的一部分,"他坚定地回答道,"否则,整个交易就无效。要是你不嫁给我,我这个还不到三十岁的男人,怎么可能带着一个十九岁的姑娘去印度? 有时候,我们要单独在一起,有时候,我们要在野蛮人的部落里,我们怎么能永远在一起而并不结婚?"

"这很好办,"我简短地说,"你完全可以把我当成你的亲妹妹,或者当成像你一样的一个男人和牧师。"

"可大家知道你并不是我的妹妹。我不能向人家介绍说你是我的妹妹。要那样做,只会引起人们对我们的猜疑。至于其他问题,虽然你有一个男人的刚强意志,可你却有一颗女人的心,——这可不行。"

"这行,"我带着几分鄙薄口吻说,"完全没问题。我有一颗女人的心,但与你并没有关系,我对你只有同伴那始终如一的恒心。要是你喜欢的话,我还有战友间的坦率、忠实和友爱,或者还有一个新教士对圣师的尊敬和服从。除此之外,再没有别的东西了——请你别害怕。"

"可那才是我需要的,"他自言自语说,"那正是我需要的。有障碍挡在路上,必须把那障碍除掉。简,你嫁给我,不会后悔的。这一点非常肯定,我们必须结婚,我再重复一遍,没有其他途径。结婚以后,毫无疑问会产生足够的爱情,甚至连你自己都会认为我们的结合是正确的。"

"我蔑视你的爱情观,"我禁不住说道,我站起身,背靠在岩石上,站在他面前,"我藐视你奉献的这种不真实的感情。圣约翰,你把这种感情奉献出来的时候,我蔑视你。"

他的眼睛盯着看我,那张样子很好看的嘴巴紧紧闭了起来。我不知道他这是给激怒了呢,还是感到惊讶,或者是其他原因。我实在说不上。因为他能彻底控制他自己的表情。

"我没想到会听到你说出这样的话,"他说道,"我认为,我并没有做出什么该让你感到蔑视的事情。"

他的温和语调把我打动了,他的崇高风度和坦然态度使我感到敬畏。

"原谅我的这些话,圣约翰。不过,是你自己的过错引得我说出这么冒失的话。你提出了一个我们两人在天性上格格不入的话题,这是我们永远不该讨论的话题。爱情这个名称本身,就是你我之间争夺的金苹果——如果需要现实的话,我们该怎么办? 我们会有什么样的感觉? 亲爱的表哥,放弃你的结婚计划,忘掉它吧。"

"不,"他说,"这个计划已经酝酿多时了,只有它才能帮助我达到我的伟大目的。不过,眼下我不再劝你了。明天,我要动身到剑桥去,我要跟那里的许多朋友辞行。我要离开两个星期,请你利用这段时间考虑我的建议,别忘记:如果你拒绝,你拒绝的不是我,而是上帝。上帝通过我这个途径,向你展示了一个崇高的事业,你只有做我的妻子,才能进入这个宽广的事业。假如你拒绝做我的妻子,你就是把自己局限于自私的安逸和无聊的隐匿那条小胡同中了。要是那样的话,你就要被列入那些拒绝接受教义的人之中,比不信教的人更糟糕!"

他说完便转过身去,说:

"看看河流,看看山!"

然而这一次,他的感情完全锁在了心底,不屑于让我了解。回家的路上,我走在他身旁,从他那铁一般的沉默中,我清清楚楚辨别出了他对我的全部感情:失望。那个严肃的专制性格在盼望服从的地方,却遭到了反抗。那是一种经过冷静的判断后做出的顽固对抗,它在别人身上看到了不能引起它共鸣的感情和观点。总之,作为一个人,他希望劝我服从。只是由于他是个虔诚的基督徒,他才有这样的耐心忍受我的执拗,允许我用这么长的时间来考虑和忏悔。

那天晚上,他亲吻过他的两个妹妹后,大概认为应该连跟我握手这个仪式也忘掉才对。他默默离开了房间。我对他虽然没有爱,却不乏深厚的友谊。他这样明显地藐视我,让我感到很伤心,我的泪水都涌到眼睛里来了。

"我看得出来,你跟圣约翰在沼泽地上散步的时候吵过嘴,简,"戴安娜说,"去追上他,他现在正在走廊里徘徊,准是在等你——他会跟你和好的。"

在这种情况下,我没有多少自尊心。我总是宁可快乐而不要自尊。我追上了他,他就站在楼梯脚下。

"晚安,圣约翰。"我说。

"晚安,简。"他的回答十分平静。

"我们握握手吧。"我补充道。

他在我的手指上十分冷淡、非常不经意地接触了一下。那天发生的事情让他觉得非常不愉快。真诚也不能换取他的热情,眼泪也不能使他感动。从他那里得不到快活的和解,既看不到令人欢快的微笑,也听不到宽宏大量的言语。然而,他那颗基督徒的心还是温和的,我问他是不是能原谅我,他回答说,他并没有长时间记住烦恼的习惯。他也没有什么要原谅,因为他本来并没有生气。

说完,他离开了我。我倒宁愿他一拳把我打倒在地。

35

他说第二天要到剑桥去,可他没去。他把动身的日子推迟了整整一星期。在这一星期中,他让我感到,一个生性善良却要求苛刻的人,一个办事认真却不留情面的人,在受到冒犯的时候,能够怎样做出自己的报复。虽然他没做出一个公开的敌对行动,没说一句责备的话,可他却时时让我感受到,我已经给排除到他喜欢的人之外了。

圣约翰并没有怀着异教徒的复仇心理,他也不会伤着我的一根头发,即使完全有可能,他也不会这么做的。以他的天性和他遵循原则,他都不至于从卑鄙的复仇中获得喜悦。我说过我藐视他的爱情,他已经原谅了我,但是他忘不了那几句话。只要他和我都活着,他永远也不会忘掉。他朝我转过脸来,我就能从他的神情上看出这一点。那些话就像是清清楚楚写在我们两人之间一样。不论我在说什么,我的声音里仿佛总有那几句话的回声。他给我的每一句回答里,也总有那几句回答的共鸣。

他并不避免与我交谈。他甚至每天早上都像往常那样把我叫到他书桌旁。但是我担心,他心中属于普通人的部分有一种乐趣,他并没让他心里属于基督徒的部分知道并分享这种乐趣。在他展示自己所具有的技巧时,一方面在表面上完全与往常一样行动和说话,一方面却能巧妙地从每一件事和每一句话中抽去一种神韵,这种神韵以前曾经赋予他的言谈举止以严肃和魅力。在我的心目中,他实际上已经不再是个由肉体组成的人,而是一尊大理石雕像;他的眼睛是冰冷晶莹的蓝宝石;他的舌头是说话的工具;仅此而已。

这一切都是对我的折磨,是缓慢而微妙的折磨。这种折磨中燃烧着一种缓缓的怒火,跳动着一丝忧伤之苦,使我烦恼,把我整个压垮了。我感觉到,假如我做了他的妻子,这个像没见过阳光的深潭水一般的好人,不久就会把我整死,而且他用不着从我的血管里抽取一滴血,也不会让他水晶一般的良心沾上最细微的犯罪污点。在我向他做出和解表示的时候,尤其能感觉到这一点。

我的悔恨不会得到悔恨的回报。他本人并没有体会到疏远的痛苦，也没有产生寻求和解的渴望。我的眼泪大滴大滴滚落到低头阅读的书上，在书页打出水泡，但是这对他并没有产生任何效果，仿佛他的心真是由铁石构成的。与此同时，他对他妹妹们却比往常更加亲热，好像害怕，仅仅用冷淡的方式，还不足以使我相信我已经完全受到了排挤，他还运用了对比的力量。我肯定他这么做不是出于恶意，而是本着原则。

他离开家前的那天傍晚，我偶然看到他在夕阳中独自在花园里散步。我看着他，想起这个人尽管现在与我疏远了，但是毕竟曾经救过我的命，而且我们还是近亲，于是我就产生一阵冲动，想再做一次尝试，希望与他重修旧好。我出了门，朝他走去。他俯身靠在院门上。我立即直截了当地对他说：

"圣约翰，我不愉快，因为你还在对我生气。我们仍然做朋友吧。"

"我希望我们是朋友。"他无动于衷地回答道，眼睛仍然像我刚才出来的时候那样，盯着看冉冉升起的月亮。

"不，圣约翰，我们现在已经不像以前那样友好了。这你知道的。"

"不像以前那么好了吗？不对。从我这方面来说，我希望你一切都好。"

"我相信你，圣约翰。因为我肯定你不可能希望任何人坏。但是，我作为你的亲戚，就希望你对我的感情比你对一个陌路人更加慈悲一些。"

"当然，"他说，"你的希望是合情合理的。可我也远远没有把你当成个陌路人啊。"

他用平静而冷淡的腔调说出这些话，实在让人觉得伤心气馁。我要是由着自己的自尊心和愤怒的驱使，早就会离开他了。可是我心里有一种东西在发挥着作用，比这两种感情更加强烈。我深深敬重我表哥的才能和他遵循的原则。他的友谊对我来说是十分宝贵的，失去他的友谊会让我感到非常难受。我不愿这么轻易放弃恢复友谊的努力。

"难道我们必须以这样的方式分手吗，圣约翰？你就要到印度去了，难道你不愿跟我说点更加亲切的话，就要这样离开我了？"

他这时把脸从月亮转过来，面对着我。

"简，我去印度的时候，会离开你吗？什么？你不去印度？"

"你说过，我不跟你结婚就不能去。"

"你不愿跟我结婚？你还要坚持那个决定？"

读者，你是不是也像我一样，知道冷酷的人们能在他们冰冷的问话中加进怎样的恐怖？知道他们在愤怒的时候多么像冰雪在崩塌？知道他们不高兴的时候多么像冰海破碎？

"是的，圣约翰，我不跟你结婚。我坚持我的决定。"

冰雪开始动摇了，稍稍向前移动了一点儿，但是并没有垮下来。

"我再问一遍，你为什么拒绝？"他问道。

我回答道："以前，是因为你并不爱我，现在，我的回答是，因为你几乎在恨我。假如我与你结婚，你会杀了我。你现在就正在杀我。"

他的嘴唇和脸颊变白了——白得厉害。

"我会杀了你——我现在就正在杀你？你不该说这样的话，这些话太狂暴了，太不真实，不像女人说的。这话暴露出不幸的心理状态，应该受到严厉的谴责，这话是不可饶恕的。然而，原谅同类是人类的职责，哪怕要原谅七十七次。"

这下可完了。我真心诚意希望消除以前对他冒犯的影响，却在那个黏着的表面上打下一个更深的痕迹，我简直是把它烙在上面了。

"现在，你可真的要恨我了，"我说道，"要想跟你和解是不可能的，我看出来了，我成了你永久的敌人。"

这段话对他造成了新的伤害，而且伤害得更加严重，因为说的都是事实。他那毫无血色的嘴唇抖动了一下，出现了暂时的痉挛。我了解我所煽起的那种愤怒，我心里十分难受。

"你完全误解了我的话，"我一下子抓住他的手，说道："我并不想让你伤心，也不想让你感到痛苦——真的，我不想。"

他极其惨然地一笑，然后十分坚决地把手抽回去。停顿了很久以后，他问道："现在想想你的诺言，我看你根本就不愿意去印度吧？"

"不。我愿意去，我愿意作为你的助手跟你去。"我回答道。

接下来是长久的沉默。我无法判断，在这段时间中，他心里人性和神恩之间有着怎样的搏斗。我只是看到他眼睛里闪烁出奇异的光芒，脸上掠过奇怪的阴影。最后他终于开口说话了。

"以前，我已经向你证明过，一个像你这样的年轻未婚女人，提出陪我这种年纪的单身男人出国,是荒谬的。我以为我向你证明时用的措词,会防止你再提起这个计划。而你却再次提起了。我很遗憾。我为你感到遗憾。"

我打断了他的话。任何有明显责备意义的话,立刻就能激起我的勇气,让我勃然而起。"圣约翰,要通情达理,你几乎是在说胡话了。你假装出对我的话大吃一惊的样子,可你并不真的吃惊,你的脑子那么敏锐,不至于迟钝或者自负到这种地步,不至于误解我的意思吧。我再说一遍,如果你愿意的话,我当你的副牧师。可是我永远都不做你的妻子。"

他的脸色再一次变得苍白。不过,像以前一样,他完全控制住了自己的怒火。他的回答语气平静,一字一顿:

"一个女的副牧师,而不是我的妻子,那对我绝对不合适。那么,看来你不能与我一起去了。但是既然你真心诚意提出来,那我就在城里的时候,去跟一个已婚传教士说说,他的妻子需要助手。你自己有财产,可以让你不必依靠教会救济。这样你就可以不必因为食言,也不必因为答应加入一个团体,最后却离开它而蒙上羞耻。"

读者知道,我从来没有许下什么正式的诺言,也没有答应加入什么组织。在这种场合,说这样的话未免太严厉了,也太武断了。我回答道:

"在这件事情上,根本没有什么羞耻,根本没有什么食言,也没有离开什么组织。我根本没有任何义务到印度去,尤其没有义务陪陌生人去。要是跟着你,我可以冒险做许多事,那是因为我崇拜你、信任你,而且对你怀着一个妹妹的爱。不过,我深深相信,不论跟谁去,我在那种气候下都活不久的。"

"啊!你这是在为你自己担心。"他撅起嘴说。

"当然了。上帝给了我生命,并不是要我把它抛弃掉。我开始认为,按照你希望的那样做,等于自杀。再说,假如我要离开英国,我要确认一下,是不是我留在英国,就不可能像离开英国一样发挥作用。"

"你这是什么意思?"

"想解释也没用,我心中有一个痛苦的疑团,它压在我的心中已经有很长时间了。在设法消除这个疑团之前,我哪儿也不会去。"

"我知道你的心向着哪儿,我也知道你依恋着什么。你感兴趣的事情是不合法的、不神圣的。你早就该把它消除掉了。现在你应当一提起这事就感到害臊才对。

你在想那个罗切斯特先生吧？"

他说得对。我默认了。

"你要去找那个罗切斯特先生吗？"

"我必须打听清楚，他到底怎么样了。"

"好吧，"他说道，"我只有在祷告中想起你了。真心诚意地为你祈求上帝，别让你变成一堕落的人。我以为我看出你是上帝挑出的合适人选。但是，上帝与人的看法显然不同，要按上帝的意旨办。"

他打开院门，走出去，沿着山谷信步走去，很快就消失在黑暗中。

我回到客厅，发现戴安娜正站在窗前，似乎正在出神地沉思。戴安娜的个头比我高得多，她把手搭在我肩膀上，弯下身子，细细察看我的脸。

"简，"她说道，"你最近总是心情激动，脸色苍白。我肯定，准是发生了什么事情。告诉我。圣约翰和你在做什么。我从窗口看了你们半个钟头了。你得原谅我当这么个密探，可是很久以来，我总是为我几乎不知道的事情犯猜疑。圣约翰是个奇怪的人……"

她停顿了一下，我什么也没说。过了一会儿，她又接着说下去：

"我能肯定，我那个哥哥对你有一种奇怪的看法。他早就对你特别注意、特别关心了。他对任何其他人都没有这样注意过。为了什么目的呢？我希望他是爱你的——是不是呢，简？"

我把她冰凉的手搁到我发烫的额头上，说道："不，戴安娜，一点儿也不爱。"

"那他怎么总是用眼睛盯住你？他还这么经常要你跟他单独待在一起，还让你总是待在他身边？玛丽和我都断定，他希望你能嫁给他。"

"他的确是这样希望的——他向我提出过，要我做他的妻子。"

戴安娜乐得拍起巴掌来，"我们也正是这么想，这么希望的！你会跟他结婚的，简，是不是？那样的话，他就可以住在英国不走了。"

"完全不是这么回事，戴安娜。他向我求婚，为的是在印度受苦的时候有个同伴。"

"什么！他要你去印度？"

"是的。"

"疯了！"她嚷起来，"你要是去了那儿，连三个月也活不下来。你绝不能去！

你没有同意——对不对,简?"

"我拒绝嫁给他……"

"因此他就不高兴了?"她猜测道。

"很不高兴。我恐怕他永远也不会原谅我了。不过,我提出作为妹妹陪他去。"

"那样做可是太愚蠢了,简。想想你将要从事的工作吧,这种工作会给你无休无止的疲劳。哪怕身强力壮的人都会累死。而你身体又是那么弱。你知道圣约翰这个人,你跟他在一起,他会逼迫你做不可能做到的事,在天最热的时候,也不能休息,而且不幸的是,我已经注意到,不管他要求什么,你都逼着自己按他的要求做。我实在觉得吃惊,你居然有勇气拒绝他的求婚。你不爱他吗,简?"

"不像爱丈夫那样爱他。"

"不过,他长得十分漂亮。"

"可我呢,你看,戴安娜,却相貌平平。我们绝对不相称。"

"相貌平平!你?这是哪儿的话!你太善良了,也太漂亮了,可不能到加尔各答,让那儿的毒烈阳光活活烤死。"于是她再一次诚恳地劝我打消陪他哥哥到那儿去的念头。

"我的确非打消这个念头不可,"我说,"因为我刚才提出要为他当副牧师的时候,他对我这种不合礼仪的念头表示吃惊。他似乎认为,我提出跟他去而不愿跟他结婚是品行不良。仿佛我自从开始到现在,并没有希望他做我的哥哥,也没有这样看待他似的。"

"你凭什么说他不爱你呢,简?"

"你要是亲自听听他怎么说,就知道了。他一遍又一遍地解释说,他希望结婚,不是为了自己,而是为了他的职务。他对我说,上帝造了我不是为了爱情,而是为了受苦。毫无疑问,这是对的。可是,照我的看法,既然上帝造了我不是为了让我得到爱情,那也就不是为了结婚。终生跟一个人生活在一起,可他却把你当成一件有用的工具,这不是很奇怪吗,戴安娜?"

"简直不可忍受——根本不正常——绝对不可能!"

"另外,"我继续说道,"虽然我现在对他只有妹妹对兄长的爱,不过,如果被迫做了他的妻子,我可以想象,有可能对他产生一种不可避免的爱,那将是奇怪而痛苦的一种感情。因为他那么有才能,而且在他的神情、举止和言谈之间,常常有一种英勇威严的气概。我会感到一种说不出的痛苦,因为他不会要我爱他。假如我表示出这种感情,他就会明白地向我表示说,那是一种多余的东西,他会说他不需要这种感情,而且它对我也不合适。我知道,他会这么做的。"

"不过,圣约翰是个善良的人。"戴安娜说。

"他是个善良而伟大的人。可是,他在追求自己博大的目标时,无情地忘掉了渺小人物的感情和要求了。所以,微不足道的人最好还是避开他。否则,他前进的时候,会把他们践踏致死的。他来了!我要走了,戴安娜。"一看见他走进花园,我就匆匆跑上楼去。

可是,到了吃晚饭的时候,我不得不再次与他见面。他显得跟往常一样镇静。我以为他不一定会跟我说话了,我还肯定他已经放弃了跟我结婚的计划。可是接下来发生的事情说明我在这两点上都估计错误。他用跟他平常完全一样的态度同我说话,或者可以说是以最近常用的过分客气的态度跟我说话。毫无疑问,他已经求助于圣灵,把我在他心里引起的怒火压了下去,现在,他相信自己已经再一次原谅了我。

晚祷前的诵经,他选择了《启示录》第二十一章。听着《圣经》的词句从他嘴里读出来,从来都是件愉快的事情,可是他的一副好嗓子从来没有像这时一样圆润、甜美;他的举止也从来没有像这时一样既高贵又朴实,给人留下深刻的印象;今天晚上,他的嗓音有了更加庄严的调子,他的举止包含着更加让人战栗的意义。他坐在家人中间,五月份明亮的月光泻进屋里来,使桌子上的烛光变得几乎没有必要了。他坐在那儿,埋头看着那本巨大的《圣经》,根据上面的文字,描述着新天地的景象。他告诉大家说,上帝要与人一同生活,要擦去人们各种眼泪,还许诺说,不会再有死亡,也不会再有悲哀,不会再有痛苦,也不再会有痛苦,因为以前的事情都过去了。

接下来的词句从他嘴里说出来,让我感到浑身战栗。尤其是当我从他那微小得几乎觉察不到的声音变化中,感觉到他一边说,一边把眼光移到我身上来。

"得胜的,必承受这些为业;我要做他的上帝,他要做我的儿子。"这些话念得又慢又清晰,"唯有胆怯的、不信的……要被抛在燃烧着硫黄的湖中,这是第二次死亡。"

我这才知道圣约翰为我什么样的命运感到担忧。

在他诵读那一章最后几节的时候,他平静地表达出了一种抑制着的胜利情绪。诵读者以为,自己的名字已经给写在了羔羊生命册上,他还渴望着那个时刻的到来,好让他进入地上的君王将自己的荣耀带去的那个城市。那个城市不用日月照亮,因为上帝的荣耀在照耀着它,还有那些羔羊也能为它照明。

在接下来的祈祷词里,他把全部精力都集中起来了,全部严肃的热诚都激发了出来。他极其认真地虔诚祈祷,决心要做个征服者。他为心灵软弱的人祈求力量,为脱离"羊群"的迷路人祈求引导,为受到尘世或肉体引诱离开正路的人祈求悬崖勒马。他一再强烈要求,将烙铁从火上抢出来。他的真诚态度比任何时候都更加庄严。开始的时候,我听着祈祷词,对他那种真诚态度感到奇怪;接着,当他的真诚态度继续保持下去,而且变得更加强烈的时候,我被他感动了。最后,我终于对他感到了敬畏。他对自己目标的伟大和美好有那么真切的感觉,别人听了他的祈求,也禁不住会产生同感。

祷告过后,我们跟他告别。他第二天就要动身了。戴安娜和玛丽吻过他,离开了房间——我觉得,她们是听从了他的一个暗示才走开的。我向他伸出手去,祝他旅途愉快。

"谢谢你,简。我说过,两星期后我要从剑桥回来。所以,这段时间还可以留给你考虑。如果我依从了人的自尊心,我就不会再跟你说起结婚的事,可是我服从了我的责任,我的眼睛一直坚定地看着我的首要目的——为了上帝的荣耀,一切都在所不辞。我的主长期受苦,我也将长期受苦。我不能听任你成为遭天谴的人堕入地狱。忏悔吧,下决心吧,趁现在还来得及。记住,我们受到吩咐,要在白天工作;我们受到警告,夜晚到来的时候没有任何人会干活。要记住现世生活中,那个生活中拥有各种好东西的财主的命运。上帝给了你力量,让你选择不可能被夺走的更好的东西!"

他说出最后一句话的时候,把手放在我的头上。他的声音真挚而温和,他的眼神中没有流露出情人对视时的感情,那是牧师召回迷途羔羊的态度,说得更确切一点,是保护神看着自己所负责保护的灵魂时的那种感情。一切有才干的人,不论他们有感情还是没有感情,不论他们是狂热的人,还是胸怀大志的人,也不论他们是不是暴君,只要她们真诚,他们都有杰出的时刻。在这种时刻,他们能征服,能统治。我感到了对圣约翰的尊敬——那么强烈的尊敬,它的动力立刻就把我推上我长久以来一直规避的那一点上了。我被引开来，不再与他争斗，我产生了一个愿望，要顺着他意志的洪流，冲进他生活的深渊，把我的意志淹没在这个深渊之中。这时候我遭到了他的进攻，程度像以前一样猛烈，只是方式有所改变而已。在这两种情况下，如果我屈服的话我都是傻瓜。假如我在第一次做出让步，那是我原则上的错误；这一次如果让步，那将是我判断上的错误。现在，我是通过时间这个静静的渠道，回顾当时那个关键时刻时，才这样想的，然而，在当时我却没有意识到自己傻。

我在我这位圣师的触摸下，一动也不动地站着。我的拒绝被忘却了，我的恐惧被征服了，我的搏斗瘫痪了。我和圣约翰结婚本来是不可能的事，现在却变得可能了。一切都彻底得到了改变。宗教在召唤——天使在招手——上帝在命令——生命像一幅画卷正在卷起——死亡的大门敞开了，显示出门里面的永生。看来，为了在那边得到安全和幸福，在这边的一切都可以在刹那间牺牲。在我的眼睛里，这个昏暗的房间里充满了幻象。

"你现在可以决定吗？"这位传教士问道。他的问话是用温和的语调说出来的。他同样温和地把我拉向他。啊，那样的温和！它比暴力要强多少倍啊！我有能力抵抗圣约翰的愤怒，可是在他的仁慈之下，我却软弱得像根芦苇。然而，我一直十分清楚，即使我此刻屈服，将来有一天还是会像我忏悔前那样起而反抗的。他的天性并不能在一个小时的庄严祈祷后就得到改变，只是变得崇高一点儿而已。

"假如我能肯定，我就能决定，"我回答道，"我只要能相信上帝的意旨是要让我跟你结婚，我就可以在此时此地宣誓与你结合——将来会发生什么都在所不辞。"

"上帝听到我的祈祷了！"圣约翰喊了起来。他把手更紧地按在我头上，仿佛是在认领我似的。他用胳膊搂住我，几乎像是他真的爱我一样。可是我知道，仅仅是几乎而已。我曾经感觉过被人爱是怎么回事。可是现在，我像他一样，也把爱撇在一边，只考虑到责任。我与内心看到的模糊景象搏斗着，我仿佛看到翻卷着的云雾。我心里怀着真诚和深深的渴望，希望做正当的事，只做正当的事。"把路指给我吧，指给我吧！"我恳求上帝。我从来没有这样激动过。至于接下来的事情是不是由于激动而产生的，那就只有请读者自己来判断了。

整个房子都寂静无声。我相信，除了我和圣约翰，其他人都已安息了。仅有的一支蜡烛行将熄灭，屋子里充满了月光。我的心急速而剧烈地跳动着。我都能听到它的跳动了。一种无法表达的感觉突然使我的心整个战栗起来，那感觉立刻传到了我的头和四肢。这种感觉不像电击，但是却像电击一样锐利，一样异乎寻常，一样惊人。它对我的感官发生了作用，仿佛在这以前，感官最大限度的活动也不过是昏睡而已，现在，感官的功能才受到召唤，才被唤醒。感官带着期待一跃而起，眼睛和耳朵在等待，肌肉却在瑟瑟发抖。

"你听到什么了？你看到了什么？"圣约翰问道。我什么也没看见，但是我听见从某个地方传来一个声音，那个声音喊着：

"简！简！简！"只有这个声音。

"啊，上帝！这是什么声音？"我气喘吁吁地问道。

我本来该问："这个声音在哪儿？"因为它似乎不是来自这间屋子——不是在花园里。它不是来自空气中——不是来自地下——也不是来自上方。我的确听到它了——但是它在哪儿呢？它是从哪儿传来的？也许永远也不可能搞清楚！而且，那是个人的声音——是一个熟悉的、亲爱的、我记忆深刻的声音：那是爱德华·费尔法克斯·罗切斯特的声音。那声音中充满了痛苦和悲哀，是声嘶力竭地、凄惨地、急迫地发出来的。

"我来了！"我喊道，"等等我！噢，我就来！"我奔到门口，朝走廊里望去。那里一片漆黑。我跑到花园里，那儿空无一人。

"你在哪儿？"我喊道。

沼泽对面的群山传来微弱的回答——"你在哪儿？"我听着。风在枞树间低声叹息着，外面只有沼泽地的荒凉和午夜的寂静。

鬼影般黑黢黢的东西在院门旁边的紫杉树旁升起的时候，我说道："去你的吧，迷信！这不是你的诡计，也不是你的巫术，而是大自然的作用。大自然被唤醒了。它并没有制造奇迹，而是尽了它的职责。"

圣约翰一直跟在我身旁，想要拦住我，可是我从他身旁挣脱出来。这次该轮到我占上风，我的力量正在起作用，正在发挥威力。我要他别提问，也别说话。我要他离开我，我必须独自待着。他立即服从了。只要有力量正常地下达命令，服从是没有问题的。我上楼回到自己的卧室，把自己锁在屋里跪下来，以我自己的方式祈祷,这方式虽然与圣约翰不同,但是也有它自己的效果。我似乎来到一个强大的神灵面前,我的灵魂在感激中跳出来,俯伏在他的脚下。我站起身,心中充满感恩的心情。我感到心明眼亮,下了决心,丝毫也不感到惧怕——我渴望着天明。

世界传世藏书

世界十大名著

·简爱·

图文珍藏版

36

天亮了。我在黎明时分就起了床,忙碌了一两个小时,把屋子里、抽屉里和柜子里的东西按照短期外出的样子,收拾了一番。与此同时,我听到圣约翰从他自己的屋子里走出来。他在我的屋子门外停住脚步,我真怕他敲门,可他没敲。不过,门子底下塞进来一张纸条。我捡起来,见上面写着这样的话:

> 昨天晚上,你离开我的时候太突然。假如你能多留一会儿,本来可以把手放在基督的十字架上,触摸到天使的冠冕。两星期后我回来时,我要知道你明确的决定。在此期间,你要留神并且祈祷,不要受到诱惑。我坚信,你的灵魂是愿意的,然而肉体却很虚弱。我将时刻为你祈祷。

> 你的圣约翰

"我的灵魂,"我在心里回答,"愿意做正当的事情。我希望,只要弄明白上帝的意旨,我的肉体足够强壮,能让我完成上帝给我的使命。无论如何,它足够坚强,能够让我在怀疑的云雾中探询、摸索到一个出口,最后找到像晴天一样肯定的答案。"

那天是六月一日,然而早晨阴云密布,还有点冷飕飕的。雨滴急促地打在我的窗户上。我听见前门开了,圣约翰走了出去。我从窗口望去,只见他正在穿过花园。他走上穿过沼泽地的路,朝惠特克劳斯的方向走去。他要在那里乘马车。

"几个小时后,我也要步你的后尘,走那条路了,表哥,"我想道,"我也要到惠特克劳斯去乘车。在我永远离开英国之前,我在这里也有需要去拜访和问候的人。"

早饭之前还有两个小时。我放轻脚步,在屋子里踱来踱去,消磨着这段时间,心里思考着前一天出现的那件怪事。正是它让我打定了主意,要采取现在的这个计划。我回想起内心中的感觉,因为我还能回想起它,能回想起那种无法用语言表达的怪诞。我回想起当时听到的那个声音,然后我再次提出那个问题:它是从哪儿来的？也像上次一样，无法找到这个问题的答案。看来那个声音来自我的内心，而不是来自外部世界。我问自己：那难道只是一个神经质的幻觉吗？我无法想象，也无法相信。那更像是一个启示。发生那种奇异的感情震动时，就像震撼着关押保罗和西拉的监狱的那场地震一样强烈。它打开了灵魂的牢门，又打开了灵魂的枷锁，把灵魂从昏睡中唤醒。灵魂跳出来，浑身哆嗦着，呆呆地倾听着。然后，一连三次呼喊着，震动了我受惊的耳朵，刺进我颤抖的心，传遍我整个灵魂。我的灵魂既不害怕，又不颤抖，却感到了强烈的狂喜，仿佛这是它未受肉体的影响，单独做出努力而取得了成功。

"用不了多少天，"沉思结束时，我说道，"我就能得知他的消息了，昨晚似乎是他的声音在呼唤我。写信没有用处，那我就自己去看个究竟吧。"

吃早饭的时候，我向戴安娜和玛丽宣布说，我要出一趟门，至少要走四天。

"你独自去吗，简？"她们问道。

"是的。是去看一个朋友，或者去打听这个朋友的消息。我为他担心已经有很长时间了。"

她们本来可以对我说，她们以为我除了她们之外，没有别的朋友呢。我肯定她们心里都是这么想的。事实上，我也常常这么对她们说。可是她们天性十分敏感，所以没有加以评论。戴安娜只问了我一句，身体是不是适宜旅行。她说我看上去脸色十分苍白。我说，只是心里焦虑，身体没什么病。我希望不久就可以放下心来。

做进一步安排十分容易，没有人询问，也没有人猜测，因而我没有受到任何打扰。我已经向她们解释过，现在还不能把我的计划全部告诉她们，她们也就好心而明智地同意了我的要求，让我保持沉默，给了我自由行动的权利。要是换了我，我也会同样给她们这样的权利的。

我在下午三点钟离开沼泽山庄。四点过后，我已经站在惠特克劳斯的那个路标下面，等着乘一辆马车，让它把我送到遥远的桑菲尔德去。荒凉的山丘间只有这唯一的道路，四下十分寂静，远远的我就听到一辆马车的辚辚车轮声。来得恰好是一年前那个夏日傍晚，我在孤独、绝望中走下来的那辆车，当时我是多么漫无目标啊！看到我招手，车就停下来了。我上了车，不过这次我用不着把全部财产作为车费了。我又一次走上了去桑菲尔德的路，心里的感觉就像一只要飞回家去的信鸽。

这趟旅程花费了三十六个小时。我星期二下午从惠特克劳斯出发,星期四清晨,马车在路边一家客栈门前停下来,给马饮水。客栈周围景色如画——绿色的树篱、大片的农田、牧草覆盖的山丘,这一切对我来说,就像一张过去十分熟悉的面孔一样。这里柔和青翠的色彩,与北方中部那种严峻的莫尔顿沼泽比起来,有多大的差别啊!我熟悉这种独特的景色,我确信,这里距离我目的地不远了。

"桑菲尔德离这里有多远?"我问客栈的马夫。

"整整两英里地,就在田地那头。"

我心里想:"我的旅行结束了。"我下了车,把一只箱子交给马夫,让他保管着,等我来取。我付了车费,让车夫感到十分满意。我正准备走的时候,越来越亮的天色照亮了客栈的招牌。我看到了金色的字写的"罗切斯特纹章"几个字。我的心猛烈地跳动起来。我已经到了我主人的土地上了。可是我的心再一次沉下来,因为我这时的想法是:

"你应该知道,你的主人也许在英吉利海峡的另一边。再说,即使他在桑菲尔德,你匆匆奔他而去,可是那儿有什么人陪伴他呢?他的疯子老婆。你跟他没有任何关系,你不敢同他说话,也不敢跟他见面。你浪费了自己的精力,你还是别再往前走的好。"我心里自己这样告诫道,"向客栈的人打听一下消息吧,他们能把你要寻求的一切都告诉你的。他们立刻就能消除你的疑团。到那个男人跟前去,问问罗切斯特先生是不是在家。"

这是个切实可行的想法,可我不能强迫自己去执行。我担心会得到一个让我失望得无法忍受地回答。延长疑虑也就延长了希望。我或许还可以看到在希望的星光照耀下的桑菲尔德。前面就是那个台阶,那片田野。那天早晨,我从桑菲尔德逃出来,身后仿佛有复仇的怒火在追逐,在鞭策着我。当时,我慌不择路,又聋又瞎,走的就是那片田野。我还没想好该走哪条路,就已经走进田野中间来了。我走得多快啊!有时候,我简直是在跑着前进。我多么渴望早早看到我熟悉的那片树林!我心情急切,想要马上见到我熟悉的每一棵树、每一片牧草地和每一座山丘。

那片树林终于出现在我的面前。白嘴鸦拥挤在一起,看上去黑压压一片。一声响亮的鸦噪声划破了清晨的静谧。一阵奇怪的喜悦激励着我。我加快了脚步。我又穿过一片田地,顺着一条蜿蜒小径走去。看见院墙了——还有后面的那些屋子。可是宅子本身和鸦巢还没现出来。

"我看到宅子的第一眼，应当是它的正面，"我打定了主意，"从那儿看的话，那些威武的雉堞一下子就可以映入眼帘，我还可以看到我主人的窗户。也许他会站在窗户前面呢，因为他起床很早。也许他此时正在果园里散步，或者是在宅子正面的步道上散步。假如我能在那儿看到他，该有多好啊！只要看到他短短的一瞬间就行！要是那样的话，我难道能肯定不会像现在这样，发疯似的朝他奔过去吗？我说不上——我不能肯定。要是我朝他奔过去，会发生什么事情呢？愿上帝保佑他吧！那么会发生什么事情呢？我再次尝试一下他那能赋予我生命的眼光，又会伤害谁呢？我这是在说梦话呢，说不定他这会儿正在比利牛斯山上，或者是在南方平静的海边看日出。"

我沿着果园的矮墙走着——转过墙拐角，那儿有个院门，通往牧草地。门两旁有两根石制门柱。我躲在一根柱子后面张望，可以悄悄看到整个宅子的正面。我小心翼翼地探出头去，想看看是不是有那个卧室窗户上的百叶窗拉起来了，想看看那些雉堞、那些窗户、那宅子长长的正面。从我这个隐蔽的地方，我全能看得见。

在我观察的时候，在我头顶上方飞翔的乌鸦们也许在注视着我。我真想知道它们会怎么想。它们也许会以为我开始的时候非常小心胆怯，后来渐渐变得非常大胆、非常鲁莽；先是窥视了一下，然后就长时间地瞪着看，后来就离开我的藏身处，信步走到草地上，突然在宅子正面停下脚步，毫无顾忌地长时间凝视着它。乌鸦们也许会评论说："瞧她开始的时候装得多么羞怯，现在又多么鲁莽，多么愚蠢！"

读者啊，听我比喻一下这种情景吧。

一个男人发现他热爱的姑娘正熟睡在河岸的苔藓上。他想端详一下她的面孔而不去惊醒她。于是他悄悄从草地上走过去，小心不发出一点声音，然后停住脚步。他以为她动了一下，就连忙缩回来，无论如何也不想让她看见。一切都是静悄悄的，他又往前走去，俯身看着她。她的脸上盖着一块轻柔的面纱。他把面纱掀开，把头凑得更近些。他这时希望看到的是一幅美丽的画面——是一个温柔、娇艳、可爱的睡美人。他的眼睛最初看得多么仓促啊！但是他的眼睛却凝住了，他惊得跳起来！他双臂突然抱起片刻之前还不敢用手指碰一下的那个身体，猛烈地摇起来！他就这样紧紧抱着，号啕着，凝视着。他不再担心会把她吵醒，他原来以为他的情人甜蜜地睡着了，结果却发现，她已经僵死了。

我呢，怀着羞怯的喜悦朝一座宏伟的宅子望去；结果看到的却是一堆焦黑的废墟。

现在的确没有必要到躲在门柱后面，也用不着窥视卧室的窗户，不必担心窗户里面有人在走动！没有必要倾听开门的声音，也不用幻想步道上和卵石路上的脚步声！草坪和院子任人践踏，已经荒芜了，正门大张着嘴，空空如也。房子正面如同我有一次在梦中见到的那样，只有一堵薄得像层贝壳似的墙，看上去又高，又脆弱。墙上是一个个没有玻璃的窗洞，没有房顶。雉堞和烟囱都没有了——全都坍塌进去了。

房子周围是死一般的寂静，是凄凉的荒野。难怪把信寄给这儿的人，不会收到回信，这就像把信寄到教堂墓地的坟窖里一样。石块上可怕的焦黑色说明了房子在什么样的灾难中坍塌的。它遭到了火灾。可是这火是怎样烧起来的？这场灾祸是怎么回事呢？除了灰浆、大理石、木结构的损失之外，还有什么其他损失吗？是不是除了财产的损失之外，生命也遭了难？假如是的话，那可能是谁的生命呢？多么可怕的问题啊。这儿没有人能回答——就连无声的迹象、喑哑的标志也没有。

我在残垣断壁间漫步，穿过遭受浩劫的宅子内部，得到了一些证据，知道这场灾难并非发生在最近。我认为，冬天的雪曾经飘进那扇洞开的拱门，冬天的冷雨也曾经扫进那些空空的窗棂。因为在湿漉漉的一堆堆废墟中，春天已经孕育出植物，在滚落的石块和椽木间到处爬出了蔓草。啊，此刻，那遭难的不幸主人在哪儿呢？在哪个国土上？在什么的保护之下？我的眼睛不由自主地滑到门外那座教堂的塔楼上。我问自己："难道他已经跟戴默·德·罗切斯特一起躺进那狭窄的大理石住所了？"

我一定要得到这个问题的答案。除了客栈之外，没有其他地方可以得到回答。于是我立即赶回那个客栈去。客栈老板亲自把我的早餐送到客厅来。我请他关上门，并且请他坐下，说是我有一些问题要问他。可是，等他照我说的做了之后，我又不知道该怎么提问了，我对他可能给我的回答感到恐惧。不过，我刚刚离开的那种荒凉景象，已经让我对于听一个不幸的故事，有了相当程度的思想准备。这个客栈老板是个模样十分可敬的中年人。

"你一定知道桑菲尔德吧？"我终于说出了口。

"是的，小姐。我曾经在那儿住过的。"

"是吗？"我想，并不是跟我同时期住在那里，我并不认识你。

"我是已故的罗切斯特先生的管家。"他补充说。

已故的！我似乎受到重重地一击，可我迄今为止一直在躲避这一击。

"已故的！"我喘不上气来了，"他死了吗？"

"我说的是现在这位罗切斯特先生的父亲。"他解释道。我这才恢复了呼吸。我的血液也重新流动起来。听到这些话，我完全放了心，爱德华先生——我的罗切斯特先生总算还活着，不管他在哪儿，愿上帝保佑他。毕竟他还是"现在的这位"。这是多么令人高兴的话啊！我好像已经可以比较平静地听他讲起发生过的那一切——不论发生过什么事情。既然他不在坟墓里，就是听到他在安蒂波迪斯群岛，我想，我也能忍受。

"罗切斯特先生现在还住在桑菲尔德吗？"我这是明知故问，但是我想推迟直接提问他的下落。

"噢，小姐，不在了！那儿现在没人住。我想你没来过本地吧，要不然的话，你就会知道去年秋天那里发生的事情了。桑菲尔德已经彻底成了个废墟，就在秋收时节，它被烧毁了——真是个可怕的灾难啊！大量宝贵的财产都给烧毁了，在大火中，几乎连一件家具都没有抢出来。火是在夜深人静的时候燃烧起来的。米尔考特来的救火车还没来得及赶到现场，房子已经成了一团大火。那景象真是可怕。我是亲眼看到的。"

"在夜深人静的时候！"我喃喃地说道。是啊，在桑菲尔德，那从来就是个致命的时刻。我问道："知道火是怎么烧起来的吗？"

"人们只是猜猜而已，小姐。人们只是猜想。可我倒觉得那是千真万确的事情，根本用不着怀疑。你是不是听人说过，"他把椅子往桌子这边稍微挪近一点儿，压低声音接着说："那儿的宅子里，养着一个……一个……一个疯女人？"

"我隐隐约约听说过这事。"

"小姐，那个女人给严密地监禁着。有好些年，大家根本就不知道有这么个人。没人看见过她。人们只是听到一些谣传，说是有这么个女人住在桑菲尔德，至于她是谁，是干什么的，却很难猜测。据说，爱德华先生把她从国外带到家里来，有人认为她是他以前的情妇。可是，一年以前，却发生了一件奇怪的事情，那是一件非常奇怪的事情。"

我害怕听到自己的故事，于是便尽力让他回到刚才的正题上来。

"那个女人怎么样了？"

"小姐，那个女人原来是罗切斯特先生的妻子！人们发现这个问题的方式十分奇怪。宅子里当时有一位小姐，是那儿的家庭女教师，罗切斯特先生爱上了……"

"那么，那场火灾呢？"我提醒他道。

"我就要说到了，小姐。爱德华先生爱上了她。那儿的用人们说，他们从来没见过哪个人像他爱得那么深。他不断地追求她。用人们常常注意着他——用人们总是这么做的，这你知道的，小姐——他把她看得比什么都重要，不过除了他之外，其他人并不认为她长得十分漂亮。她的个子很小，人们说，小得几乎像个孩子。我自己从来没见过她，但是我听女用人利厄说起过她。利厄很喜欢她。罗切斯特先生大概有四十岁了，可那个家庭教师仅仅二十岁。你瞧。他那样年纪的先生，爱上个小姑娘，一般来说总是着了魔。总之，他要跟她结婚。"

"你以后再给我讲这段故事吧，"我说道，"我现在有个特殊的理由，想要听听关于大火的整个过程。人们是不是怀疑，那个疯子——就是罗切斯特太太，与失火有关？"

"你猜对了，小姐。那是确定无疑的。是她放的火，不是别人。有一个女人看管着她，那个女人名字叫作普尔太太。要说干她那一行，她可是个行家里手，而且十分可靠。只是她有个毛病——做她那种工作的护士和看守，大多数都有这种毛病——她偷偷藏了一瓶杜松子酒，时常喝上那么一口。这本来是可以原谅的，因为她干那种活儿，日子不好过。但是那也的确够危险的，因为普尔太太喝了酒睡熟以后，这个疯女人就会变得十分狡猾，简直像个巫婆一样可怕。她把钥匙从普尔太太口袋里掏出来，溜出房间，在宅子里到处乱窜，脑子里想出什么点子，就会闯什么祸。他们说，她有一次几乎把她丈夫烧死在床上，可这事我说不准。不过，那天晚上，她先把自己隔壁那间屋子里的帐子点着火，然后就到下面一层，走到家庭教师住过的那间屋子里，她恨那个教师，就好像她什么都知道似的。她把那儿的床点着火。幸亏没人睡在床上。那个女教师两个月以前就逃走了。罗切斯特先生到处找她，好像她是他在世界上最宝贵的东西似的，可是一直没有得到她的消息。他的脾气变得特别恶劣——由于失望，变得近乎疯狂了。他那个人本来也不和气，但是，在失掉她以后，变得相当危险。他要独自待着，把女管家费尔法克斯太太打发到住在远方的一个她的朋友家去住。不过，他为她办得很好，给她定了一笔终生年金。

这笔钱她受之无愧——她是个非常善良的女人。受她保护的阿黛勒小姐后来送进了学校。他不再跟上流绅士们来往,把自己关在宅子里,活像个隐士。"

"怎么？他没离开英国吗？"

"离开英国？天哪,当然没有！他就连房门都不愿跨出一步。只有到了夜里,他才会像个鬼魂一样在院子里和果园里到处走动,仿佛丢了魂似的。照我说啊,他可真是丢了魂。因为在遇到那个小个子家庭女教师之前,小姐,人们从来没见过比他更勇敢、更大胆、更敏锐的绅士了。他并不像有些绅士那样,他不喜欢喝酒,不打牌,也不喜欢赛马。他那个人长得不怎么帅,可他有一种独特的勇气和意志,那是一种不亚于任何人的气质。你知道吗,我从小就认识他。说心里话,我真希望那个家庭女教师——爱小姐——到桑菲尔德来以前,就淹死在海里。"

"这么说,起火的时候,罗切斯特先生就在家里？"

"是的。他的确在家。火已经在房子里到处烧起来的时候,他爬到顶楼上去,把用人们都从床上叫起来,扶他们下了楼——然后又爬上去,要把他那个疯老婆从小房间里救出来。这时候,人们大声告诉他说,她在房顶上。她真的站在那儿,还在雉堞中间挥舞着胳膊,大叫大嚷,声音大得一英里地以外都能听得见。我当时亲眼看见她,还听见她叫嚷。她是个大大个头的女人,头发又长又黑。火光下,我们都能看见她的头发在飘动。我亲眼看见——还有几个人也看见——罗切斯特先生从一个天窗爬上房顶。我们听见他叫了一声'伯莎！'只见他朝她跑过去。然后,小姐,她大叫了一声跳了下来,立刻就掉在步道上,摔得血肉模糊。"

"死了吗？"

"死了吗？当然啦,就跟溅满了她的脑浆和血液的石头一样一动不动了。"

"我的老天哪！"

"的确惊人,小姐。实在吓人哪！"

他打了个寒战。

"后来呢？"我敦促他讲下去。

"唉,小姐,后来房子给夷为平地,现在只剩下一堆废墟了。"

"还有其他生命损失没有？"

"没有。也许有了反而倒好。"

"你这是什么意思？"

"可怜的爱德华先生！"他大声嚷起来，"我没想到会有这样的事！有人说，他隐瞒了第一次婚姻，老婆还活着，就想娶第二个女人，这是他应得的报应。可是我却可怜他。"

"你说过，他还活着？"我大声说道。

"不错，不错，他还活着。不过很多人都认为他还不如死了的好。"

"为什么？怎么回事？"我的血液又变凉了，"他在哪儿？"我问，"他在英国吗？"

"当然，当然，他是在英国。照我看，他离不开英国了。他现在可是固定在这儿了。"

这可太让人痛苦了。这个人似乎打定主意要继续卖关子。

"他的眼睛全瞎了，"他终于说出了真相，"是啊——完全瞎了——爱德华先生完全瞎了。"

我原来担心的是更糟的结果，我害怕他变疯。我鼓起勇气问他，当时是什么造成这个灾难的。

"那都怪他自己的勇气，从另一方面说，也怪他的好心，小姐。他要在别人全都离开房子以后才离开。罗切斯特太太从雉堞上跳楼以后，他终于从大楼梯上爬了下来，可是就在他下楼的时候，只听得轰隆一声，整个楼梯倒塌了。人们从废墟里把他拖出来，他还活着，可是伤得厉害。一根房梁落下来，还算保护了他一下，可是他的一只眼睛给打了出来，一只手压烂了，外科医生卡特不得不把那只手马上截掉。另外一只眼睛发了炎，也失明了。他现在真是毫无办法——又瞎，又残废。"

"他在哪儿？他现在住在哪儿？"

"在芬丁庄园，那是个农场上的宅子，在三十英里以外，是个荒凉的地方。"

"谁跟他住在一起？"

"老约翰夫妇。他不要别人跟他住在一起。人们说，他的身体完全垮了。"

"你有什么车子吗？"

"我们有一辆轻便马车，小姐，是一辆十分漂亮的轻便马车。"

"请你立刻把车备好。要是你的车夫能在今天天黑前把我送到芬丁庄园，我就付给你和他比平常多一倍的车钱。"

37

芬丁庄园的宅子是个相当古老的楼宇。房子中等大小,建筑外表没有什么虚饰,位置是在一座树林里。我以前也曾经听说过这所住宅,罗切斯特先生就常常谈起它,说是有时候还上那儿去。他父亲买下这个产业,是为了打猎的时候来住。他本想把房子租出去,可是找不到房客,因为这里的地点不合适,对身体健康不利。于是,芬丁庄园就一直空着,也没有陈设家具,仅仅布置了两三个房间,供打猎季节时老爷上那儿暂住。

天黑之前,我来到这所宅子。天空布满阴郁的云彩,刮着寒冷的大风,还下着冷得刺骨的绵绵细雨。我已经如我许诺的那样,付了双倍的车钱,把马车打发走了。最后的一英里路,我要步行。即使到了离那宅子很近的地方,还是一点儿也看不见它。宅子周围的黑森林茂密苍翠,给人以阴森森的感觉。花岗石门柱和上面的铁门,让我明白该从哪儿走进去。我走进门后,立刻就发现自己处在密林里的朦胧暮色之中了。面前是一条长满杂草的小径,小径两旁挺立着多节的古树,枝条交叉,覆盖在小径上方。我沿着这条路走去,心里以为很快就能到达宅子前面。可是那小径蜿蜒曲折,越伸越远,看不到一点儿住宅或庭院的迹象。

我以为走错了方向,迷失了道路。我周围是幽暗的密林和沉沉暮色。我朝四下张望一番,想寻找另一条道路。没别的道路,只有交织在一起的枝丫,柱子似的树干,夏日的繁茂枝叶。没有任何其他路好走。

我继续往前走去。最后,这条路终于变得开阔起来,树林也稀了一点儿。不一会儿,我就看到一个栏杆,然后看见了房子。在这朦胧的光线中,房子破败,墙壁潮湿,颜色暗绿,几乎跟树木区别不开。走过一道只上了门闩却没有上锁的门,我就走进一块四周围着的场地中间。周围的树木围成个半圆形,没有花坛,也没有花,只有宽阔的卵石路绕过一小块草地,周围是浓密的森林。房子正面露出两个尖角阁,窄窄的窗户有格子,前门也是窄窄的,只有一级台阶。总的来说,正如"罗切斯特纹章"客栈老板说的那样,是个非常荒凉的地方,静得就像周日的教堂,周围只有雨滴打在树叶上的沙沙声。

"这儿哪有生命吗?"我自忖道。

有的。这儿的确有某种生命。因为我听到了一点儿动静——那扇窄窄的正门正要打开，一个身影就要从这所房子里显现出来。

门慢慢打开了。一个人走了出来，踏进这暮色之中，站在那个台阶上。这是个没有戴帽子的男人。他把手伸向前面，似乎想感觉一下是不是在下雨。尽管天色很暗，可我还是认出了他——他不是别人，正是我的主人爱德华·费尔法克斯·罗切斯特。

我停住脚步，几乎也止住了呼吸，呆呆地站在那里望着他——仔细观察着他，却没有被看见。唉！他看不见我啊。这是一次突然的会面，本来该有的狂喜却被痛苦彻底抑制住了。我毫不困难地约束住了自己的声音，没有叫起来，我也很容易就控制住了脚步，没有急于扑上前去。

他的身体和以前一样，有着健壮结实的轮廓，他的体态还是一样的挺直。他的头发还是乌黑的。他的五官没有改变，也没有凹陷。任何忧伤都不可能在短短的一年间削弱他运动员般的力量，也不能摧毁他那勃勃生气。但是，在他的脸上，我看出了一种变化，那是一种绝望的沉思——让我联想起一只失去自由、受到虐待的野生动物或鸟儿。在他忧伤之际，走近他是危险的。笼中鹰的金色瞳孔被残酷地戳瞎后，可能会显得像那个失明的参孙一样可怕。

读者，你以为他眼睛失明可能残暴，我就会怕他吗？要是你这么看，那可就是对我太不了解了。在我的悲哀中混合着一种微弱的希望，希望我很快就能在那岩石般的额头上印下一吻，再亲吻额头下庄严地紧紧闭起来的眼睛。可是现在还不行。现在我还不想跟他打招呼。

他走下那一级台阶，缓慢地探索着往草地上走去。此时，他那种豪迈的步伐到哪儿去了？接着，他停住脚步，仿佛不知道该转向哪一边。他扬起头，张开眼皮，竭尽全力朝天空望去，也朝周围半圆形的树木望着。他的目光是那么茫然，看得出来，周围的一切对他来说只是漆黑一片。他伸出右手（那只截去手的左臂一直藏在他怀里），他似乎想摸摸周围到底有什么，然而他摸到的也只有寂静中的空虚。因为树木离他站的地方还有几码远呢。他放弃了摸到树干的尝试，把胳膊交叉在一起，在雨中静静地站着。这时，急促的雨滴打在他没戴帽子的头上。这时，约翰从里面走出来，朝他走过去。

"你扶着我的胳膊好吗，先生？"他说，"就要下大雨了。你进屋里去不是更好吗？"

"别管我。"他这么回答道。

约翰退了回去，可他没看见我。罗切斯特先生这时想要四处走动一下，可是不行，什么也摸不准。他只得摸索着回房子里去，进屋后，把门关上了。

这时，我走上前去，敲了门，约翰的妻子开了门。"玛丽，"我说道，"你好吗？"

她惊恐极了，好像见了鬼。我让她平静下来。她连忙问我："这真是你，小姐，这么晚了还到这个冷落的地方来？"我握了握她的手算是回答，然后跟她走进厨房。约翰这时候坐在熊熊炉火边。我用几句话简短地向他们解释说，我已经听说我离开桑菲尔德后发生的一切事情了。还说，我是来看望罗切斯特先生的。我告诉约翰到我下车的那个通行税征收点，把我寄放在那里的箱子取回来。然后，我一边脱下帽子和披巾，一边问玛丽是不是可以让我在庄园上过夜。我得知，这虽然有点困难，却并不是没有可能，我告诉她说，我打算住下来。正在这时候，客厅的铃声响了。

"你进去的时候，"我嘱咐说，"告诉你的主人说，有个人想跟他谈话，可是，不要说出我的名字。"

"我想他不会愿意见你，"她回答道，"他谁也不见的。"

她回来的时候，我就问他是怎么说的。

"你得先通报你的名字和你的来意。"她回答道。接着，她倒了一杯水，把水和几支蜡烛一起放在一个托盘上。

"这就是他打铃要的东西吗？"我问道。

"是的，他虽然瞎了，可是天一黑，就叫人把蜡烛送进去。"

"把托盘给我，我替你端进去。"

我从她手里接过托盘，她把客厅门指给我看。我端着托盘，托盘晃动着，水从玻璃杯里泼了出来。我的心剧烈地跳动着，响亮地撞击着我的肋骨。玛丽给我开了门，等我走进去后，又把门关上。

这个客厅看上去十分阴暗，一小堆没人照料的火炭在炉栅上冒出低低的火苗。屋子的瞎子主人把脑袋靠在壁炉架上，俯身面对着火。他那条老狗派洛特仿佛害怕被踩住似的，蜷缩着躺在一边，没有挡住他的路。我一进去，派洛特就竖起耳朵，接着就汪汪叫了两声，然后呜咽着，跳起身，朝我奔来，几乎把我手里的托盘都撞翻了。我把托盘放在桌子上，然后拍了拍派洛特的脑袋，压低声音说："卧下！"罗切斯特先生直挺挺地转过身来，想看看这阵骚乱是怎么回事，但是，因为他其实什么也看不见,只得把头转回去,叹了口气。

"把水递给我,玛丽,"他说道。

我端着那个只剩下一半水的杯子朝他走去。派洛特跟在我身后。它仍然那么激动。

"这到底是怎么回事?"他问道。

"卧下,派洛特!"我再次说道。他那只握着杯子的手停住了,似乎在倾听。他喝了水,放下杯子,"是你吗,玛丽,是不是你?"

"玛丽在厨房里。"我回答道。

他做了个很快的动作,向我伸出手来,可是看不见我在哪儿,他并没有接触到我。"这是谁? 是谁?"他问道,仿佛还用他没有视力的眼睛竭力看着。可是,那是一种既没有效果,又感到痛苦的尝试。"回答我,再说句话啊!"他专横地大声命令道。

"你要不要再来点水,先生? 我把杯子里的一半水都给泼出去了。"我说道。

"这是谁? 这是什么? 这是谁在说话?"

"派洛特认识我,约翰和玛丽知道我在这儿。我是今天晚上到的。"我回答说。

"我的天哪! 我的脑子里出现什么幻觉了? 是什么甜蜜的疯狂幻觉把我抓住了?"

"这不是幻觉,不是疯狂。先生,你的脑子十分坚强,不会出现幻觉;你的身体十分健康,不会发疯。"

"说这个话的人在哪儿? 难道只有个声音吗? 啊! 我看不见,可我能感觉到,要不就是我的心快要停止,我的脑子就要爆炸了。不管你是谁,不论你是什么,让我摸摸吧,要不然我简直活不下去了!"

他摸索着。我一把抓住他那只到处乱摸的手,紧紧握在我的两只手中。

"这正是她的手指!"他喊道,"她那娇小的手指! 如果是真的,那就一定不止这些。"

这只肌肉发达的手挣脱了我的抓握,抓住我的胳膊、肩膀、脖子、腰肢,我的整个身体都被他搂住,紧紧靠在他身上。

"这真是简吗? 这是什么? 这是她的体型,这是她的身材……"

"而且这还是她的声音,"我添加道,"她这个人全都在你面前了。愿上帝保佑你,先生! 我真高兴,又离得你这么近了。"

"简·爱！——简·爱！"他这么喃喃地说道。

"我亲爱的主人，"我回答道，"我是简·爱。我找到你了，我回到你身边来了。"

"这是真的？——实实在在的肉体？是我那活生生的简？"

"你摸到了我，先生，你抓着我，抓得足够紧的。我可不像尸体那么冷，也不像空气那么虚无缥缈，对不对？"

"我那活着的亲宝贝！这的确是她的四肢，这是她的五官。但是，我在遇到那一系列灾难后，不可能有这样的福分。这准是一场梦。我在夜里就做过许多这样的梦，我梦见过像现在这样再把她搂在我的怀里，像现在这样吻她，也觉得她像这样爱我，还相信她再也不会离开我了。"

"我永远也不会离开你了，先生，从今天开始。"

"这个幻影说，永远不离开？可我每次醒来，都发现那是一场空洞的梦，是对我的嘲讽。我还是那么孤独，受到遗弃——我的生活充满黑暗和寂寞，毫无希望——我的灵魂满怀渴望，却得不到甘露——我的感情这样饥饿，却得不到食粮。温存的梦幻啊，你现在依偎在我的怀抱里，可我知道，你也会像你的那些姐妹们一样从我这里飞走的。但是，在你离开之前，吻吻我吧——拥抱我吧，简。"

"好的，先生——好的！"

我把嘴唇压在他那曾经十分明亮而现在却变得没有光泽的眼睛上——我把他额头上的头发拂开，吻了吻他的额头。他似乎突然明白过来，相信这一切都是真的了。

"这是你——这真是简？这么说，你真的回到我身边来了？"

"是的。"

"这么说，你没有死在那条溪流下面的沟壑里？你也不是个在异乡漂泊的流浪者？"

"不是的，先生。我现在是个独立的女人。"

"独立的！那是什么意思，简？"

"我那个在马德拉群岛的叔叔去世了，给我留下五千英镑。"

"这是可信的——这是真的！"他喊起来，"我做梦也没想到过这个。另外，还有她那奇特的声音，既温柔又这样让人激动，还那么惹人生气。它让我枯萎的心得到了欢乐，把生命的活力又注入我的心了。你说什么，简妮特？你是个独立的女人了？是个富有的女人了？"

"相当富有，先生。要是你不让我跟你生活在一起，我可以在离你的院门很近的地方造一所房子，等你晚上需要找个伴时，可以到我的客厅来坐坐。"

"简，既然你富有了，你现在一定有一些朋友吧。他们会照顾你，也不会让你献身给我这么一个又瞎又残废的人吧？"

"我跟你说过，先生，我不但有钱，而且还是独立的，我的主人就是我自己。"

"你要跟我住在一起吗？"

"当然啦——除非你反对。我要做你的邻居，你的护士，你的管家。我看到你很孤独，我来做你的伴侣吧——给你读书，陪你散步，跟你一起坐着，伺候你，当你的眼睛和手。不要再显得那么伤心了，我亲爱的主人。只要我还活着，就不会让你受到孤独之苦。"

他没有作答，表情看上去很严肃——十分恍惚。他叹了口气，把嘴唇张开仿佛打算说话，可是又把嘴闭上了。我觉得有点儿难堪。也许我过于鲁莽，超出了习俗的范围。也许他也像圣约翰一样，在我的冒失中看出了什么不合适的地方吧。我说出上面那番话，脑子里想的确实是这样一个念头：他希望，而且也会要求我做他的妻子。我预料他会立刻就要求我归他所有，这种预料并不因为没有说出来就不是肯定的。可是他那方面却没有流露出一点这样的暗示，他的脸色变得更加阴郁。我突然想起，也许我完全搞错了，说不定我正在不明智地扮演着傻瓜的角色。我开始慢慢从他怀抱里脱出身来——可是他却把我搂得更紧。

"不——不——简。你千万不要走开。不——我摸到了你，感觉到了你带给我的舒适，感觉到你那甜蜜的安慰。我不能没有这种欢乐。我的心里已经没剩下多少东西了，我必须拥有你。世人也许会嘲笑——也许会说我荒谬，说我自私——可是这没关系。我的心灵要求你，必须得到满足，否则它会拼命向它的躯壳做出报复的。"

"那么，先生，我愿意和你待在一起。我已经说过了。"

"是的——但是说到跟我待在一起，你的理解是一回事，而我的理解又是另一回事。也许你可以打定主意，守在我的椅子跟前，靠在我的手旁边——像一个好心的护士那样伺候我，因为你有一颗充满爱的心，也有慷慨的精神，促使你对你所同情怜悯的人做出牺牲。这毫无疑问会使我感到满意。我想，我现在对你只应该有慈父般的感情。你是不是这样想的？来——告诉我。"

"你要我怎么想,我就会怎么想,先生。要是你认为这样最好,我只做你的护士,也会感到十分满足。"

"但是你不能永远做我的护士,简妮特。你还年轻——你将来必须结婚。"

"我并不关心结婚的事。"

"你应该关心,简妮特;如果我还是跟以前一样,我就要设法让你关心,可是我现在已经成了个瞎眼的木头!"

他再次陷入阴郁之中。可我却变得更加高兴,而且有了勇气,最后几句话让我明白了他感到的困难所在。那是由于他的困难而不是我的困难。于是我摆脱了以前的窘态,又开始活泼地谈话了。

"现在该是有个人把你重新变成人的时候了。"说着我把他那没有修剪的浓密鬈发分开,"因为,照我看,你已经变成一头狮子一样的东西了。无疑,你完全成了旷野里的尼布甲尼撒的样子。你的头发让我想起老鹰的羽毛,你的指甲是不是长得像鸟爪,我还没注意到。"

"在这只胳膊上,我既没有手也没有指甲,"他说着把那只截掉手的胳膊从怀里抽出来,伸给我看,"只剩下一个残肢——太可怕了。是不是,简?"

"看见它,心里真遗憾。看见你的眼睛,看见你额头上烧伤的疤痕也真遗憾。最糟的是,尽管如此,你还是有被人爱上的危险,有让人珍视的危险。"

"我以为,看到我的手和我这疤痕累累的面孔,你会感到恶心的。"

"你真的这么想吗? 别跟我这么说——否则我就要对你的判断说些藐视的话了。现在,我要离开你一会儿,去把炉火烧得更旺一点,把炉边扫干净。火旺的时候,你知道吗?"

"知道的。我的右眼可以看到一点亮光——是一团蒙眬的红光。"

"你看得见蜡烛光吗?"

"非常模糊,每个蜡烛光就像一小团发亮的云彩。"

"你能看见我吗?"

"看不见,我的仙女。不过,我能听到你的声音,这我就感激不尽了。"

"你什么时候吃晚饭?"

"我从来不吃晚饭。"

"但是从今天开始,你要吃晚饭。我饿了。我看你也饿,只是忘记吃了。"

我把玛丽叫来,很快就把屋子收拾成令人愉快的样子了,我还为他做了一顿很好吃的晚饭。我感到兴致勃勃，吃饭的时候轻松愉快地跟他交谈，饭后继续跟他聊了很长时间。跟他在一起，不会感到烦恼，不会受到限制，也用不着抑制欢乐活泼的情绪。跟他在一起我感到自由自在，因为我明白，我合他的心意。我说的话和我做的一切似乎都能给他以安慰，或者能使他精神振奋。能有这样的意识，真是令人高兴啊！它使我整个的天性复活了，并且表现出来；跟他在一起，我才过上了真正的生活，跟我在一起，他也有同样的感觉。虽然他眼睛看不见，但是他的笑容仍然在脸上荡漾，欢乐使他的额头发亮。他的面容变得温柔热情。

吃过晚饭，他开始向我提出很多问题，问我一直在哪儿，做了些什么，怎么找到他的，可是我仅仅简短地回答了他的一些问题。那天时间太晚了，不能详细谈。再说，我也不希望扣动过于让人激动的心弦——在他心里开掘新的感情深井。我此时唯一的目的就是让他高兴。正如我所说的那样，他感到高兴，但仅仅是短暂的。只要有片刻的沉默使谈话中断，他就会感到不安，摸摸我，然后叫一声："简。"

"你真的是个人吗，简？你真的能肯定吗？"

"我打心底相信这是真的，罗切斯特先生。"

"可是，在这么一个黑暗、阴郁的夜晚，你怎么可能这样突然出现在我孤独的炉边呢？我伸出手去，从一个用人手中接过一杯水，可这水却是由你递给我的。我问了一个问题，等待着约翰的妻子回答，结果在我耳边响起的却是你的声音。"

"那是因为我代替玛丽端来了托盘。"

"就在我跟你共同度过的这个时间里也有着迷人的东西。谁能说得清，过去几个月里，我过的是什么样的黑暗、凄惨、绝望的生活啊？我什么也不做，什么指望也没有，白天和黑夜都一样的混沌，所有的感觉不过是炉火熄灭后感到冷，忘记吃东西的时候感到饿，剩下的就是无尽的悲哀。有时候，还产生一阵痴心妄想，渴望再见见我的简。是啊，我再次得到她的渴望，胜过了恢复视力的愿望。简怎么可能跟我在一起，还说她爱我呢？难道她不会像来的时候那样突然从我身旁走掉吗？我真害怕明天就找不到她了。"

我认为，照他目前的心境，与他谈起普通而实际的话题，避开他那混乱想法是最好也是最能使他安心的。于是我用手指抚摸着他的眉毛，说眉毛烧焦了，我要在上面敷点药，让它们重新长起来，长得像以前一样又粗又黑。

"善良的精灵，不论你用什么方式为我做好事，又有什么用处呢？到了一个关键时刻，你又会抛下我走掉，像个影子一样飘走，到哪儿去，怎么去，我都不知道，而且以后让我再也找不到你了。"

"你衣袋里装着小梳子吗,先生?"

"做什么用,简?"

"把你这些蓬乱的黑鬃毛梳理整齐。我凑到你跟前,才发现你看上去真让人害怕。你说我是个仙女,可是我倒能肯定,你更像个棕仙。"

"我的样子可怕吗,简?"

"很可怕,先生。你从来就是个可怕的人,这你自己是知道的。"

"哼! 不管你在哪儿待过,你那调皮的习惯还没改。"

"可我是跟好人住在一起。他们比你好得多,好一百倍。他们的思想和见解是你所没有的,而且他们比你更文雅、更高尚。"

"见鬼,你一直跟什么人待在一起?"

"你要是这么扭动,头发都会让我拔掉了。到那时,你就会不再怀疑我的实际存在了。"

"你跟谁在一起,简?"

"你今天晚上可打听不出来的,先生。你必须等到明天再问。你知道,我把故事讲到一半,就是一种保证,说明我明天一定会到你的早餐桌前来,把故事讲完,所以你得等到明天。顺便说一下,我得记住,到你的炉边来的时候,不仅要带上一杯水,至少还要带上一只鸡蛋,不必说还有火腿。"

"你这个神仙所生、凡人养育的仙女替身! 你让我感到了这十二个月里没有感觉到的东西。假如索尔有你做他的大卫,用不着竖琴也能驱赶魔鬼了。"

"好了,先生。这下已经给你收拾好了。现在我要离开你了。我旅行了整整三天,累得厉害了。晚安!"

"我只问一句话,简。你这一向住的那所房子里只有女人吗?"

我笑了,赶紧逃走,跑上楼梯的时候,还在笑个不停。"好主意!"我快活地想道,"我有办法让他在接下来挺长时间里,感到烦躁不安,这样,他就可以忘掉自己的忧郁。"

第二天一早,我就听到他起了床,开始走动,从一间屋子,走到另一间屋子。玛丽刚一下楼,我就听见他在提问:"爱小姐还在这儿吗?"接着,他又问道:"你把她安顿在哪一间屋子里了? 那个屋子干燥吗? 她起床了没有? 去问问她要什么,问问她什么时候下来。"

到了我觉得该吃早饭的时候,我就下了楼,轻手轻脚走进屋子,在他还没有发现我的时候,我先看到了他。看到他充沛的精神不得不屈服于不健全的肉体,我感到十分伤心。他一动不动坐在椅子上,但是看上去并不稳定,显然是在等待着什么。他那刚毅的面容上已经印下了惯有的悲伤痕迹,让人联想起一盏已经熄灭,却在等待人来点燃的油灯。唉!现在他自己已经不能主动点燃这盏表情生动的灯了,这件事要依靠别人来做。我本打算表现得欢快活泼,可是见了这个本来坚强的人变得如此虚弱,我不由感到十分心疼。不过,我还是尽量装出轻松愉快的口吻,跟他打了个招呼:

"这是个阳光明媚的早晨,先生,"我说道,"雨住了,不会再下了,雨后阳光和煦,等一会就能去散步了。"

他顿时变得容光焕发,是我唤醒了他脸上的光辉。

"啊,你真的在这儿,我的云雀!到我这儿来。你没有走,没有消失?一个小时之前,我听到你的一个同类在树林中歌唱。但是它的歌声不能打动我,就像初升的太阳对我来说也没有光芒一样。在我看来,世界上所有美好的音乐全都集中在简的舌头上,幸亏这只舌头不是天生沉默的。我能够感到,阳光全都集中在她的身旁。"

听到他这样公开承认自己的依赖性,我不禁热泪盈眶。这就像一只高贵的鹰隼被锁在栖木上,不得不恳求一只麻雀向他喂食。可是我不愿落泪。我挥去那些带咸味的水滴,忙着准备早饭。

这天大部分时间是在外面度过的。我带他走出潮湿荒芜的树林,来到欢快的田野上。我向他描绘了田野多么翠绿可爱,花朵和树篱有多么新鲜,天空有多么蔚蓝明亮。我找到个又隐蔽又舒服的地方,那是一棵树的干树桩。他坐下以后,拉我坐到他腿上。我也没有拒绝,既然他和我都感到相互靠近胜过彼此分离,我为什么要拒绝呢?派洛特趴在我们身边。周围一切都是静悄悄的。他把我搂在怀抱里,突然说道:

"你这个狠心的、残忍的出逃者!噢,简,当时,我发现你从桑菲尔德逃走,到处找不到你,我心里多难受啊!我查看过你的房间,知道你没带钱,也没带能换钱的东西。我给你的一条珍珠项链仍然放在小盒子里没动过。你的箱子还是像准备旅行时那样捆扎起来,上了锁。我当时自言自语地问,我的小宝贝连一个钱也没有,可怎么办呢?她到底是怎么过的呢?我现在想听你说说。"

他这么一催促，我就开始叙述去年的经历。我把那三天的流浪和饥饿说得轻描淡写，因为要把一切都告诉他，就必然引起不必要的痛苦。我所讲的那一点点东西，已经把他的心刺得够深——远比我希望的要深。

他说，我不该一点钱也不带就这么离开他；我本该把我的心意告诉他。我应该信任他；他绝不会强迫我做他的情妇。尽管他在绝望中看上去十分粗暴，可事实上，他爱我爱得非常深，对我非常体贴，不可能把自己变成我的暴君。他宁可把他的财产分一半给我，也不愿让我就这么孤身一人到广漠的世界上去乱闯。他说，他不会要求任何回报，连一个吻也不会要的。他肯定说，我受的苦比他受得还要多。

"好了，别管我受过什么苦吧，反正时间很短。"我答道。接着我就开始告诉他，我怎样被收留在沼泽山庄，怎样得到乡村女教师的职位，等等。得到财产和发现亲戚的事情当然也都顺序讲了一遍。圣约翰·里弗斯的名字常常在我讲的故事中出现。我说完以后，那个名字马上就让他提出来了。

"这么说，圣约翰是你的表哥？"

"是的。"

"你常常提起他。你喜欢他吗？"

"他是个很好的人，先生。我没法不喜欢他。"

"一个好人？你的意思是不是说，他是个为人可敬、品行端正的男人？有五十来岁了吧，是不是这样的？"

"圣约翰只有二十九岁，先生。"

"还年轻。他是个身材矮小、反应迟钝、长相平庸的人吧？优点在于没有罪过，而不在于品行出众吧？"

"他活动积极，不知疲倦，是那种生来要干一番伟大、崇高事业的人。"

"他的脑子怎么样？我想，大概比较笨拙吧？虽然他的意思不错，可你听了他的谈话，大概只能耸耸肩膀表示瞧不起，对吧？"

"他很少说话，先生。但是，只要开口，就能切中要害。我认为，他的脑子是第一流的。虽然不容易打动别人，可是却十分坚强。"

"这么说，他是个能干的人？"

"的确十分能干。"

"是个完全有教养的人？"

"圣约翰是个饱学多才的学者。"

"我想,你说过,他的举止不合你的口味吧?是不是一副古板的牧师腔?"

"我根本就没有提到他的举止。他的举止温文儒雅,一副绅士气派。要是那种举止不合我的口味,那我的口味一定很糟。"

"说说他的相貌吧。我忘记你刚才是怎么描绘他的相貌的。准是个相貌粗鲁的教士,脖子上系着能把他勒个半死的白色领巾,脚上穿着厚底高帮皮靴,对不对?"

"圣约翰穿得很好看。他的长相很漂亮,个头高高的,皮肤白皙,一双湛蓝的眼睛,轮廓完全是典型的希腊式。"

他悄悄说了句:"真见鬼!"然后问我:"你喜欢他吗,简?"

"是的,罗切斯特先生,我喜欢他。可是,你已经问过我这个问题了。"

当然啦,我看出了这些问题的意图。他已经让嫉妒抓住,让嫉妒刺痛了。不过,这种刺激是有益处的。它使他摆脱了忧郁毒牙的啃啮。所以,我不想立刻就驯服这条毒蛇。

"也许你不太喜欢坐在我腿上了吧,爱小姐?"他这个问题有点让我出乎意料。

"为什么不呢,罗切斯特先生?"

"你刚才描绘的那幅图画,展现出一个过于强烈的对比。你的话非常漂亮地勾画出一个优雅的阿波罗。他恰好是你想象中的偶像——'长相很漂亮,个头高高的,皮肤白皙,一双湛蓝的眼睛,轮廓完全是典型的希腊式。'可你的眼睛看到的却是个伏尔甘——皮肤深褐色、肩膀宽阔,一个十足的铁匠,而且还又瞎又残废。"

"我可从来没想到过这个。可是你确实很像火神,先生。"

"好吧——你可以离开我了,小姐。可是在你走以前,"他比刚才更紧地抓住我的手说,"请你回答我的一两个问题。"他停顿了一下。

"什么问题,罗切斯特先生?"

接着,他就开始盘问了。

"圣约翰是在得知你是他的表妹之前,让你做了莫尔顿的乡村女教师的?"

"是的。"

"你常常见到他吗?他有时也到学校去拜访吗?"

"每天都去。"

"他赞成你的计划吗,简?我知道那些计划是明智的,因为你是个有才能的鬼东西。"

"他赞成的。"

"他在你身上发现了许多他没有料到的东西吗？发现了你有一些非同寻常的技艺吗？"

"这我倒不清楚。"

"你说过，你住在学校附近的一所小屋里。他到那儿去看望过你吗？"

"常常去。"

"晚上也去吗？"

"去过一两回。"

停顿了一会儿。

"在你们知道自己的表兄妹关系后，你同他和他的妹妹们在一起住了多长时间？"

"五个月。"

"里弗斯与他家的女士们待在一起的时间多吗？"

"挺多的。后客厅既是他的书房，也是我们的书房。他坐在窗口，我们坐在桌子旁边。"

"他学习时间长吗？"

"很长。"

"学什么？"

"印度斯坦语。"

"他学的时候，你在做什么？"

"起初，我学习德语。"

"是他教你的吗？"

"他不懂德语。"

"他什么也没教你？"

"教过点印度斯坦语。"

"里弗斯教你学印度斯坦语？"

"是的，先生。"

"也教他的妹妹们？"

"不。"

"只教你？"

“只教我。”

“是你要求学的?”

“不是。”

“是他想要教你?”

“是的。”

第二次停顿。

“他为什么想要这样呢？印度斯坦语对你有什么用处哪?”

“他要我跟他一起到印度去。”

“啊! 现在我找到了问题的根源啦。他要你跟他结婚,对吗?”

“他向我求过婚。”

“简直是胡编乱造——不过是想惹我烦恼而已。”

“对不起,可这是千真万确的事实。他不止向我求了一次。而且像你以前一样,也是顽固地坚持自己的主张。”

“爱小姐,我再说一遍,你可以离开我了。你要我把这话重复多少遍啊? 我已经告诉你离开,你干吗还要这样固执地赖在我的腿上不走?”

“因为我坐在这儿觉得挺舒服。”

“不,简。你坐在这儿不舒服,因为你的心并不与我的心在一起。你的心在你的那个表兄那儿,在那个圣约翰那儿。噢,在这之前,我还以为我的小宝贝简完全属于我! 我还相信,她即使离开了我,却仍然爱着我。这想法曾经是巨大痛苦中的一丝甜蜜。尽管我们分别很久,尽管我为我们的离别淌过热泪,可我绝对没想到,在我为失去她而悲痛的时候,她却在与别人相爱! 可是伤心也没有用。简,离开我,去跟里弗斯结婚吧。”

“那你就把我掀下去吧,把我推开吧,因为我不愿自动离开你。”

“简,我永远喜欢你的声音,你的声音还能使我的希望复活,这声音听起来这么真挚。我一听到它,就感到又回到了一年以前。我忘了你已经建立起一个新的紧密联系。但是我并不是个傻瓜——走吧——”

“我该上哪儿去呢,先生?”

“走你自己的路——与你选择的丈夫待在一块儿。”

“那是个什么人?”

“你自己知道,就是那是圣约翰·里弗斯。”

"他并不是我丈夫,也永远不会做我的丈夫。他不爱我。我也不爱他。他爱一个名字叫作罗莎蒙德的漂亮小姐。他是以自己的方式爱她,而不是以你那种方式爱。他要我嫁给他,仅仅是认为我更适合一个传教士妻子的角色,可那个漂亮小姐却不适合。他是个善良而了不起的人,但是对人要求十分苛刻,对我像冰山一样冷酷。他跟你不同,先生。我在他身边不愉快,就是靠近他或者跟他待在一起也不会感到高兴。他丝毫不宽容我,对我没有爱心。他看不到我有什么迷人的地方,甚至看不到我还年轻,只是能看到我的心灵上对他有用的一些特点。你说,难道我必须离开你,到他身边去吗?"

我不由自主地哆嗦着,本能地搂紧我那眼睛失明的亲爱主人。他微笑了。

"什么,简!这是真的吗?你跟里弗斯之间的关系真的是这样?"

"绝对是这样,先生。啊,你不必嫉妒!我不过是逗着你玩玩,想让你忘掉自己的悲伤而已。我认为愤怒比忧伤好些。可是,假如你希望我爱你,你只要知道我是多么爱你,就会感到满足,感到骄傲。先生,我的心整个是你的,就是命运把我的身体从你身边赶走,这颗心也属于你,它会永远留在你这里。"

他再次吻我,痛苦的思想又使他的面容阴郁起来。

"我的眼睛给烧坏了!我的身体残废了!"他满心遗憾地喃喃说道。

我抚摸着他,表示着安慰。我知道他在想什么,想代他说出来。但是又不敢。他把脸转过去,过了一会儿,我看见他紧闭的眼皮底下淌出一滴眼泪,顺着他那张富有男子汉气概的面孔流下去。我的心里难受极了。

"我现在比桑菲尔德果园里那棵遭到雷击的老七叶树还不如,"过了一会儿他说道,"那棵枯树残桩有什么权利,要求刚刚发芽的忍冬草用新鲜的嫩叶去覆盖它腐朽的枝干呢?"

"你并不是枯树残桩,先生——也不是遭到雷击的树。你仍然翠绿,依然生气勃勃。植物会在你的根部生长起来,不管你愿意还是不愿意,它们都会长的,因为它们喜欢你的浓荫。它们生长的时候,喜欢靠近你,围绕着你。因为你的力量给了它们如此安全的支持。"

他再次微笑。我给了他安慰。

"你是说朋友们吧,简?"他问。

"是的,是朋友们。"我有点迟疑地说道。因为我心里的意思是超越朋友的关系。但又不知道该用什么其他的字眼。他帮我选了个词。

"啊,简。可我要的是个妻子。"

"是吗,先生?"

"是的。你觉得这是个新闻吗?"

"当然啦,在这之前你可没提过这事啊。"

"这是一则不受欢迎的新闻吗?"

"那要看情况来定了,先生——看你自己的选择了。"

"这个选择要由你为我做出,简。我愿意依从你的决定。"

"那就选择那个最爱你的女人。"

"我至少要选择我最爱的那个女人。简,你愿意跟我结婚吗?"

"愿意,先生。"

"嫁给一个还得由你为他领路的可怜瞎子?"

"是的,先生。"

"嫁给一个比你大二十岁,还得由你伺候的残废?"

"是的,先生。"

"这是真的吗,简?"

"完全是真的,先生。"

"啊! 我亲爱的! 愿上帝保佑你、报答你!"

"罗切斯特先生,假如说我一生中做过什么好事,假如说我有过什么好的念头,假如说我做过一次真诚的、无可指摘的祈祷,假如说我有过正义的愿望的话,我现在已经得到了充分的报答。对我来说,做你的妻子,就是我在世界上最大的幸福。"

"因为你喜欢做出牺牲。"

"牺牲! 我牺牲什么? 牺牲了饥饿,得到了食物;牺牲了期待,得到了满足。得到特权用胳膊抱住我所爱的人,用嘴唇亲吻我心爱的人,依靠着我信任的人。这是我做出的牺牲吗? 假如这是牺牲,那我当然高兴做出牺牲。"

"还得忍受我残疾的身体,简,免不了还得宽容我的种种缺点。"

"先生,这些对我都算不了什么。我现在更喜欢你了,因为我对你真正有了些用处。以前,你骄傲自负,处于不依靠人的地位,只扮演赏赐者和保护人的角色。"

"在这之前,我向来讨厌受人帮助——讨厌让人拉着手牵来牵去。我觉得以后不会再讨厌了。我不喜欢把自己的手放在用人手里,可是我的手让我的简的小手拉着,那可是件愉快的事情。以前,我宁愿完全孤独待着,也不愿让用人们伺候,可是简的温柔照料却永远是件令人高兴的事。简让我心满意足,可是我能让她感到满意吗?"

"我天性的每一个细胞都觉得满意,先生。"

"既然是这样,我们再也没什么好等的了,我们该马上结婚。"

他望着我,急切地跟我说话,以往的急躁情绪又出现了。

"我们丝毫不能耽搁,必须马上结成夫妇,简。只要拿到证书,我们就结婚。"

"罗切斯特先生,我现在才发现太阳早已西斜,派洛特已经回家吃晚饭去了。让我看看你的表。"

"把它系在你的腰带上吧,简妮特,以后你就留着它。我用不着表。"

"已经快到下午四点了,先生。你不觉得饿吗?"

"我们必须在三天之后结婚,简。现在别去考虑什么漂亮的衣服和珠宝,那些全都一文不值。"

"太阳已经把雨滴全都晒干了,先生。没有一丝风,天气真热啊。"

"你知道吗,简,现在你的小珍珠项链还戴在我的领带下青铜色的脖子上呢。自从我失去我唯一的宝贝那天起,我就一直戴着它,作为对她的纪念。"

"我们该穿过树林回家。这才是最阴凉的路。"

他继续顺着自己的思路往下走,没有注意我在说些什么:

"简!也许你认为我是一个没有宗教信仰的坏蛋吧。可是此刻,我对于主宰大地的仁慈上帝,心里充满了感激。他看事物要比世人看得清楚得多。他判断事物也比世人聪明得多。我以前做错了。我那样做会玷污我那无辜的花朵,把罪孽的肮脏涂上它纯洁的花瓣。上帝就把它从我手中夺走了。我自己生性顽固,不但没有顺从,而且还起而反抗,几乎是在诅咒这种天意。神便根据正义的原则做出了判决,让灾难沉重地落到了我的头上。我被迫穿过死亡的幽谷。上帝的惩罚是有力的。一次惩罚就让我永远变成卑微的人。你知道我一直为自己的力量引以为自豪。可是现在,这力量怎么样了呢?我得把它交给别人引导,软弱得简直像个孩子。最近,简——只是在最近,我才开始认识到自己的命运掌握在上帝的手中。我开始受到良心的谴责,开始忏悔,开始希望与我的创造者和解。有时候,我开始祈祷,虽然是很短的祈祷,但是却很真诚。

"仅仅在几天之前:我还记得那是在四天之前,是上个星期一的晚上,一种奇怪的心情向我袭来,悲哀的心情代替了疯狂;忧伤取代了愠怒。很长时间以来,我一直有一种感觉:既然我在哪儿也找不到你,你一定死了。那天晚上很晚的时候,也许是在十一点和十二点之间吧,在我孤零零地上床睡觉之前,我祈求上帝,如果他认为合适的话,马上把我的生命夺去,把我带进有希望与简重逢的天国去。

"我当时是在自己的卧室里,靠窗户坐着,那扇窗户开着。充满芬芳的晚风吹来,让我感到快慰,虽然我看不见星星,而且仅仅从一片朦胧发亮的影子才感到了月亮的存在。我渴望着你,简妮特!我的灵魂和肉体都渴望得到你!我带着痛苦的心情和谦卑的态度向上帝询问:我经受孤独、苦难和折磨是不是还不够久,是不是还不能让我立刻再尝试一次幸福和安宁?我承认,我是罪有应得——但是我申辩说,我几乎再也忍受不下去了。我心中的全部希望都不由自主地灌注在这几个字上了:'简!简!简!'"

"你是大声说出这几个字的吗?"

"是的,简。当时如果有人听到我的声音,准会以为我发了疯。我说出这几个字的时候,情绪是那样地疯狂。"

"时间是在星期一夜里快到午夜的时候吗?"

"是的。但是,时间是无关紧要的。接着发生的才是奇怪的事情呢。你会认为我在迷信——我的血液中是有迷信成分的,一向就有。然而,这件事却是真实的——至少我是真的听到了我就要告诉你的话。

"在我喊'简!简!简!'的时候,一个声音回答了我,'我来了,等等我。'我说不出这个声音是从哪里发出的,但是我知道这是谁的声音。片刻之后,风儿送来这样的低语:'你在哪儿?'

"假如我有能力,我一定会把这几句话在我心头展现的画面告诉你。可我却很难把那些东西表达出来。正如你看到的,芬丁庄园深藏在密林里,声音在这儿变得沉闷,不会发出回声。可是'你在哪儿?'这句话似乎是从群山中发出的,因为我听到一座座小山送来的回声在重复着这句话。那时,我感到更加凉爽,因为清新的大风在吹拂着我的额头。我简直认为,我是在一个荒凉寂静的地方,与简相会。我相信在精神上,我们一定相会过。毫无疑问,那时候你一定在毫无知觉地熟睡,简。也许是你的灵魂离开了躯壳,来安慰我的灵魂。因为那是你的声音——我对此十分肯定,就像我知道自己还活着一样肯定——那是你的声音!"

读者啊,我正是在星期一的夜里——快到午夜的时候——听到那个神秘的召唤,他说的那些,也正是我当时的回答。我倾听着罗切斯特先生的叙述,并没有作答。我觉得这种巧合太伟大，太让人不可思议，我都不敢随便叙述和讨论这事了。如果我把这事告诉他的话，这个故事一定会在听的人心里留下深刻的印象，但是他的心因为受苦而变得太容易阴郁，不需要更阴暗的超自然的阴影。于是我就把它藏起来，留在自己的心底。

"现在你不会觉得奇怪了吧，"我的主人继续说，"昨晚你出乎意料地出现在我面前的时候，我为什么很难相信你不仅仅是个声音和幻象，不只是一个会默默地化为乌有的东西。因为以前那个午夜的声音和回声就消失过。现在，感谢上帝！我知道不是那样了。是的，我感谢上帝！"

他把我从腿上抱下来，站起身，恭恭敬敬摘下帽子，把失明的眼睛垂向地面，在缄默中虔诚地站着。只有最后几句祷告的话让我听到了。

"我感谢我的创造者，他在裁判中也没有忘记慈悲。我谦卑地请求我的救世主给我力量，让我从今以后过一种比以前纯洁的生活！"

接着，他伸出手来让我牵着他走。我握住那只亲爱的手，把它凑到我的嘴唇上亲吻了一会儿。然后才让它搂在我的肩膀上。我的身材比他矮得多，所以我既可以让他支撑，又可以带他走路。我们走进树林，朝着家走去。

38

结　局

读者啊，我跟他举行了一个相当平静的婚礼。到场的只有他和我、牧师和书记。从教堂回到宅子里后，我走进厨房，玛丽准备着餐点，约翰在擦拭餐刀。我说：

"玛丽，今天早上我跟罗切斯特先生结婚了。"这位管家和她丈夫全都是很懂礼貌、轻易不显山露水的人。任何时候，你告知他们吃惊的消息后，耳朵都不会被他们的尖叫声刺痛，更不会听到他们大声不绝于耳地表达自己的吃惊，把你的耳朵震得嗡嗡响。玛丽倒是确实抬起头来朝我看了一眼，也瞪着我看了一会儿，她正在往炉子里的两只烤鸡上涂油，手中那把勺子在空中停了三分钟，约翰听了这消息，也停下手中的擦拭活计，可是，玛丽接着又弯下腰去忙着烤鸡，嘴里只是说了句：

“是吗,小姐？噢,当然是啦!”

待了一会儿,她继续说:“我看见你跟主人一块出去,但我不知道你们上教堂去结婚。”话毕,她就接着给烤鸡涂油。我转向约翰,见他张嘴大笑着。

“我跟玛丽就是这么说的,”他说,“我了解爱德华先生,”约翰是个老仆人了,在他主人还是家里最小的孩子时就认识他,因此他时常用教名称呼主人,“我明白爱德华先生会这样做的。我早就清楚他不会等太长时间。或许他做得很好。祝你快乐,小姐!”说完他有礼数地拉了拉额头上的头发。

“谢谢你,约翰。罗切斯特先生要我把这个送给你和玛丽。”我把一张五英镑的钞票放在他手里。没等他说话,就离开了厨房。后来,我经过他们的房间门外时,从外听见他们如是说:

“对他而言,她比任何阔小姐都好,”还说,“即便她不是太漂亮,可她是个聪明人,并且脾气不坏。在他眼里,她是个非常美丽的丽人,这点毋庸置疑。”

我马上给沼泽山庄和剑桥写信,把我所做的事告知他们,而且充分解释了我这么做的原因。戴安娜和玛丽没有丝毫保留地赞同了我的这个步骤,戴安娜回信说,等我的蜜月一过,她就要来看我。

我把她的信读给先生听,他说:“她最好别那个时候过来,简,要等的话,那可就太长了。因为我们的蜜月要一辈子呢。只有你我都进了坟墓,它才会黯淡下去。”

我不清楚圣约翰听到这个消息后有何感想,他得知这个消息后,一直没回我的信。可是,半年后,他写信给我,信中没有提及罗切斯特先生的名字,也没有涉及我的婚姻。他的信写得非常平静,即便十分严肃,可还亲切。打那以后,他维持着频率不高,可还是稳定的通信。他祝福我幸福,而且相信我不是那种只关心世俗的人,而非那种没有上帝也能活下去的人。

读者,你还没有彻底忘记小阿黛勒吧,是不是？我也没有忘记,没多久,我请求到她的学校去看看她,我经过了罗切斯特先生的同意。她再次见到我后,她的狂喜真叫人感动。她看上去面色苍白,瘦弱不堪。她说她在那儿不快乐。我发现,对如此小的孩子而言,校规太严格,课程过于紧了。我便把她带回家来,琢磨重新做她的家庭教师。可是没多久就发现这不合实际。现在我的丈夫需要我的一切时间和精力。因此我找了一所管理相对松散的学校。那所学校离家不远,我可以时常去看她。并且有时我还可以把她带回家来。我注意不让她缺少能让她感到舒服的东西。没多长时间她便在新住处稳定下来了,在那儿很愉快,学习也有非常大的进步。在她成长的过程中,它那法国式的缺点基本上被完善的英国教育矫正过来了。等她离开学校的时,我觉得她变成个招人喜爱、懂得礼貌的伴侣,脾气温顺,态度和蔼,很有原则。她对我非常感激,对我的家人也很关心,我认为,这是她对我之前尽力给过她那一点点仁慈的报答。

我的故事马上讲完了。再说点关于我婚后生活的话,再看几眼这个故事中最常出现的几个人的命运,我就讲完了。

现在,我的婚龄已有十年了。我明白同我在世界上最爱的人一起生活,并且完全为他而生活是怎么回事。我认为自己是最幸福的,幸福到言语无法形容的地步,因为我们俩的生命成了完全不可分割的。我比任何一个女人更加亲近自己的丈夫,我与他心意相连。我跟爱德华在一起,对此乐此不疲,他跟我在一起也从未感到厌烦,就如同我们每人对胸膛中跳动着的心脏并不会感到厌烦一般。为此,我们总是寸步不离。在我们眼中,守在一起既如同孤独一样自由自在,又如同结伴时一般欢乐愉快。我们整天都在谈话。互相交谈只不过是一种比较活跃的、可以听得见的思考。我完全地信任他,他也将信任全部献给了我。我们的性格刚好完全吻合,因而过得完美和谐。

罗切斯特先生的那只眼睛,在我们婚后的两年中一直看不见,正是为此,因而我们的关系才如此亲近,我们才如此紧紧地结合在一起。我那时便是他的眼睛,也是他的左手。事实上,他就时常把我叫作他的瞳仁。他通过我才能看到大自然,读到书;我不知疲倦地代他观察,并且用语言描绘出田野、树木、城镇、河流、云彩、阳光——还有我们面前的景色和我们周围的天气情况。哪怕光线不能让他的眼睛得到图像,但我却能用声音向他传达。我为他读书的时从来不会感到倦怠。我带他到他想去的地方,做他想做的活动从未厌烦。在我为他做的这一切中,即便有点悲哀,但却充盈了强烈的乐趣——因为他向我寻求帮助的时候,并不带有痛苦的羞辱感,也没有让人感到扫兴的屈辱感。他是如此真心地爱着我,因此接受我的服务从中获益时,并没有感到不好意思。他感觉到我在深深地爱着他,让我为他服务,就是满足我自己最诚挚的愿望。

两年后的一天早上,我正在依照他的口授写一封信的时候,他走过来,朝我俯下身子,说:

"简,你的脖子上挂着一条闪光的首饰,是吗?"

我当时带着一根金表链,就说:"是的。"